JILL GASCOINE
UNERSÄTTLICH

Aus dem Englischen von
Diethelm Kaiser

BASTEI-LÜBBE-TASCHENBUCH
Band 12 844

1.-2. Auflage August 1998

Deutsche Erstveröffentlichung
Titel der englischen Originalausgabe: ADDICTED
Copyright © Jill Gascoine 1994
Copyright © 1998 für die deutsche Übersetzung
by Bastei-Verlag Gustav H Lübbe GmbH & Co.,
Bergisch Gladbach
Printed in France
Einbandgestaltung: Gisela Kullowatz
Titelfoto: Transglobe Agency
Satz: KCS GmbH, Buchholz/Hamburg
Druck und Bindung: Brodard & Taupin,
La Flèche, Frankreich
ISBN 3-404-12844-3

Der Preis dieses Bandes versteht sich einschließlich der
gesetzlichen Mehrwertsteuer.

*Für Fred und Francis,
die mich beide bedingungslos lieben*

Danksagung

Mein Dank geht an alle Frauen, die mir so aufrichtig von all ihren Erfahrungen berichtet haben; an Theresa Hyde, die oft bis tief in die Nacht das Manuskript getippt hat; an die Geschäftsführer der Swallow Royal Hotels in York und Bristol für die komfortablen Zimmer, die sie mir in der Zeit, während ich an diesem Buch schrieb, bei Aufenthalten dort zur Verfügung stellten; an Gloria Hunniford für ihre unschätzbare Hilfe; und ganz besonders an die Midhurst Writers's Group für ihre Pedanterie, ihre konstruktive Kritik und Bob Chandlers feste Überzeugung, daß ich nicht eher aufhören würde zu schreiben, bis ich zum Schluß gekommen war.

Kapitel 1

Ungeachtet der Überdosis Wodka des vorangegangenen Abends klingelte Rosemarys innerer Wecker wie üblich um sieben Uhr morgens, eine Viertelstunde vor der Zeit, auf die sie Ellas Geburtstagsgeschenk eingestellt hatte. Es war eine Teemaschine mit Weckvorrichtung und Einschaltautomatik, die dort wie ein kleines, kompaktes Kraftwerk auf dem von einem Spitzendeckchen bedeckten Nachttisch ruhte. Rosemary öffnete ein Auge, betrachtete beklommen das superschicke Teil und fragte sich, was um Himmels willen in ihre extravagante Tochter gefahren war, ihr ein so kostspieliges, nützliches und vernünftiges Geschenk zu kaufen. Vielleicht hatte ja die Tatsache, daß sie fünfzig wurde, etwas damit zu tun. Fünfzig.

»Juhuu«, hatte Ella gerufen, »wir werden eine Party geben – es ist schließlich ein ziemlich großer Meilenstein.«

»Was machen wir? Weshalb?« Rosemary haßte Partys.

»Du wirst fünfzig, Mum. Es ist an der Zeit, die Richtung zu ändern. Irgendwas anderes zu machen. Misch dein Leben mal auf, du bist auf dem besten Wege, so schlimm wie Großmama zu werden. Fünfzig gute Freunde, du mußt doch fünfzig gute Freunde haben.«

»Ella, Liebling« – *großer Gott, wird sie denn nie erwachsen werden?* – »Ella, Liebling, sei nicht albern. Keiner hat mit fünfzig noch so viele gute Freunde. Ich streiche jedes Weihnachten mindestens fünf Namen aus, und nicht etwa deshalb, weil sie sterben.«
So waren etwa dreißig geblieben, oder zwanzig, nach Ellas Meinung – je nachdem, was man eben unter guten Freunden verstehen wollte.
Rosemary hatte jede Menge Gäste gehabt in diesen Tagen. Durch ihren Erfolg im Fernsehen und Radio war das Leben nach ihrer Scheidung einfacher und angenehmer geworden. Sie war geschieden, aber nicht allein; ihre fünfundzwanzigjährige, in ihrem Job als Schauspielerin meist unbeschäftigte Tochter war die überwiegende Zeit noch zu Hause – wenn nicht gerade ein Engagement oder ein Lover sie davonschwirren ließ.
Plötzlich leuchtete im Geburtstagsgeschenk neben dem Bett ein Licht auf, und eine entsetzlich klingende Folge von Tönen brachte Rosemary dazu, hochzufahren und ihre Hände gegen die Ohren zu pressen. Und nicht nur, um sich gegen den Lärm zu schützen, sondern auch, um den Kopf festzuhalten, der sich ausgesprochen wackelig anfühlte. Alkohol und fortgeschrittenes Alter waren nun einmal keine angenehmen Bettgenossen. Sie wartete sehnsüchtig auf die Tasse Tee. Es war schon lange her, daß ihr jemand eine ans Bett gebracht hatte, abgesehen vom Hotelpersonal. Seit ihrer Scheidung, an die sie mit Bitterkeit dachte, waren fünfzehn Jahre vergangen, fünfzehn Jahre voller Tränen, Einsamkeit und Auseinandersetzungen mit ihren heranwachsenden Kindern und deren Problemen; und nun, endlich, waren Erfolg und Selbst-

vertrauen da und eine wirkliche Freude daran, allein zu leben.

Das Wasser kochte, der elektrische Störenfried verstummte, Rosemary streckte die Hand aus, um sich den Tee einzuschenken, und war nun ganz zufrieden mit ihrer klugen, aufmerksamen Tochter. Klares kochendes Wasser ergoß sich in die Tasse. In ihrem Rausch hatte sie vor dem Zubettgehen glatt vergessen, die Teebeutel einzulegen.

»O Mist.«

Nun mußte sie doch aufstehen und sich bemühen, irgendwie die Treppe hinunterzukommen. Zu dieser Tageszeit war eine Tasse Tee eine absolute Notwendigkeit. Ohne auch nur einen Versuch zu wagen, ihr noch vom Abend zuvor eingespraytes Haar zu kämmen, suchte sie ihren Morgenrock und ihre Hausschuhe und machte sich wild entschlossen auf den Weg zum Korridor.

Als sie die Tür ihres Schlafzimmers öffnete, war im Haus kein Laut zu hören. Es war ein großzügiges, helles, angenehmes Haus, sie hatte es vor fünf Jahren gekauft, als ihre Talkshow im Fernsehen mit so glänzendem Erfolg angelaufen war. Das ist einer der Vorteile, wenn man berühmt ist: du hast Geld in der Tasche und bist in der Lage, ein Haus zu erwerben, das groß genug ist, um ein Gesicht, das überall erkannt wird, zu verstecken. Sie hatte sich in das Haus in Wimbledon leidenschaftlicher verliebt als jemals in einen Mann.

Sie zog die Vorhänge am Fenster des Treppenabsatzes zurück und ließ die noch schwachen Strahlen der morgendlichen Frühlingssonne herein. Es war ein kalter Märztag. Als sie unten an der breiten

Treppe angekommen war, hielt sie sich, da ihre Beine vom Besäufnis der vergangenen Nacht noch zittrig waren, am Geländer fest und wandte den Blick von den offenstehenden Türen und den Hinterlassenschaften der Party ab. Nicht ihr Problem. Pat würde später kommen, um aufzuräumen, sie würde alles wegwischen, zusammen mit den Unstimmigkeiten und dem Katzenjammer. Früher einmal, vor langer Zeit, war Hausarbeit der Mittelpunkt ihres Lebens gewesen. Jetzt war sie eine Nebensache. Jetzt konnte sie sich eine Pat leisten, die das für sie erledigte.

Sie öffnete die Tür zur Küche. An der Spüle vor dem Fenster, das auf den Garten hinausging, stand ein Mann, seine Gestalt zeichnete sich gegen das fahle Morgenlicht ab. Die Sonne mühte sich noch verzweifelt, an Kraft zu gewinnen. Er summte etwas vor sich hin und spülte Tassen unter dem fließenden Wasser. Der Schreck ließ ihr Herz so heftig schlagen, daß sie es bis zum Gaumen spürte, aber das dauerte nur Sekunden. Er drehte sich nach ihr um, in der einen Hand hielt er ein blau gemustertes Spültuch, in der anderen einen Porzellanbecher. Aus dem Hahn hinter ihm rann weiter das Wasser in die weiße Keramikspüle. Dieser erste Eindruck prägte sich unauslöschlich ein.

»Morgen.« Die Stimme war ungewöhnlich sanft für einen so großen Mann.

»Tut mir leid«, sagte sie, sich überflüssigerweise für ihr Eindringen entschuldigend. »Sie müssen einer von Ellas Freunden sein, der über Nacht geblieben ist.«

Er kam näher, den Becher noch immer in der Hand, und löste sich aus dem Gegenlicht des Fensters, so daß sie ihn besser sehen konnte. Sie erblickte braune Augen und ein melancholisches Lächeln.

»Wir sind uns gestern abend begegnet«, sagte sie.

»Ben. Ben Morrison.« Die Stimme paßte zu seinem Lächeln. »Nochmals hallo.« Er ging zurück, um den Wasserhahn zuzudrehen. Dann stellte er den Becher auf den Küchentisch, der in der Mitte des Raumes stand. Rosemary kam sich klein und schutzlos vor in ihrem frühmorgendlichen Aufzug. Überwältigt von seiner Größe, setzte sie sich und sah zu ihm auf. Groß, dunkel und gutaussehend – schön, so jemanden um halb acht am Morgen nach seinem fünfzigsten Geburtstag in seiner Küche zu haben. Sie mußte innerlich grinsen und lächelte ihn an. Sein Blick war lebhaft und schelmisch und kam aus unergründlichen Augen.

»Wollen Sie Tee?« fragte er und sah dabei von seinen gut über einen Meter fünfundachtzig auf sie hinab. »Ich hoffe, es ist Ihnen recht, daß ich mich schon bedient habe. Schon welchen gemacht habe, meine ich.«

»Wunderbar. Ja, gerne, ich brauche dringend eine Tasse.«

Er drehte sich um und nahm einen weiteren Becher vom Abtropfgestell.

»Ich hätte gern eine Tasse mit Untersetzer.« Die Worte kamen automatisch.

Seine Augen verschwanden fast unter seinen dichten Brauen bei dem autoritären Ton in ihrer Stimme. Er griff nach einer Tasse und einer Untertasse und begann sie abzutrocknen. »Ich wette, Sie würden Champagner auch nicht aus einem Plastikbecher trinken, stimmt's?«

Sie mußte lachen, bevor sie ihm antwortete. »Nein, da haben Sie recht. Nur aus bestem Kristall.«

Mit einem Lächeln schenkte er den Tee ein, den er zu ihrer Überraschung in einer Teekanne aufgegossen hatte. Ohne daß sie recht wußte, wodurch, hatte er sie dazu gebracht, ihm gegenüber eine herablassende Haltung einzunehmen. Normalerweise bemühte sie sich sehr darum, sich auf die Gefühle der anderen einzustellen.

Während sie zum Kühlschrank ging, sagte sie: »Ich habe nur fettarme Milch, ist das in Ordnung?« Als sie die Packung in die Höhe hob, um sie ihm zu zeigen, strich die kalte Luft aus dem Kühlschrank liebkosend über den dünnen Stoff ihres Morgenmantels. Sie erschauerte.

»Mein Mund hat heute morgen sowieso keine Geschmacksknospen«, erwiderte er. »Mir ist alles recht. Und meine Zähne sind empfindlich.« Er sah sich zu ihr um. »Wo haben Sie den Zucker?«

»Wollen Sie ein Alka Seltzer?« Sie hatte das Zuckerschälchen schon in der Hand und stellte es zusammen mit der Milch, die sie bereits in ein kleines, dazu passendes Kännchen gefüllt hatte, auf den Tisch. Das Geschirr mit Blumenmuster nahm sich hübsch aus; ein komplettes kleines Service.

Ben Morrison lachte über den Anblick. »Perfekt.« Und er fuhr fort: »Nein, danke, kein Seltzer. Was ich wirklich brauche, ist eine schöne, dicke Schicht von Tannin im meinem Mageninneren.« Er setzte sich an den Tisch. »Trinken Sie einfach mit mir Tee«, sagte er, »wir müssen nicht miteinander reden, wenn Ihnen das morgens lieber ist.«

Sie nahm ihm gegenüber Platz und goß Milch in

ihre Tasse. Beim Einschenken hatte er ein wenig Tee auf ihren Untertasse verschüttet. Sie zog ein Papiertuch aus der Tasche ihres rosafarbenen Morgenmantels und legte es vorsichtig unter die Tasse. Dann holte sie aus derselben Tasche Süßstoff und gab etwas davon in ihren Tee.

Er sah ihr zu, während er kleine Schlückchen aus dem Becher nahm, den er an seinen Lippen behielt. Der Dampf, der aus der heißen Flüssigkeit aufstieg, ließ die Konturen seines Gesichtes verschwimmen. Die Uhr in der Diele schlug Viertel vor acht.

»Sie haben den Earl Grey gefunden und ihn gemischt«, sagte sie. »Das haben Sie gut gemacht.« Schweigen. Sie merkte, daß er sie anstarrte.

Sein Mund war leicht geöffnet, so daß sie das rosafarbene Ende seiner Zunge sehen konnte. Er schaute auf ihren Mund. Weil sie seinen Augen, den Augen eines Fremden, nicht begegnen wollte, richtete sie ihren Blick aus dem Fenster, auf einen Vogel, der Futter aus dem Plastikbehälter pickte, den Ella außen am Glas befestigt hatte. Er mußte wieder aufgefüllt werden, und sie setzte es in Gedanken auf die Liste in ihrem Kopf: »Samstag. Heute zu erledigen.«

Der unrasierte junge Mann in ihrer Küche schien es für vollkommen unnötig zu halten, auch nur ein Wort zu sprechen; es störte sie und irritierte sie gleichzeitig auf eine unbestimmte Art. Sie wünschte sich, allein zu sein, sich um ihre Liste und ihren Tag kümmern zu können. Um das für sie unerträgliche Schweigen zu brechen und die Atmosphäre aufzulockern, sagte sie scherzend: »Das ist der beste Morgentee, den ich seit Jahren getrunken habe.«

»Ich sollte jeden Morgen hier sein.«

Den Blick nun auf sein Gesicht gerichtet, wirbelten ihre Gedanken in eine Richtung, die gar nicht zu ihrem Plan für diesen Tag passen wollte. *Mein Gott, jetzt fängt er an, mit mir zu flirten. Ganz schön dreist – dabei könnte ich seine Mutter sein.* Die abgedroschene Phrase hatte sich wie von selbst in ihre banalen Gedanken gedrängt.

Sein Lächeln wurde breiter, und sein Blick rückte in eine überraschende Ferne, so als würde er dieselbe »Unterhaltung« nicht zum erstenmal führen; sie wirkte wirklich gut einstudiert. »Hat Ihnen Ihr Geburtstag gefallen?«

Seine Art, auf ihren Mund zu schauen, brachte sie aus der Fassung. »Ich werde darüber nachdenken«, erwiderte sie, »und Sie es dann wissen lassen.« Braune Augen senkten sich in graue Augen. Für einen Moment bewahrten sie ein unerfülltes Versprechen. Sie goß sich noch etwas Tee ein, wobei sie in ihrer plötzlichen Verwirrung das Sieb vergaß und verärgert zusehen mußte, wie die Teeblätter in ihrer Tasse nach oben schwebten.

»Scheiße.« Es war ausgesprochen, bevor sie nachdenken konnte. Er warf seinen Kopf zurück und lachte. In diesem Moment erinnerte sie sich wieder an ihn – von der Party am letzten Abend, aber auch noch von etwas anderem her. »Hat Ella schon von Ihnen erzählt, oder sind wir uns irgendwann vorher begegnet?« fragte sie.

»Ella und ich hatten mal eine Affäre. Für ungefähr – ach, ich weiß nicht. Nicht für lange. Als gute Freunde klappt es besser zwischen uns.« Er hielt inne. »Sorry, das war wohl etwas freimütig. Bis Mittag schaltet mein Mund schneller als mein Hirn.«

Er wirkte jetzt verletzlich, und er wurde ihr sympathischer. Sie merkte, daß etwas in ihm gern gewußt hätte, ob sie von seiner Offenheit schockiert war oder von der sexuellen Freizügigkeit ihrer Tochter. Aber sie war nicht schockiert. Sie hatte sich an Ellas Liebhaber gewöhnt, die im Leben ihrer Tochter ein und aus gingen. Ella sammelte sie, es war wie ein Hobby. Als ob sie glaubte, sie müsse mit jedem, Junge oder Mädchen, erst einmal schlafen, bevor sie mit ihm Freundschaft schließen konnte; sie war noch ein Kind in ihrer Naivität. Rosemarys vorsichtiges Wesen gestattete ihr nicht, länger über etwas nachzudenken, das ihrer eigenen strengen Erziehung so fern lag.

Auf diese Weise erweiterte sich jedenfalls Ellas Freundeskreis von Jahr zu Jahr. Hin und wieder schlief sie mit einem von ihnen, in Erinnerung an alte Zeiten, obgleich Rosemary oftmals der Meinung war, daß sie schon lange keinen erotischen Reiz mehr auf sie ausübten. Es war, als fühlte sie sich verpflichtet, die Freundschaft auf eine so bizarre Weise in Gang zu halten, als würde sie Trost in der Behaglichkeit finden, die eine vertraute Sexualbeziehung bietet, wobei ihr der Spaß wichtiger war als die Leidenschaft. Das alles erschien Rosemary viel zu salopp, aber zumindest blieb Ella dadurch in einem überschaubaren Kreis, was immerhin heutzutage sicherer war, als sich herumzutreiben. Rosemary liebte ihre verrückte Tochter, akzeptierte ihr seltsames Liebesleben und kümmerte sich im übrigen, wenn auch mitunter widerstrebend, um ihre eigenen Angelegenheiten.

Ben Morrison war also einer von diesen Ex-Geliebten, aus denen Freunde wurden. Für wie lange, wann? Letzte Nacht? Der Gedanke schlich sich ein, die Betten zu kontrollieren, bevor Pat kam. Er blickte sie an, als wüßte er, was sie ihr durch den Kopf ging. Schnell sagte sie: »Sie hatten doch kürzlich ganz schön Erfolg mit einem Film, oder?«

»Richtig. Haben Sie ihn gesehen?« Von einem Moment zum anderen hellwach, wollte er sie offensichtlich beeindrucken. Der plötzliche Umschwung in seinem Verhalten verwirrte sie.

»Noch nicht.« Auf einmal brachte sie es nicht übers Herz, ihn zu enttäuschen. »Aber wir haben ihn in der Show vor zwei Wochen besprochen, und ich glaube mich daran zu erinnern, daß man begeistert war von Ihnen.«

Er strahlte übers ganze Gesicht. Für alle Schauspieler, die sie in ihrem Leben getroffen hatte, war Anerkennung und Lob so wichtig wie Nahrung und Sex. Der Vorteil war jetzt auf ihrer Seite. Sie kostete ihn aus, da sie intuitiv spürte, daß solche Momente nicht häufig vorkamen bei diesem jungen Mann. Durch das Schlüsselloch einer vor langer Zeit geschlossenen Tür schlüpfte ein Gedanke in ihren Kopf: *Ich war noch nie in einen Schauspieler verliebt. Es muß die Hölle sein*. Der Morgen nahm sehr merkwürdige Formen an.

»Wollen Sie Toast?« fragte sie. Sie verspürte Hunger. Sie brauchte etwas, das den Alkohol der vergangenen Nacht aufsaugte.

»Wunderbar. Ich mach welchen.« Er erhob sich, und der Stuhl schrammte mit einem lauten Geräusch über den steingefliesten Boden.

Sie fuhr hoch. »Nein, ich mach das. Ich weiß, wo alles ist.« Sie lächelte, sichtlich darum bemüht, ihn am Tisch zu halten, damit er in ihrer Küche nichts durcheinanderbringen konnte. Er sah ihr wieder schweigend zu, während er laut seinen Tee schlürfte. Die dicken Scheiben des geschnittenen Vollkornbrotes kamen in einen Toastständer aus Porzellan, daneben stellte sie Butter und die hausgemachte Marmelade, die sie auf einem ihrer Einkaufszüge mit Ella an einem Stand der örtlichen Frauenvereinigung erstanden hatte, als sie an einem Nachmittag im Sommer ein Stadtteilfest eröffnete. Sie holte Teller, aber Ben hatte schon ein Messer genommen und strich direkt auf dem noch vom vorherigen Abend schmutzigen Tisch Butter auf seinen Toast. In jeder Hand einen Teller, zögerte sie einen Moment, bevor sie etwas befangen einen vor ihn hinstellte. Er schwankte auf den Toastkrümeln hin und her.

»Uups, sorry.« Er lächelte, offensichtlich amüsierte er sich über ihre guten Umgangsformen. Achtlos wischte er die Krümel auf den Boden und warf in einer betont gespreizten Weise seinen Toast auf den dafür vorgesehenen Teller.

Rosemary blieb stehen, verlegen, als wäre es nicht ihre Küche. Er aß so geräuschvoll wie er zuvor den Tee getrunken hatte: konzentriert und offensichtlich zufrieden.

Im oberen Stockwerk war die Toilettenspülung zu hören, dann kam das leise Getrappel nackter Füße die Treppe herunter und auf die Küche zu. Die Tür ging so ungestüm auf, wie nur Ella eine Tür öffnen konnte, und ihre Tochter platzte in die Stille hinein, die sie umfangen hatte. Zerzauste braune Haare über den gleichen grauen Augen, die auch ihre Mutter besaß; Augen, die geschwollen waren durch den Schlafmangel.

»Ich hab den Toast gerochen. Gibt's Tee? Morgen, Mum. Herrgott, Ben, du ißt schon wieder.« Die Worte sprudelten nur so hervor, während sie einen Becher und einen Teller holte, und begleiteten das scharfe Klappern des Bestecks, als sie nach einem Messer suchte. Im Vorbeigehen Küsse auf Rosemarys Wangen, ein Kichern und ein kleiner Stoß für Ben, der, den Mund voll Toast, zu lachen begann. Ihre Tochter war wie üblich in den Tag hineingeplatzt. Und dieses Mal störte sie – ja, wobei? Albern, auch nur darüber nachzudenken.

»Morgen, Ella, bring nicht zuviel durcheinander.« Die Aufforderung kam automatisch. Der natürliche Tadel, so wie ihn eben die Mutter der Tochter erteilt, die zwar die gleichen Augen hatte, aber keineswegs das gleiche Verhalten.

Die Stimmung in der Küche, wie auch immer sie gewesen sein mochte, war nun unwiderruflich kaputt. Rosemary war abrupt und mit Schwung von der Bühne gestoßen worden. Und nun sah es so aus, als wäre sie überflüssig. Ben und Ella plauderten angeregt miteinander. Für sie war kein Platz im Geplänkel der beiden.

Sie stellte ihre leere Teetasse auf den Tisch und sagte: »Ich gehe mich anziehen. Ben, danke für den Tee, und greifen Sie bei allem zu.« *Nur nicht bei meiner Tochter,* tönte es unaufgefordert in ihrem Kopf.

Er stand auf, als sie sich anschickte zu gehen, und ein weiteres Mal kratzte der Stuhl über den Boden. Sie zuckte zusammen, dann lächelte sie ihm zu. Alles in allem wirkte er recht altmodisch in seiner höflichen Art, und das rührte sie – war es doch überraschend bei jemandem, der auf den ersten Blick so ganz dem zeitgemäßen, draufgängerischen Typ vom Ende des zwanzigsten Jahrhundert zu entsprechen schien. Sie verließ die Küche, noch immer lächelnd, und als sie die Treppe hinaufging, hörte sie noch Ellas Worte: »Mensch, Ben, was bist du doch für ein elender Schmeichler.«

Zurück im hellen, vom Duft ihres Parfums erfüllten Schlafzimmer, begann ihr übliches morgendliches Ritual, dem sie sich mit besonderem Vergnügen überließ: Auslüften des Bettes, fünfzehn Minuten lang Fitneßübungen mit nacktem Körper, Schwelgen in einem wohlriechenden Bad; auf die Chaiselongue hatte sie die perfekt gebügelten Jeans, die sie nur an Wochenenden trug, gelegt, dazu eine Bluse passend zu den Jeans. All das hatte sie an diesem Morgen mit größerer Sorgfalt als sonst ausgesucht.

Sie schätzte es, dem gewohnten Schema ihres Tages zu folgen, sie genoß die Ordnung, in die sich alles einfügte. Es war ihr zuwider, in den Tag gehetzt und getrieben zu werden; viel lieber ging sie still und leise in ihn hinein. An diesem Morgen hatte sie einen Schluckauf gehabt. Und sie spürte einen kleinen Knoten von Unruhe in der Magengrube, den sie nicht aufzulösen vermochte. Nachdem sie das Make-up aufgetragen hatte, band sie ihr blondes Haar zurück und wappnete sich für den Gang nach unten. Sie hatte mitbekommen, wie Pat vor einer Weile eingetroffen war, und kurz darauf den Staubsauger im Wohnzimmer gehört. Die Küchentür ging auf und zu, dann kamen Ella und mit ihr ein Gelächter die Treppe heraufgeschwebt.

»Mum«, ein flüchtiges Klopfen an der Tür ihres Schlafzimmers, bevor sie eintrat. »Mum, wußtest du, daß Pat heute kommt? Was macht sie an einem Samstag hier?«

»Wolltest *du* etwa saubermachen?« Leicht gereizt tupfte Rosemary etwas Parfum hinter beide Ohren, wobei sie kurz überlegte, ob Chanel frühmorgens nicht zu schwer war.

»Sag ihr, daß sie mein Zimmer nicht machen soll. Es ist das reine Chaos.« Ella ging wieder hinaus, schritt über den Flur zu besagtem Chaos und schloß die Tür hinter sich.

Rosemary hatte vergessen nachzusehen, wo Ben geschlafen hatte. Sie redete sich ein, daß es für ihre Stimmung an diesem Tag von unerhörter Wichtigkeit sei, es zu wissen, und inspizierte rasch die beiden Gästezimmer. Eines war benutzt worden. Obwohl ihr nicht ganz wohl bei dem war, was sie tat, fühlte sie sich doch erleichtert.

Die Geräusche, die Ella beim Zähneputzen produzierte, wetteiferten mit dem Staubsauger, einem Jazzsender und Radiokanal 4, den Pat, als sie gekommen war, ganz automatisch angestellt hatte.

Ben Morrison stand allein in der Küche und starrte nach draußen in den sehr gepflegten Garten, wo sich schon vereinzelte Märzblumen zeigten. Eine Narzisse stellte, eine Woche zu früh für ihresgleichen, energisch ihre ersten Blätter zur Schau und ertrug tapfer ihre Einsamkeit. Der Frühling wartete mit angehaltenem Atem darauf, aus dem noch gefrorenen Boden hervorzubrechen.

Es war etwas Besonderes an diesem Haus, die fast vergessene Empfindung von Ordnung, die er aus seiner Kindheit kannte und die für ihn etwas gefährlich Verlockendes hatte. Der schwächer werdende

Geruch von Toast, zwei konkurrierende Radiosender im Hintergrund, einlaufendes Badewasser im oberen Stock, das Geräusch einer Dusche, die angestellt wird. Ein Familienhaushalt, der seinen Tag beginnt.

Es war eine Harmonie, die sich in ihrer eigenen Behaglichkeit eingerichtet hatte – und danach verlangte, zerstört zu werden.

Unfähig, sich zu bewegen, darauf bedacht, nicht die dünne Aura von Ruhe um sich herum zu verletzen, verharrte er am Fenster und beobachtete die Vögel draußen auf der Terrasse. Das Kaninchen, das von unten heraufgehoppelt war, sich damit in größerer Nähe zum Haus befand, als eigentlich geplant, und sich gleich wieder davonmachte, wurde plötzlich von einer schwarzen Katze gejagt, die sich bis eben noch eifrig darum bemüht hatte, den Goldfisch aus dem Zierteich zu angeln.

»Gehört die Mieze Ihnen?« fragte er Rosemary, als sie zurück in die Küche kam.

»Ja. Sie heißt Ben.«

Sie lachten beide so, wie Leute über Dinge lachen, die gar nicht lustig sind.

»Der Lieblingsfilm meines Sohnes, als er klein war, handelte von einer Ratte, die Ben hieß«, fuhr Rosemary fort, »und da ich mich rundweg weigerte, eine Ratte als Haustier zu akzeptieren, haben wir ihm einen Kater geschenkt, um die Quengeleien zu beenden.« Gedankenverloren hielt sie inne. »Jedenfalls hat er dann statt dessen den Kater Ben getauft.«

»Ella hat nie über ihren Bruder gesprochen«, sagte Ben. »Nur, daß sie einen hat. Ist er älter?«

»Sie verstehen sich nicht besonders. Er ist fast dreißig und repräsentiert all das, was Ella verachtet, fürchte ich.«

Er blickte ihr forschend ins Gesicht, während sie mit den Krümeln auf dem Küchentisch spielte. »Was treibt er? Ist er in unserem Metier?«

»Um Himmels willen, nein.« Rosemary mußte schon bei dem Gedanken daran lachen. »Er ist im Versicherungswesen. Ziemlich erfolgreich. Verheiratet, ein Kind, eine kleine Tochter. Nette, ordentliche Frau.« Es fiel ihr schwer, eine gewisse Enttäuschung in ihrer Stimme zu verbergen, wenn sie über ihr ältestes Kind sprach.

»So sind Sie also Großmutter?«

Wieder lachte sie, und zu ihrem Entsetzen begann sie zu erröten, so als würde sich der Umstand, Großmutter zu sein, nicht recht mit den Gedanken vertragen, die ihr durch den Kopf gingen, seitdem dieser junge Mann sich hier aufhielt. »Ja, das bin ich wohl. Aber ich sehe sie sehr selten. Sie leben in Birmingham.« Nach einer kurzen Pause fuhr sie fort: »Zu Weihnachten nehmen wir uns immer alle zusammen. Ich habe jedes Jahr Angst davor.«

Ben lächelte und wandte sich wieder dem Fenster zu. Rosemary begann das Frühstücksgeschirr in die Spülmaschine zu räumen. Was in aller Welt hatte sie dazu gebracht, sich einem Fremden gegenüber so weit zu öffnen? Es war ganz untypisch für sie, eine Person, die auf Privatsphäre so viel Wert legte. Es war die einzige Eigenschaft, die sie mit ihrem Sohn teilte. Es hätte nicht viel gefehlt, und sie hätte ihm erzählt, wie schwierig John als Teenager gewesen war, viel schlimmer noch als Ella.

Er war fünfzehn, als sein Vater weggegangen war

und, so erschien es ihm wohl, ein Haus voll heulender Frauen zurückgelassen hatte. Er war in jeder nur denkbaren Hinsicht das genaue Abbild seines Vaters; Rosemary hatte sich das schon vor langer Zeit eingestanden. Bedauerlicherweise war sie, seit er erwachsen geworden war, nicht mehr mit ihm zurechtgekommen. Als der verwöhnte, aber aufrichtig geliebte kleine Junge älter wurde, begann er sich mit aller Kraft gegen seine Mutter zu wehren, gab ihr die Schuld für die Scheidung und hielt sie für so unerträglich, daß es sicher kein Mann mit ihr würde aushalten können. Später setzten ihn ihr Erfolg beim Fernsehen, ihre Zielstrebigkeit und ihre Führungskraft in Erstaunen. Aber da war es schon zu spät für sie, unbeschwert miteinander umzugehen. Rosemary hatte nur die Erinnerung an ein blondes, von ihr angebetetes Baby, an die sie sich klammern konnte, wenn sie liebevolle Grüße auf die Weihnachts- und Geburtstagskarten schrieb.

»Ist es noch zu früh, wenn ich Ihnen Kaffee anbiete?« fragte sie Ben. »Ich muß welchen für Pat machen.«

»Nein – ich meine, ja – ich hätte gern einen.« Er wandte sich vom Fenster ab. »Mir gefällt Ihr Haus, Rosemary.« Er wirkte unbeholfen bei diesem Lob.

»Wir fühlen uns wohl hier.«

»Das merkt man.«

Sie sah zu ihm auf, und der Ausdruck, den sie bei diesem unvermuteten, direkten Blick in seinen Augen fand, überraschte sie völlig. Es war ein so unverhohlenes Verlangen, eine so offensichtliche Begierde darin, daß sie es kaum fassen konnte. Der Ausdruck verschwand so schnell, wie er gekommen war, im selben Moment, als er sah, daß sie ihn bemerkt hatte. Es war, als sei er bei etwas ertappt worden, das nicht zu ihm gehörte: ein fremdes Gefühl. Das Geräusch des kochenden Wasserkessels drang durch ihr Schweigen. Er drehte sich wieder zum Fenster, und sie sah, wie seine Schultern heruntersanken und sich nach vorn schoben, wodurch er schmaler wirkte, nicht mehr so auftrumpfend. Sie machte den Kaffee und entschuldigte sich unwillkürlich dafür, daß es nur Instant war. Ohne es wirklich zu wollen, lediglich aus dem Zwang heraus, Konversation machen zu müssen, fragte sie: »Warten Sie auf Ella?« Und ohne eine Antwort abzuwarten, eilte sie geschäftig zur Tür, öffnete sie und rief: »Ella! Pat! Kaffee!«

Das Staubsaugergeräusch setzte aus. Auf der oberen Etage war nichts zu hören. Voller Unbehagen lächelte Rosemary ihm rasch zu; ihre Nervosität ließ sie auf Distanz gehen. Er trank seinen Kaffee. »Ella ist wahrscheinlich noch in der Dusche«, sagte sie. »Sie wird gleich kommen.«

Pat kam fröhlich herein und schimpfte wie üblich über den Gestank schmutziger Aschenbecher. Als Rosemary Ben formell vorstellte, sagte sie, daß man sie bereits miteinander bekannt gemacht hätte. Sie setzte sich, und gelegentlich flackerte zwischen ihnen eine belanglose Plauderei auf.

Schließlich kam Ella herunter, das Haar noch feucht und kraus vom Duschen, und der Samstagmorgen kam allmählich, ohne besondere Anstrengung, in sein übliches Gleis. Ben Morrison blieb. Ella fragte ihn, ob er Lust hätte, den Tag mit ihnen zu verbringen. Falls er »nichts Besseres zu tun hätte«. Er erwiderte, er hätte nicht, und er würde dableiben. Sie könnten zum Mittag in einen Pub gehen.

»Und du kommst mit, Mum. Wird dir guttun.«
»Man wird mich doch erkennen.« Aber sie wußte, daß sie die beiden begleiten würde. Es machte ihr immer Spaß, den hiesigen Samstagsmarkt zu besuchen, und nicht anders war es mit dem wöchentlichen Einkauf in ihrem Lieblingsfeinkostgeschäft.

Ben schloß sich ihnen und ihrem Rhythmus völlig mühelos an. Er blödelte herum und brachte sie zum Lachen. Rosemary fühlte sich wohl. Sie machten eine Einkaufsliste, und Ben fügte einige Punkte hinzu. Es war, als gehörte er schon seit langer Zeit zum Haushalt, so leicht war es für sie und ihr Heim, ihn aufzunehmen, so reibungslos verschaffte er sich den heimtückischen Zutritt zu ihrem Leben. Rosemary ging der Gedanke durch den Kopf, daß es ziemlich ungewöhnlich war für einen jungen Mann, an einem Samstag nichts zu tun zu haben. Er rief niemanden an, um zu sagen, wo er war. Aber sie unterdrückte ihre Neugierde und stellte keine Fragen. Er war einfach da, mit ihnen zusammen, losgelöst in diesem Moment von dem, was immer sonst sein Leben ausmachen mochte.

Sie nahmen das Auto von Rosemary, Ella saß hinten, Ben neben Rosemary auf dem Beifahrersitz. Er fragte, ob er eine Kassette aussuchen könnte, was er auch schon tat, kaum daß sie ja gesagt hatte. Er durchwühlte die sauber geordnete und untergliederte Reihe ihrer Kassetten und griff nach Miles Davis.

Während es ihr in den Fingern juckte, die Kassetten, die er etwas durcheinandergebracht hatte, wieder zu ordnen, mußte sie lächeln, als sie sah, daß sie den gleichen Musikgeschmack hatten.

Rosemary, die durchaus merkte, mit welcher Leichtigkeit Ben sowohl Ella als auch sie selbst dirigierte und für die Unterhaltung sorgte, und die sich wenig behaglich fühlte in der allem Anschein nach bewußt herbeigeführten Dreierkonstellation, machte widerstrebend dieses Spiel mit, bis die ganze Situation auf eine beunruhigende Weise immer gespannter wurde. Aber all das blieb ungesagt, was die schlummernden Kräfte ihrer Phantasie in Gebiete drängte, für die sie schon vor langer Zeit den Kompaß verloren hatte.

Sie parkten das Auto und gingen in den Delikatessenladen. Dort tranken sie aus Plastiktassen Cappuccino und kauften sich exotische Appetithäppchen, mit denen sie ihren Hunger nach Sinnlichem stillten. Für Rosemary hatte Essen immer mehr als einen Appetit befriedigt.

Ella wurde es ziemlich bald langweilig. »Mich zieht's in die Bibliothek. Wir treffen uns um eins im Pub, okay?« Und weg war sie.

Zwei volle Tragetaschen später und nachdem Ben noch von dem warmen italienischen Brot etwas abgebrochen und gekostet hatte, bezahlte sie das Essen, er nahm die Taschen in eine Hand und ging voran auf dem Weg nach draußen. Als er einen Schritt zurücktrat, um die Tür für sie aufzuhalten, rutschte der Riemen ihrer Tasche von ihrer Schulter, und seine Hand war da, schob ihn entschlossen zurück, sorgfältig, beiläufig, als ob sie schon lange miteinander bekannt wären. Ihre Augen trafen sich für einen kurzen Moment und wanderten rasch weiter, getrieben von der plötzlichen ungebetenen Hitze der Erregung. Seine Hand blieb auf ihrer Schulter und drückte sich besitzergreifend gegen ihren Nacken, als sie das

Geschäft verließen. Und zu ihrem gewaltigen Entsetzen kribbelte es auf eine sehr alte, vertraute Weise in ihrem Magen.

Ihr wurde bang ums Herz, und in einem Winkel ihres Gehirns seufzte sie und fügte sich, wenn auch nicht ohne Bedenken. *O Gott, nicht das. Nicht in meinem Alter, nicht mit seiner Jugend. Nicht JETZT.*

Der Tag schritt voran. Ben blieb zum Tee. Und dann zum Abendessen. Sie aßen die Speisen, die sie gekauft hatten, direkt aus dem Papier, in das sie noch eingewickelt waren, und Rosemary öffnete eine Flasche Wein. Sie saßen bis spät in den Abend um den Küchentisch. Sie waren viel zu angeregt, um in ein anderes Zimmer zu wechseln, wollten nicht, daß ihnen das, was sie in Atem hielt – was immer es auch sein mochte –, entglitt, um sich womöglich für immer zu verflüchtigen.

Und dann war Mitternacht, Ben hatte wieder zuviel getrunken, um noch mit seinem Auto nach Hause fahren zu können, und wieder fragte Ella ihn: »Warum bleibst du nicht über Nacht? Mach ein Wochenende daraus. Wir haben nichts geplant.«

Mit ihren Gedanken war Rosemary wieder bei der Frage, mit der sie ihren Tag begonnen hatte. Lief etwas zwischen ihm und Ella? Etwas, das sie in ihrer Aufregung nicht hatte sehen wollen? Sie erhob sich, etwas wackelig vom zu langen Sitzen und von zuviel Wein, sie sehnte sich danach, allein zu sein und sich mit Anstand aus der Situation zu verabschieden.

»Kommt ihr Kinder auch allein zurecht? Die ältere Dame braucht mehr Schönheitsschlaf als ihr beide zusammen, und ich denke, ich sollte jetzt damit beginnen.«

Beleidigt durch das Wort »Kinder«, wandte sich Ella um und blickte zu ihrer Mutter auf, die sich hinunterbeugte, um ihrer befremdet wirkenden Tochter einen Kuß zu geben. Rosemary schaute nur kurz in Bens Augen, in denen sie das Erstaunen über den herablassenden Ton in ihrer Stimme las. Genau das hatte sie beabsichtigt.

Auf der Stelle Schluß damit, hatte ihr flüchtiger Blick ziemlich deutlich zum Ausdruck gebracht. *Was immer es auch sein mag, was immer du willst. Du hattest deinen Flirt mit uns beiden; wir haben's alle genossen, aber das war's jetzt auch.*

Er erhob sich, als sie zur Tür ging, stand groß und machtvoll in der verheerend aussehenden Küche.

»Für den Fall, daß wir uns morgen früh nicht mehr sehen«, sagte sie, *und bei Gott, ich hoffe, daß nicht,* »ich bin sicher, daß man sich mal wieder trifft. Ellas Freunde sind immer willkommen.« Sie verließ den Raum, wobei sie dem Wunsch zu widerstehen hatte, sich nach ihm umzudrehen; sie wußte, er würde dastehen wie ein höflicher Junge. Sie dachte noch, *ich sollte ihm einen Gutenachtkuß geben wie einem kleinen Kind,* aber sie wagte nicht, ihm nahe zu kommen oder ihn gar zu berühren. Morgen würde sie wieder zur Normalität zurückfinden, morgen würde er wieder – hoffentlich – weg sein und diesen bezwingenden Zauber mit sich nehmen, der ihr Haus und ihren Tag erfüllt hatte. Morgen würde es sie nicht mehr kümmern, wo er letzte Nacht geschlafen hatte oder wo er diese Nacht zubringen würde. Morgen. Und als sie die Treppen hinaufging, freute sie sich beinahe so sehr auf den Sonntag, wie sie den Samstag genossen hatte. Beinahe.

Kapitel 2

Als sich Rosemary am nächsten Morgen nach unten wagte, war es zehn Uhr, und zu ihrer Überraschung waren sowohl Ben als auch Ella schon fort. Sie hatten schmutziges Geschirr, Toastkrümel auf dem mit Teeflecken bedeckten Tisch und eine eilig hingekritzelte Nachricht hinterlassen: Ella schrieb, daß Ben in die Petticoat Lane wollte und sie ihn begleiten würde, und sie sollte sich keine Sorgen machen, wenn sie nicht nach Hause käme, sie ginge abends zu einer Party und würde bei Freunden in Stepney übernachten. Sie hatte Montag morgen als erstes einen Termin zum Vorsprechen. Dann war da noch ein Postskriptum, offensichtlich von Bens Hand: »Nochmals danke – bis bald.«

Nur mit halbem Ohr beim Radio räumte sie die Küche auf und machte sauber, wobei sie so sehr mit ihren Gedanken beschäftigt war, daß sie nur hin und wieder in die Sorgen eintauchte, von denen die Personen aus der im Hintergrund laufenden Hörspielserie umgetrieben wurden. Sie machte sich Gedanken über Ben und Ella. Und je weiter der Sonntag voranschritt, um so mehr quälte sie sich damit. Die Vorstellung nistete sich in ihrem Gehirn ein, breitete sich aus, machte es sich dort bequem und beherrschte sie den ganzen Tag über und noch bis zum frühen Abend. In zunehmendem Maße aus dem Gleichgewicht gebracht und wütend über ihre Zwangsvorstellungen stürzte sie sich noch mehr als sonst in die Betriebsamkeit. Den ganzen Sonntag war sie allein. Selbst ein Besuch ihrer Mutter zum Tee wäre eine willkommene Unterbrechung dieser verhexten Stille gewesen, die sie an diesem Tag einzuschließen schien. Als sie bei ihr anrief, es endlos klingeln ließ in dem kleinen, sterilen Reihenhaus draußen in Streatham, nahm keiner ab. Sie stand im Flur, zählte mit, wie es insgesamt vierundzwanzigmal läutete, und sah dem plötzlichen Hagelschauer zu, der gegen die Buntglasscheibe der Haustür prasselte.

Sie zündete den Kamin im Wohnzimmer an und machte eine Kanne Tee. Um sich zu trösten, toastete sie Crumpets, die kleinen dicken Pfannkuchen, und bestrich sie so dick mit Butter, daß sie ihr durch die Finger tropfte.

Sie setzte sich aufrecht auf das breite Sofa und versuchte, die Sonntagszeitung zu lesen. Der Hagel, der sich in Graupel verwandelte, trommelte weiter auf den inzwischen durchweichten Rasen. Sie suchte Musik heraus, die sie gerne hörte, und legte sie auf. Aber sie löste eine unerklärliche Melancholie in ihr aus, erinnerte sie zu sehr an eine Zeit in ihrem Leben, die schon lange vorbei war.

Unfähig, sich aufs Lesen zu konzentrieren, versuchte sie es mit dem Fernseher. Auf Kanal 4 lief ein Schwarzweißfilm, und für eine Weile sah sie sich Joan Crawford in »Die Frauen« an. Aber es war zwecklos. Ben Morrison kroch in jeden kleinsten Winkel ihres Gehirns, er störte ihren Seelenfrieden – und sie ärgerte sich über seine Anwesenheit.

Sie schaute sich ihre eigene Show an, die sie vergangenen Donnerstag aufgezeichnet hatte, und beneidete sich selbst in jenem früheren Zustand, in dem sie noch neunundvierzig gewesen und keinem männlichen Angriff auf ihre selbstgewählte Einsamkeit ausgesetzt war. Aber jetzt war Ben da und wollte nicht weichen mit seinem Charme.

Das Telefon blieb still. Sie betrachtete den Graupelregen und stand nur auf, um das Tablett zurück in die Küche zu bringen. Dann stellte sie sich an das große Fenster und starrte gebannt auf die Pfützen, die sich auf der unebenen Steinterrasse bildeten. Als der heftige Regen nachließ und es Abend wurde, holte sie sich eine halbvolle Flasche Wein aus dem Kühlschrank und setzte sich vors Kaminfeuer auf den Boden. Den Fernseher hatte sie angelassen, und das Stimmengemurmel der Schauspieler aus dem Hintergrund linderte auf eine unerklärliche Weise das Gefühl der plötzlichen Einsamkeit, das sich an sie herangeschlichen hatte. Sie überließ sich der entspannenden Wirkung des Weins und folgte, ohne sich selbst durch irgendwelche prüden Einsprüche zu behindern, dem Fluß ihrer Vorstellungen: Sie dachte an den Druck seiner Hand auf ihrem Nacken; an seine Augen, die auf ihr ruhten, wann immer sie sich ihm zuwandte; an das Lächeln, das zwischen ihnen schwebte, wenn sich ihre Augen trafen und ineinander versenkten; an die Versprechungen in seinem Blick; an die Andeutungen seiner Hände, wenn er sie streifte; an die Art und Weise, wie er sie zum Lachen brachte; an die Leichtigkeit, mit der er in ihr Wochenende hineingeglitten war. Und am allerdeutlichsten spürte sie ein weiteres Mal das Gefühl in ihrer Magengrube, das ganz durch sie hindurch in den sinnlichen, erotischen Teil ihrer Person fuhr, von dem sie geglaubt hatte, daß er für immer versiegelt sein würde.

Wie oft hatte sie zu ihrer Freundin Frances gesagt: »Mit meiner Libido ist es ein für allemal vorbei, Gott sei Dank.«

»Glaub nur das nicht«, hatte Frances geantwortet. »Sie wird wieder hervorkommen. Das tut sie immer. Für gewöhnlich unaufgefordert. Und sie richtet das übliche Unheil an. Sogar noch schlimmer, wenn man älter und empfindsamer ist.«

Rosemary hatte gelacht und ihr nicht geglaubt. Und jetzt, verdammt noch mal, war sie da, zurückgekehrt nach Gott weiß wie vielen Jahren. Und sollte sie das Ganze jetzt nicht stoppen können, würde es ein Chaos geben. Er war – wie alt? Zweiunddreißig, dreiunddreißig? Ein Schauspieler. Er und Ella waren mal zusammengewesen. Es wurde ja immer schlimmer, und das war auch schon alles, was sie von ihm wußte. Vielleicht war es nur einseitig gewesen, hatte sich das alles nur in ihrer Phantasie abgespielt. Vielleicht würde sie ihn nie wiedersehen. Aber irgendwie wußte sie schon, was kommen würde. Kein Mann hatte sich mit solcher Wucht in ihren Kopf gedrängt wie er. Seit zwanzig Jahren nicht. Und dieser hier würde ihr Schwierigkeiten machen.

Sie hatte während ihrer sechzehnjährigen Ehe eine einzige Affäre gehabt. Ihr Mann hatte es nie erfahren. Keiner wußte es, außer Frances. Aber damals, nach den ersten Jahren ihrer Ehe, hatte John ohnehin kaum etwas bemerkt, und schon gar nichts, als dann Ella geboren war. Die Affäre hatte nur sechs Monate gedauert, und für sie war es wunderbar gewesen, trotz der Schuldgefühle. Aber der Mann, ihr Geliebter, war ihrer überdrüssig geworden. Er hatte sie verlassen, ohne Erklärung, und sie hatte ihre Tränen für sich behalten. Die Untreue ließ sich jedoch nicht einfach wegwischen wie ein Make-up, und ihre Ehe zerbröckelte noch schneller. Ein paar Jahre, in denen alles immer sinnloser wurde, machten sie noch weiter, und am Ende fiel alles auseinander und in die Hände der Rechtsanwälte. Das war bitter, aber es ging mit beiden wieder schnell bergauf, als sie getrennte Wege gingen. Schließlich wurden sie Freunde. Gelegenheitsfreunde zumindest.

Und das war's für etwa die letzten vierzehn Jahre. Was Männer und ernste Liebschaften betraf. Es hatte einige »kurze Zusammentreffen« gegeben, wie Frances es nannte, sogar einen von Erica Jongs »Quickies zwischendurch« in einer durchzechten Nacht, als sie auf das endgültige Scheidungsurteil wartete, aber sonst nichts. Und jetzt waren der Frieden und die schließlich erreichte Stabilität viel zu kostbar, um sie dadurch zerstören zu lassen, daß sie sich verliebte oder noch einmal einen Mann in ihr Leben ließ. Sie genoß es, auf sich allein gestellt zu sein, und zwang sich selbst, als sie in den späten Dreißigern war, zu einer seltsamen Form von Keuschheit. Und mit den Jahren bekam diese merkwürdigerweise ihren eigenen Reiz für sie.

»Das wird sich schon wieder richten«, meinte Frances, die mit immer gleichem Vergnügen und ohne damit hinter dem Berg zu halten von einer Affäre in die nächste schlitterte. Aber Rosemary blieb standhaft. Sie liebte ihre Art des Lebens. Sie entdeckte den Ehrgeiz in sich, und aus der Arbeit, die sie angenommen hatte, um sie alle von den unregelmäßigen Unterhaltszahlungen zu erlösen, wurde eine Karriere. Und plötzlich, nachdem sie als Fernsehjournalistin hinter den Kulissen gearbeitet hatte, gab ihr jemand eine eigene Radiosendung und schließlich eine Talkshow bei einem Fernsehsender. Und dort war sie nun. Sie hatte es geschafft. Ein Lächeln auf dem Gesicht ihres geduldigen und verläßlichen alten Freundes, der sie als Filialleiter einer Bank in finanziellen Dingen beriet, ein neues Zuhause und noch weniger Zeit und Energie, um einen Liebhaber in welcher Form auch immer in ihrem Leben unterzubringen. Sie hatte keinerlei Verlangen nach einem störenden männlichen Einfluß, hatte sie letzten Endes doch erfahren, daß Frauen, die selbst die Verantwortung für ihr Leben übernehmen, sehr viel leichter die Lücke, die eine männerlose Existenz offenläßt, schließen können, als man sie glauben macht.

»Aber es ist so öde ohne Männer«, klagte Frances all die Jahre.

»Wenn ich mich langweile, sag ich dir Bescheid, Frances.«

»Du wirst es gar nicht merken. Dein Leben ist zu genau eingeteilt. Denk daran, es ist nicht nur eine Probe. Es ist das Leben selbst.«

Rosemary lächelte nur, ließ es bei bloßen Bekanntschaften mit Männern und fühlte sich wohl mit sich selbst. Bis Samstag. Bis zu dem Tag nach ihrem fünfzigsten Geburtstag. Bis der Geliebte, Ex-Geliebte, Freund oder künftige Widersacher ihrer Tochter in ihre Küche, ihr Gästezimmer, in ihr Leben hereingeschneit war und sich lange genug hier herumgetrieben hatte, um ihr eine vergeudete Jugend ins Gedächtnis zu rufen. Erinnerungen an Momente »hinter dem Fahrradschuppen«, als sie ins Teenageralter kam und in die Pubertät und zu den Jungen, alles auf einmal.

»Du wirst noch auf der Straße enden«, lautete stets die eindringliche Warnung der Mutter. Aber es waren hauptsächlich Trümmerflächen und Schrebergärten im Sommer und überdachte Bushaltestellen, wenn es kälter wurde. Und keineswegs so viel Pfadfinderei und Jugendklub in der Kirche, wie ihre Mutter geglaubt hatte. Dafür eine Menge wildes Petting. Die »Hummeln im Hintern«, wie es so schön heißt, sie waren wieder da. Und gaben ihr ein Gefühl, als wäre sie ein in die Jahre gekommener Teenager.

Bens boshaftes, melancholisches Lächeln begleitete sie, als sie an diesem Abend ziellos herumwanderte, Wein trank und in jedem verlassenen Zimmer dieses großen und stillen Hauses aus jedem Fenster in die Dunkelheit starrte. Er sank zusammen mit ihr in die Flasche ihres Lieblingsbordeaux und danach in ihr Bett, blieb bei ihr in ihrem unruhigen Schlaf und wachte mit ihr und ihrem Kopfschmerz an einem strahlenden, kalten Montagmorgen auf.

Jennie, ihre Sekretärin, kam stets pünktlich um halb zehn. Sie war nur für zwei Vormittage in der Woche angestellt, um die Fanpost und andere schriftliche Anfragen zu beantworten und um die Anrufe zu erledigen, die Rosemary sehr unangenehm waren. Sie arbeiteten zusammen in dem kleinen hellen Zimmer neben dem Eingang, das Rosemary sich als eigenen Arbeitsraum eingerichtet hatte. Montags waren immer Termine festzusetzen und – mit höflichem Bedauern – Absagen zu erteilen. Das Telefon begann unaufhörlich zu klingeln, sobald überall die Büros ihren Betrieb aufnahmen.

Jennie war Anfang Dreißig, geschieden, hatte zwei kleine Kinder und war froh, einen Teilzeitjob gefunden zu haben, als ihre Ehe auseinanderging. Sie arbeitete seit zwei Jahren für Rosemary, und sie kamen gut miteinander aus. Sie waren beide zurückhaltend und mischten sich selten in das Privatleben der anderen ein. Hauptsächlich, und mit Leidenschaft, sprachen sie über Gärten und Supermärkte. Als eine hübsche, zierliche Frau mit einer äußeren Erscheinung, die so adrett war wie ihre Kleidung und ihre Meinungen, fügte sie sich mühelos in Rosemarys Leben ein.

An diesem Montagmorgen war Jennie genau die Medizin, die Rosemary in ihrem Zustand des inneren Aufruhrs brauchte. Alles rückte auf Distanz, und für einige glückliche Stunden nahm Ben Morrison Platz auf einem Sitz in den hinteren Rängen ihres Bewußtseins. Bis um halb zwei: Jennie hatte sich mit »dann bis morgen« verabschiedet, um den Bus zu erreichen, der sie, nach einem Zwischenstopp beim Supermarkt Sainsbury's, heimbringen würde, und Rosemary war wieder allein in ihrem Haus mit all den Gedanken und Bildern vom Sonntag, die jetzt wieder auf sie einstürmten. Pat war um zwölf gegangen und hatte einige Kleidungsstücke für die chemische Reinigung und eine Liste jener Dinge, die sie morgen besorgen wollte, mitgenommen. Frances verbrachte die Woche in Paris, wo die Kosmetikfirma, bei der sie arbeitete, eine Werbekampagne durchführte. Rosemary rief ihren Agenten an, aber der war beim Mittagessen. Ihr fiel nichts Besseres ein, als sich mit einem Sandwich und einem Sherry in den Wintergarten zu setzen und Ben – nur für eine kurze Zeit! – Zutritt zu den Räumen ihrer Phantasie zu gewähren.

Sie hatte sich aufgeschrieben, was sie an diesem freien Montagnachmittag alles erledigen wollte. Einige Anrufe, ein Besuch im Gartencenter, schließlich – wenn auch nur ungern – ein Tee mit ihrer Mutter, die sich seit Weihnachten vernachlässigt fühlte. Rosemarys Mutter: Betty Dalton, eine geschiedene und später verwitwete Frau, die neunundsiebzig unerfüllte, mittelmäßige Jahre hinter sich gebracht hatte. Ihr einziges Interesse und ihre ein wenig zweifelhafte Freude im Leben bestanden darin, sich über ihren schon lange verstorbenen Ehemann, von dem sie sich hatte scheiden lassen, zu beklagen. Sie merkte nie, daß das Bedauern der Zuhörer, wenn sie Geschichten über ihn erzählte, stets *ihm* galt. Da sie mehr auf Mitleid als auf Gesellschaft aus war, machte sie sich immer über die »dummen Sachen, die er tat« lustig, ohne jemals zu spüren, welche Reaktionen sie damit hervorrief.

Sie waren fünfundzwanzig Jahre verheiratet gewesen, als er sie verließ. Sie hatte vor, ein Fest zur Silberhochzeit in einem hiesigen Hotel zu feiern. Schließlich war es das, was man erwartete. Soweit es nach Betty ging, war sie eine gute Ehefrau gewesen. Fünfundzwanzig Jahre bedeuteten eben eine erfolgreiche Ehe, so sehr es auch der Verbindung an Liebe gefehlt haben mochte. Sie hatten zwanzig Gäste geladen, darunter die frisch verheiratete, schwangere Rosemary mit ihrem Gatten. Sie hatten die unvermeidliche halbe Melone mit Portwein und die Hühnerbrust in Weintrauben und weißer Sauce gegessen, lauthals ihr Entzücken über den Teewagen und den Kuchen mit der Manschette aus Silberpapier sowie den eßbaren Glocken in Herzform geäußert und sich schließlich an den Port für die Herren und die Tía Maria mit Sahne für die Damen gemacht.

Bill Dalton, Rosemarys schweigsamer und deprimiert wirkender Vater, erhob sich, nach dem Konsum einer ungewöhnlich großen Menge Weines schon nicht mehr ganz klar, von seinem Stuhl und prostete mit seinem Glas seiner Gemahlin am anderen Ende des Tisches zu. Die Gäste, von denen manche aus vorgetäuschter Rührung feuchte Augen bekamen, verstummten und blickten mit erwartungsvollem Lächeln auf ihren Gastgeber. Bill räusperte sich. Er sah niemanden an, nur die Frau am anderen Ende des Tisches, die, zufrieden mit dem Ablauf des gesamten Abends, ihren Mund zu einem Lächeln verzog.

»Betty«, seine Stimme war merkwürdig laut und bestimmt gewesen, »Betty Dalton. Dieser Toast geht an dich. Erstens dafür, daß du mir meine Tochter geschenkt hast, das Allerbeste, was ich je besessen habe. Und zweitens«, er schluckte und hielt inne. In den Augen seiner Frau flackerte plötzlich Mißtrauen angesichts der neugewonnenen Kraft in der Stimme ihres Mannes auf. »Zweitens«, er hatte die Sicherheit wiedergefunden, seine Augen wichen nicht für eine Sekunde von ihrem Gesicht, »dafür, daß du mir die fünfundzwanzig schlimmsten Scheißjahre beschert hast, die ein Mann je haben kann.« Schweigen. Niemand rührte sich oder wagte auch nur zu atmen. »Mir scheint, es ist Zeit für mich zu gehen, bevor du auch noch den Rest meines Lebens beschlagnahmst.«

Ohne ein weiteres Wort trank er sein Glas leer, gab seiner Tochter einen Kuß und streichelte ihr zum Abschied die Wange, schüttelte seinem Schwiegersohn, der ihn mit offenem Mund anstarrte, die Hand, schlug gegenüber den sprachlosen und plötzlich ganz nüchternen Gästen die Hacken zusammen und ging aus dem Speisesaal, dem Hotel und aus Bettys Leben.

Für immer. Er ließ alles hinter sich zurück, inklusive der Rechnung für das Fest.

Es war ein unvergeßlicher Abend, für immer in das Gedächtnis der Freunde eingebrannt, die er dort sitzenließ. Sie verabschiedeten sich von ihrer hysterischen, einer Ohnmacht nahen Gastgeberin, die nun von einer weinenden Tochter getröstet wurde, stahlen sich davon und verschwanden in die Nacht, während ihnen die Ereignisse eines Abends noch einmal durch den Kopf gingen, an die sie sich ihr ganzes Leben lang erinnern und über die sie immer wieder sprechen würden. Wahrscheinlich des einzigen Abends, den sie nie noch zusätzlich würden ausschmücken müssen.

Er hatte seinen Abgang gut vorbereitet. Ein Rechtsanwalt kümmerte sich um das Nachspiel, und Australien und ein neues Leben warteten auf ihren Vater, von dem sie nie wieder etwas hörte, außer zum Schluß durch häufige, liebevolle Briefe, die sie stets vor ihrer Mutter verborgen hielt.

Betty fuhr fort, sich über ihren fürchterlichen Mann zu beschweren und an seinem Andenken herumzuzerren, selbst nachdem einige Jahre später die Nachricht von seinem Tod gekommen war. Er hatte nicht wieder geheiratet, aber Rosemary wußte, daß er wenigstens seine letzten Jahre genossen hatte. Sie verurteilte ihn nie, und aus der Ferne begann sie ihn mehr zu mögen, als sie es jemals als Kind getan hatte.

Ihre Mutter machte weiter wie gehabt. Rosemary bemühte sich ernsthaft, es ihr recht zu machen, ihr mit materiellen Dingen eine Freude zu bereiten, sie rief sie regelmäßig an und holte sie zu sich nach Hause, wann immer sie glaubte, dem gewachsen zu sein. Sie waren bei fast allem gegensätzlicher Meinung, aber Rosemary hatte über die Jahre gelernt, ihre Auffassung für sich zu behalten.

Um halb drei griff sie zum Telefon. Nach dem üblichen Mittagessen ihrer Mutter, bestehend aus Käse und Biskuits, und hoffentlich vor ihrem Nachmittagsschlaf.

»Hallo, Mum. Ich bin's.«

»Der Boiler ist schon wieder kaputt.«

Wie schön, so begrüßt zu werden, dachte Rosemary und verlor gleich den Mut, als sie die vertraute Weinerlichkeit in der Stimme ihrer Mutter registrierte.

»Wir können hier zusammen Tee trinken. Ich komm und hol dich.« Rosemary zwang sich zu einer Überschwenglichkeit im Tonfall, die sie über die Jahre hin perfektioniert hatte.

»Kurz bevor er mich im Stich ließ, hat dein Vater noch diesen Boiler kaputtgemacht.«

Rosemary versagte es sich, darüber nachzudenken, ob es vielleicht einen Zusammenhang zwischen diesen Ereignissen gab. »Mum, das ist dreißig Jahre her. Du kannst unmöglich noch denselben Boiler haben.«

»Er war zu nichts zu gebrauchen im Haus. Wir mußten immer jemanden bestellen.«

»Ich hol dich in ungefähr einer Stunde ab. Und ich ruf einen Klempner an. In Ordnung?«

»Was ich brauche, ist ein neuer Boiler, schon wieder. Die Sachen halten heutzutage nicht mehr lange.«

»Herrgott noch mal, Mum, nun übertreib doch nicht. Nichts hält ewig.«

»Werd nicht blasphemisch, Rosemary«, Betty senkte am anderen Ende der Leitung ihre Stimme, »du weißt, daß ich das nicht mag. Schon gar nicht bei einer Frau in deinem Alter.« Das äußerte eine Agnostikerin, die, außer bei Begräbnissen, nie eine Kirche betrat.

Rosemary seufzte. »Ich bin so bald wie möglich bei dir. Du kannst auch zum Abendessen bleiben, wenn du möchtest.« Sie war Einzelkind. Sie hatte mit der Zeit den Verdacht geschöpft, daß ihre Eltern nur dieses eine Mal Geschlechtsverkehr ausgeübt hatten, und sie war das Resultat gewesen. Ihre Mutter, das war ihr unaufhörlich gesagt worden, hatte eine schwierige Schwangerschaft gehabt, die schließlich in langen Wehen gipfelte.

»Warum sollte irgend jemand so etwas ein zweites Mal durchmachen wollen?« hatte Betty wieder und wieder gefragt, wenn Freunde ein zweites oder drittes Kind bekamen, und damit im Kopf ihrer heranwachsenden Tochter furchterregende Bilder der Zukunft heraufbeschworen.

Als Betty aus der Entbindungsklinik in Brixton heimgekehrt war (»Streatham Hill«, pflegte sie immer pedantisch zu korrigieren, wenn Brixton erwähnt wurde, »in Streatham Hill bist du geboren«), hatte sie die Kleider und die wenigen persönlichen Toilettenartikel ihres Mannes in den Abstellraum am ersten Treppenabsatz ihres Zweieinhalb-Schlafzimmer-Reihenhauses geräumt, in dem sie und ihr Mann seit ihrer Eheschließung vor dem Zweiten Weltkrieg zur Miete wohnten. Es war ein kleines, gepflegtes Haus mit Garten; sie war in all diesen Jahren nicht davon abzubringen gewesen, hier weiter zu wohnen, und schließlich hatte es Rosemary für sie vor einigen Jahren zu einem erheblich reduzierten Preis gekauft. Betty hatte damals das gebrauchte und neu angestrichene Kinderbett in dem großen Elternschlafzimmer im vorderen Teil des Hauses aufgestellt, das sie bis dahin mit dem sanftmütigen kleinen Mann, mit dem sie verheiratet war, geteilt hatte.

In der Annahme, der Abstellraum würde als Kinderzimmer dienen, war Bill, der von der Armee Sonderurlaub – es war Kriegszeit – erhalten hatte, nach Hause gekommen, als sich das Baby ankündigte. Während seine Frau in der Entbindungsklinik lag, arbeitete er Tag und Nacht, um den kleinen Raum, der, wie er glaubte, sein Erstgeborenes aufnehmen und beherbergen würde, liebevoll zu tapezieren und zu streichen. Aber dann war er es, der hier, ohne zu murren, in dem rosa und weißen Schlafzimmer mit der Teddybärtapete auf einer schmalen Liege schlief. Und dort blieb er auch, bis Rosemary aus dem Haus ging und er in ihr Zimmer zog, das gegenüber dem von Betty lag, mit dem Badezimmer dazwischen.

Betty zufolge hatte er allein im kleinsten Raum des Hauses am ersten Treppenabsatz gelebt, beiseite geschoben von den Frauen in seinem Leben, schweigend in seiner Isolation. Geächtet. Betty meinte häufig, er habe sie »nie wieder belästigt, Gott sei Dank« – als wäre dies das einzig Anständige gewesen, das er in seinem ganzen Leben vollbracht hätte. Allein in diesem Raum, umringt von Teddybären; keiner ahnte, was er wohl geträumt haben mochte. Welche Pläne er gemacht hatte. Welche Sehnsüchte unerfüllt blieben. Sex hatte seiner Frau nie etwas bedeutet, geschweige denn, daß er ihr Vergnügen bereitet hätte. Rosemary hatte nie zu fragen gewagt, warum sie eigentlich geheiratet hatten. Es war alles so lange her, und die Gefühle waren längst begraben und vergessen. So wuchs Rosemary in diesem sterilen, lieblosen

Haus heran, bis sie, bald nach dem Abschluß des Gymnasiums, John Downey getroffen hatte. Sie heiratete ihn schnell und viel zu jung, nur um wegzukommen; sie war, schon erfahren durch das »wilde Petting« ihrer Teenagerzeit, bereit abzuhauen, und es gab zu jener Zeit nun einmal nichts anderes, wo man hinflüchten konnte, als in ein Ehebett.

Um drei Uhr war sie auf dem Weg zu ihrer Mutter, sie fürchtete den auf sie zukommenden Nachmittag, wurde aber getrieben von der sogenannten Tugend, die man ihr als einziger Tochter wieder und wieder eingebleut hatte: Pflichtbewußtsein. Und wieder einmal opferte sie ihre freie Zeit den Bedürfnissen anderer Personen.

Ihre Mutter wartete bereits im vorderen Zimmer, als Rosemary eintraf. Den Hut auf, ihren Mantel griffbereit, ließ sie ihr übliches »Von mir aus kann's losgehen« hören. Mechanisch küßte ihre Tochter die trockene, dick gepuderte Wange, die sie ihr hinhielt.

»Schön, dich so guter Dinge zu sehen, Mum, trotz des Boilers.«

»Ich mach mir nichts daraus. Aber ich danke dir trotzdem, daß du gekommen bist, in diesem Haus ist es kalt, und das geht mir direkt in die alten Knochen.«

Rosemary lächelte. »Willst du bei mir wohnen, bis man den Boiler repariert hat?« Rosemary kreuzte die Finger hinter ihrem Rücken, während sie ihre Mutter aus dem zugesperrten, verriegelten und vergitterten Haus hinausführte und ihr in den großen, eleganten, teuren Wagen hineinhalf, den sie vor lauter Aufregung bei ihrer Ankunft vergessen hatte abzuschließen.

Betty hielt inne und musterte argwöhnisch ihre

Tochter, bevor sie den Kampf mit dem Sicherheitsgurt aufnahm. »Nein, ich würde dich ja doch nie sehen. Außerdem kann ich dieses Weibsbild Pat nicht ertragen. Sie tut so vertraulich.« Und ihr kleiner, unzufriedener Mund kniff sich bei der Erinnerung daran, wie Pat einmal so dreist gewesen war, sie Betty zu nennen, noch mehr zusammen als sonst. Rosemary seufzte innerlich auf, drehte ihre Augen himmelwärts und staunte einmal mehr über den Snobismus der unteren Mittelschicht.

Auf dem Weg zurück nach Wimbledon hielten sie zwischendurch an, um Kuchen für den Tee zu kaufen. Zitronenkuchen, die Sorte, die ihre Mutter besonders mochte. Und die Rosemary verabscheute. Das früher wöchentlich zelebrierte Ritual zum Tee hatte jetzt begonnen. Irgendwann am späten Nachmittag tauchte Ella auf; sie kam wie ein aufgedrehter Teenager durch die Hintertür ins Haus gestürmt und schrie aus vollem Hals: »Ich hab den gottverdammten Job! Mum?« Als sie ins Wohnzimmer platzte, sah sie ihre Großmutter neben dem brennenden Kaminfeuer sitzen, mit einem Mund, der sich zu einer kleinen sauren Weintraube zusammengezogen hatte bei dem Wort, das ihrer Enkelin so leicht von den Lippen gekommen war.

»Oh, Scheiße«, entfuhr es Ella, womit sie es nur noch schlimmer machte. »Ups, 'tschuldige, Grandma.«

Sie beugte sich herunter, um der kerzengerade dasitzenden kleinen Frau, in der sich alles sträubte, einen Kuß auf den Scheitel ihres von viel zu vielen Dauerwellen gemarterten grauen Haares zu drücken, und hob in gespieltem Schrecken ihre Augenbrauen in Richtung ihrer Mutter, die auf der anderen Seite des Kamins saß.

Rosemary, die die Kraftausdrücke ignorierte, schon an sie gewöhnt war und sie nicht persönlich nahm, sagte: »Wunderbar. Wo? Was?«

»Drei Stücke in Nottingham. Gute Rollen. Gute Stücke«

»Kein Geld!« fügten sie gemeinsam hinzu.

»Wann fängst du an?« Rosemary goß eine dritte Tasse Tee ein und zuckte zusammen, als Ella sich auf das Sofa warf, dabei den gestickten Überzug zerknüllte und die sorgsam plazierten Kissen eindrückte.

»Du konntest noch nie richtig auf einer Couch sitzen«, stellte Betty fest, aber sie lächelte dabei. Ella war immer ihr Liebling gewesen. Es war auch nicht schwer, sich von dieser selbstsicheren jungen Frau angezogen zu fühlen, deren Wahlspruch »Nimm mich so wie ich bin« lauten könnte. Betty lehnte es ab, irgend etwas auch nur im entferntesten »Schlechtes« von Ella anzunehmen oder sich gar damit auseinanderzusetzen; sie sah nur, was sie sehen wollte. Ella nahm den Tee und griff mit der Hand ein Stück Kuchen, ohne den Tellern Beachtung zu schenken. Rosemary sah, wie die Krümel in der Falte des Sofas verschwanden.

»Ich beginne nächsten Montag mit den Proben«, erwiderte Ella. »Ich denke, irgend jemand muß in der letzten Minute ausgefallen sein. Ganz schön Glück gehabt, echt. Ich werde nächsten Samstag nach Nottingham fahren und mich nach 'ner Bude umsehen.« Den nächsten Satz sprach sie mit dem Mund voller Kuchen, und Rosemary mußte sie auffordern, ihn zu wiederholen. Sie tat es. »Hat Ben heute angerufen?«

Rosemary schnürte es die Kehle zu. »Für dich hat

heute überhaupt niemand angerufen«, brachte sie hervor, erstaunt darüber, wie normal ihre Stimme klang.

»Er sagte, er würde dich anrufen, um sich zu bedanken – und, kann er wiederkommen? Ich glaube, du gefällst ihm, Mum.« Ella ließ die Worte ganz beiläufig in Richtung ihrer in höchstem Grade angespannten Mutter fallen, aber Rosemary wußte, daß sie sie nur sagte, um irgendeine Reaktion bei ihr hervorzurufen. Der Ausdruck in Ellas Augen strafte den leichtfertigen Ton ihrer Stimme Lügen. Und Rosemary enttäuschte sie nicht. Sie errötete für einen Moment wie ein Schulmädchen, und Ella wußte Bescheid. Sie richtete sich ein klein wenig auf, lächelte wie eine Sphinx und fuhr mit der Zunge an ihre Oberlippe – eine Angewohnheit, die sie seit ihrer Kindheit hatte und immer dann zeigte, wenn sie besonders zufrieden war mit sich, über eine ihrer Bosheiten oder einen Unfug, den sie mit voller Absicht begangen hatte.

»Wer ist Ben?« fragte Betty, während sie einen scharfen Blick von Mutter zu Tochter wandern ließ, nicht ganz sicher, was der unvermittelte Klimawechsel im Raum zu bedeuten hatte, aber noch keineswegs zu alt, um ihn zu bemerken.

»Einer von Ellas Freunden, Mum. Er war hier übers Wochenende. Ein junger Schauspieler.« Sie fand, daß sie das »jung« etwas zu sehr betonte. »Sie zieht mich nur auf. Möchtest du noch etwas Tee?« Die Verhältnisse im Raum rückten sich wieder zurecht, Ella lachte, und der Moment war vorüber.

Auf den Nachmittag folgte ein kalter Abend, und plötzlich fing es an zu schneien. Betty mußte nun doch bleiben, sie war zwar mürrisch, weil sie nicht in ihrem eigenen Bett schlafen konnte, aber hatte viel zu große Angst, um sich selbst von ihrer vorsichtigen Tochter auf glatten Straßen nach Hause fahren zu lassen. Ella konnte sie am Morgen zurückbringen, sobald sich Rosemary auf den Weg ins Studio der BBC gemacht hatte, wo sie eine Radioquizsendung aufzeichnen sollte. Sie legten eine Wärmflasche in eines der Gästebetten und ein Nachthemd zum Aufwärmen in den Trockenschrank für die Wäsche, Rosemary bereitete ein frühes, phantasieloses Abendessen, das die drei vor dem Fernseher zu sich nahmen, in dem eine noch phantasielosere Serie lief, die aber Betty um keinen Preis verpassen wollte.

Ella, beflügelt von der Aussicht auf die Arbeit, kostete die schönste Seite des Schauspielerdaseins aus – den Moment, nachdem man eine Rolle angeboten bekommen hatte. Sie führte eine lebhafte Unterhaltung mit ihrer Großmutter und überließ Rosemary damit dem zweifelhaften, aber verlockenden Umherschweifen ihres Unterbewußtseins, dem sie schließlich erlaubte, an die Oberfläche zu kommen und dort zu verweilen. Ben Morrison. Und dann, um zehn Uhr, gerade als die Nachrichten begannen und Betty ankündigte, es werde langsam Zeit zum Schlafengehen, klingelte das Telefon. Rosemary wußte ohne den leisesten Zweifel, wer es war.

»Hallo?« Sie war in den Korridor gegangen, um den Anruf entgegenzunehmen; dort war sie außer Reichweite der wachsamen Blicke ihrer Mutter.

»Rosemary?« Er hörte sich tatsächlich so an, als wäre er nervös.

»Ja?« Sie gab ihrer Stimme einen fragenden Unterton, sie wollte keinesfalls zugeben, daß sie seine Stimme sofort erkannt hatte.

»Ich bin's, Ben.« Eine Pause, und für einen Augenblick Schweigen an beiden Enden der Leitung. Dann sagte er: »Ben Morrison.«

»Oh, hallo Ben. Sie wollen Ella sprechen? Ich hole sie.«

»Nein.« Die Antwort erfolgte sofort, noch bevor sie ihren letzten Satz beendet hatte. »Ich wollte mich bei Ihnen für das Wochenende bedanken.«

»Schön, daß es Ihnen gefallen hat. Sie können gerne mit Ella wiederkommen.«

»Fein.«

Dann sagten sie lange nichts. Die Förmlichkeit zwischen ihnen schien knisternd durch die Leitung zu kriechen. Sie wartete, durchschaute das Spiel noch nicht. Wer war dran mit dem nächsten Zug?

Bens Tonfall wurde vertraulicher. »Warum treffen wir uns nicht irgendwo zu einem Drink?«

»Zu einem Drink?« Wie eine Schülerin fragte sie sich ängstlich, ob er vielleicht das wilde Schlagen ihres arglosen Herzens hören konnte.

»Das wird mir jetzt zu kompliziert«, er lachte. »Helfen Sie mir weiter, Lady.«

Wieder eine Pause. Sie grübelte über das Wort »Lady«. Dann sagte sie: »Ben, warum kommen Sie nicht am Donnerstag nach der Show mit Ella auf einen Drink?«

»Wie bitte? Mit *Ella*?« Er wirkte eingeschnappt.

Ihn ein wenig aus der Fassung gebracht zu haben, gab ihr das Gefühl, die Stärkere im Ring zu sein. Sie hatte ihre Beherrschung wiedergewonnen und lachte. »Ich lasse zwei Karten zurücklegen – und freue mich darauf, Sie wiederzusehen. Bleiben Sie dran, ich hol Ella.«

»Sie sind der Boß.« In seiner Stimme war ein Lächeln, das durch die Telefonleitung zu ihr kam.

Sie lachte und wiederholte: »Ich hol jetzt Ella, und ihr könnt alles weitere besprechen. Bis Donnerstag.«

»Ich zähle die Stunden.«

Sie legte den Hörer vor sich auf den Tisch. Ohne sich von der Stelle zu rühren, rief sie ihre Tochter. »Ella, es ist Ben. Für dich. Er wird dir sagen, worum es geht.« Sie wandte sich um und ging in die Küche, um die Milch für die Ovomaltine warm zu machen, die ihre Mutter vor dem Schlafengehen trinken wollte. Drei Tage bis Donnerstag. Drei Tage. Es hatte bereits etwas begonnen. Etwas, das nicht zu stoppen war, wenn sie die Erinnerung an ihre Jugend nicht trog. Wie war er? Selbstsicher, ziemlich arrogant, aufregend und – *jung*. Das war das Wort, das sie ganz hinten aus einer Ecke ihres Bewußtseins holte und nun an die Spitze ihrer Gedanken stellte. Was um alles in der Welt würden sie gemeinsam haben? Und war das überhaupt von Belang? Es würde nicht halten, müßte auch nicht halten, sie konnte gehen, wenn jenes unleugbar vorhandene Verlangen mehr oder weniger gestillt war. Sie war inzwischen alt genug, um den Moment zu erkennen, den Moment, in dem es gefährlich wurde und sie sich aus dem Staub zu machen hatte. Das Leben war nun mal keine Kleideranprobe, wie Frances gesagt hatte. Und sie wollte ihn. Ein für alle Male und ganz offen zugegeben. Ja, bei Gott, sie wollte ihn. Die Zubereitung der Ovomaltine wurde von zitternden Knien und einer gewissen Feuchtigkeit begleitet, die, würden sie sich mit dem Zucker hineinrühren lassen, ihrer Mutter eine sehr unruhige Nacht beschert hätten.

Rosemary nahm noch einen Drink, brachte ihre Mutter ins Bett, vermied den direkten Augenkontakt zu ihrer Tochter und zog sich früh mit einem neuen Buch aus der Bibliothek ins obere Stockwerk zurück. Nachdem sie denselben Absatz sechsmal gelesen hatte, löschte sie das Licht und vergrub ihr Gesicht zusammen mit den braunen, bodenlosen Augen von Ben Morrison in ihr Kopfkissen. Und das brodelnde Gemisch aus Panik und Verwirrung, das seit Samstag morgen ein Teil von ihr war, nahm nun die klare Form erregender erotischer Vorstellungen und Bewegungen an, aus denen zwangsläufig Liebkosungen von Händen und Zungen wurden, die sich in ihre Gedanken drängten, bis sie in einen traumerfüllten Schlaf fiel.

Kapitel 3

Der Aufnahmetag im Studio rückte diese Woche nur langsam näher. Sie war, wie sie sich eingestehen mußte, schon drei Tage im voraus aufgeregt. *Mein Gott,* dachte sie, als sie am Donnerstag morgen die Augen aufschlug, *du lieber Gott, ich fühle mich wieder wie sechzehn.* Und sie erinnerte sich sehr deutlich daran, daß es – was immer auch die Leute einem im Teenageralter sagen mochten, als man mit aller Macht erwachsen werden wollte – nur sehr wenige schöne Momente mit sechzehn gegeben hatte.

Sie stand sofort auf, um zu verhindern, daß die erotischen Träume, die sie die letzten Nächte gehabt hatte, sie auch noch die Morgenstunden hindurch verfolgten.

Als sie endlich fertig angezogen und zurechtgemacht war, setzte sie sich mit Tee und Toast unten in die Stille der Küche. Nur Ben, der Kater, leistete ihr Gesellschaft. Er hatte ihr, während sie Tee eingoß, eine kleine Feldmaus als Liebesbeweis zu Füßen gelegt, die er mit großer Freude durch das Katzentürchen geschleift hatte. Sie dankte ihm überschwenglich, erhob sich, außerstande, das Tier zu berühren, auch wenn es tot war, und nahm auf der gegenüberliegenden Seite des Tisches Platz, wo jener andere Ben am vergangenen Samstag morgen gesessen hatte. Pat, die sich vor nichts fürchtete oder ekelte, würde die tote Opfergabe schon entfernen.

Um neun Uhr war Rosemary unterwegs zum Friseur, in der Limousine, die das Studio an den Aufnahmetagen zur Verfügung stellte. Sie hatte eine Nachricht für Ella hinterlassen, daß sie sich nach der Show im Gästeraum treffen sollten. Und vielleicht könnte Ella auch irgendwo für neun einen Tisch bestellen. *Das ist wahrscheinlich ein Fehler*, dachte sie, *wir landen zum Schluß im »Joe Allen's«, und Gott und die Welt werden dort sein.*

Ihr Haar war fertig: gekämmt, leicht toupiert und gesprayt. »Wieso muß es eigentlich unbedingt wie ein blonder Footballhelm aussehen?« fragte Ella immer. Rosemary machte es sich bequem in der Limousine, ihr war ein bißchen übel von dem Kaffee, von dem sie Unmengen beim Friseur getrunken hatte. Der Fahrer steuerte den Wagen routiniert durch den Londoner Verkehr und lieferte sie pünktlich zur Mittagszeit vor den Studios ab.

In ihrem Umkleideraum standen wie immer Blumen vom Produzenten. Die Garderobiere legte ihr zwei Kostüme zur Auswahl vor. Es war ihr unmöglich, sich zu entscheiden.

»Ich weiß nicht, May – sag du, welches ich nehmen soll.«

»Ich bügle sie beide«, erwiderte May, »Sie können sich später noch entscheiden. Wollen Sie einen Kaffee?«

»Nein, danke, hab schon zuviel getrunken.«

Man ließ sie für eine Weile allein, so daß sie das Skript für die Aufzeichnung an diesem Abend durchgehen konnte. Zwei Gäste, davon einer aus den Staaten, eine neue, sehr beliebte Gruppe, die an der Spitze der Charts stand, und die üblichen Kritiker, das war das Programm der wöchentlichen Fünfundvierzig-Minuten-Show.

Zum Mittagessen ging sie in den Speisesaal für die Geschäftsleitung, um gemeinsam mit Derek Smyleton, ihrem Produzenten, und Anne Jefferies, der festangestellten Regisseurin, zu essen und einen Schwatz zu halten. Wie immer dominierte Derek die Unterhaltung. Anne, eine inkompetente Frau Mitte Dreißig, lächelte und nickte zu allem, was er sagte – eine Pflichtübung, die sie gut gelernt und die ihr den Job gesichert hatte, in dem sie sich nun langweilte. Rosemary fand immer, daß das Verhältnis zwischen Derek und Anne auf geradezu faszinierende Weise fürchterlich war. Sie hatten seit ungefähr zehn Jahren ein Verhältnis miteinander. Anne war seine Sekretärin, dann seine persönliche Assistentin gewesen, und zum

Schluß hatte er die Studioleitung dazu gebracht, ihr den Posten eines Regisseurs zu geben. Zur Zeit beschäftigte er sie bei der Show, die er produzierte. Zwanzig Jahre älter als Anne und verheiratet, hatte er nicht die leiseste Absicht, irgend etwas an seinem Leben, in dem alles wie geschmiert lief, zu ändern.

Die ganze Beziehung bestand aus solchen Klischees, und Rosemary hatte sich mit der Zeit an Annes ständiges »Wird er sich nie scheiden lassen?« gewöhnt. Was Rosemary wirklich beschäftigte, wenn sie mit ihnen zusammensaß, war die Frage, wo sie es wohl derzeit zusammen trieben. Auf dem Rücksitz des Wagens? In seinem Büro in den Studios? Und wie schrecklich ist wohl Derek im Bett? Sie wandte ihre Augen von Dereks unablässig kauendem Mund, sah sich beide an und verharrte weiter fasziniert bei der wenig reizvollen Vorstellung, wie diese beiden Körper im Kampf der Leidenschaft keuchten.

»Ich habe heute abend zwei Gäste, Derek«, unterbrach sie die Unterhaltung. Sie hatte das Bedürfnis, hier schnell wegzukommen. »Ella und einen Freund. Kann sich jemand um sie kümmern?«

»Natürlich, natürlich, liebes Kind. Ich werde das veranlassen.«

Rosemary ging in die Maske und ließ, im Sessel zurückgelehnt und die Augen geschlossen, das Geplauder der Maskenbildnerinnen über sich ergehen. Vor einigen Jahren hatte ihr jemand gesagt, daß die Boulevardzeitungen von solchen Orten ihre Klatschgeschichten bezogen. Und Rosemary glaubte ihm. Es machte Spaß zuzuhören, war aber gefährlich, daran teilzunehmen.

Ihr Skript, einen Füller und ihr Notizbuch in der

Hand, spazierte sie zum Studio. Während der Aufnahmeleiter mit ihr die Regieanweisungen durchging, brachte ihr die aufmerksame May einen Kaffee. Die Musikgruppe begann zu proben, und Rosemary zog sich mit Annette, die für die Recherche bei der Sendung verantwortlich war, für die allerletzten Hinweise in den noch ruhigen Gästeraum zurück.

»Sie sind diese Woche beide recht unproblematisch«, sagte Annette. »Du darfst nur nicht an Gene Hymans erste Ehe rühren – das ist das einzig heikle Gebiet.«

»Und das interessanteste«, erwiderte Rosemary, ohne von den Seiten in ihrer Hand aufzublicken.

Die junge Frau lachte und seufzte in einem. »Ist das nicht immer so?« fragte sie.

Auch die Teepause ging vorüber. Im Studio wurde es geschäftiger, lauter und voller, immer mehr Menschen kamen, brachten Unruhe, trafen Vorbereitungen für die herannahende Show. Die zwei Gastkritiker dieser Woche kamen von einer seit langem laufenden Fernsehserie und von einer neuen Quizsendung. Die Schauspielerin aus der Serie hatte das Stück, das sie besprechen sollte, abscheulich gefunden.

»Was zum Teufel sag ich nur? Wenn ich mit der Wahrheit rausrücke, krieg ich Drohbriefe von den Schauspielern.«

»Dann mach den Regisseur herunter«, riet der junge Moderator der Quizsendung.

Die Schauspielerin seufzte. »Dann wird er mich nie engagieren.«

Rosemary bedauerte sie. Für eine Schauspielerin war es eine ziemlich heikle Sache, sich öffentlich über eine Sendung kritisch zu äußern; eine ehrliche Meinung war oft am besten in den eigenen vier Wänden aufgehoben.

Um halb sieben waren beide Gäste der Talkshow, mit Ehepartnern und Gefolge, eingetroffen und hatten es sich mit allen anderen zusammen im Gästeraum gemütlich gemacht, mit Ausnahme von Rosemary, die allein mit dem kleinen Whisky Soda, den sie sich vor jeder Aufzeichnung gestattete, in ihrer Garderobe saß. Sie hatte es sich zur Regel gemacht, die Gäste nicht vor der Show zu treffen, damit sie sich nicht schon »ausplauderten«.

Um Viertel nach sieben begann der für das Warmup zuständige Mann das Studiopublikum in Stimmung zu bringen. Rosemary stand hinter dem Set, hörte zu und fragte sich, ob Ben und Ella gekommen waren. Sie wandte sich an May. »Weißt du, ob jemand nach meinen Gästen gesehen hat?«

»Ich werde mal nachfragen«, flüsterte May und war schon verschwunden, bevor Rosemary ihr sagen konnte, sie solle sich nicht weiter darum kümmern. Ben war in diesem Augenblick die allerletzte Person, der sie erlauben konnte, sie in ihrer Konzentration zu stören.

»Halt dich bereit«, rief der Aufnahmeleiter, und Rosemary sah sich nach einem Platz um, wo sie ihre nun überflüssigen Notizen ablegen konnte.

»Alles klar. Ella und ihr Freund sind da«, raunte ihr May zu und entschwand wieder, nachdem sie an Rosemarys Rock herumgezupft und ihr das Skript aus den plötzlich feuchten Händen gerissen hatte.

»Bitte Ruhe im Studio.« Und der Countdown begann. »Fünfzehn Sekunden bis zur Aufnahme.« In diesem Moment wünschte sie, Schuhe mit niedrigeren Absätzen und einen nicht so engen Rock zu tragen. »Zehn Sekunden«, – der Gang zu ihrem Stuhl auf der Bühne dauerte jede Woche länger – »fünf, vier, drei, zwei« – die Erkennungsmelodie schwoll an, eine unsichtbare Stimme dröhnte: »Meine Damen und Herren, begrüßen Sie unsere Sonntagabendgastgeberin Rosemary Downey.« Und sie war auf Sendung. Ihr Kopf wurde klar, ihr Lächeln war echt. Dieser Teil ihres Lebens war unangreifbar und gehörte ihr ganz allein.

Die Show lief zum Glück reibungslos, was hieß, daß die Gäste brav bei den Themen blieben, die vorbereitet worden waren. Langweilig, aber sicher. An diesem Abend war es genau das, was Rosemary wollte. Es gab nicht einmal ein technisches Problem, das Musikquartett spielte den Schlußakkord, das Publikum applaudierte, und die Aufzeichnung war beendet. Man wartete noch die obligatorischen Minuten, um zu überprüfen, ob das Aufnahmeband in Ordnung war, und dann kam der Standfotograf, um Bilder von Rosemary und den Gästen zu schießen. Das Publikum erhob sich, nachdem es entlassen war, von den Sitzen, Rosemary lächelte für den Fotografen und unterhielt sich mit dem Gast aus Amerika, der nun interessanter plauderte als zuvor in der Show.

Es ist immer das gleiche, dachte Rosemary, die ihre Blicke über die im Aufbruch befindlichen Leute schweifen ließ. Sie sah ihn sofort. Er saß ganz am äußeren Ende einer Reihe in der Mitte des ansteigenden Zuschauerblocks, Ella neben ihm. Rosemary registrierte gerade mal, daß sie auch da war, dann richtete sie schnell ihren Blick wieder fest auf Ben. Er saß lässig auf seinem Stuhl, Kopf und Schultern nach vorn, ein Baum von einem Mann, unerschütterlich inmitten der Menschen, die sich um ihn herumdrängten. Die Augen auf Rosemary gerichtet, erhob er sich plötzlich, um jemanden vorbeizulassen. Er lächelte flüchtig und neigte den Kopf. Ella winkte und gab ihrer Mutter mit Gesten zu verstehen, daß sie sich oben zu einem Drink treffen würden. Dann verließen sie beide den Raum, wobei sich Ella an Bens Arm klammerte. Er ließ es geschehen, noch immer lächelnd warf er einen Blick zurück – für einen Moment festgehalten, fotografiert für eine Ecke in Rosemarys Gedächtnis.

Während sie sich in ihrer Garderobe umzog und mit zitternden Händen vergeblich versuchte, Lippenstift aufzutragen, ohne ihn auf die Nase zu schmieren, hörte sie mit halbem Ohr Mays üblichem Tratsch zu.

»Ein hübscher junger Mann, mit dem Ella da ist. Ist es etwa was Ernstes?«

»Ich glaube nicht«, sagte sie laut und mit ruhiger Stimme – und zu sich selbst: *um Himmels willen, bloß nicht*. Bestürzt über das heimliche Eingeständnis, aufgeregt vor lauter Erwartung, ließ sie die Ohrringe aus den zittrigen Händen fallen, sprühte viel zu viel Parfum auf, dankte May und gab ihr wie immer ein zu großzügiges Trinkgeld. Dann war Ruhe in ihrer Garderobe, sie wusch sich noch einmal die Hände und wünschte, sie wäre zu Hause. Bedrohlich tauchten die vielen Leute im Gästeraum vor ihrem inneren Auge auf. Ben war einer von ihnen. Er wartete.

Unten angekommen, drängte sie sich langsam, leutselig nach links und rechts plaudernd, durch den überfüllten Raum zu Ella und Ben durch, die sich mit Derek und Anne, die ihm nicht von der Seite wich, unterhielten.

Schließlich stand sie neben Ben, sah zu ihm auf und fühlte sich klein, geradezu winzig, trotz ihrer hohen Absätze. Er, kräftig, selbstsicher, lächelte bei ihrem Anblick, beugte sich herunter, um sie auf beide Wangen zu küssen, die teenagerhaft erröteten, und genoß ihre Verlegenheit.

»Hallo, Ellas Mutter.«

»Ben, nett, Sie wiederzusehen. Danke fürs Kommen.«

»Nette Show, Mum«, sagte Ella, wobei sie das »nett« besonders betonte. Dann fügte sie abrupt hinzu: »Ich hab bei ›Joe's‹ für halb zehn reserviert, ist das okay?«

»Einverstanden.« Rosemary wandte sich aus Höflichkeit an Derek und Anne. »Wollt ihr mitkommen, ihr beiden?«

Das Paar wechselte rasch einen Blick. Ihre Augen waren bittend, seine ausdruckslos. »Nein.« Derek sprach hastig. »Anne und ich haben uns schon verabredet. Ein paar Leute treffen.«

»Wie schade«, log Rosemary. »Und danke euch beiden nochmals. Es lief alles wunderbar glatt.«

»Und langweilig«, murmelte Ella, nachdem sie sich verabschiedet hatten und sich ihren Weg durch den Raum bahnten.

Derek tauchte noch einmal an der Tür auf, als sie gerade verschwinden wollten, und stellte sich Ben in den Weg. Dieselben ausdruckslosen Augen, die Lippen noch immer zu einem Lächeln verzogen. »Irgendwo hat es gerade bei mir geklingelt, daß wir Sie mal in die Show einladen sollten. Ganz schön tüchtig, junger Mann, wie ich höre. Wollen Sie einmal eine der Kritiken übernehmen?« Er stieß Ben einen seiner Wurstfinger neckisch vor die Brust, und Rosemary schloß vor Empörung die Augen.

»Also, vielen Dank, Derek. Ich denke, es ist das beste, wenn sich jemand mit meinem Agenten in Verbindung setzt.«

Rosemary entfuhr ein Seufzer der Erleichterung, und Derek kehrte, zufrieden mit sich, zu den anderen Gästen zurück. Ben lächelte ihr zu und zuckte leicht die Schultern.

»Beschissenes Gönnergehabe«, zischte Ella laut durch die Zähne, während sie noch lächelte.

»Ssh«, machte Rosemary, »er ist mein Brötchengeber.«

»Dadurch wird er noch nicht zu einer netten Person.« Sie fuhren mit dem Lift in die vordere Empfangshalle. Ella war noch immer entrüstet. »Mein Gott, Mum, mit was für Wichsern arbeitest du?«

Und selbst zwanzig Minuten später, als sie schon im Restaurant waren und die Speisekarte studierten, konnte sie, wie ein Terrier, keine Ruhe geben.

»Wie kannst du das mit diesem Typ nur Woche für Woche aushalten?«

Ben schwieg und wählte sein Gericht aus, während Mutter und Tochter auf wohlvertraute Art miteinander stritten.

»Ella, laß mich jetzt damit in Ruhe. Schließlich muß *ich* mit ihm arbeiten und nicht du. Sei dankbar dafür.«

Wenn sie mir diesen Abend verdirbt, bring ich sie um, dachte Rosemary und überlegte, was sie bestellen sollte. Ihr war inzwischen jeder Hunger vergangen – die bloße Anwesenheit von Ben am Tisch hatte den Raum um sie herum mit Energie aufgeladen.

Wie ein vom Licht angezogener Nachtfalter prallte Ella gegen die unsichtbare Wand, die ihre Mutter und Ben umgab; sie wußte, was das zu bedeuten hatte, und es gefiel ihr überhaupt nicht. Schmetterlingsgleich flatterte sie eine Weile im Lokal von Tisch zu Tisch hin und her.

Kurze Zeit waren sie allein, die Bestellung war schon aufgegeben, und die Getränke standen vor ihnen. Ben und Rosemary sahen sich an und lächelten.

»Sie sind schweigsam«, sagte sie.

»Wer muß schon viel reden, wenn Ella dabei ist?«

»Es tut mir leid. Sie ist heute abend in einer aggressiven Stimmung.«

»Warum entschuldigen *Sie* sich? Es macht mir außerdem nichts aus, ich bin daran gewöhnt. Sie hat eine niedrige Toleranzschwelle. Sie kann eben Dummköpfe nicht gut vertragen.«

»In unserem Metier muß man das aber.«

»Manchmal.«

Sie tranken schweigend. Rosemary winkte einigen bekannten Gesichtern am gegenüberliegenden Ende des gut gefüllten Restaurants zu.

»Mir wäre ein anderer Ort lieber gewesen«, meinte Ben.

Sie sah ihn skeptisch an. »Sie hätten es sagen sollen.«

Er lächelte. »Es ist Ellas Abend. Sie scheint die Fäden in der Hand zu halten.« Langes Schweigen.

»Sollen wir das zulassen?« fragte Rosemary, nur um ihn zu einer Reaktion zu bewegen.

»Wir haben viel Zeit, Rosie«, und rasch legte er für einen kurzen Moment seine Hand auf ihre. Als sie zu zittern begann und etwas von ihrem Getränk verschüttete, hielt er ihre Hand zusammen mit dem Glas fest, während seine Augen unverwandt auf ihrem Gesicht ruhten. »Stört es Sie, wenn ich Sie Rosie nenne?«

»Das tut keiner. Seit meiner Kindheit nicht. Aber nein«, ein Lächeln schwang in ihrer Stimme mit, »nein. Es stört mich nicht. Ich komme mir dabei wie ein junges Mädchen vor.«

Ella kehrte zurück, und ihr Essen kam. Rosemary und Ben aßen nur sehr wenig. Als Beilage zu Ellas Hamburger wurden Pommes frites gereicht. Ben hatte Rotwein bestellt.

Er nannte sie nicht noch einmal Rosie, nicht vor Ella. Alle drei spielten den Abend über ihren jeweiligen Part weiter. Ella provozierte, Ben war ruhig und geduldig, Rosemary wollte mit ihm allein sein. Wollte seine Hand noch einmal auf ihrer spüren. Aber Ella blieb am Tisch. Dann, nach Mitternacht, des Spiels überdrüssig, stand sie auf und verkündete: »Ich muß aufs Klo, Mum. Und ich bestell ein Taxi.«

»Die Rechnung übernehme ich«, sagte Ben. »Keine Widerrede. Aber ihr könnt mich mit dem Taxi absetzen, wenn ihr wollt.«

Ella ging zur Toilette, und Ben lehnte sich zu Rosemary hinüber. »Können wir nicht das Ganze noch einmal wiederholen, und das nächste Mal nur wir zwei?«

»Ja.« Kein Zögern war in ihrer Stimme, nur Furcht, daß Ella zu früh wieder auftauchen könnte.

»Wann?« Seine Stimme war fordernd, bedrängte sie, trieb sie in die Enge.

»Rufen Sie mich an.«

»Morgen?«

Plötzlich brachte sie, atemlos, mit zusammengeschnürter Kehle, nur noch ein Nicken zustande. Sie fühlte ihr Herz heftig schlagen, eine angstvolle Erregung durchflutete ihren Körper.

»Ich rufe Sie morgen um zehn an«, sagte Ben leise, als er Ella kommen sah. »Schlafen Sie gut, Rosie. Und machen Sie sich keine Sorgen.«

Mehr gab es nicht zu sagen. Ella setzte sich wieder, und sie tranken noch einen Kaffee, während sie auf das Taxi warteten. Beide überkam ein Gefühl der Ruhe. Rosemary hatte den kurzen Moment, in dem sie in der Lage gewesen war, anzuhalten, sich umzuwenden und davonzugehen, verstreichen lassen. Jetzt gab es nur noch den einen Weg. Sie spürte mit einemmal eine ungewöhnliche Entschlossenheit, auf die Frances stolz gewesen wäre. *Mein Gott, ich wünschte, sie wäre hier*, dachte Rosemary. *Ich brauche jemanden, mit dem ich reden kann.*

Das Taxi kam. Sie setzten Ben am Ende seiner Straße ab. Er berührte flüchtig ihren Nacken, als er aus dem Wagen stieg, und sagte gute Nacht. Auf dem Weg nach Hause schlief Ella ein. Rosemary war selig, sich nicht unterhalten zu müssen. Es begann zu schneien. Der Abend war vorbei.

Die ganze Nacht über fielen die Flocken, und am Morgen hatte sich eine dichte, jungfräuliche Schneedecke über den Garten gebreitet. Ernie, ihr Gärtner, der zweimal die Woche kam und mit seinen siebzig Jahren schon unkündbar war, würde um neun eintreffen, sich umsehen und sich dann mit seinen Samen und seinem Pausensandwich, das er immer um zehn aß, ins Gewächshaus einschließen.

Rosemary, die schon lange vor seiner Ankunft hellwach war, hörte im Bett die Uhr neben der Haustür sieben schlagen. Sie lauschte einige Momente der Stille, die sie umgab, dann ging sie nach unten in die lautlose Schwere eines Hauses, das eingeschlossen ist vom Schnee.

Sie stand, mit ihrem Teebecher in der Hand, am Küchenfenster, an der Stelle, wo Ben an jenem ersten Morgen gestanden hatte. Ein Rotkehlchen pickte verzweifelt auf den weißen, schneebedeckten Boden, wo sich die Würmer unter der Schutzschicht sicher fühlen konnten. Der Kater kam durch das Katzentürchen hereingestürmt, als ob ihm die Höllenhunde auf den Fersen wären, und riß sie mit einem lauten Klappern aus ihren Träumereien.

»Du lieber Himmel, Ben«, sie hatte sich so erschreckt, daß der Tee in ihrer Hand auf die Untertasse schwappte, »von Katzen erwartet man etwas mehr Anmut.« Sie stellte ihm sein Frühstück, dem er jedoch keine Beachtung schenkte, auf den Boden. Er sah sie ungläubig, geradezu verächtlich an, so als trüge sie ganz allein die Verantwortung für den Schnee und die Kälte auf seinen Pfoten und auf der Unterseite seines zu tiefen Bauches. Wie üblich hatte er die anderen Winter, die er in den fünfzehn Jahren seines Lebens ertragen hatte, vergessen.

Sie konnte es kaum erwarten, daß der Morgen vorüberging; sie stand unschlüssig in ihrer sauberen, ordentlichen Küche, ging dann unruhig auf und ab und setzte sich schließlich, zum ersten Mal seit vielen Jahren nicht imstande, den vor ihr liegenden Tag zu planen.

Zehn Uhr, die Zeit verstrich. Jedes Klingelzeichen

wurde zu einem Überfall. Sie hatte sich in ihr Arbeitszimmer gesetzt und hetzte jeden, der sie anrief, durch das Gespräch; aber sie wagte nicht, sich ihre Furcht einzugestehen, er könnte es versuchen, wenn besetzt war, und dann aufgeben. Sie war unfähig, ihn aus ihren Gedanken und Plänen hinauszudrängen.

Pat machte Kaffee und lamentierte in aller Ausführlichkeit über Fensterputzlappen, die einfach verschwanden, und Gärtner, die sich in Schuppen einschlossen. Rosemary lächelte und nickte, während sie sich den Kopf darüber zerbrach, wie sie die Gedanken an Ben loswerden könnte. Sie sehnte sich nach etwas, nach irgend etwas, mit dem sie ihrer Besessenheit, die zu neu für sie war, um schon mit ihr klarzukommen, würde Einhalt gebieten können. Die Wollust macht uns alle zu Idioten.

Gegen Mittag ging Pat. Rosemary war es schlecht vor Hunger, sie stand von ihrem Schreibtisch auf, um in die Küche zu gehen und sich einen Toast zu machen. Das Telefon klingelte – und diesmal, so wollte es ihr zumindest scheinen, lauter als am Morgen. Sie zuckte unwillkürlich zusammen, der Atem stockte ihr, und sie stieß durch ihre plötzliche Bewegung den Stuhl an ihrem Schreibtisch um. *Ich halt das nicht aus,* dachte sie, während ihre Hand nach dem Hörer griff, um endlich das Läuten zum Schweigen zu bringen, das ihr Herz flattern ließ. Sie wußte genau, daß er es war.

»Rosemary?« Er war außer Atem. Eine knisternde Stille folgte, umrahmt von seinem Atmen und ihrem Herzschlag, der in ihren Ohren dröhnte. »Rosie?« Jetzt mit mehr Nachdruck in seiner Stimme.

»Ben, sind Sie es?« Noch wahrte sie den Schein, klammerte sich an die letzten Reste ihrer Würde.

»Es tut mir leid, Rosie. Unser Telefon ist kaputt. Ich bin Kilometer gelaufen, bis ich eines fand, das funktioniert.« Diese Erklärung enthielt mehr Antworten, als Fragen gestellt waren. Sie registrierte es und schob es beiseite. Er war es. Hier. Sein Atem war spürbar. Seine Stimme ließ sein Bild vor ihr entstehen.

»Ist schon gut. Ich dachte mir, daß irgend etwas dazwischen gekommen war.« Sie war nun ganz ruhig, der Klang seiner Stimme am Telefon hatte ihre Zwangsvorstellungen und ihre lähmende Angst weggewischt.

»Rosie«, sagte er, »haben Sie etwas vor heute abend? Lassen Sie uns zusammen essen gehen. In ein besonderes Lokal.«

»Einverstanden. Wo treffen wir uns?«

»In der American Bar im ›Savoy‹, um halb acht. Wär das okay? Oder soll ich vorbeikommen und Sie abholen?«

»Nein, ich muß heute nachmittag sowieso in die Stadt.« *Und außerdem wird Ella hier sein,* schoß es ihr durch den Kopf. »Vor sieben bin ich bei der BBC nicht fertig, ich komme dann direkt hin.«

Sie hörte durch die geschlossene Tür ihres Arbeitszimmers, wie Ella, frisch und ausgeschlafen, die mit Teppich belegte Treppe herunterstampfte, sie hörte sie geräuschvoll in die Küche gehen und wartete darauf, daß das Wort »Mum« durchs Haus hallte.

Sie senkte ihre Stimme am Telefon. »Wo gehen wir hin? Damit ich weiß, was ich anziehen soll.«

»Ziehen Sie an, was Sie wollen. Sie sehen sogar in einem Sack gut aus.«

Amüsiert lächelte sie über das plumpe Kompliment. Sie spürte, wie sein jungenhafter Charme an ihr abprallte, und das gab ihr plötzlich Zuversicht für die neuerliche Kraftprobe zwischen ihnen.

»Ella ist aufgewacht, Ben, ich mach besser Schluß. Ich bin mir nicht ganz darüber im klaren, wie weit sie hiervon betroffen ist.«

»Gar nicht. Ella und ich sind gute Freunde. Sie ist schon ein großes Mädchen.«

Ich auch, dachte sie, *groß genug, um es besser zu wissen.*

Sie legte den Hörer auf und war schon auf dem Weg zur Küche, als Ella schrie: »Mum, ich bin hier! Willst du auch Tee?«

Das Gefühl von Übelkeit war durch die Aufregung gewichen, und ebenso der Hunger. Ihre Tochter, das Haar noch zerzaust, mühte sich nach Kräften, die von Pat aufgeräumte Küche wieder in Unordnung zu bringen.

»Ella, Herrgott noch mal, benutz das Brett zum Brotschneiden.«

»Entschuldigung. Paß auf, ich hab gepackt. Ich fahr heute rauf nach Nottingham. Um das mit 'nem Zimmer zu klären. Ist das okay?«

»Ja, natürlich.« Wunderbar, das macht die Sache einfacher, und sie mußte ihre Verabredung mit Ben nicht erwähnen. Ella brauchte nichts davon zu wissen, jetzt nicht. Sie hatte das Gefühl, es sei besser, es im Moment für sich zu behalten. Nächste Woche würde sie Frances anrufen. Die Dinge konnten sich so schnell ändern.

Nachmittags um vier standen Mutter und Tochter in der Einfahrt neben dem Wagen und verabschiedeten sich.

»Melde dich bei Jonathan, wenn du dort oben bist«, forderte Rosemary sie auf.

»Mach ich, mach ich – aber ich kann nicht bei ihm wohnen, auch nicht an den Wochenenden.«

»Ich weiß, Darling. Aber gib mir Bescheid, wo du unterkommst. Ich bin heute abend nicht da, aber du kannst mir eine Nachricht auf dem Anrufbeantworter hinterlassen.« Sie stieg in ihren Wagen, und als sie den Motor anließ, beugte sich Ella herunter und klopfte gegen die Scheibe. Sie versuchte sich mit verschränkten Armen gegen den Frühlingswind zu schützen und schauderte in der frischen Luft. Ihr Haar war noch immer ungekämmt. Ohne den Motor auszumachen, betätigte Rosemary den Auslöser, um das Fenster herunterzulassen. »Was ist, Darling? Ich werde zu spät kommen, und du wirst dir eine Erkältung holen.«

»Wirst du dich mit Ben treffen?«

Rosemary räusperte sich. »Ja«, ließ sie sich durch das beruhigende Geräusch des Motors hindurch vernehmen, der sie gleich vor allen Auseinandersetzungen in Sicherheit bringen würde.

»Wann?« Ellas Stimme war streng, sie artikulierte plötzlich mit der Präzision der geschulten Schauspielerin.

»Ella, bitte, sprich nicht in diesem Ton mit mir.«

»Ja, gut. Es ist nur – ach, ich weiß nicht. Du bist so naiv.«

Etwas blieb unausgesprochen in der Luft hängen, Worte, die noch nicht reif waren, gesagt zu werden. Die Blicke aus zwei grauen Augenpaaren begegneten sich, und Ella sah zur Seite.

Dann, als die Scheibe des Autofensters wieder hochging, sagte sie: »Mum, sei vorsichtig.« Sie wandte sich um und ging zurück ins Haus. Den Kopf wegen der Kälte eingezogen, einen Arm zum Abschied erhoben. Rosemary sah ihr nur für Sekunden nach, dann legte sie den Gang ein und fuhr rasch davon, ohne sich selbst oder ihrer Tochter weitere Fragen zu stellen.

Sie hatte sich, was die unmittelbare Zukunft betraf, bereits entschieden. Sie wollte, brauchte vielleicht ein Abenteuer. Es war wirklich schade, daß Frances nicht da war, andererseits war es sowieso albern, auf die Ratschläge anderer zu hören; sie hatte das schon vor langem aufgegeben. Sie drängte das »sei vorsichtig« in den Hintergrund. Fünfzig – kein Alter mehr, um besonders vorsichtig zu sein, das war sie schon genug gewesen. Ihr winkte ein neues, freies Leben ohne Kinder, voll verlockender Freuden, vielleicht aber auch voller Leid und Kummer. Wie auch immer – sie sehnte sich danach aus ganzem Herzen.

Die Sonne kam hervor und sprühte ein Glitzern und Funkeln über die weißen Bäume. Der Schnee würde schmelzen, wie lautlose Kristalle von den Bäumen zu beiden Seiten der Straße tropfen, in der sie wohnte. Das unruhige Frühlingsrauschen, das sich in der Natur zu regen begann, spürte auch sie in ihren Lenden, und es war ein Gefühl, das sie genoß.

Der Portier im »Langham« gab mit einem Lächeln zu verstehen, daß er sie erkannte, nahm die fünf Pfund Trinkgeld in Empfang und brauste mit ihrem Auto weiß Gott wohin, wo es bleiben sollte, bis sie zurückkam. Derek saß im Foyer des Hotels, trank Tee und las den »Evening Standard«. Er erhob sich und küßte sie auf die Wange.

»Rosemary, ich habe gute Neuigkeiten.«

Sie setzten sich, er schenkte Tee ein, und Rosemary lächelte. »Machen sie weiter mit der Show?«

»Ganz sicher wollen sie das. Jetzt noch die letzten beiden Sendungen, dann eine Pause bis September. Wir sollten feiern.« Sichtlich entzückt über seine Cleverneß, prostete er ihr mit seiner Tasse zu.

»Wo ist Anne?« fragte sie. »Sie sollte bei unserer Unterredung dabei sein.«

Derek rutschte voller Unbehagen hin und her. »Also, meine Liebe, das ist es, weshalb ich mich mit dir treffen wollte. Es ist traurig, ich weiß, aber es war Zeit, daß wir etwas ändern, und Anne versteht das. Neuer Regisseur, neue Präsentation für den Herbst. Wir müssen an die Zukunft denken. Was meinst du?«

Rosemary blickte in sein blasiertes, selbstgefälliges Gesicht und mußte sich stark beherrschen, um ihm keine Ohrfeige zu geben. Nicht daß Anne als Regisseurin besonders fähig oder einfallsreich gewesen wäre. Es ging darum, daß er, nachdem er jahrelang mit ihren Gefühlen gespielt und sie hingehalten hatte, sich jetzt ganz offensichtlich dazu entschlossen hatte, sie fallenzulassen. Vielleicht hatte ja seine Frau endlich ein Machtwort gesprochen. Feige sagte Rosemary nur: »Es ist deine Show, Derek, ich bin sicher, du weißt, was am besten ist.« Sie haßte sich selbst für dieses Duckmäusertum, trotzdem fuhr sie fort: »Aber ich freue mich riesig, daß wir weitermachen.«

»Soll ich Champagner bestellen?«

»Zu früh für mich, Derek, außerdem habe ich noch eine Radiosendung heute.« Erleichtert, daß es wegen des Ausscheidens seiner Geliebten keinerlei Probleme gegeben hatte, glitt Derek mit unverhohlener Freude in die nun beginnende neue Ära ohne Anne.

»Gewiß, sicher. Wir gehen nächste Woche mal zusammen aus. Diskutieren ein paar Ideen und machen uns Gedanken wegen des Regisseurs. Ich werde Margaret mitbringen.« Er verlieh seiner Stimme eine heuchlerische Wärme, als er den Namen seiner Frau aussprach. Rosemary spürte, wie ihr die Galle hochkam, und Ellas Worte – ›mit was für Wichsern arbeitest du, Mum?‹ – fielen ihr ein. Trotzdem lächelte sie ihn an und aß einen der Butterkekse, um die aufsteigende Übelkeit zu beschwichtigen.

Um kurz nach halb acht betrat sie das Foyer des »Savoy«. Die Hotelhalle war von einer amerikanischen Touristengruppe okkupiert.

»Guten Abend, Miss Downey, schön, Sie mal wieder zu sehen«, begrüßte sie zwanglos der mit Zylinder bekleidete Portier und lächelte ihr zu, während er gerade von mehreren New Yorkern bedrängt wurde, die lautstark alle zur gleichen Zeit ein Taxi ordern wollten. Wenn sie es sich recht überlegte, war es doch ziemlich gewagt, sich an diesem Ort zu treffen. Man kannte sie hier. Sie konnte dem ersten Abend mit Ben jetzt freilich nicht mehr ausweichen – es war zu spät, um umzukehren, aber auch noch zu früh, um sich den Kopf darüber zu zerbrechen, was die Öffentlichkeit erfahren durfte.

Sie wandte sich im Foyer nach links, ging am Grill Room vorbei und die mit dickem Teppich belegten Stufen zur American Bar hinauf. Ben saß auf einem der bequemen geschwungenen Sofas in der Mitte des Raums. Er stand sofort auf, als er sie sah. Schwarzer Anzug, kein Lächeln, eine Nervosität ausstrahlend, die sie überraschte. Sein Haar war mit Gel straff aus seiner wuchtigen Stirn gekämmt. Robert de Niro oder Al Capone, schoß es ihr durch den Kopf. Er nahm ihre Hände, erst dann lächelte er, intensiv und ohne ein Wort zu sagen. Es dauerte eine Spur zu lange, und sie wurden beide verlegen.

»Bin ich zu spät, Ben?« fragte sie, obwohl sie wußte, daß sie es nicht war. »Ich könnte gut einen Drink gebrauchen; der Tag war tierisch.«

»Ich war zu früh.« Er nickte dem Kellner zu, der in der Nähe gewartet hatte und jetzt zu ihnen kam.

»Miss Downey, wie schön, Sie zu sehen. Wir hatten schon lange nicht das Vergnügen.« Der Kellner, ein Libanese mittleren Alters, den sie seit Jahren vom Hotel her kannte, lächelte ihr zu und stellte einen weiteren Teller mit Oliven vor ihnen auf den Tisch.

»Ich hatte viel zu tun«, sagte sie, ebenfalls mit einem Lächeln. »Geht es Ihnen gut? Was macht die Familie?«

»Wünschen Sie dasselbe wie immer, Miss Downey? Mit der Familie ist alles in Ordnung, danke.«

Ben setzte sich neben sie. Er wirkte unbeholfen und deplaziert. »Dasselbe wie immer?« fragte er. Der Kellner war schon auf dem Weg zur Bar.

Sie beugte sich nach vorn und berührte seine Hand. »Entschuldigung, es kennt mich halt jeder. Ist das schrecklich für dich?«

»Ich werd mich dran gewöhnen.« Er nahm ihre Hand und drehte sie um, so daß nun seine auf ihrer lag.

»Hier trinke ich immer Martinis. Es sind die besten von London. Wodka Martini. Was willst du?«

»Whisky.« Er war aus dem Konzept gebracht. Er hatte seine Kiefer fest aufeinandergepreßt, und seine Augen straften das Lächeln, das er aufgesetzt hatte,

Lügen. *Auf dem falschen Fuß erwischt,* dachte Rosemary. Er hatte sich seinen Plan für den Abend so schön zurechtgelegt, und nun war er durch ihre Berühmtheit, die er für einen Moment vergessen hatte, aus der Bahn geworfen worden.

Sie blickte sich flüchtig im Raum um. »Ist das dein Stammlokal«, fragte sie lächelnd, »oder mischst du dich lieber unters gemeine Volk?«

Er lachte und entspannte sich. Mit dem Daumen streichelte er ihre Hand. »Ich hab in der letzten Zeit ein paar gut bezahlte Rollen gehabt. Und dann führe ich mich immer wie ein Millionär auf, wie jeder anständige Junge aus der Arbeiterschicht. Du jedenfalls«, er lehnte sich zu ihr herüber, starrte auf ihren Mund, und die Versprechungen in seinen Augen machten sie sprachlos, »wirkst ganz wie eine Lady aus dem ›Savoy‹.«

Der Kellner brachte ihren Martini. Ihre Hände lösten sich voneinander, und sie nahmen jeder ihren Drink.

Sie wünschte, sie würde noch rauchen. Aus Nervosität bekam sie, wie üblich, Lust zu essen. Statt dessen aber trank sie ihren Martini zu schnell, und schon nach der Hälfte des Glases spürte sie, wie er ihr in den Kopf stieg.

»Wo gehen wir zum Essen hin?« fragte sie und erlag dem Reiz einer der großen grünen Oliven.

»Ins ›Ivy‹.«

»Ich warne dich, dort kennt mich jeder.«

»Mich auch. Ich spielte in einem Stück, das kurze Zeit in der St. Martin's Lane gegeben wurde, und war viel zu oft für meinen Geldbeutel dort.« *Fragt sich natürlich,* dachte Rosemary, *ob er alle Frauen, die es in seinem Leben gibt, im selben Restaurant zur Schau stellt.*

Es hatte ganz den Anschein, als habe der Abend ziemlich schlecht begonnen. Rosemary sehnte sich plötzlich danach, zu Hause zu sein und sich eine Fernsehserie anzuschauen, statt mit diesem zu jungen Mann hier zu sitzen, Wodka Martinis zu trinken und dabei genau zu wissen, daß dieser Abend entweder in seinem oder in ihrem Bett enden würde. Ihr Leben begann sanft in eine Richtung auszubrechen, die sie nicht beeinflussen konnte, und sie hatte ihre Zweifel, ob sie in der Lage sein würde, die zerfransten Enden ihrer Person auch wieder zusammenzuknüpfen. Aber dann, kurz nach acht an diesem Abend, als sie in das Taxi stiegen, das sie zum »Ivy« bringen sollte, legte er seine Hand wieder auf die für ihn typische besitzergreifende Weise in ihren Nacken, sie ließ es mit einem beklemmenden und doch bebendem Entzücken geschehen und war erneut verloren.

Sein feinmaschiges Netz, gesponnen aus Charme und mit der Erfahrung, wie man selbst die schwierigste Beute fängt, erwies sich als außerordentlich stark. Als sie im »Ivy« war, kapitulierte sie vollständig und überließ ihm die weitere Planung des Abends, sogar die Auswahl des Essens.

Während er zusehends an Sicherheit gewann, wurde der Boden unter ihren Füßen immer schwankender. Sie befiel eine Nervosität, die schon an Hysterie grenzte, sie fühlte sich wie eine Ertrinkende in dem geistlosen, wirren Geschwätz, das aus ihr hervorsprudelte. Er starrte auf ihren Mund, während sie redete, und ihre Sinne wurden überflutet von der Verheißung, die jene Hand in ihrem Nacken für sie bedeutete.

Die Keuschheit ihres fortgeschrittenen Alters drängte sich immer ängstlicher in ihr zusammen, sie schaute voll banger Faszination auf das Rosa seiner Zunge zwischen den geöffneten Lippen, wagte noch nicht, direkt in seine Augen zu sehen, ließ ihre Finger, feucht und heiß, regungslos in seinen bärenhaften Händen ruhen. »Ben«, begann sie, fand aber nicht die Worte, um die Frage, die in der Luft hing, zu beenden.

Er sprach für sie. »Was wir tun werden?« Seine Frage war eine Feststellung. Seine Augen wanderten von ihrem Mund zu ihrem Hals, zu ihren Brüsten und dann mitten in das Grau ihrer Augen. »Ich kann Furcht darin lesen«, sagte er.

»Ich weiß«, flüsterte sie und grub ihre Hand noch mehr in seine. »Ich komme mir idiotisch vor in meinem Alter. Mit all dem. Ich fühle mich mit dir wieder wie ein junges Mädchen. Und ich glaube, ich habe eine panische Angst.«

»Das brauchst du nicht.« Ein sanfter Druck auf ihre gefangene Hand als Antwort. »Überlaß nur alles mir.«

Wochen, Monate später konnte sie sich noch an jedes Detail dieses ersten Abends erinnern, es war für immer eingeprägt in ein Bewußtsein, das am Ende unfähig war, selbst den nebensächlichsten Schutt hinauszuwerfen. Sie war dazu verurteilt, jeden Satz, jeden Blick und jede Berührung einzeln herauszugreifen und zu untersuchen, bis die Bilder in ihrem Kopf wieder durcheinanderpurzelten und alles in einer heillosen Verwirrung endete.

Den ganzen Abend wurden sie von Bekannten angesprochen, die entweder gerade eintrafen oder gingen oder auch nur kurz von ihrem Tisch herüberkamen und ständig das so stark aufgeladene Gespräch zwischen Rosemary und Ben unterbrachen. Aber keiner der Freunde, die anhielten, um hallo zu sagen, nahm die erotischen Spannungen wahr, die sich wie ein Nebelschleier um die beiden ausgebreitet zu haben schienen.

Jedesmal, wenn er sie vorstellte, traf es sie wie ein Schlag, wie jung er noch war. Keine Perlenohrringe und keine diamantberingten Finger bei den Leuten, die er kannte. Nur anarchische Frisuren und an den Knien zerrissene Jeans – und strahlende junge weibliche Augen, die kurz und ohne besondere Neugierde über sie hinweg und durch sie hindurchgingen. »Der gute alte Ben – muß eine Freundin der Familie sein.«

Ihr gelang es immerhin zu bestimmen, wie lange der Abend dauern sollte, sie zog ihn hinaus, schob das Unvermeidliche auf, im klaren Bewußtsein, daß ihr die letzten Überreste der ihr noch verbliebenen Macht in rasendem Tempo durch die Finger rannen, die sie voller Begierde nach ihm ausstreckte. Sie genoß die letzten Stunden des Flirtens, sie klammerte sich daran und spielte das Spiel weiter, bis zwischen ihnen nur noch das Schweigen derer übrigblieb, die sich in ihr Schicksal fügen. Ihre Hände, quer über den Tisch gelegt, berührten und streichelten sich, seine Augen waren hungrig.

Verzweifelt und zitternd vor Verlangen erhoben sie sich um Mitternacht, nahmen ein Taxi bis zu Rosemarys Wagen, der immer noch dort stand, wo er zu einem Zeitpunkt, der jetzt zu einem anderen Leben zu gehören schien, abgestellt worden war. Sie fuhr, aufgrund des genossenen Alkohols allerdings nicht sehr sicher, und schlug, ohne zu fragen, die Richtung nach Wimbledon ein – sie betrachtete es als selbstverständlich, welches ihr Ziel sein würde.

Es begann erneut zu schneien, als sie das Auto abstellten. Ungeschickt hantierte sie mit den Hausschlüsseln. Es ging durch die Garage, durch die hintere Tür ins Haus, mit bebenden Fingern zu den Lichtschaltern über den Küchenschränken. Ben hielt die ganze Zeit ihre freie Hand, nahm ihr die Tasche von der Schulter, ihren Mantel, und begann sie auf halbem Wege zu küssen. »Willst du einen Kaff ...« Er drängte sie in den dunklen Flur, plötzlich überraschend aggressiv in seinem Verlangen, überwältigte sie, sein Mund und seine Hände waren auf ihrem Gesicht, auf ihrem Hals. Er entledigte sich seiner Jacke, knöpfte ihre Bluse auf, atemlos, mit tastenden Fingern. Stumm, dafür wortreich in ihren Gefühlen, sanken sie auf den Teppich, begierig auf alles, was der Abend versprochen hatte. Es war zuviel, was sie, dieses erste Mal, voneinander wollten, als sie versuchten, den Weg zu ihren Seelen durch den Körper des anderen zu finden.

Am Ende lagen sie still und erschöpft da, in einer unbeholfenen, ganz und gar unromantischen Stellung, ihr Kopf lehnte unbequem gegen die erste Stufe der Treppe. Das Licht aus der offenen Küchentür fiel quer durch den dunklen Flur auf die verstreuten Kleidungsstücke und ihre halbnackten Körper. *Jetzt kommt das Schlimmste,* dachte Rosemary, *sich voneinander zu lösen und den Schlüpfer aufzuheben. Das ist der Teil, der nie richtig klappt.*

Sie räusperte sich, wußte nicht, wie sie mit der Fremdheit seines mächtigen, auf ihr lastenden Körpers umgehen sollte. Sie wünschte sich, es mit der Leichtigkeit sagen zu können, die sich aus der Vertrautheit ergab: »Mein Gott, bist du schwer. Laß mich frei, um Himmels willen.«

Ben, ohne Gefühl dafür, wie lange sein Schweigen schon dauerte, drehte sich zur Seite und legte seinen Kopf auf eine der Stufen, die Augen noch immer geschlossen. Im fahlen Schimmer des Küchenlichts sah sie, daß er lächelte. Auf die Selbstzufriedenheit, die sich in diesem Lächeln abzuzeichnen schien, war sie nicht gefaßt gewesen; den Tränen unsagbar nahe, fing sie an, ihre verstreuten Kleidungsstücke einzusammeln. Verzweifelt wünschte sie, sie könnte ihn irgendwie zum Gehen veranlassen, zum Verschwinden bringen, als habe er nie existiert. Sie drängte sich an seinem Körper vorbei, stolperte über einen sehr großen, beiseite geworfenen Männerschuh und eilte die Treppe hoch.

Schließlich setzte er sich auf und öffnete die Augen, das Lächeln wich aus seinem Gesicht. »Rosemary, wo bist …?«

»Geh schon in die Küche. Ich bin in einer Minute unten. Setz Kaffee auf.«

Sie blickte auf das gerötete Gesicht im Spiegel ihrer Frisierkommode und kämpfte mit den Tränen. Sie wollte nicht, nicht jetzt, nach unten gehen und ihn sehen. Zum ersten Mal seit einer Woche spürte sie ihr Alter, fühlte sie, daß es zu spät war für diese Art von Sinnlichkeit. Sich wild auf dem Teppich zu paaren, das paßte zu der Begierde der Jugend. Die Zeit dafür war längst vorbei. Aber es war geschehen. Die Wollust hatte sie bis an diesen Punkt getrieben. Und ihre Lebenserfahrung mußte sie hier wieder hinausführen.

Das Haus war nun von Licht durchflutet, sie hatte alle Lampen eingeschaltet und fühlte sich sicherer in der elektrischen Beleuchtung. Als sie die Treppe hinunterging, hatte sie die vage Hoffnung, Ben würde nicht dort sein, nicht wieder in ihrer Küche stehen, die einstmals nur ihr gehörte. Aber es war zwei Uhr morgens. Mit stockendem Herzen wurde ihr klar, daß er die Nacht würde hierbleiben wollen.

Er hatte Kaffee gemacht und sich am Küchentisch häuslich niedergelassen; seine großen Füße schienen Wurzeln geschlagen zu haben. Er begrüßte sie mit einem Lächeln: »Willst du einen Kaffee?«

»Ich werde nicht schlafen können.« Die Worte kamen ohne Überlegung von ihren Lippen.

Sein Lächeln wurde breiter. »Das ist der Sinn der Sache.«

Ohne zu antworten sank sie auf den Stuhl, der ihm gegenüber stand. Nahezu jeglicher Entschlußkraft beraubt, schaffte sie es schließlich mit der letzten Energie, rasch, bevor sie wieder der Mut verließ, zu sagen: »Möchtest du im Gästezimmer schlafen?«

Eine Pause entstand. Man hörte das Ticken der Uhr draußen im Flur. Er blickte ihr forschend ins Gesicht, sie aber starrte auf die Kaffeetasse, die er vor sie hingestellt hatte. Als er antwortete, kam wieder der wohlerzogene Ben zum Vorschein. »Ja, natürlich. Wenn es für dich besser ist.«

Vielleicht hätte sie sich, wäre er in dieser Nacht weiter roh und gefühllos gewesen, für immer von ihm abgewendet. Aber er zog es vor, Rücksicht zu nehmen auf das Gefühl des Widerwillens, das die von ihnen so unterschiedlich erlebte Sinnenlust in ihr hinterlassen hatte. Er ging mit ihr um wie ein alter

Freund, und allmählich wurde sie wieder warm mit ihm. Sie schob ihre Enttäuschung über das Finale dieses Abends beiseite, dachte an die verheißungsvollen Tage davor und verzieh ihm seine Grobheit. Am Ende lächelte sie ihm wieder über den Küchentisch zu, jetzt frei von jeglicher erotischer Spannung.

Sie saßen bis drei Uhr an diesem Morgen zusammen, sprachen über alles mögliche – nur nicht über ihre vorangegangene Intimität. Es war noch zu früh in dieser Beziehung für eine Analyse. Schließlich stand Ben auf und sagte: »Okay, Madame, welches Zimmer?«

»Ich zeig es dir.« Sie erhob sich und verließ, gefolgt von Ben, die Küche. Auf dem Tisch blieben die leeren Becher stehen, Bens Stuhl verharrte dort, wohin er ihn beim Aufstehen gerückt hatte.

Er küßte sie leicht auf die Nasenspitze, bevor er die Tür des Gästezimmers zumachte – seine Arme hingen herunter, so als wollte er sie, nun empfänglich für andere Bedürfnisse, auf keinen Fall berühren. Sie war ihm dankbar dafür, und ohne jede Begierde zog sie sich in das Heiligtum ihres Zimmers zurück. Zum ersten Mal seit ihren Teenagerjahren ging sie, ohne ihr Make-up zu entfernen und mit ungeputzten Zähnen ins Bett.

Zwei Stunden später, als das Licht des schneehellen Morgens auf ihre müden Augen fiel, erwachte sie und trottete ins Badezimmer, um sich zu waschen. Zurück in ihrem Bett, fiel sie in einen tiefen, bewußtlosen Schlaf.

Kapitel 4

Ein erster frühlingshafter Sonnenschein, der sich durch den Morgennebel kämpfte, kroch unter Rosemarys Lider; zugleich klopfte es vorsichtig an der Tür ihres Schlafzimmers. Dann war Ben im Raum, eine Tasse mit Untertasse in seiner Hand. Ein Frotteebademantel, den er an der Innenseite der Badezimmertür entdeckt hatte, spannte sich über seine massige, aufrechte Gestalt. Er stand regungslos im Raum, die Tasse klapperte leicht auf dem Untersatz, Tee schwappte über. Hinter ihm schloß sich die Tür.

»Ich bringe dir Tee.« Er sprach, die frühe Stunde respektierend, mit gedämpfter Stimme.

»Danke, das ist nett.« Nur Belangloses kam aus ihrem Gehirn und ihrem Mund, beides war noch angegriffen von der vergangenen Nacht. Sie rührte sich nicht, und Ben schritt auf sie und das Bett zu. Er stellte den Tee neben ein Buch aus der Leihbücherei, kam näher und blickte auf sie hinunter. Ihre Augen trafen sich endlich, sie nahmen das Unbehagen des anderen wahr und lächelten, zu ihrer Überraschung, beide. Sie zog ihre Hand unter der Bettdecke hervor und streckte sie ihm entgegen. Er nahm sie und setzte sich, noch immer voller Zurückhaltung.

»Rosie, es tut mir leid. Nicht richtig eingeschätzt und nicht richtig eingeteilt.«

»Ich will es mal deiner Jugend zuschreiben.«

Mit seiner Hand berührte er ihre Wange, streichelte sie. Sanfte Finger, die ihr Kinn umspielten und die Linien ihres Mundes nachzeichneten. Zitternd hielt sie den Atem an und bewegte sich nicht, als er sich zu ihr beugte, um sie zu küssen. Jetzt begehrte sie ihn wieder, fühlte sich stark auch in ihrer Verwundbarkeit. Selbst mit ungeschminktem Gesicht, zerzaustem Haar und Gaumen und Zunge, die noch die Sünden der vergangenen Nacht schmeckten.

Schließlich fanden sie zueinander. Und dieses Mal nicht nur mit ihren Körpern, sondern auch mit ihren Seelen. Sie warteten aufeinander, vereinigten ihre beharrlichen Zärtlichkeiten zu einer gemeinsamen, harmonischen Leidenschaft. Es war Verzeihung und Versöhnung, ein Geben und Nehmen. Alle Versprechen wurden erfüllt, und die Erfüllung ausgekostet, Launen spielerisch ausprobiert und wieder aufgegeben. Was Vorstellung war, wurde Wirklichkeit. Plötzlich kratzte der Kater fordernd an der Schlafzimmertür.

»Hau ab, Ben, dieses Spiel ist nur für zwei.« Und dann: »Nicht du, Ben, der andere Ben.« Er küßte ihr die Worte vom Mund. Lächeln und Lachen, dann wieder Stille und Verschwiegenheit, die Leidenschaft umhüllte sie, das Federbett wurde gezerrt und gezogen, die Körper wurden betrachtet, berührt, umfaßt. Durch den plötzlichen Stoß eines Armes gegen den Nachttisch flog die Tasse vom Untersatz, und der Tee rann über den abgelegten Bademantel, ohne daß darauf geachtet wurde. *Ich werd ihn später waschen,* der Gedanke ging sofort im Strudel ihrer Empfindungen unter. Sie wurde von Begierde ergriffen, sie quälte sie und erlosch wieder, um nur Momente später durch Zärtlichkeiten erneut zu erwachen. Aus dem Morgen wurde Mittag, dann folgte eine langsame, allmähliche Erlösung, ein Übergang zu Ruhe und inniger Nähe; am Ende lagen sie regungslos, sein Kopf, der so gar nicht zu dem zarten Blumenmuster passen wollte, auf dem einstmals glatten Kopfkissen, ihrer auf seiner Brust. Ihr Atem ging gleichmäßig, im selben Rhythmus. Dann war seine Hand unter ihrem Kinn, er drehte ihr Gesicht hoch zu sich und dem Lächeln in seinen Augen und auf seinem Mund.

»Rosemary Downey«, sagte er mit sanfter Stimme, »Rosemary Downey.«

»Ja?«

Ihre Münder waren nur einen Atemzug auseinander, ihre Augen offen.

»Du überraschst mich.« Er küßte ihre Nase und die Winkel ihres Lächelns.

»Ich habe mich selbst überrascht.«

Begierig auf jedes Detail im Gesicht des anderen, versanken sie in schweigender Betrachtung. Ihre Herzen pochten laut.

Sie riß sich schließlich los und sah auf die Uhr. »Großer Gott, es ist schon Zeit zum Mittagessen. Ich brauch einen Kaffee.«

»Ich komme mit dir. Du gehörst heute ganz mir. Ich werde dich nicht aus den Augen lassen.« Lächelnd begann sie sich anzukleiden. Seine Stimme ließ sie innehalten. »Tu es nicht.«

Sie sah auf. »Was?«

»Dich anziehen.«

Sie stand da und überlegte, Gedanken an künftige Genüsse durchfluteten sie, brachten sie zum Zittern, machten sie atemlos. Er stand jetzt neben ihr, und sie streckte ihre Hand aus, um mit ihren Fingern sein Lächeln zu berühren. »Gut.«

Sie machten Kaffee. Frisch und bittersüß. Sie erfüllten die Küche mit Wärme und Lärm, während er sie auf ihren Nacken küßte. »Nicht, Ben, nein, ich laß noch was fallen.« Es gab Gelächter, Worte und Entgegnungen, die Hände waren mit Toastmachen und Marmeladeholen beschäftigt. Und dann, Krümel auf Tisch und Boden verstreut, die Teller leergegessen, gerieten sie ein weiteres Mal in den Sog der Leidenschaft, nahmen ihren Kaffee und gingen langsam die Treppe nach oben, immer wieder aufgehalten durch ihre Erregung. Dann in das durcheinandergebrachte, einst jungfräuliche Schlafzimmer, Kaffee floß auf die noch unberührte Bettdecke, und ihre Worte verschwanden in seinem geöffneten Mund: »O Gott, Ben, ich spüre ...« Und der Morgen glitt hinüber in den Nachmittag.

Später, als der Abend heraufzog, plünderten sie, hungrig geworden, die Speisekammer und den Kühlschrank, und aus der Tageszeit, die sonst einer gedrückten Stimmung und den Fußballergebnissen vorbehalten ist, wurde ein Samstagabend für Verliebte.

Sie ging nicht ans Telefon, lauschte in den Momenten, wenn sie still auf dem zerwühlten Bett lagen, den körperlosen Stimmen der glücklosen Anrufer, die knackend und abgehackt aus dem Anrufbeantworter in die leeren Räume der unteren Etage hallten. »Achte nicht darauf«, hatte Ben gesagt, sie eng an sich gezogen und fest umklammert, als sie schuldbewußt mit anhörte, wie Ellas Stimme beim dritten Mal bereits einen Anflug von Panik zeigte: »Wo zum Teufel bist du, Mum?«

Gegen neun Uhr abends, es war zu spät, um sich anzukleiden, und sie waren zu wach, um schlafen zu können, gingen sie nach unten, um zu essen, Musik zu hören, sich abzulenken von ihrem heftigen Verlangen. Und um einen mißgestimmten und hungrigen Kater zu füttern, der nicht nur sogleich seinen Schwanz aufstellte, als Ben seinen Bauch streichelte, sondern ihnen auch die halbverdauten Reste eines unglücklichen kleinen Nagetiers, das er hereingebracht hatte, zur Entsorgung überließ und durch das wie verrückt hin und her schwingende Katzentürchen davonschoß, als ob der Teufel oder wer sonst auch immer auf seinen Fersen wäre.

»Ich bin nicht gerade versessen auf Katzen«, sagte Ben naserümpfend, während er ihr dabei zusah, wie sie die ekelhaften Überreste des alternativen Abendessens ihres Haustiers beseitigte.

»Das bedeutet, daß er dich nicht in Ruhe lassen wird.« Rosemary lachte und küßte ihm seinen mürrischen Blick von den Augen, in die daraufhin seine Sanftmut wieder zurückkehrte.

Sie hörten Jazzmusik, für die sie beide schwärmten, und aßen geräucherten Lachs mit selbstgebackenem Knoblauchbrot. Selbstgebacken von Ben – das hieß, daß er, ohne zu fragen, den Kühlschrank durchsucht und ein Baguette entdeckt hatte. Sie lagen zusammen auf dem Kaminvorleger vor dem Feuer, das sie angezündet hatte, und lauschten den aufreizenden Tönen von Art Pepper und Charlie Parker.

Es war schon früher Sonntagmorgen, als sie, ein unaufgeräumtes Wohnzimmer hinterlassend, wieder zu Bett gingen. Diesmal, um zu schlafen. Er hatte seine Arme um sie gelegt, ihr Kopf ruhte, nicht sehr bequem, auf seiner Brust, aber sie wollte sich nicht von ihm entfernen, sich nur ein wenig abwenden, damit sie sich nicht gegenseitig in der Einsamkeit ihres getrennten Schlafs störten.

Der nächste Morgen, neun Uhr. Das Geräusch, mit dem die Sonntagszeitung durch den zu kleinen Briefkasten gestoßen wurde, weckte Rosemary und ermunterte sie, der Wärme des Männerkörpers, der neben ihr lag, zu entfliehen. Sie war froh, ihn hier zu haben, an diesem bislang so keuschen Ort.

Er schlief auf dem Rücken, ruhig, faltenlos und unbelastet: der Schlaf der Jugend. Die Hände über seinem Kopf, die Ruheposition eines Säuglings oder auch eines Sonnenhungrigen, der versucht, selbst an allen ungünstigen Stellen etwas Sonne abzubekommen. Er war hilflos in seinem »kleinen Tod«. Regungslos lag er da. Und an diesem Sonntagmorgen, gerade als der Kater an der Schlafzimmertür zu kratzen begann, Aufmerksamkeit und Frühstück forderte, genau in diesem Moment verliebte sich Rosemary in den Fremden in ihrem Bett. Er, tief und gleichmäßig atmend im Schlaf, er wußte nichts davon, daß sich ihr Herz plötzlich weit auftat. Er sah nicht die Tränen in ihren Augen, als ihre Seele sich aufmachte, um seine zu suchen. Wie konnte er also wissen, daß ein Teil von ihr, als sie ging, um unten einen Tee zu machen, mit ihm verwoben blieb? Denn das sind die Fesseln, die einem die Liebe anlegt. Nicht allein zu sein. Nicht für einen Moment. Das Wasser für den Tee aufzusetzen und zu überlegen, ob er sich im Schlaf umgedreht hatte. Sich nicht zu dem Entschluß durchringen zu können, eine Dose Whiskas zu öffnen; einem überraschten und entzückten Kater Reste des Räucherlachses hinzuschieben und nicht erwarten zu können, daß das Wasser endlich kocht, um schnell wieder nach oben gehen zu können. Während sie zusah, wie der Kater viel zu hastig den Lachs verschlang, Rosemary dabei immer im Auge behaltend, ob sie nicht doch noch ihre Meinung ändern würde, wartete sie schweigend, mit klopfendem Herzen, bis der Dampf zischend aus dem Wasserkessel strömte. Sie fürchtete, auch nur den kleinsten Moment des erwachenden Tages zu versäumen; sie fürchtete, ihr könnte der Ausdruck in seinen Augen entgehen, wenn er sie öffnete und den Morgen begrüßte; sie fürchtete, sie könnte nicht das erste und einzige sein, auf das sein Blick an diesem Sonntag fallen würde.

Vorsichtig trug sie ein Tablett mit Tee und Orangensaft die Treppe hoch, mühelos und ohne darüber nachzudenken in eine Rolle schlüpfend, die sie lange Jahre zuvor, zusammen mit ihrer Ehe, abgelegt zu haben glaubte. Sie öffnete die Tür zum Schlafzimmer und schloß sie mit dem Fuß wieder hinter sich. Ben wurde wach, öffnete die Augen, sah sie, und erkannte sie im ersten Moment nicht.

»Ben, verzeih, hab ich dich zu plötzlich geweckt?«
»Rosemary? Rosie – entschuldige«, er setzte sich auf. »Du lieber Himmel, ich hab geträumt, wußte gar nicht, wo ich war.«

In meinem Bett, dachte Rosemary, *und hast von weiß Gott wem geträumt, während ich unten nichts Besseres zu tun hatte, als mich in dich zu verlieben.*

Er lächelte ihr zu, sie kam mit dem Tablett quer durch den Raum und stellte es in einer riskanten Position auf dem mit einem Spitzendeckchen versehenen Tisch neben dem Bett ab. Sie setzte sich neben ihn, und er schlang, ohne ein Wort, seine Arme um sie. In diesem Augenblick wurde ihr bewußt, daß nun, da sie in ihn verliebt war, endgültig alle Macht in seine Hände übergegangen war. Sie

ließ sich von ihm in seinen Armen wiegen, sein Mund an ihrem Haar, keiner sagte etwas, während er sich bemühte, richtig wach zu werden. Dann flüsterte er in ihr Ohr: »Ist Sonntag?«
»Ja.«
»Hast du irgendwelche Pläne für heute, Rosie, oder gehörst du noch mir?«
Sie lehnte sich zurück und lächelte ihn an. »Noch dir. Was würdest du gerne tun?«
»Du meinst, außer dem, was wir die ganze Zeit gemacht haben?« neckte er sie und streichelte ihr Gesicht, umspielte mit seinem Finger ihre Wangen und Lippen.
»Wir könnten reden. Etwas von dem anderen erfahren.« Sie reichte ihm den Orangensaft.
»Über mich gibt's nichts zu erfahren, Rosie. Du kriegst, was du siehst. Mehr existiert nicht.« Er tunkte seinen Finger in den Saft, strich ihn über ihre Lippen und küßte die Süße von ihrem Mund.
Eine Stunde später, während sie duschte und Ben das andere Badezimmer benutzte, dachte sie darüber nach, wie geschickt er ihrem Vorschlag ausgewichen war. *Mein Gott,* dachte sie, *wie schnell einen doch die Liebe in einen Verfolgungswahn treibt.*

Die Sonntagssonne schien auf den rasch schmelzenden Schnee, und nach dem Frühstück packten sie sich warm ein und machten einen Spaziergang. Ben borgte sich einen langen Schal aus, den er in Ellas Zimmer gefunden hatte, sowie ein Paar dazu passender Fausthandschuhe, die gerade mal einen Teil seiner großen Hände bedeckten. Er meinte, es sei schließlich besser als gar nichts, und brachte sie mit seinen verzweifelten Bemühungen, die kalten Finger zu schützen, zum Lachen. Er hatte einen starken Drang, den Clown zu spielen. Und sie fragte sich, was er wohl damit versteckte.

Als sie ins Haus zurückkehrten, zündete Ben das Kaminfeuer an, und sie machte Kaffee. Sie setzten sich wieder hin, um zusammen Musik zu hören, und schweigend begannen sie, die Sonntagszeitungen durchzublättern. Konzentriert, die Stirn in Falten gelegt, war Ben über die neuesten Kritiken gebeugt; sein Gesicht prägte sich tief in ihr Gedächtnis ein. Sie, die ihm gegenübersaß, streckte ihre Hand nach ihm aus, und ohne aufzuschauen oder das Schweigen zu brechen, küßte er geistesabwesend jeden einzelnen ihrer Finger. Das Telefon klingelte.

»Wer ist das?« Ben zuckte zusammen und reagierte mit einem ärgerlichen Blick auf die Unterbrechung. Sie mußte lachen.

»Ich weiß nicht. Laß mich rangehen.« Sie griff hinüber zu seiner Seite, wo das Telefon stand, und hob den Hörer ab. Es war Ella. »Mum, endlich. Ich hab schon so oft angerufen. Hast du meine Nachrichten erhalten?«

»Ja, aber du hast keine Nummer hinterlassen. Alles in Ordnung?«

»Bestens. Ich hab eine Bude gefunden, aber ich kann das Telefon dort nicht benutzen. Bei dir alles okay, Mum?«

»Natürlich, Liebling.« Sie formte mit den Lippen Ellas Namen, so daß Ben Bescheid wußte, und er rückte in seinem Sessel beiseite, um ihr mehr Platz zu machen. Dann legte er einen Finger auf seinen Mund und schüttelte den Kopf, um ihr auf diese Weise zu verstehen zu geben, daß sie ihn nicht erwähnen solle. Sie runzelte die Stirn und zuckte mit den Achseln.

»Hast du dich mit Ben getroffen?«

»Ja.«

Ein kurzes Schweigen, dann kam es schnippisch vom anderen Ende der Leitung: »Und?«

»Und *was*, Ella? Hör auf, dieses Spiel mit mir zu spielen.«

»Mum, *du* bist es, die hier ein Spiel treibt. Ich will wissen, was läuft.«

»Wirklich, Ella, das ist nicht deine Angelegenheit.«

Ben erhob sich abrupt, ging zum Fenster und sah hinaus. Sie blickte auf seinen Rücken. Die Spannung im Raum stieg spürbar. Die Stimme ihrer Tochter dröhnte so laut in ihrem Ohr, daß Ben alles gehört haben mußte.

»Mum, ist er bei dir? War er da?«

»Ella, werd jetzt nicht albern. Wir hätten vorher miteinander reden sollen.«

»Mist – verdammt – hör mal – o Scheiße, Scheiße. Worauf will er nur hinaus?«

Ben wandte sich um und verließ den Raum. Rosemary, nun allein, verwirrt, verärgert, sprach leise in den Hörer. »Paß auf, ich hab keine Ahnung, was zwischen dir und Ben war oder auch noch ist, und ich bin nicht besonders scharf darauf, es zu erfahren, aber jetzt muß ich es wissen. War es etwas Ernstes mit euch beiden?«

»Für Ben ist gar nichts ernst. Nur sein Ehrgeiz zählt. Hör mal, bring ihn dazu, mit dir zu reden. Ich hoffe, es gelingt dir. Er und ich, wir sind nur alte Freunde, aber, so nett er auch sein mag, es gibt da eine andere Seite in ihm, die du nicht steuern kannst. Bitte, glaub mir.« Ihre Stimme klang flehentlich, dann beendete sie das Gespräch. »Ich hab kein Geld mehr. Morgen ruf ich dich vom Theater an und gebe dir die Nummer von dort. Aber versuch, ihn zum *Reden* zu bringen.« Weg war sie, und das Amtszeichen tönte nun laut in ihrem Ohr. Sie legte den Hörer auf und blieb einen Moment lang ruhig sitzen.

Dann rief sie »Ben« und sah durch die Verandatür, wie er mit hochgezogenen Schultern im Garten stand und den Vögeln zuschaute, die von dem Beutel mit Nüssen und Kernen fraßen, der am kahlen Ast eines Apfelbaums baumelte. Sie klopfte an das Fenster, woraufhin er sich umdrehte und ihr zulächelte. Sie winkte und bedeutete ihm, er solle hereinkommen. Aber er blieb noch einen Augenblick stehen und betrachtete ihr Gesicht direkt hinter der Fensterscheibe. Sie war besorgt und verunsichert. An sein Ohr drang nur das Geräusch des morgendlichen Sonntagsverkehrs hier in der Vorstadt. Innen stellte Rosemary die Stereoanlage leiser und wartete. Ben gab sich schließlich einen Ruck und kam zurück ins Haus, das Gesicht kalt und gerötet vom Märzwind.

»Laß uns reden, Ben. Was ist mit dir und Ella?«

»Nichts. Wie ich dir schon gesagt habe. Sie übertreibt mal wieder.« Er saß nach vorn gebeugt im Sessel, mit ausdruckslosen Augen, ohne sie anzusehen.

»Sie sagte, wir müßten miteinander reden.«

»Hör zu, Rosemary. Ella und ich hatten ein Verhältnis, ungefähr einen Monat lang. Es war nie etwas Ernstes, sie war in jemand anderen verliebt. Nicht daß das von Bedeutung gewesen wäre. Nicht für mich. Wir hatten einfach Spaß zusammen.«

»Und warum ist sie so schockiert über uns? Mal

abgesehen davon, daß die ganze Situation auch *mir* etwas seltsam vorkommt. Ich hab nicht gedacht, daß es Ella so sehr treffen könnte, bei dem, was sie in dieser Hinsicht vorzuweisen hat.«

»Sie liebt dich. Und sie hat Angst, ich könnte dir weh tun.« Jetzt endlich sah er sie an.

»Wirst du das?« Kaum wagte sie, diese Frage auszusprechen.

»Wahrscheinlich. Ich tue allen weh.«

Ein Schweigen trat ein, das Rosemary nicht in der Lage war zu beenden.

Ben beugte sich zu ihr und nahm ihre Hand. »Rosemary, ich bin dreiunddreißig und sehr ehrgeizig. Ich habe keine Zeit, mich zu verlieben. Ella weiß das. Sie spürte auch von Anfang an, daß ich dich haben wollte.«

»Warum? Warum mich?«

»Ich weiß es nicht. Mein Gott, ist das wichtig? Du bist so *sanft*. Ich wollte dich einfach haben. Du wirktest unberührt, das hat mich fasziniert. Aber es ist so dumm – müssen wir das *jetzt* diskutieren?«

»Ich versteh nicht recht. Ich dachte, wir hätten uns nur getroffen, fanden uns attraktiv und sind zusammen ins Bett gegangen, nur einfach das und nicht mehr.«

»So einfach läuft das nicht.«

»Jedenfalls nicht mit dir.«

»Mit keinem. Wie auch immer, Ella denkt offenbar, ich hätte mir vorgenommen, dich zu kriegen, und das hab ich nun – dich gekriegt, meine ich. Und das gefällt ihr nicht, das ist alles.« Er streichelte ihre Hand. Natürlich war ihr klar, daß es nicht »alles« war, wie er meinte. Aber sie hatte genug erfahren. Sie war eine Herausforderung für ihn gewesen, nichtsahnend von ihrer eigenen Tochter, wie es schien, ins Spiel gebracht. Kein Wunder, daß Ella bestürzt und verärgert war. Ihre Mutter war in die Falle getappt wie jede x-beliebige andere Frau, und dazu noch so schnell.

»Und nun?« fragte sie.

»Was?« Er lächelte sie an.

»Machen wir weiter? Oder war's das? Wochenende vorbei, Affäre vorbei. Du hast mich *gekriegt*, das war doch das Wort, nicht wahr? Mich *gekriegt*. Lange gebraucht hast du nicht. Ein Punkt für dich. Geht ihr alle so vor?«

»Alle Männer, meinst du?«

»Alle *jungen* Männer.«

»Ich weiß nicht, Rosemary.« Unruhig und gereizt, zog er seine Hand zurück. *Mein Gott, er kann es nicht vertragen, wenn man ihn zur Rede stellt,* dachte sie. *Gleich wird er sagen, »das wird mir jetzt zuviel«.*

»Das wird mir jetzt zuviel«, sagte Ben und lehnte sich in seinem Sessel zurück.

Rosemary lachte. »Ach Ben, warum seid ihr alle bloß so leicht berechenbar?«

»Bitte, nicht so von oben herab, Liebste, nicht auf die Tour.« Er stand auf, während er sprach, die Stimme erhoben, den Kopf zu ihr gebeugt, funkelten seine Augen sie an – seine ganze Erscheinung verriet nur mühsam unterdrückten Jähzorn. Sie wich überrascht in ihrem Sessel zurück, sprachlos angesichts der plötzlichen Wut in seiner Stimme und auf seinem Gesicht. Angst schnürte ihr die Kehle zu. Er blieb einige Sekunden vor ihr stehen, dann ging er zum Fenster.

Schließlich sagte Rosemary: »Ich hab es nicht so gemeint. Ich weiß nur nicht, was hier gespielt wird.«

»Wir zerbrechen uns den Kopf über das, was andere Leute über uns sagen, das wird hier gespielt.« Ben sprach, ohne sich umzuwenden, in einem nun wieder ruhigen Ton. Er kratzte mit seinen Fingern gegen die Fensterscheibe, um die Katze draußen auf sich aufmerksam zu machen. Der Mann und das Tier starrten einander durch das Glas an. Im Zimmer herrschte Schweigen. Nur der wunderbare Gesang von Sarah Vaughan kam schwach aus den Lautsprechern im Bücherschrank.

»Ben, sag was. Ich halt das so nicht aus.«

Er wandte sich sofort um und kam zu ihr. Vor ihrem Sessel ging er in die Hocke, nahm ihre Hände und sah wieder auf ihren Mund, bevor sie sich küßten. Es gab keinen Widerstand in ihr, weder in ihrem Geist noch in ihrem Körper. Sie hatte das Gefühl, als ob ein Teil von ihr für immer an ihn verloren war, und aus der Mißstimmung zwischen ihnen wurde Leidenschaft, während er sie ungeniert vor dem Kamin auf den Boden zog. Mit Küssen und Zärtlichkeiten scheuchten sie all die unbeantworteten Fragen weg, die zwischen ihnen standen, und nur das Gefühl und der Geruch von ihm erfüllte den Raum um sie und in ihr, bis er die Antwort auf alles geworden war, was sie je fragen würde. Sie sprachen nicht mehr über Ellas Anruf. Er wurde wieder der Liebhaber, der Gentleman, der Clown, der sie zum Lachen brachte, und als die Zeit für den Tee kam, war es so, als hätte das ganze Wochenende nichts als reine Harmonie geherrscht.

Am frühen Abend sahen sie fern: die Show, die

Rosemary am vorangegangenen Donnerstag aufgezeichnet hatte. Als sie zu Ende war, meinte Ben: »Es ist alles so sicher, nicht wahr?«

»Wie meinst du das?« Sie saß zwischen seinen Beinen, vor seinem Sessel auf dem Boden.

»Risikolos – keine gefährlichen Fragen. Allerweltsfernsehen.«

Stirnrunzelnd drehte sie sich zu ihm um. »Es ist eben Unterhaltung«, sagte sie. »Ist das etwas Schlimmes?«

Er zuckte die Achseln, sagte nichts weiter und fuhr fort, über ihr Haar zu streichen. Später ging sie in die Küche, um Sandwiches zu machen und etwas zu trinken zu holen. Er folgte ihr und öffnete die Flasche Wein, die sie in den Kühlschrank gelegt hatte.

»Danach muß ich gehen, Rosie.«

»Okay.« Sie lächelte ihm zu.

Sie aßen die Sandwiches und tranken Wein vor dem Kamin und dem Fernseher, in dem irgendein geistloses Stück lief, das sich als Situationskomödie ausgab. Die Kommentare von Ben waren witziger als das Drehbuch. Kurz vor neun sagte er: »Ich hol meinen Mantel.«

»Soll ich dich fahren?«

»Nein, ich geh zur U-Bahn.«

»Das sind Kilometer.«

»Ach so. Würde es dir was ausmachen?«

Sie stand schnell auf. »Natürlich nicht. Ich bring dich auch nach Hause, wenn du willst.«

Seine Entgegnung kam so schnell, daß er ihr fast das Wort abschnitt. »Nein, mit der U-Bahn ist es kein Problem.«

Im Auto hatte er seine Hand auf ihren Nacken

gelegt, während sie fuhr; sie spürte seine Finger sanft auf ihrer Haut. Sie sprachen kaum, und sie fragte sich, warum es um alles in der Welt für sie unmöglich war, einfach zu fragen: »Wo wohnst du?« Sie hielt bei der Haltestelle an und machte den Motor aus.

»Steig nicht aus«, sagte er und hielt sie zurück. »Es ist Sonntag. Ich fänd es nicht gut, wenn du hier herumstehen und warten würdest.« Er neigte sich zu ihr hinüber, umfaßte ihr Kinn, schaute ihr ins Gesicht und küßte sie ohne jede Leidenschaft auf den Mund. So kurz, daß ihr keine Zeit blieb, die Augen zu schließen. Sie blickte in die seinen, die sie, ebenfalls geöffnet, ausdruckslos ansahen. Es schauderte sie plötzlich, eine unerklärliche Furcht ergriff sie. Noch immer ganz nahe bei ihr, sagte er: »Für mich war es ein großartiges Wochenende. Wir müssen es bei Gelegenheit wiederholen.«

»Ja, das müssen wir.« Ihr Mund verzog sich, genau wie bei ihm, zu einem schmalen Lächeln.

»Rosemary Downey«, sagte er noch einmal. »Du hast jetzt einen Liebhaber.«

Er stieg aus. Sie lehnte sich hinüber, und als er schon die Wagentür zuschlagen wollte, rief sie: »Ben ...?«

Er beugte sich herunter und lächelte. »Ich ruf dich an, Rosie. Okay?« Und fort war er. Er drehte sich noch einmal um, bevor er im Eingang zur Station verschwand, winkte mit beiden Händen und warf ihr Kußhände zu. Sie lachte über ihn, während er, noch immer seine Späße machend, um eine Ecke bog und schließlich außer Sicht war.

Sie blieb eine Zeitlang still sitzen, beunruhigt und unzufrieden, aber außerstande, das Gefühl genau zu ergründen. Erst dann ließ sie den Motor an. Auf der Heimfahrt stellte sie im Autoradio ein Programm ein, in dem gerade eine Talkrunde lief, aber sie nahm kein einziges Wort in sich auf. Sie war müde und unfähig, ihn aus ihren Gedanken zu verbannen. Im Wohnzimmer ließ sie alles so, wie es war, und ging gleich nach oben ins Bett. In ihrem Badezimmerschränkchen fand sie Schlaftabletten, die sie sich irgendwann mal hatte verschreiben lassen, aber nie genommen hatte. Sie schluckte eine, absolvierte in aller Gründlichkeit ihre üblichen Vorbereitungen fürs Schlafengehen und kroch schließlich erschöpft unter das Federbett, das noch zerknittert war und nach Ben roch.

Plötzlich wurde sie durch das Telefon geweckt, das sie mit seinem Schrillen ganz durcheinanderbrachte. Sie streckte ihre Hand aus und schaute auf die Uhr. Es war eins.

Durch den wirren, tablettenschweren Schlaf drang Bens Stimme zu ihr.

»Rosie? Hab ich dich geweckt?«

»Ben? Bist du's?«

»Wer nennt dich sonst noch Rosie?«

»Ist was nicht in Ordnung?« Sie bemühte sich verzweifelt, wach zu werden.

»Ich wollte nur gute Nacht sagen.« Er redete so leise, daß sie ihn kaum verstehen konnte. Sie war nicht in der Lage zu sprechen, mußte schon kämpfen, um die Augen offenzuhalten. Sie gab nach, die Lider fielen ihr zu, und sie lehnte sich gegen das Kopfteil des Bettes, während sie den Hörer gegen die Schulter klemmte. Die Heizung hatte sich um Mitternacht abgeschaltet, es war kalt im Schlafzimmer, und sie zog das Federbett bis unter das Kinn.

»Bist du noch da?« fragte er.

»Ja.«

»Ich wollte nur sicher sein, daß du schön träumst, und vor allem von mir.« Seine Stimme war zärtlich, verführerisch.

Sie lächelte. »Das werde ich.«

»Gute Nacht, mein Schatz«, sagte er und legte auf.

Sie schlief sofort wieder ein, diesmal aber, betört durch seine Worte und seine Stimme, mit einem friedlichen Gefühl. *Es ist alles in Ordnung,* dachte sie, *es sind nur die ersten Schmerzen*. Und laut sagte sie zu sich selbst, wie um die Worte zu erproben: »Ich glaube, ich liebe dich, Ben.«

Das Wochenende war vorüber.

Kapitel 5

Als sie am Montag morgen die Augen öffnete, stellte sie fest, daß sie verschlafen hatte. Es war fast acht Uhr. Die Schlaftablette hatte ihr, zusammen mit Ben, unruhige Träume beschert, und sie war noch immer dabei, sie unter der Dusche wegzuspülen, als das Telefon zu läuten begann und sie fast im selben Moment hörte, wie unten Pat ins Haus kam. Klatschnaß lief sie zum Telefon, während sie sich schnell ein Handtuch umwickelte, die Duschhaube abnahm und ihr Haar ausschüttelte. Es war Frances.

»Du bist zurück!« rief Rosemary erfreut.

»Bin ich, bin ich. Wie geht's? Hab ich eine tolle Geburtstagsparty verpaßt?«

»Du lieber Himmel, Franny, es kommt mir vor, als sei das schon eine Ewigkeit her. Ich hab dir soviel zu erzählen. Wann können wir uns sehen?« Ohne recht zu überlegen, was sie eigentlich sagen wollte, sprudelten die Worte nur so aus ihr hervor. Sie fühlte sich wieder wie ein pubertierendes Mädchen.

»Willst du damit sagen, es ist etwas Aufregendes in deinem Leben passiert?« fragte Frances. »Ich weiß, was es ist – Ella ist aus dem Haus.«

Rosemary lachte, überglücklich, daß ihre Freundin wieder zurück war. »Nein, Dummerchen. Aber sie ist tatsächlich für drei Monate in Nottingham am Theater.«

»Das wird McDonald's in London ruinieren.«

»Es tut *so* gut, deine Stimme zu hören. Wann bist du frei?«

»Sollen wir uns heute abend treffen? In der Stadt? Im ›Ivy‹?« schlug Frances vor.

»Nein«, erwiderte Rosemary schnell, »lieber woanders.«

»Aha, ich verstehe. Was war los im 'Ivy'?« Frances' Stimme war vor Neugier leiser geworden.

»Ich erzähl's dir, wenn wir uns sehen.«

»Dann sollten wir uns gleich zum Frühstück verabreden«, konterte Frances, und Rosemary mußte wieder lachen.

»Es ist nur so, ich muß es persönlich loswerden. Außerdem bin ich spät dran. Pat ist schon hier, und ich bin noch nicht angezogen.«

»Du bist noch nicht angezogen! Und wir haben acht Uhr! Jetzt machst du mich aber wirklich neugierig. Gegenüber vom Drury Lane Theatre gibt es einen netten kleinen Italiener. Das ›San Francesco‹. Laß dein

Auto zu Hause, und wir betrinken uns. Bist du gerade auf Diät?«

»Nein, bin ich nicht. Und ja, das wäre prima. Sollen wir halb acht sagen?« Rosemary hakte im Geist die Dinge ab, die sie noch erledigen mußte.

»Ich zähle die Minuten. Hab 'nen schönen Tag«, sagte Frances und legte auf.

Unten stürzte sich Rosemary in den Montag. Sie hatte ganz vergessen, wo Ben Freitagnacht geschlafen hatte, und war überrascht, als Pat von oben herunterrief: »Soll ich im Gästezimmer das ungemachte Bett abziehen?«

»Wie bitte?« Sie war gerade dabei, sich bei einer Scheibe Toast durch die Post zu wühlen, und blickte durch die offene Küchentür in die Richtung, aus der Pats Stimme kam; ihre Augen starrten über den Rand ihrer Lesebrille ins Leere.

»Eines der Gästezimmer ist benutzt. Soll ich die Bettwäsche wechseln, oder kommen sie zurück?«

Nun fiel es ihr wieder ein. »Nein, Pat, zieh das Bett ab. Und du kannst auch mal gründlich durch Ellas Zimmer gehen. Sie ist für drei Monate fort.«

»Ach, das spar ich mir lieber auf, bis ich mehr Zeit habe. In dem Zimmer war ich weiß Gott wie lange nicht. Da wird sich 'ne Menge unter dem Bett angesammelt haben, keine Frage.« Pats Stimme wurde schwächer, als sie, weiter vor sich hin brummend, im Wäschetrockenschrank nach sauberen Bettbezügen suchte.

Rosemary ließ das zweite Stück Toast liegen, goß sich Tee nach und ging dann mit der Tasse in ihr Arbeitszimmer, um auf Jennie zu warten.

Die meisten Anrufe an diesem Morgen waren geschäftlich, sie betrafen die Show am kommenden Donnerstag oder anderes. Zu Rosemarys großer Überraschung rief gegen elf ihre Mutter an. Normalerweise überließ sie es ihrer Tochter, sich mit ihr in Verbindung zu setzen.

»Rosemary?«

»Mum. Was für eine Überraschung. Ich wollte mich bei dir am Nachmittag melden und fragen, wann du diese Woche frei bist.«

»Was soll das heißen, *frei*? Ich gehe nie aus. Ich rufe dich an, weil ich schon seit Tagen nichts von dir gehört habe und ich wissen wollte, ob bei dir alles in Ordnung ist. Du wirktest das letzte Mal, als wir uns trafen, etwas mitgenommen.«

»Tat ich das? Nein, mir geht's gut. Ich hatte zu tun. Am Wochenende, meine ich. Entschuldige.«

Betty hörte sich gekränkt an. »Ist Ella aus dem Haus?«

»Ja. Sie ist am Freitag gefahren.«

»Warst du weg übers Wochenende?«

Rosemary stockte. »Nein. Ich hatte einen Freund zu Besuch.« Sie zögerte bei dem Wort »Freund«, aber jede andere Bezeichnung hätte ihre Mutter nur verwirrt. »Ist der Boiler in Ordnung?« fuhr sie fort. »Hast du ihnen gesagt, sie sollen die Rechnung an mich schicken?«

»Ja, er funktioniert einwandfrei. Und ja, die Rechnung geht an dich. Das mit der Kontrolluhr habe ich nicht richtig verstanden, aber Mrs. Drewett von nebenan kam zum Kaffee und war so lieb, mir alles zu erklären. Ich weiß wirklich nicht, was ich ohne sie täte.«

Rosemary staunte, wie geschickt es ihre Mutter immer wieder verstand, das Schuldgefühl in ihr zu wecken, sie würde sich nicht genug um ihre Mutter kümmern. Auf fast allen ihren Gesprächen lastete dieser Zwang, sich entschuldigen zu müssen. Sie fragte nochmals: »Welcher Nachmittag paßt dir am besten, Mum? Ich bin heute voll ausgefüllt und natürlich auch am Donnerstag.«

»Ich bin zweimal in dieser Woche beim Bingo. Ruf mich an, wenn *du* kannst. Und grüß Ella von mir, wenn sie anruft. Ich hoffe, ihr Stück läuft gut.«

Ungehalten und einigermaßen ratlos, warum ihre Mutter überhaupt angerufen hatte – außer vielleicht, um ihre Tochter überflüssigerweise daran zu erinnern, daß sie noch da war –, hörte Rosemary, wie am anderen Ende der Leitung aufgelegt wurde.

Am Nachmittag ging sie in den Supermarkt und blieb in jedem Gang mit dem Einkaufswagen stehen und überlegte, was sie eigentlich kaufen sollte, jetzt, wo Ella so lange fort sein würde. *Ob ich eine Diät machen soll?* Sie warf einige Tiefkühlmenüs von Lean Cuisine und Weight Watchers in den Wagen und ging entschlossen an den Keksen vorbei, während ihr bewußt wurde, daß sie zum ersten Mal seit Jahren keine Einkaufsliste gemacht hatte.

Danach stattete sie dem Feinkostgeschäft einen Besuch ab, in dem sie am ersten Samstag mit Ben gewesen war. Mit einem Lächeln registrierte sie, wie die Erinnerungen wiederkamen und ihr einen Hitzeschauer über Gesicht und Körper jagten. Sie griff sich einige Artikel aus den Regalen und kehrte dann rasch nach Hause zurück, für den Fall, daß er angerufen hatte. Auf dem Anrufbeantworter waren vier Nachrichten, alle bezogen sich auf die Show am Donnerstag. Von Ben kein Wort.

Die Enttäuschung ließ sie nicht los, während sie Tee machte und die letzten zwei Schokoladenplätzchen aus der Dose aß. *Morgen bin ich wieder in Ordnung,* beruhigte sie sich selbst, und ließ die benutzte Tasse auf dem Küchentisch stehen, als sie nach oben ging, um sich für den Abend fertigzumachen. Frances wartete schon im »San Francesco«, als Rosemary um Viertel vor acht dort eintraf. Sie hatte eine Flasche Frascati bestellt, von der sie bereits trank, und in der Hand hielt sie, geziert in die Höhe gereckt, die unvermeidliche Zigarette, während sie voller Eifer auf einen aufmerksam zuhörenden Kellner einsprach.

»Es ist *so* schön, dich zu sehen. Ich hab dich vermißt«, sagte Rosemary, als sie sich setzte.

»Das glaub ich. Wie wär's mit einem Wein, mein Schatz? Trink sofort was, damit du aufholst. Das wird dir die Zunge lösen, und ich kann endlich hören, was es Neues gibt bei dir.«

Der Kellner schenkte ihr Wein ein und reichte ihnen die Speisekarte. Frances erhob ihr Glas. »Salute, meine Verehrte. Entschuldige die Zigarette. Ich hab wieder angefangen. Hoffentlich hast du nichts dagegen.«

Rosemary lachte und erwiderte: »Um Himmels willen, nein, gib mir auch eine.«

»Du meine Güte!« Frances gab ihrer Freundin mit der Kerze, die auf dem Tisch stand, Feuer, dann fuhr sie fort: »Laß mich bestellen. Hast du Hunger?«

»Ich habe den ganzen Tag kaum was gegessen.«

»Gut.« Frances winkte den Kellner heran. »Alfredo,

per favore. Per antipasti di tonno con fagiole, e dópo spaghetti alla carbonara, grazie.«

Dann, nachdem das Essen bestellt war, blieben sie für sich allein an dem kleinen Tisch in einer Nische im unteren Teil des Restaurants.

»Also«, sagte Frances, »was um alles in der Welt hat sich auf einmal in deinem so nett geordneten Leben ereignet?«

Rosemary lächelte. »Ich habe einen Mann kennengelernt. Oder, wie soll ich sagen – fast noch einen Jungen.«

»Was soll das heißen? Du hast dir einen jüngeren Liebhaber zugelegt, was zum Vernaschen?«

Rosemary rief sich das Bild von Ben in Erinnerung. »Nein, so kann man ihn nun wirklich nicht bezeichnen.« Sie mußte über den Gedanken lachen. »Ich begegnete ihm auf meiner Geburtstagsparty. Er ist, war, ein Freund von Ella. Eine Woche darauf fragte er mich, ob wir zusammen ausgehen, und ich hab zugesagt. Vor allem, weil ich ihn die ganze Woche nicht aus dem Kopf kriegen konnte. Na egal, um's kurz zu machen, wir haben das Wochenende miteinander verbracht. Bei mir. Die meiste Zeit im Bett.«

»Ich bin sprachlos.« Frances griff über den Tisch und drückte die Hand ihrer Freundin. »War es schön? Bist du okay? So ist doch noch nicht alles ad acta gelegt?« Sie lachten beide, dann fragte Frances: »Wie alt ist er? Was macht er?«

»Er ist dreiunddreißig. Sieht sehr gut aus. Glaube *ich* zumindest. Daß er gut aussieht, meine ich. Daß er dreiunddreißig ist, weiß ich. Und leider muß ich dir gestehen, daß er Schauspieler ist.«

»Ach, du liebe Güte, mein Schatz, mit halben

Sachen gibst du dich wirklich nicht zufrieden!« Frances lehnte sich auf ihrem Stuhl zurück und zündete sich mit dem Stummel ihrer alten Zigarette eine neue an. »Also jetzt mal der Reihe nach. Nachdem ihr euch ein paarmal gesehen habt, lädst du diesen jungen, attraktiven Schauspieler ein, das Wochenende bei dir zu Hause, in deinem Bett zu verbringen. Sonst noch was? Gar nicht schlecht für jemanden, der gelobt hatte, den Rest seines Lebens keusch zu bleiben.«

»Es gibt da ein Problem«, erwiderte Rosemary. »Mit ihm und Ella, glaube ich. Ich weiß es aber nicht genau. Er ist etwas rätselhaft.«

Frances sah sie aufmerksam an, wobei sie wegen des Qualms ihrer Zigarette die Augen zusammenkneifen mußte. »Was ist mit Ella?«

Rosemary schenkte sich Wein nach. Dann, endlich, antwortete sie: »Er ist ein früherer Geliebter von ihr.«

Erst war Schweigen, dann begann Frances zu lachen. Während Rosemary ihre Zigarette ausdrückte, bemerkte sie, wie einige der anderen Gäste, die durch das rauhe Lachen von Frances aufmerksam gemacht worden waren und dann *sie* erkannt hatten, sich nach ihnen umdrehten.

»Ssh«, machte Rosemary, fing aber auch an zu lachen.

Schließlich sagte Frances: »Ich wußte immer, daß du es faustdick hinter den Ohren hast. Du hast also tatsächlich deiner Tochter einen ihrer Liebhaber ausgespannt?«

»Nein, nein. Es ist vorbei, sie haben es beide versichert. So ist es wirklich nicht.« Rosemary senkte ihre Stimme. »Es ist nur ein ganz schön seltsames Gefühl,

Franny. Ich frage mich die ganze Zeit, ob er uns vielleicht vergleicht?«

»Du willst sagen«, flüsterte Frances zurück, »bin ich so gut wie Ella?«

»Sag nicht so was, um Gottes willen«, entgegnete Rosemary schnell. Sie spürte, wie ihr der Wein rasch und noch zusätzlich verstärkt durch das ungewohnte Nikotin in den Kopf stieg. Sie nahm ein Stück Brot – es war schon ihr fünftes oder sechstes – aus dem Korb, der auf ihrem Tisch stand, und bestrich es, ohne darüber nachzudenken, dick mit Butter, bevor sie es aß.

Frances schaute ihr zu, schob die Butterschale außer Reichweite und reichte sie dann schnell einem dienstfertigen Kellner, der gerade mit freien Händen an ihrem Tisch vorbeikam. »Was hast du vor?« fragte sie. »Willst du fünfzig *und* fett sein, meine Liebe?«

»Ich vermute«, sagte Rosemary, »daß Ben, so heißt er nämlich, ich vermute, daß ihm das gefällt mit Mutter und Tochter. Und ich weiß nichts über ihn, außer daß Ella mich mehr oder weniger vor ihm gewarnt hat.«

»Eine so vornehme Dame wie dich zu bumsen muß 'ne ziemliche Abwechslung gewesen sein, nach Ella«, bemerkte Frances.

»Franny, du bist unverbesserlich.«

»Was meinst du, ob sie ihre fürchterliche Sprache auch im Bett benutzt?« bohrte Frances unerbittlich weiter. »Du mußt ihn das nächste Mal danach fragen.«

»Ich weiß gar nicht, wann oder ob es überhaupt ein nächstes Mal geben wird«, antwortete Rosemary. »Er sagte nur, wie war das doch gleich? Ah ja – ›Ich ruf dich an‹. Das tat er dann später, um gute Nacht zu sagen. Ich hatte schon Stunden geschlafen und dachte, das Ganze wäre ein Traum. Ich hatte eine Schlaftablette genommen.«

»Was hat dich nur so schnell umgehauen?«

»Das wissen die Götter.« Rosemary schob ihren halbleeren Teller beiseite, nahm eine weitere Zigarette aus der Packung auf dem Tisch und zündete sie an. »Aus irgendeinem kindischen, pubertären Grund, Franny, raubt mir dieser Mann den Verstand. Ich glaub, ich hab mich verliebt. Und ich bin furchtbar außer Übung.«

»Ich weiß nicht, was ich dir sagen soll. Außer, daß du voreilig bist. Du siehst jetzt nur schwarz. Am besten ist, ich werd mich mal mit ihm treffen. Dann kann ich ihn für dich abchecken.« Frances mußte über die sich selbst zugedachte Rolle lachen. »Nicht daß ich mich wirklich für eine Autorität auf diesem Gebiet halten würde!«

»Ich kenne nicht mal seine Adresse«, sagte Rosemary, »nicht mal seine Telefonnummer.«

»Du solltest sowieso nicht anrufen«, meinte Frances. »Und keine Tabletten mehr. Auf die Weise vernebelst du nur dein Hirn, meine Süße, und ich habe den Eindruck, daß du im Moment eher einen klaren Kopf brauchst. Hier, iß und trink und danke Gott, daß ich rechtzeitig wieder zurückgekehrt bin.«

Der Donnerstag kam, und Ben hatte nichts von sich hören lassen. Bis Mittwoch abend war Rosemary standhaft geblieben, dann hatte sie nachgegeben und wieder eine Schlaftablette genommen. Sie war noch immer dösig, als sie am Morgen darauf in die Limousine stieg und zum Frisiersalon fuhr. Schwarzen Kaffee schlürfend, saß sie vor dem Spiegel, starrte sich an und wartete auf den Friseur, der sie immer bediente.

»Du bist so still heute morgen«, begrüßte er sie, als er endlich auftauchte.

Sie sah im Spiegel zu ihm auf und lächelte. »Ich habe all meine neuen Falten betrachtet«, erwiderte sie.

»Ich sehe keine einzige. Aber du hast etwas geschwollene Augen. Nicht geschlafen?«

»Es geht schon. Ich habe schwer geträumt, Martyn, und bin noch ein wenig erschöpft.«

»Das ist der Frühling. Wenn der April an die Tür klopft, steigen in uns allen die Säfte. Ich schwöre, es ist *der* Monat für erotische Träume. Ich könnte ein ganzes Buch darüber schreiben oder sogar eine kleine Serie.«

Rosemary lachte. »Wer hat gesagt, daß meine Träume erotisch waren?« Sie nahm ihm seine Ungezwungenheit nicht übel; sie kannten sich schon seit langer Zeit.

»Aber wovon würden wir denn sonst in unserem Alter erschöpft werden?« Er hob im Scherz seine Augenbrauen und begann dann, ihr Haar zu bürsten. »Nun, wie immer, Darling? Oder sind die Säfte auch schon in den Kopf gestiegen?«

Sie betrachtete sich im Spiegel. Ellas Stimme stahl sich unaufgefordert in ihr Ohr: »Warum läßt du dir eigentlich immer eine Frisur wie einen Footballhelm machen?« – Rasch antwortete sie: »Nein, Martyn, mal was anderes. Hast du eine Idee?«

»Meine Güte, jetzt hast du mich aber kalt erwischt. Sollen wir es abschneiden? Wird dich um Jahre jünger machen.«

Das gab den Ausschlag. »Ja, mach mir – wie haben wir es immer genannt? Ach, ich weiß, einen Lausbubenschnitt.«

»So drastisch nun auch wieder nicht. Nachher verklagst du mich. Laß mich mal machen. Raquel Welch wird gelb werden vor Neid.«

Zwei Stunden später kam sie ins Studio. »Mein Gott, haben Sie sich aber verändert«, entfuhr es May, bevor sie die von Rosemary für die Aufzeichnung ausgewählte Garderobe zum Bügeln mitnahm.

Schon der Sicherheitsbeamte hatte, als er ihr die Tür öffnete und sie begrüßte, gesagt: »Wunderbar, Miss Downey, Sie sehen aus wie ein junges Mädchen.«

»Danke, George. Gut erkannt, genau deshalb hab ich es nämlich machen lassen.«

Auch die Maskenbildnerinnen waren begeistert, und Rosemary war nur für einen Moment irritiert, als sie drei andere im Raum mit der gleichen Frisur sah. Nicht daß es ihr etwas ausgemacht hätte, bloß waren die anderen alle um die dreiundzwanzig.

Verdammt noch mal, und wenn schon, dachte sie. *Wer sagt eigentlich, daß man mit fünfzig schon alt aussehen müßte? Wahrscheinlich ein Mann.*

Sie aß mit Derek zu Mittag, jedoch ohne Anne. »Ein paar Probleme diese Woche«, vertraute er ihr an, »sie läßt sich entschuldigen und wird in der Teepause mit dir sprechen.«

Rosemary, die einen starken Drang verspürte, ihn mit dem Gesicht voran in den Wagen mit den Süßspeisen zu stoßen, lächelte ihm mit ausdruckslosen Augen über den Rand der Speisekarte zu. Über ihre neue Frisur verlor er kein Wort.

In der Teepause rief Frances an, und man stellte den Anruf direkt in ihre Garderobe durch. Sie saß gerade über ihren Notizen für die Show, und das plötzliche Klingeln riß sie aus ihrer Konzentration und ließ ihr das Herz bis zum Halse schlagen. Sie hob ab, im Glauben, in der Hoffnung, es sei Ben. »Ja?« Sie war ein wenig außer Atem, und ihre Stimme zitterte leicht vor Aufregung.

»Ich bin's, mein Liebes«, hörte sie Frances sagen. »So, wie du dich gemeldet hast, ist das sicher eine Enttäuschung.«

Rosemary lachte. »Nein, natürlich nicht. Du kommst doch heute abend, bleibt es dabei?«

»Ja. Soll ich mich zu Derek, diesem Kriecher, in den Kontrollraum setzen?«

»Gute Idee. Ich werde es ihm sagen, er wird entzückt sein. Er gibt sich der Illusion hin, daß er dir gefällt.«

»Du lieber Gott, die Arroganz dieses Mannes kennt wahrlich keine Grenzen. Da würde ich noch eher mit Ella ins Bett gehen.«

»Franny, du wirst immer schlimmer.«

»Ich weiß, meine Teure, das ist mein Alter. Verzeih mir. Hast du was von dem jungen Mann gehört? Oder reden wir besser nicht darüber?«

»Besser reden wir nicht darüber. Ich komme mir jeden Tag alberner vor. Und ich beginne mir Hoffnungen zu machen, daß er überhaupt nicht mehr auftaucht.«

»Keine Chance. Er wird der Versuchung nicht widerstehen können. Gerade wenn du anfängst, dich wieder normal zu fühlen, wird er anrufen. So machen sie es immer. Es ist das Machtspiel.«

»Bis später, Franny. Man wird sich um dich kümmern, und ich werde dich nach der Show zum Essen einladen. Hast du einen Tisch im Restaurant reserviert?«

»Das mach ich sofort«, rief Frances gutgelaunt. »Bis nachher, mein Engel.«

Zehn Minuten vor dem Beginn der Aufzeichnung stand Rosemary hinter dem Set, beobachtete auf dem Monitor neben ihr, wie der Mann für das Warm-up das Publikum in Stimmung brachte, und dachte daran, welche Empfindungen sie noch die Woche zuvor gehabt hatte. Sie fühlte sich verändert und seltsam verwirrt und wünschte nun, sie hätte sich, was Ben und seine Rolle in ihrem Leben betraf, anders entschieden. Selbst mit dem Teil ihrer Person, der sich ganz auf ihre berufliche Aufgabe konzentrierte, konnte sie noch den Schatten spüren, den eine kleine schwarze Wolke auf den Hintergrund ihres Bewußtseins warf. May kam herauf und flüsterte ihr etwas ins Ohr.

»Ihre Freundin ist im Kontrollraum, und Derek hat ihr einen Drink besorgt. Sind Sie mit ihren Notizen durch?«

»Danke, May. Ja, hier hast du sie.« Sie reichte ihr die Blätter und fuhr sich mit den frei gewordenen Händen nervös an den Hinterkopf, um die kurzgeschnittenen Partien der neuen Frisur abzutasten.

»Langsam gewöhne ich mich daran«, sagte May. »Ich find's ganz gut. Steht Ihnen.«

»Danke.« Rosemary lächelte ihr zu. May wandte sich zum Gehen, drehte sich aber noch einmal schnell herum, als der Aufnahmeleiter rief: »Fünf Minuten bis zur Aufzeichnung.«

»Ah ja«, sagte May, »beinahe hätte ich es vergessen. Ellas Freund ist auch aufgetaucht, Derek hat ihn mit in den Kontrollraum genommen.« Und sie entschwand.

Rosemarys Beine knickten ein, rasch hielt sie sich an dem Monitor neben ihr fest.

»May!« rief sie flüsternd, so laut sie konnte. »May, komm zurück. Was für ein Freund?« Aber ihre Garderobiere hatte das Studio schon verlassen. Wendy, die das Make-up kontrollierte, machte sich am hinteren Teil von Rosemarys Frisur zu schaffen. »Laß das!« bellte Rosemary.

Das Mädchen wich überrascht einen Schritt zurück. »Entschuldigung. Einige Haare standen ab.«

»Verzeih mir, Wendy, ich bin etwas gereizt, einfach nervös. Hast du einen Spiegel?«

»Sie sehen wunderbar aus.«

Rosemary nahm den kleinen Handspiegel und sah in das Gesicht einer Frau, in dem derselbe erwartungsvolle Ausdruck stand wie genau eine Woche zuvor hier an dieser Stelle. Sie kannte den Grund: Bens Anwesenheit im Kontrollraum. Vor ihren Augen breitete sich der weitere Abend aus. Zuerst aber hatte sie einen kleinen Berg zu überwinden: die Show.

Es lief nicht gut. Sie hatte mehrere Versprecher, jedesmal mußten sie die Aufzeichnung stoppen und wieder neu einsetzen. Der Teleprompter fiel ganz aus, und Rosemary, die ihre Notizen nicht zur Verfügung hatte, versuchte sich an einige der vorbereiteten Fragen, die sie an ihre Gäste stellen wollte, zu erinnern. Sie quälte sich ziemlich, und Derek unterbrach die Show. Anne kam aus dem Kontrollraum zu ihr.

»Wäre es dir lieber, wir würden auf einen anderen Teleprompter warten, Rosemary?« fragte Anne.

»Wie lange würde das dauern?«

»Ich weiß nicht.«

»Großer Gott, mit dir ist es wirklich hoffnungslos. Sag May, sie soll mir meine Notizen bringen. Ich mach das schon.« Anne rannte davon, den Tränen nahe, schockiert über den ungewohnt verächtlichen Ton in Rosemarys Stimme. Rosemary hätte sich am liebsten die Zunge abgebissen.

So ist es recht, Mädchen, sagte sie zu sich selbst, *hau nur weiter drauf, wo die Arme sowieso schon am Boden liegt.* Sie nahm sich vor, am nächsten Tag Anne einen Blumenstrauß mit einer Entschuldigung zu schicken. Das Studiopublikum, unruhig geworden, rückte auf den Stühlen hin und her, und einige standen auf, um zur Toilette zu gehen. Derek schickte den Mann fürs Warm-up hinaus, damit er sie beschwichtigte, und er selbst verließ den Kontrollraum und ging zu Rosemary. Wendy besserte ihr Make-up nach.

»Alles in Ordnung, Rosemary?« fragte Derek. »Das sind nur Problemchen. Kein Grund zur Sorge.«

Sie legte ihre Hand über das Mikrophon, das an ihrem Kleid befestigt war. »Derek, unser Stargast wird von Sekunde zu Sekunde betrunkener. Sag um Gottes willen jemandem Bescheid, daß er auf ihn achtgeben soll. Ich kenn den Mann schon lange genug.«

»Mach ich.«

»Und richte Anne bitte aus, daß es mir leid tut. Ich wollte sie nicht anschnauzen. Kam wohl etwas Panik auf, fürchte ich«, meinte sie scherzhaft, als er sich zum Gehen wandte. Er lächelte ihr noch zu und hob zur

Bestätigung, daß er sie verstanden hatte, den Daumen in die Höhe.

Die Show lief weiter. Als der letzte Gast angekündigt wurde und die Musik zu seiner Begrüßung einsetzte, wurde Rosemary angst und bange. Sie wußte aus langer Erfahrung, daß er auf dem besten Wege war, die Kontrolle über sich zu verlieren. Sie war aufgestanden, um ihn zu begrüßen, streckte die Hand aus und wartete, daß das Quartett zu spielen aufhörte.

»Tony, wie schön, Sie wieder bei uns zu haben. Willkommen.«

Er stolperte kurz, als er die Stufe zum Podium, wo das Sofa und die Sessel standen, hochstieg, und Rosemary griff hastig mit beiden Händen nach ihm, um ihn zu stützen. »Hopsala, Mädchen«, stieß er hervor, »wer hat die verdammte Stufe da hingestellt?«

Von diesem Moment an geriet die Show zu einer katastrophalen Lachnummer. Das Publikum johlte und tobte und hielt schließlich gespannt in den letzten Minuten des Gesprächs mit dem Schauspieler mittleren Alters, der für seinen Alkoholkonsum ebenso berühmt war wie für seine darstellerischen Leistungen, den Atem an. Rosemary wußte, daß die besonders deftigen Partien in der Bearbeitung herausgeschnitten werden würden, aber es war auch so schon furchtbar schwierig, überhaupt einen zusammenhängenden Satz aus dem Mann herauszubringen. Es war nicht das erste Mal, daß sie einen schwierigen Gast hatte, und es würde sicher auch nicht das letzte Mal sein. Wenige Minuten vor der Schlußmusik machte ihr der Aufnahmeleiter ein Zeichen, sie solle das Gespräch zu Ende bringen. Der Schauspieler war noch dabei, durch das Labyrinth einer Geschichte zu tappen, von der er augenscheinlich den Faden verloren hatte. Sie beugte sich zu ihm herüber.

»Lieber Tony, ich kann Ihnen gar nicht sagen, wie wundervoll es war, wieder einmal mit Ihnen zu plaudern. Von mir aus könnten wir den ganzen Abend so weitermachen, aber es war so spannend mit Ihnen, daß die Zeit wie im Fluge vergangen ist.« Dabei legte sie ihre Hand auf seine. Er wandte sich um und stierte mit unruhigen, blutunterlaufenen Augen durch sie hindurch in die Leere.

»Verdammt noch mal, Puppe, ich hasse es, wenn man mich unterbricht.« Er entzog ihr harsch seine Hand und stand auf, gefährlich schwankend. »Wer in diesem Scheißladen bringt mir endlich was zu trinken?«

Dem Publikum stockte der Atem, und im Kontrollraum schrie Derek die Bildmischerin an: »Nimm ihn aus dem Bild, verflucht noch mal, nimm ihn raus! Und spiel die Musik.«

Abrupt und mit voller Lautstärke kam das Quartett ins Bild; der Pianist bemühte sich, seine Heiterkeit hinter lebhaftem Spiel zu verstecken. Rosemary stand auf, riß sich das Sendemikro vom Kleid, verließ das Podium und ging aus dem Studio direkt in den Kontrollraum. Der Mann fürs Warming-up wurde vorgeschickt, um auf das aufgeregte Publikum einzuwirken und es zum Gehen aufzufordern, während der Aufnahmeleiter und seine neue, zitternde Assistentin den verwirrten, betrunkenen Gast, der ganz offensichtlich erfreut über das Chaos war, das er angerichtet hatte, zu seiner Garderobe brachten. Seine Stimme verlor sich allmählich in der Ferne.

Anne war blaß und fahrig. Rosemary sah sie an.

»Wo ist Derek?« fragte sie, nun ganz ruhig, den verbliebenen Ärger hinter kühler Professionalität verbergend.

»Er kommt sofort«, erwiderte Anne leise.

Die Bildmischerin hielt eine Hand vor den Mund. Rosemary argwöhnte, daß sie heimlich grinste – die komische Seite dieser Situation entging ihr in diesem Moment völlig.

»Derek, was war los? Hat ihm jemand eine Flasche gegeben und ihn damit alleingelassen?« fragte sie.

»Es tut mir so leid, Rosemary. Ich werde mir das auf der Stelle ansehen. Wir können noch was beim Schneiden retten, ganz sicher.« Er streckte seine Hand aus, um sie zu berühren. Sie wich zurück.

»Seht zu, daß ihr ihn aus dem Haus bekommt«, sagte sie, verließ den Kontrollraum und steuerte ihre Garderobe an. Dort goß sie sich einen Whisky ein, den sie beim Umziehen schlürfte.

May schüttelte den Kopf, während sie ihr behilflich war. »Was für ein entsetzlicher Kerl. Sind Sie in Ordnung?«

»Ja, alles klar. Hast du eine Zigarette?«

»Nicht bei mir.« May war überrascht.

»Macht nichts. War nur so eine Idee. Bis nächste Woche.«

»Wird ohnehin die letzte sein. Schlimmer als heute kann es keinesfalls werden.«

Der Gästeraum in der oberen Etage war wie üblich voller Leute. Lediglich der betrunkene Tony und sein Gefolge glänzten durch Abwesenheit. Rosemary ging direkt auf Frances und Ben zu, die mit einem Drink in der Hand bei Derek standen und ihm zuhörten.

»Ach, meine Herzallerliebste«, begrüßte sie Frances,

laut wie immer, als Rosemary zu ihnen trat. »Besorgt dieser Frau einen Drink. Sie hat ihn nötig. Willst du auch 'ne Fluppe?«

Sie küßten sich, und Rosemary lächelte Ben über die Schulter ihrer Freundin hinweg an. »Hallo, Ben.«

Er beugte sich zu ihr herunter. Als sie seinen rauhen Schnurrbart an ihrer Wange spürte, durchströmten sie Wochenenderinnerungen. »Hallo, Rosie. Nimmst du's mir übel, daß ich hier einfach so auftauche?«

»Nein – nein – nicht wirklich. Hast dir ja einen schönen Abend dafür ausgesucht, muß ich schon sagen.« Sie nahm den Whisky, den ihr jemand hinhielt, und wandte sich an Frances. »Ich glaube, ich komme auf dein Angebot mit der Zigarette zurück.«

»Hier, bitte, meine Blüte.«

Derek hielt ihr eilfertig ein Feuerzeug hin.

»Keiner scheint zu wissen, woher dieser schreckliche Typ seinen Drink bekommen hat, meine Liebe«, sagte er. »Aber trotzdem, du warst großartig wie immer.«

Frances gab ihr hinter seinem Kopf ein Zeichen. Rosemary fragte sie: »Hast du einen Tisch reserviert, Franny?«

»Aber klar doch. Ich habe Ben gebeten, uns zu begleiten. Und ich bin vollkommen verzweifelt, daß dein charmanter Produzent sofort nach Hause muß.«

Derek drehte sich um und küßte ihr die Hand. Rosemary und Ben lächelten sich zu, sie tauschten einen langen Blick. Er berührte sie mit einer Hand am Arm, und seine Finger waren auf ihrer Haut vertraut und elektrisierend. Die Tage der Unruhe und des Zweifels lagen hinter ihr. Jetzt war er da. Die Nacht wartete auf sie.

»Laßt uns zum Essen gehen«, sagte er drängend, so als wollte er den einleitenden Teil dieses Abends so schnell wie möglich hinter sich bringen. Zum ersten Mal in den fünfundzwanzig Jahren, die sie sich kannten, wünschte Rosemary ihre Freundin sonstwohin. Sie verabschiedeten sich und fuhren in der Rosemary an diesem Tag zur Verfügung gestellten Limousine zum »Caprice«. Alle drei saßen zusammen auf dem Rücksitz, Ben, von Frances gedrängt, hatte sich zwischen sie gezwängt. Schon etwas betrunken und durch die Zigarette leicht benommen, ließ Rosemary ihre Hand diskret in seiner ruhen und spürte wieder seine Berührung, wie er ihren Daumen streichelte und ihre Ringe um ihre Finger drehte. Sie zählte die Stunden, bis sie im Bett sein würden, und staunte über ihre eigene Kühnheit.

Kapitel 6

Wieder waren sie zu dritt beim Abendessen. Und wieder war es ein überfülltes Restaurant, mit vielen Leuten, die sie kannten.

Nachdem sie sich gesetzt hatten, bemerkte Ben: »Na, das war heute abend endlich eine Show, die es in sich hatte, Rosie.«

»Wir fanden es toll.« Frances gab dem Kellner mit der Hand ein Zeichen, um Wein zu ordern.

»Ein Alptraum«, erwiderte Rosemary. »Zum Teil rechne ich jede Woche mit so was.«

Ben lachte. »Nun komm schon, es war großartig.

Ich hab mal was von wildem Theater gehört, aber noch nie von wildem Fernsehen.«

»Von Anne kam ja überhaupt keine Unterstützung«, sagte Frances. »Wie schafft sie es nur, ihren Job zu behalten? Macht sie immer noch die Beine breit für diesen widerlichen Typ?«

»Derek ist brav zu seiner Frau zurückgekehrt. Und für Anne ist es im Herbst aus mit der Show.«

»Die arme Kuh. Dabei haben sie so gut zusammengepaßt. Kann mir bei beiden nicht vorstellen, daß sie mit ihren Weichteilen noch andere Leuten bearbeiten. Igitt, allein der Gedanke ist schon ekelhaft. Da vergeht einem ja für den Rest des Lebens die Lust auf Sex.«

»Achte einfach nicht auf sie, Ben«, sagte Rosemary. »Mit ihrem Mundwerk landet sie immer in der Gosse, wenn es spät wird. Aber sie meint es gut, und ich mag sie sehr.«

»Keine Sorge«, entgegnete Ben. »Ich mag es, wenn eine Frau schmutzige Sachen sagt.«

Er und Frances lächelten einander zu, und Rosemary wäre eifersüchtig geworden, wenn sie ihre Freundin nicht so gut gekannt hätte. Ben war noch eine unbekannte Größe in diesem Spiel, und der Gedanke an Ella wollte ihr nicht so ohne weiteres aus dem Kopf.

Sie bestellten das Essen und tranken ihren Wein, während sie warteten. »Ich muß zur Toilette, wenn die Damen mich entschuldigen wollen«, sagte Ben und erhob sich. An einem anderen Tisch blieb er stehen und unterhielt sich mit einer jungen, hübschen und lebhaften Frau. Rosemary beobachtete ihn mit sehnsüchtigen Augen, und Frances beobachtete sie.

»Du machst es zu offensichtlich, mein Herz. Er weiß, daß er dich im Griff hat.«

Rosemary wandte sich wieder ihrer Freundin zu. »Ich hab mich verrannt, nicht wahr? Wie findest du ihn?«

»Er ist wirklich reizend. Aber reicht das? Gut, ich bin nicht verliebt. Es sind andere Wesen, wenn du in ihrem Bann stehst.«

»Du tust so, als wäre es furchtbar.«

»Nur gefährlich. Du hast zuviel Vertrauen. Halt dich etwas zurück.«

»Ich kann nicht. Ich wüßte nicht, wie, und ich glaube, es ist auch zu spät.«

Frances beugte sich zu ihr und nahm ihre Hand. »Schatz, du hast dir dein Leben mühsam aus vielen kleinen Teilen zusammengebaut, laß es jetzt nicht so schnell in die Brüche gehen. Nicht, bis du ihn besser kennst. Finde heraus, was er will.«

»Ich weiß, daß es nichts Dauerhaftes ist, Franny, ich bin ja nicht dumm. Es ist ein Altersunterschied von siebzehn Jahren, wie kann so etwas eine Zukunft haben? Auf jeden Fall will ich mich mal austoben.« Sie nahm eine Zigarette und zündete sie an. »Ich glaube, irgendwie ist es das, was ich eigentlich will. Ach, ich weiß nicht. Ich hatte es vergessen, dieses Gefühl. Ich kann es nicht erwarten, wieder seine Hände auf mir zu spüren. Was soll ich da machen?«

Frances blickte ihr ernst ins Gesicht, danach lachte sie. »Na, dann nichts wie ran, Mädchen! Du wirst die Scherben schon wieder aufsammeln, du bist stärker als wir alle. Jedenfalls dürftest *du* diejenige sein, der es zuerst langweilig werden wird. Worüber redet ihr denn, ihr beiden?«

»Wir haben noch nicht viel gesprochen. Ihn interessieren offenbar Sex, Essen und Schweigen. In dieser Reihenfolge.«

Frances lachte noch lauter, und einige Personen drehten sich nach ihnen um. »Nun, mein Engel, das würde ganz gut zu mir passen. Alles, was ich sagen kann, ist folgendes: Wenn du es hinbekommst, das Ganze ein wenig nüchtern und distanziert zu betrachten, wäre das nicht schlecht für dich. Er ist ganz wild darauf, dir heute abend an die Wäsche zu gehen, halten wir uns also nicht zu lange hier auf.«

»Du bist wirklich eine sehr romantische Person«, sagte Rosemary. »Ich hätte es etwas anders ausgedrückt.«

»Sorg dafür, daß du ihm unentbehrlich wirst.« Frances senkte ihre Stimme. »Das ist die einzige Möglichkeit, die man bei solchen Männern hat.«

»Bei solchen Männern? Was für Männern?« erwiderte sie rasch und runzelte die Stirn. Hatte ihre Freundin bei Ben etwas entdeckt, was sie selbst übersehen hatte?

»Versuch dich daran zu erinnern, wie dein erster Eindruck von ihm war. Ein elementarer Instinkt. Er täuscht einen selten, und ansonsten bist du doch ein alter Fuchs.«

Frances legt einen Finger auf ihren Mund, denn Ben kam zurück zu ihnen. Als er sich setzte, berührte er Rosemarys Hand, die noch immer ausgestreckt auf dem Tisch lag. Er schob die rosafarbene Spitze seiner Zunge ein wenig zwischen seinen Lippen hervor und sah ihr frech und geheimnistuerisch in die Augen. Sie begriff, daß er ganz sicher war, daß sie über ihn gesprochen hatten, und daß dieser Gedanke ihm Vergnügen bereitete. Rosemary zog ihre Hand zurück und blickte auf die Austern, die man in diesem Moment vor sie hingestellt hatte. Plötzlich wurde ihr schlecht, und aller Hunger war angesichts eines so dreisten Charmes vergangen.

Gegen ein Uhr verkündete Frances in dem ihr eigenen Befehlston: »Ich dulde von keinem von euch ein Widerwort. Der Abend geht auf meine Kosten.«

Rosemary protestierte. Ben bedankte sich und hielt unter dem Tisch Rosemarys Hand fest.

»Ich werd ein Taxi bestellen«, sagte Frances, die im Osten von London wohnte.

»Könnt ihr mich unterwegs rauslassen?« fragte Ben. »Ich muß nach Hackney.«

Frances hielt inne und starrte ihn an. Rosemary stockte der Atem, ihr Herz begann schneller und, da war sie sich sicher, für die anderen hörbar zu schlagen. »Du willst nach Hause?« fragte Frances.

Ben wandte sich zu Rosemary. »Ich will nur ein paar Sachen holen, ich muß morgen ganz früh zum Vorsprechen. Kann ich noch zu dir kommen? Ich nehm meinen Wagen. Du könntest mir einen Schlüssel rauslegen. Unter die Fußmatte oder sonst irgendwohin. Ich brauche nicht lange, ich verspreche es.«

Rosemary spürte, wie Frances sie von der anderen Seite des Tisches her anstarrte. Ben beugte sich zu ihr und gab ihr, ohne auf die anderen Leute in dem sich leerenden Restaurant zu achten, einen kurzen Kuß auf ihren leicht geöffneten Mund, wobei er schnell mit seiner Zunge über ihre Lippen fuhr.

»Ich muß aufs Klo«, meldete sich Frances zu Wort. »Und ich laß das Taxi rufen, einverstanden?« Sie ließ die beiden allein und ging zur Damentoilette. Als sie die Tür öffnete, warf sie einen kurzen Blick zurück zu dem Tisch.

Ben hielt Rosemarys beide Hände, die nun, da sie zwischen seinen lagen, klamm wurden, und sagte: »Ich schleiche mich dann wie eine Maus herein, falls du schon schläfst.« Seine Stimme war gedämpft, verführerisch, er war sich ihrer Person sicher, als sie unter seinem Drängen zu zittern begann.

»Ben —«, setzte sie an, als sie endlich ihre Stimme wiedergefunden hatte.

»Ich weiß, Rosie, es fällt etwas aus dem Rahmen, aber wenn du nein sagst, muß ich nach Hause gehen. Und nächste Woche filme ich. In Spanien. Dann wird es zu lange dauern, bis wir wieder zusammen sein können.«

Es war zwecklos. Bei dem Gedanken, ihn wochenlang nicht zu sehen, sank ihr der Mut, und sie tastete unter dem Tisch nach ihrer Handtasche. »Ich habe einen Ersatzschlüssel für die Haustür«, sagte sie. »Ich werde ganz gewiß noch wach sein, nur für alle Fälle.« Sie reichte ihm den separaten Schlüssel, den sie immer in ihrer Tasche mitführte. Einen kurzen Moment hielten sie ihn beide fest, dann verschwand er in seiner Jackentasche. Sie spürte, wie vor ihren Augen ein Stück ihrer Unabhängigkeit verlorenging. Sie machte eine Bewegung, als wollte sie den Schlüssel zurückfordern, aber er ergriff ihre Hand und küßte ihre Finger, die er einen nach dem anderen in seinen feuchten und einladenden Mund führte.

»Du bist wunderbar, meine Rosie. Mein für alle Zeit.«

Es schauderte sie, sie war erschrocken über ihre Schwäche, sie fühlte seine Stärke und wußte nicht, in welche Richtung ihr Leben trieb.

»Ich könnte auch *dich* in meine Tasche stecken und mit nach Spanien nehmen«, sagte er. »Würdest du mitkommen?«

»Ich habe nächste Woche noch eine Show. Wie lange bist du weg?«

»Drei Wochen. Komm doch, wenn du deine Sache abgeschlossen hast. Ich zahl dir den Flug.«

Sie lächelte. »Meine Flüge zahle ich schon selbst, wenn du nichts dagegen hast. Laß mir um Himmels willen auch noch etwas Entscheidungsfreiheit.«

Er strahlte sie an. »Wenn es nach mir geht, möchte ich gar nicht, daß du welche hast. Spar sie dir für die anderen Leute auf. Du warst wunderbar heute abend.«

»Was meinst du damit?« Sie legte ihre Stirn in Falten. Fixiert auf ihn und die unmittelbare Gegenwart, hatte sie den Beginn dieses Abends schon vergessen.

»Im Studio. Als du wütend geworden bist. Die Show war noch nie so spannend. Das erste Mal, daß ich wirklich gefesselt war.«

»Du hast so etwas Ähnliches schon einmal gesagt. Es gefällt dir nicht, was ich tue, oder?«

»Im Bett schon.« Er starrte in der für ihn typischen Weise auf ihren Mund.

»Du weißt, daß ich das nicht gemeint habe.«

»Ich interessiere mich nicht für deine Show. Nur für dich.«

Sie war verärgert und verwirrt. Es wäre ihr am liebsten gewesen, er würde gehen, und sie wünschte, sie hätte ihm ihren Schlüssel nicht gegeben. Frances kam gerade von der Toilette zurück, und so blieb keine Zeit, ihm zu antworten. Ben nahm mit ihr das Taxi. Rosemary hatte den Fahrer der Dienstlimousine gebeten zu warten, und sie sank unzufrieden auf den

Rücksitz, kuschelte sich in eine Ecke und wünschte sich plötzlich, Ben Morrison nie getroffen zu haben. Er hatte sie spüren lassen, daß er sie nicht ganz ernst nahm. Sie war gerade gut genug als Spielzeug, und sie hatte nicht die richtigen Worte gefunden, um ihn zurechtzuweisen. Sie überlegte, ob sie an der Haustür den Riegel vorschieben sollte, aber sie machte sich klar, daß er dann wahrscheinlich laut klopfen würde, damit sie ihn hereinließ. Vielleicht aber war sie auch nur müde und hatte einfach zuviel aus seinen Bemerkungen herausgelesen. Warum sollte jeder sie und ihre Show gut finden? Vielleicht hatte er nur gescherzt? Sie dachte an seine Hand auf ihrem Arm und an ihre Finger in seinem Mund, und sie wußte, daß sie ihn noch immer begehrte.

»Ich glaube, ich sitze richtig in der Patsche«, murmelte sie an den Kater gewandt, als sie schließlich in ihrer Küche war. Bens Namensvetter trottete laut schnurrend zu ihr und strich dicht an ihren Beinen vorbei, während sie, noch immer im Mantel, dastand, unschlüssig, ob sie sofort ins Bett gehen oder aufbleiben und auf Ben warten sollte. Sie goß sich einen Brandy ein und durchstöberte die oberste Schublade der Anrichte, wo sie allerlei Ramsch aufbewahrte, um zu sehen, ob nicht doch vielleicht eine Zigarette aufzutreiben wäre. Die Suche erwies sich als zwecklos. Sie öffnete die Keksdose, fand aber nur die von Ella so geliebten Jaffa-Cakes vor, die sie vom Boden der Dose aus anschauten. »Mein Gott, ich hasse Jaffa-Cakes«, sagte sie zu dem Kater, der gerade versuchte, an ihrem Bein hochzuklettern. Sie nahm sich drei Kekse, setzte sich an den Tisch, aß die Plätzchen und trank dazu ihren Brandy, noch immer im Mantel. Das schnurrende Haustier hatte sich inzwischen auf ihrem Schoß niedergelassen und seine Krallen durch den Seidenstoff ihres Kleides hindurch in ihre Strumpfhose gehakt.

Die Uhr im Flur schlug zwei. Sie beschloß, die Lichter für Ben anzulassen und ins Bett zu gehen. Sie machte die Keksdose zu, schob sie in die Mitte des Küchentisches und stand auf. Die Katze fiel, unwillig fauchend, von ihrem Schoß.

»Entschuldige, Liebling«, brummte sie in Richtung des Katers, der wütend seinen Schwanz aufgestellt hatte, »aber ich habe Wichtigeres zu tun.« Sie warf ihren Mantel über den unteren Pfosten des Geländers und ging nach oben. Ärgerlich über sich selbst, weil sie die Kekse gegessen hatte, zog sie sich aus und schielte auf ihr Hinterteil im langen Spiegel neben ihrem Kleiderschrank. Ben hatte an ihrem ersten Wochenende gesagt: »Ich habe noch nie eine Frau gesehen, die so nette Grübchen in ihrem Arsch hat.« Sie hatte ihm über die Schulter zugelächelt, ihm nun, nachdem sie miteinander geschlafen hatten, so sehr vertrauend, daß sie sich ihrer Nacktheit nicht schämte, und ließ, um ihm nicht seine Unschuld zu rauben, die Zellulitis unerwähnt.

Sie bürstete sich das Haar aus dem Gesicht, entfernte das Make-up und genoß dabei das unvorhergesehene Gefühl der Freiheit, sich allein und ungestört auf einen Liebhaber vorbereiten zu können. Sie zog ein unbenutztes, nach Weichspüler duftendes Nachthemd an und schlüpfte zwischen frischgebügelte Bettlaken. Es war ein wohliges Gefühl, den weißen, rüschenbesetzten Kopfkissenbezug zu spüren: Sie ließ das Nachttischlämpchen auf der Bettseite, wo Ben schlafen würde, brennen. Mit einer Hand tastete sie nach dem weichen, freien Kopfkissen und wünschte ihn sofort herbei. Die Uhr unten schlug drei, sie bemühte sich, wach zu bleiben. Schließlich aber gab sie nach, ließ die von der Anstrengung ermüdeten Augen zufallen und sank, ohne wirklich Ruhe zu finden, in eine traumerfüllte Bewußtlosigkeit. Die nicht ganz geschlossene Schlafzimmertür öffnete sich ein kleines Stück, und lautlos kam der Kater hereingetappt, darauf gefaßt, wieder wie üblich zu seinen eigenen Korb in der unteren Etage zurückgeschickt zu werden. Aber Rosemary war inzwischen eingeschlafen und rührte sich nicht; ihr Atem ging regelmäßig in dem kalten und stillen Zimmer. Er sprang vorsichtig auf das Bett und machte es sich in der Mulde auf dem Federbett, dort, wo sie ihre Beine angewinkelt hatte, bequem. Sein zunächst noch vernehmliches Schnurren wurde immer leiser, und auch er, der an sein großes Glück gar nicht recht glauben konnte, schlief ein, zufrieden mit sich selbst und dem gelungenen Coup.

Sie wurde durch Bens Stimme geweckt, als er ins Bett kam.

»Meine Güte, Rosie, du schläfst ja mit der verdammten Mieze.« Und mit einem raschen Hochklappen der Bettdecke wurde der unglückliche Kater auf den Boden geschleudert. Das Tier blickte voller Widerwillen auf den mächtigen Eindringling in das Zimmer seines Frauchens, stellte mit einem wilden Protestgezeter den Schwanz in die Höhe und trippelte schnell zur Tür. Ben glitt noch einmal aus dem Bett, öffnete sie und hob einen Fuß, um dem beleidigten Tier noch einen Tritt mit auf den Weg zu geben.

Schläfrig meinte Rosemary: »Ich wußte nicht, daß er hier war. Er schlich sich leise herein.« Dann, ganz wach: »Du sollst ihn nicht treten, Ben.«

»Entschuldige, Schatz. Hab nicht dran gedacht.« Er lächelte entwaffnend und kehrte schnell wieder zurück ins Bett, drängte sich nackt an ihren warmen Körper und hüllte sie beide mit dem Federbett ein. Er schmiegte sich gegen ihren Rücken, küßte sie zart auf den Nacken und umfaßte ihre Brüste mit seinen kalten Händen.

»Gott, bist du kalt«, sagte sie.

»Dann wärm mich auf«, und er legte eine seiner Hände zwischen ihre Schenkel. Sie hielt sie fest, war sofort bereit für ihn.

»Wie spät ist es?« fragte sie.

»Es ist die richtige Zeit für uns, Rosie.« Er drehte sie in seinen Armen zu sich und begann ihren Mund zu küssen. Das Licht auf seiner Seite war noch an, es schien ihr grell ins Gesicht und zwang sie, die Augen zu schließen.

Sie liebten sich schweigend. Sie, müde und träge, nur mit sanfter Leidenschaft, er dagegen nahm sie mit einer Selbstgefälligkeit, die sie sowohl erregend wie auch beunruhigend fand. Er war so ruhig, daß sie nicht genau merkte, wann er zum Orgasmus kam. Und dann war er schon eingeschlafen, und sie auch, bevor sich irgendwelche Fragen in ihrem Kopf bilden konnten.

Er weckte sie wieder morgens um sechs und schlief noch einmal mit ihr in dieser seltsamen, schweigenden Art. Um sieben stand sie unter der Dusche, das Wasser belebte ihren müden Körper, es entspannte sie und weckte gleichzeitig ihre Lebensgeister. Ben, der sich zu regen begann, als sie ihren Morgenrock über die noch feuchte Haut zog, forderte sie auf: »Mach die Glotze an, Rosie, damit ich die Nachrichten sehen kann.«

»Welcher Kanal?«

»BBC. Die anderen regen mich nur auf.«

Sie schaltete den Fernseher ein und warf ihm die Fernbedienung zu, bevor sie zu ihrem Frisiertisch ging und sich niedersetzte. Die Augen auf den Bildschirm am Fußende des Bettes gerichtet, die Kissen hinter ihm aufgeschichtet, fragte er: »Was machst du heute morgen?«

»Mit Derek reden. Nachbereitung der Show von gestern. Warum?«

»Ich habe um zehn einen Vorsprechtermin in Kensington.«

»Ein Film?« fragte sie.

Er nickte. Dann: »Wie wär's mit Mittagessen?«

»Ich kann nicht. Ich muß mich heute freihalten. Für den Fall, daß sie irgend etwas noch mal drehen wollen, nach dem Desaster gestern.«

Er drehte den Kopf in ihre Richtung, und ihre Blicke trafen sich im Spiegel. »Am Montag fahre ich nach Spanien. Heute ist der letzte Tag, an dem ich dich sehen kann.«

Sie legte die Stirn in Falten. »Kannst du nicht am Wochenende kommen?«

Seine Augen wanderten zurück zu den Morgennachrichten. »Das Wochenende hab ich zu tun.«

Da sie nicht recht wußte, wie sie ihn noch weiter fragen konnte, sagte sie nichts. Er lächelte und bog erneut den Kopf zur Seite, um im Spiegel zu sehen, ob sie verwirrt war. »Ich muß nur noch einige offene

Probleme lösen, bevor ich wegfahre, Rosie«, sagte er. »Um für uns reinen Tisch zu haben, wenn ich zurückkomme.«

»Darf ich fragen, worum es sich handelt?«

Er sah sie an, noch immer lächelnd. »Vertrau mir einfach.«

»Und was ist, wenn ich das nicht kann?«

Er drückte auf die Fernbedienung, schleuderte sie auf die Bettdecke, schwang sich mit beiden Beinen zur Seite aus dem Bett und setzte sich auf. »Das ist hart«, bemerkte er, warf ihr eine Kußhand zu und ging, nackt wie er war, ins Badezimmer.

Ärgerlich über sich selbst und über seine arrogante Art, trug sie mit zitternden Händen ihr Make-up auf. Er rief: »Ich werd jetzt duschen. Ist das in Ordnung?«

»Ben«, sagte sie und ging zur offenstehenden Badezimmertür. Er saß auf der Toilette und schaute zu ihr auf. »Verzeihung.« Sie schreckte zurück.

»Macht nichts, du Dummkopf«, lachte er. »Ich hab keine Hemmungen.«

»Aber ich«, erwiderte sie. »So jemand wie du ist mir noch nie untergekommen.«

Er betätigte die Wasserspülung und kam zu ihr. Seine Hände lösten den Gürtel ihres Morgenmantels, er zog sie zu sich heran, hielt sie fest und lachte über ihre Zimperlichkeit. »Wir sollten uns später doch noch sehen, Rosie. Sorg dafür, daß du Derek auf irgendeine Art loswirst. Er hat dir die Suppe gestern abend eingebrockt, jetzt soll er sie auch wieder auslöffeln.«

»Du führst mich vom rechten Weg ab, Ben Morrison.« Sie spürte seinen heißen Atem auf ihrem Nacken, als seine Zunge eingehend ihr Ohr erkundete.

»Na gut«, sagte sie, »von mir aus. Ich werd mich schon irgendwie loseisen. Wo sollen wir uns treffen?«

Er lachte zufrieden über seinen Sieg. »Wärest du größer, Rosie, würden alle unsere Teile zusammenpassen, wenn ich dich so wie jetzt festhalte.«

»Ich werde heute morgen mit überhaupt keinem Teil von dir mehr zusammenpassen«, brummte sie und entzog sich ihm mit einem Lächeln. »Pat wird jede Minute hier sein, und ich habe noch eine Unmenge zu tun, bis Jennie kommt.«

»Zieh dich an, Frau.« Er gab ihr plötzlich einen scherzhaften Klaps auf ihr Hinterteil, und sie zuckte zusammen. »Ups«, stieß er hervor, »Fehler!«

»Nun dusch endlich«, gab sie zurück. »Wir sehen uns unten, wenn du angezogen bist.«

Um neun Uhr war Ben aufgebrochen und in einem bemerkenswert schmutzigen alten Wagen, einem Metro, davongefahren.

»Das ist aber ein furchtbar kleines Auto für einen so großen Mann«, bemerkte Pat, als sie und Rosemary in der Haustür standen und ihm nachsahen. »Er muß ja mit den Knien in seinen Ohren steuern.«

Rosemary ging in ihr Arbeitszimmer und wartete auf Jennie. Derek rief um zehn an. »Wir könnten heute nachmittag noch nachdrehen, Rosemary«, sagte er. »Ich kann etwas herausschneiden, aber dann fehlen uns ungefähr zwei Minuten.«

»Was schlägst du vor?« Sie war kurz angebunden, wollte das Mittagessen mit Ben nicht absagen.

»Wir haben beschlossen, daß Jerry und seine Jungs noch eine Nummer spielen«, antwortete Derek. »Und wir brauchen dich nur, um sie anzukündigen und das Ende der Show zu glätten.«

Rosemary schloß die Augen angesichts dieses nicht sehr phantasievollen Vorschlags, die Lücke mit dem üblichen und ziemlich langweiligen Musikquartett zu schließen. »Das ist jedenfalls eine billige Lösung, Derek«, bemerkte sie süffisant. Und sie fuhr fort: »Wann habt ihr denn gedacht, daß ich vorbeischauen soll?«

»So gegen zwei?«

Sie seufzte. »Da kann ich nicht – um vier Uhr wäre ich frei.«

»Oje!« brummte er halb zu sich selbst und täuschte eine Geduld vor, die, wie Rosemary wußte, gar nicht in seiner Natur lag.

Ihr Ton wurde wieder scharf und diesmal auch vorwurfsvoll. »Vier Uhr, Derek, oder wir lassen's ganz. Die Sache gestern abend hätte verhindert werden können, wenn jemand mit nur einem Funken Verstand dagewesen wäre, und das weißt du genau.«

»Ich habe mit Anne geredet, meine Teure«, entgegnete er herablassend. »Sie sieht ein, daß sich jemand um Tony hätte kümmern sollen.«

Sie spielte mit dem Gedanken, ihm eine Antwort in Ellas Manier zu geben, verwarf ihn aber wieder; so blieb der Satz »Dafür bist du zuständig, du unnützer Wichser« ungesagt in ihrem Kopf. Sie legte den Hörer auf und drehte sich zu Jennie um. »Der wird auch von Tag zu Tag abscheulicher«, murrte sie.

Jennie sah auf, überrascht von der ungewöhnlichen Schärfe in Rosemarys Ton. Aber sie sagte nichts. Die neue Frisur ihrer Chefin hatte sie schon verwirrt, und dieser plötzliche Mangel an Takt und Gelassenheit tat es nun erst recht.

Ben hatte ihr vorgeschlagen, sich in einem kleinen, ziemlich düsteren italienischen Restaurant zu treffen, das in einer der Querstraßen zwischen der Wardour Street und Berwick Market lag. Er hatte halb eins gesagt, aber als sie gerade mal zehn Minuten zu spät dort eintraf, war nichts von ihm zu sehen. Der Oberkellner, der sie erkannt hatte, führte sie zu einem kleinen Tisch am Fenster, von wo sie auf die Straße schauen, allerdings auch von den anderen Gästen gesehen werden konnte. Ohne zu überlegen setzte sie sich und kam sich bald reichlich dumm vor, als sie merkte, wie die Leute anfingen, aus allen Richtungen Blicke auf sie zu werfen. Sie hatte lange Zeit eine zuweilen recht erfolgreiche Methode angewandt, um Autogrammjägern und übereifrigen Fans aus dem Weg zugehen: Sieh niemals jemandem in der Öffentlichkeit in die Augen. Schau nach vorn, wenn du läufst und hab immer etwas zu lesen dabei, wenn du dich irgendwo an einem öffentlichen Ort hinsetzt! Die Speisekarte war zum Glück sehr ausführlich, und sie tat so, als würde sie sie mit besonderem Interesse studieren. Sie bestellte ein Mineralwasser und sehnte sich nach einer Zigarette. Jede zwei Minuten sah sie auf die Uhr.

Um ein Uhr kam Ben gleichzeitig mit einem anderen Gast an ihren Tisch. Ben blieb hinter der Autogrammjägerin stehen, eine lächelnde, redselige Frau mittleren Alters, die »nur für heute nach London gefahren war, zum Einkaufen und um in eine Show zu gehen, es ist ja so aufregend, Miss Downey, Ihnen zu begegnen, Sie sind schon die zweite berühmte Person in einer Stunde, Jeremy Beadle habe ich in Covent Garden gesehen, das ist so ein netter Mann, nicht wahr?« Sie bekam ihr Autogramm auf die Rückseite ihres Scheckheftes, das sie nach Rosemarys fester Überzeugung wegwerfen würde, sobald sie den letzten Scheck ausgestellt hatte. Sie drehte sich zu Ben um, der lächelnd auf sie hinabblickte.

»Huch, entschuldigen Sie, junger Mann. Noch ein Fan von Ihnen, Miss Downey.«

»Na ja, eigentlich bin ich mit ihr zum Mittagessen verabredet.«

Die Frau wandte sich wieder zu Rosemary. »Ist das Ihr Sohn? Ich weiß doch, daß Sie einen haben, ich habe alles darüber in den Illustrierten gelesen.« Sie ergriff Bens Hand. »Sie müssen ja so stolz auf Ihre Mutter sein, die uns allen soviel Freude bereitet. Ich wünsche Ihnen einen außerordentlich guten Appetit. Hat mich sehr gefreut!« Sie ging zu ihrem Tisch und den drei anderen Frauen zurück, die aufgeregt zu schnattern begannen, als sie sich, für diesen Augenblick die Königin, zu ihnen setzte.

Ben konnte das Lachen nicht mehr unterdrücken und beugte sich zu ihr herunter, um ihr einen Kuß zu geben. »Mum, du siehst so sexy aus wie immer. Entschuldige, daß ich mich verspätet habe.«

»Ich könnte dich umbringen«, erwiderte sie und bemühte sich, nicht ebenfalls in Gelächter auszubrechen, musterten die vier Frauen sie doch noch immer von oben bis unten, um sich nur ja nicht das kleinste Detail ihres grauen Kostüms und ihrer teuren Schuhe entgehen zu lassen. »Wo warst du?« fragte sie, als der Kellner ihm eine Speisekarte reichte.

»Sie ließen mich eine Stunde warten, und dann mußte ich noch meinen Agenten treffen. Hör mal, Rosie, besser, du setzt dich hierhin, dann bist du mit dem Rücken zum Raum, und ich kann dich von vorne abschirmen. Ich vergesse immer, wie berühmt du bist.« Sie wechselten mit lautem Schieben und Scharren der Stühle auf dem Holzboden ihre Plätze, und als sie wieder saßen, lehnte er sich über den Tisch und nahm ihre Hand.

»Das wird sie durcheinanderbringen«, flüsterte er schelmisch.

»Wir landen noch auf den Titelseiten der Boulevardpresse, wenn du nicht vorsichtiger bist«, antwortete sie leise. Er zog seine Hand zurück.

»Du liebe Güte, daran hab ich nicht gedacht. Es wäre zu früh für mich, damit in die Öffentlichkeit zu gehen.«

Sie sah ihn an. Seine Augen waren auf ihren Mund gerichtet. »Was meinst du damit?« fragte sie.

»Rosie, mein Schatz, im Moment gibt es gewisse Komplikationen in meinem Leben. Es wird alles geregelt sein, wenn ich aus Spanien zurückbin.«

»Lebst du mit jemandem zusammen? Mit einer Frau?« Sie fand den Mut, ihn zu fragen.

Er zögerte. Dann sagte er: »Ja.«

Es schnürte ihr die Kehle zu. »Ich verstehe. Darauf weiß ich nichts zu sagen. Ich bin wie vor den Kopf gestoßen. Wo glaubt sie, warst du am Wochenende? Wie lange bist du mit ihr zusammen?«

»Sie stellt keine Fragen.«

»Heißt das, ich darf auch keine stellen?«

»Nein.« Er lächelte sie nun an, mit jener Liebenswürdigkeit, die sie, wie sie sich nun erinnerte, als erstes gefesselt hatte. »Du bist anders, Rosie. Mit *uns* ist es anders. Ich werde es regeln. Vertrau mir.«

»Das sagst du mir jetzt zum zweiten Mal.«

»Dann muß ich es wohl auch ernst meinen. Was möchtest du essen?«

Der Hunger war ihr vergangen, und sie bestellte nur einen Salat. Schließlich sagte sie, während Ben von den Grissini, die auf dem Tisch standen, einen nach dem anderen in sich hineinstopfte: »Unsere Affäre scheint sich hauptsächlich im Bett oder im Restaurant abzuspielen.«

»So?«

»Ich weiß nicht. Wo soll das hinführen? Ich fürchte, es wird alles in einer Katastrophe enden.«

Sie spürte, wie er unter dem Tisch mit seinem Fuß zwischen ihre Beine drängte. »Nun mach es mir nicht schwer, Rosie. Gill und ich haben vor beinahe sechs Monaten Schluß gemacht. Ich habe bisher nur keine andere Möglichkeit gefunden, wo ich wohnen kann. Es ist ihre Wohnung, du verstehst.«

Sie verstand nicht, aber sagte kein Wort.

Beide schwiegen. Sie dachte zum ersten Mal an diesem Tag daran, daß er noch immer ihren Haustürschlüssel hatte. Sie konnte und wollte nicht das sagen, was er ihrem Eindruck nach hören wollte. Es war zu früh. Zu neu. Und so schnell wie sie sich auch hoffnungslos in ihn vernarrt hatte, ihre private Sphäre war ihr immer noch das wichtigste.

»Willst du für eine Zeit nach Spanien kommen? Ich brauche dich dort. Es ist wichtig.«

»Einverstanden.« Sie lächelte flüchtig. Für einen kurzen Moment hatte sich ein Ausdruck von Verletzlichkeit in seine Augen geschlichen und sie von der Echtheit seines Wunsches überzeugt.

Auch er lächelte. »Du bist das Beste, was mir passieren konnte, Rosie. Ich will dich nicht verlieren. Ich verspreche, ich werde dich nicht enttäuschen.«

Und sie glaubte ihm.

Kapitel 7

Nachdem sie am späten Nachmittag mit der zerknirschten, reuevollen Anne aus Mitleid noch einen Kaffee im Studio getrunken hatte, machte sie sich in einer düsteren Stimmung, die plötzlich über sie gekommen war, auf den Heimweg. Die Vorstellung, das Wochenende allein zu verbringen, erfüllte sie auf einmal mit Angst. Auf der Suche nach Trost und Beistand in der Einsamkeit rief sie in einem vorschnellen Entschluß ihre Mutter an und bat sie, zu ihr zu kommen und ihr Gesellschaft zu leisten.

»Dann müßte ich mein Bingo ausfallen lassen«, sagte Betty. Und noch bevor Rosemary es sich anders überlegen konnte, fuhr sie fort: »Aber ich will nicht, daß du ganz allein in diesem großen Haus bist, nicht in diesen langen dunklen Nächten.«

»Die Uhren werden am Samstag umgestellt«, sagte Rosemary, »das ist morgen.«

»Vor oder zurück?« fragte ihre Mutter. »Das kann ich mir nie merken.«

»Vor im Frühling, nach hinten im Herbst.«

»Das ist gut«, antwortete Betty, und Rosemary versuchte zusammenzuzählen, wie viele Male sie über die Jahre hin schon die gleiche Unterhaltung geführt hatten. Eine Unmenge von Gemeinplätzen und Banalitäten kündigte sich für die nächsten zwei Tage an, und für einen kurzen Moment wurde sie beinahe überwältigt von der plötzlichen Verzweiflung darüber, ohne Ben zu sein.

»Ich hole dich morgens ab, Mum. So gegen elf. Ist das okay?«

Kaum hatte sie den Hörer aufgelegt, bereute sie

ihren Einfall. Das ganze Wochenende: eine ziemliche Tortur. Verärgert über ihr eigenes Unvermögen, endlich damit aufzuhören, immer anderen Menschen gefällig zu sein, öffnete sie eine Flasche Wein und goß sich ein Glas ein. Flüchtig kam ihr in den Sinn, daß sie zuviel trank. Und außerdem hatte sie zu guter Letzt doch nachgegeben und an diesem Nachmittag eine Schachtel Zigaretten gekauft. Sie setzte sich nun hin, um die Abendzeitung zu lesen und dabei ihren Wein zu trinken und zu rauchen. Die Zigaretten würde sie wegräumen müssen, wenn ihre Mutter im Haus war. Es würde einfacher sein, als zu erklären, warum sie, nach so vielen Jahren, wieder in das verfallen war, was Betty »diese ekelhafte und unanständige Gewohnheit« nannte.

Es war acht Uhr, als Frances anrief. Zu diesem Zeitpunkt hatte sich Rosemary bereits zwei Schälchen mit verführerischem Schokoladeneis, die sie hinten im Gefrierfach gefunden hatte und von denen wohl nur Ella wußte, wie lange sie schon dort standen, sowie zwei Scheiben Brot mit Butter und ein Stück sehr zerlaufenen Briekäses einverleibt. Es war ihr außerdem gelungen, die Flasche Wein fast ganz zu leeren, was dazu führte, daß sie sich bis ins kleinste Detail alles ins Gedächtnis zurückrief, was Ben zu ihr gesagt und mit ihr gemacht hatte. Als das Telefon klingelte, war sie voller Selbstvertrauen, sie fühlte sich jung und schwelgte in der Erinnerung an Worte und Liebkosungen, die für immer ihr gehören würden.

»Mein Schatz, das war heute vielleicht ein verdammt harter Tag«, sagte Frances am anderen Ende der Leitung. »Bist du allein?«

»Ja. Ben fliegt am Montag nach Spanien, zum Filmen. Ich werde ihn jetzt am Wochenende nicht sehen.«

»Bist du betrunken?« fragte Frances mit einem amüsierten Unterton.

»Ein bißchen. Fühle mich eigentlich ganz gut, Franny. Bin ich verrückt?«

»Ich weiß nicht. Was meinst du? Hast du deinen Schlüssel wieder?«

Rosemary stockte. »Hab ich vergessen«, gestand sie. »Er bringt mich offenbar ein wenig durcheinander.«

»Soll ich übers Wochenende kommen, Liebling?«

»Meine Mutter wird da sein.«

Frances lachte. »Dann ist es wohl in der Tat besser, wenn ich komme. Manchmal übertreibst du's aber wirklich. Wird das ein Wie-kriegen-wir-Rosemary-zum-Nervenzusammenbruch-Wochenende?«

»Es geht darum, meine Schuldgefühle zu beruhigen«, erwiderte Rosemary.

»Also gut, ich werde morgen kommen.« Frances amüsierte sich weiter über die Unterhaltung. »Ich werde mich um Muttchen kümmern, und du kannst dich in deinen Gedanken an diesen jungen Mann suhlen.«

»Es wäre ganz angenehm, ihn für eine Weile mal aus dem Kopf zu kriegen und mich auf alles andere in meinem Leben konzentrieren zu können.«

»Er hat dich genau da, wo er dich hinhaben wollte.«

»Er sagte, ich wäre das Beste, was ihm passieren konnte.«

»Glaub ihm nur.«

»Hab ich getan.«

»Und du wirst es weiter tun«, sagte Frances. »Hast du etwas von deinem furchtbaren Nachwuchs gehört?«

»Meinst du Ella«, fragte Rosemary, »oder Jonathan?«
»Um Himmels willen, natürlich nicht ihn, der ist ja noch schlimmer. Wie hat so jemand Nettes wie du es geschafft, zwei solche Kinder in die Welt zu setzen?«
»Mein Gott, Franny, so schlecht sind sie nun auch nicht! Jedenfalls geraten sie nach ihrem Vater.«
Wieder mußte Frances lachen. »Du wirst ja noch ganz schön munter auf deine alten Jahre.«
»Das kommt vom Sex.« Rosemary lächelte, während sie das sagte.
»Morgen nachmittag bin ich bei dir. Du kannst mir dann alles genau erzählen, während die böse Hexe aus dem Londoner Westen ihr Nickerchen vor dem Fernseher macht. Ich meine die mit dem gewellten Haar und dem ebensolchen Verstand. Ich kann mich kaum erinnern, so lange ist es schon her, daß ich mich durch irgendeine Art von Sex so wohl gefühlt habe, wie du es offenbar tust. Allerdings glaube ich noch immer, daß du dir deinen Schlüssel zurückholen solltest. Bis morgen. Und stell schon den Champagner kalt.«
Und weg war Frances. Als ob sie persönlich im Raum gewesen wäre und sie nun alleingelassen hätte, war Rosemary auf einmal von Stille eingehüllt; dazu kündigten sich Kopfschmerzen an. Sie ging in die Küche, setzte den Kessel für den Tee auf und stürzte schnell hintereinander zwei Gläser Wasser hinunter, um einem eventuellen Kater am nächsten Morgen vorzubeugen. Es fiel ihr jetzt ein, daß sie seit letzten Sonntag nichts von Ella gehört hatte, seit dem ein wenig unangenehmen Gespräch, das sie geführt hatten, als Ben hier war, und das verwunderte Rosemary doch. Normalerweise war ihrer Tochter sehr daran

gelegen, in Kontakt zu bleiben; sie hatte ein starkes Bedürfnis, alle Neuigkeiten gleich loszuwerden, wenn sie positive Erfahrungen machte. Funkstille trat in der Regel dann ein, wenn es Schwierigkeiten in ihrem Leben gab. Eine leichte Unruhe nistete sich in Rosemarys Bewußtsein ein. Sie ging in ihr Arbeitszimmer und suchte die Nummer vom Theater in Nottingham heraus.

»Ist sie in dem Stück, das gerade läuft?« fragte der Bühnenportier in schroffem Ton.

»Nein, ich glaube, sie probt noch.«

»Dann ist sie nicht hier, sie haben um sechs Schluß gemacht. Ich kann ihr einen Zettel schreiben. Sie wird ihn morgen haben, ich lege ihn ihr ins Fach.«

»Ich dachte, daß Sie mir vielleicht sagen können, wo sie wohnt.«

»Eine solche Information kann ich nicht herausgeben, tut mir leid.« Der wichtigtuerische Bescheid, vorgetragen mit der ganzen Autorität eines Mannes, der sich streng an die Vorschriften hält, klang in ihr Ohr. »Das kann mich meinen Job kosten.« Rosemary formte lautlos die Worte mit, als diese Phrase in geradezu faschistischer Manier aus dem Hörer dröhnte.

»Ich bin ihre Mutter«, sagte sie mit fester Stimme. An ihrem Tonfall war nicht zu überhören, daß sie sich bei diesen Worten zu ihrer vollen Größe von einsachtundfünfzig aufrichtete.

»Ich kann nichts tun, Madame, solange Sie sich nicht ausweisen können.«

Mit meinen Schwangerschaftsstreifen oder wie? schoß es Rosemary, die ihre Empörung nur noch mühsam zurückhalten konnte, durch den Kopf.

»Ich könnte Ihnen die Nummer der Regisseurin

geben«, fuhr der Mann fort. »Vielleicht kann sie Ihnen mehr sagen.«

»Gut, geben Sie sie mir. Und vielen Dank für Ihre Hilfe.« Sie notierte den Namen »Joanna Tristram« und die Nummer, die er nannte, und legte auf.

Plötzlich erschien es ihr reichlich albern, ihre Tochter durch ganz Nottingham verfolgen zu wollen. Ella könnte durchaus etwas verärgert reagieren, wenn sie herausfand, welches Theater ihre Mutter veranstaltet hatte, um sie aufzuspüren. Sie schaltete den Fernseher ein und blieb mit ihrer Tasse Tee davor stehen, aber sie hörte und sah kaum, was sich auf dem Bildschirm tat, sie nahm nur die eingestreuten Publikumslacher wahr. Sie überlegte, was sie tun sollte. Unfähig, sich zu einer Entscheidung durchzuringen, ob sie noch mal zum Telefon gehen sollte oder besser nicht, senkte sich wieder eine düstere Stimmung auf sie, diesmal jedoch nur leicht, wie ein schlechter Geschmack im Mund, der mühelos weggespült werden könnte. Es war, als hätte Ben immer schon zu ihrem Leben gehört, und zwei Wochen ohne ihn schienen im Moment unvorstellbar zu sein. Sie wußte noch immer nicht seine Telefonnummer. Keine Möglichkeit, seine verführerische Stimme zu hören, die ihr ein weiteres Mal das Gefühl unverdienten Wohlbefindens schenkte. Würde es künftig immer so sein, wenn er für eine Weile verschwand? War der Rest ihres Lebens so schnell aus ihren Händen geglitten und unter seine Kontrolle geraten? Vielleicht würden ihr diese zwei Wochen guttun. Zeit, um wieder klarzukommen. Ihm den Platz zuzuweisen, der ihm gebührte. Es war eine Affäre. Eine Laune. Aufregend, erfrischend, delikat. Die düstere Stimmung verließ sie so schnell, wie sie gekommen war. Und mit einem Mal freute sie sich auf die kommenden Wochen ohne Ben. Sogar das bevorstehende Wochenende mit ihrer Mutter erfüllte sie nicht mehr mit allzuviel Schrecken, jetzt, da auch Frances da sein und dafür sorgen würde, daß sie ihren Spaß hatte.

Das Telefon unterbrach sie in ihren Überlegungen. Sie meldete sich mit fester, vergnügter Stimme: »Rosemary, ja hallo?«

»Mum.«

»Ella, mein Schatz. Ich habe mich schon gefragt, wo du steckst. Alles okay?«

»Hier ist alles mehr als okay, Mum. Und wie geht's bei dir? Ben immer noch aktuell?«

»Ja«, erwiderte Rosemary, entschlossen, jedes Fragezeichen am anderen Ende der Leitung auszuräumen.

Ella zögerte, dann sagte sie: »Solange du dich wohl fühlst dabei.«

»Tu ich, Liebes. Frances ist zurück und kommt übers Wochenende. Zusammen mit deiner Großmutter.«

»Sag bloß, Ben stößt auch noch zu diesem Haufen von Hysterikerinnen.«

Rosemary atmete tief durch. »Hör zu, junge Frau. Ich mische mich nicht in deine Angelegenheiten ein, und du hältst dich aus meinem Leben raus. War das nicht unsere Abmachung, als du wieder bei mir einzogst?«

»Ja. Und du hast ja recht.« Ella lachte. »Willst du meine Telefonnummer von hier haben?«

»Bitte. Und das Datum, wann du Premiere hast.«

Ella gab ihr die Nummer und nannte den Termin. Sie berichtete kurz über die Probenarbeit, wie sehr sie ihr gefiel und bei was für einer großartigen Schauspieltruppe sie war. Sie klang aufgekratzt und glücklich. Erleichtert hörte Rosemary ihr zu, wie sie weiterplapperte, und war auf ganz eigennützige Weise froh über die Aussicht, sich in den kommenden Wochen vollkommen auf sich selbst konzentrieren zu können.

Schließlich sagte Ella: »Ich muß gehen, Mum. Einige von den anderen kommen gerade, um anzurufen. Mach dir keine Sorgen, wenn du nichts von mir hörst. Paß vor allem auf dich selbst auf. Und ja, grüß deine Wochenendgäste von mir.« Sie legte auf und ließ ihre Mutter mit der spöttischen Bemerkung allein. Rosemary lächelte nur und ging, um die Telefonnummer in ihr Adreßbuch zu übertragen. Als sie sie neben jene, die sie unter »Joanna Tristram« notiert hatte, schreiben wollte, merkte sie, daß es die gleiche war. Sie freute sich, daß Ella Freunde gefunden hatte, bei denen sie wohnen konnte. Der Frühling und der Sommer lagen vor ihr, und mit ihnen Freiheit, Unabhängigkeit, selbstgewählte Einsamkeit und eine Liebesaffäre. Das Leben war plötzlich perfekt.

Pünktlich um elf war sie am nächsten Morgen gutgelaunt bei ihrer Mutter, um sie abzuholen. Der Kofferraum ihres Autos war voll von Sachen zum Essen, mit denen sie ihrer Mutter eine Freude machen wollte.

Betty war in guter Stimmung. »Ich habe alles ausgemacht«, sagte sie, als sie Rosemary die Tür öffnete.

»Dreh die Heizung nicht ganz ab, Mum. Wenn es friert, könnten die Rohre platzen.« Sie nahm die Reisetasche ihrer Mutter und faßte sie unter den Arm, als sie zum Auto gingen.

»Aber man spart damit«, entgegnete Betty zaghaft.

»Es ist teurer, einen Klempner zu holen. Aber laß uns nicht weiter darüber diskutieren.«

Auf der Fahrt zurück nach Wimbledon erzählte Rosemary, daß Ella angerufen und wie glücklich sie sich angehört hatte.

»Hat sie Grüße an mich ausgerichtet?« fragte ihre Mutter sofort.

»Natürlich, Mum. Das tut sie immer. Und sie war sehr enttäuscht, daß sie dich jetzt nicht sehen würde.« Es war die kleine Lüge wert, als sie sah, wie ein zufriedenes Lächeln Bettys Gesicht erstrahlen ließ. Rosemary wurde von einer plötzlichen Welle der Zuneigung für ihre Mutter erfaßt und drückte schnell ihren Arm, das Steuer nur mit einer Hand haltend. »Wie schön, dich übers Wochenende bei mir zu haben.«

»Ich bin froh, daß ich es so einrichten konnte. Mir war nicht wohl bei dem Gedanken, daß du so allein bist.«

Rosemary ließ es lächelnd geschehen, daß Betty die großmütige Haltung für sich selbst beanspruchte. »Frances kommt auch«, sagte sie.

»Ach, wie nett. Da können wir ja mal wieder richtig tratschen. Sie weiß immer genau, was so alles passiert.«

Und was sie nicht weiß, dachte Rosemary, *das saugt sie sich aus den Fingern.*

Ihre Mutter saß bei ihr in der Küche und schaute zu, wie sie den Salat fürs Mittagessen vorbereitete. Rosemary goß ihnen beiden einen Sherry ein, Betty bekam einen süßen. »Wie Feigensirup«, pflegte Ella zu sagen und verzog schon bei dem bloßen Gedanken an den typischen Aperitif der Mittelklasse ihr Gesicht. Diese

Art von Snobismus hatte sich ihre Tochter seit ihrer Jugendzeit nicht mehr abgewöhnen können. Während sie die Tomaten zerkleinerte, lauschte Rosemary nur mit halbem Ohr dem Geschnatter ihrer Mutter über die Nachbarn und deren laute Hunde und schmutzige Kinder.

»Für mich bitte keine Gurken«, sagte Betty rasch. »Zumindest nicht, wenn du sie nicht schälst. Ich bekomme Magenverstimmung davon.«

Rosemary schälte die Gurke, und zwar Streifen für Streifen über die ganze Länge, so wie ihre Mutter es bevorzugte. Sie aßen in der Küche und betrachteten den Himmel, der von heranziehenden Regenwolken verdunkelt wurde. Betty beschwerte sich lang und breit über das Wetter, als ob es sich persönlich gegen sie richtete.

Nach dem Mittagessen setzte Rosemary sie in einen Lehnstuhl im Wohnzimmer und schürte das Feuer. Ben, der Kater, der ganz durchnäßt war von dem plötzlichen Wolkenbruch, setzte sich auf den Schoß der alten Frau, und Rosemary schaltete den Fernseher ein. »Wrestling oder ein Film mit Kenneth Moore?« fragte sie ihre Mutter, während sie die Programmzeitschrift durchblätterte.

»Och, Kenny Moore wär ganz schön. Könnte ich auch etwas Tee bekommen?«

Rosemary lächelte und beugte sich hinunter, um ihr einen Kuß auf den Scheitel zu drücken. Die in der Stimme ihrer Mutter mitschwingende Aufregung, in die sie die Aussicht auf ein so einfaches Vergnügen versetzte, amüsierte sie. Sie ging in die Küche, um das Geschirr in die Spülmaschine zu räumen und den Wasserkessel aufzusetzen, und fragte sich, ob sie selbst wohl jemals ihre eigenen Ansprüche so drastisch herunterschrauben würde. Gedanken an Ben gingen ihr durch den Kopf, während sie den Kessel im Auge behielt. Sie hatte insgeheim gehofft, er würde anrufen, aber das Telefon blieb stumm. Sie wünschte sich so sehnlich, einfach seine Nummer wählen zu können, ganz gleich, wo er gerade war. Ihn »Rosie« sagen zu hören. Aber es war sehr viel eher möglich, daß er irgendwo dort draußen, wo wahrscheinlich der Regen gegen sein Fenster prasselte, gerade »Gill« sagte.

Sie bereitete den Tee, gab sich einen Ruck und scheuchte alle Gedanken an Ben fort. Frances kam um fünf, beide Arme voll mit Treibhausblumen von Harrods, Räucherlachs und Heringsfilet in Styroporbechern. Betty hielt ihr das Gesicht zum Begrüßungskuß hin. Der Kater empörte sich über die Nässe, die von Frances' Mantel sprühte, als sie ihn ablegte und über das Sofa warf, und sprang von Bettys Schoß, um sich einen Platz näher am Feuer zu suchen. Der Fernseher lief weiter und diente nun als Geräuschkulisse in einem Haus, das plötzlich erfüllt war von lauten Stimmen und Gelächter. Mit einem Knall flog der Korken aus der Champagnerflasche.

»Willst du ein Glas, Mum?« rief Rosemary aus der Küche.

»Ist es ist nicht ein bißchen früh dafür?« erwiderte Betty zweifelnd.

Frances kam bereits mit einem Glas für sie herein, und Rosemary brachte die Flasche und zwei weitere gefüllte Gläser. »Nun komm schon«, sagte Frances und drückte Betty das Kristallglas in die abwehrend ausgestreckte Hand. »Wir sind doch unter uns! Keiner da, der eine schlechte Meinung bekommen könnte. Rosemary, stell die Flasche in den Kühlschrank zurück. Ich hasse warmen Champagner! Außerdem bin ich am Verhungern – kein Mittagessen. Harrods war rappelvoll, und ich lief allen über den Weg, die ich kenne.«

»Willst du etwas Salat?« fragte Rosemary.

»Nein, nein, nur ein wenig von dem Hering mit ein paar Kräckern. Wir essen ja später. ›Herin'sfilet‹«, imitierte sie. »Ist das nicht klasse? ›Herin'sfilet‹. So rief ständig das Mädchen in der Lebensmittelabteilung. Keiner spricht heute mehr das ›g‹ aus. Ist dir das schon aufgefallen?«

Rosemary beneidete ihre Freundin um ihren enormen Appetit auf alles, was das Leben zu bieten hatte, und staunte über ihre Fähigkeit, ständig essen zu können, ohne zuzunehmen. »Trainierst du viel?« hatte mal jemand Frances gefragt, der gesehen hatte, wie sie Kuchen und Eiskrem ihrem gertenschlanken Körper einverleibte. »Gehst du ins Fitneßstudio?«

»Nur wenn es auch mit Speisen und Getränken beliefert wird«, hatte Frances geantwortet, sich eine Zigarette angesteckt und den Nachtisch mit einem Glas Wein heruntergespült.

Sie zündete sich auch jetzt eine Zigarette an, ließ sich im Wohnzimmer gegenüber von Betty in einen Sessel fallen und streckte die Schachtel Rosemary entgegen, die hinter dem Rücken ihrer Mutter mit heftigen Handbewegungen abwinkte. Betty lächelte freundlich. Merkwürdigerweise schienen sie Frances' Gewohnheiten nicht zu stören. Wie bei Ella und ihrer unflätigen Ausdrucksweise war sie auch bei Frances in der Lage, über die meisten Dinge hinwegzusehen, die sie sonst abstoßend fand. Rosemary wünschte,

Betty wäre gegenüber ihrer eigenen Tochter genauso tolerant.

Der Samstagabend verging schnell. Betty war so begeistert von Frances' hochinteressanten Klatschgeschichten, daß sie ganz vergaß, ihr Lieblingsquiz in der BBC anzuschauen.

»Wir können die Teller auf den Schoß nehmen«, sagte Frances, als es Zeit fürs Abendessen war.

»Würde es dich stören, Mum?« Rosemary wußte, daß ihre Mutter es immer als »Verfall der guten Sitten« angesehen hatte, wenn der Tisch nicht fein gedeckt wurde.

»Natürlich nicht.« Betty zeigte sich empört über die Frage, so als ob ihr der Gedanke völlig fremd wäre.

Rosemary musterte ihre Mutter, die sich das dritte Glas Champagner einschenken ließ. »Sie wird um neun im Bett sein«, flüsterte sie Frances zu. »Wir sollten nicht zu spät essen.«

»So ist es auch beabsichtigt«, flüsterte ihre Freundin zurück. »Ich will mit dir reden.«

Rosemary holte die Sets hervor und griff nach den Leinenservietten. Das Kristallglas funkelte im Licht, als sie es an ihre Lippen führte. Sie war beseelt von einem erregenden Gefühl, das nicht allein durch den Champagner hervorgerufen worden war. Erinnerungen an Ben und die positive Lebenseinstellung von Frances hatten eine Stimmung und eine Atmosphäre im Haus erzeugt, die lange Zeit gefehlt hatten. *Mich zu verlieben,* dachte sie, während sie das Essen in die Mikrowelle schob, *das hätte ich schon vor Jahren tun sollen.*

Um kurz nach neun begannen ihrer Mutter die

Augen zuzufallen. Das Gesicht gerötet von dem ungewohnten Alkoholgenuß, ließ sie sich das Abendessen schmecken, ohne auch nur ein einziges Mal über Magenbeschwerden zu klagen.

»Du kommst in Ellas Zimmer, Mum«, sagte Rosemary, als sie ihr die Treppe hinaufhalf. »Ich habe die Heizdecke für dich angemacht.«

»Diese Dinge machen mir angst. Kann ich nicht eine Wärmflasche haben?«

»Ich schalte sie aus, bevor du dich reinlegst.«

Betty strich mit der Hand über das Gesicht ihrer Tochter, als Rosemary sie zudeckte. »Du bist so gut zu mir«, sagte sie. »Ich hatte einen so schönen Tag.«

»Schlaf gut, Mum. Ich bring dir morgen früh den Tee.«

Sie war eingeschlafen, als Rosemary das Zimmer verließ.

»Sie ist ganz menschlich, wenn sie besoffen ist«, sagte sie zu Frances, als sie es sich mit Kaffee und einem Brandy vor dem Feuer gemütlich machten.

»Manchmal bekomme ich eine Ahnung davon«, erwiderte Frances und bot ihr eine Zigarette an, »wie sie als Mädchen gewesen sein könnte.«

»Ich bin mir da nicht sicher. Sie hat meinem Vater das Leben zur Hölle gemacht. Wer weiß, warum sie eine so tiefe Abneigung gegen Männer hat.« Rosemary fing an zu grübeln.

»Lebte ihr Vater noch, als du klein warst?« fragte Frances. Sie beugte sich vor und machte den Fernseher aus.

Rosemary schüttelte den Kopf. »Ich habe ihn nie kennengelernt. Er verließ meine Großmutter, als Mum noch ein Baby war. Sie hat nie über ihn gesprochen.«

»Aha, das erklärt es ja schon. Also, mein Herzchen,

was geschieht jetzt mit diesem entzückenden jungen Mann, mit dem du dich im Bett herumwälzt?«

Frances hörte schweigend zu, während Rosemary erzählte. »Er wird dich also von Spanien aus anrufen, und ihr werdet euch treffen?« fragte sie schließlich.

»So ist es geplant. Barcelona.«

»Wenn du zurückkommst, wird jeder in der Branche Bescheid wissen«, sagte Frances. »Du weißt, wie das bei einer Filmcrew läuft.«

»Ich weiß. Ich glaube, daß ich bereit bin für die Öffentlichkeit, um es mal so auszudrücken.«

Frances zündete sich eine weitere Zigarette an. »Er hat immer noch deinen Haustürschlüssel.« Es war eine Feststellung.

»Ich hab vergessen, ihn danach zu fragen.«

»Er will seine Füße unter deinen Tisch stellen, Schätzchen. Wie stehst du dazu?«

»Er muß sich zuerst aus seiner Beziehung lösen. Das hab ich ihm gesagt, mehr oder weniger zumindest. Er hat versprochen, die Sache zu klären.«

»Arme – wie war doch gleich ihr Name? Gill, oder? Ich frage mich, wie sie wohl ist.«

»Jung.« Beide starrten ins Feuer. Rosemary unterbrach nach einer Zeit das Schweigen, das sich über den Raum gesenkt hatte. Ihre Stimme legte sich sanft über das Zischen der Holzscheite. »Ich brauche ihn, Franny. Ich habe ein schreckliches Gefühl bei alldem. Aber ich begehre ihn. Hast du mich jemals so verbohrt erlebt?«

Frances schüttelte den Kopf. »Nein. Aber du bist nie schwach gewesen. Du warst immer entschlossen, das zu kriegen, was du wolltest, und in der Regel hast du es auch bekommen.«

»Und diesmal?«

Frances sah sie an. Ihr Gesicht war ungewöhnlich ernst. »Ich weiß nicht, mein Liebes. Es ist nur ein Gefühl, ein Kribbeln in der Nase. Ich wünschte, du hättest deinen Hausschlüssel wieder.«

Der Abend endete ruhig und friedlich, ihre Gespräche kreisten um andere Themen, und Ben kam erst später wieder an die Oberfläche, als Rosemary zu Bett ging.

Kapitel 8

Das Wochenende verstrich. Immer wieder schlich sich Ben in Rosemarys Gedanken. Ihre Stimmung schwankte zwischen überschäumender Freude und tiefer Niedergeschlagenheit, ausgelöst durch Zweifel und das dringende Bedürfnis zu erfahren, was wirklich in ihm vorging. Sie hatte insgeheim gehofft, er würde trotz seiner momentanen Situation anrufen, aber so sehr sie auch jedesmal, wenn sie ans Telefon ging, seine Stimme herbeisehnte, ihr Wunsch wurde nicht erfüllt.

Frances fuhr Betty am späten Sonntagabend nach Hause. »Geh ins Bett und lies was«, sagte sie zu Rosemary, nachdem sie ihrer Beifahrerin ins Auto geholfen und ihr eine Wolldecke gebracht hatte, die sie sich um die Beine wickeln konnte. Sie küßten sich auf beide Wangen und umarmten sich kurz. »Versuch zu genießen, was immer es auch sein mag, mein Schatz. Und mach kein Feuer, wo es keinen Rauch gibt – du bist jetzt schon ein großes Mädchen. Und ich bin sicher, daß er völlig vernarrt ist in dich.«

»Danke, Franny. Ich wüßte nicht, was ich ohne dich täte.«

»In einen gigantischen Schlamassel geraten, meine Liebste. Sieh nur, was passiert ist, als ich dir das letzte Mal den Rücken gekehrt habe.«

Rosemary lachte und verschränkte fröstelnd die Arme.

»Mach, daß du wieder reinkommst«, sagte Frances und ging zur Fahrertür. »Du frierst. Läut mal durch, wenn du was aus Barcelona hörst. Ich bin bis Mittwoch in Birmingham. Danach ruf ich an, falls du dich nicht gemeldet hast.«

Rosemary winkte, warf ihrer Mutter eine Kußhand zu und rannte zurück ins Haus, wobei sie sich nun heftig die vom Märzwind ausgekühlten Arme rieb. Nächste Woche war schon April. Der englische Sommer hatte begonnen. Die ersten Knospen würden sich an den frühzeitig blühenden Kirschbäumen zeigen, und es mußte nur noch eine einzige Show aufgezeichnet werden, bis sie sich endlich erholen konnte. Spanien lockte. Sie durfte nicht vergessen, ihrer Mutter von Ben zu erzählen, bevor sich die Boulevardpresse der Angelegenheit annehmen würde. *Darüber werde ich später noch nachdenken,* sagte sie sich, machte sich fürs Bett fertig und kam sich absurderweise plötzlich so vor, als wäre sie Scarlett O'Hara und sechzehn.

Sie schlief schlecht und wachte um sieben mit geschwollenen und geröteten Augen auf. Die Müdigkeit und der Alkoholgenuß am Wochenende forderten sichtbar ihren Tribut. »Franny scheint nie rote Augen zu bekommen«, murmelte sie nach einem Blick in den Spiegel, während sie die blauen Augentropfen im Badezimmerschränkchen suchte, »und dabei trinkt sie wie ein Loch.« In einem kurzen und heftigen Anfall absolvierte sie rasch einige Gymnastikübungen, so als wollte sie Ben auf dem Umweg über den Körper aus ihren Gedanken treiben. Geduscht, geschminkt und angekleidet fühlte sie sich dann dem Morgen gewachsen. *Kein Frühstück,* dachte sie – nach der Disziplinlosigkeit der letzten zwei Wochen merkte sie, wie sich wieder die allzu bekannten Polster an ihren Hüften bildeten. Mit schwarzem Kaffee und Orangensaft begann sie den Tag. Pat kam, und um halb zehn traf, pünktlich wie immer, Jennie ein. Sie nahmen den Kaffee mit ins Arbeitszimmer.

»Bring mir um elf keine Plätzchen«, rief Rosemary über die Schulter Pat zu, als sie mit dem Kaffee in der Hand durch den Flur ging. Die übervolle Tasse schwappte über. »Mist! Pat, ich hab was auf den Teppich verschüttet. Aber nur ein bißchen. Wisch es bitte weg, bevor es einzieht. Und das mit den Plätzchen meine ich ernst. Ich bin auf Diät.«

»Wir haben sowieso nur noch Jaffa-Cakes«, antwortete Pat.

»Gut. Erinnere mich daran, nichts anderes zu kaufen.«

Derek rief um zehn an, um die Gäste für die letzte Aufzeichnung am Donnerstag zu bestätigen. Er fragte, wie sie die Show am vorangegangenen Abend gefunden hätte. Rosemary fiel erst jetzt auf, daß sie ganz vergessen hatte, sie sich anzusehen. Frances war es ebenso ergangen und, was noch überraschender war, auch ihrer Mutter.

»Derek, es tut mir furchtbar leid, aber ich habe sie nicht angeschaut. Mußte dringend weg. Ging alles in Ordnung?«

»Großartig. Wir haben genug Zündstoff dringelassen, um für etwas Aufregung zu sorgen. Geh und hol dir die Zeitungen. Du bist wirklich sehr gut dabei weggekommen. Einer schreibt, du wärest die beste Interviewerin, die wir haben.«

»Ich hab die Blätter hier. Ich ruf dich zurück, wenn ich sie gelesen habe.«

Sie wollte schon auflegen, als Derek sagte: »In der ›Sun‹ steht etwas über dich und diesen jungen Schauspieler. Wie hieß er doch gleich? Ben – Ben Morrison. Jemand hat euch in einem Restaurant beobachtet.«

Rosemary rutschte das Herz in die Hose. »Ach du meine Güte!«

»Gute Publicity, meine Teure. Kein Grund, in Panik auszubrechen. Sollen wir ihn noch mit in die Show am Donnerstag hineinquetschen?«

Nur über meine Leiche wird er jemals in diese Show kommen, dachte Rosemary. Laut sagte sie: »Er ist in Spanien, Derek. Aber laß es mich erst lesen. Wir reden dann später.« Sie legte den Hörer auf und wandte sich ihrer Sekretärin zu. »Jennie, geh mal die Zeitungen für mich durch. Sie müßten noch im Flur sein, auf dem Tisch. Und frag, ob Pat die ›Sun‹ dabeihat und ob sie sie schon gelesen hat.«

Jennie eilte aus dem Zimmer. Wieder klingelte das Telefon. Es war Ben.

»Wo bist du?« fragte sie.

»Am Flughafen. Alles okay bei dir?«

»Ja. Wieso?« fragte sie aufgeregt.

»Wir stehen in den Skandalblättern.« Seine Stimme war ausdruckslos.

»Ich weiß. Tut mir leid. Es war wahrscheinlich unser Mittagessen am Freitag.«

»Mach dir keine Sorgen, Rosie. Bei mir ist schon alles geklärt. Die Welt kann es ruhig erfahren.«

Ihr Herz machte einen Satz. »Kann *ich* vielleicht mal erfahren, was sich bei dir tut?« fragte sie mit einem Lächeln.

»In Barcelona. Ich ruf dich von dort an und sag dir, wo ich zu erreichen bin. Wann kannst du von hier weg?«

»Jederzeit nach dem kommenden Wochenende. Ich habe noch eine Spielshow fürs Fernsehen am nächsten Sonntag. In Manchester.«

»Gott, wie langweilig. Kannst du nicht abspringen und schon am Freitag kommen?« Sie zögerte, und bevor sie etwas antworten konnte, sagte er: »Mein Geld geht zu Ende. Ich melde mich wieder. Vergiß mich nicht.«

»Wie könnte ich?« sagte sie, aber er war schon weg, und es drang nur noch der langgezogene Ton der unterbrochenen Leitung an ihr Ohr.

Es waren nur einige Zeilen in einer Kolumne der »Sun«. Pat, die sie überlesen hatte, war über sich selbst wütend, daß sie heute morgen die Gelegenheit verpaßt hatte, die Neuigkeiten bei ihrer Ankunft persönlich zu verkünden, und las sie nun langsam und laut und mit zunehmender Entrüstung vor. »Rosemary Downey, fünfzig, wurde händchenhaltend mit dem aufstrebenden Schauspieler Ben Morrison zu später Stunde in einem verschwiegenen Restaurant gesehen.

Es ist kaum anzunehmen, daß sie ihn für ihre Show interviewt hat.«

»Ach, du liebe Zeit!« entfuhr es Jennie.

»Was für eine Unverschämtheit«, meinte Pat. »Warum erwähnen sie nur immer Ihr Alter?«

»Es war beim Mittagessen«, bemerkte Rosemary nur, ohne auf die empörte Pat zu achten. Sie las die Notiz noch einmal und versuchte sich zu erinnern, wer noch im Restaurant gewesen war. Das »Caprice« kam nicht in Frage, dort war Frances zusammen mit ihnen gewesen. »Ganz bestimmt beim Mittagessen«, bekräftigte sie und warf die Zeitung auf den Küchentisch. »Fürs Kartoffelschälen morgen«, sagte sie zu den zwei Frauen, ließ sie in der Küche stehen und ging in ihr Arbeitszimmer. »Kannst du mir noch etwas Kaffee bringen, Pat? Schwarz. Ich muß meine Mutter anrufen. Sie liest regelmäßig die ›Sun‹.«

Aber noch bevor sie zum Telefon greifen konnte, klingelte es bereits.

»Rosemary?«

»Mum.«

»Hast du schon die Zeitungen gelesen?«

»Was heißt Zeitungen, meinst du die ›Sun‹?«

»Natürlich meine ich die ›Sun‹. Ich hol sie mir wegen der Zahlen fürs Bingo.«

Rosemary wartete auf die nächste Frage.

»Was ist das für ein junger Mann?« erkundigte sich Betty. »Und habt ihr wirklich Händchen gehalten?«

»Mum —« Rosemary setzte sich. »Es ist ein Freund von Ella. Sie haben alles falsch verstanden, wie immer. Das hab ich dir doch schon gesagt.«

»Mrs. Drewett kam rüber und erzählte es mir. Ich selbst hatte es noch gar nicht gelesen.« Betty war wütend, daß sie die Neuigkeit von einer Nachbarin erfahren hatte. »Du mußt sie verklagen, Rosemary. Sie stellen es so dar, als ob du eine Affäre mit ihm hättest.«

Rosemary seufzte. »Ich kann sie nicht verklagen. Sie haben weder etwas Schreckliches noch etwas Unwahres geschrieben.«

»Gut, aber sie haben etwas andeuten wollen.«

»Du kannst niemanden wegen Andeutungen verklagen.«

»Es wirkt so unanständig. Jeder weiß, daß du dich nicht mit Männern einläßt. Auf die Weise wirst du lächerlich gemacht, und zwar so, daß es jeder mitkriegt.«

»Nur die Leute, die die ›Sun‹ lesen, Mum.«

Zu guter Letzt schaffte es Rosemary, das Telefongespräch mit ihrer Mutter zu beenden und sich mit Jennie an die Arbeit zu machen. In den Besprechungen waren die Urteile über sie und die Show positiv. Niemand rief mehr wegen der Notiz über ihr Mittagessen mit Ben an. Sie setzte sich mit ihrem Agenten in Verbindung und teilte ihm mit, daß sie in der folgenden Woche nach Spanien fliegen würde. Die Zeitungsmeldung schien ihn nicht weiter zu beunruhigen. Den Auftritt am Sonntag in Manchester sagte sie nicht ab. Es war hohe Zeit, nicht auch noch den Rest an gesundem Menschenverstand, der ihr verblieben war, fahrenzulassen. Ihr Agent hatte die Show am Sonntag aufgezeichnet und bot ihr an, mit dem Fahrrad bei ihr vorbeizukommen und ihr das Band zu bringen.

»Du kommst gut raus, Rosemary. Bei den Verhandlungen für die weiteren Folgen im Herbst dürfte es beim Geld keine großen Probleme geben.«

»Vergeude nicht deine Zeit damit, es extra herzubringen, Michael. Ich kriege ein Band, wenn ich am Donnerstag im Studio bin. Kommst du zur Party danach?«

»Ja. Aber ich werde allein kommen. Einer von den Jungen hat die Grippe, und Barbara will ihn nicht mit einem Babysitter zu Hause lassen.«

Das ist ja 'ne Überraschung, dachte Rosemary, nachdem sie sich verabschiedet hatten. Sie wandte sich an Jennie, die zwei weitere Tassen Kaffee gebracht hatte. Rosemary war nun schon zehn Jahre bei diesem Agenten – »Michael Dawson und Partner« –, und sie hatte nie erlebt, daß er irgendwohin ohne seine Frau Barbara gegangen wäre. Nach zwanzig Jahren Ehe schienen sie noch immer große Freude aneinander und an ihren vier Kindern, die in sehr unterschiedlichem Alter waren, zu haben. *Einer der Jungen, sicherlich der kleinste,* dachte Rosemary. Joshua Dawson war erst vor drei Jahren geboren worden. Seine dreiundvierzigjährige Mutter hatte den Familienzuwachs nicht geplant gehabt, war aber sehr schnell von ihrem jüngsten Sohn begeistert. Begeisterter vielleicht, als es Michael lieb war. Rosemary geriet ins Grübeln.

Sie genoß die Tage vor der letzten Show dieser Staffel am Donnerstag. Sie machte sich im Moment keine Sorgen über ihre Beziehung mit Ben, war glücklich über seinen Anruf vom Flughafen und hatte, nun, da sie wußte, daß er in einem anderen Land beschäftigt war, fern von allen Verwicklungen, in die er zu Hause geraten könnte, das Gefühl, er würde noch viel mehr ihr gehören. Das Mitleid, das sie normalerweise für sitzengelassene Frauen empfand, wollte sich diesmal in bezug auf die geheimnisvolle Gill, die es ja noch in Bens Leben gab, nicht einstellen. Sie hatte sich selbst eingeredet, diese Affäre sei sicher schon lange beendet gewesen, bevor *sie* ins Spiel gekommen war. Über den Umstand, daß er sehr wahrscheinlich in der Zeit, in der er mit Gill zusammen war, mit Ella, wie beiläufig auch immer, geschlafen hatte, weigerte sie sich nachzudenken. Vielleicht war er zu dieser Zeit unglücklich gewesen. War das nicht der übliche Grund dafür, daß Männer fremdgingen? Sie wußte wenig darüber, und ihre Naivität in dieser Hinsicht war auch in ihren reiferen Jahren nicht erschüttert worden.

Nun, endlich, war sie glücklich, so heftig verliebt zu sein. Sie verbrachte einen Tag bei Harrods, um Unterwäsche für ihre Fahrt nach Spanien zu kaufen. Sie setzte sich radikal auf Diät und nahm, viel zu schnell, sieben Pfund in nur einigen Tagen ab. Dabei wußte sie nur zu gut, daß sie all die Dinge tat, die, wie es hieß, Frauen üblicherweise im ersten Anfall der Verliebtheit zu tun pflegen.

Am Mittwoch abend besuchte Rosemary eine Premiere. Als sie mit Michael am Aldwych Theater vorfuhr, stürzten die Pressefotografen herbei, sobald ihre Limousine hielt.

»Hierhin, Rosemary, schau hierhin, und jetzt lächeln. Danke. Hier, in diese Richtung, zeig uns deine Zähnchen!«

Sie hielt nur kurz an, während sie ihre Aufnahmen machten. Michael hielt sich abseits und ließ sie allein im grellen Licht der Öffentlichkeit. Schließlich ging sie wieder zu ihm, einen Arm zum Zeichen, daß es ihr jetzt reichte, erhoben.

»Wo ist dieser junge Mann?« rief einer der Fotografen und kritzelte etwas in einen blitzschnell hervorgeholten Notizblock.

Rosemary erstarrte und stieß Michael an. »Um Himmels willen, laß dir was einfallen«, flüsterte sie. »Bring sie irgendwie aus dem Konzept.«

Er lachte, legte seinen Arm um ihre Schulter, beugte sich zu ihr und küßte sie auf die Wange.

»Das wird natürlich Barbara aus dem Konzept bringen«, zischte sie ihm zu. Woraufhin beide in Gelächter ausbrachen.

Die Premierenfeier schwänzten sie. Selbst die Einladung zum Abendessen bei »Joe Allen's« schlug sie aus und war froh, sich mit einem Hinweis auf ihre Show am nächsten Tag entschuldigen zu können. Michael setzte sie um elf Uhr zu Hause ab.

»Grüß Barbara von mir. Hoffentlich geht es Josh bald besser.«

»Bis morgen, Rosemary. Falls es sich Barbara noch anders überlegt und doch mitkommt, sage ich Derek Bescheid.«

Sie gaben sich rasch Küsse auf beide Wangen – Küsse lediglich in die Luft, wie es jetzt Mode war im Kreis von Freunden, selbst bei solchen, die keine Lippenstiftspuren auf gepuderten Wangen befürchten mußten. Sie hatte Hunger, machte aber, glücklich darüber, daß ihre Hüftknochen wieder zum Vorschein gekommen waren, einen Bogen um die Küche und ging direkt in ihr Arbeitszimmer und zum Anrufbeantworter. Vier Nachrichten. Frances, Ella und zwei von Ben aus Barcelona.

»Schade, daß ich dich nicht erreiche, Rosie, ich vermisse dich – sehr. Ich ruf später noch mal an.« Und dann, die vierte Nachricht: »Wo bist du, Rosie? Warum bist du nicht zu Hause? Ich bin im ›Comtes de Barcelona‹. Wann kommst du zurück? Das Bett ist furchtbar schmal, aber du fehlst mir darin. Ich rufe morgen noch mal an.«

Sie rief Frances an, von der sie wußte, daß sie nie vor Mitternacht ins Bett ging. »Wie war Birmingham, Franny?«

»Wie Birmingham so ist. Was soll ich noch sagen? Geht's dir gut?«

»Bestens. Michael kommt morgen alleine; du hättest also einen Begleiter.«

»Wie nett«, antwortete Frances. »Er wird mich davor bewahren, in Dereks schreckliche Klauen zu fallen. Wann geht's los nach Spanien?«

»Ich werde am Montag fliegen.« Rosemary klemmte sich den Hörer zwischen Schulter und Wange und zündete sich mit der freien Hand eine Zigarette an. »Ben scheint mich zu vermissen. Ich sollte zu ihm fahren, bevor die Leidenschaft nachläßt.«

»Irgendwelche Reaktionen auf den Artikel in der ›Sun‹?« fragte Frances.

»Keine ernsthaften«, Rosemary zögerte. »Meinst du, ich sollte nicht nach Barcelona fahren?«

»Du wirst nicht mehr unbeobachtet sein.«

»Ihn stört es nicht. Ben, meine ich. Er hat es gesagt.«

»Seine Genehmigung sollte dir egal sein. Was ist mit dir?« sagte Frances. »Herzchen, *du* bist diejenige, die berühmt ist, *du* bist diejenige, die alles abbekommen wird. Tanz nicht nach seiner Pfeife. Was möchtest *du*?«

Rosemary drückte die halbgerauchte Zigarette in dem Tintenfaß auf ihrem Schreibtisch aus. Von dem Nikotin auf nüchternen Magen wurde ihr schlecht.

Auf ihrer Oberlippe standen Schweißperlen, ihr Körper fühlte sich plötzlich klebrig an, und sie war kurz davor, ohnmächtig zu werden. Der Raum begann vor ihrem Blick zu verschwimmen, und sie schloß die Augen. »Franny, mein Schatz, ich muß aufhören. Mir ist auf einmal furchtbar schlecht. Wir reden morgen weiter.« Sie legte auf, beugte sich nach vorn und stützte den Kopf auf die Knie.

»Mein Gott, bist du blöd«, schimpfte sie leise mit sich selbst. Sie spürte, wie eine gallig schmeckende Flüssigkeit aus ihrem leeren Magen hochstieg.

»Du führst dich auf wie ein Teenager, Frau.« Sie hatte schon viele Jahre nicht mehr aus Eitelkeit gehungert.

Kurz darauf stand sie in der Küche und schnitt sich einige Scheiben Brot zum Toasten ab. Der Hunger war so überwältigend, daß sie das Essen hinunterschluckte, ohne richtig zu kauen. Sie goß sich ein Glas Magermilch ein. Immer noch im Mantel, verschlang sie zu fast mitternächtlicher Stunde im Stehen ihr Festmahl. Im Kühlschrank war sonst kaum etwas, und um erst zu kochen, war sie einfach zu hungrig. Sie verhielt sich wie eine Idiotin. Sie sehnte sich nach Anerkennung von seiten eines Mannes, nach der Bestätigung von Ben. Unzufrieden mit ihrem Alter, in dem Gefühl, an Reiz schon verloren zu haben, wünschte sie sich einen jungen Körper, um Ben festhalten zu können. Eine tiefe Unsicherheit ergriff sie. Wie war sie nur so schnell da hineingeraten? Reichte nicht die Rosemary, der er begegnet war und die er haben wollte? Er hatte sich nicht beklagt, weshalb also stellte sie sich so an?

Sie ging zu Bett und wünschte sich, wieder die Person zu sein, die sie vor ihrem Geburtstag gewesen war. Aber sie wußte, es war dafür zu spät. Verrückt vor Verlangen, von ihm berührt zu werden, schlief sie endlich ein, während sie sich selbst streichelte, leise weinend über ihre eigene Dummheit und die Erinnerung daran, wie sie einst mit zwanzig Jahren gewesen war.

Der Donnerstag kam und mit ihm kamen der Friseur, die Limousine, die Garderobieren, der Schwatz in der Maske und die Fragen der Recherche-Assistentin. Das Mittagessen nahm sie wie üblich in dem Restaurant für das gehobene Personal ein – mit Derek und, weil es die letzte Show war, dem Programmdirektor. Anne saß an einem anderen Tisch, zusammen mit dem Bildmischer; ihre Blicke wanderten in regelmäßigen Abständen zu Derek. Rosemary schämte sich, daß sie sie nicht in irgendeiner Weise während der abgelaufenen Showstaffel emotional unterstützt hatte. Angesichts der momentanen Situation von Anne – fallengelassen im privaten wie auch im beruflichen Bereich – sagte sich Rosemary, das mindeste, was *sie* hätte tun können, wäre gewesen, eine Form von weiblicher Solidarität zu zeigen. Niemand hatte verdient, auf eine so respektlose Art sitzengelassen zu werden, wie es Derek mit seiner langjährigen Geliebten getan hatte.

Rosemary lächelte ihr zu und sah einen Moment lang einen Hoffnungsschimmer in Annes Gesicht aufleuchten, der aber gleich wieder in ihrer Trauermiene versank.

Gott, wie leid sie mir tut, dachte Rosemary. *Was mag sich wohl jetzt in ihrem Kopf abspielen?* Es schauderte sie bei dem Gedanken, und sie wandte sich wieder den an ihrem Tisch Sitzenden zu.

»Trag nicht die ganze Welt auf deinen Schultern, mein Liebes«, würde Frances sagen. »Erst mußt du sehen, wie du selbst zurechtkommst, dann kannst du die Kraft, die dir noch übrigbleibt, verteilen.«

Dabei weiß ich nicht einmal, wo meine geblieben ist, dachte Rosemary und nippte an dem Glas mit dem ekelhaft warmen Weißwein. Sie biß die Zähne aufeinander und schluckte ihn hinunter, dann schob sie das Glas von sich. Das Essen blieb unberührt auf ihrem Teller. Der Hunger war ihr vergangen.

»Käse, Gebäck und Kaffee«, antwortete sie auf Dereks Frage nach ihrem Wunsch fürs Dessert. Sie zwang sich zum Essen, als ein schaurig großes Stück schwitzenden Cheddarkäses vor ihr auf dem Teller lag.

Nachdem sie die Kleideranprobe hinter sich hatte und allein in ihrer Garderobe war, gelang es ihr, Ella am Theater zu erreichen.

»Ich kann nicht lange schwatzen, Mum. Wir sind gerade in der Pause.« Ella klang vergnügt.

»Wann ist die erste Vorstellung, mein Liebling?« fragte Rosemary. Sie spürte einen beginnenden Kopfschmerz und preßte eine Hand an die Stirn.

»Hab ich dir schon gesagt. Verdammt, du wirst schon wie Großmutter; die hört auch nie zu.«

»Schrei mich nicht an, Ella. Ich hab furchtbare Kopfschmerzen.« Rosemarys Stimme blieb ruhig. »Mein Kalender liegt zu Hause, und ich habe das Datum vergessen.«

»Dreizehnter April, und ich wollte dich nicht anschreien. Geht's dir gut?«

»Ja, Schatz.« Das Herz rutschte ihr in die Hose. Der 13. April. An dem Tag würde sie in Spanien sein.

»Kommst du zur Premiere, Mum?«

Rosemary zögerte einen Moment, dann sagte sie: »Ich kann nicht, Ella. Ich fahre am Montag weg. Nach Spanien.«

Eine kurze Zeit war nur das Rauschen in der Leitung zu hören. »Ist schon okay. Du hast eine Pause verdient. Fährst du mit Frances?«

Warum ist sie auf einmal so freundlich? fragte sich Rosemary. *Und woher diese unglaubliche Fröhlichkeit? Sehr untypisch für Ella.* »Ben ist zu Dreharbeiten in Barcelona. Ich werde ihn dort treffen.«

»Aah.«

Mehr schien nicht zu sagen zu sein, und bevor die Unterhaltung gefährlich werden konnte, verabschiedeten sie sich und legten auf. Rosemary konnte sich nicht daran erinnern, je eine von Ellas Premieren versäumt zu haben. May kam herein, und Rosemary schickte sie los, um Kopfschmerztabletten zu holen.

Auf der Party, die nach der Aufzeichnung zum Abschluß der Staffel oben in den Studios stattfand, fragte Frances: »Du siehst schrecklich aus, mein Liebling. Fühlst du dich etwa nicht wohl in deiner Liebesgeschichte?«

»Doch, wenn ich mit ihm zusammen bin.«

»Das ist nicht oft.«

»Zur Zeit scheint es ausreichend zu sein.«

Frances sah sie an, beugte sich zu ihr und nahm ihre Hand.

»Ich nehme alles zurück, was ich gesagt habe – du

sollst zugreifen, meine ich. Du bist nicht glücklich, und dann hat es keinen Sinn. Was um alles in der Welt versprichst du dir davon?«

»Wenn ich mir nur sicher sein könnte bei ihm.«

»Es läuft gerade mal zwei Wochen mit euch, ich bitte dich.«

»Aber er weiß nicht, was er will. Er ist so wechselhaft.«

Frances biß die Zähne zusammen, steckte ihrer Freundin eine Zigarette in den Mund und hielt ihr die eigene zum Anmachen hin.

»Rosemary, ich sag's dir im Ernst, mach *jetzt* Schluß damit. Er ist reizend und sexy, aber es sollte eigentlich so sein, daß du dich länger als die speziellen fünf Minuten am Tag wohl fühlst.«

»Was hat er nur mit mir gemacht?«

»Er hat dich aus dem Gleichgewicht gehauen, das ist alles. Fahr nicht nach Spanien. Ich verspreche dir, daß du ihn in einer Woche vergessen hast.«

»Wen vergessen? Ich weiß ja gar nicht, wer oder was er ist. Ich weiß nur, daß ich nicht mehr ich selbst bin.« Sie spürte, wie sich der Kopfschmerz vom Nachmittag heftig wieder zurückmeldete, und sie tastete in ihrer Tasche nach den Tabletten. »Ich habe heute keine Lust, verliebt zu sein.«

»Hattest du gestern welche?« fragte Frances lächelnd, amüsiert über den Trotz in der Stimme ihrer sonst so sachlichen Freundin.

Rosemary sah sie an, und als sie sich des eigenen kindischen Verhaltens bewußt wurde, lachte sie. »Ja, hatte ich. Ach, ich bin so *dumm*. Ob das wieder besser wird?«

»Nur, wenn *du* dafür sorgst. Warte nicht auf ihn. Ich

bin mir wirklich nicht sicher, ob er nicht nur sein Spiel mit dir treibt.«

»Vielleicht ist es das, was Ella meinte, als sie mich warnte?« Bei dem Gedanken an jenen Sonntag nachmittag, der noch gar nicht lange her war, legte Rosemary die Stirn in Falten.

»Hast du sie gefragt?« wollte Frances wissen.

»Nein. Wir haben vereinbart, uns nicht in das Leben der anderen einzumischen.«

Der Abend wurde lang, und Rosemary trank zuviel Champagner, der eine Fröhlichkeit erzeugte, die sie weit entfernt war wirklich zu fühlen.

Bevor sie morgens gegen drei einschlief, ging ihr noch einmal das Bild von Frances und Michael, die in ein langes und intensives Gespräch vertieft waren, durch den Kopf. War sie der Gegenstand ihrer ausführlichen Unterhaltung gewesen? Wahrscheinlich. Ihr Leben lag, so hatte es den Anschein, in den Händen von so vielen anderen Personen, nur nicht in ihren eigenen.

Kapitel 9

Am nächsten Morgen rief sie in Bens Hotel in Barcelona an.

»Ich würde gerne eine Nachricht für Señor Morrison hinterlassen. Könnte er bitte heute abend Rosemary anrufen? Er hat die Nummer.«

Sie hatte sich fast so wie früher gefühlt, als sie am

Freitag morgen aufgewacht war. Sie stürzte sich in eine hektische Aktivität und führte all das zu Ende, was sie in den Phasen der Depression und Lähmung während der vorangegangenen Tage unerledigt gelassen hatte. Jennie besorgte ihr ein Flugticket für Montag nachmittag. Rosemary rief Michael an, teilte ihm mit, daß sie mindestens eine Woche weg sein würde, und gab ihm die Nummer des Hotels in Spanien.

»Ich warne dich besser vor, Michael. Ich fahre, um diesen jungen Mann zu treffen, Ben Morrison. Ich werde mich nicht am Drehort blicken lassen, aber es ist nicht auszuschließen, daß etwas durchsickert. Kannst du mir für alle Fälle die Boulevardblätter aufheben?«

»Ist das wirklich klug von dir, Rosemary?« Michaels Stimme war ausdruckslos. Wenn sich einer seiner Schützlinge eine Eskapade leistete, hatte er sich immer zurückgehalten; etwas anderes kannte sie nicht von ihm. Zumeist enthielt er sich eines Urteils, selten gab er einen Rat, und auch nur dann, wenn er darum gebeten wurde.

»Wahrscheinlich nicht«, erwiderte Rosemary. »Aber früher oder später kommt es sowieso heraus.« Ihr war bewußt, daß sie, ganz unüblich für sie, kurz angebunden wirkte, aber ihr kam in den Sinn, wie er und Frances am vorherigen Abend die Köpfe zusammengesteckt hatten. Sie mußte an sich halten, um ihn nicht daran zu erinnern, daß es ihr Leben und also auch ihre Angelegenheit war. Sie hüllte sich in einen trotzigen Eigensinn – einen Mantel, den sie sich in der letzten Zeit häufiger überwarf.

»Ist es etwas Ernstes?« In Michaels Stimme war ein

Zögern. Er wurde hier mit einer Rosemary konfrontiert, die ihm zuvor nie begegnet war.

»Ja«, antwortete sie. Weiter gab es nichts zu sagen.

An diesem Abend saß sie beim Telefon und wartete auf Bens Anruf. Als es läutete und sie Frances' Stimme hörte, sagte Rosemary: »Ich kann nicht lange sprechen, Franny, Ben wollte sich melden.«

»Wann fliegst du?«

»Montag nachmittag. Am Sonntag bin ich in Manchester, aber nur für einen Tag. Ich fahre selbst hin und zurück. Bist du morgen erreichbar?«

»Ich denke, ich werde übers Wochenende weg sein.«

Frances machte keine weiteren Angaben, und erst als sie schon aufgelegt hatte, kam Rosemary der Gedanke, wie ungewöhnlich es doch für ihre ansonsten so übersprudelnde Freundin war, ihre Pläne nicht offenzulegen. Es war da allerdings ein bestimmter Ton in ihrer Stimme gewesen, den Rosemary nicht so recht einzuordnen vermochte.

»Ruf mich an, sobald du zurück bist«, hatte Frances gesagt. »Und sieh zu, daß du einfach Spaß hast dabei. Nimm es nicht zu schwer.«

»Du redest wie ein Mann«, gab Rosemary zurück.

»Du weißt, was ich meine. Folge deinem Instinkt und nicht dem, was deine Mutter dir beigebracht hat. Mein Herzchen, du *mußt* dich nicht in jeden Mann verlieben, der dir gefällt, was immer auch deine Fünfziger-Jahre-Moral dir sagt.«

Während Rosemary den Kleiderschrank durchging, um die Garderobe für den Sonntag in Manchester auszuwählen, sann sie darüber nach, ob sie sich vielleicht selbst nur einredete, sie hätte sich in Ben verliebt. Es wäre jedenfalls ziemlich dumm bei jemandem, der so unberechenbar war. Sie machte sich selbst mit einem Glas Wein Mut und rief dann ihre Mutter an. »Ich wollte dir nur sagen, daß ich nächste Woche weg bin, Mum.«

»Oh. Wo fährst du hin? Wo es schön ist?«

»Spanien.«

»Was für ein angenehmes Leben du doch hast. Und weshalb?« Eine Spur von Neid, ja fast Gereiztheit hatte sich in Bettys Stimme gemischt.

Rosemary geriet für einen Moment in Panik; es wollte ihr kein überzeugender Grund für ihre Reise einfallen. »Ich fahre nach Barcelona. Mit Michael. Geschäftlich.« Sie wußte, daß ihre Mutter nicht weiter nachfragen würde; sie kannte nur sehr wenig von der Welt des Fernsehens und ließ sich ausschließlich von der glanzvollen Oberfläche der gezeigten Bilder fesseln. Rosemary hätte wahrscheinlich auch Sibirien sagen können, und ihre Mutter hätte es ebenso akzeptiert. Für Betty war jeder Ort in der Welt außer Streatham aufregend. Überzeugt, daß sie mit dieser Lüge ungeschoren davonkommen würde, schloß Rosemary gleich eine weitere an: »Wir können uns dieses Wochenende nicht sehen, Mum. Ich fahre nach Manchester, morgen, am Samstag. Und ich werde nicht vor Sonntag spätabends zurück sein.«

»Oh. Na gut, ich weiß ja, wieviel du zu tun hast. Es ist nett von dir, daß du trotzdem für mich immer wieder eine Lücke findest.«

Rosemary zuckte zusammen. *Glaubt sie wirklich, ich wüßte nicht, daß sie es boshaft meint,* dachte Rosemary und bemühte sich, das Gespräch mit ihrer

Mutter rasch zu Ende zu bringen, damit das Telefon endlich wieder frei war. Sie hatte schon seit Jahren den dringenden Wunsch, den Konflikt zwischen ihr und ihrer Mutter einmal offen auszutragen.

Aber Betty Dalton war in einer anderen Ära erzogen worden. In einer, die noch beschränkter war als die der fünfziger Jahre. Über unangenehme Dinge redete man am besten gar nicht. In den Familien war es geboten, einander eine gesittete Zuneigung vorzuspielen, selbst wenn wilder Haß gefährlich nahe unter der Oberfläche brodelte. »Deine Mutter ist immer deine beste Freundin«, pflegte sie zu sagen, und dazu noch: »Wenn er gut zu seiner Mutter ist, dann muß er in Ordnung sein.« Dumme Platitüden, die junge Mädchen nur in Schwierigkeiten brachten – in den Fünfzigern jedenfalls, als sie so manchem Mädchen, das sich zum Erwachsensein durchkämpfte, ständig aufs Butterbrot geschmiert wurden. Rosemary mußte noch immer an den Spruch denken: »Männer wollen nur das eine, und wenn sie es bekommen haben, verlieren sie den Respekt vor dir!« Sie hatte immer angenommen, es wäre tatsächlich etwas Wahres daran, aber nun, aufgeklärt, wie es von Frauen in den Neunzigern erwartet wurde, behielt sie diese unemanzipierte Vorstellung für sich. Die Gedankenwelt ihrer Jugend in den fünfziger Jahren verfolgte sie hartnäckig. Damals hatte alles so einfach ausgesehen, in jenen Zeiten, als jeder noch seine feste Rolle hatte. Die letzte Epoche der Unschuldslämmer.

Um Mitternacht rief endlich Ben an. Sie war schon im Bett, fand aber keinen Schlaf. Er fragte sofort: »Warum bist du heute nicht gekommen, Rosie?«

»Ben, mein Schatz, ich kann nicht einfach von heute auf morgen eine berufliche Verpflichtung absagen. Ich wünschte, ich könnte es. Ich wäre viel lieber bei dir.«

»Wann *kommst* du denn jetzt?«

Sie hätte in diesem Moment schwören können, sie spreche mit ihrem Sohn Jonathan in den schlimmsten Jahren seiner Pubertät, so bockig und störrisch hörte sich Ben an. Da sie aus Erfahrung wußte, daß man jetzt besonders vorsichtig mit ihm umgehen mußte, verkniff sie sich ein Lächeln, das er ihrer Stimme vielleicht hätte anmerken können. »Am Montag.« Schweigen am anderen Ende der Leitung. »Bist du noch da?« fragte sie.

»Ja. Ich bin eben enttäuscht.« Seine Stimme war nun gedämpft.

Eine plötzliche Woge des Glücks machte sie schwindlig. In diesem Augenblick war sie sich seiner sicher. Behutsam sagte sie: »Verzeih mir, Ben. Ich dachte, es wäre das beste so. Und ich komme am Montag zu dir. Wenn du mit dem Filmen fertig bist, werde ich im Hotel sein.«

»Warte in der Bar. Ich komme direkt dorthin.«

Nach einem leichten Zögern sagte sie schnell, solange sie den Mut noch aufbringen konnte: »Ich zähle die Stunden.«

»Ich auch. Gute Nacht.« Und weg war er.

Sie schlief sofort ein und stürzte sich in ihre Träume, die von all ihren erotischen Sehnsüchten erfüllt wurden. Es war noch eine Ewigkeit bis Montag.

Am nächsten Tag suchte sie Blumen für Anne aus und vorausschauend auch schon einige weiße Rosen für Ella, die ihr zu ihrer Premiere geschickt werden sollten. Sie war mit der Blumensprache nicht so weit vertraut, daß sie gewußt hätte, welche Farbe »Es tut mir leid« bedeutet, aber Ella würde ihre Entschuldigung verstehen und sich über sie lustig machen.

Als sie am Sonntag nach Manchester fuhr, überlegte sie, ob sie nicht ihrer Mutter die Telefonnummer ihres Hotels in Barcelona geben sollte. Sie rief Betty aus dem Auto an. »Alles in Ordnung, Mum?«

»Von wo rufst du an? Es klingt, als ob du in einem Tunnel wärst.«

»Aus dem Auto. Ich bin unterwegs nach Manchester.«

»Ich dachte, du wärest gestern gefahren«, sagte Betty.

»Es ist etwas dazwischengekommen. Ich mußte den Termin verschieben.« Voller Schuldgefühle sprach sie weiter, ohne nachzudenken, nur hoffend, daß ihre Mutter nicht argwöhnen würde, daß sie sie angelogen hatte. Sie wußte, daß sie das noch lange zu hören kriegen würde. »Brauchst du meine Nummer in Spanien?«

»Ja, schon. Michael fährt mit dir, ich kann ihn also nicht anrufen, wenn es mal dringend ist. Und ich fühle mich nicht gut. Nur für alle Fälle. Du weißt, daß ich nur Gebrauch davon mache, wenn ich wirklich muß.«

»Hast du den Arzt angerufen?«

»Ach, ich will ihn nicht belästigen. Ich kann sowieso nicht in die Praxis. Mrs. Drewett ist nicht da, und er würde kaum hierher kommen.«

»Was fehlt dir denn?«

Ihre Mutter senkte die Stimme. »Ich habe Magenschmerzen. Das alte Problem. Aber ich will mich nicht beklagen. Wenn man achtzig ist, muß man damit rechnen.«

Rosemary unterdrückte den Wunsch, sie daran zu erinnern, daß sie noch immer neunundsiebzig war. Seit ihrem letzten Geburtstag zählte ihre Mutter dieses Extrajahr hinzu, wobei sie davon ausging, daß sie, je älter sie war, um so größere Aufmerksamkeit erhalten würde. Mitleid war für sie wichtiger geworden als jedes andere Gefühl, das sie bei Menschen erwecken konnte. Durch die Anteilnahme von anderen schien sie sich als etwas Besonderes zu empfinden. Sie tat Rosemary nun leid; ihr wurde bewußt, wie traurig es sein mußte, in einem Alter zu sein, in dem die eigenen Beschwerden zu den aufregendsten Dingen des Lebens wurden.

»Mum«, sagte sie, »du ißt nicht richtig.«

»Ich habe keinen Appetit. Warte ab, bis du so alt bist, dann wirst du das schon verstehen.«

Der Stadtrand von Manchester tauchte vor ihr auf, und Rosemary beendete die Unterhaltung, bevor aus dem Mitleid Verärgerung wurde.

»Ich werde dich morgen anrufen. Mach dir eine Wärmflasche und etwas zu trinken. Hast du keinen Brandy?«

»Brandy kann ich mir nicht leisten.«

»Dann heiße Milch.« Sie verabschiedete sich, schaltete das Telefon aus – und hatte schon die richtige Abzweigung verpaßt, so daß sie eine ganze weitere Runde durch das Einbahnstraßensystem machen mußte. Es begann heftig zu regnen, so als müßte sie daran erinnert werden, daß sie wirklich in Manchester war.

Ihre Mutter behauptete immer, arm zu sein. Und Rosemary mußte alle Geduld aufbringen, um sie nicht ständig daran zu erinnern, daß von Rosemarys Bank regelmäßig Geld auf ihr Konto überwiesen wurde. Betty hatte außerdem über zehntausend Pfund auf einem Konto bei der Post, die anzurühren sie sich strikt weigerte, deren bloße Existenz aber jede Art von finanzieller Unterstützung seitens des Staates ausschloß. Ella würde sagen: »Warum gibst du es nicht aus, Großmama? Hast du eine Möglichkeit gefunden, es mitzunehmen?«

Bettys Mund würde sich daraufhin zu einer schmalen Linie zusammenziehen. Über Geld zu reden, gleich, ob man zuviel oder zuwenig hatte, war etwas, das eine Dame nicht tat, nicht einmal innerhalb der Familie. »Das ist für schlechte Zeiten. Dein Großvater hat es mir hinterlassen. Seine Art von Wiedergutmachung für all das, was er mir angetan hat. Dazu würde freilich das ganze Geld dieser Welt nicht ausreichen.«

»Großmama,« Ella war unerbittlich, »das *sind* jetzt schlechte Zeiten. Es ist dein Alter, genieß es.«

»Ella, dieses Geld ist für dich und deine Mutter, wenn ich mal gehe. Was nicht mehr lange dauern wird.«

Dieser Bemerkung konnte keiner mehr etwas entgegensetzen. Sie war todsicher geeignet, jedes Gespräch sofort zu beenden. Es war zwecklos, ihrer Mutter zu erklären, daß sie keine zehntausend Pfund brauchte und daß Ella wahrscheinlich ohnehin alles ausgeben würde. Aber sie hatte Verständnis für dieses

Bedürfnis, eine kleine Erbschaft zu hinterlassen. Es war eine altmodische und aufrichtige Geste, die Ella nie begreifen würde. Also schickte Rosemary ihrer Mutter jeden Freitag Blumen, bezahlte ihre Rechnungen und gab ihr zweihundert Pfund pro Monat, und keiner von beiden verlor ein Wort darüber. Es wurde einfach gegeben und angenommen. Es stand Betty zu, und Rosemary war in der Pflicht. Außerdem half diese materielle Transaktion den Mangel an echter Liebe zu überdecken, der zwischen ihnen herrschte.

Frances hatte einmal gefragt: »Wieso gehst du eigentlich davon aus, daß du ihr so viel schuldest, mein Schatz?«

»Sie ist meine Mutter.«

»Sie ist *dir* etwas schuldig. So herum sollte es sein.«

»Das meint auch Ella.«

»Du liebe Güte, sollten wir tatsächlich etwas gemeinsam haben?«

Rosemary hatte gelacht und ihr einen Stoß in die Rippen versetzt. »Warum gebe ich mich nur mit jemandem ab, der meine Tochter haßt?«

»Ich werde sie lieben, wenn sie aus dem Haus ist. Kinder sollten sich mit sechzehn davonmachen.«

»Es überrascht mich nicht, daß du nie geheiratet hast, Franny.« Rosemary fuhr fort: »Meine Mutter hat ein einsames Leben geführt. Es ist nur recht und billig, sie ein bißchen dafür zu entschädigen.«

»Das ist Unsinn, du naives Geschöpf. Sie findet es doch wundervoll, unglücklich zu sein. Deine Großzügigkeit untergräbt nur die Glaubwürdigkeit ihrer Depressionen.«

Sie wußten beide, daß sich Rosemary nie ändern würde. Es war einer der Gründe dafür, daß sie, wenn schon nicht mit dem vollen Verständnis, doch stets mit dem Respekt von Frances rechnen konnte.

Erst einmal in Manchester angekommen, fing sie an, die Zeit zu genießen. An der Quizshow, die aufgezeichnet werden sollte, nahm Cathy, eine alte Bekannte von ihr, teil. Sie war eine Journalistin, die sie mochte und der sie vertraute und die durch ihre Besprechungen von Medienereignissen zu einer Berühmtheit geworden war. In dieser speziellen Show war sie mittlerweile Stammgast. Sie trafen sich, als sie aus ihren Garderoben kamen, und gingen gemeinsam in den Gästeraum. Bei einem Kaffee sprachen sie über ihre Arbeit.

»Die Show am Sonntag fand ich toll«, meinte Cathy, »vor allem die Art und Weise, wie du mit unserem wohlbekannten Trinker umgegangen bist. Was für ein Arschloch!«

»Früher war das ein ganz netter Kerl.« Rosemary legte die Stirn in Falten, als sie an den in die Jahre gekommenen Tony dachte, der einmal jung und unproblematisch gewesen war.

»Du kamst groß raus, Mädchen!« Cathy beugte sich zu ihr und senkte die Stimme. »Reden wir über Ben Morrison?«

Rosemary lachte. »Lieber nicht.«

»Na gut, wenn du mal reden willst oder meinst, es unbedingt tun zu müssen, denk an mich und ruf an. Einverstanden?«

Der Regisseur der Show kam herein, um ihnen das Quiz zu erläutern und das Band der vorangegangenen Sendung zu zeigen. Plaudern konnte man noch nach den Proben.

Die Aufzeichnung war gegen neun Uhr abends abgeschlossen, und Rosemary hatte keine Lust mehr, Zeit für irgendwelche müßigen Gespräche zu vertrödeln.

Bevor sie entschwand, fragte Cathy: »Hast du noch meine Nummer?«

»Ja.«

»Laß uns einen Artikel für ein Magazin machen. Ist schon Ewigkeiten her seit dem letzten. Kannst du mich morgen anrufen?«

»Cathy, ab morgen bin ich in Urlaub. Ich ruf dich an, wenn ich zurückkomme.« Rosemary ging zu ihrem Wagen, um sich auf den langen, nassen Weg über die Autobahnen nach Hause zu machen. Sie war mit ihren Gedanken jetzt in Spanien und wünschte sich, die Stunden würden schneller verstreichen, und vergaß dabei ganz, daß sie damit ja auch forderte, ihr Leben möge schnell verrinnen, wie sie es so oft ihren Kindern gesagt hatte, als diese die Stunden bis zu den Schulferien gezählt hatten. Sie wollte nur die besonderen Stunden mit Ben erleben und hatte das Gefühl, daß die anderen Momente ihres Lebens zu nichts anderem da wären, als die Lücken zwischen ihnen zu füllen.

Dann kam der Montag. Als Pat eintraf, gab Rosemary ihr mehrere Listen, die als Gedächtnisstütze dienen sollten.

»Was alles in der Zeit, wenn ich weg bin, zu machen ist. Vor allem muß der Kater gefüttert werden.«

»Brauchen wir noch mehr Katzennahrung?«

»Es ist 'ne Menge da. Ich hab die kleinen, teuren Dosen besorgt, sein Lieblingsfutter. Für den Fall, daß er sich vernachlässigt fühlt.«

Pat zog ihre Augenbrauen hoch. »Soll ich mich etwa jeden Morgen hinsetzen und mit ihm reden?«

»Mach dich nicht lustig über mich. Er mag es eben nicht, allein zu sein.«

»Warum schaffen Sie sich nicht eine Katze an?« fragte Pat und stellte eine Tasse Kaffee vor Rosemary auf den Küchentisch, wo diese gerade eine Liste für den Gärtner vorbereitete.

»Eine Katze? Das würde er nicht verkraften.«

Pat zuckte die Schultern und begann, gegen die Spüle gelehnt, geräuschvoll ihren Kaffee zu schlürfen. »Es wäre gut, wenn Sie Ihre Nummer hierließen«, sagte sie.

»Mach ich.«

Alles, was vor ihrer Abreise noch zu tun war, hatte sie erledigt und auf ihrer Liste abgehakt. Die Telefonanrufe waren getätigt und die Briefe beantwortet, ihr Erscheinen bei zwei Wohltätigkeitsessen war abgesagt worden; um diverse weitere Termine, die sie vergessen hatte, sollte sich Jennie kümmern.

»Setz dich mit Michael in Verbindung, wenn irgend etwas sein sollte. Ich laß von mir hören, wenn ich zurück bin.«

Am Mittag war sie allein. Sie ging nach oben und zog sich für die Reise um. Das Taxi, das sie für die Fahrt zum Flughafen bestellt hatte, kam fünfzehn Minuten zu früh. Ohne noch ans Mittagessen zu denken, brach sie sofort auf und nahm sich vor, die Wartezeit in Gatwick auf angenehme Art zu verbringen. Sie würde in die First-class-Lounge im Nordterminal gehen und sich im Duty-free-Shop ein teures Parfum kaufen. Und dann würde sie frei und unerkannt sein, sobald das Flugzeug abhob. Das Fliegen hatte für sie ihren Reiz noch immer nicht verloren, und es begann für sie jedesmal ein Abenteuer, wenn sie aus der Garagenzufahrt ihres Hauses hinausfuhr.

Durch eine dunkle Brille vor fremden Augen geschützt und mit abgewendetem Blick schaffte sie es durch die Lounge, ohne ein einziges Autogramm zu geben. Wenn das Glück auf ihrer Seite war, würden sich nur wenige englische Urlauber in Barcelona aufhalten, und sie würde ungestörte Tage mit Ben verleben. Entschlossen, die Zeit zu nutzen, um die Beziehung zwischen ihnen zu festigen und herauszufinden, worin sie eigentlich bestand, fühlte sie sich, während sie auf ihren Flug wartete, besser als in den letzten Tagen. In ihrer Einkaufstüte waren Duty-free-Zigaretten, ihr Parfum und ein noch extravaganteres Eau de Cologne für Ben.

Sie hatten eineinhalb Stunden Verspätung, und es war schon fast halb sieben, als das Flugzeug in Barcelona landete. Während sie Peseten eintauschte und ein Taxi suchte, das sie in die Innenstadt bringen sollte, fühlte sie sich müde und war nervös. Aber Ben würde wahrscheinlich bis in den frühen Abend hinein drehen, und sie hoffte, schon im Hotel zu sein und geduscht und ausgepackt zu haben, wenn er auftauchte.

Um halb acht stand sie an der Rezeption des »Comtes de Barcelona«. »Downey ist mein Name. Ich nehme an, Mr. Morrison hat für mich reservieren lassen.«

»Aah ja. Señor Morrison. Er ist in der Bar. Er sagte, Sie könnten ihn dort treffen.« Das Mädchen am Empfang sprach ein Englisch mit kaum hörbarem Akzent. Sie lächelte Rosemary hastig zu und rief auf spanisch einen der Hoteldiener zu sich. »Ich lasse Ihre Koffer aufs Zimmer bringen. Wünschen Sie morgens geweckt zu werden?«

Rosemary zuckte angesichts dieses Verhaltens ihr gegenüber leicht zusammen. Sie hatte vergessen, wie desinteressiert junge, gepflegte Frauen waren, wenn sie einen nicht kannten und man aufgrund seines Alters keine Herausforderung mehr für sie war.

»Ich werde es Sie wissen lassen«, sagte sie zu dem Mädchen, das sich sogleich abwandte, um sich mit einem weiteren Neuankömmling zu befassen.

Rosemary blieb stehen und sah sich nach der Bar um. Sie hatte gehofft, das Wiedersehen mit Ben würde in etwas altmodischeren Formen ablaufen. Sie hatte sich darauf gefreut, zumindest einige wenige Stunden alleine zu haben, um sich zurechtzumachen, bevor sie sich trafen. Jetzt war ihr Make-up fleckig, ihr Atem hatte unter den Zigaretten und dem Sekt auf der Reise gelitten, und sie sehnte sich nach einer Tasse Tee. Sie ging zur Damentoilette und versuchte, einige der Schäden, die die Flugreise angerichtet hatte, zu beseitigen. Ihre Augen waren geschwollen und fingen an, sich zu röten. Sie drehte den Hahn auf und schöpfte mit der Hand Wasser in ihren Mund. Bei dem Geschmack von Chlor verzog sich ihr Gesicht. Die Toilettenfrau, die in einer Ecke des Raumes saß und strickte, blickte zu ihr herüber und sagte etwas in Spanisch. Rosemary lächelte ihr zu. »No hablo español.« Das war einer der wenigen spanischen Sätze, die sie beherrschte. Auf der Schule waren Fremdsprachen ihre schwächsten Fächer gewesen, und sie war in ihren jüngeren Jahren zu faul und später dann zu beschäftigt gewesen, um jemals zu korrigieren, was lediglich in diesen Tagen als ein Versäumnis betrachtet werden konnte. Die Toilettenfrau zuckte die Schultern und strickte weiter. Der Spiegel über dem Waschbecken reflektierte ohne Erbarmen das Bild ihres müden Gesichts. Sie hatte sich gewünscht, schön zu sein, aber nun zeichnete sich die Woche ohne richtiges Essen deutlich auf ihrem fünfzig Jahre alten Gesicht ab. Früher einmal hatte sie tagelang hungern können, war gertenschlank gewesen und hatte gleichwohl noch immer ein strahlendes Aussehen gehabt.

»Vielleicht ist das Licht ungünstig«, murmelte sie vor sich hin und wandte sich ab. Eine elegante, wohlhabend wirkende Frau mittleren Alters, die neben ihr stand – offensichtlich eine Spanierin –, sah zu ihr auf und lächelte.

Mit starkem Akzent sagte sie: »So ist es.«

Beide lachten, und Rosemary kehrte ins Foyer zurück, nachdem sie der Toilettenfrau, die ohne aufzublicken »gracias« murmelte und nur kurz das Zählen von Maschen unterbrach, einige Peseten auf den Teller gelegt hatte. Sie ging mit einem lauten Klappern ihrer hohen Absätze auf dem Marmorboden zum Eingang der Cocktailbar. Es war ein geschäftiges Hotel in einer quirligen Stadt, und das Foyer war erfüllt von einem Gewirr verschiedener Sprachen, in dem sich lebhafte, aufgeregte katalanische Stimmen vor allem mit englischen und deutschen Lauten mischten. In der Bar ging es ruhiger zu. In Barcelona war es noch nicht einmal die Zeit für einen Drink vor dem Abendessen, geschweige denn für das Abendessen selbst. Die meisten Menschen arbeiteten bis nach sieben, und dann würden sie erst eine der örtlichen *tapas*-Bars ansteuern, bevor sie sich nach Hause aufmachten.

Am Eingang zur Cocktailbar hielt sie inne und ließ ihren Blick auf der Suche nach Ben rasch durch den Raum wandern. Als sie ihn auf der anderen Seite der Bar ausmachte, stockte ihr für einen Moment der Atem. Er saß mit zwei anderen Personen, einer jungen Frau und einem älteren Mann, in einer Ecke. Die Frau, mit dunklem Haar und olivfarbener Haut, lachte und schaute dabei auf Papiere, die sie in den Händen hielt. Ben sagte etwas dicht an ihrem Ohr. Rosemary beobachtete, wie das Mädchen plötzlich aufkreischte und, ihrem vergnügten Protest überschwenglich Ausdruck gebend, heftig mit den Papieren in ihrer Hand auf Ben einzuschlagen begann. Sie erwiderte schnell und selbstsicher etwas auf spanisch, woraufhin Ben seinen Kopf zurückwarf und auf eine plötzlich so vertraute Weise lachte, daß Rosemary, die nun aufgeregt zu ihrem Tisch trat, von einem warmen Verlangen durchströmt wurde.

Er sah sie, und aus seinem Lachen wurde ein Lächeln. Er stand sofort auf und streckte ihr, eingeklemmt zwischen den beiden anderen Personen und ohne Möglichkeit, um den kleinen Tisch herum zu ihr zu kommen, die Hände entgegen. »Rosie! Rosie, du bist da!« Er zog sie zu sich herüber, brachte sie dadurch aus dem Gleichgewicht und küßte sie rasch und leidenschaftlich auf Nase und Mund. Rosemary sah, wie der andere Mann am Tisch aufstand und ihr zulächelte, während die junge Frau, die überrascht zu ihr aufschaute, sitzen blieb. Rosemary merkte, daß es Engländer waren und daß sie sie erkannten. »Liebling.« Ben hielt weiter ihre Hände fest. »Das ist Gerry. Er ist bei dem Film dabei. Und das ist Betsy. Sie *ist* der Film. Sie ist die Aufnahmeassistentin.«

Nun lächelte die junge Frau. *Nervös*, dachte Rosemary. Nachdem sie sich vorgestellt hatten, ging Ben zur Bar und rief etwas auf spanisch.

»Ich habe Sekt bestellt«, sagte er. »Der spanische ist sehr gut.« Und während er sich wieder setzte, schob er sie an Gerry vorbei, um sie auf den Platz neben sich zu quetschen. Er legte seinen Arm um ihre Schultern und berührte ihren Hals und ihr Haar.

»Entschuldigen Sie, verehrte Dame«, sagte Gerry, »falls ich bei der Vorstellung überrascht gewirkt haben sollte.« Rosemary erkannte nun auch ihn, dessen altmodischer Charme und gönnerhaftes Verhalten ihr aus vielen Fernsehspielen vertraut war. »Alles«, fuhr er fort, »was unser junger Freund hier sagte, war, daß er eine Rosemary erwartete. Downey hat er nicht erwähnt, kein einziges Wort davon verlauten lassen.«

»Ich gehe besser jetzt«, sagte Betsy. »Ich werde noch den anderen die Zeiten für morgen geben.« Als sie sich erhob, fielen ihr die Blätter mit dem Einsatzplan zu Boden. Sie kniete nieder und tastete unter dem Tisch nach ihnen.

»Bleib doch und trink einen Sekt mit uns«, sagte Ben.

Die junge Frau, die ihre Blätter gerettet und sich wieder aufgerichtet hatte, wurde rot und murmelte: »Vielen Dank, aber besser nicht. Der Wagen wird dich um sieben abholen. An der Lobby.« Und sie trippelte davon, wobei sie noch kurz einen vorübergehenden Kellner streifte und ihre Entschuldigung auf spanisch vorbrachte, bevor sie endgültig verschwand.

Rosemary legte einen Augenblick die Stirn in Falten. Sie hatte Betsys Verlegenheit bemerkt und auch jenen Blick eines verängstigten Kaninchens. Sie war noch jung genug, um für jemanden zu schwärmen, der unerreichbar war. Jemanden wie Ben, aber er sah ihr nicht nach und war ganz damit beschäftigt, Rosemarys Arm zu streicheln und ihre Hand zu halten.

»Bleib du, Gerry, und trink was mit uns!« Die offensichtliche Freude, sie zu sehen, teilte Ben den anderen deutlich mit. Sie entspannte sich, und erneut spürte sie die Erregung und das Glück, mit ihm zusammenzusein.

Gerry folgte nur zu gerne der Einladung Bens und blieb. Sein Interesse an der Begegnung, die sich vor seinen Augen abspielte, war nicht zu übersehen.

»Das ist meine Freundin«, hatte Ben gesagt, als er sie vorstellte, und Rosemary war froh, nicht den Ausdruck auf Betsys Gesicht gesehen zu haben, der verzweifelt gewesen sein mußte.

»Ich dachte, Betsy wäre Spanierin«, sagte sie später zu Ben, um zu sehen, ob er sich bei der Erwähnung des Namens der jungen Frau mit irgendeiner Reaktion verraten würde. Ben jedoch, der gerade das Essen für sie beide bestellte, blickte nur kurz von der Speisekarte auf.

»Sie ist *zur Hälfte* Spanierin. Geboren in England. Willst du Fisch oder Fleisch, mein Schatz?«

»Ich will *dich*.« Ihre Stimme, nun wieder kräftig aufgrund der neugewonnenen Sicherheit, brachte ihn dazu, zu ihr aufzusehen.

Er lächelte. »Ich gehöre ganz dir, Rosie.«

Kapitel 10

Und er gehörte ganz ihr, an diesem ersten Abend in Barcelona. In ihren Empfindungen schon durch die bloße Aussicht auf die kommenden sinnlichen Genüsse erschöpft, spielte sie nur ein wenig mit dem Essen, das er bestellt hatte, und ließ den Wein ganz stehen. Sie wollte, daß ihr Geist wach und aufnahmebereit blieb, um jeden Moment der Leidenschaft, die in jenem zu kleinen Bett am Ende eines langen Hotelflures auf sie wartete, auskosten zu können. Ihr Körper gehörte ihm, ihre Gedanken waren beherrscht von dem Verlangen, ihm zu sagen: »Ich liebe dich, Ben Morrison.« Aber dann, später in dieser Nacht und endlich erfüllt von ihm, verlor sie den Mut. Sie fürchtete, er würde sich zurückziehen, Angst bekommen. So schlief sie in seinen Armen ein; sie fühlte sich jung und begehrt und schön – und von allen Hemmungen befreit.

Am nächsten Morgen, als sie sich noch kaum rühren konnte, war er schon gegangen. Er hatte sie auf den Mund geküßt, den sie wegen ihres morgendlichen Atems fest geschlossen hielt.

Als sie um acht wieder aufwachte, blickte sie auf den leeren Platz neben ihr, auf die zerknüllte Bettwäsche. Auf dem Kopfkissen lag ein Zettel, und der Duft des Eau de Cologne, das sie ihm gekauft hatte, hing noch in der Luft. Sie setzte sich auf, um die fast unleserliche Notiz zu entziffern, die hastig mit dem Bleistift auf den Telefonblock des Hotels gekritzelt worden war.

»Rosie, die schlechte Nachricht ist, daß wir heute laut Plan bis acht Uhr abends drehen. Die gute

Nachricht ist, daß ich morgen und übermorgen freihabe. Mach Dir einen schönen Tag. Bis bald.
P.S. Du siehst hübsch aus, wenn Du schläfst.«
Sie las den Zettel dreimal, und als sie nichts zwischen den Zeilen entdeckte, faltete sie ihn und steckte ihn in ihre Handtasche. Um Himmels willen, er war in Eile gewesen, was hätte sie von ihm erwarten sollen?
Sie wußte nicht, wann sie das letzte Mal so lange im Bett geblieben war. Schließlich schleppte sie sich in die Dusche und ließ das Wasser auf ihr Gesicht und ihren Körper prasseln, bis sie ganz wach war und, wenn auch widerstrebend, den Geruch ihrer gemeinsamen Liebesnacht von ihrer Haut fortgewaschen hatte.
Sie dachte nun an den vergangenen Abend im Restaurant, wie sie sich wieder einmal voller Zufriedenheit zurückgelehnt hatte und Ben alles entscheiden ließ. Plötzlich, während sie sich das Haar fönte, fiel ihr ein, daß er ohne Schwierigkeiten die spanische Speisekarte gelesen und dann auch auf spanisch bestellt hatte, wobei es, zumindest für ihre ungeschulten Ohren, geklungen hatte, als würde er die Sprache perfekt beherrschen. Sie lächelte und fragte sich, wie viele überraschende Fähigkeiten er wohl noch an den Tag legen würde, bevor es für sie langweilig zu werden begann.
Draußen, auf den Straßen von Barcelona, schien die Sonne.
Beim Frühstück nannte ihr der Kellner mehrere Orte, die interessant sein könnten für jemanden, der zum ersten Mal in Spanien war. Wo man aß, wo man Kaffee trinken, welche Bars sie gefahrlos besuchen

konnte. Es war warm, und vor ihr lag ein verheißungsvoller Tag, den sie allein verbringen und an dessen Ende Ben auf sie warten würde.

Sie schenkte den gelbschwarzen Taxis, die sich eifrig um Kundschaft bemühten, keine Beachtung und schritt, den Rat des Kellners befolgend, zu Fuß die »Ramblas« in fast ihrer ganzen Länge ab. Sie machte es wie jeder andere Tourist auch. Niemand erkannte sie, keiner fragte nach einem Autogramm; sie war lediglich eine Frau unter Millionen von Frauen, die sich die Zeit vertrieben, bevor der Geliebte nach Hause kam.

Irgendwann auf ihrem Spaziergang kam sie an einer Markthalle vorbei, und der Geruch von Speisen sowie die Leere ihres Magens – es war schon Mittagszeit – veranlaßten sie hineinzugehen. Sie kaufte einige Scheiben Salami und aß sie, an einer Theke stehend, vor sich einen starken schwarzen Kaffee, direkt aus dem Papier. In einer kleinen, dunklen Bar, die ihr der Kellner empfohlen hatte und die sie an Paris erinnerte, trank sie ein Glas herben Rotweins. *Eines Tages,* versprach sie sich selbst, *werde ich mit Ben dort hinfahren, in die romantischste Stadt der Welt. Falls er dann noch da ist.*

Am Nachmittag, als der Film in ihrer Kamera voll war, saß sie auf der Terrasse eines Restaurants in einem großen Kaufhauses, von dem aus sie die »Plaza de Cataluña« überblicken konnte, trank Kaffee und beobachtete die belebten Straßen. Sie machte es sich dort bequem, rauchte und dachte, hypnotisiert von der melodischen Rauheit der spanischen Stimmen, an Ben und all die Möglichkeiten, die sich für sie auftun könnten, wenn er sich richtig in sie verlieben würde.

Es war kindisch, und sie wußte es. Aber die Sonne

und das Gefühl, weit weg zu sein von allem, was sie dazu drängte, sich vernünftig zu verhalten, hatten sie schwärmerisch werden lassen. Für Realitätssinn war noch genug Zeit, wenn sie wieder zu Hause sein würde. In diesem Moment erlebte sie eine Urlaubsromanze, die, wie alle derartige Beziehungen, ihr für den Augenblick vorspiegelte, sie würde ewig dauern. Sie blickte auf die Zeiger ihrer Uhr, zählte die Stunden, die Minuten, beinahe die Sekunden, wie sie sich im Schneckentempo auf acht Uhr zubewegten, auf den Zeitpunkt, wenn der Mann, dem sie verfallen war, wieder ihr gehören, wenn sie ihn wieder fühlen und schmecken würde. Die Erinnerung an ihn verursachte ein Kribbeln auf ihrer Haut. Sie dachte an die vor ihr liegenden Tage, in denen sie ihn und Barcelona und die Anonymität für sich haben würde, und an all die Nächte, die sie miteinander teilen könnten – sie beide allein in ihrem sinnbetörenden, unzerstörbaren Luftschloß.

Um sechs war sie zurück im Hotel und überlegte, was sie für diesen Abend anziehen sollte. Viel Auswahl hatte sie nicht. Sie hatte es irgendwie nie hinbekommen, Kleider zu kaufen, die für Reisen geeignet waren; die meisten kamen »verknitterter als die Stirn eines Neunzigjährigen« an, wie Frances einmal bemerkt hatte, während sie ihrer Freundin dabei zusah, wie sie ihre ramponierten Kleidungsstücke auf die wahrlich nicht erstklassigen Kleiderbügel hängte, die üblicherweise in den Hotelschränken zu finden waren.

»Bei dir sieht alles immer so frisch gebügelt aus«, hatte Rosemary damals geseufzt.

»Das ist die Übung, meine Süße«, hatte ihre Freundin geantwortet. »Mein Liebesleben spielt sich eben in Hotels ab, und wer hat schon Zeit, seine Sachen bei solchen Gelegenheiten aufzuhängen?«

Sie entschied sich zum Schluß für ein Kleid aus schwarzem Chiffon, das noch einigermaßen unzerknittert war und von dem Ella gesagt hatte, daß sie »sexy« darin aussah. Sie war nicht in der Lage, etwas extra für Ben auszusuchen, da sie keinerlei Vorstellung von seinen Vorlieben hatte – einmal abgesehen von Sex und Essen. Der Tag war für sie bislang so harmonisch und unkompliziert verlaufen, daß sie keine Lust verspürte, der katalanischen Wirtschafterin im Hotel gegenüberzutreten und sie um ein Bügeleisen zu bitten. Vielleicht könnte Ben morgen für sie übersetzen. Sie legte etwas von dem teuren Parfum auf, das sie im Duty-free-Shop gekauft hatte: »1000«, von Patou. Sie würde es ab jetzt nur für ihn benutzen, und an den Stellen, wo er sie heute nacht berühren würde, verweilte sie etwas länger mit dem Spray.

Das Telefon neben dem Bett klingelte, und sie ging hin, um abzuheben. Ein Mädchen von der Rezeption fragte: »Señora Morrison?«

Rosemary brauchte einige Zeit, um sich mit der Anrede »Señora« abzufinden. Dann, zögernd, antwortete sie: »Ja?«

»Señor Morrison hat eine Nachricht hinterlassen. Er wird früher hiersein. Um acht Uhr.«

Rosemary sah auf ihre Uhr. Es war halb acht. »Danke. Also, ich kann um acht Uhr mit ihm rechnen, ist das richtig?«

»Si, gracias.«

»Gracias.« Rosemary legte den Hörer auf und lächelte ihrem Bild im Spiegel zu. Was dachten sie wohl, wer sie nun sei? Seine Frau oder, Gott behüte, seine Mutter? Na gut. Sie trug einen glänzenden Lippenstift auf, sah sich prüfend von allen Seiten an und stellte fest, daß ihr das Gefühl, zu jemandem zu gehören, angenehm war. Sie zog ihren Bauch ein und dachte mit einem Anflug von Traurigkeit an ihre Jugendzeit, als dieser spezielle Teil ihres Körpers sich noch nach innen wölben ließ, ohne daß sie sich anstrengen mußte. Sie wandte sich vom Spiegel ab, griff nach ihrer Handtasche, verließ den Raum und begab sich zum Lift.

Als er auf der untersten Etage hielt, wäre sie um ein Haar mit Betsy zusammengestoßen, die einsteigen wollte. Das Mädchen weinte ganz offensichtlich, bemühte sich aber, die Schluchzer zu unterdrücken. »Alles in Ordnung mit Ihnen?« Besorgt streckte Rosemary ihre Hand aus, um sie am Arm zu fassen, aber Betsy drehte ihren Kopf zur Seite und drückte einen Knopf, um nach oben zu fahren. Die Tür ging zu, bevor Rosemary noch etwas sagen konnte. Einen Moment blieb sie dort stehen und kam sich ziemlich lächerlich vor, dann ging sie zur Eingangshalle.

Ben stand an der Rezeption und telefonierte. Als er sie sah, hob er eine Hand und zeigte auf die Bar. Sie vermißte sein gewohntes Lächeln und fühlte sich, ohne zu wissen warum, unbehaglich.

Vor ihr stand Gerry, mit einem Glas Wein in der Hand. »Gnädige Frau, kommen Sie und leisten Sie mir Gesellschaft. Ich übernehme den Vorsitz. Was möchten Sie trinken?«

»Wir sind in Spanien, also denke ich, daß es Zeit für einen Sherry ist.« Rosemary bemühte sich, der lauten Schauspielerstimme von Gerry zu folgen, der ihr über die so schrecklichen Freuden des heutigen Drehtags berichtete. Ben trat an ihre Seite, er hielt ein stark in Mitleidenschaft gezogenes, von Bleistiftmarkierungen übersätes Skript in der Hand und runzelte die Stirn. Er neigte sich zu ihr und gab ihr geistesabwesend einen Kuß auf die Wange.

»Geht's gut, Rosie?« Und bevor sie Gelegenheit hatte, ihn in irgendeiner Weise zu begrüßen, fuhr er schon fort: »Ich bringe mein Skript nach oben und dusche mich. Wart hier auf mich. Hast du den Zimmerschlüssel?«

Sie gab ihm den Schlüssel. »Alles in Ordnung mit dir, Ben?«

Er nickte und tätschelte ihren Arm. »Gerry, sei so lieb und bestell mir ein Bier. Ich brauche nicht lange. Unterhalte Rosie währenddessen.«

»Aber sicher, mein Junge. Sehr angenehme Aufgabe.«

Und Ben verschwand. Er ging schnell, mit gesenktem Kopf, die Stirn noch immer in Falten gelegt.

Sie zwang sich, ihm nicht mehr hinterherzusehen und über seine Stimmung und den eiligen Abgang nachzugrübeln, und wandte sich mit einem Lächeln Gerry zu. Sie gab sich, wie es die gute Erziehung verlangte, liebenswürdig, obwohl sie sich in diesem Moment einzig und allein nach Bens Gesellschaft sehnte. »Also ein schlechter Tag, Gerry? Für alle?«

»Ben war so diszipliniert wie immer, gnädige Frau, es ist eine Freude, mit ihm zu arbeiten. Nein, nein, nur Spannungen mit einem nicht sehr fähigen Regisseur und einer ziemlich aufgeregten Crew. Die spanische Truppe meine ich natürlich.« Er lachte, beugte sich, als wollte er ihr ein großes Geheimnis anvertrauen, zu ihr und senkte seine Stimme. »Die kleine Aufnahmeassistentin, meine Liebe. Betsy Soundso. Den ganzen Tag in Tränen. Sehr schwierig zu arbeiten, wenn die Mitarbeiter nicht ein gewisses Maß an Selbstbeherrschung aufbringen.« Er leerte sein Glas und hob seinen Arm, um dem Kellner einen Wink zu geben. »Noch einen Sherry, Gnädigste?«

Rosemary schüttelte den Kopf und legte eine Hand auf ihr Glas. Dann fragte sie: »Ist irgendwas Schlimmes mit Betsy? Ich bin ihr vorhin begegnet. Sie schien ziemlich aus der Fassung zu sein.«

Gerry zuckte mit den Achseln. »Offenbar Probleme mit Männern, oder sollte ich *Jungen* sagen?« Er lachte. »Sie ist ein Kind, meine Liebe. Ein reines Kind, gerade mal zweiundzwanzig. Erinnern Sie sich, was wir alles durchgemacht haben in diesem Alter? Sie wird darüber wegkommen. Hoffe nur, daß wir nicht alles miterleben müssen, was immer es auch sein mag.« Er richtete sich auf und hob die Stimme. »Passiert jedesmal, meine Liebe, wenn man filmt. Allen wird langweilig, und sie gehen miteinander ins Bett. Nun denn, wohin wird Sie unser junger Ben heute abend schleppen?«

Die seelischen Wunden von Betsy waren damit abgehakt, und auch Rosemary ging mit einem Achselzucken über sie hinweg. Es war nicht ihre Angelegenheit. Und so sehr sie auch Klatsch mochte, es war allemal schöner, ihn zusammen mit anderen Frauen auszukosten. Männer waren nur selten wahrhaft daran interessiert, es sei denn, sie waren schwul oder persönlich betroffen. Frances sagte einmal, während eines besonders langen und redseligen Mittagessens unter Frauen: »Der außerordentliche Egoismus des männlichen Wesens manifestiert sich in dem totalen Desinteresse an anderen Leuten und ihren Angelegenheiten.« Rosemary hatte an ihre schwulen Freunde gedacht und diese Aussage in Zweifel gezogen, aber Frances hatte insistiert: »Glaub mir, mein Engel.«

Ben kam nach dreißig Minuten zurück, und Rosemary war erleichtert, ihn nun lächeln zu sehen. Er küßte ihre Hand, hielt ihre Finger fest und zog sie sanft zu sich. »Ich hab dich vermißt«, raunte er, während Gerry sich abwandte und für ihn ein Bier bestellte.

Sie lächelte zu ihm empor und berührte seine Wange. »War's ein harter Tag?« fragte sie. »Gerry hat mir erzählt, daß einige Gemüter erhitzt waren.«

Ben gab keine Antwort, drehte sich statt dessen zur Seite, griff nach seinem Glas und prostete Gerry zu.

Das Abendessen nahmen sie später in einem Fischrestaurant nicht weit vom Hotel ein.

»Soll ich bestellen?« fragte Ben, der über den Tisch hinweg ihre Hand hielt.

»Wo hast du so perfekt Spanisch gelernt?« fragte sie, während sie, nachdem der Wein vorgezeigt und eingeschenkt worden war, auf den ersten Gang warteten.

»Was ich spreche, ist Katalanisch«, entgegnete er und ließ seinen Blick durch das Restaurant schweifen, wo gerade einige Leute angekommen waren und sich setzten.

»Na gut«, Rosemary war erheitert. »Wo hast du Katalanisch gelernt?«

Er wandte sich wieder zu ihr und schaute hinunter auf das Glas in seiner Hand. Was lediglich als beiläufige Bemerkung in einer Unterhaltung gedacht gewesen war, erhielt nun durch die Pause, die folgte, besonderes Gewicht. »Meine Mutter kommt aus Katalonien. Mein Vater ist Engländer.«

Rosemary beobachtete, wie sein Gesicht einen Ausdruck annahm, den sie schon zuvor bemerkt hatte und der für sie nicht zu entziffern war – er grenzte, so schien es ihr zumindest, an eine völlige Leere. »Leben sie noch?« fragte sie. Sein Gesicht und sein Hals waren so angespannt, daß ihr der Gedanke durch den Kopf schoß, die Erwähnung seiner Eltern könnte vielleicht eine unheilvolle Erinnerung bei ihm heraufbeschworen haben.

»Sie leben in Spanien«, sagte Ben. »Meine Mutter kam zurück, um meine Großmutter zu pflegen, als sie vor drei Jahren im Sterben lag, und sie sind nie wieder nach England zurückgekehrt.« Es war das erste Mal, daß er von jemandem aus seiner Familie sprach.

Schnell fragte sie weiter, um seine ungewohnte Offenheit nicht verstreichen zu lassen. »Wo in Spanien? Wirst du sie besuchen, während du hier bist?«

Ben schenkte Wein nach. Sie wartete. Es wäre unklug, ihn jetzt zu drängen.

»Sie sind hier.«

Rosemary starrte ihn an und begriff nur langsam. »Willst du damit sagen, daß sie zur Zeit in Barcelona wohnen?«

»In einem Vorort. Badalona.«

»Hast du sie schon gesehen?«

»Nein.«

»Verstehst du dich nicht mit ihnen?«

Er sah sie zögernd an. »Willst du sie kennenlernen?«

Aus dem Konzept gebracht, mußte sie lachen. »Ich weiß nicht, Ben. Gut, ja, wenn du es möchtest. Ach, Liebling, du versetzt mich in Erstaunen. Seid ihr in

Kontakt miteinander? Warum diese Geheimnistuerei?«

»Meine Mutter hat heute abend im Hotel angerufen«, sagte er. »Ich hatte einem Lokalreporter ein Interview gegeben, und sie hat es in der Zeitung gelesen.«

Eine Menge von Fragen ging ihr durch den Kopf, aber der Ausdruck in seinen Augen war alles andere als einladend. Sie erinnerte sich daran, wie er im Hotel am Schalter der Rezeption gelehnt und telefoniert hatte. Ohne zu lächeln, sah er sie nun mit gesenktem Kopf scharf an.

»Möchtest du nicht über sie sprechen?« fragte sie, sich dessen durchaus bewußt, daß sie auf eine solch behutsame Weise vorging, als gelte es, einem Kind ein Geheimnis zu entlocken.

»Nein«, erwiderte er, »ich will essen und dich dann ins Bett bringen.«

Sie wußte, daß sie für den Moment verloren hatte, und zuckte mit den Achseln. »In Ordnung.« Sie nahm seine Hand, küßte sie und sah, wie das Vertrauen in seine Augen zurückkehrte. »In Ordnung«, sagte sie ein weiteres Mal.

Der Kellner servierte die Fischsuppe, und Ben, dem durch ihr feinfühliges Verhalten eine Last genommen war, wollte nun wissen, wie sie ihren Tag verbracht hatte.

Die Fragen, die Rosemary an diesem Abend beim Essen durch den Kopf gingen, blieben unausgesprochen. Und Ben kam während der ganzen Mahlzeit nicht mehr auf seine Eltern oder auf die Möglichkeit, daß sie sich mit ihnen treffen könnten, zu sprechen. Sie wartete darauf, daß er noch einmal davon anfangen würde, aber er machte keinerlei Anstalten. Ihre

Neugierde wurde immer drängender. Irgendwann an diesem Abend hatte sie ihn auf Betsy angesprochen. »Sie wirkte emotional etwas angeschlagen«, bemerkte sie.

Ben zuckte die Schultern. »Sie übertreibt.«

»Hat sie Probleme mit Männern?«

»Wer weiß? Und wen zum Teufel kümmert's? Halt dich am besten da raus.«

»Du hörst dich an wie Ella.« Lachend blickte sie zu ihm hinüber.

»Was fällt dir ein«, gab er scherzend zurück. »Ich habe den ganzen Abend noch nicht ›Scheiße‹ gesagt.«

»Und jetzt redest du wie Frances«, erwiderte sie. Sie faßten einander, über das Dessert hinweg, bei den Händen und wurden von einem Hunger erfüllt, der von dem Essen auf ihren Tellern nicht befriedigt werden konnte.

»Ich wollte mit dir noch in eine kleine Bar gehen, die ich kenne, aber ich glaube, viel dringender will ich dich«, sagte er. »Laß uns aufbrechen.« Er zahlte die Rechnung, ohne eine Diskussion zuzulassen, und sie nahmen ein Taxi zurück zum Hotel und dem weichen spanischen Bett.

Kapitel 11

Sie wachten spät am nächsten Morgen auf. Der Himmel war bewölkt. Ben bestellte Kaffee und Frühstück beim Zimmerservice, sie blieben im Bett und hörten dem Regen zu, der gegen die Fenster prasselte, lachten dann zusammen, als er ihr bei den Croissants die Zeitung übersetzte und sie wegen ihres Akzents im Spanischen aufzog. Die im Bett verstreuten Krümel vom Frühstück trieben sie schließlich in die Dusche.

In Handtücher eingewickelt, fragte sie: »Was soll ich anziehen? Wo gehen wir hin?«

Er sah im Spiegel, vor dem er gerade stand und seinen Schnurrbart stutzte, zu ihr hinüber. »Wie spät ist es, Rosie?«

Sie sah auf ihre Uhr, die sie irgendwann während ihres nächtlichen Liebesspiels achtlos auf das Nachttischchen gelegt hatte. »Halb zwölf.«

»Zeit für Tapas.«

»Sex ist abgehakt«, sagte sie, »also ist jetzt das Essen dran.«

»Wie gehabt.« Er grinste sie an.

»Ich werde meinen Trainingsanzug anziehen.« Sie drehte sich um und begann sich anzukleiden. »Wenn wir so weitermachen, wird er bald das einzige sein, das mir noch passen wird.«

Sie tranken einen weiteren Kaffee unten im Hotelrestaurant. Sie sah Betsy hinter dem Rücken von Ben hereinkommen und sich allein in eine Ecke setzen. Sie wirkte noch immer elend. Rosemary winkte ihr zu, und das Mädchen hob zur Erwiderung eine Hand.

»Wem winkst du?« fragte Ben und drehte sich um.

»Soll ich ihr sagen, daß sie sich zu uns setzen soll?« fragte Rosemary.

»Nein. Dann kommen wir nie weg. Willst du einen Drink?«

Sie sah ihn an. »Zu früh für mich. Ich hab nicht das spanische Stehvermögen.« Ein Gefühl, bei dem sich die Haare in ihrem Nacken sträubten, überkam sie, ein Gefühl, das sie allerdings selbst nicht genau bestimmen konnte.

Dann herrschte, während sie ihren Kaffee tranken, Schweigen zwischen ihnen. Ben verbarg sein Gesicht hinter seiner Zeitung, und Rosemary warf hin und wieder Blicke über seine Schulter auf Betsy, die mit geschlossenen Augen zurückgelehnt in ihrem Sessel saß. Der Kaffee vor ihr war unberührt. Plötzlich, ohne jeden Grund, fühlte sich Rosemary bedrückt.

Schließlich meinte Ben, nach einem Blick auf seine Uhr. »Laß uns was essen gehen. Hast du Hunger?«

»Ja«, log sie unbekümmert, um ihm eine Freude zu machen.

Auf dem Weg nach draußen kamen sie an Betsy vorbei. Ihre Augen streiften kurz Rosemary und richteten sich in unverkennbarem Kummer auf Ben. In diesem Moment wurde Rosemary klar, was das Gefühl in ihrem Nacken zu bedeuten hatte. Nur eine Frau wußte diesen Blick in Betsys Augen richtig zu deuten.

»Hallo, Betsy, wie geht's,« fragte Ben und blieb stehen. Rosemary schob sich zwischen sie und berührte mit ihrer Hand seinen Arm, sich dessen wohl bewußt, daß sie mit dieser Geste ihre Besitzansprüche ausdrückte.

»Hallo«, erwiderte Betsy, »danke, gut. Ihr macht einen schönen Spaziergang?«

»Es regnet«, bemerkte Rosemary überflüssigerweise, um den unsichtbaren, gleichwohl spürbaren Faden zu zerschneiden, der die Blicke der beiden aneinander fesselte.

Betsy sah flüchtig zu ihr und lächelte schwach. »Ein

paar von uns gehen ins Kino. Sozusagen eine Fortsetzung der Arbeit an unserem freien Tag.« Ihre Augen wanderten wieder zu Ben. »Sollen wir uns später alle treffen?« fragte sie.

»Wo bist du zu finden?« erkundigte sich Ben.

»In der Bar. Sagen wir, um acht?«

»Okay. Vielleicht sehen wir uns. Einen schönen Tag noch.« Und er beugte sich hinunter, um der jungen Frau einen Kuß auf die Wange zu geben, während er gleichzeitig mit seiner Hand Rosemary festhielt, die wie angewurzelt dastand. Das Unbehagen, das sie spürte, machte einem Gefühl des Ekels Platz.

Sie fuhren mit einem Taxi zu einer Bar, die Ben offenbar gut kannte. Sie war voll von Einheimischen, und zwar ausschließlich Männern. Ben bestellte eine geradezu gewaltige Menge verschiedener Speisen, dann ließen sie sich in einer Ecke auf zwei hohen Hockern nieder, an einem Tisch, der gerade groß genug für zwei Personen war. Der Raum war rauchgeschwängert und erfüllt von Stimmengewirr. Ben hatte Rotwein kommen lassen, und Rosemary trank hastig ihr erstes Glas, in der Hoffnung, ihre schlechte Stimmung damit zu vertreiben.

Ben schien keine Änderung in ihrem Verhalten bemerkt zu haben. Er war unbefangen, drängte sie, von jedem Gericht zu probieren, und wollte nicht akzeptieren, daß sie keinen Appetit hatte. Sie verlangte nach überhaupt nichts, nur nach einer Erklärung für etwas, was sie vage spürte, aber nicht deutlich genug begriff, um es in Worte zu fassen. Er war charmant wie immer, sogar in besonderem Maße. Oder es schien zumindest so. Bildete sie sich das etwa nur ein? Sie dachte daran, wie er ihre Hand gehalten hatte, als er sich zu Betsy hinunterbeugte, um sie küssen. Wen versuchte er zu besänftigen? Sie oder das Mädchen? Es war in jedem Fall verwirrend für sie, und ebenso für Betsy, wenn man nach dem Ausdruck gehen konnte, den sie in ihren Augen gelesen hatte, als sie sich entfernten.

Beim Kaffee fragte Ben: »Sollen wir heute nachmittag nach Badalona fahren?«

An seine Eltern hatte sie nicht mehr gedacht. »Ich bin nicht richtig angezogen«, entgegnete sie.

Ben warf seinen Kopf zurück und lachte. »Ach, Rosie, ich liebe dich. Du bist so spießig.«

»Tust du das?«

»Was?«

»Mich lieben.«

Er lächelte sie an. »Das muß ich schon. Wie könnte ich sonst mit deinem altmodischen Verständnis von dem, was sich gehört, zurechtkommen?«

»Hast du mit Betsy geschlafen?« fragte sie. Sie zitterte, als sie die Frage stellte, wollte die Antwort auch gar nicht hören, war aber nicht in der Lage, ohne sie den Rest des Tages ertragen zu können.

Er starrte sie an.

»Niemand hat irgendwas gesagt«, fügte sie eilig hinzu. »Ich weiß es einfach.«

»Es ist nicht wichtig«, sagte er.

»Was?« Wieder verwirrte er sie.

»Mit Betsy geschlafen zu haben. Es ist nicht wichtig.« Er klang gereizt.

»Für mich schon.«

»Warum?« fragte er und nahm einen Schluck Wein.

»Was meinst du jetzt? Warum es für mich wichtig ist,

oder warum es nicht wichtig ist, daß du mit Betsy geschlafen hast?«

»Das ist doch das gleiche.« Er zuckte mit den Achseln und wich für einen Moment ihrem Blick aus. Dann sagte er: »Willst du Kaffee?«

»Ist das alles, was ich bekomme?« fragte sie und spürte, wie ihre Stimme leicht hysterisch wurde.

»Du kannst auch noch mehr Wein kriegen, wenn du willst, Rosie«, scherzte er und lachte über ihre Gereiztheit. Sie merkte, daß ihr der Sinn für die Realität zu entgleiten drohte. Er beugte sich über die Resopalplatte des Tisches und umfaßte mit seinen beiden Händen ihre zitternde Hand. Schnell sagte er, mit leiser Stimme nun, als wollte er ihr lautes Sprechen dämpfen: »Betsy ist nicht wichtig.«

»Ich verstehe das nicht. Warum hast du mit ihr geschlafen?«

»Warum denn nicht? Jetzt verstehe *ich* nicht. Warum regst du dich so auf? Um Himmels willen, Rosie, wozu diese verdammten Fragen? Du redest wie eine Ehefrau.« Wütend ließ er ihre Hand los, seine Stimme jedoch, so barsch und durchdringend sie war, blieb gesenkt.

Sie kam sich dumm vor, in die Enge getrieben, unfähig, ihre Verwirrung und ihre Betrübnis zu erklären.

Mit einem Seufzer stand er auf. »Weiber«, brummte er.

»Ich will nach Hause gehen«, flüsterte sie, »ich will nach Hause.« Niemand ringsherum in der Bar warf auch nur einen Blick in ihre Richtung. »Du hast gesagt, ›ich liebe dich, Rosie‹«, flüsterte sie.

Er setzte sich wieder. Er berührte ihr Gesicht, und

unvermittelt fing sie an zu weinen. Wie Betsy. Wie ein Kind. Wie ein dummes Mädchen. *Mach, daß es wieder gut wird, Ben,* dachte sie, während ihr die Tränen in einer lauten, verräucherten Tapas-Bar an diesem regnerischen Nachmittag in Barcelona stumm über die Wangen rollten. »Mach, daß es wieder gut wird, Ben«, flüsterte sie, so daß es nun zu hören war. Er streichelte weiter ihre Wange und sah zu, wie sie weinte. Keiner gab auf sie acht. Sie waren allein mit ihrer Verlegenheit. Eine Insel für zwei. Ein Meer aus lebhafter Unterhaltung umbrandete ihr kleines Drama.

»Nicht doch, Rosie«, sagte er schließlich. Er wartete, bis die Tränen nicht mehr flossen, dann beugte er sich zu ihr, um die zerlaufene Wimperntusche unter ihren Augen wegzuwischen. »Warum tragt ihr Frauen nur dieses Zeug?« fragte er.

»Laß mich das machen.« Sie schob seine Hand weg und kramte in ihrer Handtasche nach Spiegel und Taschentüchern.

»Ich konnte doch nicht ahnen, daß du so außer Fassung geraten würdest. Ich hab nicht versprochen, treu zu sein, oder? Wie sind wir nur so schnell bis zu diesem Punkt gekommen?«

Mit wieder festerer Stimme erwiderte sie: »Bitte, entschuldige. Ich führe mich entsetzlich auf. Ich habe dir ja gesagt, daß ich seit Jahren keine Affäre mehr hatte. Ich bin außer Übung. Vor allem damit, verliebt zu sein.«

»*Bist* du verliebt, Rosie?« Er lächelte sie an.

»Ja.« Sie steckte ihre Puderdose ein und holte tief Atem. »In Ordnung«, sagte sie, »wohin jetzt?«

»Du willst nicht wirklich nach Hause, oder?« fragte Ben.

»Nein, keineswegs, es sei denn, du willst.«

»Und ich werde artig sein«, erwiderte er und machte dazu ein einfältiges Gesicht. Beide standen auf. »Badalona?« fragte er.

»Gott, ja, das hab ich ganz vergessen.« Sie atmete noch einmal tief durch. Dann, als sie außerhalb der Bar unter der Markise eines Ladens, wo sie Schutz vor dem Regen gesucht hatten, auf ein Taxi warteten, blickte sie zu ihm auf: »Wer bin ich, wenn deine Eltern fragen?«

»Du bist einfach Rosie. Der Rest wird klar sein. Es gibt niemanden sonst. Glaub mir.« Er küßte sie auf ihr vom Regen feuchtes Haar und legte seine Hand auf ihren Nacken, als sie in das Taxi stiegen.

Sie stellte keine weiteren Fragen, nicht einmal sich selbst. Er war ihr, so schien es, wichtiger als ihre Selbstachtung. Sich aufzuführen wie Betsy könnte ihn verscheuchen. Es war ihr Einfühlungsvermögen gewesen, was ihn zuerst beeindruckt und angezogen hatte. Sie war schuld daran, daß es zu diesem häßlichen Zwischenfall gekommen war. Sie hatte noch viel zu lernen.

Sie ließ zu, daß er sie auf dem Rücksitz des klappernden Taxis nah an sich drückte, sie fühlte seinen Mund auf ihrem Haar und seine Finger, die über ihren Rücken und ihre Schultern strichen, und verzieh ihm und seiner Jugend. Nie wieder, dieses Versprechen gab sie sich selbst, sollte er sie so ungeschützt und verletzbar sehen; sie hatte durchaus bemerkt, wie sehr er die ganze Aufführung genossen hatte.

An seiner Seite stehend wartete sie darauf, daß sich die blaue Haustür öffnen und ihr den Blick in die Wohnung seiner Eltern im sechsten Stock gewähren würde. Sie warteten schweigend, und sie spürte seine Anspannung, sah das vertraute Mißfallen auf seinem Gesicht, den Ausdruck fast blanker Not oder Wut, der ihn in Momenten der Verwirrung – oder war es Panik? – ergriff. Der Regen klatschte gleichförmig auf die sechs Etagen mit den geranienbepflanzten Balkonen, von denen einer so spießig war wie der andere.

»Wohnungen von der Stadt?« fragte Rosemary, während sie sich umschaute.

Ben schüttelte den Kopf. »Sie haben sie vor zwei Jahren gekauft. Deprimierend, nicht?«

Die blaue Tür öffnete sich. »Hallo, Dad«, begrüßte Ben mit einem Lächeln den Mann, der jetzt, eine Hand noch an der geöffneten Tür, in Hemdsärmeln vor ihnen stand. Seine Füße steckten in karierten Pantoffeln. Er war so groß wie Ben und dünn, seine Augen spähten durch eine Lesebrille. Als er seinen Sohn erblickte, hellte sich sein Gesicht auf.

»Ben, mein Junge, wie schön, dich zu sehen! Komm rein, komm rein. Deine Mutter schläft noch, wir hatten dich später erwartet. Aber so ist es wunderbar. Komm rein, komm rein.« Er zog seinen Sohn in die schmale Diele, und Rosemary folgte ihnen verlegen. Die Tür fiel hinter ihr ins Schloß, die beiden Männer umarmten einander, küßten sich auf beide Wangen, lächelten sich an, und sein Vater setzte, mit Tränen der Freude in den Augen, die Brille ab.

»Das ist Rosemary.« Ben wandte sich um und zog sie nach vorn.

»Auch noch mit einer Freundin, mein Junge? Was

für eine Überraschung. Hallo, Rosemary. Kommt durch, kommt durch. Ich wecke deine Mutter.« Er schob und zog sie unter gutem Zureden in ein viereckiges, schmuckloses, streng wirkendes Zimmer mit großen dunklen Möbeln, die sich undeutlich abzeichneten in dem Raum, der viel zu groß war für die kleinen Fenster, vor denen selbst jetzt bei grauem Himmel die Jalousien heruntergelassen waren. Das Zimmer roch nach Bohnerwachs. »Setzen Sie sich, meine Liebe.«

Rosemary ließ sich auf dem dunklen Ledersofa nieder, und zwar genau in der Mitte, um den gelben, aufgeschüttelten Kissen nicht zu nahe zu kommen, die so ordentlich in den Ecken arrangiert waren, daß man sie nicht anzutasten wagte. Ben schob Rosemary zur Seite, als er neben ihr Platz nahm. »Nun rück was«, zischte er. »Ich weiß, es ist kaum zu glauben, aber man darf sich hier wirklich hinsetzen.«

Sein Vater war aus dem Zimmer gegangen, um seine Frau zu wecken. Rosemary sah sich um. »Es ist so dunkel hier drin«, bemerkte sie.

Ben stand auf, um die Jalousien hochzuziehen. »Meine Mutter ist der Meinung, daß der kleinste Sonnenstrahl den Teppich ausbleicht.«

»Großer Gott«, flüsterte Rosemary. Sie hätte gerne geraucht, aber im ganzen Zimmer gab es keinen Aschenbecher. Vor ihr stand ein gläserner Couchtisch, darauf befand sich eine Zeitung, die offensichtlich hastig beiseite gelegt worden war, als es an der Tür schellte, und daneben eine kurze Glasvase mit einem Strauß sorgsam abgestaubter Rosen aus Plastik, die schier unglaublich, im Wasser standen. »Großer Gott«, wiederholte Rosemary.

Ben trat von den Fenstern zurück und lachte. Sein Vater kam wieder ins Zimmer. Er hatte sich eine zartblaue, handgestrickte Wolljacke übergezogen, auf deren Tasche in dunklerem Blau sein Name – »Jack« – eingestickt war. Dicht neben Ben stehend, mit einer Hand den Arm seines Sohnes umfassend, fragte er mit einem Lächeln: »Rosemary, meine Liebe, möchten Sie Kaffee?«

»Danke. Ja, gern. Danke, Mr. Morrison.«

»Sagen Sie Jack.« Er wandte sich zu Ben. »Deine Mutter kommt gleich. Sie zieht sich an.«

»Geht es ihr nicht gut?« fragte Ben.

»Doch, doch, mein Sohn. Siesta. Das hast du vergessen.«

»Natürlich. Entschuldige, Dad.« Ben sah auf die Uhr. Es war halb vier. »Mach eine Flasche Wein auf, Dad.«

Jack Morrison wirkte unschlüssig. »Na ja, Junge, ich weiß nicht, deine Mutter –«

»Jack Morrison, mach eine Flasche Wein auf. Mein Sohn ist hier.« Die Frauenstimme, die von der Tür her zu ihnen drang, war laut und kräftig und hatte einen starken Akzent. Rosemary mußte sich zurückhalten, um nicht aufzustehen.

Bens Mutter blieb im Türrahmen stehen, eingerahmt von dem Licht, das hinter ihr in dem dunklen, fensterlosen Flur angemacht worden war. Eine große, imposante Frau, mit der Stirn und den Augen von Ben, einem schmalen, strengen Mund und einer Unzufriedenheit, die sogar noch tief in ihr Lächeln eingegraben war, als sie nun ihren Sohn ansah. Er ging zu ihr. Sie gaben sich einen Kuß. Jede Bewegung, die Ben machte, verriet, daß er angespannt war.

»Hallo, Mum«, sagte er. Rosemary tauschte, über

Bens Schulter hinweg, einen Blick mit der Frau, als er sich zu ihr hinunterbeugte, um sie zu küssen. Sie war doch kleiner, als Rosemary auf den ersten Blick angenommen hatte. Aber in jeder anderen Hinsicht, in bezug auf jede körperliche Eigenschaft, war klar, daß Ben nur *ihr* Sohn sein konnte. Er sagte: »Das ist Rosemary, Mum.«

»Ach, wie nett, er bringt selten Freundinnen mit.« Magdalena Morrison (Rosemary hatte den Namen auf der Fußbank bei dem elektrischen Heizgerät eingestickt gesehen und hatte als sicher angenommen, daß dabei nur die Dame des Hauses genannt sein konnte) bewegte sich majestätisch auf Rosemary und das Sofa zu. Nur drei Schritte, aber es war wie eine Parade. Rosemary konnte sich nicht zurückhalten und stand auf; sie kam sich so albern vor wie eine Teenagerbekanntschaft des Sohnes dieser ehrfurchtgebietenden, breithüftigen Frau. Sie streckte ihre Hand aus.

»Mrs. Morrison, wie schön, Sie kennenzulernen. Sie haben eine reizende Wohnung.«

Die Banalität war schon heraus, bevor sie sich bremsen konnte. Sie verfluchte ihre Erziehung. Hinter seiner Mutter grinste Ben. Und Rosemary wurde, zu ihrem Entsetzen, rot. Auf das Kompliment hin wurde Magdalenas Lächeln breiter. Rosemary hatte das Richtige gesagt und sah sich zeremoniell auf beide Wangen geküßt. *Mir sind die Italiener beim Küssen lieber,* dachte sie, *sie wirken zumindest spontan.*

Jack Morrison hatte eine Flasche Rotwein geholt und stellte jedem vorsichtig auf kleinen, versilberten Untersetzern ein Glas hin. Die vier nahmen Platz. Bei dem Regenwetter herrschte im Zimmer Dunkelheit. Magdalena hielt hof, ein Arm war zu Ben hin ausgestreckt. Sie hatte sich neben Rosemary niedergelassen, und beide Frauen saßen nun aufrecht da, die eine voller Entsetzen, die andere mit selbstsicherem Anspruch auf ihr Territorium.

Jack brachte Kekse und Gebäck und verteilte kleine Teller, auf denen, akkurat gefaltet, gestreifte Papierservietten lagen.

»Mum, wir haben schon gegessen«, ächzte Ben.

Er und seine Eltern begannen sich in Spanisch zu unterhalten, mit schrillen Stimmen und forschem, kurz aufflackerndem Gelächter. Eine unbehagliche Stimmung lastete schwer im Raum, und als würde man ihr zuliebe eine armselige Scharade aufführen, fühlte sich Rosemary peinlich berührt, fehl am Platze, außerstande, irgendeine Form von Gelassenheit zu gewinnen. So aß sie nach Mandeln duftende Kekse, jeder so groß, daß er kaum in den Mund paßte, und sie aß hastig, vor lauter Sorge, es könnten Krümel auf den makellosen Couchtisch fallen. *Mein Gott,* dachte sie, *sie ist noch schlimmer als meine Mutter. Scheiße, sie ist schlimmer als ich.*

Schließlich wandte sich Bens Mutter ihr zu und sprach sie in Englisch an. »Sie sind zusammen mit meinem Sohn bei den Dreharbeiten, Rosemary?« Ihre Augen, so unergründlich wie die von Ben, ruhten emotionslos auf dem nervösen Gast.

»Nein, nein, Mrs. Morrison.«

»Bitte nennen Sie mich Magdalena.«

»Magdalena. Danke. Nein, ich, ich —«

»Sie besucht mich hier«, sagte Ben.

Seine Mutter wandte sich zu ihm. »Aber mir kommt Rosemarys Gesicht bekannt vor. Sie ist doch Schauspielerin, nicht?«

211

»Nein, Mum. Sie hat eine Show im Fernsehen in England. Wahrscheinlich kennst du sie daher.«

Magdalena drehte sich wieder um und starrte Rosemary an. »Ja, doch. Vater, erinnerst du dich nicht?« Und sie versetzte Rosemary einen Stoß, während sie ihrem Mann diese Frage hinwarf.

Bens Eltern blickten sie neugierig an. Dann meinte Jack: »Natürlich. Wir erinnern uns. Klar doch. Eine Berühmtheit in unserer Mitte.«

Ben stöhnte auf. »O Gott, ich und mein großes Mundwerk. In einer Minute werden alle Nachbarn hiersein.« Rosemary lachte, sie war erleichtert, nicht mehr ausgeschlossen zu sein. Jack schenkte Wein nach.

»Rosemary, Sie sind also auf Urlaub hier?« fragte Magdalena.

»Ja.«

»Und wo wohnen Sie? Haben Sie etwas Nettes gefunden?«

Rosemary warf einen flüchtigen Blick zu Ben hinüber, der sich die beiseite gelegte Zeitung vom Couchtisch genommen hatte. Er sah nicht auf. Seine Körpersprache vermittelte sehr deutlich: *Sieh zu, wie du damit zurechtkommst. Ich habe keine Lust auf so was.*

»Ich bin im Hotel von Ben untergekommen«, antwortete sie.

Eine Pause trat ein, dann wandte sich Magdalena zu ihrem Sohn. »Was macht Gill?«

Ben sah zu seiner Mutter auf und lächelte grimmig. »Es geht ihr gut.«

Mutter und Sohn blickten einander an. Dann fragte Magdalena weiter: »Und der Junge?«

Die Pause dauerte diesmal länger. Rosemary beobachtete gespannt Bens Gesicht. »Ihm geht es auch gut, Mutter«, sagte er schließlich. »Warum rufst du sie nicht mal an und erkundigst dich selbst?« stieß er zwischen den Zähnen hervor, und Rosemary spürte, wie sich ein Schrei in ihr zu formen begann.

Magdalena wandte sich wieder ihr zu. »Sie kennen seinen Jungen? Meinen Enkel?«

Rosemary schob das Kinn vor und betrachtete aufmerksam die nur wenig ältere Frau. Die Mutter des Mannes, in den sie sich so heftig verliebt hatte. Auf den Gesichtern der beiden Frauen stand nun pure Abneigung. »Nein«, sagte Rosemary, »aber Ben hat mir viel von ihm erzählt. Ich freue mich darauf, ihn bald kennenzulernen.« Diese Runde war an sie gegangen, und zwar dadurch, daß sie die letzten Überbleibsel ihrer Würde aufgeboten hatte, einer Würde, die ihr von Tag zu Tag mehr zu entgleiten schien. Aus Bens Blick, der auf ihr ruhte, sprach Stolz, aber sie drehte sich weg von ihm und verspürte große Lust, ihm eine Ohrfeige zu verpassen. Es war unverzeihlich, sie in eine solch groteske Situation zu bringen. Zum zweiten Mal innerhalb eines Tages war sie mit etwas von ihm konfrontiert worden, das ihr andere Leute hingeworfen hatten. Zuerst Betsy, mit ihrem verzweifelten liebeskranken Blick, und nun dies. Nicht nur Gill, mit der er zusammenlebte oder gelebt hatte. Jetzt erfuhr sie außerdem, daß er einen Sohn hatte. War er absolut nicht in der Lage, ihr selbst etwas mitzuteilen? Hatte er sie mit Absicht hierhingebracht, weil er wußte, daß es eine Gelegenheit sein würde, ihr seine Vergangenheit offenzulegen?

Sie blieben bis halb sechs in dieser sterilen Etagenwohnung. Als Ben der Gesprächsstoff und auch jegliche Lust, neuen zu suchen, ausgegangen war, meinte er, daß sie sich auf den Weg zurück zum Hotel machen sollten. Verlegen standen die vier in der Wohnungstür – Ben und Rosemary schon draußen, seine Eltern sich gegenseitig schubsend, als sie ihn zum Abschied küssen wollten.

»Einen angenehmen Urlaub noch, Rosemary.« Jack gab ihr einen Kuß auf die Wange und schüttelte ihr zur gleichen Zeit die Hand. »Sehen wir Sie noch einmal?«

»Nein, Mr. Morrison, ich werde bald wieder nach Hause fliegen. Aber vielen Dank für Ihre Gastfreundschaft. Es war nett, Sie kennengelernt zu haben, Sie beide.«

Die Frauen nickten einander zu, beide auf der Hut nach der kleinen Schlacht, die sie den Nachmittag hindurch ausgefochten hatten. »Komm und besuch uns noch mal, Junge.« Magdalena klammerte sich an Bens Arm, und plötzlich rollten ihr Tränen die Wangen herunter. »Komm bald.«

»Ich ruf an, Mum. Okay?«

Schweigend stiegen Ben und Rosemary sechs Treppen aus Beton herunter. Sie hatten vergeblich versucht, den Aufzug zu holen; er war irgendwo zwischen den Etagen steckengeblieben. Ben latschte voran, sie folgte, ein Frösteln überlief sie immer dann, wenn der Regen sie an den offenen Ecken des Treppenaufgangs plötzlich erwischte. Das Taxi, das sie bestellt hatten, wartete unten auf sie.

»Komtesse von Barcelona«, sagte Ben und hielt ihr die Tür auf.

Sie fuhren zurück, ohne zu reden. Ben starrte mürrisch aus dem Fenster. Rosemarys Wut steigerte sich von Minute zu Minute. Endlich fragte er: »Bist du sauer auf mich?«

»Was glaubst du?«

»Daß du wütend bist.«

»Warum fragst du dann?«

Ihrem Blick noch immer ausweichend, sagte er: »Es tut mir leid.«

»Ach, wirklich? Lief es nicht genau so, wie du es geplant hast? Du schreibst das Stück, und wir alle führen es für dich auf.«

Er drehte sich um und versuchte, ihre Hand zu ergreifen. »Sie weiß, daß zwischen Gill und mir Schluß ist. Ich hab es ihr gesagt. Aber sie will es nicht akzeptieren. Mein Sohn, du weißt schon —«

»Ben, um Himmels willen, warum hast du mir nicht gesagt, daß du einen Sohn hast? Warum hältst du mich so zum Narren? Warum machst du immer wieder aus allem, was dich betrifft, ein solches Geheimnis?« Sie zog ihre Hand zurück, entrüstet über seine Unfähigkeit, etwas von sich preiszugeben, und ärgerlich mit sich selbst, daß sie auch noch versuchte, mit ihm darüber zu diskutieren. Dann forderte sie ihn auf: »Erzähl mir was von deinem Sohn.«

»Er ist vier Jahre und heißt James. Das ist alles.«

»Was macht Gill?«

Er zögerte, dann sagte er rasch, als ob es ihm gerade erst eingefallen wäre: »Sie ist Lehrerin.«

»Was beabsichtigst du zu tun?«

»Ich weiß nicht.«

Sie sah ihn an. Er sah so jämmerlich und so jung aus, daß sie unwillkürlich ihre Hand ausstreckte und ihn berührte. »Himmel, Ben, du bist unmöglich. Ich weiß einfach nicht, woran ich mit dir bin. Aber ich will nicht nach Hause fahren und mich wie ein verwöhntes Mädchen aufführen. Ich will meinen Urlaub genießen.«

Er lächelte. »Du warst großartig.«

»Bei deiner Mutter?«

»Ja, bei meiner Mutter. Ist sie nicht gräßlich?«

»Wie zum Teufel kann aus all dem so jemand wie du herauskommen?«

Er zuckte mit den Achseln. »Dad ist okay. Nur etwas verängstigt.«

»Und *sehr* reinlich.«

Er lachte, so wie seine Mutter gelacht hatte, und Rosemary schauderte unwillkürlich. »Haßt du sie?« fragte sie voller Mitgefühl, angezogen von seiner Verletzlichkeit, die sich ihr nun so unverhüllt zeigte.

»Wahrscheinlich. Weißt du, sie ist ein Scheusal. Hast du es nicht gemerkt?«

Sie sagte nichts, sie brachte es nicht übers Herz, so schonungslos zu sein und ihm einfach zuzustimmen.

»Ich habe eine Halbschwester«, sagte er. »Die Tochter meines Vaters aus seiner ersten Ehe.«

»Tatsächlich? Lebt sie noch zu Hause?«

»Nein.« Es herrschte Schweigen, dann sagte er: »Meine Mutter hat sie aus dem Haus geworfen, als sie siebzehn war, weil sie ein Kind erwartete. Wir haben sie seither nicht mehr gesehen. Ihr Name ist Janine.«

Das Taxi setzte sie am Hotel ab, und sie rannten, Schutz vor dem Regen suchend, in die Empfangshalle. »Sollen wir noch etwas trinken?« schlug Ben vor. »Ich dusch schnell und zieh mich um.«

Sie bestellten beim Zimmerservice Wein und saßen

dann, in Frotteebademäntel gehüllt, betreten in ihrem Zimmer und warteten darauf, daß man ihnen die Getränke brachte. Außerstande, einander zu berühren, verharrten sie schweigend, bis der Etagenkellner sein Trinkgeld eingesteckt und sie alleingelassen hatte. »Trinken wir auf uns?« fragte Ben, noch immer unsicher. Sein vom Duschen nasses Haar hing ihm unordentlich in die Stirn, seine Augen flehten um Bestätigung.

»Auf uns«, sagte sie. »Wenn du dir sicher bist, daß du das wirklich willst.«

»Was wirst du aus dieser Affäre mitnehmen, Rosie?«

»All das, was ich nie gehabt habe, und nichts von dem, was ich immer meinte zu wollen.«

Daraufhin lachte er und zog sie zu sich. »Bist du in mich verliebt, Rosie?« fragte er.

»Ja. Und bist du verliebt in –?«

»Es wird dir weh tun«, sagte er, bevor sie die Frage beenden konnte.

»Das Risiko geh ich ein.« In ihrer Verblendung war sie so voller Zuversicht wie schon lange nicht mehr. Dadurch, daß sie mehr über ihn erfahren hatte, war er für sie erreichbarer geworden. »Hat dein Vater sie seitdem gesehen?« Ganz plötzlich stellte sie die Frage, während sie in seinen Armen lag, dicht bei ihm, aber diesmal ohne Verlangen.

»Wen gesehen? Janine?«

Sie nickte.

»Ich habe nie gefragt. Sie muß jetzt vierzig sein. Wir sprechen nie über sie. Nicht einmal meine Mutter.«

»Arme Janine.« Sie hob die Hand, um sich die Haare aus den Augen zu streichen.

»Armer Dad.«

»Armer Ben.« Sie streckte nochmals die Hand aus und tätschelte seine Wange, auf der bereits der Abendbart durchschimmerte. »Ich liebe dich, Ben.«

»Genießen wir die Zeit«, sagte er. »Keine Elternbesuche mehr.«

»Okay.« Sie fröstelte. »Was für ein furchtbarer Tag.«

»Mittwoche sind immer blöd. In der Schule hatten wir Holzarbeiten.« Er mußte darüber lächeln, daß er sich daran erinnerte. »Ich habe Holzarbeiten gehaßt.« Sie seufzte. »Wir hatten Handarbeit.«

»Dafür wird der Donnerstag schön.«

»Da hatten wir Volkstanz«, sagte sie. »Auch nicht viel besser.«

Kapitel 12

An diesem Mittwochabend mieden sie die Bar und die Filmcrew und blieben für sich. Sie aßen sehr spät in einem Restaurant in der Nähe. Ben war wieder ganz entspannt und hatte seine Selbstsicherheit vollkommen zurückgewonnen. Rosemary kämpfte noch mit ihren Zweifeln, die sie in bezug auf ihn hatte, war aber entschlossen, den Rest der Woche zu genießen, und nahm sich vor, diese Affäre, wenn irgend möglich, auf die leichte Schulter zu nehmen.

Er sprach ausführlich über seine Mutter und schließlich auch, zu ihrer Erleichterung, über seinen Sohn James und seine fünfjährige Beziehung zu Gill. Er war mit sechzehn in einem jähen Entschluß von zu Hause fortgegangen und hatte gemeinsam mit Freunden von der katholischen Schule, die er, seit er elf war, besucht hatte, in einer leerstehenden Wohnung gelebt. Die Auseinandersetzungen mit seiner Mutter waren schrecklich gewesen zu dieser Zeit, und die Szenen, die sich einige Jahre zuvor mit seiner jungen, schwangeren Halbschwester abgespielt hatten, waren ihm noch frisch im Gedächtnis. Die Unfähigkeit seines Vaters, energisch einzuschreiten, hatte solche Aggressionen in Ben aufkommen lassen, daß er schließlich in einem gewaltsamen Ausbruch die geradezu manisch in Ordnung gehaltene Wohnung seiner Eltern im Norden Londons verwüstet hatte und, die Trümmer hinter sich zurücklassend, davongerannt war. Das war nur zwei Monate nach seinem sechzehnten Geburtstag gewesen. Mit den Schulfreunden, zwei anderen Jungen und einem Mädchen, hatte er sich in einer mit Brettern vernagelten Wohnung in einem alten Herrenhaus in der Albany Street eingenistet. Und er hatte zum ersten Mal das Gefühl gehabt, selbst über sein noch junges Leben bestimmen zu können.

Seine Mutter stellte entsetzt fest, daß sie nach dem Gesetz keinerlei Befugnis hatte, ihn nach Hause zurückzuholen. Er besuchte nur selten den Unterricht, wurde schließlich von der Schule verwiesen und meldete sich arbeitslos. Er rauchte ein bißchen Gras, wenn er mal etwas Geld übrig hatte, und ein paarmal hatte er Kokain probiert, aber er war nie in die Versuchung gekommen, Heroin zu spritzen. »Dazu war der Überlebenswille in mir zu stark, nehme ich an«, sagte er zu Rosemary, die nun mit vor Staunen offenem Mund seinen Erzählungen lauschte. Ihr eigenes Leben war im Vergleich dazu so normal verlaufen, so »wohlanständig«, wie man es wohl nennen mußte.

»Und wie bist du dann zur Schauspielerei gekommen?« fragte sie.

»Ich war in einem Jugendheim. Viele waren nicht mehr übrig zur damaligen Zeit. Die Thatcher-Regierung hat Schluß damit gemacht. Gott weiß, wo ich damals hätte enden können.«

»Hast du gearbeitet?«

»In Bars. Gelegenheitsjobs. Alles, was sich halt anbot damals.« Er machte mit der Hand ein Zeichen, daß er zahlen wollte.

»Erzähl weiter. Was war mit deinen Eltern? Wie bist du wieder, nun ja, in Kontakt mit ihnen gekommen?«

»Durch den Leiter des Jugendclubs. Ich habe in der Schauspielschule vorgesprochen. Und bin aufgenommen worden. Meine Noten bei der Mittleren Reife waren nicht so schlecht gewesen, und er brachte mich schließlich dazu, das Abitur auf der Abendschule nachzuholen.« Ben machte eine Pause, dann fuhr er fort: »Ich mußte nach Hause zurück, als ich aufs College ging. Was anderes konnte ich mir nicht leisten. Ich war fast neunzehn damals.«

»Hat deine Mutter dich mit offenen Armen empfangen?«

Ben lachte. »Ja, leider. Sie hatte mich wieder in ihrer Gewalt. Mich *und* meinen Vater. Zwei Jahre lang mußte ich all ihre Launen ertragen. Es war aber noch auszuhalten, muß ich zugeben, wegen der Schule. Die Schauspielerei war meine Rettung, könnte man sagen. Gott, wie hab ich sie gehaßt. All die schrecklichen selbstgestrickten Wolljacken, die ich tragen mußte. Wenn ich in der U-Bahn war, habe ich sie immer ausgezogen. Lieber habe ich gefroren, selbst im strengsten Winter. Allesamt waren sie zartblau und gelb, und ich war korpulent zu der Zeit.«

»Richtig dick?« fragte Rosemary überrascht.

»Dick, glaub mir. Ich hatte eine Figur wie eine Avocado. Meine Mutter ist gnadenlos beim Kochen. Ich glaube, sie hat die Vorstellung, daß sie selbst zierlich aussehen wird, wenn sie dafür sorgt, daß alle dicker sind als sie.«

Rosemary brach in Gelächter aus. »Dein Vater ist aber dünn.«

»Dad ist krank. Schon seit Jahren. Er hat ein Magengeschwür.«

»Oh.«

Er griff über den Tisch nach ihrer Hand, nahm ihre Zigarette und drückte sie im Aschenbecher aus. »Du rauchst zuviel«, sagte er lächelnd.

»Und dabei hab ich gerade erst wieder angefangen.«

»Weshalb?«

Rosemary zuckte die Achseln, sie wollte nicht darüber reden, wie durch ihn ihr Leben in Aufruhr geraten war.

»Was ist mit Gill? Möchtest du mir nichts von ihr erzählen?«

Ben senkte den Kopf und blickte in seine leere Kaffeetasse, dann gab er dem Kellner einen Wink, nachzufüllen. Er hielt Rosemarys Hand fest umklammert. »Du stellst zu viele Fragen.«

»Habe ich kein Recht dazu?« entgegnete Rosemary. »Was für eine Beziehung ist das hier? Ich habe keine Lust, mit einem Mann zu schlafen, der mit jeder ins Bett geht. Nicht heutzutage.«

»Zwischen dir und mir klappt es. Ist das nicht alles, was zählt?« fragte er.

»Und Betsy?«

»Das ist einfach so passiert.« Er beugte sich zu ihr. »Hör zu. Nimm mich so, wie ich bin, oder gar nicht. Ich bin vernarrt in dich, ich möchte mit dir zusammensein, wenn ich die Möglichkeit dazu habe, aber ich kann und will nichts darüber hinaus versprechen. Rosie, Liebling, ich komme dir auf diesem Weg nur einmal entgegen.«

Sie versuchte, ihm ihre Hand zu entziehen, aber er hielt sie fest.

»Mach es dir nicht so schwer, Rosie. Willst du mich?«

»Ja.«

»Dann nimm mich. Das ist alles, worum es geht.«

»Und was ist mit Gill?«

»Es ist seit sechs Monaten vorbei. Ich muß nur noch ausziehen. Mit ihr ist alles klar, aber James ist mein Sohn, und darum muß ich mich kümmern. Ich wollte dich damit nicht belästigen.«

»Ach Ben, ich weiß nicht, ich komme nicht zurecht mit flüchtigen Affären.«

»Mit uns ist es nicht flüchtig. Ich gehöre dir. Glaub mir, vertrau mir. Du bist jetzt genau das, was ich will. Und das braucht sich nicht zu ändern.«

»Warum ich?«

»Das hast du schon mal gefragt.«

»Sag es mir noch mal.«

»Du bist stark. Du bist anders. Du wirkst so unangreifbar.«

Rosemary hüllte sich in Schweigen. Sie wußte, wenn sie eines nicht war, dann unangreifbar. Und sie hatte ein unlösbares Problem vor sich, das ihr als leibhaftige Herausforderung gegenübersaß. Dem Gedanken, ihn vielleicht doch noch ändern zu können, konnte sie nicht widerstehen. Sie lächelte ihm zu und lenkte ein: »Und du bist unmöglich, Ben Morrison. Ich denke, mir bleibt wohl nichts anderes übrig, als dafür zu sorgen, daß du mit mir vollauf genug hast.«

Ben lächelte. »Na also, das ist eine gute Idee.«

Sie kehrten um Mitternacht ins Hotel zurück. Auf dem Weg zum Aufzug kamen sie an der Bar vorbei.

»Ein Schlaftrunk?« fragte Ben.

»Jetzt sind alle da drin«, entgegnete Rosemary. »Wirst du damit fertigwerden?«

»Gib mir 'ne Chance.«

Sie gingen hinein, und Ben führte sie durch den Raum zu einer Gruppe an einem der Tische. Betsy saß auf einem kleinen Sofa zwischen Gerry und einem Mann, der, wie Rosemary erfuhr, der zweite Assistent war. Sie begrüßte den Regisseur, zwei andere Schauspieler und eine Schauspielerin in mittlerem Alter. Robert, der Regisseur, schob zwei Stühle von einem leeren Tisch neben ihnen heran, und Rosemary nahm Platz. Ben entschwand zur Bar, um etwas zu bestellen, dann kam er zurück zum Tisch und setzte sich neben sie.

»Sie bringen es hierher«, sagte er. »War der Film gut?«

»James Bond auf spanisch, mein Lieber«, antwortete Gerry. »Ich habe schon bessere Filme gesehen. Und Jessica hat die ganze Zeit geschlafen.«

Die Schauspielerin in den mittleren Jahren lachte. »Das tue ich immer.« Sie wandte sich zu Rosemary. »So geht's einem, wenn man in unser Alter kommt, nicht wahr? Abends nach halb zehn ist mit mir nichts mehr anzufangen.«

»Ich bin morgens auch besser in Form«, bestätigte Rosemary lächelnd.

»Das kommt zusammen mit dem Haftpulver für die Dritten und den Haaren in den Nasenlöchern«, sagte Jessica. Die anderen am Tisch stöhnten auf.

»Halt den Mund, Jess«, Robert versetzte ihr einen Stoß in die Seite. »Als nächstes brauchst du wohl eine Gehhilfe.«

»Gerade du mußt das sagen.«

Rosemary sah zu Betsy hinüber, die Ben dabei beobachtete, wie er Rosemarys Hand streichelte. Sie saßen bis fast halb zwei zusammen, dann verteilten sie sich, alle ein wenig betrunken und die Hotelgänge mit Stimmengewirr und Gelächter erfüllend, auf verschiedene Zimmer.

Rosemary und Ben sanken sich in die Arme, beide zu müde, um etwas anderes zu tun als zu schlafen. Am folgenden Tag war Donnerstag. »Volkstanztag«, murmelte Ben noch in ihr Haar, bevor er einschlief.

Am Donnerstag schien die Sonne, was bedeutete, daß sie den ganzen Tag herumstreifen und von Zeit zu Zeit einkehren konnten – also das, was der größte Teil der Bevölkerung von Barcelona zu tun schien. Essen war zweifellos der beliebteste Zeitvertreib in dieser Stadt.

»Wenn wir es richtig anstellen, können wir heute fünfmal essen«, meinte Ben um etwa zehn Uhr an diesem Morgen, als sie in einer der typischen Bars beim Kaffee saßen.

Rosemary schob die Hälfte ihres Croissants von sich. »Wenn ich nach Hause fahre, bin ich so fett wie ein Schwein.«

»Du bist wundervoll«, sagte er, »genauso, wie du bist. Ich habe gerne üppige Frauen.«

»Oh, vielen Dank.« Rosemary versetzte ihm unter dem Tisch einen Fußtritt.

»Autsch. Werden wir jetzt gewalttätig? Kommt das vom Kater?«

Sie schlenderten herum und fotografierten einander vor Gebäuden, bis es fast Mittag war und sie, noch immer mitgenommen von der vorhergehenden Nacht, in die nächste Tapas-Bar einfielen.

»Wie machen das die Leute nur bei dieser Esserei? Werden sie alle übergewichtig, wenn sie in die Jahre kommen?« fragte Rosemary und dachte dabei an Bens Mutter.

»Die Klugen arbeiten es ab.«

Sie sah ihn an. Er lächelte. »Ich weiß, daß ich mich jetzt ins Unglück stürze«, sagte sie, »aber okay, das nehme ich in Kauf. Also gut, wie? Wie arbeiten sie es ab?«

»Sex und Reden. Lautstark und geil, so ist der Spanier.«

»Und von welcher Seite der Familie hast du das mitbekommen?«

Er streckte beide Hände nach ihr aus und zog sie zu sich heran. Lange, unnachgiebig lächelten sie sich an. »Willst du frech werden?« flüsterte er. »Ist es schon an der Zeit, dich ins Bett zu stecken?«

»Ich habe nur keinen Appetit mehr auf Tapas, Ben Morrison.«

Am Freitag morgen war er um acht Uhr zum Filmen aufgebrochen. Auf dem Kopfkissen neben ihr lag ein Zettel mit der Adresse des Drehortes.

»Nimm ein Taxi und komm zu mir zum Mittagessen.«

Um zehn Uhr stand sie auf und setzte sich ans Telefon, um einige Anrufe zu machen.

»Franny? Ich bin's.«

»Mein Schatz, hast du eine schöne Zeit? Ich vermisse dich.«

»Mit Unterbrechungen. Eine schöne Zeit, meine ich.«

»Na ja, das hört sich an, als *könntest* du mehr verlangen. Wie geht's Ben?«

»Ihm geht's gut, und ich esse zuviel.«

»Das klingt bedrohlich. Wann kommst du zurück?«

»Ich weiß nicht. Ich muß Michael anrufen. Ich meine, ich hätte einige Termine beim Hörfunk am kommenden Dienstag. Falls das so ist, bin ich am Montag abend wieder zu Hause.«

»Soll ich dich abholen?«

»Ich sag dir noch Bescheid.«

»Ich muß unbedingt mit dir reden.« Frances wirkte ernst, was ganz ungewöhnlich war bei ihr.

»Worüber? Über Ben?«

»Nein, du Dummkopf. Es gibt auch noch andere Personen, wie du vielleicht weißt.«

»Tut mir leid. Geht es um dich? Alles in Ordnung bei dir?«

»Ja. Aber ich fürchte, ich reite mich da in etwas hinein. Und ich zweifle, ob du das billigen wirst.«

»Scheiße.«

»Genauso ist es.«

»Liebes, ich ruf dich am Wochenende an. Wir reden darüber, wenn ich zurück bin.« Rosemary legte den Hörer auf, nahm ihn aber sofort wieder ab, um Michael anzurufen.

»Er ist nicht im Büro«, wurde ihr mitgeteilt.

»Welche Termine habe ich in der kommenden Woche?« fragte Rosemary seine Sekretärin. »Ich weiß, es ist nicht meine Art, aber ich habe mein Filofax vergessen.«

Michaels Sekretärin klang überrascht. »Nein, das ist wirklich nicht Ihre Art. Wollen Sie, daß ich Jennie anrufe und ihr sage, sie solle sich bei Ihnen melden?«

»Es steht auch in Michaels Terminkalender«, entgegnete Rosemary. Sie harrte aus, nachdem Sue auf Wartestellung geschaltet hatte. »The Dream of Olwen« flutete durch die Leitung, und Rosemary hielt den Hörer ein Stück weit vom Ohr weg. »Sie sind als Gastgeberin bei einem Wohltätigkeitsessen in Reading am Mittwoch vorgesehen«, sagte Sue schließlich.

»Am Dienstag nichts?«

»Radio um fünf. O verdammt, ja, Michael wollte auch am Dienstag mit Ihnen zusammen zu Mittag essen. Wegen der neuen Serie.«

»Ich werde ihn morgen anrufen. Jetzt geh ich erst mal nach draußen. Werde versuchen, die drei Tonnen Nahrung herunterzulaufen, die ich zu mir genommen habe, seitdem ich hier bin.«

Sue lachte. »Viel Spaß dabei«, und sie legte auf.

Rosemary zog den dritten Morgen nacheinander ihre Turnschuhe an und verließ das Hotel, um sich bis zur Mittagspause die Füße zu vertreten.

Kurz nach halb zwei traf sie am Filmset ein. Alle waren entweder schon beim Essen oder standen Schlange am Büffet, einem großen Tisch, auf dem verschiedene Salate angerichtet waren. Ben war nirgends zu sehen. Der zweite Assistent winkte ihr von der anderen Seite des geräumigen, nach den Seiten hin offenen Zeltes, in dem gegessen wurde, zu. »Rosemary, komm her und setz dich. Ich schicke jemanden, um Ben zu holen.« Sie bahnte sich den Weg zu dem großen Holztisch. Mit einem Fuß zog der Assistent einen Stuhl heran und stellte Rosemary allen vor, die in der Nähe saßen. Es war offensichtlich, daß zumindest die englischen Mitglieder der Crew sie erkannten.

»Hallo, Derek«, sagte sie und nahm neben dem zweiten Assistenten Platz. »Ich fühle mich immer wie ein Schmarotzer bei solchen Gelegenheiten. Nicht zu denen zu gehören, die arbeiten, meine ich.«

»Unsinn, ich sag jemandem Bescheid, er soll dir was zum Essen bringen.«

»Nur einen Salat.«

»Verdammt noch mal, wo ist Betsy?« schrie Derek zu einer jungen Frau hinüber, die sich gerade ein Glas mit einer Flüssigkeit einschenkte, die nach Sangria aussah.

Die Frau blickte auf. »Sie hat vor einer halben Stunde Essen zu Bens Wohnwagen gebracht.«

»Verdammt.« Derek stand auf. »Einen Moment, Rosemary«, sagte er. »Ich werd ihn holen.«

»Nein, laß nur – ist schon gut –« Aber Derek war bereits zu einem der Wohnwagen hinübergesprungen, die einige Meter vom Zelt entfernt standen.

Jessica, die ihr gegenüber saß, lächelte, und Rosemary überlegte, ob sie sich vielleicht nur eingebildet hatte, daß die Frau sie dabei voller Verlegenheit angeschaut hatte. Rosemary fühlte sich außerstande, in irgendeiner Weise an der Unterhaltung teilzunehmen. Plötzlich kam es ihr so vor, als würden alle ihrem Blick ausweichen; die Gespräche um sie herum plätscherten so vor sich hin. Sie hatte ein trockenes Gefühl im Mund, trotzdem sehnte sie sich nach einer Zigarette. »Stört es, wenn ich rauche?« fragte sie.

Jessica beugte sich zu ihr, hielt ihr eine Packung einer spanischen Marke hin und gab ihr Feuer. »Möchtest du etwas trinken, Darling?« fragte sie leise.

»Sehr gerne. Ist das da Sangria?«

»Warte, ich bring dir eine. Salat?«

»Nein, danke. Nur was zu trinken.«

Die Schauspielerin, die sich selbst auch eine Zigarette angezündet hatte, ging hinüber und kam mit zwei Gläsern in den Händen zurück. »Ich nehme nicht an, daß es sonderlich stark ist, Darling. Man fürchtet sich vor angetrunkenen Schauspielern, kann ich mir vorstellen.«

»Und vermutlich auch vor unscharfen Nahaufnahmen.« Der Mann, der dies sagte, der Kameraassistent, beugte sich zu ihnen und nahm sich eine Zigarette aus Jessicas Packung. Sie gab ihm einen Klaps auf die Hand.

»Erst fragen. Und überhaupt, ich dachte, du hast aufgehört.«

»Hab ich auch. Ich kaufe nie mehr selbst welche.«

Derek kam zurück, mit Ben an seiner Seite. »Rosie – tut mir leid, niemand hat mir gesagt, daß du gekommen bist.«

Sie sah zu ihm auf. Er lächelte, ohne irgendein Anzeichen von Nervosität. Irgendwie hatte sie damit gerechnet, in seiner Miene ein Hauch von schlechtem Gewissen zu finden, eine Spur von Verlegenheit darüber, daß man ihn zusammen mit Betsy in seinem Wohnwagen entdeckt hatte. Aber da war nichts, und sie fragte sich, ob diese besondere Stimmung am

Tisch nur in ihrer Vorstellung existiert hatte. Sie kam sich paranoid vor und wünschte sich, an jedem anderen Ort, nur nicht hier zu sein. Sie fühlte sich unbehaglich, fehl am Platze, unsicher. Betsy war nirgendwo zu sehen.

»Willst du etwas essen?« fragte Ben.

Sie schüttelte den Kopf. »Ich habe keinen Hunger.«

»Ich hab schon gegessen«, er beugte sich zu ihr und küßte sie auf die Wange.

»Ich weiß«, erwiderte sie.

Und zu ihrer Bestürzung wich er ihrem Blick aus; in diesem Moment wußte sie, daß ihr erstes, instinktives Gefühl sie nicht getrogen hatte. Nicht einmal Bens unergründliche Augen konnten schnell genug niedergeschlagen werden, um das plötzlich in ihm aufsteigende Schuldgefühl zu verbergen. Sie hatte keine Ahnung, wie sie mit dieser Situation umgehen sollte. Was zu sagen oder zu tun war. So saß sie da, rauchte und trank ihre Sangria, bat um ein weiteres Glas und zündete sich eine von ihren eigenen Zigaretten an. Jessica redete und Rosemary lachte.

Ben schwieg. »Willst du einen Kaffee?« fragte er schließlich.

»Nein, danke.« Es war unmöglich für sie, ihn anzuschauen. So wie sich sonst Übelkeit breitmacht, wurde sie von Wut erfüllt. Als Jessica zur Maske gerufen wurde und die Leute sich zu verstreuen begannen, sagte sie: »Einen schönen Vormittag gehabt?«

»Nicht schlecht.« Die Unverfänglichkeit ihrer Frage schien ihn zu erleichtern, und er rückte näher zu ihr und versuchte ihre Hand zu ergreifen. Sie hielt sich krampfhaft an ihrer Zigarette fest.

»Stimmt irgendwas nicht?« fragte er.

»Ich fürchte, ich werde zurückfahren müssen«, gab sie zur Antwort. Sie sah ihm noch immer nicht in die Augen, so sehr er sich auch bemühte, ihren Blick auf sich zu lenken. »Zurück nach London, meine ich«, fuhr sie fort.

»Scheiße.«

Jetzt wandte sie sich ihm zu. »Das ist alles, was du dazu zu sagen hast?«

Er zuckte mit den Achseln.

»Bestell mir nur ein Taxi, Ben. Ich werde mir ein Flugticket besorgen, wenn ich zurück im Hotel bin.«

»Fahr nicht.«

»Du mußt wirklich glauben, daß ich blöde bin. Noch nie in meinem Leben bin ich so gedemütigt worden, und wenn ich jetzt hier nicht abhaue, werde ich dich ebenso demütigen.«

»Wovon sprichst du?« Er setzte eine Unschuldsmiene auf.

»Ich weiß, Ben, daß du ein hervorragender Schauspieler bist«, sagte sie. »Aber jetzt brauchst du mir nichts vorzuspielen. Ruf mir nur ein Taxi. Okay?«

Er stand auf und ging hinüber zu einem der Wohnwagen. Man fand sich allmählich wieder am Set ein, die Schauspieler begaben sich zur Maske in den dafür eingerichteten Caravan, und die Mitglieder der Filmcrew kehrten an ihre Plätze zurück.

Jessica gesellte sich zu ihr. »Erstaunlich, wie wenig sie heute tun müssen, um mich alt aussehen zu lassen«, sagte sie, während sie sich setzte.

Froh darüber, daß sie zurückgekommen war, lächelte Rosemary ihr zu. Ihre Anwesenheit half Rosemary, die Tränen zurückzuhalten, die aus ihr hervorzubrechen drohten.

»Bleibst du noch was hier?« fragte die Schauspielerin.

»Nein, Ben besorgt mir ein Taxi. Eigentlich bin ich gekommen, um mich zu verabschieden. Ich muß heute abend zurück nach London.«

Die Frau, die ihr gegenübersaß, hielt inne und sah sie nachdenklich an. »Sehr vernünftig, Darling. In unserem Alter sollte man verwöhnt, aber nicht verletzt werden.«

Hinter Jessica tauchte Betsy auf. »Du wirst am Set verlangt, Jess.«

»Ich kann mich noch an den Tag erinnern, als man mich Miss Damien genannt hat«, sagte sie und stand auf. Sie gab Rosemary die Hand. »Gute Heimreise, Darling. Mit etwas Glück wird es hier die ganze Woche wie aus Eimern schütten, und wir verbringen allesamt eine hundsmiserable Zeit.«

Sie ging fort, und Betsy lächelte Rosemary zu. »Hallo«, sagte sie.

»Hallo, Betsy. Fühlst du dich besser?«

Zur riesigen Freude von Rosemary errötete die junge Frau, nickte und lief zurück zum Set.

Unterdessen kam Ben wieder. »Das Taxi ist unterwegs. Wird so in zwanzig Minuten hier sein.«

»Schön. Ist noch was von der Sangria da?«

»Willst du ganz sicher noch etwas?«

»Ben«, entgegnete sie mit gesenkter Stimme. »Ich bin schon ein großes Mädchen, und ich weiß, wann ich etwas trinken will, und ich weiß, wann ich nach Hause fahren will. Und solltest du nicht bei den Aufnahmen sein?«

»Nicht für die erste Szene. Wir sind mit unserem Zeitplan im Verzug.« Er ging, um ihr etwas zu trinken zu holen. »Sollen wir in den Wohnwagen gehen?« fragte er, als er wieder neben ihr saß.

Sie war fassungslos über diesen Mangel an Sensibilität. »Für mich ist diese Vorstellung extrem unangenehm.«

Er versuchte erneut, ihre Hand zu nehmen, aber sie schenkte ihm keinerlei Beachtung.

Die meisten Schauspieler und Crewmitglieder hatten diesen Bereich verlassen, und die Angestellten der Lieferfirma, die die Speisen und Getränke gebracht hatten, begannen mit dem Aufräumen. Nur zwei Requisiteure saßen noch an einem anderen Tisch und spielten Karten. Sie achteten nicht auf Ben und Rosemary.

»Rosie, willst du nicht mit mir reden?«

»Worüber?«

»Über alles. Warum du nach Hause fährst. Warum du so wütend bist. Es hat sich nichts geändert. Nicht bei mir. Nichts an meinen Gefühlen dir gegenüber.«

»Ich stelle fest, daß ich damit nicht zurechtkomme, Ben. Nicht damit, wie du offensichtlich bist. Ich weiß, es geht noch nicht lange mit uns, aber ich stecke schon zu tief darin, und es ist höchst unerfreulich – und außerdem bin ich zu alt für diese ganzen Teenagerfaxen.«

»Hör mal –«

»Nein, du hörst jetzt zu. Laß mich einfach fortgehen. Du brauchst niemanden wie mich. Du bist allein und unabhängig. In jeder Hinsicht. Genieß es. Aber nicht mit mir. Es war ein Fehler. Ella hat recht gehabt.«

»Scheiß-Ella«, rief er laut und voller Wut, und er jagte ihr einen Schrecken ein, als er einen der Holzstühle, die neben ihm standen, mit dem Fuß über den

Kies stieß. Die zwei Requisiteure blickten von ihrem Spiel auf. »Sie kann mich am Arsch lecken, diese Ella!!!«

»Ich hatte den Eindruck, ihr habt mal ganz andere Sachen miteinander gemacht«, sagte Rosemary sehr ruhig. Ben erstarrte und blickte sie an.

»Rosemary, dein Taxi ist da.« Betsy war zu ihnen getreten. Sie schaute Ben, der angespannt und mit Wut im Gesicht dastand, verwirrt und etwas verängstigt an.

»Verpiß dich, Betsy. Sag ihm, er soll warten.«

Die Aufnahmeassistentin, der die Tränen bereits über die Wangen liefen, rannte davon.

Rosemary stand auf. »Das reicht. Endgültig. Bring mich hier raus. Sofort. Das waren genug Demütigungen, das reicht für ein ganzes Leben und noch darüber hinaus.«

Zurück im Hotel, telefonierte Rosemary mit dem Flughafen. Man hinterlegte ein Ticket für die Business Class am Schalter der British Airways, das sie dort am Abend abholen konnte. Dann rief sie Frances an. »Franny, ich komme heute abend um halb zehn in Gatwick an. Stell keine Fragen. Kannst du mich abholen?«

Sie legte einen Stoß spanisches Geld auf den Nachttisch, und dazu einen Scheck mit der Summe, von der sie glaubte, daß damit die Kosten für ihren Aufenthalt gedeckt waren. Die Gewißheit, daß ihn das ärgern würde, verschaffte ihr etwas Erleichterung. Eine Nachricht hinterließ sie nicht.

Gegen halb fünf war sie am Flughafen von Barcelona. Sie setzte sich in die Bar, bis ihr Flug aufgerufen wurde.

Auf dem Flug zurück trank sie Sekt und rauchte fast eine ganze Packung Zigaretten. Etwas zu essen war undenkbar für sie, und als sie durch den Zoll ging und in Frances' Arme sank, war ihr ziemlich übel. Frances warf einen Blick auf ihr ungekämmtes Haar, auf ihr Gesicht, das gänzlich ohne Make-up war, und auf die todmüden Augen hinter der Sonnenbrille und verfrachtete sie zusammen mit dem Gepäck ins Auto, ohne auch nur eine Frage zu stellen.

»Bring mich nach Hause«, flüsterte Rosemary. »Bring mich nach Hause, danach erzähl ich dir alles.«

Kapitel 13

Frances hatte es so eingerichtet, daß sie die Nacht und, falls nötig, auch das Wochenende bleiben konnte. Es war nötig. Rosemary befand sich in einem schlimmeren Zustand, als sie sich selbst eingestanden hatte. Sie war nicht mehr gewöhnt an diese pubertären Gefühle, und sie war ihnen auch nicht mehr gewachsen, nach langen Jahren eines geordneten Lebens, das sie von allen Schrammen verschont hatte.

»Mehr ist es nicht, Liebste«, sagte Frances, als sie an diesem Abend beim Kaffee saßen. »Mehr nicht, nur pubertäre Gefühlsduselei. Kannst du dich nicht mehr erinnern?«

»Nur zu gut. O Gott, wie konnte ich bloß zulassen, daß ich noch einmal in so etwas hineingerate? Ach, alles in meinem Leben lief doch so glatt.«

»Irgendwas mußte mal platzen, mein Püppchen.

Keine Person kann ein so nettes Leben führen, wie du es dir zurechtgebastelt hast. Und wie du dich in diese Geschichte hineingestürzt hast, das war blind und dumm. Ich darf das sagen, weil ich dich liebe.«

»Aber warum, Frances? Warum ich? Was will er?«

»Dich, mein Liebes. Unter seine Fuchtel. Genau da, wo er dich auch hatte.«

Rosemary hob ihren Blick vom Cognacglas, das sie zwischen ihren Händen anwärmte. »Du sprichst schon in der Vergangenheitsform davon.«

Frances sah sie ernst durch den Qualm ihrer Zigarette hindurch an. Rosemary nahm ebenfalls eine aus der Packung auf dem Tisch und zündete sie an.

»Meinst du, daß es vorbei ist, Frances?«

»Natürlich ist es das. Du mußt das einsehen. Überlaß ihn den Jüngeren, mein Herz. Das ist nichts für uns – nicht dieses ganze Durcheinander. Herrgott, Rosemary, mach Schluß damit, bitte. Reite dich nicht noch einmal da hinein. Es würde nur so weitergehen. Er ist nun mal so.«

»Aber wie soll ich ihn vergessen? Und das Gefühl, das er mir gibt? Wenn es gut läuft, ist es das Schönste, was ich je kennengelernt habe. Mit fünfzig, das ist ja schon was.«

Frances schüttelte den Kopf. »Es ist Sex, meine Liebe. Sex. Eine Affäre für eine Nacht, die nur etwas länger dauert als eine Nacht. Akzeptiere das und sieh zu, daß du jetzt da herauskommst, bevor du die Kontrolle verlierst und untergehst.«

Rosemary verfiel in Schweigen. Ihre Freundin betrachtete sie und fragte sich, wie die Frau, die sie so gut und so lange kannte, nur in eine Situation geraten konnte, die ihrem Wesen so fremd war.

»Schätzchen, es ist nicht Liebe«, sagte Frances schließlich.

»Was meinst du damit? Was ist es denn sonst?« fragte Rosemary.

»Besessenheit«, erwiderte Frances. »Er bestärkt dich in deinen Schwächen. Ich wette, du denkst inzwischen, du hättest wahrscheinlich übertrieben reagiert und diese Betsy sei vielleicht gar nicht so wichtig.«

Es herrschte kurzes, gespanntes Schweigen. Dann hakte Frances nach: »Seh ich das richtig? Du bist schon dabei, ihm zu verzeihen?«

»Franny, vielleicht habe ich *wirklich* übertrieben reagiert. Nein – laß mich ausreden. Jetzt, hier, zu Hause und aus der Distanz zu alldem, sage ich mir, vielleicht hat sie ihm ja nur das Mittagessen gebracht. Er hat nie behauptet, daß er treu sein würde, er meinte nur – ach, du großer Gott, was ist nur los mit mir?« Rosemary erhob sich und eilte zur Spüle. Zuviel Kaffee, Alkohol und die unzähligen Zigaretten drängten unerbittlich in ihr empor. Und dort, in der Vertrautheit und Sicherheit ihrer eigenen Küche, hielt Frances ihren Kopf, während sie die erlittenen Kränkungen des Tages in ihre saubere, weiße Spüle erbrach.

Das Telefon an der Wand begann zu läuten, und die beiden Frauen blickten einander an. »Das ist er«, sagte Rosemary. Ihr Hals schmerzte vom Brechen, ihre Augen waren gerötet, und auf der Haut darunter wurden Flecken und geplatzte Äderchen sichtbar.

»*Ich* werde drangehen«, bestimmte Frances, überließ es Rosemary, die Spüle zu reinigen und zu desinfizieren, und hob den Hörer ab.

»Ja?« meldete sie sich knapp und schroff, ohne einen

Namen zu nennen. Dann: »Oh, entschuldige. Hallo, Michael. Ja, sie ist hier. Mußt du sie unbedingt sprechen?« Dann sagte sie noch leise etwas in die Muschel, das Rosemary beim laufenden Wasser nicht verstehen konnte.

»Michael?« fragte Rosemary, sobald Frances den Hörer wieder aufgelegt hatte. Sie sah auf die Uhr. »Wir haben Mitternacht. So spät ruft er nie an. Und woher wußte er, daß ich zu Hause sein würde?« Sie ließ sich schwerfällig nieder und stützte den Kopf in ihre Hände. »Ach Gott, mir tut das alles so leid, Franny. Du bist die einzige auf der ganzen Welt, die mich festhält, wenn mir übel ist.«

Frances ging neben Rosemarys Stuhl in die Hocke und drehte sie zu sich, um sie in die Arme zu schließen. Rosemary begann zu weinen; erschöpft, wie sie war, brachte sie nur ein mattes Schluchzen hervor. »Ich bin so müde, Franny. Müde und dumm. Ich weiß, daß du recht hast.«

Frances trocknete mit einem Küchentuch das Gesicht ihrer Freundin. »Du liebe Güte, mein Schatz, daß du dieses Recyclingpapier verwendest, ist ja sehr löblich, aber für die guten alten Lachfalten ist es etwas rauh.«

Rosemary grinste. »Es ist auch nicht dafür gedacht, Gesichter abzuwischen.«

»Wenn du dir ›Ben, den Unwiderstehlichen‹ nicht aus dem Kopf schlägst, wird es in den kommenden Monaten in deinem Gesicht noch eine Menge abzuwischen geben.«

Rosemary richtete sich mit einem Ruck auf. »Du hast recht. Ich hab es nicht nötig. Und ich will nicht so behandelt werden. Wir haben eben verschiedene

Vorstellungen davon, wie eine Beziehung aussehen sollte.«

»Braves Mädchen.« Frances erhob sich. »Also dann, du mußt was essen. Worauf hättest du Appetit?«

»Toast, Butter, Eiscreme und Käsekuchen.«

Beide lachten. Frances streckte die Hände aus, und Rosemary stand auf und ergriff sie.

»Du bist großartig, Franny. Ohne dich würde ich nicht klarkommen.«

»Aber natürlich würdest du das. Du bist die stärkste Frau, die ich kenne. Halt dich daran fest. Vor allem, wenn Ben anruft und du ihn nach dem Haustürschlüssel fragst.«

Rosemary fuhr mit der Hand an ihren Mund. »Du lieber Gott. Mein Schlüssel.«

»Nur keine Panik. Wie lange bleibt er noch in Spanien?«

»Zwei Wochen. Sie sind mit ihrem Zeitplan im Rückstand.«

»Dann wirst du darüber hinweg sein. Wirklich. Und wenn es auf dieser Welt eine Gerechtigkeit gibt, dann wird ihn seine Mutter ständig am Drehort besuchen. Aber genug jetzt von den Männern, laß uns essen.«

Bei Tisch sinnierte Rosemary: »Ich versteh immer noch nicht, warum Michael angerufen hat.«

»Iß jetzt. Ich erklär dir das, wenn du ausgeschlafen hast. Morgen ist wieder ein neuer Tag, wie Scarlett sagen würde.«

Als Rosemary am Freitag morgen ihre Augen aufschlug, war es bereits elf Uhr. Sie blieb einige Momente ruhig liegen und lauschte der Stimme von Pat, die sich unten leise mit Frances unterhielt. Das Telefon klingelte, und bevor Rosemary ihre Hand unter der Bettdecke hervorziehen konnte, hatte schon jemand abgehoben. Sie fühlte sich eigenartig leer, während sie dort lag. Sie war nicht im geringsten Maße traurig oder auch nur verwirrt. Ein unbestimmtes Gefühl der Erleichterung, wieder zu Hause zu sein, stieg in ihr auf, als die Sonne plötzlich hinter einer Wolke hervorkam und ihr Schlafzimmer überflutete. Sie wußte, daß jetzt, nach den wenigen Tagen, die sie fort war, schon wieder mehr Narzissen zu sehen sein würden. Bald würde sie aufstehen und einen Spaziergang im Garten machen. Noch aber lag sie still da und versuchte sich Klarheit darüber zu verschaffen, was sie fühlte. Die Tränen waren versiegt, nur der Gedanke, töricht reagiert und sich mit ihrem Verhalten lächerlich gemacht zu haben, verfolgte sie noch. Voller Unsicherheit klammerte sie sich an die Hoffnung, daß wenigstens ihr Abgang ein gewisses Maß an Würde besessen hatte. Sie fragte sich, wann er sich wieder melden würde. Sie wußte, daß er es tun würde, daß dies noch nicht das Ende war und noch mehr auf sie zukommen würde. In diesem Moment jedoch erfaßte sie eine innere Ruhe, und sie war es zufrieden. In dieser Atempause nach all der Hektik der letzten Tagen besann sie sich auf die Stunden, die sie zusammen in Spanien verbracht hatten. Die guten und die schlechten. Heute morgen dachte sie vor allem an die schlechten. Sie betete, daß es so bleiben möge, wußte sie doch, daß sie, wenn sie sich erst wieder daran erinnern würde, wie schön das Gefühl gewesen war, in seinen Armen zu liegen und seinen Atem in ihrem Haar zu spüren, nachgeben und verzeihen und ihn erneut begehren würde.

Dann fielen ihr die Demütigung durch Betsy und das, was sie über Bens Sohn erfahren hatte, wieder ein, und die Erinnerung durchfuhr sie wie ein jäher, stechender Atemzug. Es klopfte an der Tür, dann wurde sie von Frances aufgestoßen.

»Komm rein«, sagte Rosemary, »ich bin wach. Es geht mir gut.«

»Willst du einen Tee? Ich kann ihn dir hochbringen.«

»Würde dir das was ausmachen? Ich glaube, ich bin noch nicht soweit, Pat gegenüberzutreten.«

Frances lachte. »Nur keine Aufregung. Ich bring dir ein Tablett mit etwas Toast. Ich hab ihr gesagt, daß du wegen einiger Besprechungen plötzlich zurückkommen mußtest.« Sie ging wieder hinaus, und Rosemary stand auf und zog ihren Morgenrock an. Sie stellte sich an die Fensterfront, von der aus man den östlichen Teil des Gartens überblicken konnte, und öffnete dann die Tür, um auf den kleinen Balkon hinauszutreten. Zu ihren Füßen befand sich ein Blumentopf mit neu hervorgekommenen Narzissen, sie beugte sich zu ihnen und berührte sie sanft mit ihren Fingern, die noch geschwollen waren vom späten Aufstehen. Sie stand da und beobachtete den Kater, der, wie hypnotisiert, ausdauernd und geduldig am kleinen Teich saß. Der gute alte Ernie kam aus dem Schuppen, er hielt den Becher einer Thermosflasche mit einer dampfenden Flüssigkeit darin mit beiden Händen umfaßt, um sie zu wärmen. Er blickte auf, hob einen Arm zur Begrüßung und schlenderte dann durch den Garten davon. Sie fragte sich zum x-ten Male, ob sie jemals den Mut haben würde, ihn durch jemand anderen zu ersetzen; dabei wußte sie genau, daß er nur die Tage verbummelte und nicht imstande war, richtig zu arbeiten.

Hinter ihr wurde die Tür geöffnet. »Ich habe statt dessen Kaffee gemacht, ist das okay?«

»Großartig.« Rosemary ging ins Zimmer zurück und schloß die Balkontür; die ungewohnte Kälte in England ließ sie erschauern. »Es ist ein wunderbarer Tag«, sagte sie.

Sie nahmen in der Nähe des Fensters Platz, Rosemary auf einem chintzbezogenen Schlafzimmerstuhl, Frances auf der Chaiselongue. »Ich muß dir etwas sagen«, begann Frances.

Aus ihrer Träumerei aufgeschreckt, wandte sich Rosemary zu ihrer Freundin und sah sie an. »Himmel, das klingt ja so ernst.«

»Nun schau nicht so betroffen, mein Herzchen, soviel hat es wirklich nicht mit dir zu tun. Es ist nur etwas, was du zuerst von mir hören solltest. Du kennst nämlich uns beide.«

Rosemary starrte sie an. Dann sagte sie: »Jetzt weiß ich plötzlich, was du sagen willst.«

»Was denn?«

»Du hast eine Affäre mit Michael, stimmt's?«

»Du altes Schlitzohr. Wie zum Teufel bist du darauf gekommen?«

»Bis gerade eben hatte ich keine Ahnung. Ich bin überrascht, das muß ich zugeben. Er war doch immer einer von der treuen Sorte. Irgendwas muß in der Luft liegen, meinst du nicht auch? Ist Barbara im Bilde?«

»Ich weiß nicht. Ich nehme an, es kümmert sie nicht mehr. Wenn es so ist, wie er sagt, widmet sie sich hauptsächlich ihren Kindern.«

»Du meine Güte! Arme Barbara. Sie waren so glücklich, bevor Josh geboren wurde.«

»Das sagte er auch.«

»Es hat bei meiner letzten Aufzeichnung angefangen, oder?« und ohne eine Antwort abzuwarten, fuhr Rosemary fort: »Wie steht's mit dir, Franny? Könntest du nicht auch verletzt werden?«

»Mein Schatz, ich will ihn nur ab und zu in meinem Bett haben, nicht für immer in meinem Leben. Wir kommen gut miteinander aus, er verlangt wenig, was mir sehr recht ist, weil ich glaube, es ist nicht viel, was ich noch zu geben habe.«

»Wirst du dich jemals in jemanden verlieben?«

»Ich war jahrelang verliebt.«

Rosemary zog die Augenbrauen hoch. »In wen?«

»In mich selbst, mein Dummerchen. In mich selbst – das Leben – in alles. Ich wollte nie das, von dem jeder sagte, ich müßte es haben. Ich hab auf keinen gehört. Ich war nicht programmiert wie du.«

Rosemary seufzte. »Darum habe ich dich immer beneidet. Abgesehen von den Kindern. Ich bin froh als Mutter.« Plötzlich fiel ihr Ella ein.

»Mein Gott, heute abend ist Ellas Vorpremiere. Ich könnte hingehen.«

»Nein«, erwiderte Frances energisch. »Jetzt beginnt deine Affäre mit dir selbst. Ella geht es gut. Sie wird sich bestimmt glänzend amüsieren, höchstwahrscheinlich bei irgend jemandem im Bett, vielleicht ja auch bei allen im Bett.«

»Hör bloß auf«, stöhnte Rosemary. Dann sagte sie: »Sie hatte recht mit Ben.«

»*Ella* ist ja auch genau der Typ, der mit ihm fertig wird.«

»Ich ruf sie an.« Sie griff nach dem Telefon auf dem Nachttisch. »Dagegen wirst du wohl nichts einzuwenden haben.«

»Wenn du unbedingt mußt.«

»Mir fällt die Nummer nicht mehr ein«, sagte Rosemary plötzlich und legte den Hörer wieder auf. »Wie merkwürdig. Ich hatte immer ein fotografisches Gedächtnis, wenn es um die Telefonnummern der Kinder ging, selbst wenn sie woanders waren.«

»Dann laß es.« Frances goß in Rosemarys Tasse Kaffee nach. »Laß sie in Ruhe. Wenn Pat gegangen ist, gehen wir nach unten und werden überlegen, was wir an diesem Wochenende mit uns selbst anfangen werden. Ruf niemanden an. Jeder denkt, daß du noch weg bist.«

Auf einmal lächelte Rosemary ganz entzückt. »Mein Gott, das stimmt ja. Wie großartig. Laß uns den Anrufbeantworter einschalten. Allerdings, wenn man bedenkt ...«

Frances sah sie an. »Hoffst du immer noch, daß er vielleicht anrufen könnte?«

»Ja.«

»Du bist verrückt.«

»Ich weiß. Aber Franny, so einfach geht das eben nicht.«

»Ist ja gut, ist ja gut«, sie hob beide Hände. »Närrisch wie du bist, sage ich kein Wort mehr. Aber nimm es mir nicht übel, daß ich darum bete, daß er nicht in die Nähe eines Telefons kommt.«

»Soll ich ihn anrufen?«

»Red keinen Unsinn. Das machst du nur über meine Leiche. Sei nicht kindisch, verdammt noch mal.«

Der Freitag verging. Für Rosemary war es nur das, ein Tag, der vorüberging. Sie packte aus, machte die Wäsche, unterhielt sich mit Frances, ging spazieren und wartete darauf, daß das Telefon klingelte. Um sechs Uhr abends war, abgesehen von Frances, Michael die einzige Person, mit der sie gesprochen hatte, und das nur, weil sie seinen Anruf entgegengenommen hatte.

»Wie geht es dir, Rosemary?«

»Gut, Michael. Ich nehme an, daß Frances dir erzählt hat, was passiert ist, ich brauche also nicht darauf einzugehen, aber es geht mir gut. Fühle mich nur ein bißchen albern, wenn ich ehrlich sein soll.« Sie lachte spöttisch über sich selbst, reichte den Hörer an Frances weiter und verließ den Raum, damit die beiden ungestört miteinander sprechen konnten.

Es war sechs Uhr abends, sie blieb im Wohnzimmer stehen, sah auf den Garten hinaus und rauchte eine Zigarette. Sie erinnerte sich, wie Ben an jenem ersten Sonntag, als sie eine Auseinandersetzung wegen Ella hatten, mit der Katze gespielt hatte. Drei kurze Wochen.

Frances war leise ins Zimmer gekommen. »Soll ich uns einen Martini machen?«

Rosemary drehte sich um. »Ja, wunderbar. Du machst ihn besser als ich.«

»Kommst du mit?« fragte Frances. »Dann können wir uns unterhalten, während ich ihn vorbereite.« Sie gingen zurück in die Küche, Rosemary machte für den Kater etwas zu essen, und Frances holte sich Wodka, Martini und Eis. »Willst du Oliven oder Zitrone?« fragte sie mit dem Kopf im Kühlschrank.

»Beides.« Als Rosemary das Katzenfutter auf den Boden stellte, kam der Kater mit dem üblichen lauten Geklapper durch die Katzentür. »Er hat einen sechsten

Sinn.« Sie lächelte und beugte sich hinunter, um ihr geliebtes altes Haustier zu streicheln. »Ich werde einen neuen Namen für ihn suchen müssen.«

»Weshalb, du Idiotin?« Frances goß den Martini durch einen Cocktailseiher mit Eis in zwei hohe Gläser und reichte eines davon ihrer Freundin.

»Ich würde gern die letzten drei Wochen vollkommen aus meinem Gedächtnis streichen. Ich hoffe, er ruft nicht an.«

Frances warf ihr über den Rand ihres Glases einen nachdenklichen und besorgten Blick zu. »Da lügst du, mein Schatz, *ich* hoffe, daß er sich nicht melden wird, aber *du* hoffst, daß er anrufen und um Verzeihung bitten und versprechen wird, sich für alle Zeiten zu ändern.«

Rosemary zuckte mit den Schultern. Als das Telefon klingelte, sprangen beide auf.

»Du meine Güte, ich bin schon genauso schlimm wie du, du arme Irre«, sagte Frances und hob ab.

»Ja?« und dann: »Hallo, Ella! Was für eine Überraschung. Hast du heute nicht Vorpremiere?« Rosemary stellte ihr Glas ab und gab Frances ein Zeichen, sie möge ihr den Hörer reichen. »Nein, sie ist hier. Mußte früher zurückkommen. Einen Augenblick.« Frances gab ihr den Telefonhörer.

»Hallo, mein Liebling. Woher um alles in der Welt wußtest du, daß ich zurück bin?«

»Keine Ahnung, Mum. Bist du okay?«

»Ja, warum?«

»Ich dachte, du würdest etwa zehn Tage dortbleiben.«

»Es kam etwas dazwischen und –«, Rosemary warf ihrer Freundin, die nur mit den Achseln zuckte und im Wohnzimmer auf und ab zu laufen begann, einen kurzen Blick zu, »Frances brauchte mich.«

»Möge Gott dir vergeben und dir den Mund ordentlich mit Seife ausspülen«, zischte Frances und machte die Küchentür hinter sich zu.

»Hast du eine schöne Zeit gehabt, Mum?«

»Es war herrlich. Mach dir nur keine Sorgen um mich, mein Fräulein. Wie läuft's bei dir?«

»Total super. Einfach spitzenmäßig, Mum. Hör mal, wir müssen uns unbedingt sehen. Kommst du her?«

»Ich weiß noch nicht, Darling. Ist was nicht in Ordnung bei dir?«

»Aber nein. Ich habe dir nur etwas zu sagen und würde dich gern um einen wirklich großen Gefallen bitten.«

»Um was?«

»Scheiße, verdammt, mein Geld ist zu Ende.«

»Dann ruf noch mal an, mit einem R-Gespräch.«

»Nach der Aufführung, Mum, nach der Aufführung.«

»Viel Glück, Darling. Mach's gut.« Die Verbindung wurde unterbrochen, und Rosemary legte den Hörer auf, dann holte sie ihren Martini. Frances, die sich die Nachrichten im Fernsehen anschaute, blickte auf, als Rosemary hereinkam.

»Alles in Ordnung bei ihr?«

»'Total super', nach ihren Worten.«

»Na also, dann gibt's keinen Grund zur Sorge.«

»Sie will mich um einen Gefallen bitten und wird später noch mal anrufen.«

»Hoffen wir, daß es nur um Geld geht, mein Herzchen.«

An diesem Abend gingen sie aus zum Essen, in ein italienisches Restaurant um die Ecke, das Rosemary gut kannte. »Es ist unmöglich für mich, hier rumzusitzen und den ganzen Abend mitanzusehen, wie du das Telefon anstarrst«, hatte sich Frances beschwert. Auf dem Anrufbeantworter war keine Nachricht, als sie später am Abend zurückkamen. Sie setzten sich mit einem Kaffee und einem Cognac vor den leise gestellten Fernseher, den sie als eine bewegliche Tapete eingeschaltet hatten, vor der sich gemütlich plaudern ließ. »Ich saufe wie ein Loch«, bekannte Rosemary. »Was ist bloß los mit mir?«

»Ben Morrison.«

»Erwähne bitte nicht einmal den Namen.«

»In einer Woche wird er nichts mehr für dich bedeuten, glaub mir.«

Nach einer Pause bemerkte Rosemary: »Ich weiß nicht, Franny. Ich rede und esse und verhalte mich wie immer, aber er ist die ganze Zeit hier. Mir ist, als stünde ich unter Schock. Wie ist es bloß möglich, daß es so tief in mir sitzt, nach nur drei Wochen?«

»Die Affäre, die mir mehr weh getan hat als jede andere, dauerte nur ein Wochenende.«

»Du lieber Himmel, wirklich? Denkst du nach wie vor an – wie hieß er gleich? Geoff?«

Frances nickte. »Hin und wieder passiert es mir immer noch, daß ich meine, ihn auf der Straße zu sehen. Und wenn ich ihn dann eingeholt habe, muß ich schnell weiterlaufen, damit die mir völlig fremde Person nicht denkt, ich hätte nicht mehr alle Tassen im Schrank.«

»Warum gerade Geoff? Das verstehe ich nicht.«

»Er war so unerreichbar. So arrogant. Ich weiß auch nicht.«

»Du meinst, wie Ben.«

»Genau. Wie dein Ben.«

»Er ist nicht *mein* Ben.«

»Da hast du wohl recht. Es hat den Anschein, als wäre er der Ben von allen.«

Das Telefon klingelte.

»Würdest du bitte damit aufhören, so hochzufahren«, tadelte Frances lachend. »Wegen dir verschütte ich meinen Cognac!«

Es war Ella.

»Hat alles gut geklappt?« erkundigte sich Rosemary.

»Für eine erste Vorpremiere oder meinst du überhaupt?«

»Es ging so, nicht wahr?«

Ella seufzte. »Kein Grund, durchzudrehen. Bis nächsten Mittwoch ist die Presse noch nicht dabei.«

»Du sagtest, du wolltest mich um einen Gefallen bitten, Darling«, erinnerte sie Rosemary.

»Kann ich am nächsten Wochenende jemanden mit nach Hause bringen?«

Rosemary war überrascht. »Natürlich, Darling. Das kannst du doch immer. Warum soll das plötzlich ein besonderer Gefallen sein?«

»Ich will nicht, daß Ben da ist.«

»Das wird er auch nicht.«

Ella zögerte einen Moment. »Irgendwas ist passiert, Mum, oder? Ich hör's an deiner Stimme. Ist das Arschloch wieder mit seinen alten Mätzchen gekommen?«

»Von welchen Mätzchen redest du?«

»Er hat nie gelernt, seinen Schwanz unter Kontrolle zu halten.«

Rosemary mußte plötzlich lachen. »Ja, so was in der Art.«

»Ach, Mum«, stöhnte Ella auf. »Fühlst du dich schrecklich jetzt?«

»Ich bin schon okay. Es ist vorbei. Aber laß uns nicht darüber reden. Sag mir, wann du kommen wirst.«

»Ich hab mich verliebt, Mum.«

Rosemary holte tief Atem. »Darling, oh, wie schön. So – so – nun, plötzlich kann ich wohl nicht sagen, oder? Wer im Glashaus sitzt, soll schließlich nicht mit Steinen werfen.«

»Ich will nur dich sehen.«

»Ich freu mich auch darauf, dich zu sehen. Also nächstes Wochenende?«

»Ja, wir werden am Sonntag morgen dasein.«

»Du meinst aber nicht diesen Sonntag?«

»Nein, nein. Nachdem wir die Premiere hatten. Bist du einverstanden?«

»Natürlich.«

»Ich hoffe wirklich sehr, daß du sie magst, Mum.«

»Wie bitte?«

»Ich sagte, ich hoffe, daß du sie mögen wirst. Sie ist sehr wichtig für mich. Sie bedeutet mir sehr viel.«

Rosemary bemühte sich, mit absolut ruhiger Stimme zu sprechen, als sie ihrer Tochter antwortete. »Ich freue mich auf den Besuch. Bis nächsten Sonntag also. Und viel Glück für Mittwoch, mein Schatz.« Aber Ella war schon dabei, nach einem Kuß ins Telefon, aufzulegen; am anderen Ende der Leitung war nur noch zu hören, wie sie zu jemandem etwas über die Schulter sagte. Rosemary ging zurück zu Frances, die ihre beiden Gläser wieder aufgefüllt hatte. Als ihre

Freundin hereinkam, schaute sie erstaunt zu ihr auf. Rosemary schüttelte sich vor Lachen, und die Tränen liefen ihr über die Wangen.

»Was ist los mit dir?« fragte Frances. »Um Himmels willen, wirst du jetzt hysterisch? Was ist passiert?«

»Ella hat sich verliebt«, brachte Rosemary hervor.

»Sagte sie das wirklich? ›Ich bin verliebt.‹ Waren das ihre Worte?« Rosemary nickte. »Nun«, fuhr Frances fort, »ich nehme an, irgendwann mußte es mal passieren. Wenn du nur häufig genug einen Schaufensterbummel machst, wirst du zwangsläufig etwas finden, was dir gefällt. Was mich immer gewundert hat, ist, daß sie sich keine ansteckende Krankheit eingefangen hat. Nicht mal Läuse hat sie zur Strafe bekommen.«

»Ach, halt die Klappe, Franny. Sie meint es ernst. Sie ist verliebt, und sie wird *sie* nächstes Wochenende mit nach Hause bringen, damit ich sie kennenlerne.«

Frances starrte sie an. Dann brachen beide in Gelächter aus. »Das hat dir gerade noch gefehlt. Ach, ich finde es herrlich. Du mußt es sofort deiner Mutter erzählen. Das wird sie mit einem Schlag umbringen, und du bist endgültig alle los.«

»Nun ja, immerhin ist sie jetzt sicher vor ansteckenden Krankheiten«, sagte Rosemary. »Hier – « Sie erhob ihr Glas. »Das ist wirklich große Klasse. Laß uns den Cognac austrinken. Ich fürchte, ich werde noch zur Alkoholikerin.«

251

Kapitel 14

Die Neuigkeiten von Ella brachten Rosemary irgendwie durch die Woche. Sie absolvierte ihre Gastrollen im Radio, telefonierte mit ihrer Mutter und stattete ihr einen Besuch ab, bei dem sie ihr vorlog, wie wunderschön ihr Kurzurlaub in Barcelona gewesen wäre. Außerdem aß sie mit Michael zu Mittag.

»Bevor wir beide jetzt in Verlegenheit geraten, Michael, ich weiß Bescheid über Frances. Sollen wir darüber sprechen?«

»Ich wollte es dir ja erklären. Du und ich, wir kennen uns schon eine lange Zeit, Rosemary. Es ist irgendwie peinlich.«

Sie stocherte in dem Salat herum, den sie sich als Mittagsmahl bestellt hatte. »Das eigene Nest beschmutzen. Das sind Frances' Worte, nicht meine.« Sie schob den kaum angerührten Teller zur Seite und fuhr fort. »Wie auch immer, es geht mich nichts an, und Frances konnte immer bestens auf sich selbst aufpassen. Übrigens bin ich derzeit wohl kaum in der Position, gute Ratschläge auszuteilen, nicht wahr?« Michael griff über den Tisch hinweg nach ihrer Hand und sagte nichts.

»Ich hoffe, das Ganze führt nicht in einen großen Schlamassel«, bemerkte Rosemary, »im Interesse aller. Und insbesondere Barbaras. Sie scheint mir die schwächste Person zu sein.« Darüber hinaus kam nichts Persönliches mehr zur Sprache, und dankbar wandte sich Michael dem Geschäftlichen zu. Er hatte die Vermutung, die Fernsehshow solle verschoben werden.

»Hast du mit Derek gesprochen?«

»Er ist in den Staaten, aber es geht das Gerücht um, daß bis November kein Geld da ist.«

»Läuft sie überhaupt noch weiter? Ist das denn sicher?« fragte Rosemary. Im Moment war sie nur erleichtert, daß für den größten Teil des Jahres keine umfangreichere Arbeit auf sie zukam.

»Rosemary, ich weiß es einfach nicht. Die Lage sieht überall nicht rosig aus, das wissen wir doch. Trotzdem, die Chancen für den Radiospot Sonntag morgens stehen gut, und ich muß noch mit jemandem über eine Spielshow am Vormittag für die BBC sprechen.«

Rosemary zuckte lustlos mit den Schultern. Sie schob den Rest ihres Essens fort und griff nach dem Weinglas. »Ich würde am liebsten für eine Weile gar nichts tun, Michael. Laß uns sogar für einige Monate mit den Presseterminen aussetzen. Würde dir das was ausmachen?«

Michael schüttelte den Kopf, schaute jedoch etwas beunruhigt, während er dem Kellner ein Zeichen gab, daß sie zahlen wollten.

Rosemary fuhr nach Hause. Es war Mittwoch, und noch immer nichts von Ben. Sie hatte mit dem Gedanken gespielt, nach Nottingham zu Ellas Premiere zu fahren. Die Blumen und das Telegramm waren bereits abgeschickt. Sie setzte sich vor den Fernseher und sah sich »Dallas« an.

Frances rief um acht an. »Wie war's mit Michael?« fragte sie.

»Die Show ist verschoben worden. Es sind da noch ein paar andere Dinge im Gespräch, aber offen gestanden, Franny, kann ich mich im Moment für gar nichts begeistern. Ich könnte dasitzen und mir für den

Rest des Jahres Wiederholungen von ›Dallas‹ anschauen, wenn ich ehrlich sein soll.«

»Hör zu, mein Kleines, wir fahren weg. Ich kann das für nächsten Montag arrangieren. Hältst du es so lange aus?«

»Wohin?«

»Auf eine Gesundheitsfarm. Shrublands.«

Rosemary erhob sich und rief sich die Anlage von Shrublands Hall in Erinnerung. »Ach, Franny, was für eine tolle Idee. Willst du das regeln, oder soll ich es tun?«

»Mein Herzchen, im Augenblick bezweifle ich, ob du einen Fick in einem Puff organisieren könntest. Überlaß das nur mir. Willst du am Freitag groß essen?«

»Komm doch zu mir. Weißt du, daß Ostern ist? Ist mir gerade eingefallen.«

»Ganz recht, ich werde dir ein Ei mitbringen. Bevor du mit deiner Diät beginnst. Und bitte, bitte, schlaf gut.«

»Das tue ich, wie ein Stein. Komisch, nicht wahr?«

Als sie sich besser fühlte, rief sie ihre Mutter an.

»Na so was«, sagte Betty, »erst ein Besuch und nun ein Anruf. Ich fühle mich ganz geehrt.«

»Ich arbeite nicht viel zur Zeit, Mum.« Rosemary spürte, wie sie sich verspannte, war aber entschlossen, den Köder nicht zu schlucken. »Ich dachte nur«, fuhr sie fort, »du hättest vielleicht Freude daran, wenn ich dich am Freitag zum Einkaufen mitnehme.«

»Wohin zum Einkaufen?«

»Zu Tesco's. Ella kommt mit einer Freundin am Sonntag, und der Kühlschrank ist leer.«

»Na gut. Weißt du eigentlich, daß sie sich nicht einmal die Mühe gemacht hat, mir eine Postkarte zu schicken?« nörgelte Betty.

»Sie ist sehr beschäftigt, Mum, sei fair. Heute abend hat sie Premiere. Hast *du* ihr eine Karte geschickt?« Ihre Mutter gab keine Antwort, und Rosemary wußte, daß sie es nicht getan hatte. »Ich hol dich gegen zehn am Freitag ab«, schlug Rosemary vor, »ist das in Ordnung? Und wenn du ganz artig bist, führe ich dich zum Mittagessen aus. Ein Osterschmaus für einen guten alten Hasen.«

Ostern war immer Rosemarys liebstes Fest im Jahr gewesen, als die Kinder noch klein waren. Sie dachte daran, wie sie die Schatzsuche nach den Eiern vorbereitet, zuviel Schokolade gegessen und am Sonntag einen Puter gebraten hatte. Ihre Mutter an diesem Sonntag zum Mittagessen einzuladen, kam für sie nicht in Frage; sie wollte Ellas Freundin – Geliebte – in Ruhe und zwanglos kennenlernen, ohne dabei gewisse Dinge vor Betty verheimlichen zu müssen. Ella wäre es ohnehin zuzutrauen, daß sie ihre Großmutter sofort mit der Wahrheit konfrontierte. Rosemary zweifelte keinen Augenblick, daß dies ein Fehler sein würde.

Tesco's war am Karfreitag überfüllt und, soweit es Rosemary betraf, keine gute Wahl für einen großen Einkauf, wie sie leider zu spät einsah. Sie hatte völlig vergessen, wie bekannt sie mittlerweile war. Sie wurde angestarrt, angehalten, gestupst und mehr als ein dutzendmal um ein Autogramm gebeten. Man machte sogar, zu ihrem Entsetzen und zur kaum verhohlenen Verärgerung ihrer Mutter, mehrere Fotos von ihr, als sie sich über die Fleischtheke beugte und einen frischen kleinen Puter für Sonntag aussuchte.

»Was macht der junge Liebhaber?« bellte sie ein Mann an, der bei dem tiefgekühlten Gemüse stand und einen Einkaufswagen hielt, in den seine Frau Schachteln mit Pommes frites und Erbsen warf. Rosemary tat so, als habe sie nichts gehört, und marschierte schnurstracks zur Häagen-Dazs-Eiscreme.

»Wovon redet der?« fragte Betty. »Warum sind Männer nur so unmöglich?«

»Das weiß nur Gott«, erwiderte Rosemary und beantwortete damit beide Fragen auf einmal.

Die junge Frau an der Kasse entdeckte sie in der Schlange und kicherte und grinste, bis Rosemary an der Reihe war. Die Endsumme belief sich auf über hundert Pfund.

»Nehmen Sie auch einen einzigen Scheck an?« fragte Rosemary.

»Dafür müssen Sie sich ausweisen, Miss Downey«, antwortete die junge Frau.

Rosemary schaute sie für einen Moment an, dann kramte sie lachend ihren Führerschein und die Kreditkarten hervor und füllte den Scheck aus.

Sie fuhr zum Haus ihrer Mutter, lud ihre Lebensmittel dort ab und führte sie dann zum Mittagessen in ein großes italienisches Restaurant in der Hauptstraße von Streatham. »Bestell Lammkoteletts, Mum.«

»Aber sie sollen mir nicht so viel auf den Teller häufen. Dann vergeht mir der Appetit.«

Beim Kaffee sagte Rosemary: »Am Montag fahre ich wieder weg.«

»Aber du bist doch gerade erst zurückgekommen. Wo geht's denn diesmal hin?«

»Frances und ich haben uns entschlossen, nach Shrublands zu fahren. Erinnerst du dich noch, das ist die Gesundheitsfarm, in der wir letztes Jahr schon waren.«

»Du meine Güte, noch ein Urlaub? Na ja, wer sich's leisten kann.«

Rosemary seufzte. »Mum, jetzt aber mal sachte. Du weißt, daß ich dir das Geld zum Wegfahren geben würde, wenn du es wolltest. Du sagst doch immer, daß du Urlaub nicht magst und in deinem Alter lieber in deinem eigenen Bett schlafen willst.«

Betty gab keine Antwort.

Bis Rosemary schließlich mit ihren eigenen Einkäufen zu Hause eintraf, war die Eiscreme zu einer kalten süßen Suppe geschmolzen. Sie legte sie sofort in das Gefrierfach und verschwendete keinen weiteren Gedanken mehr daran. Sie setzte eine Kanne Tee auf, und als sie ihre Mischung aus Earl Grey mit indischem Tee bereitete, fiel ihr Ben ein. Noch immer keine Nachricht auf dem Anrufbeantworter. Sie hatte zum Spaß für Frances ein Osterei gekauft und legte es in den Kühlschrank. Dann nahm sie am Küchentisch Platz, trank ihren Tee und zündete sich die Zigarette an, auf die sie sich schon den ganzen Tag gefreut hatte. Nächste Woche würde sie mit dem Rauchen aufhören. Sie dachte an Ben und fragte sich, was er wohl gerade tun, denken, sagen würde. Vor dem Küchenfenster tummelten sich die Vögel. Die Zeit des Nestbaus war gekommen, und die Zeit der Wohnungssuche für die Meisen. Überall standen Narzissen, und die warmen Ostertage kündigten den Frühling an.

Unvermittelt begann sie zu weinen. Sie brachte nicht einmal die Energie auf, ein Taschentuch aus ihrer Handtasche oder einen Bogen von der Küchenrolle zu holen. Eine Welle von Selbstmitleid riß sie mit sich fort, und in ihr stieg sowohl Wut über sich selbst

als auch Melancholie auf. Letztes Ostern war sie noch
so ausgeglichen gewesen. Nicht gerade enthusiastisch, nicht wahnsinnig glücklich, aber ruhig und
ausgeglichen. Zufrieden mit all dem, was sie erreicht
hatte. Nun aber erfüllte sie der Glanz der Frühlingssonne, das Geräusch der nistenden Vögel und der
Gedanke, allein, ohne Partner zu sein, mit allem anderen, nur nicht mit Freude. Eine Stunde lang blieb sie
so sitzen, dann stand sie auf, ging durchs Wohnzimmer und schaltete den Fernseher ein.

Was soll ich nur machen, überlegte sie, rührte sich
aber nicht vom Fleck und ließ die australische Fernsehserie an sich und ihren umherschweifenden
Gedanken vorbeirieseln. Sie wußte, wenn Ben anrief,
würde sie zu ihm zurückkehren; die Sehnsucht, ihn
wieder zu spüren, war größer als das Beharren auf
seine Treue oder ihren eigenen Stolz. Warum meldete
er sich nicht? Sie sah sich die Nachrichten an und las
danach die Tageszeitungen. Der »Guardian« brachte
eine gute Kritik über das Stück, in dem Ella spielte,
ihre Tochter wurde jedoch nicht erwähnt.

Frances kam kurz nach acht. »Schalt die verdammte
Glotze aus, wir essen in der Küche. Ich hab was Japanisches gekauft, ich glaube, es ist alles roh. Traust du
dir das zu? Du siehst aus wie eine Leiche, Herzchen.
Was zum Teufel hast du angestellt?«

»Ich war den ganzen Tag mit meiner Mutter, bei
Tesco's.«

»Hast du dir etwa auch ein Büßerhemd gekauft?«

Am Samstag nachmittag brach Frances auf, um eine
Freundin in Brighton zu besuchen. »Tut mir leid, aber
ich kann das nicht absagen, mein Schatz. Schade, daß

ich die Göre mit ihrer Geliebten im Schlepptau nicht mitkriege. Wie konnte ich nur mein Leben so schlecht einteilen? Wirst du klarkommen, was meinst du?«

»Natürlich werde ich das, nun sei nicht albern. Ich werde keine Zeit oder kein Interesse haben, mich mit, na, du weißt schon wem, abzugeben.«

»Keine Ahnung, von wem du sprichst.«

Rosemary lachte, und Frances gab ihr rasch einen Kuß. »Laß es dir gutgehn, mein schönes Kind, ich brauche dich noch. Und ich hol dich am Montag ab. Ich werde fahren. Wir werden in Shrublands pünktlich zum Tee sein – mit Vollmilch, wenn mein Gedächtnis mich nicht trügt.«

»Paß auf dich auf, Franny«, sagte Rosemary, als ihre Freundin die Tür ihres Wagens öffnete. Dann fragte sie noch: »Frances, wie fühlst du dich eigentlich an Wochenenden wie diesen, wenn Michael bei sich zu Hause ist? Ist es schrecklich für dich?«

»Ich denke nicht darüber nach. Mein Liebes, ich wollte es ja so. Wenn es unerträglich wird, mach ich mich halt davon, wie ich es früher auch getan habe.«

Rosemary schloß die Haustür und lehnte sich von innen dagegen. Sie fühlte sich, als würde sie in einer miesen Seifenoper mitspielen. Es fehlte nur noch, daß sie tränenüberströmt an der Tür heruntergleitt, dann wäre alles so wie in einer frühen Folge aus dem »Denver Clan«, an die sie sich in diesem Moment erinnerte. »Reiß dich zusammen, Mädel«, sagte sie laut zu sich selbst und ging nach oben, um zu duschen und sich die Haare zu waschen und um Handtücher in das Zimmer ihrer Tochter zu legen. Ich nehme an, sie werden zusammen schlafen, dachte sie, den Blick auf Ellas Doppelbett aus Messing gerichtet.

Sie ging an diesem Samstag zeitig zu Bett, und als die Türklingel um ein Uhr morgens ertönte, heftig geklopft wurde und Ella etwas durch den Briefschlitz rief, hatte sie schon über zwei Stunden geschlafen.

»Mum, entschuldige«, Ella schlang die Arme um ihre Mutter, die verschlafen und mit zerzaustem Haar in der Diele stand. »Ich hab meinen Schlüssel vergessen oder verloren. Und wir waren der Ansicht, daß wir nicht bis morgen warten konnten.«

»Du meinst, *du* warst der Ansicht!« warf die junge Frau, die hinter Ella stand, lachend ein. Sie streckte Rosemary die Hand entgegen, offen und freundlich, mit einem Lächeln, das sich über alle Züge ihres runden, lebhaften Gesichts breitete; wenn sie lachte, kniff sie auf eine entzückende Art ihre braunen Augen zusammen. »Hallo, Mrs. Downey. Ella kriegt immer ihren Willen, fürchte ich. Wir haben Sie offensichtlich gestört.«

Ella drehte sich um und legte ihren Arm um die Schulter des Mädchens. »Mum, das ist Joanna.«

»Hallo, Joanna. Sag ruhig Rosemary zu mir.«

»Okay. Und ich bin Jo.«

Sie ließen ihre Rucksäcke und Tragetaschen mitten im Flur stehen und gingen direkt in die Küche. Ella machte überall, wo sie vorbeikam, das Licht an. Als Rosemary den Kessel aufsetzte, um Kaffee zu kochen, fragte sie: »Willst du überhaupt Kaffee, Jo? Oder lieber einen Drink?«

»Ein Kaffee wäre großartig, Rosemary. Aber bitte gehen Sie doch zurück ins Bett, Sie müssen ja völlig müde sein, es ist schon eins. Wir kommen gut zurecht.«

Rosemary schloß sie sofort ins Herz. Jo war eine stattliche Frau, hochgewachsen und breit, mit langem, lockigem Haar. Beide trugen Jeans, Jo schwarze, Ella ihre übliche, an den Knien zerrissene Kluft. Rosemary überließ die beiden sich selbst und ging zurück ins Bett. »Wir reden morgen früh, Ella. Gute Nacht, Jo.« Bilder davon, wie in der für ihre Tochter üblichen Weise direkt auf ihrem Küchentisch Brot geschnitten wurde und dabei ein Messer in das Kieferfurnier drang, verfolgten Rosemary auf dem Weg zurück in ihr Zimmer. Sie verbiß sich jedoch, mit Rücksicht auf Jo, jegliche Kritik, wenn es ihr auch schwerfiel.

Da die beiden jungen Frauen bis Mittag im Bett blieben, verschob Rosemary das Sonntagsessen auf den Abend. Am Nachmittag hatten sie es sich gemütlich gemacht, Jo las Zeitung und bot dann ihre Hilfe bei der Vorbereitung des Mahles an. Sie ging mit Rosemary allein in die Küche, Ella blieb im Wohnzimmer. Das Haus war von Rockmusik erfüllt, Rosemary wurde von einer familiären Stimmung erfaßt, und sie empfand ein solches Wohlbehagen wie schon seit einem Monat nicht mehr. Sie war entspannt und scherzte mit Jo, während sie gemeinsam über dem Ausguß Kartoffeln und Karotten schälten.

»Hat Ella Ihnen über uns Bescheid gesagt?«

Rosemary, die sich gar nicht sicher war, ob sie sich mit dem Sexualleben ihrer Tochter auseinandersetzen wollte, nickte nur und machte Anstalten, die Kartoffeln in den Ofen zu schieben.

»Ist es schwierig für Sie?« fragte Jo.

Rosemary blickte sie an. »Ein bißchen. Tut mir leid.«

»Das macht nichts. Meine Mutter tut so, als wäre gar nichts.«

»Warst du, nun, immer schon –?«

»Was, lesbisch?«

Rosemary nickte.

Jo lehnte sich gegen den Küchentisch. »Schon immer«, antwortete sie. »Anders als Ella. Aber es ist mir ernst mit ihr. Ist Ihnen das peinlich?«

»Ich weiß nicht. Ein wenig.«

»Sie hat es Ihnen ziemlich brutal mitgeteilt, nicht wahr?«

Wieder nickte Rosemary. »Ist es noch zu früh für einen Sherry?«

Die junge Frau lachte. »Lieber wär mir ein Wein. Weißer, wenn's geht.«

Rosemary ging zum Kühlschrank und holte die Flasche Frascati heraus.

»Warten Sie, ich mach das schon«, sagte Jo und nahm ihr die Flasche ab. Rosemary gab ihr den Korkenzieher und sah zu, wie sie die Flasche mit geübten Handgriffen entkorkte. Rosemary stellte drei Gläser auf den Küchentisch, und Jo schenkte ein.

»Ich freue mich wirklich, Sie kennenzulernen«, sagte sie und lächelte sie an. »Ich mich auch«, erwiderte Rosemary, und sie meinte es ehrlich. Diese junge Frau in den Dreißigern strahlte eine Form von Gelassenheit aus, sie hatte etwas im besten Sinne Gewinnendes und Kraftvolles. Ein gleichbleibendes Lächeln lag auf ihrem Gesicht, so als ob sie schon ihren festen Platz in der Welt gefunden hätte.

Sie aßen in der Küche und unterhielten sich angeregt dabei. Das Stück lief gut, die Proben für das nächste sollten am Dienstag beginnen, und Joanna schien, was die Besetzung betraf, zuversichtlich zu sein. »Sie ist eine hervorragende Regisseurin«, meinte Ella, den Mund voller Bratkartoffeln.

»Ach, Blödsinn«, erwiderte Jo. »Ich verteile nur die Rollen gut.« Wie Rosemary erfuhr, hatte sie bereits eine Menge Erfahrungen in avantgardistischen Theatern gesammelt. Sie hatte mit Anfang Zwanzig als Schauspielerin begonnen – »als sehr schlechte«, warf Ella lachend ein – und hatte nun mit vierunddreißig das aufregende Angebot erhalten, drei Stücke in Nottingham zu inszenieren. Rosemary beneidete die beiden um ihre Energie und dachte daran, daß sie selbst auch einmal genug davon besessen hatte. Bis Ben in ihr Leben getreten war.

Sehr viel später am Abend erkundigte sich Ella nach ihm. Rosemary warf einen Blick auf Jo, die an einem der Ostereier knabberte, denen sie bei Tesco's erlegen war und die sie den beiden in einem Anfall mütterlicher Gefühle überreicht hatte. »Ich bin fünfundzwanzig, verdammt noch mal«, hatte Ella protestiert, obwohl sie hin und wieder noch ganz gerne wie das verwöhnte Kind behandelt wurde, das sie einst gewesen war. »Du kannst ruhig vor Jo sprechen«, sagte Ella. »Sie weiß von Ben. Wir haben keine Geheimnisse voreinander, ich erzähle ihr alles.«

Rosemary wand sich innerlich bei dem Gedanken, den beiden von ihren vier Tagen in Barcelona zu berichten. Das meiste davon erschien ihr mittlerweile wie ein Alptraum, der ungerufen immer wiederkehrt.

»Laß, Ella«, meinte Jo. »Es ist die Angelegenheit deiner Mutter. Sie fragt uns auch nicht nach unseren.«

Ella wandte sich zu ihr. »Ich denke, das mit Ben ist meine Schuld. Schließlich habe ich das geile Arschloch hierhergebracht.«

Jo lachte, während Rosemary zusammenzuckte. »Er ist in seinen eigenen Schwanz verliebt, Mum«, fuhr

Ella fort. »Hübscher Kerl, toller Schauspieler, aber hinter der Bühne rutscht ihm das Gehirn zwischen die Beine.«

»Ella, bitte«, versetzte Rosemary scharf. »Noch bin ich deine Mutter. Ich war ein Idiot, aber jetzt laß es uns vergessen.« Sie stand auf und goß sich einen Cognac ein. Während sie wieder Platz nahm, sagte sie: »Morgen fahre ich nach Shrublands, und in einer Woche hoffe ich ein paar Pfund und jegliche Erinnerung an Ben Morrison verloren zu haben.« *Und an seinen wundervollen Penis,* setzte sie in Gedanken hinzu und wünschte sich sehnlichst, sie könnte es glauben.

Kapitel 15

Die Mädchen verließen das Haus, noch bevor Frances eintraf. »Wir müssen zurück, um das Drehbuch noch einmal durchzugehen. Morgen beginnen die Proben. Tschechow ruft!«

Rosemary winkte ihnen nach.

»Die Straßen werden frei sein«, hatte Jo verkündet, ihre Gastgeberin enthusiastisch auf beide Wangen geküßt und sie mit einer ungewohnt vertrauten Herzlichkeit umarmt. »Passen Sie gut auf sich auf, Rosemary«, sagte sie, hüpfte um den Wagen herum und ließ ihren üppigen Körper in den Beifahrersitz fallen.

»Mach schon, beeil dich«, schrie Ella voller Ungeduld. Wie immer konnte sie es kaum abwarten, zu dem nächsten Ereignis in ihrem Leben zu kommen.

Der Wagen fuhr schon, als sie eine Hand vom Lenkrad nahm und sie aus dem Fenster streckte. »Tschüs, Mum, ich ruf bald an. Und Grüße an Frances.«

Im Haus war es dunkel und still, als Rosemary wieder hineinging. Es war Ostermontag, also waren weder Jennie noch Pat da. Sie packte eine kleine Reisetasche für die Woche auf der Gesundheitsfarm.

»Ach, so 'n Mist, sie sind schon weg«, rief Frances, als sie wenig später vor dem Haus anhielt.

»Ella läßt dich schön grüßen. Und bevor du anfängst zu fragen, Joanna Tristram ist total nett und wahrscheinlich das Beste, was meiner Tochter je widerfahren ist.«

»Fein, fein«, entgegnete Frances mit einem Lächeln und warf die Tasche ihrer Freundin in den Kofferraum zu ihrem eigenen Set aus drei zueinander passenden Gepäckstücken.

Sie kamen pünktlich zum Tee in Shrublands an. Man zeigte ihnen ihr Zimmer, dann packten sie aus, stellten sich auf die Waage und hüllten sich in Frotteebademäntel. »So werde ich die ganze Woche bleiben«, meinte Frances auf dem Weg zum Wintergarten und zu den großen silbernen Teekannen und den Kännchen mit der Milch direkt vom dazugehörenden Bauernhof.

Umgeben von Palmen und zwei Bananenstauden, saß Rosemary in dem großen, alten, von Feuchtigkeit gesättigten Wintergarten und schlürfte ihren Tee. Um sie herum plauderten munter Frauen in Jogginganzügen und Morgenmänteln. Es herrschte eine entspannte Atmosphäre.

»Das ist der Höhepunkt des Tages«, meinte Frances

bei ihrer dritten Tasse. »Ich mache die Schlankheitskur überhaupt nur, um dir Gesellschaft zu leisten, Schätzchen. Ich überlege mir, ob ich mich für eine Portion Steak mit Pommes frites nach unten in den Pub schleichen soll, während du massiert wirst.«

»Denk an die ganzen Giftstoffe, die aus deinem Körper gespült werden«, ermunterte sie Rosemary, als sie früh an diesem Abend, um fernzusehen, in die zwei gleich aussehenden Betten krochen. Frances nippte an ihrer mit Honig gesüßten heißen Zitrone und versuchte den Gedanken an Wodka Martinis zu verscheuchen.

Wie so häufig in jener besonderen Atmosphäre, die sich bei einer Gruppe von Leuten einstellt, die sich für eine kurze Zeit um nichts anderes kümmern als um ihr persönliches Wohlergehen, gab es auch hier zufällige Bekanntschaften, die zu länger anhaltenden Freundschaften zu werden versprachen, später in der Hektik des Alltags aber schnell wieder vergessen wurden. Am zweiten Tag ihres Aufenthalts kamen zwei junge Schauspielerinnen zu Rosemary und Frances und stellten sich vor. Die vier Frauen trafen sich häufig zwischen den Behandlungen und kamen schnell ins Gespräch, wobei sie sich meistens über ihr jeweiliges Befinden austauschten.

Sie teilten Kopfschmerzen und Hungerqualen miteinander und hielten sich gegenseitig davon ab, in die Gaststätte am Fuß der Zufahrt zu gehen. Es tat Rosemary gut, mit ihnen zusammenzusein; es bewahrte sie davor, über Ben zu reden. Und wenn die Gedanken an ihn zu heftig auf sie einstürmten, ging sie spazieren. Das Gelände war riesig, und die Zeit, in der die

Schafe lammten, war noch nicht ganz vorüber. Der Anblick der neugeborenen Lämmer erfüllte die Leere in einem Winkel ihres Herzens mit einer Traurigkeit, die zu süß war, um weh zu tun.

Nach Aerobic und Dampfbädern und dem Schock der eiskalten Dusche trafen sich die Frauen jeden Nachmittag auf die Minute genau um vier Uhr zu jenem besonderen Tee. Er war genauso unvermeidlich wie Muskelkater und knurrender Magen.

»Vereint so wie hier sind Frauen doch ganz schön furchteinflößend, nicht wahr?« Die vier saßen wie üblich im Wintergarten, dem einzigen Ort, wo Rauchen erlaubt war. Keine von ihnen hatte es geschafft, damit aufzuhören.

»Wir haben eben Power«, entgegnete Mandy, eine ihrer neuen Freundinnen. »Deshalb fürchten sich die Männer so vor uns und daher tun sie seit Jahrhunderten ihr möglichstes, um uns voneinander getrennt zu halten.«

»Das war nötig, um uns kontrollieren zu können«, warf Frances ein, »und es macht mich ganz verrückt, wenn ich daran denke, wie oft wir das mit Fürsorge verwechselt haben.«

Rosemary warf ihr rasch einen Blick zu. Die Unterhaltung näherte sich gefährlich jenem Thema, das sie um jeden Preis vermeiden wollte.

»Ich habe eine Freundin, die mit so jemandem zusammenlebt«, sagte Mandy. »Sie liebt ihn schon seit Jahren nicht mehr, aber er hat sie so weit gebracht, daß sie denkt, sie käme ohne ihn nicht zurecht. Ich glaube, sie ist fast so verliebt in seinen Penis wie er selbst.«

»Völlig unmöglich«, erwiderte Frances lachend. »Das

ist nämlich die längste und heftigste Liebschaft, die ein Mann in seinem Leben haben kann.«

»Franny, sag das nicht. Nicht alle sind so«, wies Rosemary sie zurecht.

»Arme Gill«, fuhr Mandy fort, »sie ist wie besessen. Sie macht sich ständig Gedanken, wo er gerade ist. Was anderes hat in ihrem Kopf keinen Platz mehr.«

Rosemary wandte sich zu ihr. »Gill?«

»Diese Freundin«, antwortete Mandy.

Es konnte nicht sein. Solche Zufälle gab es nicht. *Aber will ich das wirklich wissen und darüber reden?* fragte sie sich.

Mandy sprach weiter. »Auch eine gute Schauspielerin. Aber sie selbst glaubt nicht mehr daran. Wir beten alle, daß er verschwindet, aber er hat einen so verdammten Charme, sie gibt ihm immer wieder nach.«

»Eifersucht ist das beste Aphrodisiakum der Welt«, sagte Frances.

Rosemary blickte sie an. So war es. Ihre Gefühle und Gedanken während des Rückflugs von Barcelona kamen ihr wieder in den Sinn. Phantasien über das Zusammensein von Ben und Betsy hatten sie auf eine beunruhigende Weise in sexuelle Erregung versetzt. War es das? War es nichts sonst? Sexuelle Besessenheit? Die Erinnerungen an seine Hände und seine Zunge auf ihrer Haut waren noch immer in ihr lebendig, sie hörte noch seine Worte an ihrem Ohr, spürte das Schlagen seines Herzens auf ihrem vom Liebesspiel noch dampfenden Körper. Es war immer der Sex, an den sie sich erinnerte. Plötzlich erschien es ihr so, als wäre kaum mehr zwischen ihnen gewesen. Der Gedanke heiterte sie ein wenig auf. Es war ein Lichtschimmer am Ende des Tunnels, den sie alleine entdeckt hatte. Man konnte ein Leben ohne Sex führen. Sie hatte es vorher auch getan. Und außerdem war es einfacher.

»Glaubst du wirklich, daß etwas so Furchtbares gut für einen sein kann?« ächzte Frances, während sie sich nach dem ersten Saunagang in das Kaltwasserbecken gleiten ließen.

»Meinst du, bei Mandys Freunden könnte es sich um Ben und Gill handeln?« überlegte Rosemary. »Ich wagte gar nicht zu fragen.«

»Du solltest nicht einmal darüber nachdenken. Und erst recht nicht *fragen*.«

»Es geht mir besser, Franny. Wirklich. Wenn es nur etwas Sexuelles war, dann kann ich hoffen.«

»Hurra! Himmel, ich brauch einen Drink – sollen wir uns heute abend in den Pub schleichen?«

»Nein, du bist wirklich die disziplinloseste Person, die mir über den Weg gelaufen ist. Ich kann meine Hüftknochen wieder fühlen, und das ist das Beste, was mir seit Wochen passiert ist.«

»Wie leicht wir doch zufriedenzustellen sind, wir Unschuldslämmer. Kein Wunder, daß uns die Männer immer dort hinkriegen, wo sie uns haben wollen.«

Rosemary hatte mehrmals versucht, nach Michael zu fragen, aber Frances war es immer gelungen, die Unterhaltung in eine andere Richtung zu lenken. »Noch zu früh, noch zu früh!« erwiderte sie auf jede Nachfrage. Und dabei blieb es dann.

Rosemary verfiel ins Grübeln über die Gleichgültigkeit ihrer Freundin, über die Leichtigkeit, mit der sie jede heikle Situation bewältigte, wenn es um Männer ging. Frances hätte sich nie von ihrem Haustürschlüssel getrennt. »Ach, du lieber Gott«, entfuhr es Rosemary plötzlich. Sie saßen wieder Seite an Seite in ihren Dampfkammern.

»Was ist?« fragte Frances, unfähig, ihren Kopf zu wenden.

»Er hat immer noch den Schlüssel.«

»Du meine Güte! Wann kommt er zurück?«

»Dieses Wochenende.«

»Tausch das Schloß aus. Gleich nächsten Montag. Und wenn ich jetzt einen sehnsuchtsvollen Blick auf deinem Gesicht erwische, werde ich die Temperatur in diesem schrecklichen Ding noch höher drehen!«

Rosemary fing an zu lachen. »Wir werden am Sonntag nach Hause fahren, und alles wird wieder in Ordnung kommen. Ach, Franny, ich beginne mich wirklich besser zu fühlen. Vielleicht war ich ja gar nicht verliebt.«

»Du hast nur einen Grund gebraucht, um etwas Sex zu haben, mein Schatz«, erwiderte Frances. »Die meisten Frauen machen das so. Männer benötigen lediglich einen geeigneten Ort.«

Michael hatte mehrere Male angerufen, aber hauptsächlich, um mit Frances zu sprechen. Die geschäftlichen Dinge mit Rosemary wurden nur kurz abgehandelt. »Was den Sendeplatz für die Fortsetzung im September betrifft, gibt es keine Neuigkeiten, fürchte ich. Aber über die andere Sache verhandle ich weiter.«

Zum ersten Mal seit Jahren machte sich Rosemary Gedanken, wie es eigentlich mit ihrer Karriere weitergehen sollte. Der Lebensstil, den sie und diejenigen, die sie mit ihrem Geld unterstützte, pflegten, erforderte ein gesundes Einkommen. Es war schon jahrelang nicht passiert, daß sie nicht recht wußte, ob sie in der nächsten Zukunft Arbeit haben würde. »Muß ich mir schon Sorgen machen?« fragte sie Michael.

»Ich glaube nicht, Rosemary. Es sieht überall nicht rosig aus. Im August steht eine Reise nach L. A. an. Du könntest mit mir kommen, um Leute kennenzulernen. Vielleicht ergeben sich ein paar Kontakte.«

Amerika. Der Gedanke war furchteinflößend und aufregend zugleich.

Am Samstag abend wurde im prunkvollen Speisezimmer in Shrublands Hall den Gästen, die am folgenden Tag abreisen, die erste warme Mahlzeit der Woche serviert. Dazu gab es Wein.

»Lassen Sie die Flasche hier, meine Liebste«, sagte Frances zu der Kellnerin, die ihnen jeweils ein Glas einschenkte. Sie riß dem widerstrebenden Mädchen die Flasche aus den Händen und lächelte sie dabei so freundlich an, daß die Serviererin zurückgrinste und sich mit einem Schulterzucken davonmachte. Das Gespräch drehte sich vor allem darum, wieviel sie abgenommen hatten. Rosemary hatte sieben Pfund verloren, Frances nur zwei, und sie gab zu: »Ich hab geschummelt, Darling. Ich hatte Schokolade dabei.«

Rosemary blieb der Mund offen stehen. »Du kleines Aas. Du hast nicht ein einziges Wort davon gesagt. Und ich konnte manche Nacht vor Hunger kaum schlafen.« Rosemary beugte sich über den Tisch und ergriff die Hand ihrer Freundin. »Danke für die Woche, Franny.«

»Werd bloß nicht sentimental. Ich hab sie genauso gebraucht. Und nun laß um Himmels willen meine Hand los, damit ich endlich die Gabel zu meinem Mund führen kann! Dieser Linsentopf, oder wie immer sie das nennen mögen, schmeckt wie Kaviar, einen solchen Hunger habe ich!«

Am Sonntag blieben sie bis zum Mittagessen, danach gingen sie in den Laden und deckten sich mit einer Unmenge »organischer Lebensmittel« ein, wie Rosemary laut von der Aufschrift auf der Wand ablas.

»Faser- und Furzfutter«, rief Frances laut, während sie sich eine zu hundert Prozent wiederaufbereitete Plastiktüte schnappte.

»Der Hüttenkäse ist gut«, sagte Rosemary.

Frances schüttelte sich. »Mein Gott, ich hasse Hüttenkäse.«

»Ich auch.«

»Du ißt ihn aber die ganze Zeit!«

»Er macht nicht dick.«

Sie luden das Auto voll.

»Also«, meinte Frances, während sie den Wagen wendete, »halten wir unterwegs für einen Drink, oder warten wir, bis wir bei dir sind?«

»Es hat nichts offen, Dummerchen, heute ist Sonntag. Laß uns nach Hause fahren.«

Sie hupten und winkten den beiden jungen Frauen zu, mit denen sie sich angefreundet hatten; die Telefonnummern, die sie nie benutzen würden, waren schon vorher ausgetauscht worden. Rosemary hätte zu gerne nach Gill gefragt, aber die Angst, mit etwas konfrontiert zu werden, das sich als weitere Lüge von Ben und als eine zusätzliche Kränkung ihres Stolzes herausstellen könnte, ließ sie schweigen. Bens Gill war doch Lehrerin? Das hatte er zumindest gesagt. Besser, man ließ es auf sich beruhen. Jetzt würde sie es nie mehr erfahren.

Sie fuhren entspannt und in dem Gefühl, etwas Gutes für sich getan zu haben, zurück, minderten es aber schon wieder ein wenig, als sie an einem Hotel zum Nachmittagstee haltmachten.

»Die zwei Pfund sind wieder drauf«, sagte Frances und schien mit sich zufrieden zu sein.

Rosemary trank, in einer betont selbstgefälligen Haltung, nur den Tee und aß einen Vollkornkeks. »Ich finde mich wieder schön«, sagte sie. »Ich *mag* mich selbst wieder. Und das will ich auf keinen Fall aufs Spiel setzen. Keine Zigaretten mehr, das habe ich beschlossen. Und Alkohol nur am Wochenende.«

Frances stöhnte auf. »Das wird ja vergnüglich werden mit dir. Gott sei Dank ist Michael ein Säufer.«

»Ist er das wirklich?«

»Na ja, jetzt schon.« Frances lächelte, allerdings mehr für sich selbst. »Weißt du, ich freue mich darauf, den Mann zu sehen. Durch diese ganze selbstauferlegte Enthaltsamkeit bin ich irgendwie – ich weiß nicht – ich mag das Wort nicht sonderlich –«

»Geil geworden?«

»Dabei muß ich immer an Cowboystiefel und Peitschen denken.«

»Verdammt noch mal, Franny, du *bist* geil! Seit Jahren beneide ich dich gerade darum. Nun, vielleicht nicht direkt beneidet, aber bewundert habe ich dich deswegen.«

»So, so, geil also? Das muß ich Michael heute abend erzählen.«

Rosemary war überrascht. »Siehst du ihn auch am Wochenende?«

Frances zuckte mit den Schultern. »Jedenfalls sagt er das. Barbara muß irgendwo anders sein. Ich frage

273

nicht, er kommt einfach. Wenn ich da bin, ist es wunderbar, wenn nicht, gut, dann nehme ich an, geht er nach Hause.«

»Ich verstehe nicht, wie du das aushältst.« Rosemarys gute Laune ließ etwas nach. Wenn sie sich so gegenüber Ben verhalten hätte, vielleicht hätte dann ja alles viel länger gedauert.

»Fang nicht damit an, Rosemary. Das ist ein altes Thema. Michael und ich haben zusammen die Regeln festgelegt. Wenn einer von uns dabei den kürzeren zieht, will ich nur dafür sorgen, daß nicht ich das bin. Komm, mein Schatz, sehen wir zu, daß du nach Hause kommst. Und vergiß nicht, morgen früh als erstes den Schlosser anzurufen.«

Als sie in Wimbledon an der Einfahrt vor dem Tor hielten, sagte Rosemary: »Die ganzen Tulpen blühen schon. Allmählich zieht der Mai in den Garten ein.«

»Heißt das etwa, daß Ernie endlich aus seinem Schuppen herauskriechen wird?«

Sie holten Rosemarys Gepäck aus dem Wagen. »Es scheint, ich kann kommen, woher ich auch will, es geht nicht ohne die obligatorischen Plastiktüten«, stöhnte Rosemary, als sie sich beladen durch die Küchentür zwängten und alles auf den Tisch warfen. »Ich gebe sie meiner Mutter, wenn sie kommt. Sie faltet sie mit einem geradezu manischen Eifer und hebt sie alle auf. Gott weiß wofür. Willst du einen Drink oder einen Tee?« Sie griff nach dem Wasserkessel.

Frances sah auf die Uhr. »Einen Drink, mein Herz. Dann muß ich fahren.«

Rosemary ging zum Kühlschrank, um Eis zu holen. Bei der Spüle blieb sie stehen. Ein Becher mit einem

Rest Kaffee stand einsam in der Mitte des weißen Ausgusses. »Das sieht aber nicht nach Pat aus«, sagte sie. Zur gleichen Zeit hörten sie Schritte die Treppe herunterkommen. Wortlos drehten sie beide den Kopf zur Küchentür, von der aus man in die übrigen Teile des Hauses gelangte. Sie öffnete sich. Ben stand da, mit einer Hand an der geöffneten Tür, mit der anderen am Türrahmen. Er lächelte.

»Hallo, Rosie. Hallo, Frances.« Seine Augen ruhten auf Rosemary, während er die Worte an ihre Freundin richtete, die ihn mit offenem Mund anstarrte, in der ausgestreckten Hand ein brennende Zigarette, von der Rauchkringel in einen plötzlich von Spannung erfüllten Raum aufstiegen. »Schön, dich wiederzusehen.« Er bewegte sich auf Rosemary zu. Sie brachte kein Wort hervor.

Eine Ewigkeit schien zu vergehen, bis Frances sagte: »Ich kümmere mich um die Drinks.«

Ben legte seine Hand auf Rosemarys Arm. »Ich bin gegen Mittag zurückgekommen. Warst du weg? Ich habe zweimal angerufen.«

Noch immer unfähig, sich zu rühren, antwortete sie: »Ja. Shrublands.«

»Wo?« Er lachte. »Darf ich dich nicht küssen? Hast du mich vermißt?«

Frances stellte drei Gläser auf den Tisch. »Willst du dasselbe wie wir, junger Mann?« fragte Frances mit grimmiger Miene.

Er wandte sich zu ihr. »Was denn?«

»Wir Erwachsenen trinken einen Martini. Wenn du lieber Coke willst, ich bin sicher, daß im Speiseschrank noch eine Flasche von Ella steht.«

Ben brauchte einige Zeit, um ihre Worte zu verdauen, dann schenkte er ihr ein entwaffnendes Lächeln. »Auch einen Martini. Wird Zeit, daß ich mich den Erwachsenen anschließe.«

»Gute Idee«, versetzte Frances. »Entschuldigt mich, ich muß mal für kleine Mädchen. Rosemary, nun beweg dich und gieß ein.«

Dann war Frances aus der Küche, und Rosemary blickte Ben an. Er beugte sich zu ihr, um sie zu küssen, die Augen auf ihren Mund gerichtet, seine Hand wollte sich um ihren Nacken legen. »Nicht.« Ihre Stimme war scharf, sie drehte den Kopf zur Seite.

»Hast du mir immer noch nicht verziehen?«

Wieder zu ihm gewandt, fragte sie: »Weswegen denn? Das möchte ich gern von dir hören.«

»Daß ich dich angeschrien habe.«

Sie fing an zu lachen, hielt aber inne, als sie merkte, wie sich sein Gesicht verfinsterte, und blickte dann aus dem Fenster, in der Hoffnung, sie würde, wenn sie ihn nicht mehr ansah, zu zittern aufhören.

»Was immer du auch denkst«, sagte Ben, »an jenem Tag war nichts zwischen Betsy und mir.«

Sie beobachtete, wie sich draußen Ben, der Kater, durch die Tulpen an eine nichtsahnende Blaumeise heranpirschte, die zwischen den noch blätterlosen Sträuchern auf der Erde nach Futter pickte. Sie fühlte, wie Ben, der Mann, von hinten näherkam, und war bereits in der Falle. Er legte die Arme um ihren Körper, sie schloß, unfähig auch zu der kleinsten Bewegung, von einer panischen Angst ergriffen, die Augen.

Er flüsterte in ihr Haar: »Sie hat mir das Mittagessen gebracht, Rosie, sonst war nichts. Du hast mir keine Chance gegeben.«

Als sie seinen Atem spürte und die Hitze seines

Körpers, erkannte sie zu ihrer Bestürzung mit einer überwältigenden Klarheit, daß sie ihn noch immer begehrte. Frances kam in die Küche zurück, und Ben wandte sich ihr lächelnd zu. »Wir sind noch nicht dazu gekommen, die Drinks zu machen«, sagte er. »Soll ich's mal probieren?«

»Nein, danke. Man braucht jahrelange Erfahrung und eine gewisse Klasse, um einen perfekten Martini zu mixen. Ich hab den Eindruck, es fehlt dir an beidem.«

Ben runzelte die Stirn, nach einem kurzen Nachdenken warf er den Kopf zurück und brüllte los vor Lachen. »Wie komme ich eigentlich dazu, mich hier plötzlich als Staatsfeind Nummer eins zu fühlen? Will denn keiner meine Sicht der Dinge hören?«

»Nur Rosemary. Warte, bis ich weg bin. Märchen ekeln mich an. Ich bin in einem Alter, in dem ich schon so viele ertragen mußte.« Sie reichte Rosemary ein Glas und nötigte sie, sich auf einen Stuhl am Küchentisch zu setzen. »Hast du keine Nüsse?« fragte sie. »Oder vielleicht Chips? Irgend etwas, um den Ärger zu dämpfen?«

Ben lächelte. »Wer hat euch denn dieses Drehbuch geschrieben?«

»Gott«, erwiderte sie und stürzte den Martini hinunter. Dann beugte sie sich zu Rosemary und gab ihrer Freundin einen Kuß auf die Wange. »Ich werde mich jetzt mit meiner Alkoholfahne auf den Heimweg machen, Kleines. Meine üble Laune an Michael auslassen. Der arme Kerl, er wird ganz verdattert sein. Ich ruf später an.«

Sie gab Ben die Hand. »Auf Wiedersehen dann. Und alles Gute noch. Mit über vierzig riecht man übrigens schon aus einem Kilometer, ob etwas stinkt.« Und weg war sie; kurz darauf brauste sie in ihrem Wagen die Einfahrt hinunter.

Bleib, bleib, dachte Rosemary, *laß mich nicht allein mit ihm. Ich kann mich einfach nicht wehren gegen ihn, egal was mir mein Verstand sagt.* Einige Zeit blieben sie schweigend sitzen. Rosemary trank ihr Glas aus und goß sich aus der Karaffe, die Frances aufgefüllt und in den Kühlschrank gestellt hatte, ein weiteres ein. Als sie wieder zum Tisch ging, fragte sie: »Ach, Entschuldigung, willst du auch noch ein Glas?«

»Ich bedien mich schon selbst.«

»Das habe ich gemerkt«, entgegnete sie, setzte sich wieder und wartete ab, wie das Spiel zwischen ihnen beiden sich ganz von allein bis zum unvermeidlichen Ende weitertreiben würde.

»Rosie, Rosie, bitte glaub mir«, beschwor sie Ben. »Es gibt keine andere. Mit Betsy, das war nur ein einziges Mal. Und es passierte nur, weil du an jenem Freitag nicht gekommen bist, als ich dich darum bat. Ich war gekränkt. Erinnerst du dich?«

Sie sah zu ihm auf. Er stand am geöffneten Kühlschrank, sie spürte für einen Moment die kalte Luft und schauderte. Er ließ die Tür los, kam sofort zu ihr, kniete nieder und schlang seine Arme um sie. Sie wich nicht zurück. »Ich hatte keine Ahnung, daß etwas so Nebensächliches dich derartig aufregen würde«, flüsterte er. »Betsy ist völlig belanglos. Das hab ich dir schon mal gesagt.«

»Ben«, sagte sie und sah ihn nun an. »Ben, ich will das nicht. *Du* bist es, was ich will, aber nicht all das andere.«

»Es gibt nichts anderes. Versprochen.«
»Wo ist dein Gepäck?« fragte sie. »Warst du bei Gill?«
»Ich kam direkt hierher. Die Koffer sind oben.«
Sie starrte ihn an, machtlos in ihrem Verlangen nach ihm. Sie wünschte mehr als alles andere, ihm glauben zu können, sie wußte nur noch, daß sie sich nach der Berührung seiner Hände sehnte, nach der Hitze seines Körpers auf ihrem Körper, nach seinem Mund auf ihrem Mund, sie lechzte danach, ihn in ihrer Mitte zu spüren.
»Du bleibst hier?« flüsterte sie. »Was ist los?«
»Möchtest du mich, mein Schatz?« Er zeichnete mit seinem Finger zart die Linie ihres Mundes nach, den Blick auf ihre Lippen geheftet.
»Ach, Ben«, sie brach in Tränen aus. »Bring mich ins Bett. Ich habe dich so sehr vermißt.«

Kapitel 16

Der Mai wurde heiß. Plötzlich war der Frühsommer da und trieb die Menschen ins Grüne und an die See – nur das kalte Meer erinnerte noch an den Winter.

Ben holte sich einige zusätzliche Kleidungsstücke. Er fuhr eines Tages nach Hackney und kam am Abend in seinem alten Metro mit einem Koffer zurück. Rosemary verlangte keine Erklärung. Seinen Wagen hatte er außerhalb der Garage in Rosemarys Einfahrt abgestellt. Der Kater, froh, einen weiteren Schattenspender gefunden zu haben, suchte sich ein Plätzchen darunter. Eine veränderte Form von Normalität kehrte in das Haus ein.

Pat und Jennie teilte sie mit, daß sie einen Gast im Haus habe. »In ihrem Schlafzimmer!« sagte Pat eines Morgens naserümpfend zu Jennie, als diese um elf, um den Kaffee zu holen, an ihr vorbeiging. Jennie äußerte sich mit keinem Wort über die Affäre. Ihre Chefin war, was die Arbeitszeit anging, noch unberechenbarer geworden. Sie erschien nicht immer sofort nach Jennies Eintreffen und überließ ihrer Sekretärin nun Entscheidungen, die sie zuvor stets zusammen getroffen hatten. An manchen Tagen fuhr Rosemary zeitig in die Stadt, um Ben zu treffen, der morgens das Haus für eine Filmbesprechung oder ein Vorstellungsgespräch verlassen hatte und dann anrief und sie beschwatzte, mit ihm zu Mittag zu essen.

Es gab für Rosemary wenig zu tun in diesem Mai, sie konnte sich also ganz auf Ben konzentrieren. Es liefen Verhandlungen über eine regelmäßige Radiosendung auf einem der kommerziellen Kanäle, die Fernsehshow war verschoben worden, ohne daß schon ein späterer Termin für die Aufzeichnung festgelegt worden wäre.

Die Vorsprechproben von Ben waren für ausländische Filme, europäische oder amerikanische, und mehrere Fernsehspiele wurden im letzten Moment abgesetzt.

Aber Rosemary war keineswegs niedergeschlagen. Das Leben war mit Ben zu einer schönen Tagträumerei geworden. Er kam jede Nacht zu ihr zurück. Sie gingen häufig aus zum Essen (»Auf deine Kreditkarte, wette ich«, bemerkte Frances grimmig), an den anderen Tagen waren sie zu Hause, saßen abends im späten Sonnenlicht auf der Terrasse vor Rosemarys Wintergarten und tranken ihren Weißwein. Sie sagte mehrere Termine ab, zu denen sie persönlich hätte erscheinen sollen, wenn er frei war und verlangte, daß sie zu Hause blieb. Michael sagte nichts, außer zu Frances, die es dann an ihre Freundin weitergab. Sie sah einfach nicht ein, daß man ihr nicht klipp und klar sagen sollte, was sie da mit ihrem Leben und ihrer Karriere anstellte.

»Was für eine Karriere?« fragte Rosemary. »Du kannst Berühmtsein nicht Karriere nennen. Das ist nichts als Arbeit.« Sie saßen an einem Nachmittag zusammen im Garten und aßen etwas; zum ersten Mal seit Ewigkeiten waren sie allein zu zweit. Ben besuchte seinen Sohn, und Michael – es war Sonntag – verbrachte den Tag zu Hause bei seiner Familie. »Das klingt aber sehr nach Ben«, erwiderte Frances mit strenger Miene und musterte ihre Freundin kritisch. Sie hatten ihr Essen mit nach draußen genommen und sich unter den portugiesischen Lorbeerbaum in der Mitte des Gartens gesetzt. Der Kater lag unter dem weißen schmiedeeisernen Tisch und tat so, als ob er schliefe, aber das Zittern seiner Schnurrhaare verriet, daß er nur auf das Piepsen neugeborener Vögel lauerte. Zu seinem großen Ärger hatte Rosemary ihm ein Halsband mit einem Glöckchen umgelegt, das mit seinem Geklingel die Mauerschwalben warnte, wenn er durch das hohe Gras im verwilderten Teil des Gartens pirschte.

»Du sagst häufig Dinge, die von Ben stammen könnten«, meinte Frances.

Rosemary lächelte. »Ich bin glücklich, Frances. Verdirb mir das nicht.«

»Das fiele mir nicht im Traum ein, mein Schatz.

Wenn du glücklich bist, ist es ja prima. Spricht er von, wie war doch gleich ihr Name? Gill? Und von seinem Sohn?«

Rosemary schüttelte den Kopf. »Er vermißt James. Das ist alles, was er sagt.«

Frances zündete sich eine Zigarette an. »Rauchst du immer noch nicht?« fragte sie.

»Er mag es nicht, wenn ich rauche«, antwortete Rosemary. »Und wenn ich Diät mache. Wie du wahrscheinlich an meiner Taille sehen kannst.« Sie lachte und griff sich an die Polster auf ihren Hüften.

»Ist es nicht schwierig, nach so langer Zeit wieder mit einem Mann zusammenzuleben?« fragte Frances.

»Ein bißchen schon. Bestimmte Dinge sind jetzt aus meinem Leben verschwunden. Aber er gleicht so vieles aus. Ich vermisse ihn, sobald die Haustür hinter ihm zugeht, und ich warte den ganzen Tag auf das Geräusch des Schlüssels in der Tür.«

»Du lieber Himmel.«

»Ich bin verrückt, nicht wahr? Ella jedenfalls glaubt das, da bin ich sicher.«

»Hat *sie* noch ihre Liebschaft?«

»Ja.«

»Ich glaube, diese Familie war mir lieber, als es noch nicht so heimelig zuging«, bemerkte Frances mit einem Grausen. »Es herrscht zur Zeit eine Atmosphäre in diesem Haus, die mir irgendwie auf die Nerven geht.«

Rosemary lachte. »Ach, Franny, du bist unmöglich.«

»Hat deine Mutter ihn schon kennengelernt?« fragte Frances.

Zum ersten Mal während des Gesprächs machte Rosemary den Eindruck, als wäre ihr unbehaglich zumute. »Nein. Es ist wohl an der Zeit. Ich werde in dieser Woche was arrangieren.«

»Hurra!« Frances klatschte in die Hände. »Darf ich auch kommen? Laß mich dabeisein, bitte, bitte.«

»Auf gar keinen Fall«, gab Rosemary zurück. »Ich ruf dich am nächsten Tag an. Ich werde sie zum Tee hierherholen, und dann gehen wir alle zusammen zum Essen.«

»Das ist die köstlichste Idee, die mir seit Wochen begegnet ist, mein Liebling. Das wird einem von den beiden Beine machen, soviel steht fest.«

Nachdem sie an jenem Sonntag abend noch mit Ben gesprochen hatte, als er nach Hause gekommen war, rief Rosemary am nächsten Tag ihre Mutter an.

»Ich muß wegen dieses amerikanischen Films für ein zweites Gespräch um drei in der Stadt sein«, hatte ihr Ben mitgeteilt. Er hatte für sie beide Kaffee gemacht, und wie üblich war er Rosemary zu stark, aber sie sagte nichts. Er mochte ihn so.

»Ich werde sie mal anrufen. Vielleicht kann sie heute«, sagte sie. Sie stand auf und ging zum Wandapparat in der Küche. »Mum, ich bin's.«

»Es läuft gerade die neue Folge von ›Nachbarn‹«, entgegnete ihre Mutter.

»Entschuldigung. Soll ich noch mal anrufen?«

»Nein. Ich reg mich sowieso nur über den Akzent auf.«

Rosemary mußte lächeln. »Mum, willst du zum Tee kommen?«

»Heute?«

»Ja. Und danach, dachte ich, könnte ich dich zum Essen einladen. Irgendwohin, wo es nett ist.«

Ihre Mutter zögerte. »Na schön, warum nicht. Was für eine Überraschung!«

»Sie kann wirklich nie freundlich sein«, schimpfte Rosemary, nachdem sie den Hörer aufgelegt und sich wieder Ben zugewandt hatte.

»Wir sehen uns später, Rosie. Wo sollen wir mit ihr hingehen?« Er war aufgestanden.

»Bist du nicht aufgeregt?« fragte Rosemary, als er sie zu sich zog und die Arme um sie schlang.

»Nein. Sollte ich?« fragte er zurück und küßte sie auf den Hals, so daß sie ein Schauder überlief.

»Nicht, du Blödmann, da bin ich kitzelig.« Sie wich zurück und hielt ihn auf Armlänge von sich entfernt. »Du *solltest* aufgeregt sein. Sie wird einen Anfall kriegen.«

»Sag ihr nicht, daß ich hier wohne.«

Sie sah ihn ruhig an. »Wäre es dir lieber, sie *wüßte* nichts davon?«

Er zuckte mit den Achseln. »Es ist nur einfacher für dich.« Er nahm sich eine schwarze, in Öl eingelegte Olive aus der Schüssel, die auf dem Küchentisch stand, und steckte sie sich in den Mund. »Ich werde jetzt duschen und mir dann das Drehbuch für heute nachmittag ansehen. Wir treffen uns im Restaurant um die Ecke. Um acht?«

»Halb acht«, erwiderte sie. »Sie will um neun zu Hause sein.«

Er stöhnte auf und ging nach oben. Rosemary machte sich daran, die Reste ihres Mahls wegzuräumen. Sie überlegte, was sie ihrer Mutter erzählen sollte. Ben hatte zwar recht, es wäre besser, nicht zu erwähnen, daß er hier wohnte, aber irgendwie war sie doch enttäuscht von ihm. Plötzlich durchfuhr sie die Erkenntnis, daß ihre Beziehung noch immer sehr locker war und wahrscheinlich auch nicht von Dauer. Zum ersten Mal in diesem Mai befiel sie eine panische Angst, die nur schwer für sie zu ertragen war. Sie mußte an sich halten, um nicht nach oben zu stürmen und Ben mit dieser Angst und Erregung zu konfrontieren. Plötzlich war ihr zu Bewußtsein gekommen, daß die einzigen Anrufe, die er je erhalten hatte, von seinem Agenten waren. Sonst hatte immer er selbst angerufen; ihre Nummer hier in Wimbledon hatte er offenbar an niemanden weitergegeben. Sie mochte ja in den letzten Wochen, in denen sie einige Zentimeter über dem Boden geschwebt hatte, geglaubt haben, sie würden zusammenleben, aber was Ben betraf, war Wimbledon für ihn nicht mehr als seine derzeitige Anlaufstelle.

Ich werde eben dafür sorgen, daß er nie wieder hier weg will, sagte sie sich voller Ingrimm. Dann stellte sie die Geschirrspülmaschine an und ging nach oben, um sich für die Fahrt zu ihrer Mutter zurechtzumachen.

»Du hast zugenommen«, sagte Betty, als Rosemary sie zum Auto führte.

Rosemary half ihr in den Beifahrersitz und ging um den Wagen herum zur anderen Seite. »Danke, Mum«, brummte sie, bevor sie die Tür öffnete und ein Lächeln aufsetzte.

Es war warm genug, um im Garten zu sitzen, sie schob einen bequemen Sessel für ihre Mutter nach draußen und ging dann wieder hinein, um den Tee vorzubereiten und den Kuchen aufzuschneiden.

»Kein Zitronenkuchen?« fragte Betty und betrachtete

mißtrauisch das besonders gute Früchtebrot von Marks & Spencer.

»Entschuldige, ich hab es vergessen. Dann also keinen Kuchen?«

Ihre Mutter nahm die Tasse Tee, die sie ihr reichte. »Nur eine kleine Scheibe. Zu schwer für mich. Vor allem, wenn wir später noch etwas essen werden.«

»Wir gehen zu dem Italiener um die Ecke. Bist du einverstanden?« Rosemary legte die Scheibe Kuchen auf einen Teller und stellte ihn auf das Tischchen, das sie ihrer Mutter hingeschoben hatte. »Neben dem Teller ist eine Serviette«, sagte sie.

»Italienisch?« Betty rümpfte die Nase. »Ich kann keine Nudeln essen.«

»Dann nimmst du Fisch.«

Eine Zeitlang aßen sie schweigend. Es war so still, daß sie von weither einen Rasenmäher hören konnten. Der Duft der ersten Rosen strich ihnen verführerisch um die Nase. Die letzten Tulpen, die ihre Blüten spreizten und ihre schwarze Mitte zeigten, sahen in ihrer rotgoldenen Pracht wie Zigeuner aus. Von irgendwoher kam der Kater und legte sich zwischen sie.

»Dein Gärtner hat gar keine Streifen in den Rasen geschnitten. Du solltest den von den Browns am Ende meiner Straße sehen. Streifen auf einem Rasen sehen sehr schön aus. Dein Vater hat sie natürlich nie richtig hingekriegt.«

»Ich habe – *hatte* einen Freund hier wohnen, der mochte keine Streifen. Ich dachte, ich, nun, ich mag eben einfach das Grün«, schloß sie mit matter Stimme, auf einmal hin- und hergerissen zwischen Bens Abscheu vor Spießergärten mit Streifen und dem

Wunsch, ihre Mutter gerade an diesem Tag bei guter Laune zu halten.

Betty zuckte die Schultern.

Rosemary richtete ihren Blick nach oben, als ein Flugzeug mit großem Getöse in geringer Höhe über das Haus flog. Der Kater stand auf und streckte sich, dann schlich er zum nächststehenden Baum, um sich dort niederzulegen. Aus dem Augenwinkel nahm sie wahr, wie von der Kletterrose ein Schwall Blütenblätter auf das darunterliegende, in Sonnenlicht getauchte Beet verblühender Tulpen fiel. Trauer erfüllte sie. »Es kommt heute abend noch jemand mit zum Essen, Mum,« sagte sie schließlich. »Jemand, von dem ich möchte, daß du ihn kennenlernst.«

Betty blickte ihre Tochter scharf an. Sie reichte ihr die leere Teetasse, und Rosemary goß schweigend nach. »Danke.« Ihre Mutter rührte den Tee. »Was ist das für eine Person?«

»Ein Mann. Wir sehen uns ziemlich häufig zur Zeit, und ich dachte, es wäre ganz schön, wenn du ihn mal kennenlernst.«

»So, so. Ist es am Ende etwas Ernstes mit diesem Mann?« fragte ihre Mutter lächelnd, während ihr der heiße Dampf aus der Teetasse, die sie am Mund hielt, die Tränen in die Augen trieb.

»Na, Mum, etwas Spaß sollte wohl auch dabeisein, aber ja, ernst ist es mir schon mit ihm.«

»Werde ich ihn mögen?« fragte ihre Mutter.

Rosemary zögerte. Würde sie Ben mögen? Es hing völlig davon ab, in was für einer Laune er sich befinden würde und ob er sich entschließen könnte, bei dem Spiel mitzumachen. Soweit kannte sie ihn inzwischen. Sie betete darum, daß er seinen ganzen

Charme aufbieten würde. »Ich hoffe es«, antwortete sie. Weiter sagte sie nichts über Ben. Der Abend würde früh genug dasein.

Als sie am Abend ihre Mutter um halb acht in das Restaurant führte, wartete Ben bereits auf sie. Ein Blick in sein Gesicht, und Rosemary lächelte. Er würde mitspielen. Als sie an den Tisch traten, stand er auf. Ihre Mutter schaute zu ihm hoch, mit einem Mal zwerghaft klein neben seiner großen, mächtigen Erscheinung.

»Mum, das ist Ben Morrison. Ben, das ist meine Mutter, Betty Dalton.«

Mit einem Lächeln streckte er seine Hand aus. Ihre, winzig dagegen, blieb schlaff in seiner liegen, als er sie kräftig drückte. »Mrs. Dalton. Wie schön, Sie kennenzulernen. Wo wollen Sie sitzen? Dieser Stuhl hier ist der beste, dann sitzen Sie mit dem Rücken zur Wand.«

»Vielen Dank. Ja, das ist gut. Vielen Dank.«

Rosemary begriff, daß ihre Mutter eine Art von Schock erlitten hatte. Die leibhaftige Gegenwart Bens entsprach offenbar in nichts dem, was sie sich vorgestellt haben mochte. Mit ausdruckslosem Gesicht starrte sie ihn an. Er gab Rosemary einen Kuß auf die Wange, und sie lächelte zu ihm auf, während er ihren Stuhl heranschob.

»Ich habe Wein bestellt«, sagte er, »ich hoffe, das ist recht so.«

»Sehr gut. Mum, nehme ich an, wird einen Sherry trinken wollen. Nicht wahr, Mum?«

Betty riß sich von dem Anblick des Mannes los, der ihr gegenüber am Tisch saß, und wandte sich zu ihrer Tochter. »Wie bitte?«

»Ob du einen Sherry willst?«

Ben streckte unvermittelt seine Hand aus und legte sie auf Rosemarys.

»Wart mal. Ich wette, ich weiß, was Ihnen gefallen würde, Mrs. Dalton. Haben Sie nicht, als Sie ein junges Mädchen waren, ›Gin mit‹ getrunken?«

Betty blickte ihn wieder an. Sie hatte die zwei Hände vor ihr auf dem Tisch registriert. Ben spielte mit dem Ring am Finger ihrer Tochter. Plötzlich sagte sie: »Sie können ruhig Betty zu mir sagen, junger Mann. Vor allem, wenn sie mir einen ›Gin mit‹ spendieren.«

Ben lachte, und dann lachte auch Betty. Rosemary sah sie an. Sie konnte sich nur mit Mühe daran erinnern, wann ihre Mutter das letzte Mal Gin getrunken hatte, und gar erst mit süßem Wermut.

Als die Getränke serviert worden waren, beugte sich Ben zu Betty und sprach auf sie ein, während sie ihn über den Rand ihres Cocktailglases hinweg mit blitzenden Augen ansah.

Mein Gott, dachte Rosemary, *sie flirtet mit ihm. Sie benimmt sich wie ein junges Mädchen.*

Nachdem der Wein eingeschenkt war – ihre Mutter umklammerte weiter ihren »Gin mit« –, hob Ben sein Glas. »Das ist meine Vorstellung von einem gelungenen Abend«, sagte er, »ihn mit zwei schönen Frauen zu verbringen.«

Betty kicherte und nippte an ihrem Cocktail. »Ach, das ruft Erinnerungen wach«, seufzte sie, als sie den einst so vertrauten Geschmack auf ihrer Zunge spürte.

Sie ist ganz nett, dachte Rosemary, *sie brauchte nur etwas Aufmerksamkeit.*

Der Abend gehörte Ben. Er war charmant und verführerisch, und als er Betty mit Rosemarys Wagen nach Hause fuhr (Rosemary saß hinten, Betty eingewickelt und angeschnallt vorne neben Ben), wußte sie, daß ihre Mutter fast so verzaubert von ihm war wie sie selbst.

»Wie war ich?« fragte er, nachdem sie Betty ins Haus begleitet hatten und er auf der Suche nach eventuellen Eindringlingen durch jeden dunklen Raum gegangen war.

»Bis zum nächsten Mal, Ben«, hatte ihre Mutter gesagt und ihm eine errötete, mittlerweile von Puder befreite Wange zum Kuß hingehalten. »Es war ein reizender Abend.«

»Du warst einfach wunderbar«, gab Rosemary zur Antwort, als sie abfuhren und ihre Mutter an der Haustür winkend zurückließen. Sie drehte sich um und sah, wie Betty noch dem in die Dunkelheit davoneilenden Auto nachschaute.

»Du bist ein Genie, Ben. Sie war vollkommen hingerissen von dir. Ich habe sie nie so erlebt – nicht mit einem Mann.«

»Mutter und Tochter, hä? Bin ich schlau, oder?«

»Du *bist* schlau.« Sie küßte ihn auf den Arm, der, während sie an einer Ampel warteten, ruhig auf dem Steuer lag.

Er lächelte und wirkte zufrieden mit sich selbst. Als sie losfuhren, streckte er seine Hand aus, um sie zu berühren. »Du sollst mich spüren, Rosie«, sagte er, »fühl nur, wie heiß ich auf dich bin.«

Noch immer schwer von zuviel Essen und Wein, nahmen sie einander schnell und gierig, sobald sie zurück in Wimbledon waren. Gegen die Küchentür gelehnt, bedrängte er sie ungestüm, zerrte ihren altmodischen Seidenbody zur Seite, zog heftig ihren Kopf zu sich heran und preßte ungeduldig seine Zunge in ihren Mund.

»Ich will dich, ich will dich, o Ben, ich will dich.«

Er sagte nichts, gab wie immer bei seinem Orgasmus keinen Laut, er wartete nicht auf sie, und sie war noch immer feucht und voller Verlangen nach ihm, atmete schwer gegen seine Brust, weinte und lachte, die Augen noch immer geschlossen.

»Ich liebe dich, ich liebe dich«, flüsterte sie mit Tränen auf den Wangen.

Er zog den Gürtel seiner Jeans wieder fest und hob mit einer Hand ihr Kinn. Sie zitterte so sehr, daß sie kaum aufrecht stehen konnte. »Laß uns zu Bett gehen, Rosie«, sagte er. »Es war ein langer Tag. Ich könnte eine ganze Woche schlafen.«

Bis sie im Badezimmer fertig war, schnarchte er schon leicht und bewegte sich kaum, als sie ins Bett kroch. »Mach das Licht aus«, murmelte er, ohne die Augen aufzumachen.

Sie langte mit ihrer Hand hinüber und löschte das Licht an ihrer Seite. Sie hätte gerne noch gelesen, wie sie es ihr ganzes Leben lang im Bett gemacht hatte. Aber Ben mochte es nicht, wenn das Licht anblieb, und so lag sie da und starrte auf die Zimmerdecke, wo das Mondlicht die Schatten der Wolken über die weiße Fläche jagte. Die fröhliche Stimmung des Abends war gewichen. Sie fühlte sich allein. Das ist albern, sagte sie sich. Beziehungen funktionieren nun mal so. Aber es wurde drei Uhr, bis sie endlich einschlief. Dann war plötzlich der Morgen da, und beim Aufwachen hörte sie Ben nebenan unter der Dusche singen.

Kapitel 17

Es war an diesem Abend, als sich alles zu ändern begann«, sagte sie Monate später zu Frances. Irgend etwas hatte sich verschoben, etwas, das sie nicht zu benennen wußte.

Ben war am Morgen mit seinem Wagen und einer kleinen Reisetasche in die Stadt gefahren. »Ich bring was in die Reinigung«, hatte er verkündet, als sie einen fragenden Blick auf die Tasche warf.

Sie hatte ihn bis zur Hintertür begleitet, die er nahm, um Pat auszuweichen, die gerade im Wohnzimmer saubermachte. »Bist du zum Abendessen zurück?« fragte sie. Er warf ihr eine Kußhand zu und machte ein finsteres Gesicht, als der Metro nicht starten wollte.

»Weiß nicht!« rief er ihr durch den Lärm zu, den der plötzlich anspringende alte Wagen verursachte. »Warte nicht auf mich, Rosie. Bis später.« Und er fuhr davon.

Dann sprach sie mit ihrer Mutter, die anrief, um ihr für den Abend zu danken. »Das ist ein sehr netter junger Mann«, sagte Betty.

»Ich bin froh, daß er dir gefällt, Mum.«

»Er ist ein bißchen jung für dich, oder?«

»Wahrscheinlich«, erwiderte Rosemary.

»Laß dich nicht zu sehr darauf ein, Rosemary. Es wird dir nur Kummer machen, wenn er mal jemanden in Ellas Alter kennenlernt. Hin und wieder zum Essen ausgehen, nichts dagegen. Es ist schön, wenn man junge Freunde hat.«

»Ja, Mum.«

Die Kopfschmerzen, die sich eingestellt hatten,

nachdem Ben gefahren war, ließen den ganzen Vormittag nicht nach. Sie rief Michael an. »Kann ich unser Essen heute absagen?« fragte sie sofort, nachdem er sich gemeldet hatte.

»Irgendwas nicht in Ordnung?« erkundigte er sich.

»Nein, nein, ich hab nur wieder meinen Kopfschmerz. Und ich fürchte, es könnte eine Migräne draus werden. Ich glaube, es hätte wirklich nicht viel Sinn, Geschäftliches zu besprechen.«

»Wir müssen uns aber diese Woche treffen«, beharrte er, »falls du überhaupt über diese Sendereihe im Radio reden willst.«

Sie schloß die Augen. »Ich melde mich später noch mal. Ich muß los und mir ein paar von den Migränetabletten holen.«

»Ruf mich vor fünf an, Rosemary. Einverstanden?«

»Ja, geht in Ordnung.«

Als sie von der Apotheke zurückkam, war es nach zwölf, und Pat war bereits fort. Von Ella war eine Nachricht auf dem Anrufbeantworter. »Kann ich mit Jo an diesem Wochenende nach Hause kommen, Mum? Ich bin sogar bereit, Ben zu ertragen.«

Ich rufe sie später zurück, entschied Rosemary und schluckte zwei Tabletten mit dem Glas Wasser, das sie in den Wintergarten mitgenommen hatte. Der Juni hatte Regen gebracht, und es war, ganz typisch für den englischen Sommer, ziemlich frisch. Sie fröstelte und ging nach oben, um eine Wolljacke zu holen.

Im Kleiderschrank waren einige Bügel zwischen den wenigen Sachen, die Ben gehörten, leer. Sie runzelte die Stirn und legte eine Hand an den Kopf, als könne sie damit die Schmerzen lindern.

»Wie es scheint, hat er einige Kleidungsstücke mitgenommen«, berichtete sie Frances. Sie hatte beschlossen, ihre Freundin anzurufen, nachdem sie sich selbst überredet hatte, daß ein kleines Glas Sherry ihre Kopfschmerzen unmöglich weiter verschlimmern konnte.

»Zur Reinigung?« fragte Frances.

»Seine Jeans. Die kommen nicht in die Reinigung.« Sie sehnte sich nach einer Zigarette. »Ist er fortgegangen, Franny? Es kommt mir alles so unheilverkündend vor, ich weiß auch nicht, warum.«

»Daran würde ich nicht einen Augenblick glauben. Daß er weg ist, meine ich.« Ihre Freundin machte eine Pause am anderen Ende der Leitung, und Rosemary hörte das Rascheln von Cellophan.

»Verdammt, ich brauche eine Zigarette«, stieß sie hervor.

»Nun dreh nicht wieder durch, Darling.« Frances' Stimme klang besorgt.

»Entschuldige.«

»Und hör um Himmels willen auf, dich zu entschuldigen. Du tust das ziemlich oft in der letzten Zeit. Hör zu, ich komme heute abend vorbei. Mit Michael.«

»Nein, nein, das ist nicht nötig«, entgegnete Rosemary rasch. »Ich bin sicher, daß er sich melden wird. Ich verstehe nur nicht, warum ich so schnell die Ruhe verliere. Was ist bloß los mit mir?«

»Nicht genug Schlaf. Geh und leg dich hin. Wir rufen dich später an. Paß auf dich auf, Kleines. Mach's gut.«

Sie schaute, ohne großen Appetit zu haben, im Kühlschrank nach, ob sie etwas Einfaches zu essen fand. Auf einer Untertasse lag, nicht abgedeckt, ein Stück Wurst. Das Fett ringsherum war hart und weiß geworden. Sie nahm das Stück und begann es zu essen; der leere Untersetzer blieb im Kühlschrank stehen. Sie fragte sich, wie lange die Wurst wohl schon dort lag. Ben war derjenige, der Wurst aß. *Wahrscheinlich wird mir schlecht davon werden,* dachte sie – so als ob eine körperliche Übelkeit die plötzliche Leere überdecken könnte, die Bens seltsamer Aufbruch in ihr hinterlassen hatte.

Oben auf dem Bett liegend, sah sie zu, wie der Regen gegen das Fenster prasselte; mit der Zeit pochte ihr Kopfschmerz im Takt des unerbittlichen Trommelns auf der Glasscheibe. Sommerregen. Wärme. Baumwollkleider unter bunten Schirmen. Eilige Füße, die Schutz suchten. Die Laute der Mauerschwalben, die ihre Jungen unter dem Dachvorsprung fütterten, im Ohr, glitt sie in einen sorgenvollen, schweren Schlaf.

Sie träumte von dem dreijährigen Jonathan, der in der Nacht nach ihr schrie. Panische Angst. Die Füße zu schwer, um die Stufen hochzusteigen. Ich muß zu den Kindern. Die Schreie verstummten. Kein Laut in ihren Zimmern. Sein blonder Schopf auf dem Kissen, im Gesicht ein Lächeln. Kein Grund zur Sorge. Kein Grund, sich zu ängstigen. Die Hände ausstrecken, um seinen kleinen, nach Wärme duftenden Körper zu wiegen. Sein Lächeln, sein Kopf – abgetrennt von dem winzigen Leib. Blut, klebrige Hände auf dem weichen, hellen Haar. O Gott, hilf mir, hilf mir – mein Baby!

Sie erwachte, schweißgebadet und in Tränen aufgelöst. Sie setzte sich auf, der Magen tat ihr weh von der verdorbenen Wurst, die sie hinuntergeschlungen hatte. Der Regen hatte aufgehört. Es war dämmerig. Das Telefon klingelte.

»Mum?«

»Ella? Ach, Liebes, ich habe geschlafen. Und von dir geträumt. Nein, von Jonathan.«

»Alles in Ordnung mit dir, Mum?« fragte Ella. In der Leitung knisterte es.

Rosemary strich sich die Haare aus dem Gesicht. »Mir geht's gut, Darling. Ich hatte Migräne, deshalb habe ich mich was hingelegt.«

»Können wir am Wochenende kommen?«

»Natürlich.« Ihr fiel ein, daß sie noch immer nicht in Nottingham gewesen war, um sich eines ihrer Stücke anzusehen. »Wann hast du Schluß, Ella?« fragte sie ihre Tochter.

»In zwei Wochen. Kommst du noch?«

Rosemary gab sich einen Ruck. »Ja, Darling. Nächste Woche. Paßt es dir?«

»Wunderbar. Unser letztes Stück ist ›Macbeth‹.«

Rosemary sank der Mut. »Oh, wie schön.«

»Wir kommen Samstag spät abends, wie das letzte Mal. Bis dann.«

Als sie den Hörer auflegte, wurde sich Rosemary bewußt, daß sie zum ersten Mal seit Jahren eine Unterhaltung mit ihrer Tochter geführt hatte, in der kein einziges Schimpfwort gefallen war. Sie wählte die Nummer von Jonathan in Birmingham. Eine junge weibliche Stimme meldete sich.

»Tut mir leid, Mrs. Downey, sie sind nicht hier. Ich bin die Babysitterin.«

»Richten Sie bitte nur aus, daß ich angerufen habe. Sonst nichts. Nur schöne Grüße.« Sie legte die Kleider ab und schlüpfte in einen Bademantel, wobei sie den warmen Frotteestoff eng um ihren schmerzenden Bauch zog. Ihr Gesicht war ohne Make-up. Sie bürstete sich das Haar streng nach hinten und betrachtete sich im Badezimmerspiegel. Ihre Augen waren vom Schlaf geschwollen, ihre Haut wirkte grau und schlaff. »Du lieber Himmel«, murmelte sie und begab sich, ohne das zerknautschte Bett glattzustreichen, nach unten in die Küche.

Sie machte sich eine heiße Milch: Säuglingsnahrung, um im Geschmack der Kindheit Trost zu finden. Es war keine Nachricht auf dem Anrufbeantworter.

Sie setzte sich und schaute sich teilnahmslos die Zehnuhrnachrichten im Fernsehen an. Es hatte Zeiten gegeben, in denen sie über das, was in der Welt passierte, auf dem laufenden war. Es hatte Zeiten gegeben, in denen sie noch nicht verliebt war. Sie konnte sich nicht daran erinnern, sich jemals so apathisch gefühlt zu haben. Er kam nicht nach Hause. Nicht nach Wimbledon. Nicht zu ihr. War sie nur einfach langweilig für ihn geworden? Oder hatte er bei den Worten »du mußt meine Mutter kennenlernen« plötzlich die Fesseln der Dauer und Beständigkeit gespürt? Ihm einen Schritt voraus – nein, da wollte er sie nicht haben.

Als es plötzlich klingelte, zuckte sie zusammen. Die Stirn in Falten legend, ging sie zur Haustür. Von draußen rief Frances: »Wir sind's, Schätzchen, mach auf. Ich habe Zigaretten und Champagner mit.«

Rosemary öffnete. Beim Anblick ihrer Freundin, die mit Michael vor der Tür stand, glitt ein Lächeln über ihr Gesicht.

»Mein Güte, du siehst ja furchtbar aus«, stieß Frances hervor und stolzierte nach einem schnellen Kuß zur Begrüßung ins Haus.

Sie nahmen am Küchentisch Platz. Michael nippte

an seinem Glas und beobachtete sie schweigend. Frances gab ihr eine Zigarette. »Wenn es dir besser geht, hörst du wieder auf«, sagte sie.

»Noch mal?« entgegnete Rosemary. »Du verführst mich ja doch immer wieder.«

Sie blieben bis nach Mitternacht. »Barbara ist nicht da«, führte Frances als Erklärung an. Michael schaute weg, als der Name seiner Frau fiel. Außerstande, Rosemarys Blick zu begegnen, erhob er sich und ging zum Kühlschrank, um Wein zu holen. *Um sein schlechtes Gewissen zu ersäufen,* dachte Rosemary. Ihr Agent war dünner geworden und wirkte besorgt. Jetzt wurde ihr bewußt, daß sie im letzten Monat so sehr mit Ben beschäftigt gewesen war, daß sie die Probleme ihrer Freunde – und sie hatten ganz offensichtlich welche – nicht bemerkt, ihnen keinerlei Beachtung geschenkt hatte.

Nachdem sie gegangen waren – ›eine Nacht zusammen!‹ sagte Frances, als sie in Michaels Wagen stiegen –, ging Rosemary sofort nach oben ins Bett, ohne sich um das Durcheinander in der Küche zu kümmern. Nach einer halben Stunde schlief sie ein; der Fernseher am Fuß des Bettes lief weiter.

Am nächsten Morgen wurde sie vom Frühstücksmagazin geweckt. Sie wartete und lauschte, was Pat unten machte. Es war fast neun. Der Platz von Ben in ihrem Bett war leer, und sie wünschte, sie könnte bleiben, wo sie war, geborgen und warm unter dem ungewohnt ordentlichen Federbett.

Am darauffolgenden Sonntag nachmittag hatte sie ihre Mutter zum Tee bei sich. Joanna und Ella waren im Garten und spielten auf dem Rasen Krocket.

Während Bens Abwesenheit war wieder eine gewisse Ordnung in ihr Leben eingekehrt. Es gab nun keine Ausflüchte mehr, um einem Treffen mit Michael und dem Gespräch über ihre beruflichen Angelegenheiten aus dem Wege zu gehen. Ihr Agent war wegen der Sendereihe im Radio zu einer Übereinkunft gekommen, und Pläne für eine morgendliche Fernsehsendung, die im Oktober beginnen sollte, nahmen allmählich Gestalt an. Es handelte sich um eine Spielshow. Ihr war die ganze Idee zuwider, aber das Geld beziehungsweise das Ausbleiben der regelmäßigen Überweisungen bereitete ihr Sorgen. Es war ein wenig ertragreicher Sommer gewesen, und entgegen Behauptungen, die von Lichtstreifen am Horizont sprachen, gab es kaum konkrete Anzeichen von Besserung.

»Die Zeiten sind schwierig, und zwar überall«, hatte Michael erklärt.

»Sag bei dem Ratespiel zu«, wies sie ihn an. »Wie könnte ich mich beklagen? Jedenfalls kann ich bei diesem allgemeinen Klima keine Arbeit ablehnen. Ich würde ein schlechtes Gewissen bekommen. Ella wird in absehbarer Zeit ihren eigenen Haushalt haben, und selbst Jonathan muß damit rechnen, arbeitslos zu werden. Ich überlasse alles weitere dir, in Ordnung?« Und niedergeschlagen war sie fortgegangen, nachdem sie ihre auf einmal absteigende Karriere in die Hände eines anderen gelegt hatte. Der Riß in ihrem Privatleben schloß sich ein wenig, mit Geldsorgen, die in ihr hochkrochen und sich in den Winkeln ihres Kummers einnisteten.

Rosemary und ihre Mutter saßen im Wintergarten und sahen den Mädchen auf dem Rasen zu, die unter

Gelächter mit ihren Kroketschlägern ungestüm den Ball traktierten. »Joanna scheint nett zu sein«, bemerkte ihre Mutter.

»Das ist sie«, erwiderte Rosemary mit Bestimmtheit. Sie hörte, wie jemand die Haustür aufschloß, und wandte sich um. Ihre Mutter schlürfte ihren Tee und kaute an ihrem Zitronenkuchen.

Aus dem Flur kam Bens Stimme: »Rosie?«

»Wer ist das?« fragte Betty.

»Ich muß die Haustür offengelassen haben. Einen Moment, Mum.« Sie ging in den Flur.

Verlegen stand er da, den Schlüssel in der Hand, zu seinen Füßen die kleine Reisetasche. Die Tür hinter ihm war noch offen. »Hallo, Rosie.«

Sie starrte ihn an. Ihr Herz flatterte wie ein Schmetterling mit rasenden Schlägen bis zum Hals, der sich zusammenschnürte. Sie brachte kein Wort hervor. Auf dieses Szenario war sie nicht vorbereitet. Als sie ihre Stimme wiedergefunden hatte, klang sie auf eine trügerische Weise normal. »Ein Anruf vorher wäre besser gewesen.«

»Nun mach es mir nicht so schwer«, stöhnte er. »Ich weiß, ich komme ziemlich überraschend, aber ich mußte dich unbedingt sehen.« Er folgte ihr in die Küche.

»Wir trinken gerade Tee«, sagte sie. »Willst du auch welchen?«

Er streckte seine Hand aus, um sie zu berühren.

»Nicht«, wehrte sie ab, »nicht jetzt. Wir können jetzt nicht reden. Ich habe Besuch. Du kannst entweder mit uns bleiben oder später wiederkommen. Aber ich verlange auf jeden Fall eine Erklärung.«

Er sah sie einen Moment lang an. Dann sagte er: »Ich bleibe. Gib mir einen Becher. Wer ist da?«

Sie ging zum Geschirrschrank, um ihm eine Tasse und eine Untertasse zu holen, und übersah dabei geflissentlich den Becher, den sie immer als »seinen« angesehen hatte. Er sollte wie ein ganz normaler Gast behandelt werden. »Meine Mutter.«
»Oh, fein.«
»Und Ella mit einer Freundin, Joanna.«
»Scheiße.«
Sie warf ihm einen Blick zu. »Ich bin sicher, du wirst damit zurechtkommen. Willst du ein Stück Zitronenkuchen?«
»Autsch.«

»Und dann folgte das skurrilste Teekränzchen, das ich je veranstaltet habe«, berichtete sie Frances in der nächsten Woche. Betty war entzückt, ihn zu sehen. Sie hielt ihm ihre Wange zum Kuß hin, klimperte mit den Wimpern und ließ sich zu einem Sherry überreden, als der Abend nahte. Ella war kühl und offensichtlich entschlossen, sich mit ihm anzulegen. Joanna wurde stiller und stiller, hielt den Kopf gesenkt und wandte jedesmal, wenn Ben eine Bemerkung an sie richtete, die Augen zur Seite. Als er merkte, daß sein Flirten nicht wie gewohnt ankam, konzentrierte er seine Bemühungen auf Betty. Rosemary war bemüht, bei der Unterhaltung alle gefährlichen Klippen zu umschiffen, und als es halb sechs war, hielt sie es für angemessen, eine Flasche Wein aufzumachen und den süßen Sherry zu entkorken, den sie in einer Ecke eines Küchenschränkchens versteckt hatte.

»Ich bringe Oma nach Hause«, flüsterte Ella ihrer Mutter zu, als sie ihr beim Zubereiten der Drinks half.

Rosemary lechzte nach einer Zigarette. Sie hatte sich bereits einmal hinter die Küchentür gestellt, sich hastig eine Zigarette angezündet und sie so schnell geraucht, daß ihr schwindlig wurde und sie auf dem Weg zurück in den Wintergarten schwankte. »Dann trink nur ein Glas Wein«, flüsterte Rosemary zurück. »Mum wird sich furchtbar anstellen, wenn es mehr ist.«

»Schon gut, schon gut. Verdammte Scheiße, ist das ein absurdes Theater!« zischte Ella, während sie die Gläser auf ein Tablett stellte. Es war das erste Mal an diesem Wochenende, daß ihre Tochter fluchte.

Als Ella mit Betty abgefahren war und Joanna sich nach oben zurückgezogen hatte, blieben Ben und Rosemary allein im Wintergarten. Rosemary steckte sich eine Zigarette an und betrachtete draußen die länger werdenden Schatten. Die Mädchen hatten das Krocketspiel im Garten gelassen. Es war kühler geworden, und ein plötzlicher Windstoß erfaßte das dichte Laub der Bäume und warf es hoch der untergehenden Sonne entgegen.

Ben nippte an seinem Wein und wirkte bedrückt. »Darf ich mich zu dir setzen?« fragte er schließlich.

Sie zuckte mit den Achseln, drehte ihren Kopf zu ihm und sah ihn an. Er rührte sich nicht. Als ihre Zigarette zu Ende geraucht war, zündete sie sofort die nächste an. »Was war los?« wollte sie wissen und fragte sich, ob er wohl bis in alle Ewigkeit schweigend dasitzen wollte. Nun zuckte er bloß mit den Schultern. »Wo bist du gewesen?« forschte sie weiter. »Ist es mir erlaubt, das zu fragen? Habe ich wenigstens dazu das Recht?«

Er bewegte sich unruhig. »Mach es mir nicht so schwer, Rosie. Ich hatte einige Dinge zu erledigen –

zu regeln. Es ist mir zu eng hier geworden, zu heimelig.«

Sie blickte ihn an. Er hatte es geschafft, daß *sie* sich schuldig fühlte. »Ich habe dich nicht darum gebeten, hier zu wohnen.« Sie mußte sich zwingen zu reden und versuchte, Wut in sich zu finden. Aber sie empfand überhaupt nichts. Nur ein leichtes Erstaunen über seine Arroganz und dazu das Entsetzen über sich selbst, daß sie ihn noch immer begehrte. »Und was nun?« fragte sie zum Schluß.

»Das hängt von dir ab.«

»Also, wie ging's weiter?« fragte Frances zwei Tage später am Telefon.

»Was glaubst du?«

Ihre Freundin stöhnte auf. »Rosemary, nein, du machst doch nicht etwa weiter mit ihm? Mein Schatz, sag mir, daß es nicht wahr ist.«

»Aber nur unter veränderten Bedingungen. Ich versichere es dir. Er wohnt nicht mehr bei mir. Wir sehen uns lediglich von Zeit zu Zeit.«

»Im Bett«, stellte Frances fest.

Rosemary zögerte etwas, bevor sie fortfuhr. »Er ist am Sonntag nicht geblieben, Joanna und Ella waren ja da. Er mag Jo nicht. Gestern abend lud er mich zum Essen ein.«

»Und blieb dann bei dir?«

»Ja.«

Frances seufzte am anderen Ende der Leitung. »Ich geb's auf. Und wie fühlst du dich?«

»Besser.« Rosemarys Stimme klang fröhlicher. »So ist es in Ordnung. Hin und wieder gehen wir zusammen essen. Es ist besser für mich.«

»Nein, mein Herzchen. Es ist besser für ihn.«

»Er schläft mit keiner anderen, Franny. Ich habe ihn gefragt, und er hat nein gesagt. Ich habe ihm klargemacht, daß ich keine Beziehung mit einem Mann haben kann, der mit jeder ins Bett geht.«

»Mein Gott, was ist nur dran an ihm? Hat er den längsten Schwanz der ganzen Christenheit?«

Sie vermochte niemandem verständlich zu machen, warum sie Ben ein weiteres Mal nachgegeben hatte. Alles was sie wußte, war, daß sie sich einfach nicht in der Lage fühlte, in ihrem Leben ohne ihn zurechtzukommen. Ella und Joanna waren am Montagmorgen abgefahren; die letzte Woche ihres Engagements in Nottingham lag vor ihnen. Keine von beiden hatte danach einen Job in Aussicht.

»Kommst du dann am nächsten Wochenende wieder nach Hause zurück?« fragte Rosemary ihre Tochter, die dabei war, die wenigen Sachen fürs Wochenende planlos in die Reisetasche zu stopfen.

»Ja. Ist es okay, wenn Joanna mitkommt?«

Rosemary legte die Stirn in Falten. »Du meinst, um hier zu wohnen? Dauerhaft?«

»Nein, Mum, nur bis wir zusammen was gefunden haben.«

Rosemary zögerte einen Moment, dann kam sie sich selbst kleinlich vor und sagte: »Natürlich, mein Schatz. Aber bitte, keine Gehässigkeiten, wenn Ben hier übernachtet.«

»Versprochen.« Ella hob den Arm und salutierte. »Pfadfinderehrenwort.« Sie zog den Reißverschluß an ihrer Tasche zu und warf sie über die Schulter. »Du weißt, daß ich dich für verrückt halte, nicht wahr?« bemerkte sie.

»Ja. Aber nur, weil du mich nie so erlebt hast.«

»Das ist wahr, Mutter.« Ella schickte sich an, den Raum zu verlassen.

Rosemary blickte auf das Chaos um sie herum, das durch die Packerei verursacht worden war. »Willst du das Zimmer in diesem Zustand hinterlassen?« fragte sie.

Ella schaute kurz über die Schulter. »Irgendwas muß doch wenigstens gleichbleiben«, spöttelte sie.

Rosemary war klar, daß sie sich damit, wie ihre Beziehung zu Ben jetzt aussah, nicht zufriedengeben würde. Im Wissen darum nistete sich der Zweifel in einem Winkel ihres Herzens ein, ein Zweifel, den sie nicht wieder loswerden konnte.

Sie war in der anschließenden Woche nach Nottingham gefahren, um Ella in »Macbeth« zu sehen. Sie spielte Lady Macduff. »Du warst wunderbar«, versicherte sie ihr danach in der Bar, bevor sie ihre Tochter und Joanna zum Essen ausführte.

Die beiden strahlten. »Hast du ein Hotel reserviert, Mum?« fragte Ella. Sie saßen in einem chinesischen Restaurant. Rosemary stocherte in einem kurz angebratenen Gericht mit Nudeln herum. Seitdem sie wieder rauchte, hatte ihr Appetit nachgelassen.

»Nein, Liebes, ich fahre zurück. Ich muß morgen früh einige Dinge erledigen. Du kommst doch am Sonntag?«

»Ja.« Ella verzog das Gesicht und musterte ihre Mutter mit prüfendem Blick. Heute war Donnerstag, und das vorige Wochenende, an dem Ben wiederaufgetaucht war, schien schon eine Ewigkeit zurückzuliegen. Rosemary hatte ihn seither zweimal gesehen,

Montag und Mittwoch. Das zweite Mal hatte er nicht einmal vorher angerufen, sondern war gleich vorbeigekommen, gerade als die Neunuhrnachrichten begannen. Er schien sich so sehr darüber zu freuen, sie zu sehen, und war so überaus zärtlich, daß sie sich beherrschte und keine sarkastische Bemerkung über einen eventuellen vorherigen Telefonanruf fallenließ. Dann hatten sie sich leidenschaftlich bis zur Raserei geliebt. Noch immer begierig aufeinander, hatte sie sich eingeredet, daß sie in ihm all das finden könnte, was sie sich immer ersehnt hatte, unabhängig davon, welche Rolle er gerade spielen würde. Sie verschwieg Ella, warum sie die gleiche Nacht noch zurückfuhr: daß sie hoffte, Ben würde wieder bei ihr sein. Die Zufahrt vor dem Haus war jedoch leer, und ärgerlich über sich selbst, daß sie daraufhin sofort allen Mut verloren hatte, ging sie ins dunkle und einsame Haus.

»Du bist nicht glücklich«, sagte Frances zu ihr, als sie eines Tages beim Mittagessen saßen.

»Du genausowenig«, gab Rosemary zurück.

»Ach so«, versetzte Frances, »wir machen uns jetzt gegenseitig Vorwürfe, ist es schon soweit?«

Rosemary seufzte. »Ach, Franny, ich weiß nicht. Er kommt einfach. Und nachdem wir was gegessen und getrunken haben, gehen wir ins Bett, und am nächsten Morgen sagt er ›Rosie, Liebling, du bist mein ein und alles‹ und geht wieder.«

»Wo wohnt er?« fragte Frances.

»Er sagt, daß er bei Cousins von sich ein Zimmer hat.«

»Glaubst du ihm?«

»Ich muß wohl.«

»Hast du die Telefonnummer?«
»Ja.«
»Rufst du ihn dort an?«
»Nein.« Frances warf ihren Kopf zurück und stöhnte laut auf. »Ach, mein kleiner Liebling, du gehst auch jeder Konfrontation aus dem Weg, nicht wahr? Eins muß man über ihn sagen, er kennt dich wirklich sehr gut. Ist Sex allein wirklich ausreichend?«

»Ich hoffe weiter, daß ich von ihm loskommen werde. Sex scheint alles zu sein, was wir zur Zeit gemeinsam haben.«

»Du weißt, daß du ihn nicht liebst, oder?« fragte Frances.

Rosemary runzelte die Stirn. »Aber natürlich liebe ich ihn, warum wohl würde ich es sonst zulassen, daß man mich so behandelt?«

»Du bist in seinen Penis verliebt«, sagte Frances vorsichtig. »Du bist sexbesessen, meine kleine Puritanerin.«

Rosemary starrte sie an. »Nein. Nun werd nicht albern. Ich bin fünfzig, Herrgott noch mal! Und ich war nie sexbesessen, das weißt du genau.«

»Früher nicht. Sieh es, wie es ist, und hör auf, etwas aus ihm machen zu wollen, was er einfach nicht ist.«

Rosemary blickte in ihre Kaffeetasse, der Rauch ihrer Zigarette, die sie im Aschenbecher abgelegt hatte, stieg ihr in die Augen. »Aber was ist er dann?« fragte sie.

Ihre Freundin suchte nach Worten. »Ich finde leider keine Möglichkeit, mein Herzchen, es auf eine elegante Art zu sagen«, erwiderte sie schließlich. »Er ist ein ganz appetitlicher und reizender Hurenbock. Davon gibt es 'ne Menge, dir ist nur vorher noch keiner über den Weg gelaufen. Lediglich Ella wüßte wohl, wie man mit solchen Typen fertig wird.«

»Auch nicht mehr«, widersprach Rosemary mit einem Lächeln.

»Noch immer verliebt?« fragte Frances.

»Ja. Und noch immer ohne Job.«

»Und noch immer wohnt sie bei dir«, konstatierte ihre Freundin.

Rosemary zuckte die Achseln. »Eigentlich stört es mich gar nicht«, sagte sie. »Ich finde es – nun, wie soll ich sagen? – irgendwie tröstlich.« Und so war es. Joanna hatte sich ohne Murren in die gewohnten Abläufe des Hauses eingefügt. Es war von Anfang an klar, daß sie für Ben nichts übrig hatte, und immer, wenn sie zur gleichen Zeit im Haus waren, zog sie sich zurück, entweder in den Garten, wo sie ganz gerne zusammen mit dem hocherfreuten Ernie herumwerkelte, oder nach oben, um zu lesen und Musik zu hören.

Und Ben mochte sie nicht, weil er instinktiv spürte, daß er sie nicht beeindrucken konnte; es brachte ihn ganz offensichtlich jedesmal aus dem Gleichgewicht, wenn sie auftauchte. Ella und er hatten ein Verhältnis zueinander entwickelt, das von beiderseitiger Distanz und einem leichten Sarkasmus geprägt war. »Wirklich schade«, hatte Ella dazu angemerkt. »Dabei waren wir immer gute Freunde.«

»Nein, das wart ihr nicht«, hatte Joanna entgegnet, »er hat dich nur zum Lachen gebracht und funktionierte gut im Bett.«

»Joanna ist mir richtig ans Herz gewachsen«, teilte Rosemary ihrer Freundin mit. »Sie ist wie eine zweite Tochter für mich. Ich fürchte mich schon vor dem

Moment, wenn sie eine Wohnung finden. Es wird dann so still sein im Haus. Ich glaube nicht, daß ich in dieser Situation mit Ben alleine zurechtkomme.« Sie lehnte sich über den Tisch und ergriff die Hand ihrer Freundin. »Wie steht es mit dir und Michael?« fragte sie.

»Er will seine Frau verlassen.«

Rosemary zog verwundert die Augenbrauen hoch. »Mein Gott. Das verschlägt mir glatt den Atem. Weiß Barbara schon davon? Was ist mit den Kindern?«

»Sie vermutet es wohl, und ja, die Frage habe ich ihm auch gestellt, was wird mit den Kindern?«

»Will er mit dir zusammenleben?«

»Das sagt er.«

»Und du?«

Frances schüttelte den Kopf und seufzte tief. »Ich habe nie gewollt, daß es soweit kommt. Eine stabile, auf Dauer angelegte Partnerschaft ist nicht mein Ding, wie du ja weißt.« Sie ließ ein kurzes, hämisches Lachen hören. »Vielleicht sollte ich mich mit Ben zusammentun.«

»Du würdest nie mit ihm zufrieden sein«, erwiderte Rosemary.

»Wenn er so gut im Bett ist, wie du sagst, mein Herzchen, dann schon. Die Jahre ziehen vorüber, und ich werde nicht jünger. Die Möglichkeiten werden in praktisch jeder Stunde, die verstreicht, weniger.«

Rosemary lachte und wünschte sich von ganzem Herzen, daß sie, nur ein einziges Mal, in dieser Hinsicht so reagieren könnte wie ihre Freundin. Ben wäre dann kein Problem mehr.

»Ich bin da ganz schön in die Klemme geraten«, sagte Frances. »Ich denke, ich sollte für eine Weile verreisen und ihnen die Möglichkeit geben, ihre Dinge zu Hause zu regeln.« Sie verließen das Restaurant und nahmen ein Taxi, das Rosemary zu ihrem Wagen brachte, den sie am South Bank-Kulturzentrum geparkt hatte. Die Vorstellung, daß Frances wegfahren würde, gefiel ihr überhaupt nicht. *Mit wem soll ich dann reden?* überlegte sie, als sie auf dem Heimweg war.

Kapitel 18

Mitte Juli reiste Frances nach Frankreich ab. »Dort kann es keinesfalls schlimmer sein als hier«, sagte sie zu Rosemary am Tag, bevor sie aufbrach. Sie wollte einen Monat fort sein. Michael äußerte sich mit keinem Wort über die ganze Angelegenheit, und wenn Rosemary nicht zu sehr in ihre eigenen emotionalen Probleme verstrickt war, fragte sie sich, wie er wohl zu Hause zurechtkommen würde.

»Frag bloß nicht«, sagte Ella. »Halt dich da raus, Mum.« Eine Äußerung wie »du hast selbst genug Schwierigkeiten« setzte sie zwar nicht hinzu, aber ihr Blick drückte genau das aus.

Die Beziehung zu Ben beherrschte alle ihre Gedanken, sie war sowohl im Wachen als auch im Träumen mit nichts anderem beschäftigt. Sie sehnte sich danach, wieder zu arbeiten. Zumindest könnte sie dabei wieder etwas mehr ins Gleichgewicht kommen, etwas von der Ordnung in ihrem Leben zurückgewinnen, die sie durch Ben ganz verloren hatte. Er kam, wenn ihm danach war, und verschwand dann für mehrere Tage ohne ein Wort.

»Wie hältst du das aus?« hatte Frances einmal, als sie aus Paris anrief, gefragt.

Rosemary wußte es nicht. Nicht mehr die Herrin ihres eigenen Schicksals, kratzte sie die Krümel zusammen, die er ihr hinwarf. Sie verlebten Tage miteinander, die wundervoll waren. Manchmal dachte sie, alles wäre in Ordnung, und sie würde mit der Situation klarkommen. Aber dann verschwand er wieder ohne die leiseste Erklärung. Die Euphorie, wenn er kam, und vor allem die Anstrengungen, die sie unternahm, um ihn zu halten, bestimmten ihr ganzes Dasein.

»Warum nur, Mum, warum?« ächzte Ella.

Es war bereits Ende August. Frances würde bald zurückkommen, und Rosemary sollte in einer Woche mit Michael in die Staaten fliegen. Sie hatte Ben nichts davon erzählt. Er war seit über einer Woche weder bei ihr aufgetaucht noch hatte er angerufen. So lange war sie noch nie ohne ein Lebenszeichen von ihm geblieben. Sie ließ sich von Martyn einen Termin für den schon seit langem fälligen Haarschnitt geben.

»Ihre Spitzen sehen ja schrecklich aus«, monierte er. »Wo sind Sie nur gewesen? Und wir müssen unbedingt nachfärben. Überall graue Haare.«

Sie ging zu mehreren Besprechungen für die Rateshow am Vormittag, die Ende September anlaufen sollte. »Du siehst besser aus«, bemerkte ihr Agent.

»Heute geht's, Michael. Ich habe nicht nur endlich was für meine Haare getan, sondern hatte heute morgen auch drei Pfund weniger auf der Waage.« Michael sah sie verständnislos an. »Frances würde mich schon verstehen«, sagte sie.

Sein Blick wanderte unruhig durch sein Büro. »Sie hat angerufen«, äußerte er schließlich. Dann fuhr er zögernd fort: »Rosemary, ich glaube, ich sollte dich davon in Kenntnis setzen, daß ich Barbara verlassen werde.«

Rosemary starrte ihn an. »O nein, Michael. Warum?«

»Es ist nur eine Trennung auf Probe. Nichts Unwiderrufliches.«

»Ich weiß, es geht mich nichts an«, sagte sie, »wir haben auch nie darüber gesprochen, aber weiß sie von Frances?«

»Sie weiß, daß es da jemanden gibt.« Er schlug sein Adreßbuch auf. »Das hier ist meine neue Nummer. Vorläufig.« Er reichte ihr die Karte, auf die er die Zahlen gekritzelt hatte. »Ich habe mir eine Wohnung für sechs Monate genommen. Bis dahin sollte sich einiges geklärt haben.« Mehr Worte verlor er nicht über sein Privatleben, und Rosemary fühlte sich nicht berechtigt, weitere Fragen zu stellen. Wie man ihm deutlich anmerken konnte, legte er großen Wert darauf, seine Intimsphäre zu schützen.

Ben kam an einem Freitagabend um elf Uhr zurück. Rosemary war in der Küche und machte Kaffee. Ella und Joanna saßen vor dem Fernseher.

»Dachte schon, du wärst für immer fort«, hörte sie ihre Tochter sagen. Ella war in die Diele gegangen, als sie das Geräusch des Schlüssels in der Haustür vernommen hatte.

»Ich habe zu arbeiten«, entgegnete er. »Wo ist Rosie?«

»In der Küche.« Sie rief nach ihrer Mutter. »Noch ein Gast, Mum. Länger als für eine Nacht?« fragte sie ihn noch und ging zurück ins Wohnzimmer.

Ben lachte, und Rosemary wartete darauf, daß die

Küchentür aufgehen würde. Sie lauschte auf ihr Herz, das wie immer, wenn sie seine Stimme hörte, heftig zu schlagen begann. Diesmal wurde sie ärgerlich, sowohl mit sich selbst als auch auf ihn. Sie drehte sich um, als er hereinkam, und vermied es, sein Lächeln zu erwidern. »Nicht«, sie wandte sich schroff von ihm ab, als er sie in der üblichen Weise umarmen wollte.

»Wie bitte?« fragte er. »Was ist denn jetzt los? Krieg ich keine Erklärung?«

»Nein, Ben.« Sie stellte sich so, daß der Tisch zwischen ihnen war, und schlürfte ihren Kaffee, ohne ihm einen anzubieten. »Du kannst nicht einfach nach einer Woche des Stillschweigens hereinspaziert kommen und erwarten, daß ich gleich mit dir ins Bett gehe.«

»Ich dachte, daß wir die Phase mit den romantischen Abenden bei Kerzenschein schon hinter uns gelassen hätten«, sagte er. »Ich dachte, daß unsere Beziehung schon tiefer wäre.«

»Was für eine Beziehung? Wo bist du gewesen?«

»Ich hatte zu tun.«

»Ich auch.« Sie suchte nach ihren Zigaretten und setzte sich an den Tisch. Er holte den Becher, den er immer zu benutzen pflegte, und goß sich selbst einen Kaffee ein. Angesichts seiner Dreistigkeit stieg ihr die Galle hoch. Ihre Hände zitterten, und in der Eile zündete sie die Zigarette am verkehrten Ende an.

»Ach, Rosie«, er wandte sich um und bemerkte ihre Konfusion, »du bist so dumm. Schau nur, was du machst.« Er ging zu ihr, nahm ihr die Zigarette aus dem Mund und warf sie in den Mülleimer. Dann steckte er ihr eine neue zwischen die Lippen, zündete sie für sie an und legte seine Hände um ihre bebenden Finger, als sie den Rauch in ihre Lungen sog.

»Danke«, sagte sie.

Er gab ihr einen Kuß auf die Hand und zeigte auf den Stuhl, der auf der anderen Seite des Tisches stand. »Soll ich mich dort hinsetzen?« fragte er spöttisch, und noch bevor sie etwas erwidern konnte, ging er hinüber und nahm Platz. »Also, was gibt's Neues?« fragte er nach einer Weile.

»Ich fliege in der nächsten Woche in die Staaten. Mit Michael.«

Er zog die Augenbrauen hoch. »Wozu?«

»Nur, um uns etwas umzusehen, einige Leute zu treffen und uns über die Arbeit auszutauschen. Für solche Dinge.« Sie sah ihn nicht an und schloß die Augen, um sie vor dem heißen Kaffeedampf zu schützen, der aus ihrer Tasse aufstieg.

»Wie lange wirst du weg sein?« fragte er schließlich.

»Etwa zehn Tage. Ich muß Ende September zurück sein für die neue Show.«

»Ach ja, natürlich«, sagte er mit einem Lächeln, »dieses etwas merkwürdige Ratespiel.«

»Es handelt sich um meine Karriere«, stieß sie ärgerlich hervor.

»Nein, mein Schatz. Ein Ratespiel zu moderieren kann man nicht Karriere nennen. Das ist nur ein Job, den du machst, um Geld zu kassieren.«

Sie stand auf und strich sich das Haar zurück. »Verdammt noch mal, Ben Morrison! Es ist *meine* Arbeit. Ich mache eben so etwas.«

»Was regst du dich denn gleich so auf?« Er hob abwehrend seine Hände. »Entschuldige. Du weißt, wie ich darüber denke.«

»Ich mache meine Arbeit gut«, sagte sie. Sie spürte den vertrauten Kloß im Hals, der Tränen ankündigte, und das Zittern des Unterkiefers, das sich so schwer beherrschen ließ.

Er ließ nicht locker. »Du siehst gut aus, Rosie, deshalb hast du den Job bekommen. Wie viele unattraktive Frauen hast du denn schon gesehen, die so etwas machen? Mach dir doch nichts vor! Du wirst nur unglücklich sein, wenn es mal vorbei ist.« Es verschlug ihr die Sprache.

Als sie sich wieder gesammelt hatte, sagte sie: »Ich möchte, daß du jetzt gehst. Bitte.«

Er sah zu ihr auf. »Du wirst es bereuen, wenn du in die Staaten fährst. Da drüben mag man nur die, die jung sind.«

»So wie du, Ben? So wie du?«

»O Scheiße, nicht schon wieder die alte Geschichte. Geht es immer nur darum? War ich vielleicht noch mit jemandem zusammen? Ist es das, was du wissen willst?« Er stand auf und blickte sie mit einemmal voller Aggression an; der Stuhl polterte hinter ihm zu Boden. Sie hörte Ella mit bloßen Füßen aus dem Wohnzimmer herbeieilen.

»Alles in Ordnung, Mum?« fragte sie, im Türrahmen stehend. Ihr Blick wanderte von der einen zur anderen Person, die sich da am Küchentisch gegenüberstanden.

Rosemary nahm wieder ihre Kaffeetasse. »Ist schon gut, Ella, du kannst ruhig zurück ins Wohnzimmer. Wir haben nur eine Diskussion.«

»Deine Mutter ist eifersüchtig«, sagte Ben, ohne Ella anzuschauen; seine Augen waren weiter starr auf Rosemary gerichtet, die mit den Tränen kämpfte. »Mit dir gab's da nie Probleme«, fuhr er fort.

»Verdammt noch mal«, rief Ella, »du bist ein solches

Arschloch geworden, seit du deine Füße unter diesen Tisch hier gestreckt hast.« Darauf drehte sie sich um und verließ den Raum.

»Jetzt haßt sie mich«, sagte Ben. »Du hast deine sämtlichen Freunde gegen mich aufgehetzt. Sind sie alle der Meinung, daß ich ein Arschloch bin?«

Sie konnte nichts erwidern. Sie wußte, sobald sie ein Wort hervorpressen würde, könnte sie die Tränen nicht mehr zurückhalten. So standen sie sich gegenüber und starrten sich an.

»Tut mir leid«, sagte er schließlich. »Ich hätte diese Dinge nicht sagen sollen. Ich kann eben den Gedanken nicht ertragen, daß du weg bist.«

»Mein Gott«, brachte sie mühsam hervor, fassungslos angesichts seiner Unverfrorenheit. »Mein Gott, was fällt dir eigentlich ein?«

»Ich liebe dich, Rosie, ich will nicht, daß man dir weh tut. In den Staaten werden sie Hackfleisch aus dir machen, und ich könnte dich nicht beschützen.« Er kam um den Tisch herum und nahm ihr den Kaffee aus der Hand. Er küßte sie auf ihr Gesicht, ihre Augen, Nase, Haare und dann auf die Lippen. Zart, mit geschlossenem Mund, da sie seinen Kuß nicht erwiderte, und bei dieser unerwarteten Zärtlichkeit begann sie zu weinen. Er hielt sie schweigend fest, wiegte sie in seinen Armen und flüsterte ihr ins Haar: »Verzeih mir, verzeih mir. Sei nicht wütend. Niemand sorgt sich so um dich wie ich. Ich liebe dich, Rosie, ich liebe dich.«

Ihr Widerstand war nun gebrochen, der Zorn auf ihn vergessen, sie spürte nur noch das Gefühl der eigenen Unsicherheit in sich, das den letzten Rest ihrer Entschlußkraft aufzehrte.

Er setzte sich und nahm sie auf seine Knie, drückte sie an sich und wartete, bis ihr Schluchzen nachließ. Dann sagte er: »Laß uns nach oben gehen. Wir können später reden.« Er nahm sie bei der Hand und führte sie aus der Küche und die Treppe hinauf.

Sie hörte Joanna und Ella im Wohnzimmer lachen. Sie war vollkommen verwirrt, spürte, wie ihr Kopf zu schmerzen begann, während er sie auszog und jeden Teil ihres Körpers küßte, der zum Vorschein kam.

»Alles mein«, flüsterte er. »Bist du ganz mein?«

Sie nickte, dabei fühlte sie sich auf eine unaussprechliche Weise erbärmlich, als sie spürte, wie ihr treuloser Körper auf seine Küsse zu reagieren begann, ihm die einzige Antwort gab, die er kannte.

Sie sprachen nichts. »Morgen«, bestimmte er und legte seine Hand auf ihren Mund, als sie etwas sagen wollte. »Morgen werde ich den ganzen Tag hiersein. Zeig mir nun, wie sehr du mich liebst.«

Da sie nicht mehr absagen konnte, flog sie mit Michael in die USA.

»Ich werde in der zweiten Septemberwoche zurück sein«, teilte sie ihrer Tochter mit. »Der Gefrierschrank ist vollgepackt. Hast du genug Geld?«

»Mach dir keine Sorgen um uns. Ich hab gerade ein Hörspiel, und möglicherweise kommt noch ein Dokumentarfilm. Ich kann mich also gut über Wasser halten. Joanna ist mit der Vorbereitung eines Projekts beschäftigt. Wir sind beide zufrieden.«

»Was ist, wenn Ben auftaucht?« fragte Joanna mit heiterer Stimme, als sie hinter Ella in die Küche trat.

»Das wird er nicht«, sagte Rosemary. »Ich bin nicht einmal sicher, ob wir uns sprechen werden. Er ist total sauer, daß ich wegfahre. Sagt, es sei Zeitverschwendung. Ich wäre zu alt für Amerika.« Die beiden jungen Frauen lachten, und Rosemary mußte lächeln. »Schmuse öfter mal mit dem Kater«, sagte sie, während Joanna ihr Gepäck in das Taxi lud. Rosemary würde Michael am Flughafen treffen. »Und schließ ihn nicht versehentlich über Nacht ins Wohnzimmer ein. Er ruiniert die Pflanzen, wenn er irgendwo eingesperrt ist.« Sie gab beiden einen Kuß und sah unglücklich aus. Seit Dienstag hatte sie nichts mehr von Ben gehört oder gesehen, und jetzt war es Samstag morgen. Sie fühlte sich unabhängig und haßte zugleich dieses Gefühl, wobei sie ganz vergaß, wie sehr sie ihr Single-Dasein einst genossen hatte. »Ich melde mich von L. A.«, sagte sie.

»Amüsier dich gut, Mum. Angel dir irgendeinen reichen amerikanischen Schönheitschirurgen, dann können wir alle zusammen nach Hollywood übersiedeln.«

Joanna verzog bei Ellas Worten das Gesicht. »Igitt«, stieß sie hervor. Beide winkten zum Abschied, und Rosemary schaute ihnen noch durch die Heckscheibe des Taxis nach, als es schon aus der Einfahrt fuhr. Sie sah, wie sie sich umdrehten, die Arme umeinander legten und zurück ins Haus gingen, und sie beneidete sie um die Freude, die sie gewiß bei der Aussicht empfanden, das Haus zehn ganze Tage lang für sich zu haben.

Das Flugzeug hatte Verspätung, und sie saß mit Michael in der First-Class-Lounge von British Airways. Michael rief seine von ihm getrennt lebende Frau an und sprach offenbar auch mit seinen Kindern, denn als er zu Rosemary zurückkam, war er blaß und ziemlich zittrig.

»Willst du reden?« fragte sie.

Er schüttelte den Kopf und vertiefte sich in den Kunstteil des »Telegraph«. Sie blätterte die »Vogue« durch und sah den Stewardessen zu, wie sie sich mit roboterhaftem Lächeln um wütende Geschäftsleute bemühten, die zu spät zu ihren Terminen kommen würden. Sie fragte sich, was wohl besser wäre: ein Mann zu sein, der nicht weinen konnte, wenn ihm etwas Trauriges widerfuhr, oder eine Frau wie sie, die sich Nacht für Nacht wegen ausbleibender Anrufe auf tränenfeuchten Kissen wälzte.

In Los Angeles war es heiß, und am Flughafen herrschte reger Betrieb. Ein Wagen stand bereit, um sie ins Hotel zu bringen. Michaels Partner am Sunset Boulevard hatte das arrangiert, und er hatte ebenfalls für die Flasche kalifornischen Sekt gesorgt, die sie auf ihren Zimmern erwartete. Michael blieb unbeeindruckt, er war schon mehrere Male hier gewesen. Für Rosemary aber war es der erste Aufenthalt in den Staaten. Sie war immer aufs neue freudig überrascht, wenn sie mit der Gastlichkeit und der besonderen Aufmerksamkeit der Amerikaner konfrontiert wurde.

Michael rief sie von seinem Zimmer aus an. Sie ging an das Telefon, das im Badezimmer ihrer Suite stand. »Willst du noch einen Drink, bevor du in die Falle gehst?« fragte er. Sie schaute auf die Uhr. »Wir sollten aufbleiben«, fuhr er fort, als könnte er ihre Gedanken lesen, »für uns dürfte es jetzt zwei Uhr morgens sein, aber wir täten sicher gut daran, wenn wir uns nach der hiesigen Zeit richteten.«

»Laß mich noch duschen«, antwortete sie. »Wir sehen uns dann in der Bar.«

»Ich habe dir einen Wodka Martini bestellt«, begrüßte er sie dreißig Minuten später.

Sie hatte sich umgezogen und trug nun Hosen, kam sich aber immer noch zu fein gekleidet vor angesichts der an der Bar sitzenden Kalifornier, die Trainingsanzüge anhatten. Eine junge Frau mit einem Handtuch um den Hals kam hinter ihr herein und ließ sich auf einen Barhocker fallen. Sie war gerannt und atmete schwer.

»Cola light«, hörte Rosemary sie sagen. Michael lächelte ihr vom anderen Ende des Tisches her zu. »Wie ist dein Zimmer?« erkundigte er sich.

»Erstaunlich.« Sie nippte an ihrem Drink; es war der absolut beste Wodka Martini, den sie je getrunken hatte, abgesehen vielleicht von einem in New York. Die Kilometer hatten Ben stärker aus ihren Gedanken verdrängt, als sie gehofft hatte. »Ich denke, ich werde es genießen«, sagte sie.

»Gut. Wird auch Zeit.« Michael streifte kurz ihre Hand, als er einige Nüsse in seinen Mund schaufelte. »Über die einzelnen Treffen können wir morgen beim Essen beschließen«, fuhr er fort. Dann fragte er: »Kannst du dir bis gegen eins irgendwie die Zeit vertreiben?«

»Sind Geschäfte in der Nähe?« fragte Rosemary.

Er schüttelte den Kopf. »In L. A. bist du nie in der Nähe von irgend etwas. Ich besorge dir einen Fahrer. Glen wird sich darum kümmern. Der Fahrer wird dich gegen halb elf abholen, mit dir zum Einkaufen fahren und dich dann kurz nach eins zum Mittagessen ins Tal bringen. Na, wie klingt das?«

einer britischen Gastgeberin zu machen. Was sagen Sie dazu?«

Die Art, wie er ihren Namen aussprach, gefiel ihr; er kam wie eine Zärtlichkeit über seine Zunge. Sie zuckte die Achseln. »Ich hab noch nicht darüber nachgedacht, noch nicht richtig. Laßt uns erst mal abwarten und sehen, was passiert.« Wie könnte sie von zu Hause weggehen? Von ihrem Zuhause. Von Ben. Eine Zeitlang hatte sie ihn an diesem Morgen vergessen. Die Erinnerung an ihn durchfuhr sie jetzt wie ein Schmerz, überflutete sie, riß sie mit sich fort, weg von dem Sonnenschein und von dem Klirren der Eiswürfel in den hohen Gläsern. Zurück ins spätsommerliche Wimbledon. Wer schlief in ihrem Bett? Unter der leichten Bettdecke für die heiße Jahreszeit, zwischen den rosageblümten Laken? Die jeden Morgen zerknüllt und achtlos beiseite geworfen waren, ohne Rücksichtnahme auf Pat. Stritt er sich mit Ella? War er überhaupt dort? Und würde er dasein, wenn sie zurückkam? Oder war ihr Verschwinden nach Amerika die entscheidende Nuance zu eigensinnig, zu unbotmäßig gewesen? Zu sehr seiner Kontrolle entzogen?

Sie schauderte und schob den Rest ihres Essens zur Seite. Das Eis in ihrem Glas stieß gegen ihre Zähne und verursachte einen stechenden Schmerz, wie um sie von der unsinnigen Angst, sie könnte ihn verlieren, abzulenken, einer Angst, die aus dem Nichts gekommen war, sich ihren Weg durch den weinlaubgesprenkelten Sonnenschein gebahnt und sich ungefragt in ihrer Magengegend eingenistet hatte.

Glen drehte sich im Auto zu ihr um. »Heute abend kommen Sie zu uns zum Essen«, sagte er zu ihr, bevor er mit Michael zu einer weiteren Besprechung aufbrach.

»Ins Hotel«, wies sie den Chauffeur an, lehnte sich zurück und tauchte ein in den Geruch von neuem Leder. Sie schloß die Augen und versuchte die schreckliche Angst abzuwehren, die sie bei dem Gedanken überkam, fast achtzehntausend Kilometer entfernt zu sein von allem, was sie aufrechtzuhalten schien.

Am Abend lernte sie Marlene, Glens Frau, kennen. Sie war groß und schlank, trug das Haar toupiert und zeigte, dazu passend, das breite Lächeln einer erfolgreichen amerikanischen Frau in mittleren Jahren. Geliftet und gestrafft, wirkte sie viel jünger als Glen, dabei waren sie bereits seit zwanzig Jahren verheiratet. Marlene war Schriftstellerin. »Es gibt verschiedene Projekte, an denen ich zur Zeit arbeite«, vertraute sie Rosemary an, als sie ihren Gast in die obere Etage ihres großen, im spanischen Stil gehaltenen Hauses in Beverly Hills führte. Glen gehörte offensichtlich zu den erfolgreicheren Agenten in Hollywood. »Es könnte gut sein, daß ich auch mal in die Produktion gehe«, sagte Marlene, während sie einen Kamm mit weit auseinanderstehenden Zähnen nahm und ihre Frisur noch etwas mehr auflockerte. »Wir müssen uns mal zum Mittagessen verabreden, Rosemary, und ein paar Ideen austauschen.«

»Sehr gern«, erwiderte Rosemary und fragte sich, ob es heutzutage tatsächlich noch Leute gab, die allein dafür bezahlt wurden, daß sie sich ein paar Gedanken machten. Was passiert eigentlich bei echter Korruption?

Beim Abendessen waren sie zu zehnt. Serviert wurde von einem Dienstmädchen. »Sie wohnt hier im Haus«, flüsterte Marlene, »und macht mich noch wahnsinnig. Heult die ganze Zeit, aber will mir nicht sagen, warum. Ich sollte sie entlassen, dabei sie ist so zuverlässig.« Sie wandte sich zu dem Mann zu ihrer Linken, der in einer bunten Vorspeise herumstocherte, die ihm von der Hausangestellten serviert worden war. Rosemary bedankte sich und lächelte ihr zu, als sie ihr das Horsd'œuvre brachte. Das Dienstmädchen wich ihrem Blick aus und lächelte nicht zurück.

Marlene redete auf den Mann ein, der noch immer mißbilligend die Speise vor ihm betrachtete.

»Ist das roher Fisch, Marlene?« fragte er schließlich.

»Das ist japanisch«, antwortete die Gastgeberin.

»Roher Fisch.« Er legte seine Gabel neben den Teller. Während er sein Glas Marlene reichte, um sich etwas von dem Weißwein nachschenken zu lassen, lächelte er zu Rosemary hinüber, die vorsichtig in etwas biß, das verdächtig nach rohem Krabbencocktail aussah. »Rosemary, Sie müssen das nicht essen. Ihr Engländer seid immer so höflich.«

Rosemary hatte den Namen des Mannes vergessen und war dankbar, als Marlene gerade diesem Gast einen zarten Klaps auf ein braunes, behaartes Handgelenk gab, das sich, als er den Arm ausstreckte, aus dem zerknitterten weißen Ärmel seines Leinenjacketts hervorschob.

»Du bist unverbesserlich, Tom. Die Engländer lieben chinesisches Essen.«

»Marlene, meine Teure«, Tom beugte sich zu ihr, »chinesisches Essen ist *nicht* japanisches Essen. Weißt du, nicht alle Asiaten leben irgendwo außerhalb dieses Paradieses auf einem großen Haufen zusammen.«

Marlenes Lachen klang wie das eines jungen Mädchens. Sie läutete mit einer kleinen Glocke, und das mürrische Dienstmädchen kam herein, um abzuräumen.

»Die meisten Amerikaner sind sehr ungebildet«, teilte Tom mit lauter Stimme Rosemary vertrauensvoll über den Tisch hinweg mit. Marlene schlug ihm ein weiteres Mal auf die Hand.

»Benimm dich, Tom! Es wird Zeit, daß du eine Frau findest, die auf dich aufpaßt.«

Seine Augen hatten die gleiche blaue Farbe wie sein Hemd, sein graues Haar war von der Sonne Kaliforniens gebleicht.

»Was machen Sie?« fragte Rosemary Tom.

»Wann?« frotzelte er, während er ihr Wein einschenkte.

»Beruflich, Sie wissen schon.«

»Ich bin Schönheitschirurg. Um sich herum sehen Sie die Ergebnisse meiner Arbeit und die Gründe für meinen Erfolg.«

Rosemary warf lachend den Kopf zurück. Ein Schönheitschirurg. Tom blickte sie an.

»So witzig war das auch wieder nicht«, meinte er schließlich.

»Ich habe noch nie einen Schönheitschirurgen getroffen.«

»Das sieht man Ihnen aber nicht an.«

»Ist das ein Kompliment?« fragte Rosemary lächelnd. Als er das Lächeln erwiderte, schaute er ihr in die Augen.

»Wo sind Sie untergekommen?« erkundigte er sich,

als sie später in einem anderen Raum den Kaffee tranken.

Sie zögerte einen Moment, dann aber nannte sie den Namen ihres Hotels. »Ich werde Sie anrufen«, sagte er. »Vielleicht können wir uns an einem Tag zum Mittagessen verabreden? Oder würde ich etwa stören?« Er deutete mit einer Kopfbewegung zu Michael, der gerade mit Glen und Marlene scherzte.

»Er ist mein Agent, nicht mein Liebhaber«, sagte Rosemary lächelnd.

»Ich rufe Sie an.«

Sie amüsierte sich köstlich bei der Vorstellung, wie sie Frances erzählen würde, daß sie tatsächlich einen Schönheitschirurgen kennengelernt hatte.

Als sie an diesem Abend im Bett war, dachte sie wieder an Ben. Sein Gesicht tauchte vor ihr auf. Sie hatte in diesem Moment das Gefühl, fern und losgelöst von ihm zu sein. Verwirrt über sich selbst, schlief sie ein, und in unruhigen Träumen stiegen unerklärliche und vergessene Ängste in ihr hoch. Unter Tränen wurde sie um drei Uhr morgens wach. »Ach, Ben«, sagte sie laut vor sich hin, »was hast du nur bei mir angerichtet?«

Kapitel 19

Tom Woods, der Schönheitschirurg von Marlene, der ohne Anhang war, rief sie fünf Tage später an. Sie hatte inzwischen drei Vertreter unabhängiger Produktionsgesellschaften und zwei weitere von den großen Fernsehsendern getroffen. Glen hatte sogar, zu ihrem Entsetzen, zwei Termine mit Casting-Beratern von einigen der wichtigsten Filmstudios arrangiert.

»Um Himmels willen, Glen, ich bin keine Schauspielerin! Wofür also machen wir das?«

Glen legte seine Hand beschwichtigend auf ihre. Sie saßen einander gegenüber an dem großen Schreibtisch in seinem Büro im vierzehnten Stock, und er mußte aufstehen und sich vorbeugen, um sie zu erreichen. »Serien, Rosemary. Sie würden sich hervorragend in Seifenopern machen. Sie haben genau die entsprechende Wirkung.«

»Und was ist, wenn sie mich bitten vorzusprechen?«

»Dann *sprechen* Sie vor. Was kann das schon schaden? Denken Sie darüber nach. Es ist nur gut, wenn Ihr Gesicht in dieser Stadt ein wenig bekannt wird.« Sie kicherte. Glen ließ ihre Hand los und erhob sich mit einem Lächeln. Er nahm einen Schluck aus seiner Kaffeetasse.

»Ich habe schon Wohnungen gesehen, die kleiner waren als dieser Schreibtisch hier«, sagte sie.

»Wohnungen?« fragte er verwundert.

»Ja, Appartements.« Die Ironie war nicht rübergekommen. Sie dachte an Ella. »Es ist ein Scherz, Mum«, hatte sie einmal nach einer ausgesprochen faden Bemerkung im Laufe einer ebenso langweiligen Diskussion zu ihr gesagt. »Scherz. Erinnerst du dich nicht? In den Sechzigern gab's 'ne Menge davon.« Rosemary mußte erneut kichern und machte dann ein Lächeln für Glen daraus, der offensichtlich noch immer darüber nachdachte, warum es witzig sein sollte, ein Appartement zu haben, das kleiner war als ein Schreibtisch.

»Na gut«, sagte sie schließlich und überlegte sich, daß ein Treffen mit einem Casting-Berater zumindest ganz unterhaltsam, wenn nicht sogar vielleicht gewinnbringend sein könnte.

Sie lernte eine Menge reizender Menschen kennen, die ihr alle das Gefühl gaben, sie wäre *die* Person, auf die Hollywood seit Jahren gewartet hatte.

»Die tanzen ja wie die Motten um das Licht«, sagte sie an einem Abend zu Michael, als sie vor dem Abendessen in der Bar waren. »Ich bin erledigt. Fünf Tage ein solcher Enthusiasmus. Ich sehne mich schon beinahe nach einer Dosis der guten alten britischen Teilnahmslosigkeit.«

Michael lachte. »Warte nur, bis du wieder eine Woche, ach, nur einen Tag, zu Hause bist. Du wirst das ›amüsieren Sie sich gut‹ vermissen, selbst wenn sie es nicht so meinen.«

»Ist bei einem von diesen Treffen irgend etwas herausgekommen?« fragte sie.

»Eine der unabhängigen Gesellschaften ist ernsthaft interessiert.« Michael hob die Hand. »Nein, wirklich, ich spreche von *ernsthaftem* Interesse an einer Talk-Show. Glen sollte das weiterverfolgen. Wir können es ja noch eine Weile zurückstellen, du mußt schließlich auch an nächstes Jahr denken.«

Sie dachte an Ben. Er würde überrascht sein.

»Wütend wohl eher«, sagte sie lächelnd zu sich selbst, als sie an diesem Abend in den Kosmetikspiegel blickte, um sich das Gesicht für die Nacht zu reinigen. Sie sah so gut aus wie seit Monaten nicht mehr. Aus ihren Augen und ihrem Auftreten sprach Selbstvertrauen. Tom hatte abends angerufen, während sie sich gerade ihren ersten Martini gönnte. Michael hatte den Barkeeper angewiesen, ihnen das Telefon an den Tisch zu bringen.

»Rosemary? Hier ist Tom. Tom Woods. Wir haben uns an dem Abend bei Marlene und Glen getroffen. Störe ich etwa?«

»Hallo, Tom. Nein, nein, keineswegs. Michael und ich sitzen hier und trinken einen von euren wunderbaren amerikanischen Martinis.« Auf Michaels geflüsterte Frage deutete sie mit den Lippen den Namen »Tom Woods« an.

»Sind Sie morgen zum Abendessen noch frei?«

»Einen Augenblick, Tom.« Sie legte eine Hand auf die Sprechmuschel. »Könntest du Marlene und Glen morgen alleine ertragen?« Aus ihren Augen blitzte ein Lächeln.

»Nur zu«, erwiderte Michael.

»Ja, das wäre sehr nett«, sagte sie in den Hörer.

»Ich hole Sie ab. Ist sieben okay?«

»Ich freue mich darauf.«

»Einen schönen Abend noch.« Und Tom legte auf.

»Ich habe ein Rendezvous«, bemerkte sie. »Sag Frances nichts, falls du mit ihr telefonierst, warte damit, bis ich wieder zu Hause bin. Ich will ihr Gesicht sehen, wenn ich das Wort ›Schönheitschirurg‹ ausspreche.«

Michael lachte.

Pünktlich um sieben kam sie am nächsten Abend in die Bar. Tom wartete bereits auf sie.

»Entschuldigung, Tom. Der Aufzug brauchte mal wieder Ewigkeiten. Haben Sie sich einen Drink bestellt?«

Er war aufgestanden, als sie eilig auf ihn zukam. »Ich war zu früh da. Wir trinken dort etwas, wo wir hingehen. Sind Sie einverstanden?« Er nahm ihren Arm und führte sie beflissen durch das Foyer und zu seinem Wagen. Die Fahrt kam ihr unendlich lang vor.

»Wo um alles in der Welt fahren wir hin?« fragte sie nach etwa zwanzig Minuten.

»Zum Strand.« Er strahlte sie an. »Sie haben noch keine richtigen Martinis getrunken, solange Sie nicht die probiert haben, die es heute abend gibt. Ich hoffe, Sie mögen Hummer.«

»Ich liebe Hummer«, erwiderte sie.

Kurz vor acht hielten sie vor dem schwach erleuchteten, gut besuchten Restaurant. Rosemary versuchte angestrengt, um sie herum etwas zu erkennen und ihre Augen an die Düsternis zu gewöhnen.

»Es heißt, Robert De Niro würde hier essen. Aber ich scheine ihn immer zu verpassen«, bemerkte Tom, nachdem man ihre Bestellung entgegengenommen hatte. Sie saßen auf hohen Hockern an der Bar. Rosemary wünschte, sie hätte einen längeren Rock angezogen. Überall um sie herum schnatterten und kreischten junge Frauen, bei denen die Haare genauso glänzten wie die langen, gutgebräunten Beine. Männer mit glatt zurückgestrichenem Haar, das sorgsam mit Gel behandelt war und im gedämpften Licht schimmerte, hoben lässig die Hände, um Drinks zu ordern oder andere Gäste zu begrüßen.

»Sind das alles Schauspieler?« fragte Rosemary.
»Nur die Kellner«, entgegnete Tom.
»Sie sind alle so gutaussehend.« Sie blickte sich um.
»Und jung und braungebrannt und reich«, ergänzte Tom mit einem Lächeln. »Unser Tisch ist fertig.« Er führte sie durch den Raum, wobei er sie sanft an den von Tisch zu Tisch eilenden Gästen und den beladenen Kellnern vorbeilotste. »Mit Blick aufs Meer. Sehen Sie?«

Sie nickte und nahm die riesige Speisekarte. »Wo soll man da anfangen?« stöhnte sie.

»Darf ich einen Vorschlag machen?«

»Ja, bitte.« Sie legte die Speisekarte hin und überließ ihm die Bestellung. Ihre Augen, die sich inzwischen an die Lichtverhältnisse gewöhnt hatten, sogen das Meer durch die bunt beleuchteten Fenster in sich auf. Die sich in den Glasscheiben spiegelnden Gäste schienen mitten im weißen Schaum der Wellen zu sitzen. »Es ist schön hier«, sagte sie. »Ich danke Ihnen, Tom.«

Er lächelte ihr zu. »Die meiste Zeit macht mich Los Angeles verrückt«, sagte er, »aber inmitten des Wahnsinns findet man auch das Schöne. Man darf hier nur nicht arm sein.«

»In den großen Städten ist es heutzutage überall das gleiche«, warf Rosemary ernsthaft ein.

Tom lächelte. »Aber da wir nun mal Amerika sind, muß bei uns alles noch größer sein. Selbst die Armut. Der private Reichtum und das allgemeine Elend. Jetzt aber Schluß damit, da kommt der geröstete Radicchio. Essen Sie und genießen Sie. Ich hoffe, Sie haben großen Appetit.«

»Er ist reizend«, berichtete sie Michael am nächsten Morgen. »Und so höflich.«

Ihr Agent zog die Augenbrauen hoch. Plötzlich schaute er wie Frances. »Höflich?« wiederholte er. »Das ist aufregend.«

»Michael«, sagte Rosemary bedächtig, »das letzte, was ich zur Zeit in meinem Leben gebrauchen kann, ist Aufregung.«

»Wirst du ihn wiedersehen?«

»Ich weiß nicht. Er hat mich bloß am Hotel abgesetzt. Ich bin mir gar nicht sicher, ob es wirklich gefunkt hat. Wie auch immer, was ist für heute geplant? Kann ich mich nicht an den Pool legen? Ich bin ziemlich müde.«

Am Tag vor ihrem Rückflug klingelte das Telefon in ihrem Zimmer, als sie gerade nach unten zum Frühstück gehen wollte. Es war Ella.

»Mum?«

»Hallo, mein Liebling, was für eine Überraschung! Irgendwas nicht in Ordnung?«

»Ich weiß nicht recht. Ich dachte, ich warne dich besser. Wenn es Michael nicht sowieso schon weiß. Wieviel Uhr ist es bei euch?«

»Frühstückszeit.«

Rosemarys Herz fing heftig an zu schlagen unter ihrer Baumwollbluse.

»Ella, Liebes, was ist passiert?«

»Du bist überall in den Revolverblättern. Du und Ben.«

Rosemary stockte der Atem.

»Mum. Bist du noch da?«

»Ja. Aber ich verstehe nicht.«

»Fotos. Der jugendliche Liebhaber und dieser ganze Schrott.«

»Fotos? Woher?«

»Aus Spanien offensichtlich. Muß auf dem Filmset gewesen sein.«

Rosemary blieb ruhig. »Ist es gemein?« fragte sie schließlich.

»Nicht wirklich. Oma hat angerufen und sich in eine wahre Hysterie hineingesteigert. Ben hat sich auch gemeldet.«

»Was hat er gesagt?« Rosemary versagte plötzlich die Stimme, und ihre Knie zitterten in den neuen weißen kalifornischen Jeans.

»Er wollte wissen, wann du zurückkommst.«

»War er wütend?«

»Er hörte sich an wie immer.« Ella schien sich bereits durch die bloße Erwähnung von Bens Namen belästigt zu fühlen.

»Hast du es ihm gesagt?« fragte Rosemary.

»Ich sagte, ich wüßte es nicht«, antwortete Ella. »War das richtig so? Im übrigen kriegt er es auch so raus«, fuhr Ella fort. »Er kann sich in Michaels Büro erkundigen. Er kennt dort eine von den Stenotypistinnen.«

»Du lieber Gott«, war alles, was Rosemary dazu einfiel. Dann sagte sie: »Ella, ich kümmere mich um das alles, wenn ich zurück bin. Ich muß jetzt zu Michael und ihm erzählen, was passiert ist. Danke, daß du mir Bescheid gegeben hast. Das ist sehr hilfreich.«

»Kein Ursache, Mum. Total bescheuertes Bild von dir in der ›Sun‹, übrigens.«

»O danke, Darling.« Rosemary lachte. »Das baut mich unheimlich auf.«

»Ich mach jetzt Schluß«, Ella wurde plötzlich unruhig, »ich habe gleich eine Vorsprechprobe. Joanna läßt dich grüßen. Ach ja, beinahe hätte ich es vergessen. Eine Frau mit Namen Gill hat angerufen, wollte mit Ben sprechen. Ich hab ihr die Nummer aus dem Buch neben dem Telefon gegeben. War das in Ordnung?«

»Das ist die von seinem Cousin.«

»Genau. Sie meinte, die hätte sie auch, aber er war dort nicht zu erreichen. Dann hat sie eingehängt.«

Rosemary legte den Hörer, nachdem sie sich verabschiedet hatten, langsam zurück. Wo zum Teufel hatte Ben gesteckt? Und wie kam Gill an ihre Nummer? London war eine andere Welt, war es zumindest die vergangenen zehn Tage gewesen. Jetzt aber war sie da, nahe bei ihr, drohte sie einzuschnüren, nachdem sie die Weite von Los Angeles genossen hatte. Der stille, sogleich wieder vertraute Kummer nistete sich erneut in einem Winkel ihres Herzens ein. Das wirkliche Leben rief. Und ihr eigenes Leben wartete mit einer grimmigen Entschlossenheit darauf, von ihr in Ordnung gebracht zu werden; es war an der Zeit, daß endlich der alte Zustand wieder einkehrte. Vielleicht würde ja das Selbstvertrauen, das sie hier in Amerika aufgebaut hatte, anhalten, vielleicht könnte sie mit seiner Hilfe die instinktive Neigung zurückdrängen, die Augen vor der gesamten Misere zu verschließen und zu hoffen, sie würde einfach verschwinden. Sie machte sich auf den Weg zu Michaels Zimmer. Er wüßte, was zu tun wäre.

»Ich hab's schon gehört!« Die Stimme ihres Agenten kam ihr entgegen, als sie durch die offene Tür in sein Zimmer trat. Er war im Bad. »Ich telefoniere gerade. Frances. Geh an den Apparat im Zimmer.«

»Mein Schätzchen«, Frances' warme Stimme drang

aus der Ferne an ihr Ohr, »Michael berichtet mir, daß es dir ausnehmend gut gefällt.«

»*Gefiel*. Wie ist das mit den Zeitungen?«

»Einfach schrecklich, mein Engel.«

Michael schaltete sich von seinem Apparat in das Gespräch ein.

»So schlimm ist es nicht, Rosemary.«

»Sie macht sich Gedanken wegen der Reaktion von Ben«, sagte Frances.

»Ich bin immer noch da, ihr zwei«, fuhr Rosemary dazwischen. »Oder sollte ich sagen, *sie* ist immer noch da?«

Frances lachte. »Hör zu, mein Püppchen. Ben rief mich an. Wollte wissen, mit welchem Flug du kommen würdest. Ich sagte, es wäre in jedem Fall dumm von ihm, dich abzuholen.«

»Hast du es ihm gesagt? Den Flug, meine ich.«

»Ich sagte, ich wüßte es nicht.«

»Gut«, ließ sich Michael vernehmen.

»Wer bestimmt hier eigentlich über mein Leben?« fragte Rosemary.

Frances meldete sich wieder. »Ich sehne mich nach euch. Nach euch beiden.«

»Vielen Dank.« In Michaels Stimme schwang ein Lächeln mit.

»Ich hör jetzt auf, Franny«, sagte Rosemary. »Ich ruf dich nach dem Jet-lag an.« Sie legte auf, nahm auf dem Sofa Platz und wartete, bis Michael zu ihr kam. Sein Büro hatte ihn schon früh wegen einer geschäftlichen Angelegenheit angerufen und ihn über die Fotos und die Berichte in den Sensationsblättern informiert.

»Es muß irgend jemand auf dem Filmset in Barce-

Iona gewesen sein«, sagte Rosemary. »Na gut, ich hoffe nur, daß Ben nicht wütend ist.«

»Warum sollte er?«

»Du kennst ihn nicht.«

Ihr Agent machte sich daran, ihr einen Überblick über seine Termine am letzten Tag in Los Angeles zu geben.

Rosemary kaufte zunächst Geschenke ein, dann traf sie sich wieder mit Michael und Glen zum Mittagessen. Beide Männer schienen hocherfreut über die Reaktionen, die auf die Veranstaltungen mit Rosemary erfolgten. Glen schlug vor, sie sollte wiederkommen und eine Zeitlang in Amerika bleiben. Sie hatte jedoch ihre Zweifel, ob L. A. ein Ort wäre, wo sie leben könnte.

»Ich werde darüber nachdenken«, sagte sie, war sich aber bereits im klaren, daß es von ihrer Seite aus reine Höflichkeit war. Ihre Mutter, Ella und Ben traten vor ihr geistiges Auge, *fast drohend,* dachte sie, während sie nach dem Mittagessen in ihr Hotel zurückkehrte.

Am Abend packte sie und aß allein mit Michael zu Abend. Glen würde sie am folgenden Nachmittag zum Flughafen bringen. Am Morgen könnte sie ein letztes Bad im Pool nehmen.

»Und mir die Haare schneiden lassen«, sagte sie lächelnd zu Michael, »für den Fall, daß alle Welt in Gatwick auf uns warten sollte.«

Sie schlief lange, gleichsam auf Vorrat, da sie wußte, daß es für sie kaum möglich sein würde, auf dem langen Flug ein Auge zuzutun.

Glen kam zusammen mit Marlene, um sie zum Flughafen zu fahren. Die vier trafen sich in der Lobby des Hotels. Der Mann an der Rezeption fragte: »Mrs. Downey?« Rosemary drehte sich um und nickte lächelnd. »Das ist für Sie abgegeben worden«, sagte er und reichte ihr einen überdimensionalen Strauß geschmackvoll arrangierter gelber und weißer Rosen.

»Oh, wie wunderschön.« Rosemary lächelte. »Herzlichen Dank.« Sie suchte nach der Karte. Marlene fand sie, machte sie los und gab sie ihr.

»Rosemary, Sie müssen hier einen Verehrer haben. Das macht mich aber neugierig, nun erzählen Sie schon.«

Rosemary sah nach, was auf der Karte stand. »Ich bin sicher, daß wir uns wiedersehen. Eine gute Reise«, las sie. »Es ist von Tom.« Sie lächelte. »Tom Woods. Wie reizend von ihm. Ich muß ihn anrufen, wenn ich zu Hause bin.«

»Ich *wußte,* daß es ihn erwischt hat«, plauderte Marlene ungezwungen im Fond des Wagens auf dem Weg zum Flughafen. Rosemary hielt den Blumenstrauß im Arm.

»Normalerweise findet er alle Leute, die ich ihm vorstelle, sofort abscheulich. Und dabei ist er ein so dufter Typ. Ich bin sehr erfreut und übernehme gerne die Verantwortung dafür.«

Rosemary protestierte lachend. »Nicht gleich so enthusiastisch, Marlene, wahrscheinlich werde ich ihn nie wiedersehen.« Sie blickte ein weiteres Mal auf die Blumen in ihrem Arm. Sie tranken zu dritt Kaffee, während Michael ihr Gepäck eincheckte. »Ein so riesiger Strauß. Was mache ich nur mit ihm während des Fluges?«

»Irgend jemand wird ihn schon schnappen und in Wasser stellen«, sagte Michael, der gerade zurückkam. »Willst du schon reingehen, Rosemary? Du könntest dich noch im Duty-free-Shop umschauen.«

»Gute Idee«, sagte sie und stand auf, um Lebewohl zu sagen.

»Bis nächstes Jahr«, sagte Glen.

Marlene verabschiedete sie mit einem Kuß. »Wir würden uns freuen, wenn Sie wiederkämen. Wir vermissen Sie schon jetzt.«

»Das nächste Mal wohnen Sie bei uns«, fügte Glen hinzu.

Sie ließ die Blumen in der First-Class-Lounge zusammen mit Michael und machte sich auf den Weg zum Duty-Free und zum Parfum. »Ich möchte gerne mal ›Red‹ probieren«, sagte sie zu dem Mädchen am Ladentisch. »Ich hab noch nie ein amerikanisches Parfum gehabt.«

»Das hier ist ›Georgio‹«, erwiderte das Mädchen und lächelte.

»Und es hält den ganzen Tag!« sagte eine englisch klingende Stimme hinter ihr. Sie drehte sich um. Jessica, die Schauspielerin, die bei den Dreharbeiten in Barcelona dabeigewesen war, stand vor ihr.

Es dauerte einen Moment, bis Rosemary sie zuordnen konnte, dann rief sie: »Jessica! Was für eine Überraschung! Was machst du denn hier?«

Sie küßten sich flüchtig auf die Wangen. »Ich bin unterwegs nach Neuseeland, Darling. Eine Nebenrolle in einer dortigen Fernsehserie. War nie da, insofern schien es mir eine ganz gute Idee zu sein.«

»Sollen wir etwas trinken?« fragte Rosemary.

»Wunderbarer Gedanke. Gehen wir an eine Bar.«
Sie bestellten Weißwein und nahmen auf den hohen Barhockern Platz. Um sie herum brodelte der Flughafen mit seinem internationalen Stimmengewirr und den ständigen lauten Durchsagen über den Lautsprecher. Rosemary tupfte ein wenig von ihrem neuen Parfum auf ihren Hals und verstaute es dann in der Handtasche. Der Wein kam.

»Du siehst einfach wunderbar aus«, versicherte ihr Jessica. »Du wirst jeden Tag jünger. Wie machst du das nur?«

Rosemary lachte. »Hinter mir liegen beinahe zwei sehr schöne Wochen in L. A. Reicht das als Erklärung aus?«

»Nicht ganz. Bist du allein hier?«

»Nein, mit meinem Agenten. Er sitzt in der First-Class-Lounge. Unser Flug hat eine Stunde Verspätung, und da es in London mitten in der Nacht ist, kann er sein Büro nicht anrufen. Er hat Entzugserscheinungen, und der Ärger steht ihm ins Gesicht geschrieben.«

Sie lachten beide. »Ich bin froh, Darling«, sagte Jessica, »daß du dem reizenden Ben Morrison schnell wieder Lebewohl gesagt hast. Ein solches Verhalten wie das von ihm sollte man sich nur antun, wenn man jung und hoffnungsvoll ist. Wenn man zwanzig ist, stärkt es den Charakter, für die über vierzig ist es verheerend.«

Rosemary öffnete schon den Mund, um sie zu unterbrechen und um zu sagen, daß sie sich gar nicht so sicher sei, ob sie ihm schon Lebewohl gesagt habe, aber Jessica sprach weiter, unerbittlich in ihrer Vertrauensseligkeit. »Als ich ihm letzten Monat zufällig begegnet bin und gesehen habe, wie er mit dieser

Mieze vom Film herumturtelte, dachte ich mir, na ja, wenigstens ist der netten Mrs. Downey ein Licht aufgegangen.« Sie sah Rosemary von oben bis unten an und fuhr dann fort: »Und, wenn ich mir dich so ansehe, war es wirklich das Beste, was du tun konntest – ihm einen Tritt zu verpassen.«

Rosemary fehlten die Worte. Sie hörte Jessica weiter zu, wie sie von Ben auf alle jungen Männer zu sprechen kam, die Beziehungen zu sehr viel älteren Frauen eingingen. Und gerade als Rosemary ihre Gedanken treiben zu lassen begann und die Vorstellung vor ihr aufstieg, wie Ben und Betsy zusammen waren, ließ Jessica die Bemerkung fallen: »Vielleicht erfüllt sich ja darin die Wunschphantasie, ihre eigene Mutter zu bumsen.«

»Ich glaube, da komme ich jetzt nicht mehr mit.« Rosemary gelang es, diese Bemerkung lächelnd hervorzubringen.

Jessica drückte Rosemarys schlaffe Hand und lehnte sich zu ihr hinüber. »Hat er versucht, dich nach Barcelona noch einmal wiederzusehen?«

»Nein.« Und sie fuhr fort, mit einem Anflug vorgetäuschten Stolzes, den sie von weiß Gott woher geholt hatte: »Ich hatte erkannt, daß Betsy sehr viel besser zu ihm paßte.«

»Obwohl er ja wirklich ganz reizvoll ist. Ich muß gestehen, daß ich auch nicht nein gesagt hätte, wenn ich zwanzig Jahre jünger wäre. Willst du noch ein Glas Wein, Darling? Hast du soviel Zeit?«

»Danke, ja.« Rosemary gab sich einen Ruck. Sie benötigte Fakten, seien sie auch noch so geringfügig, um gewappnet zu sein, wenn Ben wieder, was unausweichlich geschehen würde, in ihr Leben trat. »Wann hast du ihn getroffen?« fragte sie, versuchte dabei zu lächeln, trank und kramte in ihrer Handtasche nach Zigaretten.

Jessica reichte ihr eine geöffnete Packung. »Nimm eine von meinen, Darling.« Sie winkte dem Barkeeper und gab ihm ein Zeichen, daß sie noch zwei Gläser Wein wollten. Rosemary leerte ihr Glas und machte sich an das nächste.

»Ach, Gott weiß wann. Irgendwann im Juli, glaube ich. Betsy – so hieß sie doch, oder? – na, wie auch immer, plötzlich tauchte sie vor mir auf, mit ihm im Schlepptau. Sie strahlte geradezu vor Zufriedenheit. Ich hatte den entschiedenen Eindruck, daß sie ganz entzückt darüber war, einen solchen Fang gemacht zu haben. Irgend jemand hatte mir in Spanien erzählt, daß sie sich vorzugsweise in den Betten der Stars herumtreibt. Und bei Klein-Ben hat sie wahrlich nicht lange gebraucht.«

Rosemary stimmte in das kurze, laute Lachen ein, das Jessica hören ließ. Die schon bejahrte Schauspielerin fing über ihrem Glas an zu husten.

»O Gott, ich muß aufhören zu rauchen. Und auch mit dem Alkohol. Aber was haben wir in unserem Alter denn sonst noch für Freuden?«

Rosemary mußte sich zurückhalten, um sie nicht darauf hinzuweisen, daß zwischen ihnen ein Altersunterschied von mindestens zehn Jahren bestand. Sie wollte mehr erfahren über das Verhältnis von Ben und Betsy.

»Du sagtest, sie turtelten miteinander?« fragte sie so beiläufig, wie es ihr die Aufregung, in der sie sich befand, erlaubte.

»O ja. Er lächelte sie an und küßte ihr die Hand.

Und sie klammerte sich an ihn, als ginge es um ihr Leben. Ich nehme an, daß sie zusammengelebt haben. Weißt du nichts davon?«

»Nein.« Rosemary betete, daß das Brennen in ihren Augen nur von dem Zigarettenqualm kam. Sie fuhr fort: »Ich verkehre nicht in solchen Kreisen.« In Gedanken rechnete sie kurz nach. Juli. Ben und sie hatten sich damals gerade erst entschlossen, ihre Beziehung etwas lockerer zu handhaben. Er war entweder ein Lügner, oder er ging unheimlich flott zur Sache. Sie dachte an den Juni, ihre Leidenschaft, ihre Nähe. Sie hörte sich Jessica fragen: »Hast du Betsys Nummer? Neulich wollte jemand mit Ben sprechen.«

Jessica legte die Stirn in Falten. »Warte mal, ich müßte sie zu Hause haben. Weißt du was, du gibst mir deine, und ich ruf dich an, wenn ich zurück bin.«

Rosemary war sich darüber im klaren, daß sie niemals so lange würde warten können, aber sie lächelte und kritzelte ihre Nummer auf die Rückseite eines alten Umschlages, den Jessica unten in ihrer Handtasche fand.

Eine Durchsage ertönte aus dem Lautsprecher.

»Das ist mein Flug«, sagte Jessica. Beide standen sie auf und küßten einander auf die Wangen beziehungsweise in die Luft neben ihren Wangen.

»Wir müssen uns mal treffen«, murmelte Rosemary. »Komm doch auf einen Drink vorbei, wenn du wieder da bist.«

»Sehr gerne. Bin so froh, daß wir uns getroffen haben. Du mußt mir alle deine Geheimnisse, wie man jung bleibt, verraten. Ich könnte sie auch gut gebrauchen!«

Die Schauspielerin lachte laut und aus vollem Herzen, hob ihre Hand mit der Handtasche und wiegte sich mit gespielter Anzüglichkeit in den Hüften. »Außerdem will ich dann wissen, wie ich mir selbst einen solchen Knaben anlachen kann.«

Nachdem sie ihr noch eine Kußhand zugeworfen hatte, verschwand sie in der Menge und ließ Rosemary allein zurück, die sich plötzlich klein und verloren vorkam inmitten dieses riesigen Flughafens und sich danach sehnte, daß jemand sie holen kam und an einen sicheren Ort brachte.

Michael tauchte an ihrer Seite auf; er roch nun nach teurem Eau de Cologne und Tweedsachen. Sie spürte, wie sich der Geschmack in ihrem Mund von den Zigaretten und dem kalifornischen Wein mit bitterer Wut vermischte.

»Ach, Michael«, sagte sie. Er nahm ihren Arm.

»Ich fragte mich schon, wo du bleibst«, erwiderte er mit gerunzelter Stirn. »Ist alles in Ordnung bei dir? Sie haben unseren Flug aufgerufen.«

»Ich hab eine Bekannte getroffen«, murmelte sie, dann gingen sie in die Lounge zurück, um ihr Handgepäck und Toms Blumenstrauß zu holen.

»Hast du die Schlaftabletten greifbar, die uns Marlene gegeben hat?« erkundigte sie sich im Flugzeug, während sie ihren Sicherheitsgurt zuschnappen ließ. Michael nickte. »Kann ich zwei haben?« fragte sie. »Ich würde gerne etwas schlafen auf dem Flug. Ich werde die traurigen Verhältnisse auf den Britischen Inseln nicht ertragen können, ohne wenigstens ein paar Stunden Erholung in Reserve.«

Michael reichte ihr die Tabletten. Er hatte ihr keine

Fragen zu ihrer Begegnung auf dem Flughafen gestellt, und Rosemary war dankbar dafür. Sie mußte sich alles durch den Kopf gehen lassen. Sie nahm die zwei Schlafpillen und spülte sie mit einem Glas Sekt hinunter, das man ihr gereicht hatte, während das Flugzeug noch beladen wurde. Drei Gläser Alkohol zusammen mit Beruhigungsmitteln – das war sicher nicht sehr klug von ihr, aber zumindest würde sie garantiert nicht wach bleiben. Zwölf schlaflose Stunden, in denen ihre Gedanken um Jessicas Worte kreisen würden, wären zuviel für sie.

Die Stewardeß nahm ihr mit einem Lächeln die Blumen ab. »Ich stelle sie sofort ins Wasser«, sagte sie und steckte ihre Nase durch die Cellophanfolie, in die sie eingewickelt waren. »Sie duften wundervoll, Miss Downey.«

»Für mich nichts zu essen«, flüsterte Rosemary, als mit der Verteilung des Abendessens begonnen wurde. »Wecken Sie mich eine Stunde, bevor wir ankommen«, sagte sie zu der gleichen Stewardeß. »Wären Sie so freundlich?«

»Aber selbstverständlich.« Die junge Frau deckte sie mit einer Decke zu. »Ich hoffe, Sie werden gut schlafen können, Mrs. Downey. Schön, Sie an Bord zu haben.«

Die Tabletten fingen an zu wirken. Sie wurde von einem euphorischen Gefühl durchflutet. »Wie bei der Anästhesie«, brummelte sie Michael zu, der sie über seine Lesebrille hinweg anschaute und die Zeitung, die er gerade las, senkte.

»Was hast du gesagt?« Er lehnte sich zu ihr.

Sie kicherte. »War nicht wichtig«, dann setzte sie hinzu: »Wir sollten immer mit British Airways fliegen.

Es ist so angenehm, erkannt zu werden. Ich glaube, ich habe das vermißt.«

Das letzte, was sie hörte, war Michaels Frage: »Kann ich das schriftlich von dir haben?«

Sie flogen Richtung Großbritannien, in die Dämmerung. Rosemary schlief.

Kapitel 20

Als das Flugzeug landete, wurden sie von einem warmen Septembertag begrüßt. In der Stunde vor ihrer Ankunft hatte Rosemary gefrühstückt, sich gewaschen und zurechtgemacht. »Ich muß Marlene anrufen«, sagte sie zu Michael, während sie auf ihr Gepäck warteten. »Ich habe noch nie so gut geschlafen auf einem langen Flug. Ihre Pillen waren phantastisch.«

»Jemand aus dem Büro holt mich ab«, erklärte Michael auf dem Weg durch den Zoll. »Wir bringen dich zuerst nach Hause.« Er schob den Wagen mit ihrem Gepäck, und Rosemary trug Toms Blumen; sie verschwand beinahe hinter dem Riesenstrauß.

Sie sah Ben als erste. Unwillkürlich machte sie sich kleiner, und am liebsten hätte sie sich versteckt. »Ben ist da«, sagte sie, obwohl sie wußte, daß auch Michael ihn bereits gesehen hatte.

Und dann trafen die drei zusammen. Die beiden Männer, groß und imposant, standen sich verlegen gegenüber, die Augen, erst forschend auf das Gesicht des anderen gerichtet, wandten sich zu ihr.

»Hallo, Ben«, begrüßte sie ihn lächelnd und senkte den Blumenstrauß, so daß er sich zu ihr beugen und sie auf die Wange küssen konnte.

Er verbarg seine Hände hinter seinem Rücken, und als die Begrüßung erfolgt war, streckte er sie nach vorne zu ihr hin. In ihnen hielt er eine einzelne Rose. Weiß mit goldenen Tupfern. »Wohl etwas jämmerlich«, sagte er. Die einsame Blume zitterte in ihrer Hand, als sie sie entgegennahm. Toms Strauß, mit einem Mal vergessen, ließ sie achtlos herunterhängen.

»Ach, Ben«, sagte sie, »wie reizend.«

In der Nähe flammte ein Blitzlicht auf. Michael drehte sich um, sofort danach folgten die Gesichter von Ben und Rosemary. Ein Fotograf. Nur dieser eine. Er blitzte ein weiteres Mal. Ein anderer Mann kam mit einem Lächeln auf sie zu.

»Miss Downey? Mr. Morrison? Können wir einige Fotos machen? Wir sind von der ›Mail‹.«

Michael schaltete sich ein, den einen Arm um Rosemary gelegt. Ben runzelte, plötzlich verunsichert, die Stirn. Er hielt Rosemarys Arm fest. Sie hörten, wie Michael sagte: »Hört zu, Jungs, wir haben einen langen Flug hinter uns. Miss Downey würde gerne direkt nach Hause fahren. Ich bin sicher, daß ihr dafür Verständnis habt.«

»Und *Sie* sind, Sir?« fragte der Reporter.

»Miss Downeys Agent«, erwiderte Michael kurz.

Noch einmal blitzte der Fotograf. Neben ihr wurde Ben unruhig, und sie spürte, wie sich seine Anspannung in Zorn verwandelte.

»Bleib ruhig, Ben«, sagte sie; da sie die Hände voller Blumen hatte, konnte sie ihn lediglich mit ihrer Stimme zurückhalten. »Michael erledigt das schon.«

Michael wandte sich zu ihnen. Er sah müde und verärgert aus. »Kannst du sie nach Hause bringen?« fragte er barsch.

Ben sah ihn an. »Ich habe den Wagen mit. Wie kommen wir dorthin?«

»Geh schon mit ihr los. Ich regle das hier.«

Ben drehte sich um und nahm ihr abrupt Toms Blumenstrauß aus der Hand. Sie hielt die einzelne Rose fest und schaute nach unten in die goldgesprenkelte Blüte.

»Eine törichte Idee, Ben«, sagte Michael leise. »Uns abzuholen war eine törichte Idee.«

»Arroganter Scheiß«, brummte Ben, als sie zum Ausgang stürmten, der zum Parkplatz führte.

Der Fotograf riß die Kamera hoch für eine letzte Aufnahme. Ben, sich noch einmal umwendend, hob die rechte Hand mit dem ausgestreckten Mittelfinger zu einem höhnischen Gruß. Michael verzog das Gesicht und schüttelte den Kopf, dann nahm er den Journalisten beim Arm, um ihn, höflich auf ihn einredend, in ein Café zu entführen.

Die kleine Ansammlung von Menschen, die sich gebildet hatte, verlief sich wieder; ein oder zwei Personen baten um ein Autogramm. Rosemary beachtete sie nicht und folgte Ben.

»Mein Gepäck«, rief sie. »Michael hat mein Gepäck.«

»Um Gottes willen, er wird es dir schon bringen«, erwiderte Ben von oben herab, während er sie mit sich zog. »Nur keine Aufregung.«

Die ganze Szene hatten nur wenige Minuten gedauert. Als sie im Auto saßen, warf Ben den Blumenstrauß nach hinten, und sie fuhren schweigend aus dem Flughafen hinaus.

»Warum bist du so wütend?« fragte Rosemary schließlich. »Es mußte ja so kommen, nachdem die Geschichte in die Presse kam.«

»Das habe ich nicht erwartet«, sagte Ben mit finsterer Miene. Er sah sie an. »Ich habe dich vermißt, Rosie.«

Sie drehte ihren Kopf zur Seite und sah aus dem Fenster. Obwohl sie geschlafen hatte, fühlte sie sich plötzlich müde, und sie wußte nicht, was sie sagen sollte. »Ich bin Jessica auf dem Flughafen begegnet«, brachte sie endlich hervor, ohne ihn anzuschauen.

»Jessica? Welche Jessica?« Er hupte, um den Mann im Wagen vor ihnen aufzuscheuchen. »Verdammter Idiot«, schimpfte er. »Mit fünfundsechzig Stundenkilometern auf der mittleren Spur.«

»Jessica«, wiederholte Rosemary mit fester Stimme und wandte sich zu ihm, damit sie sein Gesicht sehen konnte. »Sie hat bei diesem Film in Spanien mitgespielt, erinnerst du dich nicht? Und wie war noch der Name dieser kleinen Aufnahmeassistentin? Betty? Bessie?«

»Ich weiß nicht.« Bens Gesicht gab nichts preis.

Lange herrschte Schweigen zwischen ihnen. Er fuhr für Rosemarys Geschmack zu schnell und zu dicht auf die anderen Wagen auf, aber sie sagte nichts. Im Gefühl, wieder zu Hause zu sein, überließ sie sich ihrer Erschöpfung und der Stimmung, gegen die sie sich zunächst gewehrt hatte. »Das mit der Rose war eine nette Geste«, sagte sie, erstaunt über ihre eigene Nachgiebigkeit, über ihr nach wie vor starkes Bedürfnis, ihn freundlich zu stimmen. Er zuckte die Achseln. So einfach war er nicht zu besänftigen. Bestürzt stellte sie fest, wie schnell sie wieder in die schlechtere Position geraten war, ohne recht zu wissen, wie es eigentlich geschah.

»Von wem sind die Grabblumen?« fragte er.

Sie zögerte. Daraufhin drehte er sich zu ihr und sah sie an, ohne weiter auf die belebte Straße zu achten. »Paß auf, Ben!« Er bremste scharf. Ihr Herz pochte schnell und heftig.

»Nun?« Er war auf die innere Spur gewechselt und reduzierte die Geschwindigkeit auf gleichmäßige neunzig Kilometer in der Stunde.

»Nun was?« Sie lehnte es ab, sich auf sein Spiel einzulassen.

Er lachte. »Ich verstehe. Du hast also eine schöne Zeit verbracht?«

»Eine sehr schöne Zeit. Danke der Nachfrage.«

Er riß so plötzlich das Steuer herum und fuhr auf einen Halteplatz, daß sie gegen die Tür geschleudert wurde und aufschrie, als sie mit der Schulter aufprallte. Der Wagen hielt. Er stellte den Motor ab und streckte seine Hand nach ihr aus. Zu ihrer eigenen Überraschung zuckte sie zusammen und wich vor ihm zurück. Verwundert sagte er: »Um Himmels willen, Rosie, ich wollte dir doch nichts tun.« Er machte einen gekränkten Eindruck. »Ich wollte dich küssen. Ich wollte wissen, ob du mich vermißt hast. Ich habe nie gedacht, daß du mich bei der ersten Gelegenheit verläßt.«

Sie sah ihm ins Gesicht. Er war wie ein kleiner Junge. Voller Wut auf sich selbst begann sie zu weinen.

Er stöhnte auf. »O nein. Was habe ich jetzt wieder gemacht?«

Vollkommen fassungslos über sein unberechenbares Verhalten, schwankend auch in ihren eigenen Gefühlen, ließ sie es geschehen, daß er sie in die Arme nahm und zu küssen begann. Seine Hand strich über ihre Brust, ihren Hals, ihren Bauch; er küßte sie auf das Gesicht, ihre Augen, die noch immer Tränen vergossen, und dann, erregt durch ihre offensichtliche Wehrlosigkeit, wanderte seine Hand nach unten zu ihrer Jeans, löste den Knopf und zog den Reißverschluß herunter. Sie sträubte sich. »Nein, Ben, nicht, laß das. Nicht hier, nicht jetzt.« Er hörte nicht darauf, hielt sie fest, preßte sie an sich, streichelte sie, fühlte, wie in ihr die Erregung sich steigerte, wie ihre Beine zu zittern anfingen, er küßte ihre Proteste fort, tat ihr beinahe weh in seinem Ungestüm.

»Schluß«, stieß sie endlich hervor, erschöpft und angewidert. »Schluß – bitte. Es tut mir leid. Bring mich bitte nach Hause.«

Er lächelte auf sie herab, zufrieden darüber, ihre Lust gestillt zu haben. Sie lag ruhig an ihn gelehnt. Er zog ihr die Jeans hoch, strich ihre Bluse zurecht, so als ob sie ein kleines Kind wäre. Sein Kind. »Meine Rosie«, sagte er.

Sie brachte es nicht über sich, ihn anzusehen. Ihr Körper bebte. Ihr Verstand wehrte sich gegen die Genüsse, die er ihr verschafft hatte. Auf der Straße neben ihnen jagten unerbittlich die Autos vorbei. Die Sonne schien. Ben legte eine Miles-Davis-Kassette ein. Rosemary wischte sich die Augen und brachte ihr Make-up und das Haar in Ordnung. Ella und Joanna würden zu Hause sein.

»Können wir jetzt fahren?« fragte sie schließlich.

Er lächelte sie an. »Eine Minute noch, mein Schatz«, sagte er, langte nach hinten auf den Rücksitz, nahm

Toms Blumen, öffnete die Wagentür und warf sie, so weit er konnte, hinaus. Die Sonne blinkte auf dem Cellophan, als es durch die Helligkeit flog. Sie sah zu, wie der Strauß zwischen die Brombeersträucher fiel; die Beeren waren reif zum Pflücken. Ein absurder, lächerlicher Gedanke schoß ihr durch den Kopf: *Ich habe schon seit Jahren keine Marmelade mehr gemacht.* Ben lächelte noch immer.

»Adieu, L. A.«, flüsterte sie.

Er hörte nicht zu, oder gab zumindest keine Antwort, ließ den Motor an und fuhr wieder auf die Straße zurück. Sie schloß die Augen und bereitete sich auf die Ankunft in ihrem Haus in Wimbledon vor.

Vier Tag und vier Nächte blieb Ben bei ihr. Und da sich in dieser Zeit die Ereignisse um sie herum nur so überstürzten, war sie schon allein froh über den Rückhalt, den ihr seine körperliche Anwesenheit gab.

»Ich fürchte, ich habe mich mit Oma zerstritten«, eröffnete ihr Ella, kaum daß sie eine Stunde zu Hause war. Sie hatte gerade erst mit dem Auspacken begonnen.

Ben war kurz nach ihrer Ankunft wieder gegangen, er hatte sie zärtlich geküßt und gesagt: »Ich bin gegen fünf wieder hier. Versprochen. Ich werde das Abendessen machen.«

Sie fand weder die Zeit noch brachte sie die Energie auf, ihn nach Betsy oder Gill oder sonst etwas zu fragen. Sie nickte nur und lauschte dann, wie der Wagen in der üblichen Manier mit scheppendem Auspuff die Einfahrt hinunterfuhr.

»Er sollte endlich mal dieses Auto in Ordnung bringen«, brummte Rosemary.

»Hast du mir zugehört, Mum?«

Rosemary hob den Blick von ihrem Kaffee, in dem sie die Sahne verrührte, die sie im Kühlschrank gefunden hatte.

»Liebling, was hast du gesagt?«

»Ich hatte Krach mit Großmutter.«

Rosemary runzelte die Stirn. »Weswegen?«

»Ich habe ihr von Joanna und mir erzählt.«

»Wie bitte?« Durch den Jet-lag ohnehin etwas durcheinander, kam sie nicht so schnell mit.

Ella sprach langsam, wie zu einem Kind: »Entschuldige, Mum, ich hatte eigentlich vor, es dir erst später zu erzählen, aber ich dachte, ich müßte es dir sagen, bevor du es von Oma erfährst. Sie wird schon früh genug anrufen.«

Rosemary schaute sie an und begann zu lachen. Ella war die Erleichterung anzusehen. »Warum um alles in der Welt hast du es ihr erzählt?« fragte Rosemary. »Oder besser gesagt, *wie* hast du es ihr bloß beigebracht? Ich wüßte nicht, wo ich anfangen sollte.«

Ella nahm ihr gegenüber Platz und wischte mit einem sauberen Geschirrtuch, das sie in der Hand hielt, über den Tisch. Rosemary erinnerte sich an eine Zeit, als sie das noch gestört hätte und ein Spültuch in die Richtung ihrer Tochter geflogen wäre. Jetzt aber blieb sie ruhig und wartete auf den Bericht ihrer Tochter.

»Sie rief vor ein paar Tagen an, ganz wütend wegen der Fotos in den Zeitungen. Ich habe versucht, es ihr in aller Ruhe zu erklären und dachte, sie würde sich schon beruhigen, aber du weißt ja, wie sie ist. Sie sorgt sich mehr um das, was die Nachbarn denken könnten, als darum, ob du dich vielleicht verletzt fühlst.«

»So schlimm ist sie auch nicht.« Der Protest von Rosemary klang nicht sehr überzeugend, was aber eher ihrer Müdigkeit zuzuschreiben war und nicht einem heimlichen Einverständnis mit dem, was Ella sagte.

»Doch, sie ist«, widersprach Ella und atmete tief durch. »Na, wie auch immer, weil ich nicht genügend Mitgefühl *ihr* gegenüber zeigte, wo sie doch diese Schande ertragen mußte, fing sie an mich auszufragen, ob diese dicke Freundin von mir noch immer hier wäre und wann sie endlich ausziehen und aufhören würde, dir auf der Tasche zu liegen.«

»Was für eine Unverschämtheit!« entfuhr es Rosemary.

»Das habe ich auch gesagt.«

»Mit *exakt* den gleichen Worten?« Rosemary zog die Augenbrauen hoch.

Ella zuckte die Achseln. »Nun ja, es könnte noch ein anderes Wort gefallen sein.«

»Eines Tages wird deine arme Großmutter noch einen Herzanfall bekommen, wenn du weiter vor ihr ›Scheiße‹ sagst. Es wäre ihr noch lieber, wenn du eine Bank überfallen würdest. Sie haßt es, wenn man flucht.«

»Genau das sagte sie«, fuhr Ella fort. »Daß sie die Flucherei haßt, meine ich, nicht das mit der Bank. Jedenfalls sagte ich ihr, daß ich Joanna liebe, daß wir ein Paar sind, daß es dich nicht stört und daß sie aufhören sollte, sich in das Leben von uns *allen* einzumischen.«

»Und dann?«

»Sie hat aufgelegt.«

Rosemary erhob sich, nahm ihren leeren Kaffeebecher und stellte ihn in die Spüle. »Das ist typisch meine Mutter«, sagte sie, »sich niemals etwas Unerfreulichem zu stellen. Einfach den Hörer auflegen.«

Ella stand auf, ging zu ihr und legte ihr den Arm um die Hüfte. »Es tut mir leid, Mum. Kannst du das in Ordnung bringen? Sie wird ganz bestimmt anrufen. Aber nicht vor drei – ich habe ihr gesagt, du würdest dann zu Hause sein. So hast du noch einige Stunden Ruhe. Die Uhrzeit habe ich ihr übrigens *vor* unserem Streit genannt.«

»Ist schon in Ordnung, Darling. Ich werde ihr sagen, daß du sie nur provozieren wolltest.«

Ella zog ihren Arm weg und trat einen Schritt zurück. Ihre Stimme wurde jetzt laut. »Verdammte Scheiße, Mum, nein! Spiel jetzt nicht die Tochter deiner Mutter. Weich *du* jetzt nicht aus, nur dieses eine Mal nicht. Himmel, ihr seid doch beide gleich!«

Rosemary war überrascht, ja beinahe schockiert über ihren Wutanfall. »Wie meinst du das – die Tochter meiner Mutter? Ich bin überhaupt nicht so wie sie.«

»Und ob du es bist! Sag ihr direkt, wie es ist. Um Gottes willen, *sag* es ihr endlich. Wenn sie von dir gewußt hätte, daß du mit Ben schläfst, dann wäre sie nicht so empört gewesen, als sie diese blöden Fotos in den Zeitungen sah, auf denen ihr beide euch in die Augen glotzt!«

Rosemary seufzte. »Okay, ich werde es versuchen«, sagte sie. »Und du hast recht, ich bin ein Feigling. Jemand, der sich gerne raushält.«

Ella hatte sich wieder beruhigt. »Wenn du dich wirklich mal konsequent mit jemandem auseinandersetzen würdest, hättest du schon längst deinen Schlüssel von Ben zurück.

Rosemarys Augen verengten sich. »Treib's nicht zu weit«, erwiderte sie gereizt und mit leiser Stimme.

Ella grinste und hob die Hände zum Zeichen der Kapitulation. »Deine Angelegenheit«, bemerkte sie.

»Nun«, sagte Rosemary, »hast du mir noch etwas mitzuteilen, bevor ich meine Koffer auspacke? Gibt's weitere schlechte Nachrichten?«

»Ben macht seine Haufen im ganzen Haus.«

»Wie bitte?«

»Nicht er, der Kater! Er scheißt überall hin. Der Tierarzt meint, es käme vom Alter und er könne ihm etwas geben, aber es würde wohl nicht lange helfen. Es passiert vor allem, wenn Ben hier ist.«

»Jetzt verstehe ich aber gar nichts mehr.«

»Dein Geliebter hat *zweimal* hier übernachtet, während du weg warst«, Ella betonte jedes Wort einzeln, »und beide Male hat Ben, der Kater, dein ganzes Schlafzimmer versaut.«

»Du liebe Güte. Ben muß fuchsteufelswild geworden sein.«

»Das war er. Und er hat mich dazu gebracht, es wieder sauberzumachen. Er meinte, ihm würde schlecht werden. Und dann stieß er den armen Kater mit dem Fuß durch die Katzentür.«

»Er haßt Katzen.«

»Die Katze haßt ihn.« Ella ging zum Kühlschrank. »Ihr kann ich keinen Vorwurf machen. Männer werden wehleidig, wenn es ans Saubermachen geht.« Sie machte die Kühlschranktür auf. »Ich sterbe vor Hunger. Wann gehst du endlich einkaufen?«

Rosemary lachte. »Laß mich wenigstens erst mal auspacken!« Sie ging in den Flur hinaus und rief ihr über die Schulter zu: »Spar dir alle weiteren Mitteilungen auf, bis ich geduscht habe. Wenn ich sauber bin, werde ich besser mit ihnen fertig.«

Die Nachricht von Bens Aufenthalt hier in Wimbledon in der Zeit, als sie fort war, beschäftigte sie sehr, und sie fragte sich, vor wem oder was er geflüchtet war. Sie fand die Vorstellung, daß er allein in ihrem großen Bett schlief, recht angenehm – *wie eine Brieftaube,* schoß es ihr durch den Kopf. *Plötzlich bin ich für ihn das Sicherheitsnetz*. Aber es gefiel ihr. Sie duschte, packte aus, aß zu Mittag. »Wo ist Joanna?« fragte sie.

»Ach ja, ich hab vergessen, daß du es noch nicht wissen kannst: Sie arbeitet an zwei neuen Stücken in einem Kneipentheater im Londoner Norden mit. Sie überarbeitet gemeinsam mit dem Autor den Text.«

»Schön.«

»Das Honorar ist jämmerlich«, sagte Ella fröhlich und fügte dann ernster hinzu: »Mum, es stört dich doch wirklich nicht, daß sie hier wohnt, oder? Es ist nur wegen des Geldes, daß wir noch keine eigene Bleibe haben, und nach einem möblierten Zimmer für uns beide steht uns auch nicht der Sinn.«

»Das überrascht mich nicht.« Rosemary sah von ihrem Essen auf. »Der Gedanke, mit dir ein möbliertes Zimmer zu teilen, würde jeden in Panik versetzen, selbst Joanna.«

Ella lachte. »Ich geh nach oben«, sagte sie und verließ den Wintergarten, in den sich Rosemary zum Essen gesetzt hatte. »Ruf mich, wenn du mich brauchst.«

Das Telefon klingelte Punkt drei Uhr. Es war ihre Mutter. Rosemary holte tief Atem. »Hallo, Mum. Wie geht's?«

»Wann bist du zurückgekommen?«

»Es war sehr schön«, sagte Rosemary.

»Na, jedenfalls bist du zu Hause.« Dann war Stille am anderen Ende der Leitung. Rosemary wartete, sie war nicht bereit, ihrer Mutter den Einstieg in ein Gespräch zu erleichtern, an dem ihr offensichtlich sehr gelegen war.

»Ja, ich bin wieder zu Hause«, sagte sie.

Schließlich redete Betty Dalton weiter: »Ich nehme an, du weißt, daß Ella frech zu mir war. Hat sie dir erzählt, wie empört ich war?«

»Wegen der Zeitungen? Ja, das hat sie mir erzählt.«

»Ach, darüber bin ich hinweg«, sagte ihre Mutter abschätzig, dann senkte sie ihre Stimme, als ob jemand lauschen würde. »Es ist die andere Sache. Was sie gesagt hat über das Mädchen, das dort wohnt.«

»Joanna.«

»Ja. Über sie.«

»Und weiter, Mum?« Rosemary war geduldig, besser gesagt, sie war dabei, all ihren Mut zusammenzunehmen.

»Nun«, fuhr Betty fort, »es ist das, was sie gesagt hat. Es ist so dumm, ich weiß nicht recht, wie ich es dir sagen soll.«

»Sie sind ein Liebespaar, Mum. Sie lieben sich.« Sie stieß es laut und schnell hervor und wartete dann auf die vorhersehbare Reaktion. Sie hörte, wie ihre Mutter Atem schöpfte.

»Du willst sagen, du weißt es? Es passiert unter deinem Dach, und du duldest es?«

»Ja. Ella ist über achtzehn. Und Joanna ist ein nettes Mädchen.«

»Ein *nettes* Mädchen? Es ist das, was sie *tun,* was mich so aufbringt.« Bettys Stimme war nahe daran, hysterisch zu werden. »Eine Enkelin von mir gibt sich Gott weiß was für Dingen hin. So etwas hat es nicht gegeben, als ich ein junges Mädchen war. Man hätte es nie legalisieren sollen.«

»Es ist nur gesetzlich erlaubt, Mum, nicht vorgeschrieben.«

»Komm mir nicht frech, Rosemary.«

»Hör mal, Ella ist homosexuell, und bei Frauen war das nie verboten.«

»Natürlich nicht, es ist ja auch nie vorgekommen. *Du* bist übrigens schuld daran.«

Rosemary war verblüfft über diese Bemerkung. »Weshalb?« fragte sie.

»Weil dieser junge Mann, dieser Ben, bei dir ist. Ich nehme an, daß du mit ihm geschlafen hast. Das ganze Haus ist ein einziger Sündenpfuhl. Also, von meiner Seite hast du das nicht mitbekommen.«

»Mum«, unterbrach Rosemary sie, »Mum, ich habe mit der Zeitumstellung zu kämpfen, und ich denke, es ist besser, wenn wir jetzt das Gespräch beenden. Ich rufe dich morgen an oder vielleicht den Tag drauf.«

»Läßt du es etwa weiter zu, daß sich deine Tochter wie eine Perverse aufführt?«

Rosemary spürte, wie sie zu zittern begann. Sie fühlte sich erinnert an die Situationen in ihrer Kindheit, als sie etwas angestellt hatte. Schon der Ton in der Stimme ihrer Mutter reichte aus. Entschlossen sagte sie: »Zu einem solchen Gespräch bin ich nicht bereit, Mum. Hör zu – Ella ist lesbisch. Es ist kein Verbrechen. Du mußt es akzeptieren. Ich weiß, es ist schwierig für dich, und ich werde Geduld haben, aber sie ist immer noch dieselbe Ella.«

»Benutz bitte nicht dieses alberne Wort«, sagte ihre Mutter.

»Welches alberne Wort?«

»Lesbisch.«

Rosemary lachte. »Mum, ich bin jetzt zu müde, um mich mit all diesen Klischees herumzuschlagen. Ich ruf dich morgen an.«

»Ich bin völlig durcheinander.« Bettys Stimme verriet, daß sie den Tränen verdächtig nahe war.

»Ich weiß. Du wirst schon darüber hinwegkommen.« Und sie legte auf.

Ella hatte die ganze Zeit hinter ihr gestanden. »Du warst wunderbar«, sagte sie mit einem strahlenden Lächeln zu ihrer Mutter.

»Ich zittere immer noch«, erwiderte Rosemary. »Für einen Drink ist es wohl noch zu früh?«

»Ja.«

»Du hast ja recht. Setz den Kessel auf, wir trinken einen Tee.«

Wieder klingelte das Telefon. Ella hob ab. »Mit wem spreche ich bitte?« fragte sie und schaute zu ihrer Mutter hinüber, die schon auf dem Weg in die Küche war. Dann: »Oh, hallo Barbara. Wie geht's dir?« Sie legte eine Hand auf die Sprechmuschel und flüsterte: »Michaels Frau.« Rosemary runzelte die Stirn. »Ja, sie ist hier«, sprach Ella wieder in den Hörer, »einen Moment, bitte!« Und sie reichte das Telefon weiter.

»Hallo, Barbara«, begrüßte Rosemary sie zurückhaltend. Ella verzog das Gesicht und wich in gespieltem Entsetzen bis zur Küche zurück.

»Rosemary.« Barbaras Stimme verriet ihre Nervosität. »Bitte sei ehrlich zu mir.« Rosemary bekam einen Schrecken, blieb aber ruhig. Barbara fuhr fort: »Ich weiß, daß du mit Michael in L. A. warst. Ich möchte nur von jemandem erfahren, was hier eigentlich vorgeht.« Ihre Stimme wurde stockend.

»Hat Michael etwas gesagt?« fragte Rosemary in sanftem Ton. Sie empfand Mitleid mit der Frau, die hörbar den Tränen nahe war.

»Etwas gesagt?« kam es schneidend, schrill von Barbara zurück. »Etwas gesagt? Und ob er was gesagt hat. Er hat uns verlassen. Du müßtest das wissen.«

»Ja, ich weiß es.«

»Aha. Und was hast *du* dazu zu sagen?«

Rosemary hielt inne, überrascht über den vorwurfsvollen Ton in Barbaras Stimme. »*Ich?*« fragte sie. »Mit *mir* hat es nichts zu tun, Barbara. Wie leid es mir auch tut, ich möchte hier keine Partei ergreifen und ich möchte mich nicht einmischen.« Am anderen Ende der Leitung begannen die Tränen zu fließen. Nach einiger Zeit fuhr sie fort: »Barbara, hör zu, ich kann da nichts tun. Was *erwartest* du von mir?«

»Laß ihn in Ruhe.« Sie flüsterte jetzt, das Schluchzen wurde leiser, und die Worte kamen nur mit Mühe heraus. »Bitte laß ihn in Ruhe. Wir brauchen ihn.«

Es dauerte einige Augenblicke, bis Rosemary begriff, daß Barbara wirklich von dem überzeugt war, was sie sagte. Dann erwiderte sie: »Ich bin es nicht, Barbara. Um Himmels willen, wie bist du nur auf so etwas gekommen? Ich habe nichts mit ihm!« protestierte sie heftig, entsetzt darüber, daß Barbara zu einer solchen Ansicht gelangt war.

Konfrontiert mit dieser direkten, ganz offensichtlich

ehrlichen Zurückweisung ihrer Unterstellung, stieß Barbara hervor: »O Gott, o Gott, entschuldige, Rosemary. Es ist nur, weil er doch immer sagte, er wäre mit dir zusammen, und als er dann noch erwähnte, daß du mit ihm in den Staaten warst und überhaupt ... O Gott, es tut mir so leid. Bitte, vergiß, daß ich angerufen habe.« Sie brach erneut in Tränen aus, und gerade als Rosemary sich entschlossen hatte, das Gespräch abzubrechen, legte Barbara auf.

»Das ist ja wie in einem schlechten Film«, bemerkte Ella, als sie ihren Tee tranken und Rosemary das Gespräch wiedergab.

»Ich muß Michael anrufen.« Rosemary stand auf und ging wieder in die Diele, um seine neue Nummer aus dem Schreibblock neben dem Telefon herauszusuchen. In seiner Wohnung meldete sich niemand, also rief sie in seinem Büro an.

»Er wird erst morgen wieder dasein«, ließ seine Sekretärin geschäftig verlauten. »Möchten Sie vielleicht Ihre Telefonnummer hinterlassen?«

»Sie sind neu in dem Job«, stellte Rosemary fest.

»Ja, das stimmt«, bestätigte die junge Frau.

»Er hat meine Nummer. Ich bin Rosemary Downey.«

»Oh, Miss Downey. Entschuldigen Sie.«

»Ist schon gut. Wahrscheinlich werde ich ihn ohnehin noch vor morgen erreichen.« Sie legte auf und wählte Frances' Nummer. Der Anrufbeantworter war eingeschaltet, und sie sprach aufs Band: »Wenn du da bist, kannst du mich anrufen? Rosemary.«

Gegen halb sechs war Ben zurück. Er kam gemeinsam mit Joanna zur Tür herein.

»Willst du einen Tee oder lieber etwas anderes?«

fragte ihn Rosemary, nachdem Ella und Joanna nach oben gegangen waren. Sie holte, ohne auf seine Antwort zu warten, eine Flasche Wein aus der Kühlschranktür und sagte: »Ich jedenfalls will etwas anderes.«

»Einverstanden.« Ben schleuderte seine Reisetasche in die Ecke neben der Tür.

Rosemary warf einen Blick auf sie. »Du bleibst eine Weile hier?« fragte sie.

Er lächelte. »Stört es dich?«

»Nein, der Tag war bis jetzt schon ganz furchtbar. Du könntest ihn auch nicht mehr schlimmer machen.«

»Vielleicht könnte ich ihn ja sogar noch besser machen«, sagte Ben. Er schlang die Arme um sie, während sie den Wein einschenkte, und drückte seine Lippen auf ihr Haar.

Kapitel 21

Sie war an diesem Abend zu müde, um ihn noch auf Betsy anzusprechen, außerdem tranken sie beide zuviel. Ben kochte, und alle vier aßen zusammen in der Küche. Sogar Joanna lachte über seine witzigen Bemerkungen. Er war wieder der Mann, der damals plötzlich in ihrem Leben aufgetaucht war.

Sie schlief ein, als sie gerade die Hälfte der Spaghetti geschafft hatte, und Ben führte sie die Treppe hoch und brachte sie ins Bett.

»Ist mein Essen schuld, oder sind es meine Späße?« fragte er und zog das Federbett an den Seiten straff.

»Mach es nicht fest«, wollte sie sagen, aber der Schlaf überwältigte sie schon, und sie fiel in eine komaähnliche, für den Jet-lag typische Bewußtlosigkeit. Ben ließ das Nachttischlämpchen an und ging nach unten.

Es schienen nur wenige Minuten vergangen zu sein, als das Telefon sie jäh weckte. Sie setzte sich auf. Es war dunkel im Zimmer, Ben schlief auf dem Rücken und schnarchte leise auf eine Art, die sie oft ganz rührend fand. Einen Moment lang war sie vollkommen verwirrt. Dann erinnerte sie sich. Sie war zu Hause. Sie nahm den Hörer ab und sagte mit gedämpfter Stimme »Hallo«.

»Rosemary?« Es war Frances.

»Franny! Was ist los? Wie spät haben wir?« Sie spähte nach der erleuchteten Uhr auf dem Nachttisch.

»Halb drei«, sagte Frances.

Inzwischen konnte Rosemary das Zifferblatt klar erkennen, und ihre Verwirrung löste sich auf. »Was ist passiert?« fragte sie und geriet unvermittelt in Panik.

»Eine schlimme Geschichte, Darling. Ich brauche jetzt ein Ohr und vielleicht auch eine Schulter. Barbara hat eine Überdosis Schlaftabletten genommen. Michael war bis vor einer halben Stunde hier und ist dann nach Hause gegangen. Sein ältester Sohn stand vor der Tür. Michael hatte den Anrufbeantworter nicht eingeschaltet.«

»Ich weiß.« Rosemary, nun ganz wach, setzte sich an den Rand des Bettes und tastete mit den Füßen nach ihren Hausschuhen. »Ich hab schon früher versucht, ihn zu erreichen. Barbara hatte mich angerufen, sie war in einer fürchterlichen Verfassung. Sie dachte, ich wäre die Person, mit der er eine Affäre hat.«

»Du lieber Himmel«, seufzte Frances mit müder Stimme.

Rosemary hörte, wie sie sich eine Zigarette anzündete. »Ist sie im Krankenhaus?« fragte sie.

»Ja. Man hat ihr den Magen ausgepumpt. Michael ist jetzt zu Hause, bei den Kindern.«

»Willst du zu uns rüberkommen?« fragte Rosemary, wobei sie einen unwilligen Blick auf Ben warf, der immer noch schlief.

»Ist das kein Problem?«

»Nein«, bekräftigte sie entschlossen.

»Ich habe Michael schon gesagt, ich wäre bei dir, ich wußte, daß du einverstanden sein würdest. Bis gleich also.« Frances legte auf.

Ben wurde wach, als sie das Bett verließ und ihren Morgenmantel suchte. »Was ist?« fragte er. »Hast du irgendwas?«

»Schlaf weiter«, flüsterte sie. »Probleme bei Franny, sie kommt gleich.«

Er drehte sich zur anderen Seite und machte die Augen wieder zu. Sie ging nach unten. Im Haus war es unangenehm kühl. Sie roch schon den Herbst in der nächtlichen Luft und schloß das kleine Fenster in der Toilette im unteren Stockwerk. Vollkommen wach inzwischen, ging sie in die Küche und setzte Teewasser auf. Oben ging die Toilettenspülung. Sie hörte Joanna mit schweren Schritten zurück in Ellas Zimmer tapsen und Stimmengemurmel, als die Tür geöffnet wurde und sich dann wieder schloß. Die Uhr in der Diele schlug Viertel vor drei. Im Haus kehrte wieder Stille ein. Sie machte den Tee und setzte sich hin, um auf ihre Freundin zu warten.

»Wer hat sie gefunden?« fragte sie Frances etwas später.

»Sie hat selbst die Klinik angerufen.« Im Aschenbecher häuften sich die Zigarettenkippen. Sie saßen noch immer in der Küche. Rosemary, die nach ihrem halben Abendessen jetzt Hunger verspürte, hatte Toasts gemacht. Frances rauchte nur. »Es war einfach ein Schrei nach Hilfe«, sagte sie und blickte in ihre leere Teetasse.

»Die arme Frau.« Rosemary stand auf, um den Wasserkessel wieder aufzusetzen. »Willst du noch Tee, mein Schatz?«

Frances sah zu ihr auf. »Gibst du mir die Schuld daran?« fragte sie.

Rosemary schüttelte den Kopf. »Das kann ich nicht«, erwiderte sie, »dazu stehst du mir zu nah. Ich denke, Michael trägt die Verantwortung.«

»Scheiße, Scheiße, Scheiße!« Frances drückte heftig ihre Zigarette aus, so daß aus dem überquellenden Aschenbecher Kippen auf den Tisch fielen. Frances wurde laut. »Ich hab ihm *gesagt,* er soll nicht von zu Hause fort. Wie zum Teufel konnte ich mich nur in eine solch fürchterliche Situation hineinziehen lassen?« Sie zündete sich die nächste Zigarette an.

Rosemary hielt es nicht länger aus und leerte den Aschenbecher. »Michael ist verliebt in dich«, brachte sie mit wenig Überzeugungskraft hervor.

Frances sah sie an. »Das ist kein Grund, sein Leben völlig auf den Kopf zu stellen.«

»Für einige Menschen schon, Franny«, entgegnete Rosemary. »Und Michael ist einer davon. Er hat nur die falsche Wahl getroffen – ich meine, an diesem Punkt seines Lebens.«

»Soll das ein Vorwurf sein?« Frances' Stimme hatte einen scharfen Ton angenommen.

Rosemary ging zu ihr und legte die Arme um sie. »Um Himmels willen, nein«, sagte sie voller Wärme. »Ich wäre froh, so zu sein wie du. Ich beneide dich um dein Talent, zu genießen, ohne dich gleich zu binden. Schau dir doch nur den Schlamassel an, in dem *ich* stecke.«

»Was für ein Schlamassel?« erwiderte Frances. »*Du* befindest dich nicht in Schwierigkeiten, verdammt noch mal – *Barbara* ist es, die wirklich in Schwierigkeiten steckt. Du hast dich lediglich in einen jungen, knackigen Kerl verliebt, mit dem du dich wunderbar im Bett amüsierst. Leider siehst du etwas in ihm, was er absolut nicht ist. Das ist alles. Der Rest geht auf dein Konto, den hast du deiner eigenen Dummheit zuzuschreiben. Wie bei Michael. Er wollte nicht auf mich hören, und du hörst nicht auf Ben, du willst einfach nicht sehen, wie er wirklich ist. Die Wahrheit paßt nicht zu den Vorstellungen deiner Erziehung, nach denen Sex immer etwas mit Liebe zu tun haben muß.«

Eine Zeitlang herrschte frostiges Schweigen zwischen den beiden Frauen. Dann lächelte Frances. »Entschuldige, ich sollte es nicht an dir auslassen.«

»Nein, du hast ja recht«, entgegnete Rosemary. »Ich habe heute schon zum zweiten Mal den Vorwurf gehört, ich würde mich den Dingen nicht stellen. Ich bin so verstrickt in meine eigenen Probleme, daß alles andere zur Nebensache geworden ist.«

Sie faßten sich bei den Händen. Dann erhob sich Rosemary, um neuen Tee zu machen. Sie sahen dem Sonnenaufgang zu und rauchten, aßen Cornflakes und lauschten den Vögeln draußen. Der Morgen war gekommen und die Müdigkeit gewichen. Frances nahm ein Bad und fuhr zur Arbeit. Rosemary ging nach oben, um zu duschen; Joanna trottete in die Küche und machte Kaffee. Auch Ben stand auf. Der Tag nahm Gestalt an, und Rosemary fragte sich, was er ihr an Turbulenzen wohl noch bringen möge.

An dem Tag, an dem Michael nach Hause zurückkehrte, bot sich allen die Gelegenheit zur Reue.

Ben war zu Dreharbeiten im Norden von London, es handelte sich um Nachtaufnahmen, und er fuhr am späten Nachmittag los. Unterdessen hatte Rosemary ihre Mutter angerufen, sich bei ihr entschuldigt und sich zähneknirschend angehört, wie ihre Mutter die Entschuldigung annahm. Außerdem hatte sie mit Michael gesprochen, der Barbara am Nachmittag aus dem Krankenhaus geholt hatte. Man hatte sie nicht nur vollständig von den Schlaftabletten gereinigt, sondern auch ihren emotionalen Zustand stabilisiert.

»Verzeih mir, Rosemary«, hatte sie gesagt, als sie den Hörer von ihrem Ehemann übernahm, der immer noch bestürzt und wie benommen war von dem, was seine erotische Abenteuerlust da angerichtet hatte.

»Ist schon gut«, antwortete Rosemary.

»Tut mir leid«, sagte Michael, »es tut uns allen so leid.«

Das sollte es auch, dachte Rosemary, laut aber sagte sie: »Ich ruf dich morgen im Büro an, Michael.«

»Ich werde dort sein«, erwiderte er. »Um einige Dinge zu regeln. Du weißt schon.«

Sie rief danach Frances an, die noch bei der Arbeit war. »Es ist vorbei«, meinte ihre Freundin, ganz erschöpft von der schlaflosen Nacht. »Ich habe ihm gesagt, daß es vorbei ist. Ich fühle mich überfordert, in meinem Leben ist für all das kein Platz.«

»Sie ist genauso egoistisch wie du«, brummte Rosemary an diesem Abend an Ella gewandt. Sie suchte im Gefrierschrank nach einem Rest Fleischsauce für Nudeln, die sie, wie sie sich erinnern konnte, in Zeiten, als ihr Leben noch in geordneteren Bahnen verlief, in einer Vorratsdose weggepackt hatte.

»Die haben wir gegessen«, antwortete Ella auf eine entsprechende Frage ihrer Mutter; auf deren erste Bemerkung ging sie gar nicht ein.

Ben, der Kater, hatte das Gästezimmer beschmutzt. Jemand hatte ihn dort offenbar aus Versehen eingeschlossen.

»Das ist eben das Alter«, sagte Rosemary, während sie das Zimmer mit einer Mischung aus Spüllauge und nach Kiefer duftendem Desinfektionsmittel saubermachte.

»Ich hoffe, es wird dir nicht auch so gehen«, gab Ella zurück.

Rosemary ignorierte die Äußerung. »Wir bestellen uns was vom Chinesen«, sagte sie. »Bist du einverstanden? Ich habe nämlich keine Lust zum Kochen. Es wird auch so gehen.«

Sie aßen die Speisen mit Plastikgabeln direkt aus den mit Folien verschweißten Behältern, das Glutamat blieb ihnen an den Zungen haften und überdeckte den Geschmack des feurigen Rotweins. Joanna plauderte über das neue Stück. Ella war bedrückt, weil sie keine Arbeit hatte. In der folgenden Woche sollte Rosemary mit ihrer Radiosendung beginnen.

Das Telefon klingelte dreimal an diesem Abend. Ein Anruf kam von Frances, die sich entschuldigen wollte.

»Nicht auch du noch«, ächzte Rosemary. »Ich will das Wort ›Entschuldigung‹ nie wieder hören oder selbst aussprechen. Sogar der Kater scheint voller Reue zu sein. Er weicht mir schon den ganzen Abend nicht von der Seite.«

»Ich melde mich in einigen Tagen wieder«, sagte Frances. »Ich brauche ungefähr zwölf Stunden Schlaf, und dann muß ich morgen nach Edinburgh fahren.«

Danach rief der Produzent der neuen Fernsehserie an, der in seinem Eifer kaum zu bremsen war. »Wir treffen uns nächste Woche«, schlug er vor, »schon mal auf einen Plausch.«

»In vier Wochen beginnen wir mit der Arbeit«, teilte Rosemary Joanna später mit, während sie das Geschirr in die Spülmaschine räumte. »Ich bin froh, wenn ich endlich wieder was zu tun habe.«

Ella, die hinter ihnen stand und aus den halbleeren Kartons die Reste der Eiscreme löffelte, seufzte tief auf. »Ihr beide habt's gut«, jammerte sie.

»Dann geh und besorg dir etwas«, sagte Joanna. »Irgendeinen der üblichen Jobs. Kellnern oder so. Irgendwas halt.«

Ella seufzte noch einmal und ging nach oben. Einige Momente später ertönten durch die Diele und die offengelassene Küchentür die vertrauten Klänge von Madonna.

Joanna grinste Rosemary an. »Sie wird zurechtkommen«, sagte sie, »du brauchst dir keine Sorgen zu machen.«

Als sie allein war, ging Rosemary in ihr Arbeitszimmer, um ihren Terminkalender herauszusuchen. Das Telefon klingelte zum dritten Mal. Sie hörte nur jemanden atmen und dann wieder das Wählgeräusch. Dann ging sie zu Bett. Noch eine Nacht ruhigen Schlafs, dann könnte sie Ben wegen Betsy zur Rede stellen. Es waren allerdings schon Zweifel in ihr aufgekommen, ob sie es überhaupt zur Sprache bringen sollte. Es lief gut zwischen ihnen, seit sie wieder zurück war. Vielleicht würde sich ja alles von selbst regeln, wenn sie ruhig blieb.

Er schlief mit ihr, als er am nächsten Morgen zu ihr ins Bett kroch, nahm sie, ohne ein Wort zu sagen, ohne sie anfangs zu wecken. Als sie fertig waren, lag sie in seinen Armen. Die Uhr in der Diele schlug vier. Sie redete sich selbst ein, daß das, was er mit ihr tat, nur aus einem liebenden Herzen kommen könne, und in der närrischen Sicherheit, die auf vollkommener Selbsttäuschung beruht, sagte sie zu ihm: »Darf ich dich etwas fragen?«

Er küßte ihr Haar. »Was?«

»Es ist gut möglich, daß es dir nicht paßt«, erwiderte sie. Sie streichelte seinen Arm und wünschte, sie könnte sein Gesicht sehen. Sie spürte, wie der Schlaf sich allmählich in seinem Körper ausbreitete. Das Zimmer war dunkel, der Blick durch die zurückgezogenen Vorhänge nach draußen verlor sich in der Finsternis der mondlosen Nacht.

»Frag, Rosie«, murmelte er, »aber beeil dich, ich schlaf gleich ein.«

»Es geht um Betsy«, sagte sie schnell, bevor ihr Mut wieder verflogen war. Er entgegnete nichts. »Triffst du dich mit ihr?« fragte sie weiter.

»Nein.« Mehr sagte er nicht.

Sie rückte von ihm weg, setzte sich auf und starrte angestrengt in die Dunkelheit, um nun den Ausdruck in seinen Augen erkennen zu können. Mit einer Hand tastete sie nach der Lampe auf dem Nachttisch.

»Nicht«, wehrte er ab, »laß sie aus.«

Sie zog die Hand zurück und berührte seine Wange. Es blieb finster im Raum. »Und früher?«

»Ich bin ihr mal in die Arme gelaufen, und dann haben wir einen Kaffee zusammen getrunken. Wir trafen dabei – na, wie hieß sie doch noch? Das war alles.«

»Jessica.«

»Ja.«

Sie wartete. »Ich glaube dir nicht.« Die geflüsterten Worte kamen heraus, ohne daß sie darüber nachgedacht hätte. Der Instinkt hatte gesiegt.

»Das ist hart«, entgegnete er. Sie schauderte. »Es ist ein Scherz, Rosie«, sagte er, »nur ein Scherz.«

»Mir ist nicht zum Spaßen zumute.«

Er stöhnte, setzte sich ebenfalls auf und machte das Licht an. »Ich habe mit dem Mädel geschlafen«, sagte er und nahm ihre Hände. Sein Gesicht kam nahe an ihres heran, seine Stirn hatte sich verfinstert. »Ich kann nicht einfach so tun, als würde ich sie nicht kennen, wenn wir uns überraschend begegnen.«

»Ist ja in Ordnung.« Sie wollte ihn nicht reizen. »Sei nicht böse«, flüsterte sie, »bitte sei nicht böse auf mich.« Wie ein Kind fürchtete sie, ihn wieder zu verlieren, und merkte dabei, daß sie einmal mehr in seinen Bann geriet, in seinem Netz, in seinen Armen gefangen war.

»Bleib so«, murmelte er, »so hab ich dich gern.« Die

Worte raunte er in ihr Haar. Angestachelt durch ihre Schwäche, liebte er sie ein zweites Mal in dieser Nacht. Sie fühlte sich verletzt, beschmutzt und zugleich erregt durch sein unerwartetes, schlaftrunkenes Verlangen und stellte keine weiteren Fragen. So wünschte er sie sich, und so verhielt sie sich auch. Auf diese Weise konnte sie ihn halten. Voller Energie bei ihrer Arbeit, würde sie zu Hause ein Kind sein. Vielleicht wäre das ja die angemessene Form für ihre Beziehung? Das Glück kommt in verschiedenerlei Gestalt, und nicht immer ist es gleichbedeutend mit Seelenfrieden. Sie begriff, daß er in ihr ein Bedürfnis, beherrscht zu werden, geweckt hatte, und das reizte und erschreckte sie zugleich. Es gefiel ihm, also gefiel es zweifellos auch ihr. Fürs erste beruhigt, schmiegte sie sich an ihn. Sie brauchte das, was er brauchte. Was also machte es schon aus, wenn sie einen Teil ihrer Tage damit verbrachte, auf ihn zu warten? Er würde kommen, und es wäre alles gut, denn es würde genau so sein, wie er es wollte.

Ich werde mein Leben aufteilen, dachte sie, als sie in den Schlaf glitt. *Dann wird er immer wieder zu mir zurückkommen.* Und indem sie sich einredete, daß *sie* es genauso wollte, schob sie ganz den Gedanken zur Seite, daß es alles war, was er zu geben hatte.

Sie begann wieder das Leben einer Berufstätigen zu führen. Jennie war froh, daß sie wieder da war, und nahm entzückt die Geschenke entgegen, die Rosemary für die Kinder mitbrachte. Pat beschwerte sich ständig über die Unordnung, die Joanna und insbesondere Ella anrichteten. Ihre Mutter hatte Rosemary für nächstes Wochenende zum Mittagessen eingeladen.

Vier Tage nach ihrer Rückkehr aus Los Angeles waren Tom, Marlene und Glen beinahe ganz vergessen. Vier Nächte war Ben wieder bei ihr in Wimbledon. Sie stellte ihm keine weiteren Fragen. Sie hatte nur erwähnt, daß Gill angerufen hatte, und er sagte, daß er sich darum kümmern wollte. »Ich werde James am Sonntag sehen«, sagte er und gab ihr einen Kuß. Es war das einzige Mal, daß sie überhaupt wußte, ob er da sein würde oder nicht. Er kam einfach und ging wieder. Sie wunderte sich über die unstete, zügellose Art, wie er lebte. Über ihre eigene Mitschuld an seinem Verhalten machte sie sich keine Gedanken mehr.

Frances wollte am Sonntag zurück sein und ebenfalls zum Mittagessen nach Wimbledon kommen. »Ich werde Betty abholen«, versprach sie.

Michael war wieder im Büro, und am Telefon, gleich nachdem sie im Supermarkt gewesen war, sprach Rosemary ihn endlich auf seine persönlichen Probleme an. »Erzähl mir, wie es Barbara geht. Und den Kindern.«

Er antwortete nur zögernd: »Besser.«

Rosemary hatte ihre Zweifel. Seine Stimme verriet die Anspannung, unter der er stand. *Es muß die Hölle sein bei ihnen,* dachte sie. Barbara jammerte schon oft, ohne daß es einen Grund gab, und jetzt, in einer Zeit, in der sie allen Anlaß dazu hatte, mußte die Atmosphäre mehr als nur ein bißchen geladen sein.

Nach einer Pause, in der Rosemary ungeduldig daran dachte, daß sie die Eiscreme, die sie eben gekauft hatte, eiligst in die Gefriertruhe legen müßte, sagte Michael widerstrebend: »Frances geht mir nicht aus dem Kopf. Und es ist nicht mal möglich, ihr eine Nachricht auf dem Anrufbeantworter zu hinterlassen. Weißt du, wo sie ist? Wann sie zurückkommt?«

Sie spielte mit dem Gedanken, einfach nein zu sagen, aber sie wußte, daß er ihr nicht glauben würde. Sie strich mit ihrem Finger um den Deckel der Eiscremepackung. Das Eis begann schon zu schmelzen. Sie leckte ihren Finger ab. Schokoladenkrokant, das Lieblingseis von Joanna. Und von Ben. »Ich bin mir nicht sicher, ob sie das für eine gute Idee halten würde, wenn du dich mit ihr in Verbindung setzt, Michael.«

»Man kann es aber auch kaum so lassen, wie es jetzt ist.« Seine Stimme klang müde. Es war ihm offenbar peinlich weiterzufragen, statt dessen sagte er: »Könntest du sie bitten, mich nächste Woche anzurufen? Ich werde Montag morgen im Büro sein.«

Sie wollte ihn schon auffordern: »Laß es sein, kümmere dich um deine Frau und mach einen klaren Schnitt«, aber sie tat es nicht. »Ich werde sie fragen«, sagte sie, »aber, um ehrlich zu sein, viel Hoffnung habe ich nicht.«

Michael seufzte. Zwei Tage ehelichen Streits zeichneten sich drohend vor ihm ab. »Falls du mich dringend brauchst, Rosemary, ich bin zu Hause. Ein schönes Wochenende.«

»Grüß Barbara«, erwiderte sie, aber er war schon aus der Leitung. Rosemary hätte sich gewünscht, daß Ben hin und wieder mit ihr ausging, aber er machte nie einen Vorschlag in dieser Richtung. Sie bereitete das Abendessen vor. Sie hatte nicht die geringste Ahnung, ob und wann er kommen würde. So wartete sie einfach.

»Die Katze hat auf den Treppenabsatz gemacht«, sagte Ella, die gerade in die Küche kam und anfing, in den Plastiktüten von Tesco's herumzustöbern. Rosemary gab ihr einen Klaps auf die Hand, als sie das Brot herausholte und Teile von der Kruste abbrach. Ella lachte und achtete nicht weiter darauf, naschte von der Kruste und legte den angefressenen Laib in den Brotkasten.

»Dann mach es bitte sauber«, sagte Rosemary.

»Ich warte lieber, bis es hart ist«, Ella rümpfte die Nase, »es geht dann leichter ab.«

»Du bist unausstehlich.« Joanna war hereingekommen und half nun beim Verstauen des Einkaufs. »Ich mach es schon, Rosemary.« Und sie ging mit Küchenpapier und Desinfektionsmittel die Treppe hinauf.

»Was ist bloß mit dem Kater los?« fragte Rosemary stirnrunzelnd; in ihrer Stimme schwang sowohl Sorge als auch Ärger mit.

Ella zuckte die Achseln. »Er scharrt auch überall im Garten die Erde auf«, sagte sie und ging hinaus, um Joanna zuzusehen.

»Lieber Gott, bitte sorg dafür, daß sie Arbeit bekommt«, murmelte Rosemary, »sie macht mich sonst noch verrückt.«

Alle drei aßen mit dem Teller auf dem Schoß und schauten dabei fern.

»Ich darf auf keinen Fall ›Dallas‹ verpassen«, sagte Ella und schlug die Beine unter.

»Laßt etwas für Ben übrig!« rief Rosemary, als die beiden Mädchen später in die Küche gingen, um sich einen Nachschlag zu holen.

»Zu spät«, schrie Ella. »Er kann sich selbst etwas machen. Wann kommt er eigentlich?«

Rosemary gab keine Antwort. Ärgerlich über Ella, sich selbst und Ben, überließ sie sich der tranceähnlichen Starrheit, die auftritt, wenn man fernsehsüchtig wird. Um elf Uhr scheuchte sie die Katze von ihrem Schoß, sagte gute Nacht und ging nach oben ins Bett. Er hatte »bis später« gerufen, als er gegangen war. Sie versuchte, nicht darüber nachzudenken, wo er war, aber ihr überreizter Geist kam nicht zur Ruhe. Bilder von verschlungenen Gliedern, geöffneten Mündern und von Betsys jungem, straffem, knabenhaftem Körper gingen ihr durch den Kopf; völlig entsetzt merkte sie, wie sie darüber erregt zu werden begann. Sie sehnte sich nach seinen Händen auf ihrem Körper, und als sie im Bett war, masturbierte sie, was sie schon seit Jahren nicht mehr getan hatte. Im Teenageralter war es noch ganz aufregend für sie gewesen, aber jetzt machte es sie nur unzufrieden, und sie fiel in einen unruhigen und von erotischen Träumen erfüllten Schlaf.

Ben kam sehr spät. Als er sie küßte, wachte sie kurz auf. Schon wandte er sich wieder ab. »Träum süß, Rosie«, sagte er, und fünf Minuten später war er eingeschlafen. Sie lag nun wach, starrte mit weit aufgerissenen Augen in die Dunkelheit, kämpfte mit der Müdigkeit und fragte sich, ob der Geruch von Parfum und Sex, den sein warmer, nackter Körper ausströmte, nur in ihrer Einbildung existierte.

Ben schlief lange am folgenden Morgen. Es war Samstag. Die Teile des Films, in denen er mitspielte, waren abgedreht. Sie hatte ihm Tee gebracht, und gerade mal soviel war von ihm durch ein paar leise, unter der Bettdecke gemurmelte Worte zu erfahren gewesen.

»Willst du etwas Toast?« fragte sie. Sie konnte es kaum erwarten, mit ihm zu reden, es drängte sie herauszufinden, von wem das Parfum war, nach dem er roch.

»Weck mich um elf«, das war alles, was er von sich gab.

Niedergeschlagen ging sie nach unten und wünschte sich, sie hätte den Mut, ihn zur Rede zu stellen.

Joanna und Ella gingen früh aus dem Haus; sie wollten auf den Markt.

»Komm mit uns, Mum.«

Sie schüttelte den Kopf. Joanna blickte sie an, als wollte sie ihr etwas sagen, wandte sich aber schweigend ab. Rosemary blieb im Morgenmantel, starrte auf die Uhr und wartete sehnsüchtig darauf, bis es elf war. Zehn Minuten vorher schaltete sie die Kaffeemaschine ein und holte Bens Becher aus dem Schrank. Sie stand bei der Spüle und sah nach draußen in den Garten; plötzlich fiel ihr auf, daß sich die ersten Blätter schon verfärbten und herunterfielen. Dann erblickte sie den Kater und klopfte ans Fenster. Er sah alt und ungepflegt aus und war ganz naß von dem Regen, der in der Nacht gefallen war. Die Steine auf der Terrasse glänzten noch von Feuchtigkeit, die Sonne war schon herbstlich schwach. Sie fröstelte und überlegte, ob sie die Heizung anstellen sollte. Wieder klopfte sie an die Fensterscheibe. Ben sah hoch und starrte sie mit seinen bernsteinfarbenen Augen an, dann drehte er sich um und verschwand mit hoch aufgerichtetem Schwanz im verwilderten Teil des Gartens. Sein Abgang machte entschieden den Eindruck, als würde er an etwas Anstoß nehmen. Stirnrunzelnd ging sie zur Hintertür; sie war überrascht, daß er nicht wie üblich, wenn er sie sah, aufgeregt durch die Katzentür hereingesaust gekommen war. Dabei war er morgens immer so hungrig. Sie sah nach unten. Die Katzenklappe war überdeckt mit einem Stück Karton, der provisorisch an die Tür genagelt war.

Ihr Herz begann heftig zu schlagen, sie preßte in plötzlich aufflammendem Zorn die Lippen fest aufeinander, und ihre Augen füllten sich mit Tränen, als sie die Hintertür aufstieß und durch die Kälte zu der Stelle lief, wo der Kater verschwunden war. Sie pfiff nach ihm, rief seinen Namen, kehrte dann durch die offene Tür zurück in die Küche, holte seinen noch vollen Futternapf und lief wieder nach draußen, um ihn zu überreden und nach Hause zu locken. Aber von seinem nassen, verschmutzten Katzenkörper war nichts zu sehen. Kein Schnurren als Antwort, auch nicht das vertraute Gefühl, wie sein feuchtes Fell verführerisch an ihren kalten, bloßen Beinen entlangstrich.

Sie ging wieder hinein. Ihre Nase lief von der Kälte draußen, der Zorn auf den Mann, der oben schlief, überstieg noch ihr Mitleid mit der Katze. Die Tränen auf ihren von der herbstlichen Luft geröteten Wangen waren getrocknet.

Sie kniete nieder und riß, wobei sie sich die Fingernägel abbrach, Stück für Stück den Karton von dem Katzentürchen. »So, Darling. Jetzt komm wieder nach Haus.« Sie wischte sich das Gesicht mit einem Küchentuch ab und wartete, bis ihr pochendes Herz wieder gleichmäßiger schlug. Das würde sie keinesfalls einfach so hinnehmen. Der Kaffee war durchgelaufen, und sie füllte einen Becher halb mit Kaffee, halb mit heißer Milch, die sie zuvor gekocht hatte. Mit zitternden Händen ging sie nach oben, um den kaltherzigen Liebhaber in ihrem Bett zu bestrafen.

»Es ist elf Uhr, Ben.«

Unwillig öffnete er die Augen und sah sie an.

Schnell fragte sie: »Hast du die Katzentür zugenagelt?«

»Was?« Er streckte seine Hand nach dem Kaffee aus. Sie achtete nicht darauf.

»Ich fragte, ob du die Katzentür zugenagelt hast.«

»Ja.«

Sie mußte sich zurückhalten, um ihm nicht den Kaffee in sein schlaftrunkenes, arrogantes Gesicht zu gießen.

Er setzte sich auf und nahm den Becher vom Nachttisch, wo sie ihn zur Sicherheit hingestellt hatte.

»Warum?« fragte sie ihn.

»Der verdammte Kater hat in die Küche geschissen.« Er nahm einen Schluck von dem Kaffee, mit lautem Geräusch und viel zu schnell. »Herrgott noch mal!« Er verschüttete Kaffee und knallte den Becher zurück auf den Tisch, wobei heiße Flüssigkeit auf das weiße Spitzendeckchen spritzte. »Himmel, ist das heiß!«

»Ich habe zur Abwechslung mal heiße Milch genommen«, sagte sie leise, erschreckt über den plötzlichen Wutausbruch, die Augen auf den braunen Fleck gerichtet, der sich unerbittlich weiter auf dem Tischdeckchen ausbreitete.

»Was soll der Mist? Du weißt, daß ich kalte Milch haben will. Was ist das? Eine blöde amerikanische Eigenart, die du mitgebracht hast?«

Sie sah ihn an, verharrte schweigend; schließlich fragte sie: »Was ist los? Warum bist du so wütend?«

»Verdammte Scheiße.« Er warf die Bettdecke zurück und stand auf. Ein häßlicher brauner Kaffeefleck wurde auf dem Baumwollbezug sichtbar. Sie wich zur Frisierkommode zurück. Als er sich jäh umwandte, sah er, wie sie zusammenzuckte. »Ich werde dich nicht schlagen«, sagte er.

»Du erschreckst mich.«

Sie starrten einander an.

»Ich muß jetzt gehen«, sagte er.

»Wie bitte?« Sie war fassungslos. »Was meinst du? Du willst gehen? Ich habe dich wegen der Katzentür gefragt. Was habe ich denn getan? Was ist jetzt los?«

»Lassen wir das.« Er seufzte, drehte sich um und zog seine Jeans an.

Verwirrt und verärgert näherte sie sich ihm. »Ben, geh nicht. Ich entschuldige mich wegen des Theaters mit der Katze, wegen des Kaffees und überhaupt. Was macht dich denn so rasend?«

Er antwortete, ohne sie anzublicken. »Ich hasse dieses ganze familiäre Getue von dir. Heiße Milch, scheißende Katzen, du bist genau wie meine verdammte Mutter. Warum müssen nur alle Frauen immer gleich die Spitzendeckchen rausholen, wenn man mal mit ihnen gebumst hat?«

»Du Scheißkerl.«

»Richtig«, erwiderte er. Fertig angezogen ging er ins Badezimmer, wusch sich schnell das Gesicht und putzte die Zähne. Die Zahnbürste hatte er aus seiner Jeansjacke geholt.

Er ist Tag und Nacht darauf vorbereitet, die Flucht zu ergreifen, dachte Rosemary. »Ich will nicht, daß du gehst«, sagte sie, ohne recht zu glauben, daß sie es wirklich meinte.

»Ich bin verabredet.«
»Wo?«
»Hackney.«
»Wirst du dich mit deinem Sohn treffen?«
»Nein.«
»Wen dann?«

»Was soll das jetzt?« Sie war ihm ins Badezimmer gefolgt und stand nun dicht hinter seiner hochaufragenden Gestalt. Er drehte sich um und packte sie bei den Ellbogen, so daß sie sich auf die Zehen stellen mußte. Er kam mit seinem Gesicht ganz nah zu ihr; sein Atem roch nach Zahnpasta. Noch immer war sein Blick drohend. »Laß das sein, Rosie. Ich will das nicht. Es sind all diese kleinen Dinge, die uns auseinanderbringen.«

»Was für Dinge? Was für Dinge?« Ihre Stimme war nur noch ein Flüstern, verzweifelt versuchte sie, die Tränen zurückzuhalten.

»Zu vergessen, wie ich meinen Kaffee mag. Hierherzukommen und überall Katzenscheiße zu finden.«

»Der Kater ist alt. Er kann nichts dafür.«

Ben ließ sie so plötzlich los, daß sie zurücktaumelte. »Ich ruf dich später an«, sagte er. Er griff nach seiner Reisetasche, legte ihr, nun besänftigt, die Hand auf die Schulter und war so schnell verschwunden, wie er gekommen war.

Sie verlor den festen Halt unter ihren Füßen, der Raum drehte sich um sie, und sie begann zu weinen. »Bitte, bitte, geh nicht. Bitte, Ben.« Ihr war, als gehörte die Stimme, die aus ihr kam, einer anderen, so schockiert war sie über sich selbst. Ihr ganzer Stolz brach in sich zusammen, übrig war nur ihr verzweifelter Wunsch, ihn bei sich zu behalten, nicht allein zu bleiben. Sie fühlte sich benommen, so als wäre sie nicht voll da.

»Fang nicht an zu betteln«, sagte er noch, »das halt ich nicht aus, Rosie.« Und er ging.

Sie sank zu Boden, und ihre Knie prallten hart auf dem Teppich auf. Sie hörte, wie die Haustür zugeschlagen wurde. »Warum nur, warum nur«, wiederholte sie immerzu, sich selbst wiegend, während unentwegt die Tränen flossen und ihre Nase lief und sich beide Flüssigkeiten auf ihrem Gesicht vermischten. Vor zwanzig Minuten noch war sie in ihrem Wintergarten gestanden und hatte die Pflanzen gegossen, hatte den Kaffee in den Filter geschüttet und Milch in einen Tiegel gegossen. Aus dem Nichts waren plötzlich diese Wut und diese Verwirrung über sie hereingebrochen und hatten sie nun zitternd, zusammengekauert auf dem Boden des Badezimmers zurückgelassen. Und während die Tränen allmählich versiegten, kam sie sich immer lächerlicher vor.

Er hatte einen Kampf gewollt, er hatte ihn bekommen. Sie blieb dort, wo sie war, zu schwach, um aufzustehen und das Bett sauberzumachen. Es ließ sich nicht bestreiten: Er bekam immer das, was er wollte.

Kapitel 22

Sie wußte nicht, wie lange sie dort saß, den Kopf gegen den harten Sockel des Waschbeckens gelehnt. Neben ihr auf dem Teppichboden sah sie mehrere angetrocknete Zahnpastaspritzer. Als das

Schluchzen nachließ und in ein stilles Weinen überging, begann sie die weißen Flecken mit den abgebrochenen Fingernägeln wegzukratzen. Gedankenverloren starrte sie auf die Reste der Zahnpasta mit Pfefferminzgeschmack unter ihren Nägeln.

Endlich hörte sie, wie die Haustür aufgerissen wurde und Ella von unten schrie: »Mum! Mum!« Aufregung, Weinen, dann Joannas Stimme: »Beruhige dich, beruhige dich doch. Ich werde anrufen.« In der Diele wurde ein Telefonhörer abgenommen, aus der Küche waren Ellas Schritte zu hören, Joanna sprach mit leiser Stimme ins Telefon. Rosemary versuchte sich zu bewegen. Es schien, als ob nun, wo die Gefühle in ihr sich erschöpft hatten, auch ihr Körper erstarrt war.

Ella kam die Treppe hoch. Noch immer schluchzend öffnete sie die Tür zum Schlafzimmer. »Mum, Mum, bist du da drin?«

Rosemary fand ihre Stimme wieder, hockte sich auf die Knie, stand dann auf. »Was ist, Darling? Ich bin hier.« Die Worte kamen aus einem trockenen Hals, krächzend und schmerzhaft, die Augen waren geschwollen vom Weinen und vom Wegwischen der Tränen.

Ella stürzte ins Badezimmer. »Es ist Ben, Mum, Ben ist überfahren worden. O Gott, ich habe ihn hereingebracht, er hatte solche Krämpfe.«

Rosemarys Herz setzte einen Moment aus und begann dann laut zu hämmern. Sie schlug die Hände vors Gesicht, ihr Mund öffnete sich zum Schrei. Aber kein Laut löste sich. Nach Atem ringend, zu keiner Bewegung fähig, hielt sie sich am Waschbecken fest, in dem noch immer das Wasser lief, das sie aufgedreht hatte, um sich das Gesicht zu kühlen. »Ben? Ben?«

Joanna kam hinter ihnen ins Bad. Sie wirkte gelassen. »Es ist gut, Rosemary. Sie meint den Kater. Ich habe dem Tierarzt Bescheid gesagt.«

Der Raum begann sich um sie zu drehen. Eine von ihnen brachte sie zum Bett. Irgend jemand schrie. Es war ihre Stimme.

»Entschuldige, Mum. Ich habe nicht daran gedacht.« Ellas Tränen vermischten sich mit ihren, als die beiden zusammen auf dem immer noch fleckigen und zerknüllten Bett saßen.

Joanna hockte sich vor ihnen auf den Boden und fragte: »Bist du okay, Rosemary? Ist irgendwas sonst passiert?«

Endlich atmete sie wieder normal; sie strich sich die strähnigen Haare aus den Augen. »Es ist schon gut. Ich bin in Ordnung. Wo ist der Kater?«

»In seinem Körbchen. Der Tierarzt kommt gleich.«

»Ich schaue ihn mir mal an.«

Alle drei gingen sie nach unten in die Küche. Ben lag in seinem kleinen, mit Stoff ausgelegten Weidenkorb, der von den lange Jahre unermüdlich tätigen Katzenklauen schon reichlich zerschlissen war. Er rührte sich nicht. Aus seinem Mund rann Blut. Sein Atem war so flach, daß Rosemary sich zu ihm vorbeugte, um seinen Körper zu befühlen. Die beiden Mädchen warteten ab. Joanna stellte den Wasserkessel auf den Herd, um Tee zu machen.

Ella setzte sich an den Küchentisch. Auf ihrem verweinten Gesicht war deutlich ihr Kummer abzulesen. »Er geht nie auf die Straße«, sagte sie. »Warum war er nicht hier im Haus? Er kann den Regen nicht ausstehen. Es regnet schon wieder.«

Rosemary ließ eine Hand auf dem regungslosen,

schmutzigen Körper des alten Katers liegen. Das Blut rann weiter aus seinem Mund. Seine Augen starrten, ohne etwas zu sehen, auf die Innenseite des Körbchens. Sie wußte, daß er sterben würde. Alles was sie tun konnte, war dazusein und ihm mit der Hand sanft und ruhig sein Ohr zu streicheln. Er hatte es immer gern gehabt, wenn man ihn an den Ohren kraulte, er hatte als junges Kätzchen gequiekt und sich vor Entzücken gekrümmt und später dann in die Hand gebissen, die ihm das Vergnügen bereitet hatte. »Seine Art, danke zu sagen«, hatte sie den Kindern erklärt, die verwirrt gewesen waren über diese Reaktion des Tieres. »Was ist passiert?« fragte sie.

»Das Auto hat nicht gestoppt.« Joanna stellte den Tee auf den Tisch. Drei Becher, drei Teebeutel.

»Es geschah direkt vor uns«, erzählte Ella. »Wir bogen gerade in die Einfahrt. Warum war er auf der Straße, Mum?«

Rosemary wandte den Kopf und blickte ihr in die Augen. »Er war schon die ganze Nacht draußen«, sagte sie mit schwacher Stimme, aus der Schuldgefühl sprach. »Die Katzentür war zugenagelt.«

Die beiden Mädchen drehten sich zur Hintertür. »Was zum Teufel sollte *das* denn?« fragte Ella.

»Er hatte wieder ins Haus gemacht. Ben hat die Tür vernagelt, letzte Nacht. Um ihm eine Lektion zu erteilen.« Sie begann wieder zu weinen, lautlos, die Tränen flossen über ihre Wangen, die noch nicht ganz trocken waren von heute morgen. »Es tut mir so leid«, flüsterte sie.

»Ich bring ihn um!« Ella schlug auf den Tisch. »Diesen verdammten Kerl, der sich überall einmischt —«

Joanna legte einen Arm um ihre Schulter, stellte den Becher Tee vor sie hin, tat zwei Löffel Zucker hinein und rührte schweigend um.

Ben, der Kater, starb fünf Minuten vor dem Eintreffen des Tierarztes.

»Ich hätte ohnehin nichts tun können, Mrs. Downey. Innere Verletzungen.«

Rosemary nickte.

»Soll ich ihn mitnehmen?« fragte er.

Sie schüttelte den Kopf. »Wir werden ihn im Garten begraben. Er war so lange bei uns.«

Die beiden Mädchen legten ihn vorsichtig in einen Schuhkarton und steckten diesen dann in eine Mülltüte aus Plastik. Sein Körper war bereits steif, seine Seele lange schon aus ihm gewichen.

»Er wird jetzt alle Kaninchen kriegen, die er haben will«, murmelte Rosemary. Sie hatte hastig ihre Jeans angezogen und ein altes Hemd von Ben übergestreift, das sie im Kleiderschrank gefunden hatte. Zu dritt standen sie unter einem Baum, wo Joanna ein kleines Grab ausgehoben hatte.

»Das hast du immer zu uns gesagt, als wir noch Kinder waren«, stellte Ella fest. Mutter und Tochter lächelten sich an. Der herbstliche Regen hatte die Luft noch mehr abgekühlt. Rosemary fröstelte. Der Nachmittag war zur Hälfte vorbei.

Die Mädchen gingen auf ihr Zimmer, Rosemary begab sich in den Arbeitsraum. Neben dem Telefon lag die Nummer, die Ben ihr gegeben hatte. Dort, bei seinen Cousins, war er, wie er sagte, erreichbar.

Eine Frauenstimme meldete sich.

»Ist Ben da?« fragte Rosemary und bekam plötzlich

Angst, er würde tatsächlich dort sein. Sie fühlte sich unvorbereitet.

»Nein«, die Stimme klang überrascht. »Bei uns ist er nicht. Wer sind Sie?«

»Nur eine Freundin.« Sie dachte einen Moment nach. »Es geht um einen Job. Haben Sie die Nummer von Gill?«

»Einen Augenblick, bitte.«

Sie wartete. Dann war die Frau wieder am Apparat. »Es tut mir furchtbar leid, aber ich kann sie nicht finden. Aber hier ist eine andere. Muß irgendwo im Süden von London sein.« Sie nannte die Nummer. Rosemary dankte und verabschiedete sich. Dann blickte sie auf die hingekritzelten Zahlen vor ihr. Sie konnte es nicht über sich bringen, dort anzurufen. Während sie unschlüssig dort stand, klingelte das Telefon. Es war Frances.

»Ich dachte, ich könnte rüberkommen und über Nacht bleiben, mein Schätzchen. Bist du einverstanden?«

»Ja, komm. Wir hatten eine furchtbaren Tag, Franny. Der Kater ist überfahren worden. Er ist tot.«

»O Darling, das tut mir leid. Wie schrecklich für dich.«

Rosemary ging wieder nach oben und duschte sich lange. Der Geruch von Ben haftete an ihrem Körper, das alte Hemd von ihm, in das sie geschlüpft war, hatte sie gleichsam damit imprägniert. Sie konnte ihn noch immer im Schlafzimmer spüren, die Wut und der Ärger schienen noch in der Luft zu schweben.

Sie durchsuchte den Kleiderschrank und fand seine Aktenmappe, öffnete sie und kippte ihren Inhalt auf das Bett. Papierfetzen, alte Fahrkarten und Parkscheine fielen auf die weiße Spitzendecke. Ein Adreßbuch, bezeichnenderweise schwarz, einige Fotos. Zu müde, um aufzustehen und ihre Brille zu suchen, hielt sie sie auf Armlänge von sich, um sie genauer zu betrachten. Eine Frau und ein kleiner Junge, dem Fotografen zulächelnd, dann Ben mit dem Jungen, er hielt ihn hoch, der Junge hatte den Kopf vor Vergnügen zurückgeworfen, Bens Gesicht verriet, daß er voll in seiner Rolle aufging, hier den Vater zu spielen. Außerdem Schnappschüsse von Ben in verschiedenen Kostümen, aufgenommen an Drehorten, eine junge chinesische Frau, die lächelnd zu ihm aufsah, während er geradeaus guckte. Betsys Gesicht, dann beide zusammen, eng umschlungen, die Köpfe lächelnd in die Kamera gehalten, ein weiteres, Betsy allein, zu sehen waren ihr Kopf und die Schultern, am unteren Bildrand, quer über den Kragen einer Bluse geschrieben, standen die Worte: »Für meinen Schatz, von Deiner Betsy.«

Sie starrte auf das Bett, die Aktenmappe war leer. Ein hastiges Durchblättern des Adreßbuches – wo sollte sie anfangen? Wie hieß Betsy mit Nachnamen?

Das Telefon klingelte. Es war Jonathan. Rosemary bemühte sich, soweit es ging, normal zu sprechen. »Wie geht's euch, Darling?«

Als sie die Stimme ihres Sohnes hörte, mußte sie an seinen Vater denken, wie bei ihm sprudelten auch bei Jonathan die Worte viel zu schnell von den Lippen.

»Mutter, ich bin nächste Woche in London. Sollen wir uns treffen?«

»Natürlich, gern, mein Schatz. Kommt ihr alle?«

»Nein, nur ich allein.« Nach einer Pause fragte er: »Ist alles in Ordnung bei dir? Du klingst so merkwürdig.«

»Der Kater ist gestorben, Jonathan. Gerade heute. Wir sind alle ein bißchen mitgenommen.«

»Er war doch schon lange an der Reihe.«

Sie knirschte mit den Zähnen. »An welchem Tag sollen wir uns sehen?« fragte sie.

»Wie wär's mit Mittwoch?«

Wie sie dort stand, Bens Adreßbuch in ihren zitternden Händen, erblickte sie sich im Spiegel. Eine fremde Person sah sie aus müden, geröteten Augen an. Sollte sie ihren Sohn wirklich in dieser schwierigen Situation treffen? War es nicht schon schlimm genug, daß sie Ella da hineingezogen hatte? »Kann ich dich zurückrufen, mein Schatz?« sagte sie. »Morgen? Ich bin nicht ganz sicher, ob ich am Mittwoch noch frei bin.«

»Okay. Hier ist ein kleines Mädchen, das mit ihrer Oma sprechen will.« Als sie zehn Minuten später auflegte, wandte sie sich sofort wieder dem Inhalt von Bens Aktenmappe zu, froh, das unschuldige Kindergeplapper von Barbiepuppen und kleinen Ponys rasch von sich wegschieben und sich erneut den Schmerzen und Verwicklungen ihres eigenen Lebens überlassen zu können.

Ben und Betsy. Ben und Gill. Ben und das chinesische Mädchen, die mit dem gleichen Gesichtsausdruck zu ihm aufsah, den sie bei ihnen allen wiedererkannte, sich selbst eingeschlossen. Sie sammelte alles wieder ein und steckte es zurück in die Aktenmappe. Dann machte sie die Tür des Kleiderschranks zu. All seine Lügen begannen sie zu verfolgen, und sie war wie besessen von dem Gedanken, die Wahrheit erfahren zu müssen. Sie sah auf die Uhr. Es war fünf. Frances würde um sechs kommen. Egal wie, das

Abendessen mußte vorbereitet, die Küche saubergemacht werden, sie hatte sich um Ella und Joanna zu kümmern. Das Leben mußte weitergehen.

»Belaß es jetzt dabei«, sagte Frances, nachdem Rosemary ihr von den Ereignissen am Morgen berichtet hatte. »Tausch die Schlösser an den Türen aus und vergiß ihn.« Sie saßen vor dem Fernseher, der leise gestellt war, so daß sie sich unterhalten konnten, tranken Cognac und naschten Schokoladensticks mit Pfefferminzgeschmack.

»Ich kann nicht«, erwiderte Rosemary.

Frances zog die Augenbrauen hoch. »Wie lange verspürst du schon diesen Todestrieb?« fragte sie ohne jedes Lächeln.

Rosemary zuckte die Achseln. »Ich bin so müde, Franny. So verwirrt über das, was mit mir geschehen ist.«

Ihre Freundin machte keine Anstalten, sie zu trösten. »Ist dir nicht klar, wie schnell du ihn vergessen würdest?«

Rosemary schüttelte den Kopf.

Aus Ellas Zimmer drang laute Musik. Sie hörten, wie die beiden Mädchen in Gelächter ausbrachen.

Frances lächelte. »Ich wünschte, du hättest etwas von der Fähigkeit deiner Tochter, den Kummer einfach abzuschütteln, anstatt ihn so ausgiebig zu genießen.«

Rosemary setzte eine finstere Miene auf. »Sie hat Joanna«, sagte sie.

»Und du hast dich selbst«, entgegnete Frances mit lauter, fester Stimme, »und mich, meine Süße, wenn es mal hart auf hart geht.« Sie griff nach der Cognacflasche, goß ihr Glas voll und reichte es Rosemary. »Überlaß es mir, ihm den Laufpaß zu geben.«

Rosemary sah zu ihr auf. »Was meinst du damit?«

»Überlaß es mir«, wiederholte Frances mit Nachdruck. »Es würde mir das allergrößte Vergnügen bereiten. Ich schreibe schon seit Wochen an dieser Rede.«

»Ich weiß nicht, wo er hin ist«, sagte Rosemary leise. Im Moment wäre es ihr am liebsten gewesen, jemand hätte ihr die ganze Situation aus den Händen genommen.

Frances dachte eine Zeitlang schweigend nach, dann sagte sie: »Gib mir die Nummer, die du von dieser sogenannten Cousine hast. Ich möchte mich etwas amüsieren.«

»Wir wissen nicht, wer dort wohnt«, wandte Rosemary ein.

Die beiden Frauen saßen beim Telefon, Frances hielt den Hörer an ihr Ohr, am anderen Ende der Leitung klingelte es. »Sssch«, machte Frances.

Jemand hob ab, und Rosemary schnappte nach Luft, hielt sich aber sofort die Hand vor den Mund. Es meldete sich eine junge, weibliche Stimme. »Hallo?«

»Oh«, stieß Frances hervor, bemüht jetzt, das Lachen zu unterdrücken, und Rosemary ignorierend, die ihr mit wilden Gesten andeutete, sie solle wieder auflegen. »Ich weiß, es klingt lächerlich«, sprach Frances mit überlauter, arroganter Stimme in den Hörer, »aber ich hatte keine Ahnung, wen ich hier anrufen würde. Ich habe diese Nummer auf einem Papierfetzen in der Tasche meines Ehemannes gefunden, und bevor ich einen Privatdetektiv einschalte, dachte ich mir, ich sollte diese schmutzige Angelegenheit selbst in die Hand nehmen. Mit wem *genau* spreche ich?«

Die Antwort vom anderen Ende der Leitung kam ohne Zögern. »Tejero ist mein Name, Betsy Tejero. Und wer verdammt noch mal ist Ihr Ehegatte?«

Rosemary, die mitgehört hatte, drehte sich von Frances weg und konnte sich nur mühsam das Lachen verbeißen.

»Sein Name ist Drew. Andrew Canon-Smythe.«

»Es tut mir leid, gnädige Frau, aber seine Schuhe stehen nicht unter meinem Bett. Ich hoffe, Sie finden das Arschloch bald.« Und sie hatte aufgelegt, bevor Frances noch etwas sagen konnte.

Rosemary brach in heftiges Lachen aus. Frances lächelte. »Das war *die* Betsy, nehme ich an?« fragte sie. Rosemary nickte.

»Willst du jetzt die Schlösser auswechseln?« wollte Frances wissen. Und weiter fragte sie: »Oder wirst du jetzt hysterisch?«

»Ein wenig«, antwortete Rosemary. »Was um alles in der Welt tun wir? Wir benehmen uns doch schrecklich.«

»Gut. Wird auch Zeit. Laß uns die Schokolade aufessen und zum Abschluß des Abends an der Haustür die Kette vorlegen.«

»Er wird heute abend nicht mehr kommen«, sagte Rosemary. Das Lachen war ihr vergangen. Zu gerne hätte sie gewußt, ob Ben dort gewesen war, als sie bei Betsy angerufen hatten.

Sie sicherte tatsächlich die Haustür mit der Kette an diesem Abend, aber Ben kam sowieso nicht zurück. Tief im Herzen hegte Rosemary noch eine leise, verzweifelte Hoffnung. Sie dachte wohl einmal an den Schlosser, zu einem Anruf kam es aber nie.

Ella erhielt überraschend ein Engagement. Sie würde nach Glasgow gehen – die Proben begannen im Oktober – und nicht vor Weihnachten zurück sein. »Kann Joanna noch hierbleiben?« fragte sie ihre Mutter.

»Ja, gerne«, erwiderte Rosemary. Ihr war die Gesellschaft der rundlichen, heiteren und freundlichen jungen Frau angenehm.

Zwischendurch kam Betty zu Besuch; sie weigerte sich, mit Joanna zu sprechen, und erwähnte Ben kein einziges Mal. Zwei Wochen später fing Rosemary wieder an zu arbeiten und war beinahe froh über seine Abwesenheit. Beinahe. Mit Jonathan hatte sie sich schließlich doch getroffen, ihr gemeinsames Mittagessen hatte ihr aber nicht nur Vergnügen bereitet. Er hatte die Zeitungen an dem Tag gelesen, als sie von Los Angeles nach Hause geflogen war.

»Und ich habe mit Großmutter gesprochen«, sagte er beim Essen im »Caprice«, wohin Rosemary ihn eingeladen hatte.

»Hat sie dich angerufen?« fragte Rosemary erzürnt.

»*Ich* habe sie angerufen«, entgegnete er. »Ich wußte, daß ich nirgendwo sonst eine so klare Auskunft bekommen würde.«

Rosemary preßte die Lippen aufeinander. »Ich möchte nicht mit dir über mein Privatleben diskutieren, Jonathan. Und ich will auch auf keinen Fall, daß *du* es hinter meinem Rücken mit meiner Mutter besprichst. Sie weiß sehr wenig.«

»Sie hat mir erzählt, was los ist.«

»Sie hat dir erzählt, was *ihrer Meinung nach* vorgeht. Und sprich nicht in diesem Ton mit mir. Du hörst dich genauso an wie dein Vater.«

»Ich bin erstaunt, daß *er* sich nicht gemeldet hat. Oder hat er es doch getan?«

»Er hat mehr Takt.« Sie bestellte Wein nach, obwohl sie wußte, daß sie sich danach entsetzlich fühlen würde. Jonathan bedeckte sein Glas mit der Hand und schüttelte abwehrend den Kopf. »Ich kann nicht die ganze Flasche trinken«, beschwerte sie sich.

»Dann laß sie zurückgehen«, versetzte er.

Sie mußte lachen. Mit einemmal war er wieder ein Junge von zehn Jahren, der bockig seine Unterlippe nach vorne geschoben hatte. »Du wirst noch darüber stolpern«, sagte sie lächelnd und berührte seinen Mund. Er machte eine unwillige Handbewegung. Rosemary seufzte. »Ach, Jonathan«, sagte sie, »es tut mir leid. Ich bringe dich nur in Verlegenheit. Wie auch immer, die Affäre ist beendet. In Ordnung?«

»Das geht mich nichts an.«

Erneut lachte sie. »Jetzt erzähl *du* mir was«, sagte sie, beugte sich nach vorn und strich, was sein Mißfallen noch steigerte, durch sein Haar.

Als er nach Birmingham zurückkehrte, war er genauso verärgert wie sie.

Rosemary erzählte Ella von dem Gespräch. »Wieder mal typisch«, bemerkte ihre Tochter und nahm die angebrochene Flasche Wein, die Rosemary aus dem Restaurant mitgenommen hatte, was ihren Sohn vollkommen aus der Fassung brachte. Er war froh, als er sich endlich von ihr mit einem Kuß verabschieden und das Weite suchen konnte.

»Du hast jederzeit die Möglichkeit, deinen Namen zu ändern«, hatte Rosemary ihn noch geneckt.

Er seufzte. »O Mutter«, sagte er, »manchmal weiß ich ganz genau, von wem Ella das hat.«

Als sie nach zwei Wochen noch immer nichts von Ben gehört hatte, dachte sie daran, Betsy anzurufen und nach ihrer Adresse zu fragen, um dort die wenigen Habseligkeiten, die er in Wimbledon gelassen hatte, hinzuschicken. Sie hatte ihn ständig im Sinn, aber die Betrübnis über den Tod des Katers hatte dazu geführt, daß ein Teil von ihr sich gegen ihn wandte. Sie spielte in Gedanken Szenen und Dialoge durch und bereitete sich auf diese Art auf seinen nächsten Auftritt in ihrem Leben vor. Zuviel war ungetan und ungesagt geblieben. Niemand erwähnte ihn zu Hause. Und sie wartete. Das nächste Mal würde sie vorbereitet sein. Sie würde keine Szene machen, nur einige Dinge sagen, die sie sich schon zurechtgelegt hatte, und dann würde sie ihn fortschicken. Dieses Mal für immer.

Aber jede Nacht horchte sie, ob sein Wagen in die Einfahrt einbiegen würde, manchmal schreckte sie hoch, wenn sie einen Schlüssel an der Haustür zu hören vermeinte, und dann pochte ihr Herz wieder so schnell, wie es das immer getan hatte. Aber es gab keine Tränen mehr. Sie lächelte und scherzte mit Freunden, und nur Frances betrachtete sie mit Sorge und fragte sich, wie lange diese Gelassenheit wohl noch anhalten würde.

»Ich *will* es beenden«, sagte sie einmal zu ihrer Freundin, »ich wünsche mir sehnlichst, daß er abends mal hier ist, wenn ich nach Hause komme, damit ich ihm sagen kann, es sei Schluß.«

Frances zweifelte an ihrer Entschlossenheit, sagte aber nichts. »Ich hoffe, der Kerl ist ein für allemal verschwunden«, bemerkte sie.

Rosemary lächelte nur. Sie wußte es besser.

Eines Abends war sie früh zu Bett gegangen und

gegen halb elf eingeschlafen. Kurz nach Mitternacht klingelte das Telefon, und sie fuhr im Bett hoch. Das Zimmer drehte sich um sie. Sie hob ab, wußte, fühlte ganz stark, daß er es war, und auf einmal verabscheute sie die Erregung, die sie in ihren Lenden zu spüren begann. »Ja?« murmelte sie.

»Sind Sie es, Rosemary?« Langsam erinnerte sie sich an die Stimme mit amerikanischem Akzent. Sie war enttäuscht. »Tom?« fragte sie. »Tom Woods?«

»Hallo! Mir fällt jetzt erst ein, daß es ja schon spät ist bei euch. Habe ich Sie etwa geweckt?«

»Wie nett, von Ihnen zu hören. Nein, ich habe noch gelesen«, schwindelte sie. Ihr Herz hämmerte immer noch gegen ihr weißes baumwollenes Nachthemd.

»Ich fliege morgen nach London«, sagte Tom. »Ich würde Sie gerne sehen. Ist es Ihnen recht?«

Sie zögerte einen Moment, dann sagte sie: »Ja, natürlich. Es wäre sehr schön.«

Er klang zufrieden. »Ich werde Ihnen ein Päckchen mitbringen, von Marlene. Etwas, von dem Sie sagten, daß es in England nicht zu bekommen wäre.«

»Butterplätzchen!« rief sie und lachte.

»Richtig«, bestätigte er mit liebenswürdiger Stimme, und sie erinnerte sich plötzlich daran, wie unbeschwert sie sich gefühlt hatte mit ihm.

»Ich freue mich darauf, Sie wiederzusehen«, sagte sie.

»Ich mich auch. Kann ich Ihnen sonst noch etwas mitbringen?«

»Nein, vielen Dank«, sagte sie in entschiedenem Ton.

»Wollen Sie zu mir ins Hotel kommen? Am Samstag?«

»Wo werden Sie absteigen?« fragte sie.

»Im ›Savoy‹.«

Ihr stockte der Atem. »Sollen wir uns in der Bar treffen?« Sie hoffte, ihre Stimme würde nichts von ihrem Schrecken verraten.

»Ich werde in der Lobby sein, Rosemary. Sie werden mich daran erkennen, daß ich ein Glas mit Butterplätzchen in der Hand halte.«

Wieder mußte sie lachen. »Gegen acht?« fragte sie.

»Wunderbar, einverstanden.«

»Eine gute Reise, Tom.« Da sie nicht direkt wieder einschlafen konnte, machte sie den Fernseher an und schob sich die Kissen unter den Kopf. Sie überlegte, was sie Ben sagen würde, falls er bis Samstag auftauchen sollte, und wie er wohl reagieren würde. Frances dürfte jedenfalls entzückt sein. Sie kam sich zum Schluß etwas albern vor und schlief endlich über dem Gedanken, ob sie sich eine blaue Seidenbluse kaufen sollte, ein. »Idiotin«, murmelte sie und schloß die Augen.

Kapitel 23

Sie kaufte die Bluse.

»Tolle Farbe«, stellte Ella fest.

»Paßt gut zu deinen Augen«, versicherte ihr Joanna mit einem Lächeln.

Sie standen zu dritt in der Küche und tranken Kaffee, während Rosemary ihnen zeigte, was sie eingekauft hatte. Ella durchstöberte die Tragetasche. »Du hast dir auch Parfum besorgt«, sagte sie. »Wer ist dieser Typ? Ist er reich?«

»Wahrscheinlich.« Rosemary griff nach den leeren Tüten und begann sie ordentlich zusammenzulegen. Dann dachte sie an ihre Mutter und überlegte es sich, nachdem sie schon zur Hälfte fertig war, anders; sie warf alle in den Mülleimer. »Er wohnt im ›Savoy‹«, sagte sie. Und ohne innezuhalten und so beiläufig wie möglich schloß sie die Frage an: »Keine Anrufe?«

»Nein, er hat nicht angerufen«, erwiderte Ella und schnitt eine Grimasse.

Rosemary nahm ihre Neuerwerbungen und ging nach oben. Ein weiterer Tag, ohne daß er sich gemeldet hatte – sie versuchte, nicht weiter an ihn zu denken. Sie war auch so durch die letzten zweieinhalb Wochen gekommen. Sie hatte überlebt, sie hatte reichlich geschlafen und sogar vernünftig gegessen. Während der ganzen Zeit keine Crumpets mit Butter als Trost. Sie war richtig stolz auf sich, bis auf ... Nun, manchmal wachte sie sehr früh am Morgen auf, weil sie dachte, ein Geräusch gehört zu haben. Seine Schritte auf der Treppe, die Tür zu ihrem Schlafzimmer, die geöffnet wurde. Und sie lag mit geschlossenen Augen da, wartete darauf, daß sein warmer Körper zu ihr ins Bett schlüpfte, sein Bein sich über das ihre legte, er sie zu sich zog, sie auf ihr Haar küßte und seine Lippen dann ungestüm auf ihren Mund drückte. Daraufhin schlief sie wieder ein, eine Hand zwischen die Schenkel gepreßt und auf das Quietschen der Diele wartend, wenn er durch das Zimmer schritt.

Und plötzlich war der Morgen da. Niemand lag neben ihr. Die Enttäuschung kroch ihr ins Herz. Sie stand dann immer schnell auf, um irgend etwas zu tun, ging zeitig ins Studio, nahm das Frühstück in der Kantine der BBC ein, traf sich mit Freunden oder kaufte Kleider, die sie sich kaum leisten konnte. Am Nachmittag fühlte sie sich in der Regel besser, fuhr nach Hause und wartete mit angehaltenem Atem darauf, daß Ella, sobald sie sie an der Hintertür hörte, rufen würde: »Ben hat angerufen, Mum.« Oder sie würde ihn sogar selbst dort antreffen, mit einem Spültuch in der Hand, er würde sich umdrehen und sagen: »Verzeih mir, Rosie, ich habe dich vermißt, ich bin ein Narr.« Aber immer waren nur die Mädchen da, entweder begrüßte Ella sie mit der Frage: »Hallo, warst du im Supermarkt?«, oder Joanna sagte, mit dem üblichen sanften Lächeln: »Du siehst müde aus, Rosemary, soll ich einen Tee machen?« Und in die Enttäuschung mischte sich dann eine gewisse Erleichterung, was sie oftmals nicht recht begreifen konnte. Sie wollte, daß es vorbei war, fürchtete sich aber noch vor dem Zeitpunkt, an dem es tatsächlich soweit wäre.

Sie sprach mit Frances darüber. »Ich liebe ihn noch, aber ich vermisse ihn nicht«, hatte sie gesagt, »verstehst du das?«
»Ja.«
»Wird das mal aufhören?«
»Du weißt, daß es so sein wird.«
»Und wie ist es mit dir und Michael?«
»Ich vermisse ihn, aber ich liebe ihn nicht.«
Rosemary nickte.

Es war einer von den Abenden, an denen nichts schiefgehen konnte. Die blaue Bluse ließ sich mühelos in den schwarzen, kurzen Seidenrock stecken, in den sie sich noch vor gerade mal zwei Monaten nicht hatte hineinzwängen können.

»Ich habe abgenommen«, teilte sie Frances mit, die angerufen hatte, als sie gerade letzte Hand an ihre Frisur legte. »Weshalb rufst du eigentlich an? Ich habe jetzt wirklich keine Zeit zu schwätzen. Du hast Glück, daß du mich noch erwischt hast.«

»Ich wollte nur sehen, ob du wirklich gehst. Ich traue dir immer noch nicht so ganz.«

»Doch, ich gehe, und bevor du fragst, nein, er hat nicht.«

Rosemary wußte, daß ihre Freundin fürchtete, Ben würde eines Tages wieder vor der Tür ihres Hauses in Wimbledon stehen und sie, Rosemary, würde sich sofort jeden Gedanken an »diesen sehr viel besser zu ihr passenden Schönheitschirurgen« aus dem Kopf schlagen.

»Was meinst du damit?« Frances stellte sich ahnungslos. Rosemary lachte. Ihre Freundin fuhr fort: »Ich wünsche dir einen wunderbaren Abend, mein Schatz. Vielleicht wirst du ja im ›Savoy‹ aufs Kreuz gelegt. Die Vorstellung hat mich immer gereizt. Ich hab es mal im ›Strand Palace‹ erlebt, aber da war ich noch jung und leicht zu beeindrucken.«

»Das schlag dir mal aus dem Kopf«, gab Rosemary lachend zurück, »du bist wirklich unverbesserlich. Ich habe keineswegs die Absicht, mich wo auch immer aufs Kreuz legen zu lassen. Wir treffen uns zum Abendessen, das ist alles. Er ist einfach nur ein netter Mann.«

»Hmm, hmm.«

»Ich werde jetzt Schluß machen, Frances, spar dir also solche Geräusche. Ich ruf dich gleich morgen früh an. Ich kann es ja nicht zulassen, daß dich den ganzen Tag die Neugierde zerfrißt.« Sie legte, noch immer lachend, auf.

Ella fuhr sie in ihrem Wagen zum »Savoy«.

»Darling, ich bestell mir ein Taxi«, hatte Rosemary protestiert.

»Nein, das wirst du nicht, ich wollte immer schon mal beim ›Savoy‹ vorfahren. Schade, daß du mir nicht erlaubst, meine alte Klapperkiste zu nehmen, ich hätte zu gern das Gesicht des Portiers gesehen, wenn ich ihn gebeten hätte, sie zu parken.«

»Du wirst doch nicht mit reinkommen?« Rosemarys Stimme wurde einen Ton höher.

»Keine Angst, Mutter. Wir fahren sofort wieder zurück.«

Sie stiegen in den Wagen, Joanna nahm auf dem Rücksitz Platz.

»Sie würden mich sowieso nicht reinlassen, nicht in Jeans. Wußtest du, Jo, daß du im ›Savoy‹ zwar in Jeans herumlaufen kannst, aber nirgendwo Platz nehmen darfst, um etwas zu bestellen?« Sie war offenbar mehr amüsiert als empört.

Als Rosemary aus dem Auto stieg, sagte Ella: »Wir schauen auf dem Rückweg bei McDonald's vorbei. Dann sparen wir das Kochen.«

Rosemary beugte sich zurück in den Wagen. »Hast du den Anrufbeantworter eingeschaltet?« fragte sie.

»Nein!« erwiderte Ella. »Wir erwarten keinerlei Anrufe, oder?« Und bevor Rosemary etwas darauf entgegnen konnte, waren sie schon fort. Sie sah noch, als das Auto vor der Ampel anhielt, den Hintern von Joanna, die nach vorn kletterte und sich neben Ella in den Beifahrersitz fallen ließ, dann bog der Wagen nach links ab.

»Ich hoffe, sie werfen keine Pommes frites auf den Boden«, murmelte sie geistesabwesend und schritt durch die Drehtür in die Eingangshalle des »Savoy« zu ihrem Treffen mit Tom.

»Doch keine Butterplätzchen in der Hand?« fragte sie scherzend, als sie sich ihm von hinten näherte. Tom wartete geduldig vor einem Stand, an dem Theaterkarten verkauft wurden, und beobachtete das Kommen und Gehen in der Hotelhalle. Er drehte sich lächelnd zu ihr um, als er den Klang ihrer Stimme vernahm.

»Ich habe ganz vergessen, wie schön Sie sind«, sagte er zur Begrüßung. »Sollen wir gleich hineingehen?« Er warf einen Blick auf seine Uhr, nahm sie dann sanft beim Arm und führte sie zum »Savoy Grillrestaurant«. Er winkte den in der Nähe wartenden Oberkellner heran und bestellte zwei Champagnercocktails.

Der italienische Ober begrüßte sie mit einem Lächeln. »Miss Downey«, sagte er, »wir haben Sie lange Zeit nicht bei uns zu Gast gehabt.«

»Es ist schön, mal wieder hier zu sein, Alfredo.«

»Wen kennen Sie eigentlich nicht?« fragte Tom, als sie wieder allein waren.

»Jeder kennt *mich*, fürchte ich. Ich bin nun mal ziemlich berühmt in England. Ist es Ihnen peinlich, oder sind Sie an Treffen mit Prominenten gewöhnt? Wo Sie doch in Hollywood leben, meine ich.«

Er lachte. »Um die Berühmtheiten bemühe ich mich noch. Einstweilen verabrede ich mich mit Ladenmädchen.«

»Jetzt nehmen Sie mich aber auf den Arm.«

»Nur ein bißchen.«

Der Kellner kam und brachte die Cocktails. Sie prosteten einander zu.

»Gibt es etwas zu feiern?« fragte sie.

»Mit Ihnen zusammenzusein. Ist das nicht Grund genug?«

»Haben Sie in L. A. eigentlich auch schon solches Süßholz geraspelt?«

»Ich glaube nicht. Jetzt bin ich natürlich aufgeregter. Sie bewegen sich hier auf vertrautem Terrain, also muß ich mich mehr anstrengen, um Sie zu beeindrucken.«

»Wie kommen Sie darauf, daß Sie mich beeindrucken müssen?« fragte sie und merkte, wie sehr sie es genoß zu flirten.

»Ich habe nicht behauptet, daß ich es müßte«, entgegnete Tom. »Ich will es aber.«

Sie hatte ganz vergessen, wie angenehm ein Abendessen mit einem Mann sein konnte, mit dem man flirten und sich unterhalten konnte, ohne daß eine erotische Spannung zwischen ihnen bestand.

»Wo sind eigentlich meine Butterplätzchen?« fragte sie, als sie zur Nachspeise kamen.

»In meinem Zimmer. Glauben Sie mir, ich habe sie nicht vergessen.«

Der Abend war wunderbar. Er vermittelte ihr das Gefühl, schön, klug und eine liebenswürdige Gesellschafterin zu sein, und sie hatte dabei nie den Eindruck, daß er sich an sie heranmachen wollte. Sie fragte sich einen Moment lang, ob er sie als Frau attraktiv fand oder einfach nur sympathisch, so wie sie ihn. Ihr fiel auf, wie selten sie mit Ben zusammen gegessen hatte, ohne daß sie das Spiel der Geschlechter gespielt hatten. Wie dumm sie war. Gewesen war. Hier draußen war die Welt der Erwachsenen, und sie hatte in den vergangenen Monaten vollkommen vergessen, wie angenehm ihr früheres Leben gewesen war, so sehr hatte sie sich in etwas verstrickt, was ihr nun lediglich als bloße Wollust erscheinen wollte.

Das »Savoy Grillrestaurant« besaß ein glanzvolles, elegantes Flair; es hatte etwas Unwirkliches und war doch behaglich. In der vertrauten Atmosphäre des Reichtums, die sie in sich aufsog, glaubte sie zu spüren, was ihr die ganze Zeit gefehlt hatte, als sie sich zu Hause wie besessen in ihrem eigenen Leid wälzte. »Ich genieße es so sehr, Tom«, sagte sie spontan. Er beugte sich über den Tisch und ergriff ihre Hand. »Jetzt schauen sie alle zu uns herüber«, bemerkte sie lächelnd.

»Das tun sie schon den ganzen Abend«, erwiderte er, »oder merken Sie das schon gar nicht mehr?«

»Ich achte überhaupt nicht darauf«, sagte sie.

»Das ist sicher das klügste.« Er ließ ihre Hand los und senkte die Stimme. »Da kommt eine Dame. Eine Bekannte von Ihnen?«

Rosemary sah auf und erblickte Jessica, die auf sie zusteuerte. Tom stand auf, als sie an ihrem Tisch war. Jessica war ein wenig betrunken. »Darling, wie reizend. Ich wollte dich schon anrufen. Du siehst wunderbar aus. Wer ist dieser entzückende neue Mann an deiner Seite?«

»Tom, äh —« sie wußte plötzlich nicht weiter.

Tom streckte seine Hand aus. »Tom Woods«, stellte er sich vor. Sie schüttelten sich die Hand.

Rosemary war es unsagbar peinlich, daß ihr sein Nachname in diesem Moment nicht eingefallen war.

Tom bot Jessica seinen Stuhl an.

»Nein danke, mein Lieber. Ich bin mit ein paar Leuten hier. Wir haben uns das neue Stück im ›Vaudeville‹ angeguckt.«

»Gut?« fragte Rosemary automatisch, aber ohne wirkliches Interesse.

Jessica verzog das Gesicht. »Schrecklich. Dieser Ben war auch da, Rosemary. Mein Gott, wie heißt er doch gleich weiter? Ach ja, Morrison, so war es, Ben Morrison.«

Rosemarys Herz begann laut und heftig zu schlagen. *Danke, Jess,* dachte sie, *du hast mir gerade einen wundervollen Abend verdorben. Und jetzt hau bitte ab.*

Aber Jessica plauderte munter weiter. Tom blieb stehen, und Rosemary sah auf den Mund der Schauspielerin, der sich unablässig bewegte, und versuchte sich zu konzentrieren. »Er saß zwei Reihen hinter uns, Darling. Bei den Vorpremieren wimmelte es nur so von Schauspielern, die ganz sicher darauf hofften, daß die amerikanische Truppe kräftig auf den Arsch fallen würde. Sie warteten wie die Geier, um diese fürchterlichen Rollen zu übernehmen. Dieses wundervolle kleine Stück, paßt nur auf, es wird höchstens eine Woche laufen, wenn überhaupt so lange. Schwarzer amerikanischer Humor ist nicht unbedingt das, was wir jetzt brauchen.« Sie schlug sich mit der Hand auf den Mund, dann lächelte sie unbekümmert Tom an. Rosemary sah, wie er sich mit blinzelnden Augen taktvoll darum bemühte, nicht zu husten, während ihm der Qualm von Jessicas Zigarette unerbittlich ins Gesicht stieg. Die Asche fiel auf ihren Tisch, als sie, ohne achtzugeben, mit den Armen herumfuchtelte.

»Ich merke gerade, wie furchtbar unhöflich ich bin, Darling«, sagte Jessica, »Tom ist ja Amerikaner, und ich bin drauf und dran, ihn zu beleidigen!«

Tom lächelte freundlich. »Aber überhaupt nicht«, entgegnete er, »ich bin in der Ölbranche, nicht beim Theater.«

Rosemary schaute ihn überrascht an.

Jessica war offensichtlich beeindruckt. »Wo gabelst du die bloß immer auf?« wandte sie sich an Rosemary, die gerade wieder Platz nahm. »Alle sexy, und der hier sogar reich.«

Rosemary errötete, und Tom fing laut an zu lachen.

»Öl?« fragte Rosemary, nachdem Jessica zu ihren Freundinnen zurückgegangen war und nun, so wie es aussah, mit ihnen über sie redete.

»Ich wußte, daß es Eindruck auf sie machen und sie zugleich bremsen würde.« Tom schob seinen Nachtisch von sich fort. »Sollen wir uns in den kleinen, abgeschiedeneren Salon neben der Lobby schleichen und dort einen Kaffee trinken?« flüsterte er ihr zu.

»Ja, gerne«, willigte sie sofort ein.

Er winkte dem Kellner, gab ihm ein großzügiges Trinkgeld und bestellte den Kaffee in den anderen Raum.

Sie waren die einzigen in dem gemütlichen Salon. Der Kellner brachte Petits fours zum Kaffee. »Ob ich die wohl für meine Tochter mitnehmen soll?« sinnierte Rosemary.

»Warum nicht? Kinder sind verrückt danach!«

»Sie ist fünfundzwanzig. Und wohnt noch zu Hause. Zusammen mit ihrer lesbischen Freundin.«

Tom zog seine Augenbrauen hoch, erwiderte aber nichts. *Warum habe ich ihm das nur erzählt?* fragte sich Rosemary. Sie hatte zuviel Champagner getrunken. »Wenn Sie Jessica Ihren wirklichen Beruf verraten hätten, würde sie jetzt den Abend mit uns verbringen wollen.«

»Ich weiß. Ich sage nur Frauen, mit denen ich etwas zu tun haben will, daß ich Schönheitschirurg bin. Für alle anderen mache ich in Öl oder Kunststoff. Und wenn ich sie richtig verschrecken will, erzähle ich ihnen, daß ich Zahnarzt bin oder Waffenhändler.«

Rosemary warf den Kopf zurück und lachte aus vollem Herzen.

Tom beugte sich nach vorn. »Handelt es sich bei diesem Ben Morrison um jemanden, über den ich Bescheid wissen sollte, bevor ich einen weiteren Schritt auf Sie zu mache?«

Sie machte große Augen. »Warum fragen Sie? Ich meine, wie kommen Sie darauf?«

»Ich habe Ihren Gesichtsausdruck mitbekommen, als Jessica seinen Namen erwähnt hat. Sie machten den Eindruck, als hätten Sie zu gerne gefragt, ob er allein gewesen war.« Sie wußte nichts darauf zu antworten. Er lehnte sich zurück, betrachtete sie und fuhr dann fort: »Entschuldigen Sie. Geben Sie mir nur die Möglichkeit, mich mit Würde aus der Affäre zu ziehen.«

»Ich weiß gar nicht, ob das noch nötig ist. Meine Beziehung mit Ben Morrison steuert, so denke ich, auf ihr unausweichliches Ende zu, wenn sie es nicht schon erreicht hat.«

»Ich kann nur sagen, daß ich froh darüber bin. Meinetwegen, meine ich.« Er lächelte sie an, machte aber keinen Versuch, ihre Hand zu ergreifen. »Am besten gehe ich jetzt und hole Ihre Butterplätzchen und fahre Sie dann nach Hause, wie wäre das?«

»Hervorragend«, sagte sie und sah ihm nach, als er

den Salon verließ. Sie war erleichtert, daß sie ihm nichts abschlagen mußte.

Auf dem Weg nach Wimbledon saß Rosemary schläfrig neben ihm auf dem Beifahrersitz.

»Soll ich Sie morgen anrufen?« fragte er.

»Ja, gerne. Ich werde den ganzen Tag zu Hause sein.«

»Ich könnte zum Tee kommen.« Er wandte sich kurz zu ihr und lächelte sie an, dann richtete er den Blick wieder auf die Straße.

»Zusammen mit meiner Mutter?« fragte sie scherzend.

»Ich liebe alte Damen. Sie finden mich alle überaus amüsant und halten mich für sehr jung.«

»Ja, das kann ich mir vorstellen.«

»Also, dann komme ich zum Tee?«

»Rufen Sie mich gegen Mittag an. Ich bin sicher, daß ich ja sagen werde.«

»Na, echt super!«

Sie lachte über die Unbeholfenheit, mit der er diese flapsigen Worte vorbrachte, die so gar nicht zu ihm passen wollten.

»Ich versuche eben, mich an die Umgangssprache hier in England zu gewöhnen«, sagte er. »Natürlich auch, um Sie zu beeindrucken.«

Bevor sie etwas erwidern konnte, waren sie schon in ihrer Straße angelangt. »Es ist gleich die nächste«, sagte sie und deutete mit der linken Hand auf die Einfahrt. Sie wollte ihn schon auf einen weiteren Kaffee hineinbitten, aber dann, als sie in die Zufahrt einbogen, sah sie den Wagen von Ben, der so schäbig aussah, daß es direkt eine Zumutung war, vor der Tür stehen. Sie blickte nach oben. In ihrem Schlafzimmer brannte Licht. Die Vorhänge waren nicht zugezogen, und man sah die von innen beleuchtete Spitzengardine. Der Rest des Hauses lag im Dunkeln. Es war ein Uhr morgens. »Würde es Ihnen etwas ausmachen, wenn wir uns hier verabschiedeten?« Ihre Stimme zitterte.

Tom musterte sie unaufdringlich. Er ließ den Motor noch einen Moment an, dann, als ob er es sich anders überlegt hätte, machte er ihn plötzlich aus, beugte sich zu ihr und küßte sie schnell auf den Mund, ohne daß sie darauf reagierte.

»Nicht«, war alles, was sie hervorbrachte. »Nicht, Tom.«

»Keine Angst, Rosemary. Es war ein freundschaftlicher Kuß, nicht mehr, ich versichere es Ihnen. Keine Ansprüche von meiner Seite.«

»Ich danke Ihnen. Und danke auch für den wirklich reizenden Abend.«

Er ging um den Wagen herum, um ihr die Tür zu öffnen. Sie blieb noch einen Moment sitzen, am liebsten wäre sie gar nicht ausgestiegen, sie mußte alle Kräfte zusammennehmen, die ihr in ihrer Champagnerlaune abhanden gekommen waren. Er stellte keine Fragen, sah ihr nur zu, wie sie nach ihrem Schlüssel suchte, und hielt ihre Tasche, während sie die Tür aufschloß.

»Gute Nacht, Tom.«

Er stieg in seinen Wagen, hob zum Abschied die Hand und fuhr, den Schotter aufwirbelnd, aus der Einfahrt heraus. Sie spürte das unsinnige Verlangen, ihn zurückzurufen, ihm zu sagen, er solle nach oben gehen und den Mann in ihrem Schlafzimmer in die

Schranken weisen, aber das hier war natürlich ihr Kampf, ihr Auftritt, ihr Dialog.

Kein Kater wartete auf sie und strich zur Begrüßung um ihre Beine, als sie einen prüfenden Blick in die Küche warf. Der Mülleimer war bis zum Rand gefüllt mit Kartons von McDonald's, in der Spüle standen Kaffeebecher, die Stühle waren nicht an den Tisch gerückt, auf dem Reste vom Tomatenketchup klebten.

»Oh, Ella«, murmelte sie und machte das Licht wieder aus. Sie wandte sich zur Treppe, zog die Schuhe mit den hohen Absätzen aus und begann, Tasche und Schuhe in der einen Hand, die andere am Geländer, die Stufen hinaufzuschleichen. Mit halbem Herzen betete sie darum, ihre Tochter würde aufwachen und ihr bei ihrer Auseinandersetzung mit Ben Morrison zur Seite stehen.

Kapitel 24

Sie öffnete die Tür zu ihrem Schlafzimmer. Auf dem Bett, ihr zugewandt, saß Ben, aufrecht, mit einem Drehbuch in der Hand. Ein Becher mit einem Rest Kaffee stand neben ihm auf dem Nachttisch. Nur die Lampe auf seiner Seite war an und erleuchtete das Zimmer. Er schaute sie an, als würde er hierhergehören, als wäre sie der Eindringling. Kein Lächeln auf seinem Gesicht. Sie wußte nicht, was sie sagen sollte.

»Einen schönen Abend gehabt?« fragte er. Seine

Augen ruhten auf ihr, und seine Stimme war so leise, daß sie ihn kaum verstehen konnte.

Sie warf ihre Tasche auf den Stuhl, dann ging sie mit ihrer Jacke zum Kleiderschrank und suchte nach einem Bügel. Ihre Hände und Knie zitterten.

»Laß das«, sagte er. »Leg sie einfach auf den Stuhl, Rosemary. Ich habe mit dir zu reden.« Er hörte sich gereizt an, und das machte sie wütend. Der Abend mit Tom hatte ihr etwas Mut gemacht, und sie wandte sich ihm nun, nachdem sie die Jacke über ihre Handtasche gelegt hatte, direkt zu.

»Was willst du hier?« Sie sprach in sanftem Ton und hoffte, sie würde entschlossen und selbstsicher wirken.

»Ich habe einen Schlüssel«, er lächelte kurz, »und ich dachte, du hättest nichts dagegen.«

»Doch, ich habe etwas dagegen«, erwiderte sie. Einen Moment lang drehte sie den Kopf zur Seite. Sie hatte gehört, wie jemand die Tür von Ellas Zimmer aufgemacht hatte und nun ins Badezimmer ging. Dann wiederholte sie ihre Frage: »Warum bist du hier, Ben? Du kannst nicht einfach nach fast drei Wochen in mein Haus kommen und erwarten, ohne ein weiteres Wort freudig begrüßt zu werden. Wo bist du gewesen?«

Er wollte etwas sagen, aber sie ließ es nicht zu. »Nein, sag nichts. Nicht jetzt. Hör erst mir zu.« Er zuckte mit den Achseln, sah sie schweigend an und lächelte dann. Und wartete. Sie fuhr fort: »Du hättest anrufen sollen. Wir hatten uns gestritten. Es sind einige Dinge geschehen, seitdem du gegangen bist.«

»Das sehe ich.« Er machte eine Kopfbewegung zum Fenster hin, und ihr wurde klar, daß er mitbekommen hatte, daß sie von Tom nach Hause gebracht worden war.

»Das ist nur ein Freund.« Sie sprach, ohne über ihre Worte nachzudenken, und ärgerte sich dann, daß er ihr wieder das Gefühl gegeben hatte, sich verteidigen zu müssen. Verwirrt setzte sie übereilt hinzu: »Nein, das meine ich nicht.«

»Er ist also kein Freund?« fragte Ben mit einem Grinsen.

»Doch, natürlich, aber nicht – verdammt noch mal, das geht dich überhaupt nichts an. Mein Leben gehört mir. Warum bist du hier, warum nur? Geh.« Die Szene lief ganz anders ab, als sie es sich in den letzten Wochen zurechtgelegt hatte. Sie klang verzweifelt. »Geh doch«, sagte sie ein weiteres Mal. Schwach. Unsicher.

Noch immer lächelte er. Sie starrte ihn an.

»Ich habe dich vermißt«, sagte er. Dann klopfte er leicht neben sich auf das Kissen. »Komm ins Bett.«

Sie rührte sich nicht von der Stelle. Sie wollte, daß er ihren Schmerz zur Kenntnis nahm, ihren rasch wieder schwindenden Zorn verstand, aber sie fand keine Worte. »Der Kater ist gestorben«, sagte sie schließlich.

Er blickte auf ihren Mund und klopfte ein weiteres Mal auf das Bett. Dann schlug er die Decke zurück. Seine Nacktheit bot sich ihren Augen dar, er war erregt, bereit für sie. »Komm ins Bett«, wiederholte er mit sanfter Stimme.

»Ich will nicht.«

»Und warum hast du dich dann ausgezogen, Rosie?« fragte er. So war es tatsächlich, sie hatte sich entkleidet. Während sie dort stand. Automatisch. Ihre Kleider lagen auf dem Stuhl hinter ihr. Sie konnte sich nicht daran erinnern, sie abgelegt zu haben; aber als sie an sich herunterblickte, mußte sie erkennen, daß sie von ihrem eigenen Körper verraten worden war.

»Geh weg«, sagte sie nochmals. Wie ein Kind. Voller Angst, ohne Gewalt über sich selbst. »Bitte geh weg.«

»Wer ist dieser Mann?« fragte er nach einem Augenblick völliger Stille.

»Welcher Mann?«

Er seufzte. »Mach keine Spielchen mit mir, Rosie. Wer hat dich nach Hause gebracht?« Er streckte nun die Hand aus, faßte sie hart am Arm und hielt sie zurück, als sie nach ihrem Morgenmantel greifen wollte.

»Laß mich los, Ben, ich will mir etwas überziehen.«

Aber er achtete nicht darauf. Sie blieb nackt, verletzlich, und sein Griff wurde noch fester. Angst stieg plötzlich in ihr auf, machte ihr das Atmen schwer und ließ ihre Hände feucht werden.

»Los, sag es mir«, stieß er hervor.

»Du kennst ihn nicht.« Sie wehrte sich schwach gegen seinen Griff, woraufhin er auch ihren anderen Arm festhielt. Sie spreizte ihre Beine, um das Gleichgewicht nicht zu verlieren, und er zog sie nach vorn, zu sich.

»Ich will wissen, wer es ist«, sagte er leise; sein Gesicht kam immer näher an das ihre, während er sie heranzog. Seine Augen starrten auf ihren Mund, um seine Lippen, aber nur dort, spielte ein Lächeln. »Ich will über jeden Bescheid wissen, den du kennst, Rosie. Begreifst du denn nicht, daß du mir gehörst? Dein Platz ist genau hier. Ich werde immer wieder zurückkommen. Du weißt, daß ich dich liebe.«

»Nein. Nein.«

Dann verschwand das Lächeln, und etwas anderes stahl sich in sein Gesicht. Und wieder wurde sie von Furcht erfaßt. Sie kämpfte darum, aufrecht stehen zu bleiben, stieß sich überraschend von ihm weg, war endlich frei und konnte nach ihrem Morgenrock greifen. Ohne ein Wort erhob er sich vom Bett, riß ihr den Morgenrock aus der Hand, packte sie und warf sie mit dem Gesicht nach unten auf das Bett. Ihre Arme festhaltend, ihr Gesicht in das Kissen gedrückt, stieg er auf sie und nahm sie. Es war ein Überfall, ein gewaltsames Eindringen, eine Kriegserklärung an ihren Körper. Schweigend, ohne Liebe, nicht einmal mit Wollust – ein bloßer Akt von Herrschaft und Besitzergreifung. Und obwohl sie sich wehrte, war sie nicht imstande loszuschreien. Schon der Gedanke an die Demütigung, wenn Ella auf ihren Schrei reagierte und hereinkam, ließ sie verstummen. Zu hören waren bloß sein Atmen und ihr leises angestrengtes Stöhnen, während sie vergeblich gegen seine Übermacht ankämpfte. Dann war es beendet. Vorbei. Er wandte sich ab und zog die Bettdecke über sie beide. Kein einziges Wort fiel.

Sie drehte sich von ihm weg auf die Seite. Sie war wie gelähmt von dieser Erniedrigung, fragte sich, hoffte, daß es nur die Angst war, die sie in diesem Bett hielt, an seiner Seite, ihr Kopf neben dem seinen, mit ihrer erhitzten Wange auf dem kühlen Kissen.

Er schlief ein, mit einer Hand auf ihrem Rücken, womit er seinen Besitzanspruch deutlich machte. Er hatte nur drei Worte gesagt, als er die Augen schloß: »Gute Nacht, Rosie.« Das war alles. Und sie lag da, zusammengekrümmt wie ein Fötus, und spürte das

Verlangen, den Daumen in den Mund zu stecken oder das Haar verzweifelt um den Finger zu drehen, wie sie es früher immer getan hatte, als sie ein Baby war. Seine Hand blieb auf ihrem Rücken liegen. Sie bewegte sich nicht, fühlte sich in ihrer Erniedrigung zu schwach, um aufzustehen, sich anzuziehen, ihre Tochter zu holen, ihn hinauszuwerfen und ihre Wut herauszuschreien. Dann schlief sie ein, neben dem Mann, der sie genommen hatte, als wäre es eine bloße Selbstverständlichkeit, als wäre es sein Recht. Als sie nach nur wenigen Stunden wieder aufwachte, schlief er noch. Die Sonne kam durch das Fenster und warf Lichttupfer auf sein sanftes, hübsches Gesicht. Sie betrachtete ihn, sein Mund war halb geöffnet, die Lider zuckten, als würde er träumen. Und es packte sie der Wunsch, ihn zu töten. Jetzt verstand sie all diese Geschichten von rachsüchtigen Frauen. Ihr Körper zeigte keine Spur von dem Kampf, der nur ein paar Stunden zuvor in ihrem Bett stattgefunden hatte. Seine Stärke hatte ihr angst gemacht, hatte sie davon abgehalten zu schreien. Kein blauer Fleck war zu sehen, nicht einmal eine Andeutung davon, nur zwei kleine Streifen auf ihren Oberarmen, wo er sie gehalten hatte.

Sie tat das, was man in allen Filmen immer sah. Sie stand auf und ging unter die Dusche, um den Geruch von ihm und den Geruch ihrer Angst und Niederlage abzuwaschen. Sie dachte wieder daran, ihn umzubringen, aber sie wußte, daß sie es nicht tun konnte. Dann spielte sie mit dem Gedanken, ihn zu verstümmeln, nahm die Nagelschere aus dem Toilettenschrank und hielt sie nachdenklich in ihrer zitternden Hand.

Er bewegte sich unruhig im Schlaf, drehte sich um und tastete nach dem leeren Kissen neben ihm. Er murmelte etwas, ohne die Augen zu öffnen, sprach noch einmal, diesmal lauter: »Setz den Kessel auf, Rosie.«

Sie legte die Nagelschere zurück und ging zum Kleiderschrank, um einen anderen Morgenrock zu holen. Den, welchen er ihr in der Nacht entrissen hatte, bedachte sie mit einem verächtlichen Blick. Als ob er ihr untreu geworden war. Es war absurd.

Unten in der Küche stellte sie den Wasserkessel auf den Herd und blickte aus dem Fenster. Es versprach ein schöner Nachsommertag zu werden. Wo war sie? Wer war sie jetzt? Es gab nichts aus ihrer früheren Existenz, das ihr nun zu Hilfe kam. Einst hatte sie sich selbst gemocht und geachtet, aber das war nun vorbei. Sie war nur noch der Besitz eines anderen, sie war sein Spielzeug geworden. Nicht durch den üblichen, schon klischeehaften Akt der Gewalt, durch den ein Mann eine Frau unterwirft. Darum ging es schon seit Monaten nicht mehr, es wäre auch eine viel zu einfache Art der Herrschaft für ihn gewesen. Er übte wirkliche Macht aus, er besaß die Willensstärke, nach der Vergewaltigung in ihrem Bett zu liegen und sie aufzufordern, sich um die Erfüllung seiner Wünsche zu bemühen. »Setz den Kessel auf, Rosie.«

Es war zu spät, ein Widerspruch käme jetzt zu spät, wäre wirkungslos, würde sie nur noch mehr demütigen. Sie machte Tee und wünschte sich sehnsüchtig, das nun unnütze Katzentürchen würde klappern und ihr alter Freund würde in die Küche geschossen kommen, als sie etwas aus dem Kühlschrank holte. Sie goß Milch in ihre Tasse, schenkte sich Tee ein, nahm einen Löffel Honig und sah zu, wie er in der orangefarbenen Flüssigkeit schmolz, bevor sie anfing umzurühren. *Ich sollte ihn vergiften,* schoß es ihr durch den Kopf, und sie mußte lachen. Sie setzte sich nieder und trank ihren Tee. Sie hatte keine Lust, auch ihm einen Becher einzugießen und ans Bett zu bringen. Sie wollte nur dasitzen und sehen, ob es ihr gelingen würde, wenigstens ein kleines Stück von Rosemary Downey in sich wiederzuerwecken, um ihm mit einem Rest der alten Stärke gegenübertreten zu können, wenn er schließlich in der Küche auftauchte.

Sie mußte lange dort gesessen haben, ohne sich zu rühren, als sich die Küchentür öffnete und Ben vor ihr stand. Auf der Wanduhr war es Viertel nach acht. Sie blickte zu ihm auf und wich ein Stück zurück. Ihre Hände umklammerten die inzwischen leere Tasse. Er war fertig angezogen und lächelte.

»Was ist mit meinem Tee?« fragte er und ging zum Tisch, auf dem die Teekanne stand. Sie legte ihre plötzlich ganz klammen Hände in den Schoß und drückte sie fest gegeneinander. Angesichts seiner Dreistigkeit faßte sie wieder etwas Mut, und irgendwo in ihr braute sich eine kalte Wut zusammen.

»Ich habe die ganze Kanne getrunken«, sagte sie.

»Na gut.« Er ließ sich nichts anmerken und machte den Wasserkessel noch einmal voll. »Schöner Tag«, sagte er von oben herab und machte eine Kopfbewegung zum großen Fenster hin, das auf den Garten hinausging.

Sie erhob sich und ging zum Brotkasten; ein Toast würde ihren Magen beruhigen.

»Du machst Toast, Rosie?« fragte er, den Blick immer

noch in den Garten gerichtet. Sie gab keine Antwort. »Mach doch ein paar für mich mit. Ich habe gestern abend nichts gegessen, dein Kühlschrank war leer.« Er lächelte, als wäre er sich seiner Unverschämtheit in keiner Weise bewußt.

Sie hatte das Brotmesser hervorgeholt, um Brot zu schneiden, und drehte sich jetzt zu ihm um. Das Messer, das in ihrer zitternden Hand lag, hielt sie ein Stück weit von ihrem Körper entfernt. »Warum gehst du nicht einfach?« fragte sie mit leiser Stimme; sie starrte in seine braunen Augen. Noch immer lächelnd, sah er sie an. Dann auf das Messer. Sie fuhr fort: »Deine Unverfrorenheit macht mich wirklich sprachlos. Warum einigen wir uns nicht darauf, über die vergangene Nacht kein Wort zu verlieren, und du gehst, bevor sonst jemand im Haus aufsteht.«

Er sagte nichts. Nur sein Lächeln flackerte ein wenig. Er wies mit dem Kopf auf das Brotmesser. »Warum legst du das nicht weg? Es könnte irgendwas Dummes damit passieren. Aus Versehen.«

»Ich sage dir besser nicht, was ich am liebsten mit diesem Messer machen würde, Ben. Aber du verdienst es gar nicht. Ich will, daß du aus meinem Leben verschwindest. Ich schwöre dir, wenn du einen Schritt näher kommst, bringe ich dich um. Ich habe endgültig genug.«

Er schwieg eine Zeitlang. Dann zuckte er die Achseln. »Ich war eifersüchtig«, sagte er. »Du gehörst mir.«

»Und du lebst in einer anderen Zeit. Solche Vorstellungen kamen schon vor fünfzig Jahren außer Mode, Ben Morrison.«

»Ja, richtig, das ist deine Ära, nicht meine.« Er wandte sich um und nahm einen Teebeutel, hängte ihn in seinen Becher und goß das Wasser darüber, das gerade zu kochen begann.

Ihre Entschlossenheit geriet ein wenig ins Wanken. Er wußte, daß sie nie mit dem Messer auf ihn losgehen würde.

»Es scheint, ich habe wieder mal alles verhunzt, nicht wahr, Rosie?« Er sprach mit dem Rücken zu ihr.

Sie ließ das Messer sinken. »Ja«, war alles, was sie hervorbrachte.

Er drehte sich um. »Willst du wirklich, daß ich gehe? Denk darüber nach. Es läuft gut zwischen uns. Und ich werde mir noch mehr Mühe geben.« Wieder dieses Lächeln.

Sie sah ihn nur an. Und spürte dann, wie ein unbezwingbarer Drang zu lachen in ihr aufstieg. »Es gibt mehr im Leben als nur Sex«, sagte sie.

»Mach dir doch nichts vor, Rosie. Für die meisten Männer sind Frauen nichts weiter als Mösen auf Beinen. Glaub mir, sie versuchen doch alle nur, dich flachzulegen. Hör auf, dir einzubilden, sie wären hinter deinem Verstand her.«

Jetzt begann sie wirklich zu lachen. »Himmel, du bist unglaublich! Hast du diesen ganzen Quatsch auf den Knien deiner Mutter gelernt, oder wo?« Sie merkte an seinem Gesicht, daß er wütend wurde, und hob wieder das Messer.

Er wandte sich zur Seite, schnell, wild, ergriff seinen Becher mit Tee und schleuderte ihn quer durch den Raum gegen die Hintertür. Der Becher zerbarst, und die heiße Flüssigkeit spritzte nach allen Seiten. Mitten zwischen den Porzellanscherben fiel klirrend der Löffel zu Boden. Sie hielt das Messer noch immer in ihrer Hand, und jetzt überkam sie eine unerschütterliche Ruhe.

Ben griff nach der kleinen Reisetasche, die er mit in die Küche gebracht hatte, und warf sie sich über die Schulter. Sein Zorn war schon wieder verflogen. Die Show war gelaufen. Sie beobachtete ihn, und die Blicke kreuzten sich. Ihre Gesichter waren ausdruckslos, sie hatten einander in ihrem Unglück nichts zu sagen. »Ich ruf dich an, wenn du dich wieder beruhigt hast«, sagte er schließlich. Sie gab keine Antwort. »Ich nehme an, diese ganze Szene wirst du Frances berichten«, sagte er. Sie blieb still, wünschte sich nur sehnlichst, daß er endlich ging, und fürchtete, Ellas oder Joannas Schritte auf der Treppe zu hören. »Weißt du, Rosie, in deinem Alter solltest du dich glücklich schätzen, daß ich immer wieder zurückkomme.« Dann ging er, so, als müßte er sich nicht seinen Weg durch zerbrochenes Geschirr suchen, öffnete die Hintertür und zog sie wieder leise hinter sich zu.

Sie hörte, wie der Wagen beim dritten Versuch ansprang, und dann das vertraute Stottern des Motors, der seine Kräfte sammelte, um mit ihm davonzueilen. Danach war Stille. Sie ließ das Messer sinken und legte es vorsichtig neben das braune, noch unberührte Brot. Dann verbarg sie ihr Gesicht in den Händen und begann zu weinen. Sie hörte nicht, daß jemand die Treppe hinunterkam, aber plötzlich war Joanna da, nahm sie in den Arm und führte sie zu einem Stuhl.

Ella stand hinter ihr. »Was ist passiert? Mum, was ist los? Ach, du Scheiße, guck dir die Bescherung an!« Ihre bloßen Füße vorsichtig auf den Steinboden setzend, machte sie sich daran, die Porzellanscherben aufzusammeln. Joanna hatte sich vor Rosemary hingekniet, die Arme um sie gelegt und wiegte den Kopf der älteren Frau, die noch immer schluchzte, an ihrer Schulter. »Mach Tee, Ella«, sagte Joanna ruhig.

Rosemarys Tochter ging wortlos zum Herd und setzte Wasser auf. Die Uhr in der Diele schlug halb neun.

»Und tu etwas Honig hinein«, setzte Joanna hinzu. Ella, die mit einemmal Angst um ihre Mutter bekam, gehorchte, noch immer schweigend. »Trink das, Rosemary.«

Während sie die heiße Flüssigkeit schlürfte, spürte sie die Kraft in Joannas großen Händen, die über ihr Haar strichen, ihren Nacken massierten, ihre Schultern herunterdrückten und auf diese Weise ihre Anspannung lösten. Die Tränen hörten auf zu fließen, und sie saß nur noch da, außerstande, Worte zu finden und zu erklären, warum sie sich so verhielt. Erst nach einiger Zeit gelang es ihr zu sprechen. Joanna kauerte weiter neben ihr, Rosemary blickte in Ellas besorgtes Gesicht, während sie an ihrem Tee nippte.

»Ich bin schon in Ordnung«, sagte sie. »Ist schon gut. Es tut mir leid, wenn ich euch geweckt habe.«

Ella seufzte erleichtert auf, als ihre Mutter sich in normalem Tonfall entschuldigte, und setzte sich. »Wir hörten den Krach«, erwiderte sie, »und dann dein Weinen.«

»Fühlst du dich jetzt besser?« fragte Joanna.

Rosemary lächelte schwach. »Das werde ich«, antwortete sie. »Ich verspreche es.«

»Ist er fort?« Joannas Stimme war kaum zu hören.

»Was hast du gesagt?« fragte Ella.

Rosemary lächelte und fuhr mit einer Hand zart

über Joannas Wange. »Ja, er ist gegangen«, sagte sie.

»Dem Himmel sei Dank«, bemerkte Ella lautstark und erhob sich, um Toast zu machen.

»Versprochen?« fragte Joanna, die nicht von Rosemarys Seite gewichen war, in nachdrücklichem Ton.

»Versprochen.«

»Dann bin ich froh.« Joanna stand auf, schob einen Stuhl vom Tisch weg und setzte sich.

»Das ist untertrieben«, warf Ella ein. »Ich werde nie wieder einen meiner Freunde zu deinen Partys einladen.«

Rosemary schloß die Augen, als die Erinnerung daran wach wurde. Sie fühlte sich innerlich wie tot. Die Ruhe, die sich nun über sie gelegt hatte, war fast noch schlimmer als die Zeit des Schmerzes davor. Dabei hatte sie sich zumindest lebendig gefühlt – wenn man so unglücklich ist, *weiß* man wenigstens, daß man lebt. Nun fühlte und dachte sie nichts. Sie würde sich an diesem Tag, der vor ihr lag, freilich verstellen müssen: Tom und ihre Mutter würden zum Tee kommen. Sie konnte niemandem erzählen, was in der vergangenen Nacht geschehen war. Niemand würde etwas erfahren von dem endgültigen Untergang ihres Selbst – so empfand sie es in diesem Moment, während sie dasaß und Tee trank. Sie konnte keinen einzigen Grund finden, warum es sich für sie lohnen sollte weiterzuleben, und das versetzte sie in größere Angst, als es Ben je getan hatte.

Kapitel 25

Es war nicht schwer, sich an diesem Sonntag zu beschäftigen. Joanna mußte zu Proben für die Technik ins Theater und verließ das Haus um halb zehn. »Was machst du heute, Mum?« fragte Ella.

»Oma kommt zum Tee.«

Ella verzog das Gesicht. »Ich denke, ich werde den Tag mit Jo verbringen.«

Zu ihrer Überraschung erwiderte ihre Mutter nichts darauf, sondern zuckte bloß die Schultern und fuhr fort, die Küche zu putzen, womit sie fast unmittelbar nach dem Frühstück angefangen hatte. Sie wischte den Boden und die Kacheln, machte den Backofen sauber und nahm sich dann die Fenster vor.

Ella sah ihr zu. »Ist das alles für Oma?« erkundigte sie sich schließlich.

»Nein«, entgegnete Rosemary, ohne in ihrer Arbeit innezuhalten. »Das tue ich für mich.«

»Es macht dir also nichts aus, wenn ich dich jetzt im Stich lasse?« sagte Ella zu ihrer Mutter, die ihr den Rücken zukehrte.

»Tu das, was du tun willst.«

Ella ging gegen elf. Rosemary war mit der Küche fertig. Sie zog ihren Morgenrock aus und steckte ihn direkt in die Waschmaschine, dann ging sie, vollkommen nackt, in den Flur und die Stufen hoch. Sie spielte mit dem Gedanken, den Schrank unter der Treppe gründlich zu säubern, entschloß sich dann aber, statt dessen Teegebäck zu machen. »Und zwar mit Käse«, murmelte sie gedankenverloren.

Sie duschte noch einmal und zog dann ihre Jeans und dazu eine Bluse an. Sie klaubte die paar Habseligkeiten von Ben, die noch im Kleiderschrank waren, zusammen und räumte sie in den Schrank des Gästezimmers. »So«, sagte sie.

Das Telefon klingelte. Es war Frances. »Ich hatte eigentlich gehofft, du wärest noch im ›Savoy‹«, begrüßte sie ihre Freundin.

»Ich habe ihn zum Tee eingeladen. Warum kommst du nicht auch rüber? Mum wird ebenfalls dasein.«

»In Ordnung. Soll ich Betty abholen?«

»Ja, bitte.«

Es entstand eine Pause, dann fragte Frances: »Ist alles klar bei dir?«

»Ja. Wieso?«

»Du hörst dich merkwürdig an, meine Liebe. Du bist doch sonst nicht sofort einverstanden, wenn man dir anbietet, eine deiner Pflichten zu übernehmen. Normalerweise heißt es dann ›stört es dich auch wirklich nicht?‹.«

Rosemary wußte nichts darauf zu sagen.

»Rosemary –?«

»Ja, ich bin noch dran. Ich bin okay. Wirklich. Könntest du gegen drei bei Mum sein? Ich werde etwas Teegebäck machen.«

»Ich bin sicher, irgendwas ist los mit dir, aber ich will jetzt nicht weiter in dich dringen. Nur noch eins, hast du einen schönen Abend gehabt?«

»Wann?«

Frances war fassungslos. »Gestern! Mit – wie hieß er doch noch gleich? Du liebe Zeit, war es so schlimm? Oder etwa so gut?«

»Ach, du meinst Tom. Ja, es war reizend. Wir haben zusammen zu Abend gegessen, und dann hat er mich nach Hause gebracht. Netter Mann. Hör zu, Franny, ich stecke bis über die Ohren in Arbeit. Wir sehen uns dann gegen halb vier, ja?«

»Du bist wirklich merkwürdig«, stellte Frances fest. »Bis dann also. Gib auf dich acht.«

Sie legte auf, und fast im gleichen Moment klingelte das Telefon erneut. Rosemary zuckte zusammen und hob ab. »Wer ist da?« fragte sie.

»Rosemary?« Es war Toms sanfte Stimme mit dem gepflegten Ostküstenakzent.

Ihre Anspannung wich, und sie setzte sich aufs Bett. »Oh, Tom.«

»Alles in Ordnung, Rosemary?«

»Das scheint mich heute jeder zu fragen«, erwiderte sie lachend. »Ich habe nur viel zu tun, das ist alles. Und ich wollte in den Garten, bevor die Sonne verschwindet.«

»Ich werde Sie auch gar nicht aufhalten. Bleibt es bei unserer Verabredung zum Tee?«

»Ja. Gegen vier. Äh, ja, hm, zu jeder Zeit.« Ihre Stimme wurde schwächer. Sie überlegte, ob sie im Garten noch Blätter zusammenfegen sollte, bevor sie das Teegebäck machte.

»Gut, ich werde also um vier bei Ihnen sein«, sagte Tom. »Und Ihre Mutter kennenlernen.«

Rosemary lächelte. »Sie sind wirklich mutig«, bemerkte sie. Dann verabschiedeten sie sich, und sie legte auf.

Sie entschied sich, den Garten in Angriff zu nehmen. »Ich werde das Gebäck nach dem Sherry machen«, sagte sie zu sich selbst und lächelte vor sich hin, als wäre ihr damit ein großer Entschluß gelungen. Der herbstliche Garten mit all seinen majestätischen Farben war von Frieden erfüllt. Goldene, bernsteinfarbene und rote Blätter raschelten unter ihren Füßen, während sie dahinschritt. Sie blieb einen Moment stehen und betrachtete zwei Fliegen, die sich an dem dünnen Stiel eines noch blühenden Rosenstockes paarten. Sie schnippte sie fort. »Nicht mal im Frühling«, murmelte sie und holte tief Atem, als plötzlich eine kühle Brise aufkam. Von den Singvögeln waren nicht mehr viele da. Sie hatten sich wie üblich mehrere Wochen lang gesammelt, und jetzt waren sie davongeflogen. Sie bückte sich und berührte die Erde dort, wo sie Ben, den Kater, beerdigt hatten. »Du fehlst mir«, sagte sie. Sie würde demnächst eine andere, eine junge Katze bekommen, aber noch nicht sofort. Es waren noch zu viele Erinnerungen da, der Platz in ihrem Herzen war noch nicht frei.

Sie arbeitete bis halb zwei im Garten. Sie kehrte das heruntergefallene Laub zusammen, und als sie es in der Schubkarre aufschichtete, freute sie sich an den Farben und daran, es zu berühren. Ihre Hände und Nägel waren ganz schmutzig, als sie fertig war; sie goß sich einen Sherry ein und ging dann nach oben, um ein weiteres Mal zu duschen.

Danach machte sie das Teegebäck. Mit Käse. Sechsunddreißig Stück. »Ich werde es warmstellen«, sagte sie und legte die Teile vorsichtig auf die untere Schiene des Ofens. Dann änderte sie ihre Meinung und holte sie wieder heraus. Sie stand da, zwei Platten mit Teegebäck in ihrer Hand, und überlegte, was sie damit machen sollte. Die Entscheidung erschien ihr plötzlich ungeheuer schwer; sie legte die Stirn in Falten, biß sich auf die Lippen und wurde endlich von der Türglocke aus ihrer Verwirrung erlöst.

Ihre Mutter stand, begleitet von Frances, vor der

Tür. Die Sonne war verschwunden. Sie gaben sich einen Kuß zur Begrüßung, tauschten einige Belanglosigkeiten aus und gingen dann ins Wohnzimmer, wo Rosemary ein Feuer im Kamin angemacht hatte. Sie bereitete Tee, entschied dann, daß es noch zu früh dafür war, und goß ihn weg. »Ich warte auf Tom«, sagte sie zu sich selbst. Sie hörte Frances und Betty sich im Wohnzimmer unterhalten, während sie in der Küche stand und das Geschirr auf ein Tablett stellte.

Tom kam um zehn vor vier. »Bin ich zu früh?« fragte er, im Arm einen Strauß von Chrysanthemen.

»Nein. Vielen Dank«, sie nahm die Blumen, lächelte ihm zu, reichte ihm die Wange zu einem Kuß und führte ihn ins Wohnzimmer, wo sie ihn vorstellte. Sie wußte, daß Frances für seine Unterhaltung sorgen würde, während sie noch einmal in die Küche ging.

Sie brauchte insgesamt drei Vasen, um die ganzen Chrysanthemen unterbringen zu können. Sie waren gold- und bernsteinfarben, wie ihr Garten. Für einen Moment hörte sie damit auf, die Stiele auf gleiche Höhe zu schneiden, und hielt die Blumenköpfe an ihre Nase. »Sie riechen nie«, sagte sie laut. »Ich hasse Chrysanthemen. Ich hoffe, ich werde nicht im Herbst sterben.« Sie machte wieder Tee, wärmte das Gebäck auf, stellte Butter und Marmelade auf ein Tablett und trug es ins Wohnzimmer, ging dann zurück, um das zweite Tablett mit dem Geschirr zu holen.

»Brauchen Sie noch etwas Hilfe?« rief Tom.

Sie gab keine Antwort, war sofort wieder zurück und schenkte den Tee ein. Ihr wäre es am liebsten gewesen, wenn alle gegangen wären. Eine bleierne Müdigkeit kam über sie, die Füße schmerzten, die

Oberarme taten ihr weh, jede Unterhaltung war ihr zuviel.

Frances sah zu ihr hinüber, während sie mit Betty und Tom sprach. Als Rosemary in die Küche ging, um neuen Tee aufzusetzen, folgte ihr Frances. »Wenn ich Betty heimgebracht habe«, flüsterte sie, »komme ich gleich wieder zurück. Irgendwas ist doch passiert. War es wieder dieser furchtbare Mann?«

»Wer?« Rosemary sah sie an, mit einemmal vollkommen durcheinander.

»Wer?« zischte Frances zurück. »Ich rede über Ben Morrison, verdammt noch mal! Wieviel furchtbare Männer gibt es denn in deinem Leben?« Sie machte eine Kopfbewegung zum Flur hin und faßte Rosemary am Arm. »*Ihn* finde ich nett«, flüsterte sie.

Als Rosemary ihren Arm zurückzog, runzelte Frances die Stirn.

Es schien eine Ewigkeit zu dauern, bis Tom sich erhob. Er schaute auf die Uhr und seufzte. »Rosemary, ich muß aufbrechen. Ich würde sehr gern noch bleiben, aber ich habe eine Verabredung zum Abendessen.«

Sie stand ebenfalls auf, um ihn zur Tür zu begleiten, und hoffte, man würde ihr die Erleichterung nicht ansehen. Es war halb sieben. Bald würden die Uhren zurückgestellt werden, und die Zeit der langen, dunklen Nächte würde beginnen. »Wie schade«, erwiderte sie mit einem Lächeln.

»Werde ich Sie noch einmal sehen, bevor ich in die Staaten zurückfliege?« fragte er unaufdringlich, nachdem er sich von den anderen verabschiedet hatte und sie nun allein an der Haustür standen.

»Ich glaube kaum«, sie versuchte ein bekümmertes

Gesicht zu machen. »Ich muß morgen wegfahren«, log sie.

Er zog sie plötzlich an sich und küßte sie auf die Nase. Sie erstarrte und warf einen flüchtigen Blick in Richtung des Wohnzimmers.

Mit einem Lächeln ließ er sie wieder los. »Würde das Ihre Mutter nicht billigen?«

Sie lachten gemeinsam.

»Ich rufe Sie von L. A. aus an«, sagte er, stieg, eine Hand erhoben, in sein Auto und fuhr davon, nicht ohne zu hupen, als er aus der Einfahrt bog. Höflich blieb sie stehen, ein Inbegriff von Mittelklasse und gesetztem Alter, winkte mit einer Hand und lächelte ein bißchen wehmütig, so daß er glauben mochte, sie würde ihn schon jetzt vermissen.

»Mach die Haustür erst zu, wenn die Gäste dich nicht mehr sehen können«, murmelte sie, als sie fröstelnd ins Haus zurückging.

Frances war mit dem schmutzigen Geschirr auf dem Weg in die Küche. Sie hielt inne und fragte: »Was hast du gesagt?«

Rosemary blickte auf. »Nur etwas, was mir meine Mutter immer eingeschärft hat«, antwortete sie.

»Ich werde sie nach Hause fahren«, murmelte Frances.

»Ach, so früh schon?« Rosemary fing an, die Geschirrspülmaschine vollzuräumen.

Mißtrauisch sah Frances sie an. »Das klingt ja sehr erfreut«, sagte sie. Und fuhr fort: »Ich komme danach wieder her. Ich möchte mit dir reden.«

Rosemary blickte auf. »Ich wollte eigentlich früh ins Bett gehen«, protestierte sie mit schwacher Stimme.

»Es ist halb sieben, mein Kind! Du bist ein großes

Mädchen und darfst schon bis mindestens elf aufbleiben.« Und sie fuhr zusammen mit einer murrenden Betty davon, die gerne noch dageblieben wäre und bei einem Drink ferngesehen hätte, aber nicht recht wußte, wie sie fragen sollte, und es daher geschehen ließ, daß man sie in das Auto von Frances packte.

»Ich rufe morgen an«, sagte Rosemary und machte die Tür hinter ihnen zu. »Vielleicht ändert sie ja noch ihre Meinung«, murmelte sie, mit ihren Gedanken noch bei Frances' Ankündigung, vor neun zurückzusein, ihrem Spiegelbild zu. Sie stand vor der Frisierkommode, cremte ihr Gesicht ein und machte sich für die Nacht zurecht. Sie schaltete die Heizdecke an, weniger wegen der Wärme, als um es gemütlich zu haben; dann fiel ihr ein, daß sie den ganzen Tag noch nichts gegessen, nicht einmal ihr Käsegebäck probiert hatte, und ging mit bloßen Füßen wieder nach unten, um sich ein Sandwich zu machen. Sie belegte eine Scheibe mit Käse und Pickles, eine weitere bestrich sie mit Himbeermarmelade. Dann nahm sie ein Messer und schob den Käse und die Pickles von der einen Scheibe auf die mit der Marmelade. Sie trat einen Schritt zurück, um ihr kulinarisches Werk zu begutachten, und lächelte. »So.« Es war etwas, was sie so oft hatte tun wollen, als sie ein Kind war: die Dinge, die man am meisten mochte, auf einmal essen.

Sie öffnete eine Flasche Dessertwein und trank zwischendrin ein Glas, während sie das Sandwich vertilgte.

Im Haus war es so ruhig wie in einem Grab. Sie saß ganz still da, wie um die Ruhe nicht zu stören, und konzentrierte sich ganz auf das Geräusch ihres eigenen Atems. So blieb sie, bis die Uhr in der Diele auf einmal neun schlug und es an der Tür klingelte.

Es war Frances. Rosemary wirkte überrascht.

»Ich habe doch gesagt, daß ich komme«, bemerkte ihre Freundin, und dann, als Rosemary sich nicht von der Stelle rührte, fragte sie: »Willst du mich nicht wenigstens heineinlassen?«

»Oh«, sie wich zur Seite und machte Platz, »entschuldige, komm rein. Ich hab's vergessen, ich war beschäftigt.« Sie gingen in die Küche, und Rosemary setzte sich wieder. »Willst du Wein?« fragte sie und wies auf ihr eigenes Glas.

»Gerne.« Frances ging zum Kühlschrank. »Meinst du den hier?« fragte sie.

»Ja. Er paßt hervorragend zu Sandwiches mit Käse und Marmelade.«

Frances lachte. »Zu exotisch für meinen Geschmack. Ich denke, ich trinke einen Gin.« Sie beobachtete Rosemary, die in ihr Glas starrte und mit ihren Fingern auf den Tisch trommelte. Dann nahm Frances Platz, so daß die beiden Frauen sich gegenübersaßen.

»Es ist so still«, sagte Rosemary leise.

»Was ist passiert?« Frances wollte nach der Hand ihrer Freundin greifen, Rosemary jedoch tat so, als ob sie ihre Absicht falsch deutete, und trank ihr Glas leer.

»Wann?« fragte sie, »was ist wann passiert?«

»Ich weiß es nicht. Das sollst du mir erzählen.« Frances' Stimme war ganz sanft. Es trat ein langes, langes Schweigen ein. Frances wartete. Das Ticken der Uhr in der Diele hallte durch das dunkle Haus. Nur der Mond, der zum großen Küchenfenster hereinschien, erhellte ihre Gesichter. Frances erhob sich, um das Licht über dem Küchenschrank anzumachen.

»Franny, ich glaube, ich kriege einen Nervenzusammenbruch«, sagte Rosemary. »Ich hätte auch gar nichts dagegen. Ich will ins Bett. Bringst du mich ins Bett?«
»Sag mir, was geschehen ist. Sag es mir doch.«
Nach kurzem Zögern begann Rosemary zu reden. Frances nahm die Hand ihrer Freundin, als sie einmal stockte. Nur einmal. Sonst berichtete sie alles, ohne ein Gefühl oder Angst oder Bestürzung zu zeigen. Und als sie erzählte, wie der Becher an der Tür zersplitterte, fing sie an zu lachen. Als sie fertig war mit ihrem Bericht, herrschte wieder Schweigen. Dann sagte Frances: »Der Scheißkerl hat dich vergewaltigt.«
Rosemary zuckte die Achseln.
»Hast du es Ella erzählt oder Joanna?«
Sie schüttelte den Kopf.
»Hast du den Schlüssel?«
»Nein.«
»Ich denke, *ich* sollte ihn umbringen, ganz gleich was du sagst.«
»Ich will nicht, daß Ella es erfährt«, sagte Rosemary. »Und ich möchte dich außerdem um mehrere Gefallen bitten.«
»Alles, was du willst.«
»Ruf bitte Michael an und sag ihm, daß ich krank bin und die Radiosendung in der nächsten Woche nicht machen kann.«
Frances sah sie lange an. »Einverstanden«, sagte sie schließlich. »Was noch?«
»Sag Jenny, sie soll alles absagen und nächste Woche nicht kommen. Pat auch nicht. Und dann teile Joanna und Ella mit, daß ich krank bin. Ella fährt sowieso bald nach Glasgow.«
»Und was ist mit *dir*? Wo fährst du hin?«

Rosemary sah auf, ihre Stimme klang überrascht. »Nirgendwo. Ich will ins Bett gehen, ich will nur ins Bett gehen. Und ich will mit keinem sprechen. Wirst du das alles tun?«

»Ja. Aber eins mußt du versprechen.«

»Sag schon.«

»Du darfst ihn nie, nie wieder ins Haus lassen. Und so einfach beiseite schieben läßt er sich ja nicht – dieser abscheuliche Vorfall. Ich bleibe diese Woche bei dir.«

»Nein.«

»Doch. Sonst —«

»In Ordnung.« Rosemary, erschöpft von all dem Reden, machte eine unbestimmte Handbewegung. »Können wir jetzt ins Bett gehen?«

Frances brachte sie nach oben. Dann fuhr sie zu sich nach Hause, von wo aus sie einige Telefonate führte, darunter auch eines mit Michael. Sie konnte sich, da sie ihn bei seiner Familie anrief, vorstellen, daß sie damit einige Unruhe stiftete, aber sie fühlte sich verpflichtet, ihm sofort Bescheid zu geben.

»Braucht sie einen Arzt?« fragte er besorgt.

»Im Moment nicht. Sie steht unter Schock, aber frag mich bitte nicht, weshalb. Sie wird darüber hinwegkommen. Sie will nur etwas Ruhe haben.«

»Es ist wegen dieses verdammten Kerls, nicht wahr?«

Frances zögerte. »Das ist vorbei. Entschuldige, Michael, daß ich dich zu Hause angerufen habe. Es ging nicht anders.«

Er lachte. »Schlimmer als jetzt kann es hier sowieso nicht mehr werden, Frances.«

»Das tut mir leid.«

»Wenn ich etwas tun kann, laß es mich wissen. Es

war schön, deine Stimme wieder zu hören.« Er legte auf und holte tief Atem, bevor er daranging, Barbara den Anruf zu erklären. Es war überhaupt nicht Rosemarys Art, einfach zu verschwinden und anderen die Verantwortung zu übertragen. Er fragte sich, was es wohl gewesen sein mochte, das sie so sehr verstört hatte.

Als Frances nach Wimbledon zurückkehrte, waren auch Joanna und Ella wieder da. Sie ging um das Haus herum zu der Tür, die in die Küche führte, und traf die zwei dabei an, wie sie gerade Dosen mit Suppe und gebackenen Bohnen aufmachten.

»Wolltest du nicht eigentlich früher kommen?« fragte Ella gutgelaunt. »Es ist ein bißchen spät für den Nachmittagstee.«

»Dann nehm ich eben einen großen Gin«, erwiderte Frances und stellte ihren kleinen Koffer auf den Boden.

»Mum muß wohl schon im Bett sein.« Ella tat einige von den kalten Bohnen auf ein Butterbrot. Frances schauderte.

»Ja, sie fühlt sich nicht wohl. Ich werde die Woche über hierbleiben. Will eine von euch auch einen Gin, wo ich gerade die Flasche in der Hand habe?«

Ella hörte auf zu essen, und Joanna, die am Herd stand und die Suppe heiß machte, drehte sich um. »Ist Mum krank?« fragte Ella. »Was ist passiert? War dieser verdammte Ben wieder hier?«

Frances schüttelte den Kopf. »Nein. Sie will nur ein wenig Ruhe haben. Sie kommt schon wieder in Ordnung.«

»Sie haben sich heftig gestritten heute morgen«, sagte Joanna ruhig.

»Ich weiß.« Frances ließ sich auf einen der Küchenstühle sinken. »Sie ist halt im Moment total fertig. Aber er wird nicht mehr zurückkommen.«

»Hat sie den Schlüssel?« fragte Joanna. Ella wandte sich wieder ihren Bohnen zu.

Frances schüttelte den Kopf.

»Dann wird er zurückkommen«, bemerkte Joanna mit ernstem Gesicht.

»Nur über meine Leiche.« Ella schob die kalten Bohnen in den Mund.

»Jetzt nicht mehr«, meinte Frances.

Joanna begann ihre Suppe zu löffeln. »Arme Rosemary«, sagte sie, »schon merkwürdig, jemanden zu lieben, der dafür sorgt, daß es einem so schlecht geht.«

Ella lächelte sie an.

»Einige Männer haben eine ausgesprochene Begabung dazu«, sagte Frances und erhob sich, um ins Bett zu gehen. Sie nahm das Glas Gin mit und warf den beiden Mädchen eine Kußhand zu.

»Iß doch etwas von dem Käsegebäck zu deinen Bohnen«, schlug sie vor, »deine Mutter hat soviel gemacht, das reicht für eine Kompanie. Ich habe keine Lust, die ganze Woche davon zu essen, sie schmeißt doch nie Lebensmittel weg.«

»Ich *hasse* Käsegebäck«, entgegnete Ella heftig und schüttelte sich, wie sie es immer als Kind getan hatte, wenn ihre Mutter das Pastinakenkraut im Kartoffelpüree versteckt hatte.

Frances lachte und ging nach oben. Leise betrat sie Rosemarys Schlafzimmer, und als sie sah, daß ihre Freundin schlief, wollte sie das Licht auf dem Nachttischchen ausknipsen.

»Laß es an«, sagte Rosemary, die unerwartet die Augen aufschlug.

»Ich dachte, du würdest schlafen.« Frances setzte sich auf den Rand des Bettes. »Es ist schon spät.«

»Hast du alles geregelt?« fragte Rosemary.

Frances nickte. »Das mit Jennie und Pat erledige ich am Morgen«, sagte sie.

»Aber früh.« Rosemary schloß wieder die Augen. »Am besten, bevor sie das Haus verlassen.«

»Na klar. Wirst du schlafen können?«

»Ja. Eine Woche lang, hoffe ich.« Sie nahm Frances' Hand. »Danke.«

»Das ist das wenigste, was ich machen kann. Soll ich das Licht anlassen?«

»Ja, bitte. Ich mag die Dunkelheit nicht.«

Frances gab ihr einen Kuß auf die Wange und stand auf. »An beiden Türen sind die Ketten vorgelegt«, sagte sie.

Rosemary nickte. »Gut. Schütze dich vor Einbrechern. Das pflegte Jonathan zu sagen.« Sie lächelte und machte die Augen zu. »Ich bin so müde«, murmelte sie. »Weck mich am nächsten Sonntag.«

Frances ging zu Bett.

Kapitel 26

Joannas Aufführung startete mit Vorpremieren, die sich über vier Tage hinzogen. Ella begann mit ihren Proben, sah sich noch die Hauptpremiere von Jos Stück an und fuhr dann nach Glasgow. Jo würde am Sonntag darauf nachkommen und einige Wochen dortbleiben. Frances wohnte die Woche in Wimbledon, ging tagsüber zur Arbeit und verbrachte die Abende bei ihrer Freundin. Sie saßen zusammen in der Küche oder im Wohnzimmer, aßen zuviel und redeten. Rosemary blieb im Morgenrock, ohne Make-up und mit ungekämmtem Haar, bei dem unter den mattblonden Spitzen schon die dunklen Haarwurzeln durchkamen.

»Sieht echt modisch aus, Mum«, bemerkte Ella eines Morgens, als sie vor ihren Proben Rosemary Orangensaft in ihr Zimmer brachte.

»Wie nett von dir, mein Liebes.« Rosemary stand am Fenster und sah zu, wie Wind und Regen durch die jetzt schnell ihr Laub verlierenden Bäume fegten.

Ella war ratlos und unglücklich. »Es paßt überhaupt nicht zu ihr. Irgendwas muß passiert sein, was sie uns nicht erzählen will. Niemand legt sich in dieses beschissene Bett nur wegen eines Streits.«

Joanna boxte sie sanft auf den Arm.

»Das ist ein sehr unglücklich gewähltes Adjektiv«, warf Frances ein und zog die Augenbrauen hoch.

Ella seufzte. »Wenigstens redet sie mit *dir*«, sagte sie zu Frances.

»Pack du deine Sachen für Glasgow zusammen, ich bleibe hier, bis sie wieder auf den Beinen ist, mein liebes Gör. Und das wird nicht mehr lange dauern.« Die ältere Frau bemühte sich um einen beschwichtigenden Ton. Ella und Frances hatten sich für die vier Tage, bis Rosemarys Tochter nach Schottland fahren würde, auf einen Waffenstillstand geeinigt.

Joannas Aufführung bekam sehr gute Kritiken. »Es könnte sein, daß es noch an einem anderen Theater gespielt wird«, berichtete sie Frances.

»Ist das gut? Entschuldige meine Unwissenheit. Gut für *dich,* meine ich.«

Joanna lachte. »Das ist anzunehmen.«

Michael war es gelungen, den Radiosender der BBC davon zu überzeugen, daß Rosemary in einer Woche wieder ihr übliches Programm durchführen würde, und der Sender stellte für das eine Mal, wo sie nicht da war, eine Vertretung. Ein junger Diskjockey wünschte ihr gute Besserung über den Äther, was zur Folge hatte, daß bei Rosemary eine Menge Blumen von Fans eintrafen, die von Michaels Büro und vom Produzenten an sie weitergeleitet worden waren.

Zum ersten Mal während der ganzen Woche zeigte Rosemary eine Gefühlsreaktion, sie verzog das Gesicht und war offensichtlich peinlich berührt. »Was soll ich haben?« fragte sie Frances.

»Grippe.« Ihre Freundin warf die Blumen achtlos in verschiedene Vasen, was Rosemary zum Lachen brachte – auch das war seit einer Woche nicht mehr vorgekommen. Sie standen zusammen in der Küche, es war Freitag abend, Ella hatte ihre Sachen gepackt und war bereits abgefahren, Joanna befand sich im Theater.

»Ich hasse es, Blumen zu arrangieren«, sagte Frances und stimmte in das Lachen ein, »aber wenn ich damit erreichen kann, daß du wieder etwas strahlst, mache ich gern ein Hobby daraus.«

»Bitte nicht. Überlaß es ruhig mir, gieß du schon mal einen Gin ein.«

Etwas später an diesem Abend fragte Frances, ob sie sich nun besser fühlte. Rosemary überlegte einen Moment. Dann sagte sie: »Ich fühle überhaupt nichts. Ich will nur hier sicher und geschützt im Haus sein.«

»Früher oder später mußt du aber wieder nach draußen, mein Schatz. Am nächsten Dienstag zum Beispiel, die BBC rechnet mit dir.«

Rosemary sank in sich zusammen und schauderte. »Ich habe schreckliche Angst«, sagte sie.

»Vor Ben Morrison?« fragte Frances.

Rosemary schüttelte den Kopf.

»Vor wem dann?« Frances beugte sich nach vorn.

»Ich weiß es nicht, Franny. Vor allen. Vor mir selbst. Ich würde ihn wieder hereinlassen, wenn er wieder zurückkommt. Ich vermisse ihn.«

Frances starrte sie an. »Um Gottes willen, Rosemary, der Mann hat dir den Krieg erklärt! Was vermißt du jetzt? Was hattest du denn? Außer Sex?«

Als sie den Zorn im Gesicht ihrer Freundin sah, schloß Rosemary schnell die Augen und öffnete sie nur langsam wieder. »Ich kann es nicht erklären«, sagte sie, »oder gar erwarten, daß du es verstehst.«

»Versuch es.«

»Er brachte mich so weit, daß ich dachte, er sei alles, was ich habe. Alles, was ich je bekommen könnte. Ich müßte glücklich sein, ihn zu haben. Ach, ich weiß nicht. Mein Verstand sagt mir das eine, mein Körper das andere.«

Es trat Schweigen ein. Dann fragte Frances: »Möchtest du mit jemandem darüber sprechen?«

»Du meinst, mit einem Psychiater?«

»Er ist ein Neurologe. Ein guter. Und ein Freund von mir.« Frances nahm sie bei den Händen. »Du bist so deprimiert, daß einem richtig bange wird. Er könnte dir helfen. Dich zumindest wieder auf die Beine bringen.«

»Ich weiß nicht. Ich will das alles nicht. Bis jetzt bin

ich auch so ganz gut in meinem Leben zurechtgekommen.«

»Verdammt noch mal, Rosemary, du kannst nicht wie die Kameliendame in deinem Bett dahinsiechen, nur weil du in den Penis von irgendeinem Rowdy vernarrt bist.«

Rosemary warf den Kopf zurück und begann zu lachen. »Du hast wirklich eine spezielle Art, die Dinge auszudrücken, Franny.«

»Das ist das zweite Mal in dieser Woche«, sagte Frances lächelnd.

»Was für ein zweites Mal?«

»Das zweite Mal, daß du gelacht hast. Ich befürchtete schon, mein persönlicher Stil wäre mir abhanden gekommen.«

»Niemals.«

Frances beugte sich zu ihr. »Möchtest du dich mit diesem Neurologen nicht mal unterhalten? Bitte.«

Rosemary entzog ihre Hand dem Griff ihrer Freundin und fuhr sich damit durch das wirre Haar. Sie stieß einen tiefen Seufzer aus.

»Und soll nicht Martyn mal kommen und in der Zeit dein Haar in Ordnung bringen?« fragte Frances.

Rosemary zuckte die Achseln. »Ich bin zu keiner Entscheidung fähig.«

»Gut, dann übernehme ich sie für dich. Mein Freund wird morgen hiersein, und Martyn werde ich sagen, daß er Montag kommen soll. Vor deiner Sendung am Dienstag.«

»Es ist doch nur Radio, Franny. Wen kümmert es da, wie ich aussehe?«

»Es ist für dich, du Idiotin, darum geht es. Deine Selbstachtung, deine eigene Wertschätzung. Jetzt hör mir zu —« Sie drehte ihre Freundin zu sich. »Du mußt Ben Morrison vergessen. Er hat dich nicht zerstört, und er darf es auch nicht. Du kannst nicht damit weitermachen, ihm deine Liebe wie einen Fußabtreter hinzulegen, auf dem er herumtrampeln kann. Dann wird er es wirklich so weit bringen, daß du am Ende von deiner eigenen Unwürdigkeit überzeugt bist.«

Rosemary wandte sich ab und starrte ins Feuer. »Ich dachte, meine Gefühle würden mich unentbehrlich für ihn machen«, sagte sie.

»Du *bist* unentbehrlich für ihn. Alle Frauen, die er flachlegt, sind es. Es ist das einzige, was er hat, um sich selbst zu bestätigen.«

»Aber ich habe gehört, daß er ein guter Schauspieler ist, daß eine steile Karriere vor ihm liegt.«

»Das reicht offenbar nicht. Er braucht deine Schwäche, damit er sich stark fühlen kann.«

»Er wird sich ändern. Das mit den anderen Frauen, das ist nur vorübergehend. Unsere Beziehung ist anders – dauerhafter, meine ich. Er war eifersüchtig, das ist alles. Ich sollte mich nicht dabei aufhalten. Er war vorher nie eifersüchtig, es hat ihn eben empfindlich getroffen, und er hat sich auf seine Weise zur Wehr gesetzt. Wenn ich Geduld habe und herausfinde, was er von mir erwartet, dann wird er sich, das weiß ich, ändern.«

Frances lehnte sich in ihrem Stuhl zurück und schüttelte den Kopf. »Ich kann es einfach nicht glauben, das jetzt von dir zu hören, nach dem, was er dir angetan hat.« Rosemary gab keine Antwort. Frances wartete, dann fuhr sie fort. »Er wird sich nicht ändern, Rosemary. Du wirst es erleben, wenn du so weitermachst. Bei manchen Männern, die nur auf ihren eigenen Penis fixiert sind, hält diese Affäre bis ins hohe Alter an. Du merkst es daran, wie sie ihn, wenn sie älter werden, festhalten, die Hände in den Hosentaschen und das Kleingeld gegen ihn schüttelnd. Sie fragen sich bekümmert, warum er kleiner wird mit den Jahren, und haben Angst vor einem Vergleich, wenn sie in öffentlichen Toiletten Schulter an Schulter neben anderen Männern stehen. Einfach lächerlich! Zeig mir den Mann, dem das nichts ausmacht und der sich mit einem Schulterzucken damit abfindet, wenn sein Körper nicht mehr so funktioniert, wie er will.«

Rosemary lächelte ihr zu. »Du scheinst dich ja leidenschaftlich dafür zu interessieren«, bemerkte sie. »In Ordnung, ruf deinen Typ an. Wenn er es schafft, mich wieder auf die Beine zu bringen, werde ich mich vielleicht zu einer Entscheidung durchringen.«

Der Neurologe kam am nächsten Tag gegen Mittag und hörte ihr erst einmal lange zu.

»Keine Beruhigungsmittel«, bestimmte er und schrieb etwas auf seinen Rezeptblock. »Sie sind depressiv, zuerst müssen wir Sie da rausholen.«

»Antidepressiva«, bemerkte Frances, nachdem er gegangen war.

Rosemary sah sie verwundert an. »Du scheinst dich auszukennen. Ich dachte, es wäre nur ein Tonikum.«

»Ich hab sie auch mal genommen.«

»Davon hast du nie erzählt.«

Frances zuckte die Achseln und gab ihrer Freundin einen Kuß, bevor sie zur Apotheke ging. »Martyn kommt morgen, nicht am Montag. Einverstanden?«

»Einverstanden.«

Als sie die Antidepressiva erhielt, begann Rosemary unverzüglich mit der Einnahme. Die Tabletten würden für drei Wochen reichen. »Und was dann?« fragte sie Frances.

»In etwa fünf Tagen wirst du anfangen, dich besser zu fühlen. Aber du mußt am Dienstag wieder arbeiten. Wirst du das tun?«

Rosemary nickte zögernd. Sie verlor kein Wort mehr über Ben. Es drängte sie zu fragen, ob er angerufen hatte, aber sie wußte, daß Frances es ihr nicht sagen würde, und sie traute sich nicht, selbst ans Telefon zu gehen. Sie wollte erst nicht glauben, daß sie schon dabei war, ihm zu verzeihen, aber am Dienstag, im Taxi auf dem Weg zum Studio, als sie all die Menschen sah, die die Regent Street herunterspazierten oder zum Oxford Circus unterwegs waren, wußte sie, daß sie sich nach ihm sehnte. Daß sie ihm sagen wollte: »Ich verzeihe dir«, um dann von ihm zu hören: »Es tut mir leid, Rosie, es ist nur, weil ich dich liebe.« Und sie würde es verstehen und ihre Arme um ihn legen, und ihre Beziehung würde dadurch noch viel tiefer werden. Sie behielt alle diese Phantasien und Träumereien für sich, sie fürchtete den Spott der anderen, wußte sie doch, wie töricht ihnen diese Vorstellungen erscheinen würden. Sie ließ sie in dem Glauben, es ginge ihr zunehmend besser, sie hätte sämtliche Gedanken an Ben Morrison hinter sich gelassen und würde wieder in das Leben zurückfinden, das sie vorher geführt hatte.

Frances zog wieder in ihre eigene Wohnung, und sie hatte, da beide Mädchen in Glasgow waren, das Haus für sich allein. Sie legte nicht mehr die Kette vor die Tür und wartete jede Nacht darauf, daß er kam.

Als das Telefon einmal um drei Uhr morgens klingelte, sie abhob und sich niemand meldete, redete sie sich ein, daß er es gewesen war und Angst hatte, zu sprechen. Sie begann wieder Zärtlichkeit für ihn zu empfinden, betrachtete ihn als jemanden, der angreifbar war und verletzlich und sich nach einer Liebe sehnte, die nur sie ihm geben konnte.

In der Woche, bevor Joanna von Glasgow zurücksein wollte, lief sie eines Mittags in der Kantine der BBC buchstäblich einer jungen Frau in die Arme, die sich wie sie in die Schlange für die Salatbar stellte. Sie entschuldigten sich beide und lächelten einander an. Rosemary kam das Gesicht vertraut vor.

»Sie sind Rosemary Downey, nicht wahr?« sagte die junge Frau.

Rosemary betrachtete sie und versuchte sich zu erinnern, versuchte einen Namen mit dem dunklen, glatten Haar und den blauen Augen zu verbinden.

»Ja«, sagte sie und fügte dann hinzu: »Entschuldigen Sie, aber ich kann mich nicht genau entsinnen ...«

»Ach ja, Sie kennen mich natürlich nicht, Rosemary. Ich bin Gill, Gill Spencer, die Freundin von Ben. Ich bin sicher, daß er mich mal erwähnt hat. Ich bin die Mutter von Jamie.« Rosemary wurde schwach in den Knien, und der Appetit verging ihr schlagartig. Gill Spencer sah sich in der gut gefüllten Kantine um und zeigte dann rasch auf einen freien Tisch. »Können wir reden? Dort ist ein Tisch. Hätten Sie was dagegen?«

Rosemary schüttelte den Kopf, und die junge Frau ging vor ihr quer durch den Raum. Sie war größer als Rosemary, sehr groß sogar, und ziemlich dünn. Sie machte einen heiteren, freundlichen Eindruck. Rosemary wünschte sich mit einem Mal, so weit weg wie möglich von hier zu sein. Sie nahmen an den gegenüberliegenden Seiten des Tisches Platz.

»Ich habe es zuerst gar nicht realisiert«, sagte Rosemary. »Daß Sie es sind, meine ich. Ich habe ein Foto von Ihnen und Ihrem Sohn gesehen.«

Gill lächelte. »Ich wußte nicht, daß er es herumzeigt. Ich dachte, dadurch würde er sich nur eingeengt fühlen.« Sie lachte.

»Es scheint Sie jedenfalls nicht zu stören«, erwiderte Rosemary. »Hat er Ihnen von mir erzählt, oder –«

»Großer Gott, nein, das wäre nicht sein Stil. Er hat es ganz gern, wenn man ihn für einen Einzelgänger hält. Eine Art von Clint Eastwood, der in den Sonnenuntergang reitet und alle zurückläßt, befriedigt, aber voller Sehnsucht nach ihm!« Wieder lachte sie, und Rosemary schüttelte verwirrt den Kopf.

»Finden Sie das wirklich komisch, oder tun Sie nur so? Wegen mir etwa? Ich weiß, daß Sie und er sich getrennt haben. Er hat mir gesagt –«

»Ja, das würde er, nicht wahr?«

Rosemary sah sie verständnislos an. Gill wurde plötzlich ernst. Sie seufzte. »Was ich eigentlich fragen wollte, könnte etwas schwierig sein für Sie. Aber es geht um Jamie und auch um mich. Wir sehen ihn so wenig. Ben, meine ich – seinen Vater. Er ist immer wieder weggegangen, aber in der letzten Zeit kann ich ihn wirklich nirgendwo mehr aufspüren. Und als ich Sie jetzt sah und an das Foto in der Zeitung vor einigen Monaten dachte, kam es mir wie ein Wink des Schicksals vor, eine Rolle in dem Hörspiel zu bekommen und Ihnen in die Arme zu laufen.«

»Ich wußte nicht, daß Sie Schauspielerin sind.«

»Nun, wenn ich halt was kriege. Ben ist nicht so

knauserig mit dem Geld. Wir würden eben gerne etwas mehr von ihm selbst haben.«

»Ich weiß nicht, was das mit mir zu tun haben soll. Was wollen Sie?«

Gill war fertig mit dem Essen. Rosemary hatte schon lange vorher ihre Mahlzeit beendet. »Rauchen Sie?« Gill reichte eine Packung Marlboro zu ihr hinüber. Rosemary nahm eine und ließ sich von Gill Feuer geben. Ihr großes, altmodisches Feuerzeug ging jedoch aus, das Mädchen fluchte, schüttelte es und versuchte es noch einmal. »Einen Moment, das passiert immer damit.« Sie stand auf und ging zu einer anderen Gruppe von Leuten, die sie offensichtlich kannte. Sie beugte sich vor, um die Zigarette anzuzünden, und plauderte ein wenig mit ihnen. Rosemary beobachtete sie. Sie sprach lebhaft und schnell, die Jeans, die sie anhatte, waren mit der Zeit verblichen und dort, wo sie jemand mit einer Schere kürzer gemacht hatte, ausgefranst. Außerdem waren sie ihr viel zu groß, sie hatte sie mit einem Männergürtel um ihre schmale Taille zusammengezogen. *Die Jeans von Ben,* schoß es Rosemary durch den Kopf, und ein Gefühl der Eifersucht durchzuckte sie.

Gill kam zurück und setzte sich wieder. »Entschuldigung deswegen«, sie machte eine Kopfbewegung zu dem Tisch, an dem sie gerade eben gestanden hatte, »sie sind vom Repertoiretheater hier. Ich habe mal wegen Vorsprechen nachgefragt.«

»Was wollten Sie mir vorhin sagen?« Rosemary lag daran, die Begegnung so schnell wie möglich zu beenden, sie sehnte sich nach der Abgeschiedenheit ihres eigenen kleinen Aufnahmestudios im Inneren des Gebäudes.

»Ich will Sie nicht in Verlegenheit bringen oder gar verärgern. Aber Sie machen einen so netten Eindruck«, sagte Gill und lächelte kurz.

Rosemary sah auf ihre Uhr. »Ich habe nicht viel Zeit«, erwiderte sie, »wir könnten uns vielleicht später auf einen Drink treffen.« Sie hatte das Gefühl, sie würde mit einem Gin Tonic in der Hand besser mit dieser Situation zurechtkommen. Die Marlboro rief einen Hustenanfall bei ihr hervor. Gill schob den Aschenbecher zu ihr hin, und Rosemary drückte die halbgerauchte Zigarette aus. »Ein bißchen stark für mich«, sagte sie.

»Würden Sie ihn mit mir teilen?« stieß Gill hastig hervor, so als fürchtete sie, sonst wieder den Mut zu verlieren.

Rosemary starrte sie an. »Wie bitte?«

»Ich denke, Sie haben mich verstanden.« Eine Pause trat ein. Dann fuhr Gill leise und eindringlich fort: »Wissen Sie, Ben würde nichts dagegen haben. Solange wir beide ihm zu verstehen geben, daß *wir* damit einverstanden sind.«

Rosemary fehlten die Worte. Sie schwiegen beide, während das Stimmengewirr um sie herum in Wellen an Rosemarys Bewußtsein brandete. »Ich kann so etwas nicht«, brachte sie schließlich hervor. »Und außerdem weiß ich gar nicht, wo er ist. Ich habe ihn nicht mehr gesehen. Wir hatten einen Streit.«

»Ist er aus eigenem Antrieb gegangen?« fragte Gill.

Rosemary wollte keinesfalls Details von ihrer letzten Auseinandersetzung mit Ben preisgeben und antwortete nur: »Ja, mehr oder weniger. Ich bin mir nicht ganz sicher. Aber es ist schon, ich weiß nicht genau, etwa zwei Wochen her.«

»Er wird zurückkommen.« Gill schob ihren Stuhl vom Tisch weg und schaute auf ihre Uhr. Von ihrer fast zu Ende gerauchten Zigarette fiel Asche auf den Boden. Sie blickte auf Rosemary. »Hat er einen Schlüssel zu Ihrem Haus?« Rosemary gab keine Antwort, und Gill fuhr fort: »Er kommt immer zurück. Er läßt einen eine Zeitlang auf kleiner Flamme kochen, und wenn er spürt, daß man sich richtig nach ihm sehnt, dreht er sie hoch.« Sie lachte. »Denken Sie darüber nach, was ich Ihnen gesagt habe. Wir würden ihn gerne wieder sehen.«

»Und sein ganzes Verhalten stört Sie überhaupt nicht?« flüsterte Rosemary schockiert.

Das Mädchen zuckte die Achseln. »Das ist eben Ben. Er war schon immer so. Er verstreut es ganz gerne, das Glück, meine ich. Und glaubt, er täte uns allen einen Gefallen damit. Ich habe mich daran gewöhnt. Haben Sie meine Telefonnummer?« Gill drückte endlich ihre Zigarette aus und begann in der hinteren Tasche ihrer Jeans zu suchen. Sie holte einen offensichtlich ziemlich stumpfen Bleistiftstummel hervor, nahm eine Papierserviette von dem Stapel, der vor ihr auf dem Tisch lag, und kritzelte etwas darauf. Dann schob sie die Serviette zu Rosemary hinüber. »Falls Sie ihn zuerst sehen, erzählen Sie ihm bitte, was ich gesagt habe. Danke, daß Sie mit mir gesprochen haben. Rufen Sie mal an.« Und schon war sie fort. Sie ging zu der Gruppe am anderen Tisch, in der einen Hand hielt sie ihr Skript, mit der anderen steckte sie die Packung Zigaretten in die Brusttasche des Männerhemdes, das sie trug. Bei ihren Bekannten fing sie an herumzualbern, sie lachte und stieß ihre Nachbarn scherzend in die Seite.

Rosemary blieb auf ihrem Platz sitzen und fühlte sich so alt und spießig wie nie zuvor in ihrem Leben. Warum nur hatte Ben Morrison sich auf jemanden eingelassen, der so wenig mit seiner eigenen Welt zu tun hatte wie Rosemary Downey? Was hatte er zuerst in ihr gesehen? Wie kam es, daß sie ihn nie so durchschaut hatte, wie es alle anderen offenbar taten?

Sie absolvierte ihre Show, ging danach mit dem Produzenten hinüber ins »Langham Hotel« und gönnte sich ihren Gin Tonic. Dann entschuldigte sie sich, sie müsse ein Telefongespräch führen, und rief Michael an. »Kannst du nicht dafür sorgen, daß ich aus dieser Quizshow wieder herauskomme?« fragte sie.

»Nein. Es sei denn, du willst dir einen anderen Agenten suchen«, entgegnete Michael streng.

Rosemary seufzte. »Ich fühle mich einfach völlig ausgelaugt«, murmelte sie.

»Wie bitte?«

»Schon gut, ist okay.«

In einigen Wochen würde sie im Fernsehen zu sehen sein, als Moderatorin einer Show, die natürlich Bens Zustimmung nicht gefunden hatte. »Noch alberner als die letzte«, war sein Kommentar gewesen, aber sie wurde gut bezahlt, und außerdem rückte Weihnachten näher, die Zeit im Jahr, die sie am meisten liebte. Sie müßte langsam damit anfangen, die Einkaufs- und Geschenkelisten zu machen – eine Aussicht, bei der sie sogleich wieder der Mut verließ.

Am Abend, bevor Joanna zurückkommen sollte, ging sie mit Frances zum Essen und erzählte ihr von dem Treffen mit Gill. Frances begann zu lachen.

»*So* komisch ist das nun auch wieder nicht.« Rosemary war eingeschnappt wegen der mangelnden Sensibilität ihrer Freundin und machte auch kein Hehl daraus.

»Ich hätte zu gern dein Gesicht gesehen. Wie diese schönen grauen Augen einen prüden, griesgrämigen Ausdruck bekommen, der Mund sich zusammenzieht und das leichte Kopfschütteln einsetzt. Du mußt zu einem Ebenbild deiner Mutter geworden sein.«

Rosemary war entsetzt. »Bin ich wirklich wie meine Mutter?«

»Manchmal.« Wieder lachte Frances. »Aber keine Angst; Ella hat auch viel von dir, und trotzdem ist nichts Prüdes an diesem reizenden Monster.«

»Ich dachte, ihr hättet euch besser verstanden, als du die Woche bei mir warst.«

»Das war nur aus Liebe zu *dir,* mein Schatz.« Frances legte ihre Hand auf die ihrer Freundin. »Ich mache nur Spaß«, sagte sie. »Du liebe Güte, du *bist* aber auch zur Zeit empfindlich.«

»Entschuldige. Diese Begegnung mit Gill hat mich ziemlich mitgenommen. Sie hat mir gezeigt, in was für eine Lage mich Ben gebracht hat. Ich komme mir vor wie eine Konkubine.« Sie verzog das Gesicht, und Frances mußte erneut lachen.

»Na, es ist vorbei, also vergiß es. Es ist alles vorüber. Oder hast du etwa zugestimmt?«

»Nun werd nicht albern!«

»Ich wollte dich doch nur auf den Arm nehmen. Wie sieht sie eigentlich aus?«

»Dünn – und groß.«

»Wie scheußlich.«

»Und sie hatte schmutzige Fingernägel.«

»Dir fallen aber die seltsamsten Dinge bei den Leuten auf.«

Frances fuhr sie nach Hause, kam aber nicht mit herein.

Als Rosemary das Haus betrat, empfing sie ein Lavendelgeruch, der von der energischen Putzaktion herrührte, welche Pat, die an diesem Morgen zum ersten Mal wieder gekommen war, sogleich gestartet hatte.

»Wie schön es ist, wenn nur Sie hier sind«, brummte sie, als Rosemary sie begrüßte, »man kann doch jetzt richtig zupacken, wenn das Haus leer ist.« Rosemary sah keinen rechten Sinn darin und vermochte sich auch nicht vorzustellen, was befriedigend daran sein sollte, ein sauberes Haus Tag für Tag neu zu putzen, aber sie lächelte und pflichtete ihr bei.

Am nächsten Tag – es war Sonntag – führte sie ihre Mutter, um ihr eine Freude zu machen, zum Mittagessen aus. Betty fragte, ob sich »dieser reizende amerikanische Bursche im mittleren Alter« wieder gemeldet hätte.

»Einmal«, erwiderte Rosemary.

»Ich mochte ihn«, sagte ihre Mutter in einem Ton, der deutlich machen sollte, daß sie eigentlich alle anderen, die ihre Tochter ihr je vorgestellt hatte, ablehnte.

»Ein bißchen jung für dich«, neckte Rosemary sie.

»Sei nicht so albern«, gab ihre Mutter zurück, »du weißt, was ich meine. Mir käme nie wieder ein Mann ins Haus. Nein, ich denke an dich. Es wird Zeit, daß jemand da ist, der für dich sorgt. Damit du nicht weiter in einem Haus lebst mit all diesen merkwürdigen Leuten.« Sie rümpfte die Nase.

»Du meinst wohl Joanna damit«, sagte Rosemary.

»Ich habe sie gern bei mir. Na, wie auch immer«, sie goß ihrer Mutter Weißwein nach, ohne auf ihre heftigen Proteste zu achten, »ich nehme an, sie und Ella werden sich ernsthaft nach einer Wohnung umsehen, jetzt, wo es mit dem Geld besser aussieht.«

»Wird auch Zeit. Was bloß die Nachbarn denken müssen ...?« Die entsetzliche Vorstellung allein ließ sie schon verstummen.

»Wahrscheinlich denken sie ›aha, drei Frauen, die zusammenleben. Das müssen Lesben sein‹.«

»Benutz nicht dieses Wort!«

Rosemary lachte und gab ihrer Mutter einen Kuß auf die Wange.

Da Betty es ablehnte, für den Abend mit zu ihr nach Wimbledon zu kommen, brachte Rosemary ihre Mutter nach Hause. »Bleib doch über Nacht«, hatte sie ihr angeboten.

Aber Betty hatte den Kopf geschüttelt. »Ich fühl mich nicht so gut. Ich denke, ich sollte den Tag morgen im Bett verbringen.«

Rosemary war überrascht. »Ruf mich an, wenn du was brauchst«, sagte sie. »Ich habe die Heizung nachgesehen. Laß sie die ganze Nacht an, damit du nicht frierst.«

»Das kann ich mir nicht erlauben, das ist viel zu teuer«, nörgelte Betty.

»Ich werde die nächste Abrechnung bezahlen. Keine Widerrede, Mum.« Sie gab ihr einen Kuß und fuhr nach Hause. Betty hatte müde gewirkt und plötzlich sehr alt ausgesehen. Anfang Januar würde sie achtzig werden. »Ich werde sie ins ›Caprice‹ ausführen«, hatte sie vor Monaten zu Ella gesagt. »Einen achtzigsten Geburtstag zu Hause verkrafte ich nicht.

Und sie ist gern im ›Caprice‹.« Sie überlegte, wann Joanna von Schottland zurück sein würde. Es war eine lange Reise mit dem Zug, vor allem am Sonntag. Als sie zu Hause war, hörte sie den Anrufbeantworter ab. Noch immer kein Wort von Ben. Sie starb jedesmal ein kleines bißchen, wenn sie keine Nachricht von ihm vorfand. Sie fragte sich, ob Gill ihn in der Zwischenzeit gesehen oder auch nur etwas von ihm gehört hatte. Die Abenddämmerung brach herein, und während die Schatten immer länger wurden, senkte sich langsam der Novembernebel herab. Sie hatte ihren Trainingsanzug angezogen, sich abgeschminkt und eine Flasche Wein geöffnet, die ihr den Abend Gesellschaft leisten sollte. Sie machte den Kamin an, ließ sich in der Stille nieder und dachte über das Jahr nach, das hinter ihr lag. Nächste Woche würde sie sich noch einige Kleider für die neue Fernsehshow kaufen. Zumindest würde sie vor Bens abfälligen Kommentaren sicher sein, während sie arbeitete. Aber es war für sie in diesem Moment kein Trost. Sie erinnerte sich daran, wie er sich anfühlte, wie er roch, wie sein Körper sich an ihren drängte, und sie sehnte sich mit einer solchen Heftigkeit nach ihm, daß sie sich geradezu schämte, es sich aufrichtig einzugestehen.

Um sieben Uhr klingelte es an der Tür. Mit einem Stirnrunzeln fragte sie sich, ob Joanna ihren Schlüssel vergessen hatte, und ging, das Glas Wein in der Hand, in den Flur. Als sie die Tür öffnete und die Kälte und den Nebel hereinließ, spähte sie, während sie die Wärme und Sicherheit des Hauses noch in ihrem Rücken spürte, in die Finsternis. Ben stand da – die Reisetasche über der Schulter, aus der Brusttasche seiner

Jeansjacke ragte die Zahnbürste. Sein Atem dampfte vor Kälte, als er schließlich den Mund aufmachte.

»Hallo, Rosie.«

Ohne eine Wort zu sagen, wich sie einen Schritt zurück, um ihn hereinzulassen, und sperrte hinter ihm die kalte Nacht aus. Er zog sie in seine Arme, und sie ließ es, nach wie vor schweigend, geschehen. Sie fühlte unter der frostigen Jacke sein Herz schlagen, an seiner Schulter hing noch die Reisetasche, und die Zahnbürste kratzte an ihrem Gesicht. Eine Zeitlang blieben sie so stehen.

»Ich bin froh, daß du da bist«, flüsterte sie. Er nahm ihre Hand und führte sie zurück ins Wohnzimmer.

Kapitel 27

Es war schon lange her, seit sie das letzte Mal einen Abend allein verbracht hatten. Sie wünschte, sie hätte sich für ihn zurechtmachen, etwas anderes anziehen und schminken können. Alte Gewohnheiten sind nur schwer abzulegen, und dazu gehörte auch, sich für den Mann in ihrem Leben schönzumachen.

Er saß auf dem Sofa, vom Feuer abgewandt, seine Jacke hatte er aufgeknöpft, aber nicht ausgezogen, und seine Reisetasche neben sich auf den Boden gestellt. Sie stand vor ihm, mit einem Glas in der Hand, er hob den Kopf und lächelte sie an. Noch immer spürte sie in ihrem Körper, wie es war, in seinen Armen gehalten zu werden.

»Möchtest du etwas trinken?« Mehr als diese Floskel fiel ihr in diesem Moment, da er nach all den Wochen wieder hier war, nicht ein. Der immer wieder in Gedanken durchgespielte Dialog war wie weggewischt, als sie jetzt dort im Halbdunkel seine imposante Gestalt sitzen sah, mit dem Rücken zum Fenster, vor dem die Vorhänge noch nicht zugezogen waren.

»Was hast du anzubieten, Rosie?«

»Wein, schon offen. Oder Whisky.« Er nickte, und sie ging in die Küche. Das Zittern in ihren Beinen ließ sie etwas schwanken, als sie ein Glas für ihn einschenkte. »Mach, daß es gutgeht«, murmelte sie vor sich hin, »lieber Gott, mach, daß es gutgeht. Laß mich bitte die richtigen Worte finden. Sorge dafür, daß ich es ihm diesmal recht mache.« Sie kehrte mit dem Glas für ihn ins Wohnzimmer zurück und ging dann zum Kamin, um Holz nachzulegen. Er hatte inzwischen die Vorhänge vorgezogen, saß nun mehr in der Mitte des Sofas und sah ihr zu, wie sie mit zittrigen Händen mit dem Schüreisen in der Glut stocherte. Sie suchte verzweifelt nach Worten.

Schließlich brach er das Schweigen. »Möchtest du vielleicht endlich mal aufhören, dort herumzustochern, und zu mir kommen, damit ich dich küssen kann?«

Und sie ging zu ihm. Sofort. Er zog sie auf seinen Schoß und küßte sie, mit der einen Hand hatte er ihren Hinterkopf umfaßt, in der anderen hielt er das Glas.

»Setz dich neben mich«, sagte er, und nachdem sie seiner Aufforderung gefolgt war, legte er seinen Arm um sie und drückte ihren Kopf auf seine Brust. Lange Zeit saßen sie schweigend da. Das Feuer loderte im

Kamin. Sie konnte spüren, wie sein Herz schlug, und sie hörte ihr eigenes pochen.

Schließlich sagte sie: »Ich muß mich gerade hinsetzen, ich kriege sonst einen steifen Nacken.«

»Okay.«

»Hast du Hunger?« Die Frage kam, als wäre sie an ein Kind gerichtet, das gerade von der Schule nach Hause gekommen war.

»Was hast du denn?« Seine Augen leuchteten auf.

»Leider keine Reste vom Sonntagsmahl«, erwiderte sie. »Ich war zum Mittagessen aus. Mit meiner Mutter. Ich könnte dir ein Sandwich machen.«

»Toll.«

Sie hörte, wie der Fernseher im Wohnzimmer eingeschaltet wurde, während sie in der Küche stand, Brot schnitt, mit Butter bestrich und, so wie er es mochte, mit Käse und Schinken belegte. Sie hatte es absichtlich vermieden, ihn zu fragen, wo er gewesen war. Sie überlegte, ob sie die Sache mit Gill erwähnen sollte. Es kam darauf an, ob sie miteinander würden reden können.

»Ich bin Gill in die Arme gelaufen«, sagte sie schließlich, nachdem er zu essen begonnen hatte.

»Ich weiß.«

»Du hast dich mit ihr getroffen?« Die wohlvertraute Eifersucht stieg wieder in ihr auf. Aber sie lächelte ihn dabei fröhlich an. Sie hatte sich, als sie aus der Küche zurückkam, in einen Sessel gesetzt – das Verlangen, ihn zu berühren, war so stark, daß sie sich von ihm fernhalten mußte.

Er nickte.

»Hat sie dir von unserer Unterhaltung erzählt?« fragte Rosemary.

Er lachte. »Mich aufzuteilen wie in einem Schichtbetrieb, meinst du?«

»Nun, ja, so wird sich das wohl angehört haben.«

»Ich sagte, daß es für dich nicht in Frage käme.« Er stand auf. »Stört es dich, wenn ich meine Jacke ablege?« Er zog sie aus und warf sie über die Lehne des Sofas. Es juckte sie in den Fingern, sie in die Diele zu bringen und dort aufzuhängen, aber da sie wußte, wie sehr ihn ihr unablässiges Aufräumen zuweilen aufregen konnte, beherrschte sie sich.

»Das würde es in der Tat«, sagte sie, während er sich wieder hinsetzte, um zu Ende zu essen. »Nicht in Frage kommen, meine ich. Danke, daß du das bemerkt hast.«

»Siehst du, Rosie, ich bin gar nicht so ein unsensibles Arschloch, wie du geglaubt hast.« Er erhob sich, um den Teller zurück in die Küche zu bringen, und wie er da aufrecht vor ihr stand, kam sie sich ganz klein vor und drückte sich mit ängstlichem Blick in den Sessel beim Telefon. »Hast du mich vermißt?« fragte er lächelnd.

»Manchmal.«

»Du haßt mich also nicht?«

»Nein.« Ihre Antwort kam leise und nach einigem Zögern. »Aber ich denke, ich sollte es«, setzte sie hinzu.

Er brachte den Teller hinaus und kam unmittelbar darauf mit der Whiskyflasche zurück und füllte sein Glas wieder auf. Sie blieb ruhig, hielt beinahe ihren Atem an, um ihm nicht zu zeigen, wie groß ihr Verlangen nach ihm war, wie sehr es sie erregte, ihn vor sich zu haben, zu sehen, wie er mit seinen Augen ihr Gesicht streichelte, wie er mit jeder seiner Bewegungen, die er auf sie zu machte, zum Ausdruck brachte, wie genau er sie und ihren Körper kannte. Die Macht seiner Ausstrahlung war ihm voll bewußt. Er hockte sich vor sie nieder, nahm ihr das Weinglas aus der Hand, und als sie seinen Atem auf ihrer Wange spürte, flüsterte er in ihr Haar: »Zeig es mir, Rosie, zeig mir, daß du mich nicht haßt. Ich begehre dich, Rosie, ich habe dich immer begehrt.« Und er zog sie hinunter auf den Boden und begann sie zu entkleiden. Er knipste die Tischleuchte aus, und der Schein des Feuers spielte gemeinsam mit seinen Händen auf ihrem nackten Körper. Schwer atmend ließ sie es zu, daß er Besitz nahm von ihr, sie spürte, wie sehr ihn ihre Unterwerfung erregte. Sie dachte an das letzte Mal, ihr Körper zog sich zusammen, und sie wollte sich ihm entziehen, aber er war geduldig und zärtlich und überredete sie, flüsterte ihr ein, daß alles wieder gut wäre. »Jetzt hier, Rosie ... vertrau mir ... du bist so schön ... du gehörst mir ... hast du mich vermißt?« Und ohne auf eine Antwort zu warten, vergrub er sich zum Schluß in sie, bis sie aufschrie. Er griff nach oben, zog von dem Sessel, der bei ihrem Kopf stand, einige Kissen herunter, und sie gab sich ihm, ohne einen Gedanken zu fassen, wieder hin.

Sie hörten nicht, daß die Haustür aufgeschlossen wurde, sie hörten Joanna nicht rufen »Rosemary, ich bin wieder da!« und auch nicht, wie sich hinter ihnen die Wohnzimmertür öffnete. Ben hielt inne, blickte hoch, löste sich von ihr und setzte sich auf, so daß sie dem überraschten Blick ihrer Mitbewohnerin ausgesetzt war.

»Ups! Entschuldige, Rosemary, entschuldige.« Die Tür schloß sich wieder, und Rosemary hörte, wie sich die Schritte der jungen Frau hastig in Richtung Küche entfernten.

»O mein Gott.« Rosemary erhob sich und zog sich, auf einem Bein gegen den Sessel stolpernd, ihren Trainingsanzug an. Das Oberteil streifte sie so über, wie es Ben ihr ausgezogen hatte, nämlich ohne den Reißverschluß zu öffnen.

»Und es lief gerade so schön«, sagte er und lachte. Er hatte sich die Hose hochgezogen und den Gürtel zugemacht, jetzt saß er wieder auf dem Sofa und hielt seinen Whisky in der Hand. Die Stimmung war gekippt. Kalte Ernüchterung machte sich in ihr breit und erfüllte sie mit einer Scham, die ihr den Atem raubte. Unbefriedigt geblieben, zitterte sie am ganzen Körper.

Als sie fertig angezogen war, setzte sie sich nieder und vergrub ihr Gesicht in den Händen. »O mein Gott.«

Ben fand es nur komisch. »Um Himmels willen, Rosie, es ist dein Haus. Du kannst bumsen mit wem du willst und wo du willst. Die lesbische Freundin deiner Tochter sollte lernen anzuklopfen.«

Sie sah ihn an. »Für meine Gefühle hast du keinerlei Verständnis, nicht wahr, Ben?«

Er seufzte tief auf und verdrehte seine Augen. »Wird das jetzt wieder eine von diesen Unterhaltungen?«

»Ellas lesbische Freundin, wie du sie nennst, wohnt zufälligerweise hier, auf meine Einladung hin. Ich schätze ihre Gesellschaft. Was ich von dir nicht in gleichem Maße behaupten kann!« gab sie scharf zurück. Seine Ungerührtheit hatte sie verletzt.

»Vielleicht kann sie dich ja auch noch mit allem anderen versorgen«, sagte Ben ruhig, »dann könntest du mich für immer loswerden.« Sie blickte ihn wütend an. »Aber da gibt es natürlich eine gewisse Sache, die sie nicht hat, stimmt's?« fuhr er lächelnd fort. »Ich kenne dich, Rosie, auf einen Schwanz könntest du nicht verzichten.« Er war jetzt so freundlich, so sanft in seinem Verhalten, daß er, wie ihr plötzlich klarwurde, wohl wirklich glaubte, er könne sie noch einmal in eine erotische Stimmung bringen.

Sie suchte vergeblich nach Worten, spürte, wie eine Kälte und Gleichgültigkeit in ihr hochkroch und sie von jenem Selbsthaß erfüllt wurde, den er so leicht in ihr zu erwecken vermochte. Schließlich stieß sie hervor: »Ich habe nie, niemals so jemanden getroffen wie dich, Ben Morrison.«

»Das mußt du aber. Es gibt eine Menge von uns; wenn du genug hast von mir, wirst du leicht Ersatz finden. Wir leisten einen Dienst. Und du zahlst dafür.«

»Das habe ich.«

»Ich weiß.« Er zuckte die Achseln. »Das ist nun mal so.«

Es schauderte sie bei dem, was er sagte, und sie leerte ihr Glas. Sie wünschte, er möge gehen, damit sie sich bei Joanna entschuldigen konnte. Sie sehnte sich nach der unkomplizierten Gesellschaft einer Frau. »Ich bin mir fast sicher, daß ich dich hasse«, sagte sie schließlich.

»Das hast du immer getan. Von dem Moment an, in dem du dich entschlossen hast, dich in mich zu verlieben. Du bist nämlich auf mich angewiesen, um leiden zu können. Dann kannst du dich wieder als kleines Mädchen fühlen.«

»Ich wollte, ich hätte dich nie getroffen«, flüsterte sie, eher zu sich selbst.

Er stand auf und zog sich seine Jacke an. Sie machte

keinerlei Anstalten, ihn aufzuhalten. Ihr Widerstand gegen weitere Demütigungen war schließlich doch stärker geworden.

Er nahm seine Reisetasche. »Es wird dir nicht schwerfallen, mich zu vergessen. Ich habe es dir am Anfang gesagt, hier ist nichts.« Und er klopfte sich auf die Brust. Seine Augen waren nun kalt. »Mach dir keine Sorgen um mich«, sagte er. »Am meisten wirst du die Rache genießen, mehr sogar als das Leiden, auf das du so scharf bist.«

»Warum um alles in der Welt hast du mich überhaupt belästigt?« Sie konnte sich nicht zurückhalten, das zu fragen.

»Du warst einfach da«, erwiderte er. »Da, um genommen zu werden. Manchmal ist es so. Du hast zuerst nichts gefordert. Es war herrlich. Alles an dir sagte ›hier bin ich, ohne jemanden an meiner Seite, komm her und nimm mich‹. Und das habe ich getan. Ich habe nie daran gedacht, dir etwas außer dem Nächstliegenden anzubieten. Du hast danach geschrien. Du warst gewillt, dich in mich hineinzugießen. Ist es nicht so?« Er beugte sich zu ihr, sein Gesicht kam nahe an ihres heran, sie konnte den Whisky in seinem Atem riechen, dazu den vertrauten Duft seines Eau de Cologne.

»Ich war mir nicht bewußt, daß du alles andere anzubieten hattest, nur nicht das Nächstliegende«, sagte sie und hoffte, er würde den unbarmherzigen Ton in ihrer Stimme bemerken.

Aber er lachte nur. »Nichts«, sagte er. »Ich habe nichts. Anzubieten, meine ich.« Er war ganz dicht bei ihr. Es war wahrscheinlich das längste beinahe ernsthafte Gespräch, das sie je miteinander geführt hatten.

»Wie bitte?« fragte sie.

Er betonte jede einzelne Silbe: »Ich habe nichts anzubieten.«

»Aber du nimmst.« Es war eine Feststellung, keine Frage.

Er wirkte mit einemmal gelangweilt, dieses Spiels müde, und erhob sich wieder, warf seine Tasche über die andere Schulter, strich sich mit der Hand durchs Haar und stieß leicht auf. Das Sandwich, das sie erst vor kurzem so liebevoll zubereitet hatte, war verdaut. »Nur von solchen wie dir. Jenen, die nur geben können. Ella ist auch jemand, der nimmt, deshalb hat es mit uns nicht lange gedauert. Wir sind von der gleichen Sorte, Ella und ich. Du solltest ein paar Lehrstunden bei ihr nehmen.«

»Nein!« entgegnete sie heftig. »Meine Tochter ist nicht so wie du.«

Er lachte, ging zur Tür und öffnete sie. »Du solltest sie mal in Aktion sehen«, sagte er. »Du brauchst mich nicht hinauszubringen. Ich ruf dich an, Rosie.« Sie hörte noch, wie er Joanna »Tschüs« zurief, dann fiel die Haustür hinter ihm ins Schloß.

Sie vernahm Joannas trippelnde Schritte im Flur. »Alles in Ordnung, Rosemary? Ist er fort?«

»Ja, er ist weg, Jo. Und hat eine Menge mitgenommen, fürchte ich.« Sie knipste die Tischleuchte neben sich an und lächelte der jungen Frau zu, die mit besorgtem Gesicht vor ihr stand. »Es tut mir alles so leid. Du mußt dich fragen, in was für eine Familie du da geraten bist.«

»Hauptsache, du bist okay.«

Rosemary seufzte bekümmert auf. »Ich bin mir selbst ein Rätsel geworden, was diesen Ben Morrison angeht«, sagte sie. »Ich wünschte, du hättest mich kennengelernt, bevor er in meinem Leben auftauchte. Du hättest mich damals mögen können. *Ich* mochte mich zumindest zu jener Zeit.« Sie lachte.

»Ich mag dich auch jetzt«, erwiderte Joanna. »Du bist viel stärker, als du denkst. Du hast dich einfach nur in die falsche Person verliebt. Ich habe es auch getan.«

»Doch nicht Ella?« Rosemary legte die Stirn in Falten. Aber die junge Frau lächelte sie an.

»Nein. Nicht Ella. Ella ist dir viel zu ähnlich, um so grausam zu sein. Du bist nur nicht so clever wie sie.«

»Oder nicht so scharfsichtig, wenn man bedenkt, wie lange ihre Affäre mit Ben gedauert hat. Ich hätte es wissen sollen, sie hat versucht, mich zu warnen.«

Sie starrten eine Zeitlang schweigend ins Feuer.

»Willst du noch etwas trinken?« fragte Joanna.

Rosemary hielt ihr das Glas hin. »Ja, bitte. Trinkst du etwas mit? Ab morgen gehe ich unter die Abstinenzler. Ich sollte gleich alles aufgeben.« Sie fühlte sich erschöpft. »Ich habe mich wieder einmal zum Narren gemacht, Jo«, sagte sie. »Kann das unter uns bleiben?«

Joanna runzelte die Stirn. »Ich erzähle Ella immer alles.«

»Na gut, aber vielleicht nicht gleich. Im Augenblick kann ich die Ausdrücke, die sie benutzt, schlecht vertragen.«

Sie lachten beide.

»Einverstanden.« Jo ging mit Rosemarys Glas zur Tür. »Es wird wieder aufhören, dieses Verliebtsein, Rosemary.«

Rosemary schloß die Augen. »O Gott, ich hoffe es. Es kann nur noch besser werden. Sobald er fort ist, sehne ich mich schon wieder nach ihm.«

»Offenbar eine ziemlich schwere Sucht, diese Art von sexueller Beziehung.« Jo verließ den Raum.

Rosemary sah ihr nach. Würde sie ihn wieder aufnehmen? Er hatte immer noch nicht seinen Schlüssel dagelassen. Und sie hatte ihn immer noch nicht von ihm zurückgefordert.

Sie hatte nicht das Gefühl, als wäre schon alles vorbei. Noch immer wartete sie darauf, daß das Telefon klingelte. Sie begann mit ihrer neuen Show, und sie beichtete Frances, was geschehen war: wie Joanna sie auf dem Boden überrascht hatte, nackt. Sie gestand ein, wie dumm sie sich fühlte und daß sie sich noch immer schämte.

»Er hat dich ja wirklich am Wickel«, bemerkte Frances. »Oder sollte ich lieber sagen, an der Unterwäsche?«

Rosemary fand es nicht sehr spaßig. Sie begann sich von ihrer besten Freundin etwas zu distanzieren, als sie merkte, daß ihre Besessenheit von Ben bei Frances auf keinerlei Verständnis stieß. Also erwähnte sie ihn ihr gegenüber nicht mehr. Zwischen ihren beruflichen Terminen erledigte sie in aller Eile ihre Weihnachtsvorbereitungen. Sie wurde dünner und wirkte müde und zerbrechlich in ihrem Bemühen, sich einer Welt gegenüber, die kaum etwas von dem Chaos in ihr wußte, nichts anmerken zu lassen.

Eines Tages, es war etwa eine Woche vor Weihnachten, sah sie, als sie in der Kantine des Fernsehstudios für einen Kaffee anstand, direkt in der Schlange vor sich Betsy. Sie wandte sich um und ging den Flur zurück in ihren Umkleideraum. Die Garderobiere brachte gerade ihre Kleider für die Show an diesem Abend.

»Julie, könntest du mir einen Kaffee bringen? Die Schlange ist so lang, und ich muß noch ein paar Anrufe machen.«

»Natürlich, Miss Downey. Einfach schwarz?«

Rosemary nickte, und das Mädchen verließ den Raum. Sie saß einen Moment lang da, dann nahm sie den Hörer ab und rief bei der Personalabteilung an. »Kann ich Mike Charger sprechen?« fragte sie. Wenig später kam Mike ans Telefon. »Mike. Rosemary Downey. Können Sie mir einen Gefallen tun? Ich habe gerade eine alte Freundin von mir in der Kantine gesehen – sie selbst hat mich nicht bemerkt –, ich würde gerne wissen, bei welcher Show sie mitarbeitet und in welcher Funktion.«

»Kein Problem, Miss Downey. Sagen Sie mir nur den Namen.«

»Sie müßte irgendwo in der Regie mitarbeiten, soweit ich weiß. Ihr Name ist Betsy, äh«, sie kramte in ihrem Gedächtnis, »Betsy Tejero.«

Mike lachte. »Das müssen Sie mir aber bitte buchstabieren.«

Nur fünf Minuten später rief Mike zurück. Betsy war als Assistentin des Aufnahmeleiters bei einer neuen Sitcom tätig. Das hieß, daß sie mindestens für die nächsten paar Monate hier in den Studios herumschwirren würde.

Julie brachte den Kaffee und ließ sie dann allein. Rosemary wühlte in ihrer Handtasche, fand endlich ihr Filofax und riß ein Stück Papier heraus. Dann wählte sie die Nummer, die ihr Mike gegeben hatte, die Nummer des Produktionsbüros, das für die Sitcom zuständig war. Die Stimme am anderen Ende der Leitung kam ihr bekannt vor. Sie hatte heute ihren

Glückstag. »Moira? Moira Dayton? Sind Sie es?« Moira war bei einer ihrer ersten Aufzeichnungen vor mindestens zehn Jahren im Aufnahmestab gewesen. Jetzt war sie, nach dem, was man so hörte, Regisseurin. »Hier ist Rosemary Downey. Wie schön, nach so langer Zeit wieder mit Ihnen zu sprechen.«

»Rosemary! Ich wollte Sie immer mal anrufen, aber wir hatten 'ne Menge zu tun hier, mit der neuen Show und allem anderen. Wie geht's?«

»Gut.«

Sie tauschten Nettigkeiten aus, bis Rosemary es nicht mehr aushalten konnte. »Ich glaube, Betsy arbeitet bei ihnen«, sagte sie schließlich. »Als Assistentin bei der Aufnahmeleitung.«

»Betsy?« Moira dachte nur ein paar Sekunden nach. »Ach ja, natürlich. Sie ist noch nicht lange beim Fernsehen. Ist sie eine Freundin?«

»Ja, so etwas in der Art. Ich habe ihre Telefonnummer, aber nicht ihre Adresse. Ich weiß, es ist strikt gegen die Regel, aber würden Sie sie mir vielleicht trotzdem geben? Sie ist mit einem Freund von mir zusammen, den ich überraschen will – eine *nette* Überraschung, damit wir uns nicht falsch verstehen!« Rosemary lachte nervös. »Ich wäre Ihnen sehr dankbar, wenn Sie es ihr gegenüber nicht erwähnen würden, denn dann wäre diese ganze Aktion umsonst. Könnten Sie das tun?« Sie hatte schnell gesprochen, die Worte waren ihr, ohne daß sie nachgedacht hatte, aus dem Mund gekommen, geradezu herausgesprudelt, bevor sie wieder den Mut verlieren und sich fragen konnte, was da eigentlich in sie gefahren war.

»Kein Problem«, erwiderte Moira. »Wie ist die Nummer Ihres Umkleideraumes? Ich werde jemandem sagen, er soll die Adresse heraussuchen und sie Ihnen nach unten bringen.«

»Sie sind ein Schatz.« Rosemary atmete erleichtert auf. »Und effizient, wie immer. Aber das wußte ich ja.«

Moira lachte. »Mein Produzent ist da wohl hin und wieder anderer Meinung. Wir sollten uns mal in der Bar auf einen Drink treffen. Sagen Sie Bescheid, wenn Sie Zeit haben.«

»Gerne. Viel Erfolg mit der Komödie. Und danke noch mal.«

Ihre Hand zitterte, als sie den Hörer auflegte. Sie hatte keine Ahnung, was sie tun sollte, wenn sie Betsys Adresse in der Hand halten würde. Ben dort aufsuchen? Und was dann? Es gab nichts zu bereden. Sie hatte nicht einmal mehr gewußt, ob sie überhaupt noch wollte, daß er zurückkäme – bis der Anblick von Betsy die Ruhe, die nach Bens letztem Abschied über sie gekommen war, wieder gestört hatte. Sie könnte vielleicht, wenn er bei Betsy war, ihren Haustürschlüssel zurückfordern. Und wenn er ihn ihr daraufhin einfach aushändigen würde, was dann? Keine Hoffnung mehr auf irgendeine Form der Aussöhnung. Keine Tür mehr, die für ihn offen war, nur für alle Fälle. Er hatte den Schlüssel, als er das letzte Mal kam, nicht benutzt. Aber er war gekommen, hatte sie begehrt, hatte gesagt, er würde anrufen. Es schien jetzt schon eine Ewigkeit her zu sein. Sie wußte, wenn sie nicht auf die eine oder andere Weise zu einem Entschluß käme, würde sie nie mehr mit ihrem eigenen Leben zurechtkommen, nie diese Sucht aufgeben, diese Besessenheit, dieses Verlangen, ihn zu halten, zu berühren, zu fühlen. *Warum nicht zu lieben?*, fragte sie sich. Aber dieses Wort gebrauchte sie nicht länger in bezug auf Ben. Von der

Liebe nahm man nicht an, daß sie die Entwicklung der Gefühle behindern würde. Oder etwa doch? Vielleicht hatte sie es ja vergessen. Ihre Jugend schien bereits zu einem anderen Leben, zu einer anderen Person zu gehören. Sie hatte nichts gelernt. Nichts, was ihr nun bei diesem widerlichen, zwanghaften Verhalten helfen könnte.

Sie wurde ins Studio gerufen. Dort traf sie die Teilnehmer an der Show und half dabei, ihnen die Befangenheit zu nehmen, dann kehrte sie in ihre Garderobe zurück. An der Tür steckte ein Umschlag. Betsys Adresse: eine Straße in Stockwell; eine Etagenwohnung. *Muß wohl so sein,* dachte sie, Nummer 12A. Im Souterrain? Sie holte ihren Stadtplan heraus und schaute nach. Es war leicht zu finden. Was nun? Sie hatte keinen Plan, keine Idee, sie wollte nur wissen, ob Ben vielleicht dort war. Ob sie eine Weihnachtskarte dorthin schicken sollte? »Liebe Grüße von Rosemary.« Nein. Nur: »Grüße«, das wäre besser. Vielleicht würde es ihn ja sogar ein wenig verblüffen. Ihn vielleicht dazu bringen, noch einmal zum Hörer zu greifen. *O Gott,* dachte sie, *nimmt das denn nie ein Ende? Diese ganzen Albernheiten?* Wütend auf sich selbst, ging sie mit grimmiger Miene und zusammengepreßtem Mund zum Make-up. Das Lachen, der Klatsch, die wunderbare, gedankenlose Plauderei der Mädchen dort würden sie von diesem ganzen Unsinn, der ihr durch den Kopf ging, ablenken.

»Wenn du es nur schon einsehen würdest«, hatte Frances wenige Tage zuvor zu ihr gesagt, »dann hättest du schon einen großen Schritt vorwärts gemacht, mein Liebes. Ich hoffe, du begreifst es endlich.«

Sie absolvierte ihre Show. Es lief reibungslos.

Danach ging sie zum Empfang; um zehn Uhr sah sie auf die Uhr und verabschiedete sich.

»Benötigen Sie einen Wagen?« fragte der Produzent. Vorbei waren die glücklichen Zeiten, als ihr an jedem Tag, den sie im Studio war, ein Auto zur Verfügung stand. Eine andere TV-Gesellschaft, weniger Geld für Kinkerlitzchen. Es war eben keine Sendung mehr zur Hauptsendezeit.

»Nein danke, George«, sie lächelte. »Ich habe heute meinen Wagen dabei.« Sie holte ihre schwarze Limousine aus der Tiefgarage, gab dem Wärter ein Trinkgeld, und ohne darüber nachzudenken, fuhr sie Richtung Stockwell, den Stadtplan auf dem Sitz neben sich ausgebreitet.

Sie fand die Straße. Das Haus war in zwei Wohnungen unterteilt, 12A war im Souterrain. Auf der Innenseite des Geländers welkten in hölzernen Blumenkästen, von denen die Farbe abblätterte, Geranien vor sich hin, eine Treppe führte zu einer getäfelten, zur Hälfte verglasten Tür hinunter. Sie wendete und parkte gegenüber dem Haus, machte den Motor und das Licht aus und wartete. Es war kurz vor elf. Joanna würde sich fragen, wo sie wohl bliebe, und wahrscheinlich nach einer Zeit annehmen, sie wäre noch irgendwohin zum Essen gegangen.

Sie wartete, Betsys Wohnung und die Treppe, die hinunterführte, im Blick. Sie fragte sich, was dort vorgehen mochte. Es brannte Licht. Sie versuchte sich die Zimmer vorzustellen: klein und vollgestopft, vielleicht teilte sie die Wohnung ja auch mit einem anderen Mädchen. Ob Ben wohl jetzt hier war? Kam er oft hierhin?

Um Mitternacht hielt ein Taxi gegenüber. Zwei junge Frauen stiegen aus. Rosemary spähte über die nur schwach beleuchtete Straße. Eine von ihnen war Betsy. Während sie noch den Fahrer bezahlte, ging das andere Mädchen schon die Stufen hinunter. Sie öffnete die Tür, und jemand rief etwas – es war eine Männerstimme – aus dem Inneren der Wohnung. Betsy schrie auf, rannte nach unten, das Taxi fuhr davon, die Tür knallte zu. In der Straße herrschte wieder Ruhe. Dann drang laute Musik, Reggae, aus einem anderen Haus. Der Mond tauchte plötzlich hinter den Wolken auf, und für einige Augenblicke war die Straße erleuchtet. Dort, auf der anderen Seite der Straße, in der Nähe der Wohnung, stand Bens Auto, sein Metro: das Nummernschild war unlesbar, verborgen unter dem Schmutz der Londoner Straßen. Sie starrte darauf, blieb wie angewurzelt sitzen und begann zu zittern; sie wünschte, der Wagen gehörte nicht ihm, wünschte, er würde aus dem Haus kommen, einen Abschiedsgruß rufen, Betsy und diese Wohnung hinter sich lassen und nach Wimbledon fahren – »Ich will nur dich, Rosie, nur dich.«

Der Mond verschwand wieder. Sie stieg aus und ging über die Straße zu dem Metro. Sie blieb vor ihm stehen, berührte ihn, sie konnte seinen Duft spüren, sogar durch die geschlossenen Türen hindurch. Sie blickte durch die Scheiben, betete, daß sie in der Unordnung dort irgendein Zeichen dafür fand, daß er noch ihr gehörte – und dabei stand doch der Wagen hier in dieser Straße, war *er* hier in dieser Wohnung. Sie schauderte in der kalten Dezemberluft. Auf der gegenüberliegenden Seite, hinter ihrem Auto, und in den Fenstern über ihr flackerten und leuchteten jetzt die Lichter an Weihnachtsbäumen. Keine Kränze aus Stechpalmen an den Türen – es gab ohne Zweifel zu viele hier, die die Finger lang machten. Sie erinnerte sich daran, wie ihre Mutter einmal im Mai einen Topf Fuchsien auf der Veranda aufgehängt hatte, die sie im Gartencenter besorgt hatten. Sie waren ins Haus gegangen, hatten Kaffee gemacht und eine Gießkanne gefüllt, um der neuen Pflanze Wasser zu geben – doch die war schon weg gewesen. Die Gartentür war offen und schwang hin und her, noch gerade eben von fremder Hand hastig aufgestoßen. Ihre Mutter war sehr wütend gewesen, mußte sich aber wohl oder übel damit abfinden.

Es fröstelte sie, aber sie wollte bei dem Wagen ausharren, wollte ihn dazu bringen, daß er die Tür der Souterrainwohnung öffnete und ihre Anwesenheit spürte und fühlte, wie sie ihn begehrte. »Mach mit mir, was du willst, Ben, es ist mir jetzt ganz gleich. Ich will es mit dir teilen, egal was, nur noch einmal. Ich bin hier, kannst du es nicht merken, nicht fühlen?« Aber niemand kam, keine Tür öffnete sich, es gab nur die Musik, die Lichter, die Kälte, die Stille und die Einsamkeit hinter dem Summen des Londoner Vororts. Irgendwo schlug eine Uhr eins. Die Musik hatte aufgehört, die Menschen waren zu Bett gegangen. Ben und Betsy liebten sich, hinter dieser Tür, vielleicht in diesem Zimmer zur Straße hin. Sie stand nun am Geländer und lauschte angestrengt auf Geräusche aus dem Haus. Es war nichts. Nur ein schwaches Licht, wahrscheinlich von der Rückseite der Wohnung. Vermutlich aus der Küche. Sie hoffte, sie würden essen, reden, nur nicht miteinander schlafen. Sich nicht aneinanderpressen und sich berühren und liebkosen, Betsy unter ihm, sich rhythmisch bewegend und Laute von sich gebend wie sie, während er ruhig blieb. Vielleicht sagte er etwas zu Betsy, flüsterte etwas von Liebe, während er sie küßte, sich auf sie legte, sie von oben anlächelte und ihrer beider Augen in gemeinsamer Leidenschaft ineinander verschränkt waren.

Sie beugte sich herunter und streckte erst eine Hand, dann die andere durch das Geländer, und zerrte an den kalten, verwelkten Geranien. Sie ließen sich leicht herausziehen, die Wurzeln steckten nicht tief in der fast gefrorenen Erde. Sie warf sie, eine nach der anderen, auf die Stufen, die zu der verglasten Haustür führten, und gegen die Scheiben der Frontfenster. Sie erzeugten beim Aufprall ein dumpfes, kaum hörbares Geräusch und weckten und störten niemanden.

Sie war verwundert, als sie mit ihren Händen, die kalt und voller Erde waren, zum Schluß über ihr Gesicht strich; es war naß von stillen Tränen. Sie hatte gar nicht bemerkt, daß sie weinte. Sie stolperte zurück zu ihrem Wagen und blieb, als sie vom Bürgersteig trat, mit einem Absatz in einem Ablaufrost hängen. Sie rutschte aus dem Schuh, der im Gitter steckenblieb. Sie hatte sich oft gefragt, welches menschliche Schicksal sich wohl hinter einem auf der Straße zurückgelassenen Schuh verbergen mochte. Hier war nun ihre eigene Geschichte, die darauf wartete, von einem der selten hier vorbeikommenden Straßenkehrer herausgeholt und weggeworfen oder vielleicht von einem Kind auf dem Weg zur Schule oder am Sonntag zur Kirche gefunden und für eine Verkleidung benutzt zu werden. »Schau, was ich gefunden habe, Mummy.« – »Wirf es weg, du weißt nicht, woher es kommt.«

Sie ging zurück zu Bens Wagen. Welche Nachricht, welches nette Andenken sollte sie hinterlassen? »Ich war hier, Ben. Ich habe gespürt, wie du mit dieser Frau zusammen warst. Ihre jungen Schenkel unter deinen großen, kräftigen Beinen, wo einmal meine waren, wo ich hingehöre.« Sie ging in die Hocke, den übriggebliebenen Schuh in der Hand, an den Füßen nichts als die bloßen Strümpfe, die auf dem schmutzigen Bürgersteig und dem Rinnstein zerrissen worden waren. Sie ließ die Luft aus seinen Reifen – wie ein aufgebrachter Schuljunge, der sich langweilte, nicht einmal darauf wartete, daß seine Tat entdeckt wurde, sich auf dem Nachhauseweg von der Schule nur kurz Gedanken darüber machte, was er da angerichtet hatte, und schon den nächsten Streich ausführte, um etwas Abwechslung in die Monotonie seines jungen Lebens zu bringen.

Sie fuhr heim, frierend, schmutzig, mit zerrissenen Strümpfen. Es war zwei Uhr morgens. Ihr Inneres war so taub und starr wie ihr zitternder Körper.

Joanna war in der Küche. Sie telefonierte, offensichtlich mit Ella. Als Rosemary hereinkam, stockte Joanna der Atem. Ella fragte am anderen Ende der Leitung: »Was ist los, Jo? Irgendwas nicht in Ordnung?«

Die Augen auf Rosemary gerichtet, die jetzt auf einen der Küchenstühle niedersank, sagte Joanna ins Telefon: »Deine Mutter. Sie ist okay, aber ich glaube, sie ist hingefallen oder so etwas. Rosemary? Ella ist dran. Bist du in Ordnung?«

Rosemary blickte auf, dann nahm sie den Hörer.

»Was ist passiert, Mum?«

»Nichts, mir geht's gut. Ich bin nur hingefallen und habe mir einen Absatz abgebrochen, sonst nichts. Es ist spät jetzt.« Sie reichte Joanna wieder den Hörer.

»Ich kümmere mich darum«, sagte Jo. »Ruf mich morgen an, ja? Ich werde am Wochenende soweit sein. Und ich werde deiner Mum berichten, was du über Ben gesagt hast.« Sie legte auf.

Rosemary runzelte die Stirn. »Was hat sie gesagt? Über Ben? Was hat Ella gesagt?«

Joanna ging zum Herd, um den Wasserkessel aufzusetzen. »Ich mache einen Tee«, sagte sie. Nach einer kurzen Pause fügte sie hinzu: »Ella ist ihm in Glasgow begegnet. Er ist zu Dreharbeiten dort oben. Für die BBC, glaube ich. Sie wird dich morgen anrufen.«

Rosemary starrte sie an. »Ben? In Glasgow? Aber ich dachte —« Sie verstummte.

»Was?« fragte Joanna.

Rosemary schüttelte den Kopf.

Joanna stellte keine weiteren Fragen. Sie sah die ältere Frau nur an, machte Tee, stellte einen Becher davon, gesüßt mit Honig, vor sie und wartete.

»Nichts mehr«, sagte Rosemary schließlich; sie bezog sich nicht auf den Tee. Sie lächelte Jo an, die verwirrt war. »Das war's«, setzte sie hinzu.

Irgendein unbekannter Mann oder eine Frau würde morgen aus seinem Haus, seiner Wohnung, seinem Schloß kommen, sein Auto mit vier platten Reifen vorfinden und über die verflixten Bengel fluchen. Ernüchtert und beschämt ging Rosemary zu Bett. Sie fühlte sich so töricht wie nie zuvor. Ben war in Glasgow. Ella hatte ihn gesehen. Es gab noch andere Personen, die schmutzige Metros fuhren, deren Nummernschilder von dem Dreck von Londons Straßen bedeckt waren. Sie hoffte, sie würde eines Tages darüber lachen können.

Kapitel 28

Ihr Wecker riß sie um sieben aus dem Schlaf. Ohne Tee. Sie war am Abend zuvor zu müde gewesen, um Teebeutel und Milch in die Maschine zu tun. Sie blieb noch eine kurze Zeit liegen und starrte zur Decke. Es war kalt im Schlafzimmer; sie mußte die Uhr für die Zentralheizung umstellen, so daß sie um sechs statt erst um sieben ansprang. Noch ein paar Jahre, und sie würde die Heizung vierundzwanzig Stunden laufen lassen müssen, um nicht zu frieren. Schon in wenigen Monaten würde der langweiligste und trübste Geburtstag auf sie zukommen. Einundfünfzig zu werden war alles andere als aufregend. Sie spürte, wie sich der Heizkörper hinter ihr zu erwärmen begann. Auf dem Sessel ihr gegenüber sah sie, gestern abend dort abgelegt, die Bluse und die Jacke. Den einen Schuh mit dem hohem Absatz hatte sie in den Papierkorb neben ihrer Frisierkommode geworfen.

Sie griff nach dem Bademantel am Fußende des Bettes, stand auf und zog ihn über. Sie ging in die Dusche, ließ das Wasser laufen und wartete, bis es heiß wurde. Während die Duschkabine hinter ihr zu beschlagen begann, putzte sie sich über dem Waschbecken die Zähne. Sie blickte in den Spiegel. In ihrem Gesicht waren noch Spuren vom Make-up des vorherigen Tages. Sie sah mitgenommen aus und fühlte sich auch so. Sie mußte sich irgendwie dazu aufraffen, zum Friseur zu gehen. Und sie mußte heute eine neue Gruppe von erwartungsvollen Kandidaten verkraften, die mit strahlenden Augen von ihren Übernachtungen in Dreisternehotels in den Außenbezirken von London schwärmen würden.

Sie reinigte sich das Gesicht, duschte, zog sich an und schminkte sich. Dann ging sie nach unten. Pat war in der Küche. Sie betrachtete Rosemary argwöhnisch.

»Soll ich Ihnen etwas zum Frühstück machen?« fragte sie und deutete auf den Wasserkessel.

»Nur Tee, Pat, später esse ich ein Croissant oder etwas anderes.«

»Sie sehen angegriffen aus.«

»Von letzter Nacht.« Rosemary schauderte bei der Erinnerung daran und nahm die Post vom Küchentisch, wo Pat sie hingelegt hatte. Ein Brief von Ella aus Glasgow an Joanna war dabei. Sie lächelte, als sie das vertraute, schnell hingeworfene Gekritzel auf dem Umschlag sah. »Nur Rechnungen und Mist für mich«, sagte sie. Sie trank den Tee, während Pat ihr im Stehen Gesellschaft leistete.

»Der Baum sieht schön aus«, bemerkte sie.

»Das sagst du immer«, entgegnete Rosemary mit einem Lächeln, »jedes Jahr. Den Weihnachtsschmuck habe ich schon, seit die Kinder klein waren. Ich weiß auch nicht, warum ich mich noch Jahr für Jahr damit abgebe.«

»Wenn es uns Frauen nicht gäbe, würde Weihnachten ganz verschwinden«, beschwerte sich Pat. Dann ging sie wieder an ihre Arbeit.

Rosemary hörte, wie im Wohnzimmer der Staubsauger anging. Es würden wohl schon Kiefernnadeln von dem süß duftenden Weihnachtsbaum herunterrieseln, der neben der Verandatür stand.

Die Erinnerung an die letzte Nacht machte sie ganz krank. Sie ging zum Telefon und wählte Frances' Nummer. »Ich bin's«, sagte sie leise, außer Pats Hörweite.

»Hallo, meine Teure, wir sehen uns heute abend, oder willst du absagen?«

»Nein, komm in die Bar. Ich bin gegen neun fertig.«

»Du hörst dich so erledigt an.«

»Ich fürchte, du hattest recht wegen des Neurologen, Franny.«

»Was ist passiert?«

»Ich schäme mich so sehr, ich kann es dir gar nicht erzählen. Ich brauche den ganzen Tag, um den Mut dazu aufzubringen.«

Frances lachte. Dann meinte sie ernst: »Ben ist doch nicht etwa wieder aufgetaucht?«

»Nein.«

»Hat er angerufen?«

»Nein. Er ist offenbar in Glasgow. Ella hat ihn dort gesehen. Das ist alles, was ich weiß.«

Um neun, bevor sie das Haus verließ und zum Friseur fuhr, rief Rosemary bei dem Neurologen an, um einen Termin auszumachen. Es würde erst nach den Feiertagen gehen, wurde ihr gesagt. »Oder ist es ein Notfall?« fragte die Sprechstundenhilfe kühl.

»Nein.« Rosemary zögerte nur einen Moment lang. »Der vierte Januar ist in Ordnung.« Wieder fühlte sie sich innerlich leer, die einzige Empfindung, die sie hatte, war Scham. Auf dem Weg zu Martyn, ihrem Friseur, fielen ihr die Reifen ein, aus denen sie die Luft herausgelassen hatte, und die verwelkten Geranien. Sie hatte immer noch das Gefühl, als hätte sie Erde unter den Fingernägeln, und dachte daran, wie ausgiebig sie ihre Hände abgeschrubbt hatte, bevor sie zu Bett gegangen war. »O mein Gott«, sagte sie laut und hielt plötzlich am Straßenrand bei einem Kiosk, auf zwei gelben Streifen.

»Sie können hier nicht halten.« Aus dem Nichts war ein Verkehrspolizist aufgetaucht. Er trug seine Amtsgewalt gönnerhaft und selbstzufrieden zur Schau.

»Bloß eine Sekunde«, sagte sie. »Ich kaufe nur rasch ein paar Zigaretten.«

»Es tut mir leid, Madam, wo kämen wir denn hin, wenn das alle täten? Fahren Sie etwas vor, sonst muß ich meinen Notizblock herausholen.«

»Scheiße«, stieß sie hervor und ging zurück zu ihrem Wagen. Sie fragte sich zum x-ten Male, warum man sie nicht erkannte, wenn sie es wirklich brauchen konnte. Sie stoppte noch einmal vor einem Zeitungsladen und rannte hinein, ganz plötzlich darauf versessen, wieder zu rauchen, obwohl sie wußte, daß es ihr auf leerem Magen nur übel davon werden würde. Sie stellte sich in die Schlange. Münzen klimperten auf dem Ladentisch, eine Hand nach der anderen griff nach der Morgenzeitung. Von den zwei alten Männern hinter ihr, die ungewaschen in Kleidern steckten, die wohl nie eine Reinigung gesehen hatten, wehte ein Geruch herüber, der an feuchten Zwieback erinnerte. »Zwanzig Silk Cut, bitte.«

Sie war von mürrischen Londoner Gesichtern umringt. Übellaunig, ohne jegliche Weihnachtsstimmung, sahen sie den vor ihnen liegenden Feiertagen entgegen. Sie würden ihnen zwar eine kurze Ruhepause von ihrer Arbeit verschaffen, sie dafür aber entweder in die unerträgliche Nähe zu entfernten Verwandten oder in die tiefste Einsamkeit treiben. Keine der beiden Aussichten war verlockend.

»Ach, Entschuldigung, und eine Schachtel Streichhölzer, bitte.« Sie lächelte, erntete aber nur einen Seufzer, dann wandten sich die Augen ab. Sie ging zu ihrem Wagen zurück, zündete sich mit zitternden Händen eine Zigarette an und fuhr zu ihrem Friseur.

»Es tut mir leid, daß ich zu spät bin, Martyn.«

»Jeder ist es. Kein Grund zur Aufregung. Wohin man schaut, Weihnachten. Sollte man abschaffen.«

Sie fragte sich, ob es irgend jemanden gab, der dieses Fest wirklich genoß. Abgesehen von Kindern und engagierten Christen. Sie beneidete beide um ihren Glauben und ihre Zuversicht.

Um die Mittagszeit, vor der Kameraprobe, ging sie in die Bar, um dort ein Sandwich zu essen. Aus Angst, Betsy zu treffen, mied sie die Kantine. Es könnte ja sein, daß man auf irgendeinem merkwürdigen Weg von ihrem Aufenthalt in Stockwell am vorigen Abend erfahren hatte oder zumindest etwas vermutete. *Wie paranoid willst du eigentlich noch werden,* beschimpfte sie sich selbst. *Rosemary Downey wäre die letzte, an die Betsy denken würde.* Die Bar war gerammelt voll. George, ihr Produzent, ein begeisterungsfähiger junger Mann, der noch nicht lange beim Fernsehen war, bestellte ihr einen Sherry. »Du siehst erschöpft aus«, sagte er.

Sie lachte. »Das höre ich schon, seit ich heute früh aufgestanden bin. Keine Sorge, ich war noch nicht in der Maske.«

Sie plauderten über die Show. Es gab wenig, was sie sonst noch gemeinsam hatten. Und Rosemary begann bereits die Lust an der Moderation dieses Ratespiels zu verlieren. Sie hatte starke Zweifel, ob es länger als zwei Folgen laufen würde. Allein die Einschaltquote würde entscheiden. George dagegen wurde nicht müde, sowohl sie als auch die Show zu loben. Sie hörte zu und wollte seine offensichtliche Freude nicht dämpfen. Glaubte er wirklich, er könne sich mit dieser Show für die Produktion der ganz großen Sendungen empfehlen?

Dann ging er, um mit seinem persönlichen Assistenten am Telefon etwas zu besprechen. Es gab ein Problem mit einem noch nicht eingetroffenen Kandidaten, der sich entweder verspätet oder kalte Füße bekommen hatte und noch zu Hause in Morecombe war. Rosemary bestellte ein Schinkensandwich, aß nur den Schinken und ließ die Toastbrotscheiben liegen.

»Hallo, Rosemary, stört es Sie, wenn ich mich zu Ihnen setze?«

Rosemary blieb vor Schrecken das Herz stehen; ihr fielen sofort Betsy und die Wohnung in Stockwell ein, sie dachte, die junge Frau wäre nun hier, aber als sie sich umdrehte, war es Anne, die vor ihr stand. Anne von ihrer letzten Show, Dereks Anne. Sie hielt ein Glas Bier in der einen Hand, eine Plastiktüte in der anderen und strahlte sie an wie jemand, der der Überzeugung ist, eine alte Freundin wiedergetroffen zu haben.

Rosemary stand auf. »Wie nett, Sie zu sehen, Anne.« Sie drückten Wange an Wange und formten mit ihren Mündern Küsse in die Luft. »Setzen Sie sich doch, wie ist es Ihnen ergangen? Es ist ja schon Ewigkeiten her.« Anne nahm Platz, und Rosemary gab dem Barkeeper ein Zeichen. »Ein Glas Wein vielleicht?« fragte sie.

Anne nickte. »Gern. Ich wollte es gar nicht glauben, daß Sie es sind. Sie sind doch praktisch nie in der Bar.«

»Aah«, machte Rosemary, »war ich damals nicht gut drauf?« Man stellte zwei Gläser Wein vor sie hin. Rosemary bot Anne eine Zigarette an. »Ich kann mich nicht mehr genau erinnern«, sagte sie, »rauchen Sie?«

Anne schüttelte den Kopf. »Nein. Wußte auch nicht, daß Sie es tun.«

»Ich bin in diesen Tagen wirklich auf den Hund gekommen.« Rosemary lachte und spürte gleichzeitig in ihrem Inneren eine tiefe Freudlosigkeit. Sie faßte Anne am Arm. »Ich wage es kaum zu fragen. Haben Sie Derek gesehen?«

Annes Verlegenheit ließ Rosemary von jeder weiteren Frage Abstand nehmen. Die Art, wie sie mit ihrem Blick auswich, sagte alles. So war also dieser scheußliche Derek bei seinem Versuch, seiner Frau treu zu sein, gescheitert und zu dem einzigen jämmerlichen Geschöpf auf der ganzen Welt zurückgekehrt, das sich ihm hingab und nichts als Gegenleistung dafür erwartete! Sie wollte fragen: »Warum um alles in der Welt hast du wieder nachgegeben, warum hast du dich, nach all diesen Jahren voller sinnloser Versprechungen und Lügen, nach der ganzen Erniedrigung und ohne irgendeine Perspektive, wieder auf ihn eingelassen?«

Aber sie redeten über andere Dinge. Rosemary widmete dieser Frau in den darauffolgenden dreißig Minuten mehr Aufmerksamkeit als in den ganzen vorhergegangenen zehn Jahren zusammen. Und zum Schluß hatte sie den Eindruck, sie könne sie verstehen. Diese einmal verschmähte, unverstandene, etwas einfältige Frau, die Wein trank, fröhlich plauderte und über alte, gemeinsame Bekannte klatschte – so könnte Rosemary in zehn Jahren sein. Auch sie könnte sich an etwas klammern, das ihr möglicherweise ein- oder zweimal die Woche – wenn sie überhaupt soviel Glück hätte – eine gewisse Aufregung verschaffte. Vielleicht aber hatte inzwischen die eigene Unterwerfung auch schon jeglichen Reiz für sie verloren, vielleicht hatte Derek Anne ja schon längst davon überzeugt, wie glücklich sie doch sein durfte, ihn zu haben, selbst wenn sie diesen erbärmlichen, abgewrackten kleinen Tyrannen mit jemand anderem teilen mußte. Sie verabschiedeten sich wieder mit einem Kuß und versprachen, einander anzurufen und sich zum Mittagessen zu verabreden, und wußten doch, daß sie es nie tun würden.

Rosemary machte sich auf den Weg zurück zu ihrer Garderobe und ins Studio, sie fühlte sich dabei niedergeschlagen und kraftvoll zugleich. Niedergeschlagen, weil sie sich in Anne hineinfühlen konnte, den Blick in ihren Augen wiedererkannte, ihre Schwäche verstand und begriff, wie ihr weiteres Leben aussehen würde, wenn sie denselben Weg ging. Und aus dem Gefühl dieser Bedrückung heraus begann sich eine Kraft in ihr zu regen, nach der sie seit März vergeblich gesucht hatte. Das Verlangen, die jüngere Frau zu packen und zu rütteln, hatte sie fast überwältigt. Sie hätte sagen sollen: »Hau ab, verlaß diesen furchtbaren Mann, sieh endlich ein, daß das, was er Hoffnung nennt, nur Illusion ist.«

Aber sie hatte nur dagesessen und geredet und zugehört und gelächelt. Und war dann aufgestanden und gegangen. Morgen würde sie sich auf die Suche nach dem machen, was von Rosemary Downey noch übrig war.

Aus Höflichkeit war sie noch zehn Minuten bei dem üblichen Empfang nach der Show geblieben und dann gegangen. Ab jetzt hatten sie Weihnachtspause. Frances wartete schon in der Bar auf sie.

»Tut es dir nicht leid, daß wir nicht beschlossen haben wegzufahren?« fragte ihre Freundin, die zwei Kaffee von der Theke geholt hatte und sich nach einem freien Sofa umsah.

»Nicht, wo Mum allein ist. Ich hatte gehofft, Jonathan würde sie zu sich nehmen, aber sie weigerte sich einfach, nach Birmingham zu fahren. Es geht ihr zur Zeit nicht gut. Sie hat schon so lange über ihren schlechten Gesundheitszustand geklagt, daß sie nun ganz überrascht war, als es wirklich schlechter mit ihr wurde.«

»Was sagt denn der Doktor?«

»Sie bräuchte Urlaub. In der Sonne.«

Frances lachte. »Und das zu jemandem, der nie aus Streatham herausgekommen ist!«

»Eben.«

»Also?« fragte Frances.

»Also was?«

»Nun tu nicht so. Was hat dich so weit gebracht?«

Sie erzählte Frances vom vergangenen Abend. Und während sie berichtete, kam ihr die Peinlichkeit dessen, was vorgefallen war, wieder zu Bewußtsein. Zuerst wollten ihr die Worte nur zögernd über die Lippen, dann aber sprudelten sie in dem Bemühen, schnell zum Schluß der Geschichte zu gelangen, nur so hervor. Frances lachte bloß, als sie zum Ende gekommen war.

»Wieso um alles in der Welt findest du das komisch? Ich hab das Gefühl, als wäre ich verrückt geworden!« Rosemary hatte ihre Stimme nur unmerklich erhoben.

»Sag bloß, du hast so etwas niemals zuvor getan?« fragte Frances.

»Du liebe Güte, natürlich nicht. Ich hätte es dir erzählt. Seit wie vielen Jahren kennst du mich jetzt?«

»Und vorher, als Teenager?«

»Nein. Niemals.« Rosemary sah sie verwundert an. »Ich kann einfach nicht glauben, daß dich das nicht zutiefst schockiert. Ich dachte, du würdest mich nach Hause bringen und ins Bett stecken.«

Frances warf den Kopf zurück und lachte so laut auf, daß sich Leute, die an der Bar saßen, zu ihr umdrehten. »Ich bin nicht deine Mutter, mein liebes Mädchen. Und ich habe schon mal den Lack an einem Auto zerkratzt, als sein Besitzer gerade in der Wohnung meiner besten Freundin war und mit ihr bumste. Und ich habe sogar, damit die Rache wirklich komplett war, meinen Namen dort hinterlassen.«

Rosemary sah ernstlich erschüttert aus. »Wie alt warst du damals?« flüsterte sie.

»Siebzehn«, erwiderte Frances in einem verschwörerischen Ton. »Es war ein fünfundzwanzig Jahre alter, verheirateter Mann, der es mit allen Mädchen aus unserer Klasse probierte.«

»Du gibst mir ja geradezu das Gefühl, als könnte ich mit mir zufrieden sein«, sagte Rosemary.

»Das solltest du. Es ist das erste Lebenszeichen seit Monaten, das ich bei dir bemerke.«

Sie aßen noch Nudeln in einer Pizzeria, die bis spät in die Nacht aufhatte, und gingen dann ihrer Wege.

»Ich komme Heiligabend mal rüber«, rief Frances, während sie in der Kälte zitternd nach ihrem Autoschlüssel suchte.

Rosemary winkte und fuhr dann nach Hause. Joanna

war noch auf, sie saß im Wohnzimmer und schaute sich ein Video an. Rosemary steckte ihren Kopf zur Tür herein. »Hallo, Jo, hat jemand angerufen?«

»Es hat dreimal geklingelt. Einmal war es Ella, und zweimal hat sich niemand gemeldet.«

»Das kommt häufiger vor.«

Joanna schaltete das Video aus und folgte ihr in die Küche. »Du siehst viel besser aus.« Sie lächelte Rosemary an. »Froh, daß du für eine Zeitlang Ruhe hast?«

»Ich freue mich jetzt nur noch auf Weihnachten.«

Jo setzte sich an den Küchentisch und sah Rosemary einige Momente lang zu, wie sie herumwerkelte.

»Was hatte Ella zu berichten?« fragte Rosemary über die Schulter.

»Sie läßt dich grüßen«, antwortete Jo. »Sie wird am ersten Weihnachtstag anrufen. Ich fahre morgen abend zu ihr. Ist das okay?«

»Klar.«

Nachdem sie die letzten Karten abgeschickt, die Geschenke eingepackt und mit Bändern geschmückt, die Kerzen am Weihnachtsbaum angebracht, Stechpalmenzweige ausgewählt und in Vasen gestellt hatte, war es wieder soweit – Weihnachten. Am Heiligabend holte Rosemary ihre Mutter zu sich nach Wimbledon. Auch Frances kam.

Es waren friedvolle Festtage, ruhig und erholsam für die Seele. »Genau das, was ich brauchte«, seufzte Frances in der Weihnachtsnacht. »Es war ein fürchterliches Jahr.«

Am Tag nach Weihnachten, als sie wieder allein war, klingelte das Telefon, gerade als sie zu Frances fahren wollte, die eine Party gab. Es war Tom, der aus Los Angeles anrief.

»Nachträglich schöne Weihnachten«, sagte er.

»Das wird hier noch weitergefeiert«, entgegnete sie lachend. »Zwei Wochen normalerweise. Ich bin gerade auf dem Sprung zu Frances, sie macht eine Fete.«

»Schöne Grüße an sie. Ich hoffe, ich werde sie im Frühling auch sehen.«

»Sie kommen rüber?«

»Ganz sicher. So gegen Ende Februar.«

»Warum nicht am ersten März zu meinem Geburtstag?«

»Gut, ist versprochen.«

So ging auch die Zeit zwischen den Jahren vorüber. Silvester, den Tag, den Rosemary von allen Tagen des Jahres am wenigsten mochte, feierte sie (»falls man das überhaupt so nennen sollte«, bemerkte sie zu Frances) bei sich zu Hause; sie lud zehn Personen zum Abendessen ein. Es war das erste Mal seit ihrem fünfzigsten Geburtstag, daß sie eine größere Anzahl von Leuten in ihrem eigenen Haus empfing. Sie bereitete das Essen selbst vor, Frances übernahm die Aufgabe, die Martinis zu mixen.

»Können wir morgen diese verfluchten Dekorationen abnehmen, Kindchen?« fragte Frances, während sie eine Ansichtskarte aufhob, die zum x-ten Male zu Boden gefallen war.

»Der Klebstoff wird durch die Heizung weich«, erwiderte Rosemary unwillkürlich. Dann setzte sie hinzu: »Mein Gott, ich *bin* wie meine Mutter. Ich sage das jedes Jahr.«

Um zwölf, wie gewohnt, küßten sich die Gäste und

sagten die gleichen Sachen zueinander wie immer: »Nun, schlechter als letztes Jahr kann es auch nicht werden« oder »ab jetzt wird alles anders, verlaß dich drauf«, während der Countdown in einer der üblichen furchtbaren Unterhaltungssendungen im Fernsehen das neue Jahr ankündigte.

Und dann war es schon vorbei; um ein Uhr war nur noch Frances da. Sie räumten die Geschirrspülmaschine voll, machten einen Tee, trugen die Flaschen hinaus und setzten sich gähnend vor den Kamin, in dem das Feuer bereits erlosch. Vom Weihnachtsbaum rieselten mit einem Mal bei jeder Bewegung im Zimmer die Nadeln, die Stechpalme in der Vase neben dem Feuer fing schon an zu vertrocknen, und auf dem Kaminsims fielen die runzlig gewordenen roten Beeren von den dort aufgestellten Zweigen.

»Mein Gott, es ist vorbei.« Frances wollte keinen Tee, sondern trank Cognac.

»Es ist besser, wenn du hierbleibst«, sagte Rosemary, »du bist zu besoffen, um noch zu fahren.«

»Danke, mein liebes Kind.« Sie sah Rosemary an, die jetzt in die Glut starrte. Ihr Gesicht war von der Hitze und dem überreichlichen Essen und Trinken gerötet.

»Fühlst du dich besser?« fragte Frances schließlich. Sie saß mit ausgestreckten Beinen da, die Schuhe hatte sie schon längst abgestreift und drehte das Cognacglas in der Hand.

»Besser?« wiederholte Rosemary und sah auf.

»Bist du über die Sache mit ihm hinweg? Nicht schon wieder richtig hergestellt, aber zumindest darüber hinweg?«

Rosemary dachte einen Moment nach. »Ich bin ruhiger«, sagte sie dann, »aber ich würde es vorziehen, wenn er nicht wieder auftauchte. Ich glaube nicht, daß ich ihn schon wegschicken könnte.«

Am zweiten Januar rief Ella an. »Ein glückliches neues Jahr nachträglich, Mum. Die Feierei nimmt hier oben überhaupt kein Ende. Jo kommt morgen zurück.«

»Ein frohes neues Jahr, mein Liebling. Viele Parties gehabt?«

Ella stieß einen Seufzer aus. »Das kann man wohl sagen. Ich bin fix und fertig. Aber Mum, wie geht es dir?« Ihre Stimme klang ernst. »Ich meine, wegen Ben und all dem.«

»Was willst du damit sagen? Hast du ihn wieder getroffen?«

»Es ist nur – o Mist, Jo meinte, ich sollte dir nichts sagen, aber da ich dich kenne, denke ich, es ist besser.«

Die Ruhe, zu der Rosemary in den letzten paar Wochen gefunden hatte, wich ein wenig. Sie setzte sich hin und hielt den Hörer an das andere Ohr. »Erzähl«, sagte sie und wußte, daß sie sich nach außen hin ruhig anhörte.

»Es gab einen Unfall. Silvester. Er ist wieder in London, offenbar im Krankenhaus. In der Augenklinik im East End.«

»Was ist passiert? Was für ein Unfall? Und woher weißt du das?« Die Gedanken in ihrem Kopf fingen an zu rasen.

»Allem Anschein nach ist was mit seinem Auge. Sie arbeiteten im Studio für diese Serie bei der BBC. Er wurde von einem Ausleger getroffen. Wahrscheinlich wird er ein Auge verlieren. Ich dachte, es wäre wichtig für dich, es zu erfahren. Eine Art von ausgleichender Gerechtigkeit, wo er doch so gern ein Auge riskiert hat.«

»Das ist wirklich nicht komisch, Ella.«

»Ist mir nur so rausgerutscht, Mum. Jo hat mich auch schon geboxt.«

»Woher weißt du das?« fragte Rosemary noch einmal.

»Er war mit einem der Mädchen von uns bei der Weihnachtsfeier; sie hat es mir erzählt, weil sie wußte, daß ich ihn kenne.«

»Ich verstehe.«

Joanna kam ans Telefon. »Wenn du möchtest, Rosemary, warte, bis ich zurück bin, dann gehe ich mit dir zusammen zum Krankenhaus. Es erspart dir den Anruf, meine ich, falls du die Absicht hattest.«

Rosemary lächelte. Die einfühlsame Joanna. »Du kennst mich gut«, sagte sie.

»Ich muß zu ihm«, sagte sie zu Frances.

»Nein, meine Liebe, tu's nicht. Ich ruf auch im Krankenhaus an, aber tu mir den Gefallen und geh nicht dorthin.«

Aber am nächsten Morgen, dem Tag, an dem Joanna nach Hause kommen würde, klingelte um acht Uhr das Telefon. Es war Ben.

»Rosie?«

Ihr stockte das Herz. Die Haarbürste, die sie in der Hand hielt, fiel klappernd auf die Frisierkommode. Sie setzte sich auf den Rand ihres Bettes und preßte voller Anspannung den Hörer an ihr Ohr.

»Rosie?« wiederholte er. Seine Stimme war ganz leise.

»Hallo, Ben. Ich dachte, du wärest im Krankenhaus.«

»Bin ich auch. Ich rufe von einem dieser fahrbaren Münztelefone hier an. Ich wollte einfach mir dir reden. Wieso weißt du, daß ich hier bin?«

»Die Gerüchteküche.«

»Verstehe.« Er schwieg. Sie wußte nicht, was sie sagen sollte, und war bestürzt darüber, wie sehr es sie immer noch in Aufregung versetzte, seine Stimme zu hören.

»Hast du daran gedacht, mich zu besuchen?« fragte er schließlich.

»Hättest du es gerne?«

»Sonst hätte ich nicht angerufen, oder?«

»Werden sie dich operieren?«

»Heute morgen.«

»Es tut mir so leid, Ben.« Ihr Mitgefühl war echt.

»Na ja, ich war sowieso immer besser im Charakterfach«, scherzte er. »Der Karriere von Peter Falk hat es auch nicht geschadet.«

Sie wußte nicht, was sie sagen sollte.

»Würdest du heute abend kommen?« fragte er.

»Ja, um wieviel Uhr?«

»Weiß nicht, vielleicht um halb acht? Ja, halb acht. Du wirst mich leicht erkennen können, ich bin der einzige mit einer Augenklappe. Ach nein, wahrscheinlich doch nicht. Nicht in einer Augenklinik!«

»Alles Gute.«

»Bis später, Rosie. Es wäre schön, wenn du kämest.« Die Leitung wurde unterbrochen. Offensichtlich war ihm das Geld ausgegangen.

Sie mußte eine Weile stillsitzen, bevor sie wieder normal atmen konnte. Aber es war mehr Nervosität als Aufregung. Und es waren ganz normale Gefühlsregungen, die sie den weiteren Tag hindurch begleiteten: Neugierde darauf, wie sie reagieren würde, wenn sie ihn sah, und Mitleid mit ihrem schönen, nun entstellten Ben. Ihr Ben? Fühlte sie noch immer so?

Joanna traf nachmittags gegen fünf ein. »Ich komme mit dir«, sagte sie, nachdem Rosemary sie informiert hatte.

»Nein, das ist nicht nötig.«

»Bis ins Krankenzimmer würde ich auch nicht mitgehen. Ich fahre dich.«

Joanna hatte erst vor kurzem ihren Führerschein gemacht. Rosemary war skeptisch. »Gut«, sagte sie, »aber ich fahre.«

Nachdem sie sechs verschiedene Kombinationen wieder weggelegt hatte, entschied sie sich für einen Hosenanzug, den sie in einem vorweihnachtlichen Räumungsverkauf erstanden und noch nie getragen hatte. Sie durchstöberte jede Schublade und jedes Regal in beiden Badezimmern nach Beruhigungstabletten, jedoch ohne Erfolg.

»Was suchst du denn?« fragte Joanna.

»Valium.« Rosemary verzog das Gesicht und machte sich über ihre eigene Dummheit und Angst lustig.

»Vielleicht solltest du besser nicht gehen«, sagte Joanna ernst.

»Ich würde es mir selber nie verzeihen. Er hat mich darum gebeten. Ich fände es schrecklich, wenn er sich verlassen fühlen würde.«

Joanna schnaubte verächtlich. Überrascht hob Rosemary die Augenbrauen. Es sah Jo gar nicht ähnlich, ihren Unmut zu äußern, und sei es auch in der vorsichtigsten Weise.

Sie stiegen in den Wagen und fuhren in Richtung

East London. Auf dem Weg hielten sie an und kauften Blumen.

Joanna setzte sich mit der Sonntagszeitung, die sie immer die ganze folgende Woche mit sich herumtrug, um auch jeden Artikel lesen zu können, in die Teestube des Krankenhauses.

Rosemary erkundigte sich nach dem Zimmer. Sie holte tief Atem, dann stieg sie die drei Treppen hoch, um zu Ben zu gelangen.

Kapitel 29

»Wo soll ich nur anfangen zu erzählen?« sagte sie später zu Frances. »Es fällt mir wirklich schwer zu beschreiben, wie ich mich fühlte.« Es war einer der Auftritte, die sich wahrscheinlich für immer in ihr Gedächtnis eingegraben hatten. Zu Beginn war es Demütigung, verletzter Stolz, Starrheit. Später, zum Glück, nur noch eine der Geschichten, die man auf Dinnerparties zum besten gab.

»Mir ist auch einmal so etwas passiert«, sagte Frances. »Nun, nicht genau in der Art. Aber auch so gedemütigt zu werden, daß man wie versteinert dasteht. Ich tanzte mit dem Typ, in den ich damals verknallt war. Wenn man seinem großen Mundwerk glauben wollte, war er es auch in mich. Er sagte, er würde Frau und Kinder verlassen und mich heiraten. Stell dir vor, ich war damals gerade einundzwanzig, ein Kind. Nun gut, wir tanzten also, und zwar so nah, daß wir von der Hitze, in die wir gerieten, zu schwitzen anfingen, und er flüsterte Sachen wie ›Ich werde dich nie verlassen, du bist alles, was ich haben will‹ und so weiter und so fort. Du kennst diese Sprüche. Dann gab er mir sein Glas Whisky. Ich hätte es wirklich wissen müssen, bei einem Mann, der mit einem Drink in der Hand tanzt. Aber er war aus Glasgow, und es kam mir zu jener Zeit ganz normal vor. Jedenfalls reichte er mir sein Glas. ›Halt das mal‹, sagte er, während seine Zunge noch halb in meiner Kehle steckte, ›und geh nicht weg. Ich bin in einer Minute wieder da. Ich muß nur mal eben.‹ Und er ging. Und ich blieb stehen. Seltsame Party, mit diesen Freunden von ihm. Und ich mit diesem verdammten Glas Whisky.«

»Und was passierte weiter?« fragte Rosemary.

»Er kam nicht zurück. Ich habe ihn nie wiedergesehen. Zumindest fünf Jahre lang nicht. ›Ich hab den Whisky ausgetrunken‹, sagte ich zu ihm. Er hatte es vergessen. Dachte, ich wäre verrückt geworden.«

»Wo ist er hingegangen?«

»Was denkst du wohl? Zurück zu seiner Frau und den Kindern. ›Ach, Hamish ist eine Brieftaube‹, hatte einer der anderen Partygäste gesagt. Daß er auch noch Hamish heißen mußte!« Sie lachte.

Aber Rosemary war wieder naiv und ahnungslos, als sie den Krankensaal betrat. Er war sehr groß, grell beleuchtet und erfüllt von den Stimmen der Besucher und dem Klappern der Absätze hin und her laufender Krankenschwestern. Sie hielt eine lächelnde Schwester aus der Karibik an, die mit einer taktvoll zugedeckten Bettpfanne an ihr vorbeieilte.

»Entschuldigen Sie, Schwester, können Sie mir sagen, wo ich einen Mr. Morrison finde?«

Die Krankenschwester runzelte leicht die Stirn, dann wurde ihr Lächeln noch strahlender. Rosemary wußte diesen Blick zu deuten, sie war erkannt worden. »Sie sind Rosemary Downey, nicht wahr? Wie schön, Sie persönlich zu sehen. Ich bin ein großer Fan von Ihnen.«

»Danke schön.«

»Ben liegt dort hinten in der Ecke«, sagte sie und wies auf eine mit Glasfenstern versehene Abtrennung am anderen Ende des Saales. »Er ist schon eine Zeitlang wach, aber wir haben ihn noch nicht in den Hauptsaal zurückgeschoben. Ist wohl auch besser so.« Sie lachte und ging fort. Rosemary blickte ihr hinterher; die Bewegungen ihrer Hüften wirkten unter der knappen Schwesterntracht besonders erotisch. Rosemary ging durch den Saal, verfolgt von den Blicken der Besucher. Das Gespräch mit den leidenden Patienten war für so manchen nicht gerade leicht, und man war offensichtlich ganz froh über die Abwechslung, die ein bekanntes Gesicht bot. Rosemarys Wangen wurden heiß, ihre Hände feucht. Sie hielt die Augen gesenkt und sah weder nach rechts noch nach links, während sie auf den separaten Raum zuschritt.

Die Tür zu dem kleinen Einbettzimmer, in das man die frisch Operierten zur Beobachtung legte, stand offen. Sie ging hinein. Ben saß halb aufgerichtet gegen mehrere Kissen gelehnt, seine Hände schauten unter der Bettdecke hervor. Das blaue Bettzeug wollte überhaupt nicht zu dem grün gestreiften Pyjama passen, den er – ein ungewohnter Anblick – anhatte. Betsy Tejero saß an der einen Seite des Bettes und hielt seine Hand. Auf der anderen Seite stand Gill Spencer und war gerade damit beschäftigt, Blumen in einer Vase zu arrangieren, die auf das Schließfach neben dem Bett gestellt war. Ein Mädchen, das Rosemary noch nie gesehen hatte, lehnte unbeholfen am unteren Ende des Bettes und wich von Zeit zu Zeit einer jungen schwarzen Krankenschwester aus, die mit Fiebertabellen sowie diversen Tabletten und Getränken, die sie zwischendurch zubereitete, geschäftig hin- und hersauste.

Ben blickte auf. »Rosie!« rief er und lächelte. »Du bist gekommen.«

»Ja«, stieß sie hervor und blieb wie angewurzelt links neben dem fremden, rothaarigen Mädchen stehen.

»Hallo, Rosemary«, begrüßte sie Betsy, die sich sogleich wieder Ben zuwandte und ihm etwas ins Ohr flüsterte.

Gill drehte sich um und lächelte. »Hallo. Soll ich eine Vase holen und die ins Wasser stellen?« Sie nahm die Blumen aus Rosemarys Hand, die nun schlaff herunterhing. »Gibt es noch irgendwo eine weitere Vase?« fragte sie die Krankenschwester.

»Ich bringe eine.«

Der Rotschopf rechts von Rosemary lächelte flüchtig.

Rosemary wußte nicht, was sie sagen sollte. »Wie lange wirst du hierbleiben müssen?« fragte sie schließlich.

»Nur ein paar Tage«, antwortete Gill Spencer, noch bevor Ben irgend etwas sagen konnte.

Er nickte zustimmend. »Nur ein paar Tage.«

Das rothaarige Mädchen fühlte sich sichtlich immer unwohler. Die Krankenschwester kam wieder ins Zimmer hereingestürmt und riß Gill die Blumen aus der Hand. »Ich kümmere mich darum«, sagte sie und eilte wieder davon. »Viel zu viel Besuch, Ben«, rief sie ihm noch über die Schulter zu und wich einen Schritt zurück, um einen weiteren hereinzulassen.

Das chinesische Mädchen von der Fotografie. Sie ging direkt zum Bett und beugte sich hinunter, um Ben einen Kuß zu geben.

»Hallo, Margot«, begrüßte er sie. Er setzte für alle seine Gäste ein mattes Lächeln auf.

»Soll ich für Donnerstag mehr Milch bestellen, falls du an diesem Tag entlassen wirst?« fragte Betsy.

Sämtliche weiblichen Augenpaare richteten sich auf sie.

»Kommst du denn nicht zu mir, nach Sussex?« warf die Rothaarige ein. »Nur, um dich etwas zu erholen.«

»Diane ist Physiotherapeutin«, erklärte Ben. »Sie arbeitet im Krankenhaus.«

Die Augen wanderten nun zu Diane, die noch immer bekümmert wirkte. Gill ging zurück zum Schließfach und räumte weiter auf. Diane und Rosemary sahen sich nur kurz an.

»Nun gut, sag mir jedenfalls Bescheid«, ließ sich Betsy vernehmen.

»Sie sind anscheinend der Meinung, daß ich erst wieder zu Kräften kommen sollte«, sagte Ben mit schwacher Stimme.

»Und was ist mit dem Film?« fragte Margot.

Ben zuckte die Achseln. »Ich denke, sie haben alle Szenen, die sie von mir brauchen.«

»Kriegst du eine Entschädigung?« wollte Gill wissen.

»Ja«, erwiderte Betsy rasch. »Aber das reicht natürlich nicht ewig.«

Gill saß ihr jetzt gegenüber neben Ben auf dem Bett. Betsy streichelte seine Hand.

Margot stand derweil freudestrahlend am unteren Ende des Bettes; außer den Mann vor ihr nahm sie nichts anderes im Raum wahr. »Ich bin so froh, daß alles vorbei ist. Ich habe den ganzen Morgen an dich gedacht.«

»Ich denke, ich werde einen Sechsmonatsvertrag bei der Repertoiretruppe am Radio bekommen«, sagte Gill, »so daß du dich für eine Weile nicht um Arbeit zu kümmern brauchst. Jamie und ich, wir kommen dann mit meinem Gehalt zurecht.«

Ben lächelte und strich ihr über das Gesicht. Dann blickte er wieder Rosemary an. »Wie läuft die Show, Rosie?«

Sie nickte. Es war ihr rein physisch unmöglich, ein Wort über die Lippen zu bringen – auch nicht irgendeine Banalität, den üblichen Smalltalk, nicht einmal ein »Wie geht es dir?« Sie fragte sich, wie lange es wohl noch dauern würde, bis sie wieder die Kraft in ihren Beinen hätte, sich umzudrehen und den langen Weg durch den Krankensaal zurückzugehen.

Die Krankenschwester kam wieder ins Zimmer.

»Nicht zu lange, meine Damen.« Sie sah auf die Uhr. »Nur noch fünf Minuten.« Sie beugte sich zu Ben hinunter. »Ich mache Ihr Bett, wenn alle weg sind«, sagte sie und zwinkerte ihm zu. »Danach werden wir Sie zurück in den großen Saal schieben.«

»Die anderen haben auch alle eine Augenklappe«, sagte er, »wie wollen Sie uns auseinanderhalten?«

»Keine Sorge, Mr. Morrison, *Sie* werde ich immer erkennen.«

Er blinzelte ihr zu. Lachend ging sie hinaus. Ben warf einen Blick auf Rosemary, und für einen Moment sahen sie einander fest in die Augen. Er hob ganz leicht die Schultern, so als wollte er sagen »da siehst du, wie es ist!«. Laut erklärte er: »Du siehst großartig aus, Rosie.«

Mehrere weibliche Blicke glitten über sie hinweg. Sie zuckte zusammen, bewegte sich unruhig hin und her und sagte schließlich: »Ich muß gehen, Ben. Eine Verabredung zum Abendessen. Mit einigen amerikanischen Freunden.« Dieser Versuchung konnte sie nicht widerstehen. Sie ging zur Tür. »Ich wünsche dir gute Besserung.« Sie lächelte Diane zu, die sie aber nicht beachtete und weiter mit der weißen Tagesdecke am Fußende des Bettes spielte. »Auf Wiedersehen«, sagte sie. Und dann: »Auf Wiedersehen, Ben.« Sie ging. Durch den Krankensaal, vorbei an den wachsamen Augen. Sie bedankte sich bei der Schwester, wartete nicht auf den Aufzug, sondern nahm die Treppe und betrat die Teestube, wo Jo wartete. Die lächelnde, gelassene, nachdenkliche Jo.

»Gott sei Dank, daß du mitgekommen bist«, sagte Rosemary und reichte ihr den Autoschlüssel. »Bring mich um Himmels willen nach Haus. Und sag mir bitte, daß ich nicht so dumm aussehe, wie ich mich fühle.«

»War's das jetzt?« fragte Frances. »In Gottes Namen, war's das jetzt endgültig und unwiderruflich und ganz sicher?«

Joanna hatte Rosemary nach Hause gefahren. Ihre Zähne klapperten vor Kälte und aufgrund einer ganz besonderen Art von Schock. Zu Hause zog sie sich um, riß sich den Hosenanzug vom Leib und schob ihn in die hinterste Ecke des Kleiderschranks. »Die Kluft der letzten Demütigung«, sagte sie zu Joanna, die in der Tür zum Schlafzimmer stand, ein Glas Cognac in der Hand hielt und sie, wie so häufig in der letzten Zeit, besorgt anschaute.

Rosemary trank den Cognac, tätschelte Jos Wange und lachte. »Jo, meine Liebe, schau nicht so sorgenvoll. Es ist nur eine leichte Hysterie. Ich bekomme nicht schon wieder einen kleinen Zusammenbruch. Es ist nur alles so lächerlich.« Sie hatte einen Koffer gepackt und rief Frances an. »Ich komme zu dir, für etwa eine Woche«, sagte sie.

»Wie schön. Und überraschend. Was ist mit: ›Ich kann nicht in anderer Leute Betten schlafen‹?«

»Vergessen. Zusammen mit dem gesunden Menschenverstand und dem Selbsterhaltungstrieb.«

»Na prächtig. Davon wirst du jede Menge hier finden. Bleib so lange, wie du magst, Liebste.«

Sie zog zu Frances und rief Michael an, um zu sagen, wo sie bis auf weiteres zu erreichen war.

»Ist alles in Ordnung bei dir? Wie geht es mit der Show weiter?«

»Mir geht es gut«, versicherte sie mit Nachdruck. »Er wird hier anrufen müssen«, sagte sie zu Frances. »Stört es dich?«

»Das ist das geringste meiner Probleme.«

»Um auf deine Frage zu antworten«, fuhr Rosemary fort, »ich denke, ja, wahrscheinlich war's das, wie du es ausgedrückt hast.«

»Nur wahrscheinlich?«

»Ich muß noch das Schloß an meiner Haustür auswechseln.«

Frances rieb sich voll hämischer Freude die Hände. »Oh, wie gerne hätte ich Mäuschen gespielt in diesem Krankenzimmer.«

Rosemary schüttelte sich. »Lieber nicht. Es war ein

Alptraum. Der Mann hat die Demütigung wirklich zur Kunstform erhoben. Was meinst du, ob alles beabsichtigt war? Als er mich fragte, ob ich käme?«

Frances schüttelte den Kopf. »Ich glaube nicht, daß ihm das bewußt war. Seine Überheblichkeit dominiert einfach alles. Man kann ihn nur bewundern, was anderes kommt nicht in Betracht. Ich frage mich nur, ob die Sache mit seinem Auge ihn jetzt bremsen wird.«

»Warum sollte sie?«

»Du hast recht. Das Wichtigste ist ja noch intakt. Im Moment zumindest. Irgendeine Dame könnte sich ja eines Tages zu einer bösen Rache entschließen.«

»Glaub mir«, Rosemary biß die Zähne zusammen, »das ist mir schon durch den Kopf gegangen.«

Frances beugte sich nach vorn und füllte das Weinglas ihrer Freundin. »Können wir jetzt wieder erwachsen sein?« fragte sie mit einem Lächeln.

»Ja, bitte«, erwiderte Rosemary.

Sie blieb etwas mehr als eine Woche.

»Wird er irgendwann wieder auftauchen?« fragte Frances an dem Tag, an dem Rosemary nach Hause zurückkehrte.

Rosemary schüttelte den Kopf. »Diesmal nicht. Er hat's kapiert. Er ist viel zu sehr darauf bedacht, einen guten Abgang zu haben.«

»Ich hoffe, daß du recht hast. Und falls du irgendwann mal auch nur das geringste Interesse an jemandem von der Sorte Ben Morrison zeigen solltest, werde ich nur ›Krankenhaus‹ sagen.«

Rosemary lächelte. »Er ist fort aus meinem Leben«, sagte sie. »Solange ich ihn nicht sehe oder rieche, geht es mir gut.« Und sie fuhr nach Hause.

Die letzten Folgen der Fernsehshow wurden aufgenommen, und Michael verhandelte schon über eine Fortsetzung. Rosemary seufzte. »Gibt es denn nichts anderes?«

Sie machte ihre Sendung bei der BBC weiter, vermied es, Gill Spencer in der Kantine zu treffen, und nahm sich jeden Tag fest vor, wieder ihr altes Leben aufzunehmen.

An einem Samstag Ende Januar war sie nach Streatham gefahren, um den Tag mit ihrer Mutter zu verbringen. Sie gingen einkaufen und besuchten danach eine Matinee.

Es war – fast – die letzte Szene zusammen mit Ben Morrison, die auf dem Spielplan stand. Nur wurde ihre Rolle dieses Mal gestrichen beziehungsweise Joanna zugeteilt, die sie besser zu spielen vermochte. Joanna war allein in dem Haus in Wimbledon, sie stand neben dem großen Fenster, wusch mit der Hand eine Bluse in der Küchenspüle, summte vor sich hin und schaute nach draußen in den kalten, hellen Tag. Ella würde am nächsten Tag von Glasgow zurückkehren, ihr Vertrag war ausgelaufen, und Jo war mit sich und der Welt zufrieden. Es gab einige Wohnungen, die sie anschauen wollten, wenn Ella wieder hier war, Jo hatte an einem anderen Stück zu arbeiten begonnen, und das vorhergehende, bei dem sie Regie geführt hatte, wurde von einem Theater im West End übernommen. Es herrschte ein Wetter, wie es sich hin und wieder im Januar einstellte: kalt, aber heiter, »eher wie Anfang April«, wie Rosemary bemerkt hatte, ehe sie an diesem Morgen gefahren war. Sie hatte Bens Habseligkeiten, die sich noch immer im Gästezimmer befanden, hinunter in die Küche gebracht.

»Am Montag werde ich sie am Portland Place bei Gill Spencer abgeben«, verkündete sie mit grimmiger Miene.

Joanna lächelte erfreut und winkte ihr nach, als sie nach Streatham fuhr. Sie und Ella wollten bei ihrem Auszug Rosemary ein Kätzchen schenken. Sie würden es zusammen aussuchen, wenn Ella zurück war. Jo wrang die Bluse aus, die zu empfindlich war, als daß man sie in die Waschmaschine hätte stecken können. Sie gehörte Ella, aber nur Jo hatte die Geduld für eine Handwäsche. »So«, sagte sie und blickte sich suchend um, ob sie irgendwo Wäscheklammern finden konnte, um die noch tropfende Bluse draußen auf die Leine zu hängen.

Sie hatte weder den Schlüssel in der Haustür noch die Schritte in der mit Teppichboden ausgelegten Diele gehört. Weiche Turnschuhsohlen unter Jeans, darüber die Jeansjacke. Ben kam direkt in die Küche. Jo, die Ärmel aufgekrempelt, die Hände naß und auf der Nase Seifenschaum, stand stockstill und starrte ihn an. Dann fand sie die Sprache wieder. »Du hast mich zu Tode erschreckt.« Sie griff nach dem Geschirrtuch auf der Stange neben der Spüle und trocknete sich die Hände. Tropfen verteilten sich auf der Spüle.

Ben lächelte. »Hast du die Haustür nicht gehört?« fragte er. Und fügte dann hinzu: »Ich habe einen Schlüssel, schon vergessen?«

Sie sah ihn an, ohne sein Lächeln zu erwidern. »Was willst du?« fragte sie und versuchte, nicht auf die Augenklappe zu schauen, die er nun trug.

»Ist Rosie hier?«

»Nein.«

»Wann wird sie zurück sein?«

Joanna zuckte die Schultern.

»Du magst mich nicht, oder?« sagte Ben.

Sie zögerte, die zu ihrem Wesen gehörende Höflichkeit kämpfte darum, sich gegen ihr spontanes Gefühl zu behaupten. »Nicht sehr.«

»Na ja, ich kann halt nicht jedem gefallen«, meinte Ben lächelnd, wobei er sie immer noch musterte, und spielte damit nicht gerade rücksichtsvoll auf ihre sexuelle Einstellung an.

Sie sagte eine Zeitlang nichts, dann schließlich sagte sie: »Es hat überhaupt keinen Sinn, hier zu warten, Ben. Keiner will dich mehr in diesem Haus haben. Es ist besser, wenn du gehst.« Sie war selbst überrascht über das, was sie sagte. Sie wartete und wagte kaum zu hoffen, daß er tatsächlich gehen würde.

Ben fixierte sie mit seinem gesunden Auge. »Bist du da ganz sicher?« fragte er.

»Absolut«, erwiderte sie, mit mehr Nachdruck, als sie selbst erwartet hatte. »Hier hast du deine Sachen«, fuhr sie fort, »Rosemary hat sie gerade heute morgen hierher gelegt. Sie wollte sie dir nächste Woche bringen.« Sie griff nach dem kleinen Häuflein Wäsche und nach der alten Aktentasche und drückte ihm alles in die Arme, so daß er es entgegennehmen mußte.

»Es scheint, daß du nur ihre Version der Geschichte zur Kenntnis genommen hast«, sagte er.

Joanna spürte Zorn und Widerwillen in sich aufsteigen. »Mehr brauche ich auch nicht zu wissen. Ich kenne solche Typen wie dich, Ben Morrison.«

Er lächelte sie noch einmal an, streckte eine Hand aus und strich ihr über die Wange, bevor sie zurückweichen konnte. »Das glaube ich kaum. Was würde ich auch schon mit dir anfangen können, Kindchen?«

Er drehte sich um, ehe sie eine Entgegnung auf seine herablassende Geste finden konnte, und ging zurück in den Flur. »Vielleicht könntest du Rosie mitteilen, daß ich vorbeigeschaut habe. Ich komme mal auf einen Sprung rein, wenn sie weniger zu tun hat.«

Joanna ging mit schnellen Schritten hinter ihm her, ihre Augen funkelten, dunkle Locken fielen über das Stirnband, das sie benutzte, um ihr widerspenstiges Haar zu bändigen. »Ich will den Schlüssel«, sagte sie.

»Was?« Ein ungläubiges Lachen klang aus dem einzigen Wort.

»Ich will diesen verdammten Schlüssel«, wiederholte Joanna heftig, von Zorn erfüllt. Ihre Stimme wurde lauter. »Den verdammten Schlüssel, du Arschloch! Und wenn du dich noch einmal an diese Frau heranmachst, nur einen einzigen Versuch unternimmst, wirst du es für den Rest deines Lebens bedauern. Sie hat mehr Freunde, als du ahnst, und du hast ihre Gastfreundschaft schon zu lange in Anspruch genommen, oder sollte ich sagen, *mißbraucht?*«

Ein langes Schweigen trat ein. Joanna streckte ihre Hand aus. Ben zögerte, dann zuckte er mit den Schultern. Schließlich griff er mit der Hand in die Jackentasche, in der auch seine Reisezahnbürste steckte, und holte Rosemarys Haustürschlüssel heraus. Er hielt ihn Jo hin. Sie nahm ihn, sagte nichts. Ben ging ohne ein Wort, ohne eine Geste zur Tür und verließ das Haus.

Joanna brach in Tränen aus.

Kapitel 30
Epilog

Es war März. Und es schneite.

»Dabei sah es im Januar so vielversprechend aus«, beklagte sich Rosemary bei Pat. Sie hielt das neue Kätzchen gegen ihre Wange gedrückt.

»Es ist ein Weibchen«, hatte Ella erklärt. »Was für einen Namen willst du ihr geben?«

»Joanna«, hatte Rosemary ohne zu zögern geantwortet. »Denn dieses kleine Wesen ist nett und mutig und kam ganz unerwartet.«

Joanna war rot angelaufen.

Die beiden Mädchen hatten eine Wohnung gefunden. »Die kleinste auf dem ganzen verdammten Planeten«, hatte Ella gestöhnt, aber sie freute sich offenbar trotzdem. »Ich denke, ich werde schließlich und endlich doch noch häuslich, Mum.«

»Ich dachte schon, das würdest du nie sagen«, scherzte Rosemary.

Sie waren Ende Februar ausgezogen und hatten alles mitgenommen, was Rosemary ihnen an Bettzeug, Geschirr, Töpfen und Pfannen und anderen Haushaltsgegenständen angeboten hatte, dazu noch einiges, was sie ihnen nicht angeboten hatte, wie Rosemary einige Tage, nachdem sie weg waren, feststellte.

»Beklag dich nicht«, sagte Frances, »sei eher dankbar. Dein Haus ist wieder aufgeräumt, und es riecht nicht mehr nach Turnschuhen.«

»Joggingschuhe«, korrigierte Rosemary sie. »Ich glaube, man nennt sie jetzt Joggingschuhe.«

»Wie komisch. Dabei *sehen* sie genau wie Turnschuhe aus.«

Ben hatte nicht noch einmal vorbeigeschaut und auch nicht angerufen.

»Er hat es mit der Angst zu tun bekommen«, jubelte Ella. »Den Schwanz eingezogen! Mein tapferes großes Mädchen hat ihn rausgeworfen.«

Joanna war verlegen. Wie oft ihr Rosemary auch versicherte, daß sie richtig gehandelt habe, daß jemand es tun mußte und daß sie selbst nie den Mut dazu gehabt hätte – Joanna litt immer noch unter dem Gefühl, sich unzulässig eingemischt zu haben.

»Unsinn«, rief Ella, »du warst das einzige weibliche Wesen, bei dem sein Charme nicht funktioniert hat. Du warst einfach klasse!«

»Mußt du das so verdammt laut herausbrüllen?« schrie Rosemary zurück.

Die Mädchen sahen einander an und begannen zu lachen.

»Also wirklich, Mutter, was ist eigentlich mit dir passiert, seit du fünfzig geworden bist?« neckte Ella sie.

Rosemary gab keine Antwort. Einundfünfzig rückte bedrohlich näher.

Tom hielt Wort. Er hatte mehrere Male angerufen und war nun in England, in London. Es war März, und sie hatte Geburtstag. Er wollte sie ausführen, aber sie sagte nein.

»Ich werde ein Abendessen geben«, erklärte sie, »und du kannst einige meiner Freunde kennenlernen – neben Frances, meine ich.«

Ihre Freundschaft hatte sich während seines neuerlichen Aufenthalts in London vertieft. Nach der ersten Woche hatte sie nachgegeben und die Nacht mit ihm im »Savoy« verbracht.

»Und?« fragte Frances ungeduldig.

»Er ist wirklich ein netter Mann«, sagte Rosemary. »Aber dräng mich nicht. Ich will diesmal keine Berge versetzen.«

Frances seufzte. »Ich fange an zu glauben, daß es die Herzlosigkeit von Ben Morrison war, die dich gefesselt hat. Von ihm hast du nie gesagt, er sei ein ›netter Mann‹.«

»Ich will nicht noch einen Ben. Einer reicht fürs Leben.«

»Blödsinn«, erwiderte Frances. »Du willst ihn noch immer nicht vergessen.«

Am Morgen ihres Geburtstags, es war ein Samstag, rief Michael an. »Um dir alles Gute zu wünschen«, sagte er, »und um dir interessante Neuigkeiten mitzuteilen.«

»Danke. Wir haben doch Samstag, bist du im Büro?«

Er war in der Tat dort. Rosemary fiel auf, wie oft er in den letzten Monaten sechs Tage die Woche gearbeitet hatte.

»Was für Neuigkeiten?«

»Sie würden sich gerne wieder mit dir in L. A. treffen. Glen hat gestern spät abends angerufen.«

»Ich kann's kaum glauben. Das habe ich alles schon längst vergessen.«

»Das heißt, du könntest die nächste Staffel der Rateshow getrost vergessen.«

»Das laß uns tun.«

Michael lachte. »Ich wünsche dir einen schönen Geburtstag. Wir reden am Montag darüber. Grüße an Frances.«

»Er fühlt sich nicht wohl zu Hause«, bemerkte Rosemary zu Frances.

»Da kann ich ihm auch nicht helfen«, antwortete sie. »Ich kann gerade in dieses Feuer nicht noch Öl gießen.«

Rosemary bedauerte sie alle, ihren Agenten, seine Frau Barbara, die nicht verzeihen oder vergessen konnte, und Frances, die wahrscheinlich mehr darunter litt, als sie je zugeben würde, auch sich selbst gegenüber.

»Du siehst wunderbar aus«, sagte Tom, gab ihr einen Kuß und überreichte ihr das Geschenk, das er mit großer Sorgfalt für sie ausgesucht hatte. Er war der erste, der eintraf, bald kam auch Frances dazu, die nach oben gegangen war, um nach einem langen, anstrengenden Tag noch ein Bad zu nehmen. Sie würden nur zu acht beim Abendessen sein. Frances hatte einen Klienten, mit dem sie zusammenarbeitete, eingeladen und war offensichtlich dabei, sich in eine neue Affäre zu stürzen.

»Ist er nett?« flüsterte Rosemary, etwas skeptisch.

»Er bringt mich zum Lachen«, flüsterte ihre Freundin zurück. »Ich stelle keine hohen Ansprüche. Ein paar gute Dinner, gelegentlich ein Orgasmus – mit Betonung auf dem ›gelegentlich‹ – und jede Menge zu lachen! Dafür ist er der Richtige.«

Sie waren beim Dessert. Rosemary ließ ihren Blick um den Tisch wandern. Der Kerzenschein erhellte die

Gesichter der Anwesenden. Sie fühlte sich wieder sicher. Nach dieser unbeherrschbaren Leidenschaft, die sie erlitten hatte, war sie nun dankbar für den Frieden, der darauf gefolgt war. Sie erinnerte sich jetzt nur noch an die schönen Seiten ihrer Affäre mit Ben, war in mancherlei Hinsicht traurig, daß sie vorüber war, und fürchtete sich immer noch davor, er könnte wieder in ihrem Leben auftauchen. »Solange er wegbleibt, ist alles in Ordnung«, sagte sie.

Sie hatte seit Weihnachten abgenommen, ihr Haar war nun länger und weicher. Ihr Selbstvertrauen wuchs wieder. Manchmal dachte sie: *Ach, ich wünschte, du könntest mich jetzt sehen, Ben Morrison, du würdest dich wieder total in mich verlieben.* Aber das waren Gedanken, die sie schnell wieder beiseite schob, mit denen sie sich nicht auseinandersetzen wollte.

Tom beugte sich zu ihr. »Das wäre ja eine tolle Sache mit L. A.«, meinte er. »Wann kommst du?«

»Also, was glaubst du – wer wäre wohl der erste, dem ich es erzählen würde, Tom?« neckte sie ihn.

Er berührte ihr Gesicht und streichelte ihre Wange, in seinen Augen stand ein Lächeln.

Das Telefon klingelte. »Ich nehme in der Diele ab«, sagte sie und sah auf die Uhr. Es war halb zwölf, reichlich spät für einen Anruf. »Es muß Ella sein«, vermutete sie und ging hinaus, um den Hörer abzunehmen.

»Herzlichen Glückwunsch zum Geburtstag, Rosie.«

Ein Gefühl vollkommener Euphorie durchfuhr sie, als sie seine Stimme hörte. Es war stärker als der Rausch der ersten Monate des Verliebtseins. Stärker sogar als ihr erster Kuß. Alle schönen Dinge, die ihr je widerfahren waren, verschmolzen in diesem Moment.

»Ben?« fragte sie mit gesenkter Stimme. »Bist du es, Ben?«

»Ich will mich mit dir treffen«, sagte er so leise, daß sie den Atem anhalten mußte, um ihn richtig zu verstehen.

»Ich habe eine Dinnerparty«, erwiderte sie, »ich habe Gäste.«

»Ich muß dich irgendwo treffen«, wiederholte er. In seiner Stimme lag ein Flehen. »Rosie, meine Geliebte, ich kann nicht einen einzigen Tag mehr weiterleben, ohne dich in meinen Armen zu halten.«

Ein langes, gespanntes Schweigen trat ein. Sie hörten nur noch das Knistern in der Leitung. Dann kam von einem Ende ein Atmen, kurz und schwer.

Wenn die Liebe stirbt, ist es, als falle man aus dem Fenster und ginge einfach wieder nach oben. »Das ist stark«, sagte sie. Ohne Zittern, ohne Angst, ohne irgend etwas zu fühlen. Dann legte sie den Hörer auf.

Band 13 967

**Glenn Meade
Operation
Schneewolf**

Deutsche
Erstveröffentlichung

Es ist Winter 1952. Mit dem Mut der Verzweiflung flieht Anna Chorjowa aus einem sowjetischen Gulag. Über Finnland gelangt sie nach Amerika, wo die junge Frau ein neues Leben anfangen will. Aber der amerikanische Geheimdienst hat andere Pläne mit Anna: Sie soll helfen, den US-Top-Agenten Alex Slanski in Moskau einzuschleusen. Die Belohnung, die ihr winkt, wäre mit allem Gold dieser Welt nicht aufzuwiegen ...

›OPERATION SCHNEEWOLF vereint die Kraft und Genauigkeit eines historischen Romans mit der gnadenlosen Spannung eines Thrillers, der von einem Höhepunkt zum nächsten jagt.‹ *Cosmopolitan*

**Sie erhalten diesen Band
im Buchhandel, bei Ihrem
Zeitschriftenhändler sowie
im Bahnhofsbuchhandel.**